ELIOT PATTISON

Die vier Toten von Tibet

atb aufbau taschenbuch

ELIOT PATTISON ist Journalist und Rechtsanwalt. Er ist oft nach Tibet gereist und lebt mit seiner Familie in Oley, Pennsylvania.

Neun weitere Romane um den Ermittler Shan liegen im Aufbau Taschenbuch vor: »Der fremde Tibeter«, »Das Auge von Tibet«, »Das tibetische Orakel«, »Der verlorene Sohn von Tibet«, »Der Berg der toten Tibeter«, »Der tibetische Verräter«, »Der tibetische Agent«, »Tibetisches Feuer« sowie »Die Frau mit den grünen Augen«.

Mehr zum Autor unter www.eliotpattison.com

THOMAS HAUFSCHILD lebt in Hannover und arbeitet seit 1991 als Übersetzer. Er hat alle Romane von Eliot Pattison ins Deutsche übertragen.

Vier Todesfälle schrecken Shan auf. Zuerst wird er Zeuge, wie vor einem Komitee ein Tibeter erschossen wird, der sich angeblich der Korruption schuldig gemacht hat. Dann heißt es, ein Professor und dessen amerikanische Studentin seien bei einem mysteriösen Autounfall ums Leben gekommen. Während Shan zu ermitteln beginnt, wird im Zug von Peking nach Lhasa ein vierter Toter gefunden. Gegen alle Widerstände versucht Shan, die Wahrheit zu verstehen. An seiner Seite hat er jemanden, der ihm offenbar feindlich gesinnt ist: Der Vater der amerikanischen Studentin ist nach Tibet gereist, um seine Tochter zu suchen. Aber Shan kann sich nicht sicher sein, ob er kein falsches Spiel spielt.

ELIOT PATTISON

DIE VIER TOTEN VON TIBET

EIN TIBET-KRIMI

Aus dem Amerikanischen
von Thomas Haufschild

atb aufbau taschenbuch

Die Originalausgabe unter dem Titel
Bones of the Earth
erschien 2019 bei St. Martin's Press, New York.

MIX
Papier aus verantwortungsvollen Quellen
FSC® C083411

ISBN 978-3-7466-3666-5

Aufbau Taschenbuch ist eine Marke
der Aufbau Verlag GmbH & Co. KG

1. Auflage 2020

Published by Arrangement with Eliot Pattison.
Umschlaggestaltung www.buerosued.de, München
unter Verwendung eines Motivs von © Cephas Picture Library / Alamy Stock Foto
Gesetzt aus der Whitman durch die LVD GmbH, Berlin
Druck und Binden CPI books GmbH, Leck, Germany
Printed in Germany

www.aufbau-verlag.de

Den unbesungenen Helden und Heiligen Tibets,
Bastion des menschlichen Geistes.

KAPITEL EINS

In Tibet tragen die Frommen ihren Altar um den Hals, hatte ein alter Lama ihm vor vielen Jahren erklärt, kurz nachdem Shan in das Zwangsarbeitslager verlegt worden war. Bald darauf wusste er, dass fast jeder der Sträflinge in seiner Gulag-Baracke ein Gebetsamulett besaß, ein *gau*, das an einer Kordel oder einem Schnürsenkel hing und zumeist provisorisch aus gefaltetem Stoff oder Pappe gefertigt war, darin ein eingenähtes Gebet. Es kam gelegentlich vor, dass einer der inhaftierten Mönche auf seinen zerbrechlichen Behelfsaltar wies und nur halb im Scherz sagte, sein Leben hänge an einem Faden. Wenn ihnen Gefahr drohte oder sie von quälenden Erinnerungen heimgesucht wurden, umschlossen sie ihr *gau* mit einer Hand und hoben die Augen zu den fernen schneebedeckten Berggipfeln. Diese starren, wie ins Leere gerichteten Blicke hatten Shan zunächst verunsichert, weil er glaubte, die Männer würden ihren bevorstehenden Tod sehen, doch ein Lama im vierzigsten Jahr der Gefangenschaft hatte zu ihm gesagt, nein, sie würden lediglich eine höhere Existenzebene zurate ziehen.

Immer wenn Shan bei dem ausgedehnten Gebäudekomplex parkte, der sich nun vor ihm erstreckte, überkam ihn ein ähnlich inhaltsloser Blick. Seine Hand legte sich um das kleine kupferne *gau*, und seine Augen suchten verstohlen Halt bei dem quadratischen Stück Papier, das er über das Lenkrad gebreitet hatte und auf das ein kompliziertes Mandala gezeichnet war. Anfangs hatte er sich eingeredet, er würde meditieren, doch letztlich war ihm klar geworden, dass es sich eher um eine Art Trance handelte, die ihn einen Moment lang verleugnen ließ, wo er sich befand und was aus ihm geworden war.

Dann schreckte er jählings hoch, denn etwas schlug gegen die Tür des Pick-ups, mit dem er aus Yangkar hergefahren war, und als Shan aufblickte, sah er mitten in das höhnisch grinsende Gesicht von Major Xun Wengli, der vor einigen Wochen Shans kleines Ritual entdeckt und sich daraufhin angewöhnt hatte, mit seinem Knüppel laut gegen das Blech des Wagens zu hämmern.

Shan faltete das papierene Mandala sorgfältig zusammen, legte es zurück in das Handschuhfach und stieg aus. Xun wies mit dem Knüppel auf das *gau*, das immer noch offen auf Shans Brust hing, und lachte über dessen Verlegenheit. Shan ignorierte ihn, steckte das Gebetsamulett wieder unter sein Hemd und ging dann um den Wagen herum zur Beifahrertür, um die dort aufgehängte Uniformjacke zu holen. Xun wirkte enttäuscht, als Shan den obersten Knopf seines neuen Polizeidienstanzugs schloss. Dann forderte er Shan mit einer Geste auf, ihm zu dem dreigeschossigen Betongebäude vor ihnen zu folgen.

Oberst Tan, der Kommandant des Bezirks Lhadrung, hatte Shan ohne Angabe näherer Gründe hier in die gleichnamige Stadt beordert, die als Sitz der Bezirksverwaltung diente, doch Shan vermutete, dass Xun, der ranghöchste Adjutant des Obersts, ihn wieder mal zu einem Vortrag über den letzten Nationalen Volkskongress verfrachten sollte – oder zu einer weiteren Einführung in die neuen, noch strikteren Strafverfolgungsinitiativen in Tibet.

Zu seiner Überraschung legte man ihm am Empfang des neuen Verwaltungszentrums jedoch ein Formular zur Unterschrift vor, auf dem bereits in Druckbuchstaben sein Name stand. Die zugehörige Liste umfasste zudem weniger als zwanzig Personen, von denen Shan die meisten kannte. Das würde ja eine ziemlich private Propagandasitzung werden. Als sie die Tür des Vortragssaals erreichten, zögerte Shan und hielt nach Oberst Tan Ausschau, doch Xun schob ihn weiter und bog mit ihm in einen ungewohnten Korridor ab. Erschrocken begriff Shan, dass man ihn in den neuen Gebäudeflügel des Büros für Öffentliche Sicherheit führte, das seine Präsenz im gesamten Bezirk derzeit rasant verstärkte. Hektisch versuchte er sich die anderen Namen ins Gedächtnis zu rufen, die auf dem Formular gestanden hatten. Einige der Leute waren Polizeibeamte, andere hohe Militäroffiziere unter Tan – einschließlich dreier Direktoren seiner berüchtigten Straflager. Zwei der Namen tauchten oft am Fuß der Richtlinien auf, die von der Zentrale der Öffentlichen Sicherheit in Lhasa erlassen wurden. Eine dieser Direktiven hatte kürzlich angekündigt, dass alle Staatsbediensteten ihren Treueid gegenüber Peking erneuern mussten, diesmal aber angeschlossen an einen Lügendetektor. War das etwa der Anlass für Xuns hämische Miene? Shan verlangsamte unwillkürlich seinen Schritt, die Füße wurden ihm bleischwer. Falls man ihn hier mit einem Lügendetektor testete, würde er wahrscheinlich noch vor Einbruch der Dunkelheit wieder in einer Gefängniszelle sitzen, zumindest aber arbeits- und obdachlos sein.

»Beeilung, Wachtmeister!«, drängte Xun ungehalten. »Sie dürfen nicht zu spät kommen!« Der Major brachte ihn durch eine zweiflügelige Tür in eine große Kammer mit zwei Ebenen, deren Rückwand aus Fels bestand. Als Shan auf dem weiß getünchten Stein die verblichenen Abbildungen einer Lotusblume erkannte, lief ihm ein Schauder über den Rücken, und ihm fiel wieder ein, dass das neue Verwaltungszentrum, wie so oft in Tibet, absichtlich an der Stätte eines ehemaligen Tempels errichtet worden war. Die tiefer gelegene Hälfte des Raumes hatte einst zu einer Kapelle gehört, zweifellos eine jener unterirdischen *gonkangs*, in der grimmige, mitunter abstoßend wirkende Schutzdämonen verehrt worden waren.

Von der oberen Ebene aus gestatteten nun zwei Stuhlreihen den Ausblick auf den unteren, an eine Bühne erinnernden Teil, und Major Xun wies Shan den einzigen noch freien Platz zu, den letzten Stuhl in der ersten Reihe. Bei den anderen Anwesenden schien es sich um die Personen von der Unterschriftenliste zu handeln. Einer der grau uniformierten Offiziere der Öffentlichen Sicherheit, die von den Tibetern nur Kriecher genannt wurden, trat an ein Stehpult am Rand des kleinen Balkons, auf dem sie saßen, und nickte jemandem unterhalb zu, der sich außer Sichtweite des Publikums befand. Während der Offizier anfing, schnell und in gleichförmigem Tonfall aus einer Akte vorzulesen, nahm Shan die untere Ebene genauer in Augenschein. In den Fels waren vor langer Zeit Regale gemeißelt worden, auf denen dann die Statuetten niederer Gottheiten gestanden hatten. Trotz der weißen Tünche konnte man auf halber Höhe der Wand Rußflecke erkennen, wo auf einem Altar früher Butterlampen gebrannt hatten, die Tag und Nacht von Mönchsnovizen in Gang gehalten wurden, und das über Jahrzehnte, womöglich sogar über Jahrhunderte hinweg. Shan konnte nun außerdem die geisterhaften Umrisse von Dämonen ausmachen, die als Gemälde den Bereich über dem Altar geziert hatten. Manche der frommen Tibeter glaubten, dass diese Wesen in den alten *gonkangs* tatsächlich wohnten. Einer der Schutzdämonen wurde von der Betonwand des Neubaus zerquetscht. Die zentrale Figur zeichnete sich nur noch ganz schwach ab, doch bei genauerem Hinsehen erkannte Shan eine vierarmige weibliche Gestalt mit Pfeil und Bogen in zwei der Hände.

Als der Kriecher seinen eintönigen Vortrag über irgendeinen Aspekt der Strafverfolgung beendet hatte, konnte man hören, wie unterhalb von ihm eine Tür geöffnet wurde, und ein tibetischer Hausmeister kam in Sicht. Die Zuschauer verfolgten seltsam fasziniert, wie der Mann einen Schlauch abrollte und einen Mopp in die Ecke zwischen Betonwand und oberer Ebene stellte. Dann verschwand er und kam mit einem metallenen Lehnstuhl zurück. Kurz bevor er ihn vor der Rückwand abstellte, stolperte der Mann über den Schlauch, was das Publikum nervös auflachen ließ.

Shan hielt erneut nach Oberst Tan Ausschau, dem Kommandanten des Bezirks, der ihn herbeordert hatte, doch er konnte weder den Oberst noch dessen getreue mütterliche Assistentin Amah Jiejie entdecken. Xun erwiderte seinen Blick mit einem schmalen, erwartungsvollen Grinsen. Unten führte nun ein Sergeant der Öffentlichen Sicherheit einen Tibeter mittleren Alters heraus, einen Mann mit schütterem Haar und leerer, ausdrucksloser Miene. Der Tibeter streifte die Hand des Kriechers ab, zog seine Kleidung gerade, ging zu dem Stuhl und setzte sich. Er blickte hinauf zu seinem Publikum und fixierte jeden der Anwesenden kurz mit wachem, stechendem Blick. Shan kam als Letzter an die Reihe. Die Augen des Mannes verweilten bei ihm und ließen so etwas wie Neugier erkennen. Der Fremde krümmte die Finger einer Hand und hielt sie sich kurz vor die Brust. Ein anderer, jüngerer Offizier der Öffentlichen Sicherheit kam hinzu, ein Leutnant, dessen Haarfarbe einen ungewöhnlichen Stich ins Kastanienbraune aufwies. Er deutete vor dem Publikum eine Verbeugung an und wandte sich dann dem Tibeter zu. Die Miene des jungen Kriechers wirkte ernst und entschlossen, doch in seinem Blick glaubte Shan einen Anflug von Belustigung wahrzunehmen.

»Chou Folan?«, fragte der Leutnant.

Der Gefangene ignorierte ihn. Man hatte ihm einen chinesischen Namen zugewiesen, aber er weigerte sich, ihn anzunehmen.

Der Leutnant schaute hinauf zu dem Offizier am Stehpult, der ungehalten nickte.

»Metok Rentzig«, sagte der Leutnant.

»Ja«, erwiderte der Tibeter wehmütig. Dann drehte er sich plötzlich zu der schemenhaften Dämonin an der Wand hinter ihm um und rief mit nun trotziger Stimme: »*Om Kurukulla hrih hum svaha!*«

Erschrocken bemerkte Shan die Pistole in der Hand des jungen Offiziers. Der Kriecher hob sie mit einer schnellen, flüssigen Bewegung und schoss Metok in den Kopf.

* * *

Shan wusste nicht, wie lange er sitzen geblieben war und hinunter in die heilige Kapelle gestarrt hatte, die nun als Hinrichtungskammer dienen musste. Die anderen Zeugen waren eilig zur Tür hinaus geströmt, sobald der Mann am Pult die Zeremonie für beendet erklärt hatte. Major Xun hatte als Letzter den Raum verlassen und Shan beim Schließen der

Tür noch einmal höhnisch zugelacht. Zwei Handlanger erschienen mit einer Bahre und schafften den Leichnam weg. Shan schaute wie betäubt dabei zu, als der alte tibetische Hausmeister angehumpelt kam und den Boden mit dem Schlauch abspritzte. Sobald das Wasser nicht mehr lief, konnte Shan ihn ein klagendes Mantra flüstern hören. Der Hausmeister entdeckte Blut- und Hirnspritzer an der hinteren Wand und zögerte kurz, dann wich er einige Schritte zurück und spülte sie weg. Dabei entging ihm ein Fleck weiter oben, dicht unter dem Auge der verblichenen Göttin. Sie schien blutige Tränen zu weinen.

Als der Hausmeister fast fertig damit war, das rosa gefärbte Wasser aufzuwischen, schloss eine Hand sich um Shans Schulter. Er blickte auf, genau in die eiskalten Augen des Bezirkskommandanten.

»Das war nicht meine Idee, Shan«, sagte Oberst Tan. »Ich wusste nichts davon, bis Amah Jiejie mir mitgeteilt hat, dass du hier bist. Dann bin ich gleich hergekommen.«

»Sie haben mich herbefohlen.«

»In mein Büro, nicht zu dieser Veranstaltung. Das hier geht auf Major Xuns Kappe. Für den Fall war eigentlich Lhasa zuständig, aber man hatte den Major um ein stilles Örtchen für die Exekution gebeten. Als er hörte, dass du herkommen würdest, hat er Amah Jiejie aufgetragen, dich an diesen Ort zu schicken, und dann hat er der offiziellen Zeugenliste deinen Namen hinzugefügt. Er schien das wohl für einen guten Witz zu halten.«

»Ich fand es nicht lustig.«

»Nein, das kann ich mir denken. Es tut mir leid. Major Xun ist der tüchtigste Adjutant, den ich je hatte, aber er kann bisweilen übereifrig sein.«

Shan entgegnete nichts, doch während er Tan leise nach draußen folgte, wurde ihm auf einmal klar, dass der Oberst sich gerade zum allerersten Mal in all den gemeinsamen Jahren bei ihm entschuldigt hatte. Tan führte ihn hinaus zu seinem wartenden Wagen, einer alten, kantigen Limousine, Modell Rote Fahne, die schon vor zwanzig Jahren hätte ausgemustert werden sollen. Sobald Tan neben Shan Platz genommen hatte, gab der Fahrer Gas und bog mit hoher Geschwindigkeit auf die gepflasterte Straße ein, die von dem ausgedehnten Behördenkomplex in eine Landschaft aus Gerstenfeldern und grasenden Schafen führte.

Tan starrte zum Fenster hinaus und wandte auch dann nicht den Kopf, als er schließlich das Wort ergriff. »Ich brauche dich, Shan.«

Shan hörte die unerwartete Sorge in der Stimme des Obersts und begriff, dass Tan seine Verzweiflung gespürt hatte. Hatte er auch erkannt, welche Worte Shan seit dem Moment auf der Zunge lagen, als Tan in der Hinrichtungskammer seine Schulter berührt hatte? *Ich gebe auf*, formte Shan stumm mit den Lippen und verkniff sich den Rest. *Ich kann kein Rädchen in Pekings monströser Maschinerie mehr sein. Ich kann nicht länger als Polizist für Ihr seelenloses Reich arbeiten.* Er hatte derartige Ansprachen in den letzten Monaten häufig geübt, war dabei aber stets zu der ernüchternden Erkenntnis gelangt, dass er von Tan nicht loskam. Er hasste den Oberst dafür, dass er als Tyrann den berüchtigtsten Straflagern im gesamten tibetischen Gulag vorstand, doch Shan verdankte dem Mann seine Freiheit, seine Anstellung, seine Unterkunft, sein Leben. Es würde ihm niemals gelingen, eine andere Stelle zu finden, einen anderen legalen Wohnort oder, was am wichtigsten war, die Sicherheit seines Sohnes Ko zu gewährleisten, der als Häftling in einem von Tans brutalen Gefängnissen saß.

»Sein Name war Metok Rentzig«, sagte Shan am Ende. »Mir war nicht klar, um was für eine Art von Versammlung es sich gehandelt hat. Ich dachte, es würde nur wieder eines dieser öffentlichen Bekenntnisse eines rehabilitierten Tibeters sein. Als der Schuldspruch verlesen wurde, habe ich gar nicht hingehört.«

»Metok war ein leitender Funktionär des neuen hydroelektrischen Projekts. Er hat sich bestechen lassen. Es stand in der Zeitung.«

Shan erinnerte sich daran, etwas über Korruption beim Fünf-Klauen-Damm gelesen zu haben, dem gigantischen Bauprojekt im Norden des Bezirks, knapp fünfzig Kilometer von seinem Polizeirevier in Yangkar entfernt. »Stimmt, seine Verhaftung wurde vermeldet. Danach aber nichts mehr.«

»Bestechlichkeit auf so hoher Ebene ist Peking peinlich. Die Öffentliche Sicherheit wurde angewiesen, in aller Stille vorzugehen.«

»Sie wollen sagen, es gab einen Geheimprozess«, übersetzte Shan. »Und dann eine geheime Hinrichtung.«

»Ich will sagen«, erwiderte Tan mit scharfer Stimme, »dass bei diesem Verfahren die Interessen des Mutterlands angemessen berücksichtigt worden sind. Die Partei hat die Zuständigkeit übernommen, und die Ermittlungen wurden von Lhasa aus geführt. Wir hier waren nicht daran beteiligt.«

Auch Shan sprach nun zum Fenster gewandt. »Korruption ist nicht das Werk eines Einzelnen. Und doch wurde nur ein Mann angeklagt und hingerichtet. Ein Tibeter.«

Tan stieß ein verärgertes Knurren aus, kanalisierte seine Wut aber dadurch, dass er eine Schachtel Zigaretten aufriss und sich eine anzündete. Nach der Entfernung eines Lungenflügels war ihm das Rauchen eigentlich strikt verboten worden. Doch als eine Krankenschwester vor einer Weile versucht hatte, ihm eine Zigarette aus der Hand zu nehmen, hatte er ihr die Nase gebrochen.

In angespannter Stille fuhren sie einige Minuten weiter, dann sah Shan die Türme des Geländes, das sie ansteuerten, und erstarrte. »Ich habe für heute genug ›Gerechtigkeit im Namen des Volkes‹ gesehen«, protestierte er gereizt.

»Nicht so wie hier«, murmelte Tan und schnippte den Zigarettenstummel zum Fenster hinaus, während sie vor dem Haupttor langsamer wurden. Die Wachen salutierten nervös vor dem Militärkommandanten und beeilten sich dann, das Tor aus dicken Balken und Stacheldraht zu öffnen.

Ein erst kürzlich gemaltes Schild an der Einfahrt besagte, dies sei das Lager Neues Erwachen. Shan hatte die Einrichtung bislang als 105. Umerziehungsbrigade gekannt, wenngleich die meisten der Insassen sie einfach die Schuhfabrik nannten. Es handelte sich bei den Leuten zwar ausnahmslos um Strafgefangene, aber sie galten noch nicht als hoffnungslose Fälle. Daher verbrachten sie einen Teil ihrer Tage in Unterrichtsräumen und prägten sich die Leitsätze der Partei ein, und den Rest der Zeit fertigten sie Schuhwerk für die Volksbefreiungsarmee an.

Der Wagen hielt nun vor dem Gebäude der Lagerleitung, und zum zweiten Mal an jenem Tag brachte man Shan zu einer Empore, die hier aber nur aus einer bescheidenen, dreißig Zentimeter hohen Plattform mit zehn Stühlen bestand. Aus der Lautsprecheranlage ertönte plötzlich ein Militärmarsch, und in der hinteren Sitzreihe nahmen Offiziere niederen Ranges Platz. Shan und dem Oberst wurden Stühle neben einem übergewichtigen nervösen Uniformierten zugewiesen, in dem Shan den Direktor erkannte. Dann öffnete sich das innere, mit Klingendraht bewehrte Tor der Anlage, und unter den aufmerksamen Augen bewaffneter Posten strömten die Gefangenen herein und nahmen, aufgeteilt nach Barackenzugehörigkeit, dreißig Meter vor dem Podium Aufstellung. Im Gegensatz zu den Häftlingen in Tans Zwangsarbeitsbrigaden, die man außerdem in entlegeneren Ecken des Bezirks untergebracht hatte, waren diese Männer zumeist keine Langzeitinsassen, sondern lediglich Unruhestifter, verurteilt zu verschärfter Umerziehung. Ein Offizier der Öffentlichen Sicherheit konnte schon allein durch seine Unterschrift eine solche Strafe von bis zu einem Jahr verhängen, und sobald eine Zusammenkunft von Tibetern auch nur im Entferntesten nach politischem Protest roch, wurde von dieser Befugnis ausgiebig Gebrauch gemacht. Unter den Männern hier würden sich übergangsweise allerdings auch einige wenige Zwangsarbeitssträflinge befinden, denen entweder die baldige Entlassung bevorstand oder manchmal einfach nur das Ende ihres Lebens.

Einmal im Monat mussten die Häftlinge der Schuhfabrik antreten, um der Abschlussfeier beizuwohnen, wie die Lagerleitung das zu nennen pflegte. Shan rechnete mit den üblichen gönnerhaften Reden des Direktors und einiger Musterschüler, die einen vorgegebenen Text verlasen, um dem Mutterland kollektiv dafür zu danken, wieder auf den rechten Pfad gebracht worden zu sein. Nun erstarb die Musik, und ein junger Offizier erhob sich mit einem Megafon, um Auszeichnungen zu verteilen, eine Einheit für ihre saubere Baracke und eine andere für ihre guten Prüfungsnoten in chinesischer Geschichte zu loben. Nach einem halben Dutzend solcher Ankündigungen wurde dem Mann eine Liste gereicht, und er fing an, die Namen derjenigen zu verlesen, die entlassen werden würden. Acht Namen wurden aufgerufen, und die Männer traten jeweils zögernd vor, um ein aufgerolltes Stück Papier entgegenzunehmen, das den erfolgreichen Abschluss des Parteilehrplans bescheinigte. Dann erhielten sie eines der kleinen roten Bücher mit Zitaten Maos, die in Umerziehungslagern allgegenwärtig waren. Die Bücher waren jedoch auf Mandarin verfasst, und Shan bezweifelte, dass die Absolventen sie überhaupt lesen konnten. Jeder der Männer verneigte sich respektvoll vor dem Direktor und wurde dann zu einem Transporter beim Gebäude der Lagerleitung geführt, wo auch einige Reisetaschen auf dem Boden lagen, die vermutlich die Habseligkeiten enthielten, mit denen die Männer hier eingetroffen waren.

Der Offizier mit dem Megafon schaute fragend zu dem Direktor und rief nach dessen Nicken einen weiteren Namen auf. »Yankay Namdol. Tritt vor und empfange deine Papiere.«

Im ersten Moment hielt Shan den alten Mann, der sich aus den Reihen löste, für einen der ehemaligen Zwangsarbeitssträflinge, denn er humpelte mühsam, eine seiner Schultern sah irgendwie schief aus, sein struppiges Haar war überwiegend grau und sein Gesicht von tiefen Falten durchzogen. Doch je näher er der Plattform kam, desto mehr richtete er sich auf und desto schwächer wurde sein Humpeln, als würde er zusehends jünger werden. Er warf einen langen Blick in Richtung des Tors, wo eine junge Tibeterin aufgetaucht war, die zwei Pferde am Zügel führte.

Der Direktor wirkte seltsam erleichtert, als der Mann namens Yankay Namdol ergeben den Kopf neigte. Vielleicht hatte er befürchtet, der Delinquent würde sich vor Tan respektlos verhalten. Ein Soldat warf dem Gefangenen einen schmutzigen Schnürbeutel hin, dann reichte der Direktor ihm seine Urkunde und das kleine rote Buch. Yankay verbeugte sich vor den versammelten Offizieren, trat zurück und zog aus seinem Beutel eine abgewetzte *chuba* hervor, einen jener Schaffellmäntel, wie sie vor allem von Hirten bevorzugt wurden. Sonderbar fasziniert und in aller Stille verfolgten die zahllosen Anwesenden, wie er den Mantel über seine Lagerkluft streifte, die an einen Pyjama erinnerte. Er wandte sich der Häftlingsbrigade zu, hielt das Buch hoch über seinen Kopf und verneigte sich besonders tief vor den Mitgefangenen, was weithin ein belustigtes Raunen hervorrief. Dann winkte er der Frau am Tor zu und ging in ihre Richtung, hielt jedoch inne, als aus den Lagerschuppen hinter dem Verwaltungsgebäude mehrere Hunde angerannt kamen und zu bellen begannen. Ein Maultiergespann mit einem Karren voller gesammelter Exkremente scheute und ging durch, und der Fuhrmann lief hektisch hinterher. Shan nahm bei dem alten Mann den Anflug eines Lächelns wahr, und als Yankay seinen Weg fortsetzte, humpelte er fast gar nicht mehr.

Die Bedeutung dieses kleinen Dramas war Shan nicht ganz klar, und er beugte sich zu Tan hinüber. »Was hat er verbrochen?«, fragte er.

»Er hat zwei Soldaten getötet.«

Shan riss ungläubig die Augen auf. Ein Tibeter, der zwei Soldaten getötet hatte, würde ein Jahr später nicht mal mehr am Leben sein, geschweige denn aus einem vergleichsweise harmlosen Umerziehungslager freigelassen werden.

Tan runzelte die Stirn. »Es gab Komplikationen«, erklärte er.

Doch Shan hörte nur mit halbem Ohr zu, denn er beobachtete das merkwürdige Verhalten des Tibeters. Dreißig Schritte vor dem Tor blieb er stehen und holte ein Bündel getrockneter Zweige aus seinem Beutel. Er reckte es in alle vier Himmelsrichtungen und zog mit seinem Absatz einen zwei Meter messenden Kreis in den Staub, dessen Rand er mit mehreren kurzen Tangenten versah. Dann ging er weiter. Der Direktor stieß eine leise Verwünschung aus, drehte sich zu einem seiner Untergebenen um, zeigte auf den Kreis und befahl dem Mann, die Markierung zu verwischen. Ein schroffer Befehl von Oberst Tan brachte den jungen Offizier jedoch zum Stehen.

Alle auf dem Gelände sahen nun schweigend dabei zu, wie das Tor sich öffnete, Yankay auf eines der Pferde stieg und die junge Frau auf das andere. Dann trabten die beiden davon, und noch immer rührte sich niemand sonst.

»Zurück an die Arbeit«, sagte der Direktor sichtlich erleichtert, und der junge Offizier gab die Anweisung mit dem Megafon weiter. Die Häftlinge befanden sich auf dem Weg durch das innere Tor, als einige von ihnen etwas riefen und die Arme ausstreckten. Manche zeigten auf den entlassenen Gefangenen, der auf einem nahen Hügel vom Pferd gestiegen war und da oben eine Art Tanz vollführte, wobei er abermals das Bündel Zweige über dem Kopf schwenkte. Andere wiesen auf den hohen hölzernen Fahnenmast in der Mitte des großen Antreteplatzes. Er wankte hin und her.

Verwirrt wurde Shan Zeuge, wie der Mast plötzlich brach und die chinesische Flagge in den Staub fiel. Dann schwankte auf einmal der ganze Boden.

Es war kein starkes Erdbeben, sondern lediglich eine der kleineren Erschütterungen, wie sie in Teilen von Tibet alle paar Wochen vorkamen, doch die Lagerbediensteten hasteten panisch aus dem Verwaltungsgebäude ins Freie. Einer der jungen Offiziere keuchte auf und rannte hektisch auf einen der Wachtürme zu. Zwei Soldaten sprangen dort im letzten Moment von der Leiter, bevor die Streben mit lautem Krachen barsten. Der Turm kippte auf die Seite, gefolgt von einem weiteren lauten Krachen hinter dem Podium. Shan drehte sich um und sah, dass die Stützbalken des kurzen Vordachs am Eingang des Verwaltungsgebäudes nachgegeben hatten und dass das heruntergefallene Dach nun die Tür blockierte. Dann hörte das Erdbeben genauso abrupt auf, wie es begonnen hatte.

Die Gefangenen stimmten auf dem Rückweg in ihre Baracken einen Gesang an. Die Melodie klang wie eines der Arbeitslieder der Strafkolonnen beim Ausheben von Gräben oder dem Zertrümmern von Felsen für eine Straßenbettung. Doch nach einigen Zeilen erkannte Shan, dass dies nur ein Trick war, um die Aufseher zu täuschen. Der Text war der eines alten tibetischen Dankliedes an die Schutzdämonen.

Shan bemerkte, dass der Direktor, der nun vor ihnen stand, etwas sagen wollte. Tan starrte immer noch in Richtung des inzwischen menschenleeren Hügels, auf dem der entlassene Häftling getanzt hatte. »Herr Oberst?«, wiederholte der Direktor.

Shan berührte Tan am Ellbogen. Der Oberst wandte sich zu dem Direktor um und schaute dann an ihm vorbei zu dem umgestürzten Wachturm. Zu Shans Überraschung wirkte sein hageres Antlitz dabei nicht wütend, sondern eher fasziniert. »Weitermachen, Major«, sagte er zu dem bestürzten Direktor und fügte dann hinzu: »Der Fahnenmast muss bis Einbruch der Nacht wieder stehen.«

Draußen ließ Tan seinen Fahrer nach hundert Metern anhalten. Wortlos stieg er aus und fing an, den Hügel zu erklimmen, auf dem der Gefangene getanzt hatte. Shan öffnete ebenfalls seine Tür, hielt dann jedoch inne. »Wer war dieser Mann, der gerade entlassen wurde?«, fragte er den Fahrer, einen alten Sergeanten, der schon ewig unter Tan Dienst tat.

Der Soldat zeigte auf den umgekippten Turm. »Ein Zauberer«, erwiderte er beunruhigt. Shan wusste noch, wie abfällig und herablassend der Fahrer früher stets über die Tibeter gesprochen hatte, genau wie Tan selbst. Mittlerweile machte das keiner der beiden mehr.

Shan fand den Oberst oben auf dem Hügelkamm vor, wo Tan auf einem großen flachen Felsblock saß und eine weitere Zigarette rauchte. Von dem tibetischen Zauberer war nur noch eine Staubwolke in Richtung der nördlichen Berge zu sehen.

Tan nahm einen tiefen Zug und stieß den Rauch durch die Nasenlöcher aus. »Es wird Ärger geben«, verkündete er.

Shan setzte sich neben ihn. »Was für Ärger?«, fragte er und blickte der Staubwolke hinterher. Dort im Norden befand sich sein eigentlicher Zuständigkeitsbereich, die abgelegene Stadt Yangkar samt Umgebung. Erleichtert sah Shan, dass die Hufspuren nach Osten abbogen, weg von seiner Gegend und hin zu dem höchsten der fernen schneebedeckten Gipfel.

»Deine Art von Ärger.«

Shan beobachtete einige Atemzüge lang die Staubwolke. »Vergessen Sie nicht, Herr Oberst«, sagte er, »ich habe heutzutage eher mit der Suche nach entlaufenen Yaks zu tun oder muss einen Streit auf dem Marktplatz schlichten. Letzte Woche durfte ich entscheiden, ob ein Huhn zehn Kohlköpfe wert ist oder fünfzehn.«

Tan gab ein Grunzen von sich, das vielleicht so etwas wie ein Lachen sein sollte. Dann fiel auch sein Blick auf die immer weiter entschwindende Staubwolke, und er wurde wieder ernst. »Eine kleine Kolonne aus der Provinz Szechuan war in Lhadrung unterwegs, bloß zwei Armeelaster, eskortiert von zwei Fahrzeugen der Öffentlichen Sicherheit.«

»Sie meinen, einige sehr spezielle Gefangene wurden in eine Ihrer Einrichtungen überstellt.« Tans Straflager waren in ganz China dafür berüchtigt, dass man Häftlinge dort für immer von der Bildfläche verschwinden lassen konnte. Deshalb war auch Shan vor vielen Jahren zur 404. Baubrigade des Volkes verlegt worden.

Tan widersprach ihm nicht. »Nur sechs Mann, drei pro Transporter, mit jeweils zwei Wachen auf der Ladefläche und den Wagen der Öffentlichen Sicherheit davor und dahinter. Der befehlshabende Offizier des Büros, der eben erst nach Lhadrung versetzt worden war, hatte beschlossen, eine der alten Straßen durchs Hochgebirge zu nehmen, was mir bis heute nicht einleuchtet. Falls jemand sich die Mühe gemacht hätte, mich zu fragen, hätte ich die Leute gewarnt, dass diese Straßen zu unzuverlässig sind und man dort mit Erdrutschen und Schlimmerem rechnen muss.« Er zog erneut an seiner Zigarette. »Als sie um eine Biegung kamen, war da auf der Straße plötzlich ein alter Mann, der herumfuchtelte und einen seltsamen Tanz aufführte. Alle paar Sekunden hielt er inne und schüttelte sein Bündel Zweige in Richtung Himmel, der sich immer schneller verdunkelte. Die Männer aus dem vorderen Wagen der Öffentlichen Sicherheit sowie zwei der begleitenden Soldaten sind ausgestiegen und haben dem Mann zugerufen, er solle Platz machen, aber er schien sie nicht zu hören. Sie schossen in die Luft, doch er hat nur gelacht und nach oben gezeigt. Als sie sich ihm genähert haben, fing es an zu hageln, und zwar nicht in Erbsengröße, sondern mit riesigen Eisbällen, groß wie Äpfel. Scheiben gingen zu Bruch, und alle rannten zurück zu den Fahrzeugen. Die beiden Männer des Büros konnten sich in Sicherheit bringen, einer mit gebrochenem Schlüsselbein. Aber für die zwei Soldaten war der Weg zu ihrem Laster weiter. Zu weit. Sie hatten nur weiche Uniformmützen auf, und so wurden ihre Schädel zertrümmert. Sie waren beide sofort tot. Als der Hagel aufhörte, sahen ihre Körper aus, als hätte man mit Hämmern auf sie eingeprügelt.«

»Und der alte Mann?«

»Du hast ihn gerade wegreiten gesehen. Es hieß, er sei mit Einsetzen des Hagels verschwunden und gleich nach dessen Ende wieder auf der Straße aufgetaucht. Dann sei er zu den Toten gegangen und habe irgendeinen Gesang angestimmt, bevor er verhaftet wurde.«

»Verhaftet?«

»Leutnant Huan, der leitende Offizier der Öffentlichen Sicherheit, hat darauf bestanden, der Mann habe den Hagel über sie hereinbrechen lassen und müsse daher wegen Mordes angeklagt werden. Doch nicht mal die gefügigen Richter, die von der Öffentlichen Sicherheit ausgewählt werden, haben ihm diese Geschichte abgekauft. Wie könne die Regierung offiziell einräumen, dass es tibetische Zauberer gibt, hat der Richter den Offizier gefragt. Er sei selbst dabei gewesen, hat Huan entgegnet, und Yankay Namdol habe sie so kaltblütig getötet, als hätte er eine Pistole benutzt. Der Richter zitierte daraufhin einen Bericht, dem zufolge die besagte Straße dermaßen bekannt für ihre Hagelschauer sei, dass die Einheimischen sie den Eiskugeldamm nennen würden. Er wies die Anklage ab. Der Tod der Männer sei vielmehr auf die fahrlässige Entscheidung des Offiziers zurückzuführen. Ich habe dafür gesorgt, dass er eine dreijährige Beförderungssperre erhielt und aus Lhadrung versetzt wurde, bevor er überhaupt richtig angekommen war. Zuvor aber hat er seine Befugnisse genutzt, um den alten Tibeter für ein Jahr ins Umerziehungslager zu schicken, in die Schuhfabrik.«

»Und heute war die Strafe verbüßt.«

Tan schaute zurück zu dem Lager, wo die Insassen die Trümmer des Wachturms wegräumten. »Und zwar mit einem dramatischen Auftritt.« Er zog die nächste Zigarette aus der Packung. Sein Arzt hatte längst vor Tans Sturheit kapituliert und darauf bestanden, dass er wenigstens auf Filterzigaretten umstieg. Tan brach nun den Filter ab und warf ihn weg, bevor er sich die Zigarette anzündete. »Wie, zum Teufel, hat er das mit dem Erdbeben gemacht?«, knurrte er.

Shan ließ noch einmal Revue passieren, wie der Häftling zu dem Direktor gehumpelt war und seine Habseligkeiten in Empfang genommen hatte. Seine alte *chuba* war abgewetzt gewesen, das Futter aus Schaffell verschmutzt. Auf dem Rücken und den Ärmeln des Mantels hatte es verblichene Abbilder gegeben, manche davon komplexe geometrische Muster, andere die Darstellungen von Gottheiten, aber zu klein und undeutlich, als dass Shan sie erkannt hätte. Auf dem Weg zum Tor hatte Yankay dann diesen Kreis gezeichnet. Shan beugte sich vor und zog mit dem Finger nun eine kleinere Version davon in den sandigen Boden, einen Kreis mit vier kurzen Tangenten in jeweils gleichem Abstand zueinander. »Er ist ein Hageljäger«, sagte Shan.

»Eher ein Hagel*mörder*, wenn man der Öffentlichen Sicherheit glauben darf«, erwiderte Tan.

»Im alten Tibet waren solche Männer nicht unüblich«, erklärte Shan. »Meistens handelte es sich um hochrangige Mönche, die ihre Klöster verließen, um durch die Gegend zu ziehen und die Macht der Gottheiten anzuzapfen, die über Land und Himmel herrschen. Bauern bezahlten sie dafür, das Wetter zu beeinflussen. Oft sollten sie den Hagel abhalten, der binnen weniger Minuten ganze Ernten zu vernichten drohte, aber den Fähigsten unter ihnen wurde nachgesagt, dass sie den Hagel auch herbeirufen konnten. Von manchen hieß es sogar, sie würden sowohl die Erd- als auch die Himmelsgötter heraufbeschwören können.«

»Die Erdgötter, die den Boden erbeben lassen«, warf Tan ein.

Shan sah ihn überrascht an. »Das sind bloß alte Geschichten, Oberst. Nicht mehr als Folklore.«

»Natürlich sind sie das, verflucht noch mal!« Tan konnte sich ebenso schnell aufregen wie wieder beruhigen. »Aber es spielt keine Rolle, was ich glaube. Der Mann hat eine Gefolgschaft. Es ist, als hätten sie eine Gesetzeslücke gefunden.«

»Indem sie die Götter einsetzen?«

Tans Miene verhärtete sich erneut. »Komm mir ja nicht dumm! Es ist egal, ob du oder ich die Götter für echt halten. Aber viele Tibeter sind fest von ihrer Existenz überzeugt!«

»Ich bin mir nicht sicher, worauf Sie hinauswollen«, erwiderte Shan.

Tan wies mit seiner Zigarette auf die ferne Staubwolke. »Er reitet genau auf das Projekt zu.«

»Das Projekt?«

»Das verdammte hydroelektrische Projekt. Fünf-Klauen-Damm heißt das Ding. Die größte Investition, die die Regierung je in dieser Region getätigt hat. Der Bau soll noch zwei weitere Jahre dauern, und trotzdem ist die Einweihungsfeier schon im Terminkalender des Vorsitzenden vermerkt. Acht Kilometer weiter nördlich und es wäre nicht mehr mein Bezirk gewesen.« Er schüttelte den Kopf. »Da die strategischen Interessen des Landes betroffen sind, folgt man einem neuen Modell, einem Schnellverfahren. Der Genehmigungsprozess findet in aller Stille statt, und die Bauarbeiten fangen an, bevor die Bevölkerung auch nur etwas ahnt. Sogar mir hat vorher niemand Bescheid gesagt, geschweige denn mich um Erlaubnis gebeten.«

Shan sah ihn an. Korruption war eine lässliche Sünde, verglichen mit der Untergrabung von Tans Autorität.

»Wie genau sieht dieser Anfang denn aus?«, fragte Shan.

»Sie gestalten das Tal um und reißen ein paar alte Ruinen ab.«

Shan musste plötzlich an die Ereignisse vom Morgen denken. Er hatte der Hinrichtung eines Mannes beigewohnt, der an dem hydroelektrischen Projekt beteiligt gewesen war. »Ein paar Meilen weiter westlich, und es würde in meinem Zuständigkeitsbereich liegen«, flüsterte Shan und war abermals erleichtert, dass der sonderbare Tibeter nicht in Richtung Yangkar ritt. Doch warum hatte Tan ihn an jenem Morgen überhaupt herbeizitiert? Wieso hatte er mitten in der Nacht aufstehen und die stundenlange Fahrt nach Lhadrung antreten müssen?

Dann erschauderte er innerlich, denn Tan verzog das Gesicht zu einem schmalen Lächeln. »Richtig«, sagte der Oberst. »Als Wachtmeister von Yangkar braucht dich das nicht zu kümmern. Aber …« Er griff in seine Jacke, zog einen Umschlag hervor und reichte ihn Shan.

Das Schreiben war einfach adressiert an *Shan Tao Yun, Yangkar*. Als Shan es entgegennahm, zog sein Magen sich zusammen. Während er las, legte Tan ein kleines schwarzes Lederetui auf den Felsen. Shan starrte den Brief an, als könne er die Worte durch reine Willensanstrengung verschwinden lassen.

»Du bleibst der Wachtmeister und behältst dein Revier, aber ich erhöhe dein Gehalt um fünfzig Prozent.«

Shan las den Amtstitel, den Tan ihm verlieh. »Sonderinspektor für das Büro der Bezirksverwaltung. So was gibt es gar nicht.«

»Doch, sobald ich das anordne.«

»Ich hätte damit aber keinerlei Befugnisse.«

»Amah Jiejie hat für die Akten eine entsprechende Verordnung aufgesetzt. Der Bezirkskommandant hat in seinem Zuständigkeitsbereich die gleichen polizeilichen Befugnisse wie die Öffentliche Sicherheit. Und meine Zuständigkeit wurde auf Nachschubgüter der Armee erweitert, da Lhadrung ja als neuer regionaler Versorgungsknotenpunkt des Militärs vorgesehen ist.« Er schob Shan das Etui herüber. »Klapp es auf. Es war ihre Idee. Sie sagte, es würde dir helfen.«

Die lederne Hülle enthielt auf einer Seite ein Abzeichen aus Messing und auf der anderen eine laminierte Karte. Sie war mit Tans Unterschrift versehen und auf *Shan Tao Yun, Sonderinspektor* ausgestellt. Darunter stand: *Militärkommandantur, Bezirk Lhadrung.*

»Das mache ich nicht«, sagte Shan.

»Du hast keine andere Wahl.«

»Wieso?« Die Frage war überflüssig. Sie kannten beide den Grund, aus dem Shan, der in Ungnade gefallene abtrünnige Ermittler aus Peking, Jahre zuvor aus dem Zwangsarbeitslager freigekommen war, in dem er eigentlich hätte sterben sollen. Er war zu einer Haftstrafe von unbestimmter Dauer verurteilt worden, was für all jene, die das Missfallen des Staatsrats erregt hatten, lebenslänglich bedeutete, vorzugsweise mit einer deutlich verkürzten Lebensdauer. Doch nach fünf Jahren im Lager war er Tan bei einem Problem behilflich gewesen, und der Oberst hatte ihn eigenmächtig freigelassen, ohne Peking davon zu unterrichten. Shan konnte daher auch nicht außerhalb von Tans Bezirk leben und nirgendwo eine Stelle annehmen, es sei denn von Tan persönlich. Doch der wichtigste Grund war sein Sohn Ko, der als Häftling in Shans einstigem Lager einsaß. Der Direktor und die Aufseher hatten Shan gehasst, und Ko würde sich ohne den Schutz von Tan und Amah Jiejie in ernster Gefahr befinden. Die Frau besuchte den jungen Mann so regelmäßig, dass das Personal sie bereits als Kos Tante bezeichnete.

Doch Tan überraschte Shan. »Ich brauche dich, Shan«, sagte er zum zweiten Mal an jenem Tag. Die Verbindung zwischen ihnen hatte sich im Laufe der Jahre ziemlich kompliziert entwickelt, von zunächst erbitterter Feindschaft allmählich zu widerwilligem gegenseitigem Respekt. Shan hatte Tan mehrfach vor dem Verlust seines Ansehens bewahrt und einmal sogar vor der Todesstrafe für ein Verbrechen, das der Oberst nicht begangen hatte. Tan hatte Shan vor der gnaden- und oft auch gewissenlosen Hand Pekings geschützt. Nachdem er letztes Jahr durch Shan erfahren hatte, dass ein verehrter General, ein gottgleicher Volksheld, in Wahrheit ein korrupter Mörder war, hatte Tan nach und nach erkennen lassen, dass er, genau wie Shan, seiner Regierung nicht mehr vertraute. Er hatte den General in Shans Anwesenheit getötet und so engere Bande zwischen ihnen geschaffen.

»Der Fünf-Klauen-Damm ist ein nationales Projekt unter Pekings Leitung. Man hat Metok von Lhasa aus belangt«, erinnerte Shan den Oberst.

»Es ist *mein* Bezirk, verdammt noch mal!« Nicht ohne Grund bezeichneten manche Leute Tan als den Kriegsherrn von Lhadrung. Er war seit so langer Zeit mit eiserner Faust der Kommandant dieser riesigen Region, größer als so manche Provinz im Osten, dass das Gebiet inzwischen eher wie sein privates Königreich wirkte.

Schweigend saßen sie da. Über den fernen Gipfeln riss die Wolkendecke auf, und die Sonne ließ die Schneekronen erstrahlen. Auf den unteren Hängen der nächstgelegenen Berge konnte Shan mehrere Punkte erkennen, die ebenso weiß leuchteten. Es handelte sich um *chorten*, kleine Bauten mit Kuppel und Spitze, uralte Schreine, die von den ortsansässigen Tibetern insgeheim restauriert worden waren. Sie standen in einer Linie wie Wächter über den Straflagern im Tal. Das Gebirge barg auch heutzutage noch sehr alte, überaus gut versteckte Geheimnisse.

Tan wies auf die immer kleiner werdende Staubwolke. »Metoks Hinrichtung war kein Ende, sondern ein Anfang«, sagte er in dem grimmigen, wissenden Tonfall eines alten Kriegers. »Der Hageljäger reitet nicht ohne Grund zu den Fünf Klauen.«

Shan begriff, dass Tan mit dieser Entwicklung gerechnet hatte. »Ich verstehe nicht ganz, Herr Oberst«, sagte er. »Soll ich etwa Verbrechen untersuchen, die noch gar nicht verübt worden sind?«

Er erwartete eine barsche Zurechtweisung, aber Tan wog seine Antwort sorgfältig ab. »Tibet ist ein Land verwüsteter Orte und gebrochener Menschen«, sagte er nachdenklich. »Und du, Shan, kannst diese Bruchstücke besser zusammenfügen als jeder andere, den ich kenne.« Dann stand der Oberst auf und ging zurück zum Wagen.

Dort erwartete sie ein junger Offizier aus dem Lager. »Der Direktor lässt mitteilen, dass das Erdbeben unsere Zisternen beschädigt hat«, meldete er Tan. »Wir haben kein Wasser und werden Tanklaster benötigen. Darüber hinaus hat im Unterrichtssaal das neue Wandgemälde des Vorsitzenden einen Riss davongetragen, mitten durch sein Gesicht.«

Tan warf Shan einen vielsagenden Blick zu. Auch das Lager Neues Erwachen war zu einem jener verwüsteten Orte geworden.

KAPITEL ZWEI

Als vor ihm Yangkar auf der anderen Seite des Tals in Sicht kam, hielt Shan am Straßenrand. Nach dem von Tan erzwungenen Umzug hierher war die staubige, vom Wind geplagte Stadt ihm anfangs wie ein trostloses Exil vorgekommen, doch mittlerweile fühlte Shan sich hier so sehr zu Hause wie zuvor nirgendwo seit seiner Kindheit. Viele der tibetischen Einwohner waren ihm ans Herz gewachsen. Sie grüßten ihn mit mattem Lächeln und bemühten sich nach Kräften, ihn vor den wenigen Unverbesserlichen zu beschützen, die prinzipiell jeden chinesischen Polizisten hassten. Die Stadt barg so manch dunkles Geheimnis und bittere Erinnerung, genau wie Shan selbst, aber sie hielt trotz aller Narben und Beschwerlichkeiten weiter durch, ebenfalls genau wie Shan. Ausschlaggebend für seine Zufriedenheit war wahrscheinlich die Erkenntnis, dass die tibetischen Traditionen hier im Verborgenen weiter Bestand hatten. Als Folge der Abgeschiedenheit und des unwirtlichen Wetters hatten die Eiferer, denen in Peking das Büro für Religiöse Angelegenheiten unterstand, die Stadt Yangkar nämlich weitgehend ignoriert. Die Aufgabe dieser Behörde war es, die Religion im Volksparadies auszumerzen, und vor einigen Jahrzehnten war das uralte Kloster von Yangkar dem Büro auch tatsächlich zum Opfer gefallen. Seitdem aber hatten seine Schergen sich kaum jemals mehr hier blicken lassen.

Als drei Schafe nun vor Shan in der Dämmerung die Straße überquerten, fiel ihm etwas plötzlich wieder ein. Er stöhnte auf, legte den Gang ein und gab Gas. Zehn Minuten später kam er mit einer Vollbremsung auf dem Schotterweg vor dem Schulgebäude zum Stehen, und die junge Tibeterin, die dort auf der Treppe saß, stand auf und warf sich einen Rucksack über die Schulter.

»Es tut mir leid, Yara«, sagte Shan und stieg aus. »Ich musste nach Lhadrung. Ich hätte dich von dort aus anrufen müssen.« Dann hielt er der tibetischen Lehrerin den Wagenschlüssel hin. Ihr warmherziges Lächeln ließ sein Schuldgefühl verschwinden.

»Vielleicht besser so«, entgegnete Yara. Sie legte ihren Rucksack auf die Sitzbank und nahm am Steuer Platz. »Die Schulleiterin wirft mir jedes Mal argwöhnische Blicke zu, wenn der Wachtmeister für mich anruft.« Sie schaute zu den steilen Hängen oberhalb der Stadt, die am Talgrund bereits in tiefem Schatten lag. »Meine Großmutter wird allerdings nicht im Dunkeln auf der Ladefläche sitzen wollen.« Yara brachte die alte Frau hinauf zum Lager des Großvaters, der dort die winzige Herde aus Schafen und Yaks hütete und darauf wartete, dass die Pässe unterhalb der Sommerweiden schneefrei sein würden.

»Sie kann natürlich vorn bei dir sitzen«, sagte Shan. »Sie möchte nur diesmal bitte nicht die Sirene einschalten.«

»Du weißt aber schon, dass sie die ganze Zeit ihre Zigarre rauchen wird? Der Wagen wird eine Woche lang danach riechen.«

Shan nickte reumütig. »Das ist die Strafe für meine Verspätung.«

Yara lächelte erneut, zog dann ein gefaltetes Stück Papier aus der Tasche ihrer Bluse und reichte es Shan. »Während der Wartezeit habe ich einen Brief geschrieben«, sagte sie. »Ich stelle den Wagen dann wie üblich hinter dem Revier ab«, fügte sie hinzu und fuhr los, um ihre Großmutter von der Arbeit in der Teppichfabrik abzuholen.

* * *

Der Marktplatz lag fünf Blocks vom Betongebäude der Schule entfernt. Unterwegs betrachtete Shan die gedrungenen windschiefen Häuser zu beiden Seiten der Straße. Bei fast allen waren rund um die Türrahmen

Lotusblumen, Muscheln, Fische oder andere Glückssymbole aufgemalt. Der neue chinesische Friseur hatte sich jedoch ein Poster des Vorsitzenden an die Haustür gehängt. Ein alter Mann auf einem Fahrrad fuhr vorbei und schenkte Shan ein nahezu zahnloses Grinsen. Im Korb an der Lenkstange saß ein Terrier. An einem Ende des Platzes kniete eine Frau bei dem kleinen *chorten* und nickte Shan zu. Am anderen Ende landete eine Taube auf der überdimensionalen Büste des Großen Steuermanns Mao. Als das Polizeirevier in Sicht kam, rannte dort soeben eine Ziege zur Tür heraus, gefolgt von einem geworfenen Stiefel.

Shan seufzte kurz, richtete dann seine Uniform, überquerte die staubige Straße und betrat das Revier. Vorn im Büro stritten zwei Tibeter miteinander. Als Shan geräuschvoll die Tür schloss, verstummten sie abrupt und keuchten erschrocken auf. Der ältere Mann huschte nach nebenan. Der jüngere, Anfang dreißig, nahm Haltung an und hob die Hand an die Stirn, was entfernt nach einem Salut aussah.

»Wachtmeister Shan«, sagte sein Stellvertreter nervös und warf einen Blick auf die Ziegenköttel am Boden.

»Wachtmeister Choden«, erwiderte Shan kühl, »ist das Ihr Stiefel da draußen auf der Straße?«

»Ein Winterstiefel, den ich nachher mit nach Hause nehme«, erklärte Choden verunsichert.

»Aber was wollen Sie dann tragen, wenn ich Sie hoch in die Berge schicke, um dort an unserem Vorposten Schafe zu zählen? Da liegt oft tiefer Schnee.«

Der junge Polizist erblasste. »Ich hole ihn sofort, Chef.«

Der Mann lief hinaus. Shan blickte ihm durchs Fenster hinterher und fragte sich, ob er das bereits ausgefüllte Formular einreichen sollte, mit dem er um Chodens Versetzung bat. Sein früherer Stellvertreter hatte sich als skrupelloser Mörder erwiesen und sogar Shans Vorgänger umgebracht. Daher war Oberst Tan bei der Auswahl des neuen Polizisten besonders sorgfältig vorgegangen. Choden hatte die Ausbildung als bester

Tibeter seines Jahrgangs abgeschlossen, doch er schien nicht in der Lage zu sein, mit der notwendigen Autorität aufzutreten.

»Ich habe Lhakpa schon vor einer Stunde gesagt, die Ziege muss raus«, nörgelte Choden, als er mit seinem Stiefel zurückkam.

»Weil Sie wussten, dass ich dann wieder hier sein würde.«

»Genau«, bestätigte Choden und stutzte, als wittere er eine Falle. »Ich habe ihm gesagt, der Besuch von Angehörigen sei nur für täglich eine Stunde gestattet. Gefängnisvorschrift.«

»Es ist eine Ziege«, betonte Shan.

»Nun ja ...«, setzte Choden an, als wolle er Einwände erheben. Er war nur wenige Meilen entfernt in einer der vielen Familien aufgewachsen, die nicht nur inbrünstig an das Prinzip der Reinkarnation glaubten, sondern auch wussten, dass viele ihrer unmittelbaren Vorfahren schwere Schuld auf ihre Seelen geladen hatten und deshalb als niedere Lebensformen zurückgekehrt waren. In fast allen der traditionellen Haushalte der Gegend lebten Tiere, die als wiedergeborene Verwandte galten. »Er ist überzeugt, sie sei seine junge Nichte, die letztes Jahr bei einem schrecklichen Sturz in den Bergen gestorben ist. Er sagt, aus diesem Grund sei sie als Ziege heimgekehrt – um zu lernen, besser auf die Pfade zu achten.« Choden sah Shan hoffnungsvoll an, als glaube er, die besseren Argumente zu haben. »Ich habe sie heute Morgen am anderen Ende der Stadt in einem Stall angebunden. Aber sie findet stets zu ihm zurück, egal, wo er ist. Wirklich schlau, dieses Mädchen. Er sagt, sie habe die Augen seiner Nichte.« Der letzte Satz klang eher unschlüssig.

Shan setzte sich an seinen Schreibtisch und unterdrückte ein Gähnen. »Keine Tiere im Zellentrakt«, stellte er fest und bemerkte dann den kurzen getippten Bericht, der vor ihm lag. Er las ihn laut vor. »Vorfall eins. Es wurde gemeldet, dass ein Yak an der Schnellstraße bei Kilometerstein 300 Verkehrsschilder umwirft.« So etwas kam hier in der Gegend beinahe jede Woche vor. »Vorfall zwei«, fuhr er fort. »Frau Lu gibt an, jemand habe von ihrer Fensterbank drei Zwiebeln gestohlen. Vorfall drei. Herr Xing meldet, ein Vandale habe mit Kreide ein Sonne-und-Mond-

Symbol auf die Rückwand seines Hauses geschmiert.« Shan sah seinen Stellvertreter fragend an.

Choden zuckte die Achseln. »Ich habe ihm gesagt, es sei zu seinem Schutz gedacht, als eine Art Glücksbringer, und dass es helfen würde, die Mäuse von seinem Getreide fernzuhalten.« Die chinesischen Einwohner machten ungefähr fünf Prozent der Stadtbevölkerung aus, waren aber für neunzig Prozent der Beschwerden verantwortlich.

»Vorfall vier«, las Shan weiter. »Ein Transporter mit vier Wissenschaftlern des Instituts hat in der Stadt gehalten. Die Leute haben im Nudellokal zu Mittag gegessen.« Er blickte auf. »Was für Wissenschaftler? Von welchem Institut?«

Sein Stellvertreter zuckte abermals die Achseln. »Vier Leute aus Peking.« So nannten die Tibeter alle Chinesen, seit mehrere hartnäckige Propagandakampagnen verkündet hatten, alle Tibeter müssten sich selbst als Chinesen bezeichnen. »Marpa hat sie bedient.« Das war der Eigentümer des Lokals. »Sie haben ihm erzählt, sie seien nur auf der Durchreise und wollten die Berge untersuchen.«

Shan und Choden wussten beide, dass niemand auf der Durchreise nach Yangkar kam. Die Stadt lag am Ende eines langen Zubringers zur Schnellstraße. »Welche Art von Wissenschaftlern?«

Wieder zuckte Choden die Achseln. Die Geste war typisch für ihn. »Bergwissenschaftler, schätze ich.«

Shan las den letzten Teil der Seite und erschauderte. »Was soll das heißen, die Öffentliche Sicherheit in Lhasa will mich sprechen?«

»Eine Beamtin der Öffentlichen Sicherheit hat aus Lhasa angerufen und sich erkundigt, ob Shan Tao Yun hier der leitende Wachtmeister sei.«

»Und das haben Sie als Vorfall vermerkt?«

»Es klang wichtig, Chef. Ich kann mich nicht erinnern, wann zuletzt die Zentrale der Öffentlichen Sicherheit hier angerufen hätte. Die Frau hat gefragt: ›Spricht Wachtmeister Shan Tibetisch und trägt er ein Gebetsamulett?‹« Choden blickte auf seine verschränkten Hände. »Es tut mir leid. Ich musste ihr die Wahrheit sagen.«

Shan ging in Gedanken die Zeugen bei Metoks Hinrichtung durch. Da war zunächst der höhere Offizier gewesen, der die Vergehen des Ingenieurs verlesen hatte. Dann der arrogante, aalglatte jüngere Offizier, der mit einem Lächeln den Abzug betätigt hatte. Weibliche Mitarbeiter der Öffentlichen Sicherheit waren Shan nicht aufgefallen, jedenfalls nicht in Uniform. Doch Tan hatte gesagt, für den Fall sei Lhasa zuständig gewesen.

Shan stand auf, ging zu der Nische, die ihnen als provisorische Küche diente, und schenkte sich dort aus der Thermoskanne eine Tasse Tee ein. Der Tee war kalt. »Gehen Sie noch eine halbe Stunde lang auf Streife und dann nach Hause«, wies er Choden an, der dankbar nickte und gleich darauf die Stirn runzelte, weil Shan auf die Ziegenköttel zeigte.

Gehorsam reinigte der Stellvertreter den Boden, wollte dann aufbrechen, hielt an der Tür aber inne. »Haben wir wirklich einen Vorposten in den Bergen?«, fragte er. »Um dort Schafe zu zählen, meine ich.«

Shan schüttete die Tasse im Spülbecken aus. »Das werden Sie noch früh genug herausfinden, falls Sie unser Revier weiterhin wie einen Stall behandeln«, erwiderte er und schickte seinen Stellvertreter mit einem Wink zur Tür hinaus.

Er brühte eine frische Kanne Tee auf, füllte zwei Becher und trug sie durch die Tür in der Rückwand des Büros. Nachdem er einen der Becher auf den Tisch vor den beiden Zellen gestellt hatte, öffnete er die unverriegelte Tür der ersten Zelle und stellte den zweiten Becher dort drinnen auf einen Hocker an der Wand. Dann setzte er sich draußen an den Tisch.

»Ich habe heute oben in den Bergen am Straßenrand die ersten Blumen gesehen«, behauptete er nach einigen kleinen Schlucken.

Lhakpa, der alte Mann, der meditierend neben dem Hocker saß, kam allmählich wieder zu sich. Er öffnete die Augen, wandte Shan langsam den Kopf zu und nahm dann mit beifälligem Nicken den dampfenden Becher. »Der Frühling lässt sich dort immer viel Zeit«, stellte er fest. »Aber in ein paar Tagen steige ich selbst hinauf.«

»Ich habe für dich eine zusätzliche Decke aufgetrieben«, erklärte Shan. »Und ich gebe dir so viel Gerste mit, wie du tragen kannst.«

Lhakpa war vor einigen Wochen in der Stadt aufgetaucht und hatte in leeren Ställen übernachtet, weil Shan ihm leider mitteilen musste, dass er nicht neben dem *chorten* auf dem Marktplatz lagern dürfe. Mehrere der chinesischen Einwohner, vertreten durch ihr selbsternanntes Leitendes Bürgergremium, hatten sich beschwert, der Obdachlose sei eine Beleidigung der sozialistischen Gesellschaft, so als hätte Lhakpa beschlossen, als Zeichen des politischen Protests auf einen festen Wohnsitz zu verzichten. Shan möge doch bitte seine Aufenthaltsgenehmigung überprüfen. Lhakpa besaß keine solche Genehmigung, das wusste nicht nur Shan, sondern es wussten auch die Tibeter der Stadt, die angefangen hatten, ihn mit Vorräten zu versorgen, die sie eigentlich nicht entbehren konnten. Nachdem er den alten Mann eines Morgens zitternd und schneebedeckt unter einem Baum sitzen gesehen hatte, nur gewärmt durch die Ziege auf seinem Schoß, war Shan eine Lösung eingefallen. Er hatte Lhakpa festgenommen, was das Bürgergremium zufriedenstellte, und ihn für den Rest des Winters in einer warmen, trockenen und unverriegelten Zelle untergebracht. Dabei hatte er aber nicht mit der Anhänglichkeit der Ziege gerechnet, die Lhakpa auf Schritt und Tritt folgte. »Sie muss draußen bleiben, mein Freund«, sagte er nun.

Lhakpa lachte leise auf. »Ich wünschte, du hättest meine Nichte Tara kennenlernen können, Shan. Blitzgescheit und obendrein ziemlich hübsch. Ihr Blick war so aufgeweckt und voller Leben. Es ist ihr viele Jahre lang gelungen, den Leuten aus dem Weg zu gehen, die sie in eines dieser Internate verfrachten wollten, aber mit fünfzehn hat man sie dann doch erwischt. Sie musste mir versprechen, ihr Bestes zu geben, und man hielt große Stücke auf sie und wollte sie sogar für eine der Universitäten im Osten vorschlagen.«

Shan beugte sich vor. Lhakpa hatte ihm gegenüber noch nie so bereitwillig von der Ziege erzählt. Der Tibeter war ein Mann vieler Geheimnisse, doch das traf auf jeden Wanderer in Tibet zu, und Shan wollte ihn zu nichts drängen. Leute wie Lhakpa hatten allen Grund, der Polizei nicht zu vertrauen.

»Aber sie hat es gehasst«, fuhr Lhakpa fort, »und ist alle zwei oder drei Monate weggelaufen, um zu uns zurückzukehren. Dann sind ihre Eltern gestorben, und sie hatte nur noch mich und meinen Bruder. Als sie das nächste Mal ausgerissen und zurückgekommen ist, habe ich zu ihr gesagt, es sei ihr bestimmt, auf die chinesische Universität zu gehen, denn ihr sei sonst nichts geblieben. Sie würde die Aussicht auf ein neues Leben erhalten, weit weg von all dem Leid in Tibet. Da wurde sie wütend und hat mich zum ersten Mal überhaupt angeschrien. Sie wisse, wer sie sei, hat sie gesagt, und sie sei keine Marionette der Chinesen. Dann ist sie hinausgestürmt. Das war das letzte Mal, dass ich sie gesehen habe. Später kam ein Brief von ihr, in dem sie sich entschuldigt hat. Sie würde heimkommen, um mich persönlich um Verzeihung zu bitten. Ob ich mir vorstellen könnte, gemeinsam mit ihr ein neues tibetisches Leben für unsere Familie aufzubauen, vielleicht auf einem Bauernhof? Um unser Dorf zu erreichen, musste sie fünf Tage durch die Berge reisen. Am dritten Tag gab es einen Eissturm.« Lhakpa trank einen weiteren Schluck Tee. Als er weitersprach, war seine Stimme nur noch ein Flüstern. »Ein Hirte hat ihren Leichnam gefunden. Sie war auf dem Pfad ausgerutscht und eine Klippe hinabgestürzt.«

»Das tut mir sehr leid«, war alles, was Shan sagen konnte.

»Es war einer der Gründe dafür, dass ich ein Schneemönch werden will«, erklärte Lhakpa. Der Tibeter hatte Shan schon vor einer Weile mitgeteilt, dass er sich auf ein Dasein als Einsiedler vorbereite, doch bislang hatte er noch nie über seine Motivation gesprochen. »Nach ihrem Tod musste ich weg von zu Hause, um der Welt ein oder zwei Jahre lang in Einsamkeit zu begegnen«, sagte Lhakpa und spielte damit auf die unregistrierten tibetischen Mönche und Nonnen an, die ein abgeschiedenes, verstecktes Leben im Hochgebirge führten. »Sechs Monate später ging ich einen Pfad entlang und hörte auf einmal dieses laute Meckern. Dann lief auch schon eine junge Ziege auf mich zu. Es gab in der Nähe kein Hirtenlager und keinen Bauernhof. Trotzdem habe ich mehrmals versucht, sie wieder wegzuschicken, denn sie musste ja von irgendwo entlaufen sein. Aber sie ließ sich nicht abwimmeln, und als ich an jenem Abend mein Lager aufschlug, hat sie sich vor mich hingesetzt und mich angestarrt. Und da sind mir zum ersten Mal ihre Augen aufgefallen, dieser tiefe, energische Blick, den ich bis dahin nur von meiner Nichte kannte.« Lhakpa trank erneut und zuckte die Achseln. »Ich habe Tara gesagt, sie muss draußen bleiben. Wachtmeister Choden hat sie heute Morgen sogar den ganzen weiten Weg auf die andere Seite der Stadt gebracht. Aber eine Stunde später war sie wieder hier und hat mit dem Kopf an die Hintertür geklopft.«

»Es überrascht mich, dass sie hier nirgendwo im Kochtopf gelandet ist.«

»Nein, nein. Das würde niemand wagen. Tserung von der Autowerkstatt hat ihr letzten Monat rotes Garn umgebunden.« Für die Tibeter bedeutete diese Kennzeichnung, dass das Tier freigekauft worden war, dass jemand sich durch Zahlung eines Geldbetrags beträchtliche spirituelle Verdienste erworben hatte, um die Ziege für immer vor dem Schlachter zu bewahren.

Shan erinnerte sich an die erste Begegnung mit Lhakpa und der Ziege. Auch da hatte sie bereits rotes Garn um den Hals getragen. »Sag mal, alter Mann, wie oft hast du ihr Leben denn schon verkauft?«

Der Gefangene stieß ein leises schnaufendes Lachen aus. »Die Leute fühlen sich dann immer so gut. Aber ich behalte das Geld nie für mich selbst. Letztes Mal habe ich etwas Getreide für Tara gekauft, ein paar Münzen der Frau zugesteckt, die sich um den Erhalt der Schreine kümmert, und den Rest an die tibetische Krankenschwester gegeben, die hier durch die Berge reist. Sie soll davon Medikamente kaufen.«

Shan hob anerkennend den Becher und verharrte dann kurz schweigend, bevor er aufstand, um aus dem Büro eine Kerze zu holen. Er zündete sie an und schaltete die Deckenbeleuchtung aus, weil er wusste, dass der Tibeter lieber bei warmem Kerzenschein meditierte als im grellen Licht der nackten Glühbirnen.

»Ich habe heute bei der Hinrichtung eines Mannes zugesehen«, gestand er Lhakpa, der in dieser Stadt einem echten Mönch noch am nächsten kam.

»Das tut mir leid«, sagte Lhakpa und wies auf die abgenutzte *mala*, seine Gebetskette, die auf dem Hocker lag. »Verrat mir seinen Namen, und ich werde heute Nacht eintausend Perlen für ihn beten.«

»Ich wurde als offizieller Zeuge verpflichtet«, erzählte Shan. Sein Herz kam ihm wie ein kalter Stein vor, während er schilderte, wozu man ihn gezwungen hatte. »Es hat sich angefühlt, als würde ich selbst abdrücken.«

Lhakpa starrte in seinen dampfenden Becher. »Dann werde ich auch für dich eintausend Perlen beten, Wachtmeister.«

Shan trank einen Schluck. »Hast du heute draußen gearbeitet?« Bei schönem Wetter half Lhakpa für gewöhnlich auf dem Marktplatz aus, vermeintlich im Zuge eines polizeilich verfügten Arbeitseinsatzes. »Sind dir die Besucher aufgefallen?«

»Diese Chinesen? Als die aufgetaucht sind, haben die meisten Leute fluchtartig den Platz verlassen. Frau Lu kam aus ihrem Haus und hat einen kleinen chinesischen Wimpel geschwenkt. Sie scheint sehr einsam zu sein.«

»Wachtmeister Choden sagt, die Leute hätten zu Mittag gegessen und seien dann weitergefahren.«

»Aber erst haben sie noch auf die Berge geschossen.«

»Wie bitte?«

»Sie haben ein Gerät mit Stativ aus ihrem Transporter geholt und sind damit auf den alten Torturm gestiegen. Ähnlich wie ein Teleskop, aber nicht ganz. Eine Kamera war es auch nicht. Ich glaube, es war eines dieser Dinger, mit denen man Laserstrahlen verschießt, um etwas zu vermessen.« Lhakpa versetzte Shan nicht zum ersten Mal in Erstaunen. Kaum ein Tibeter und vor allem so gut wie kein Schneemönch hätte von der Existenz derartiger Geräte gewusst. »Ein Mann hat damit nacheinander alle Berge rund um das Tal anvisiert und jeweils Zahlen abgelesen, die ein anderer auf einem Klemmbrett notiert hat. Dann hat ein dritter Mann mit einer echten Kamera vom Turm aus Fotos gemacht, viele Fotos, und sich alle paar Sekunden ein kleines Stück weitergedreht, einmal komplett im Kreis. Als er nach unten kam, hat er Tara und mich bemerkt und gelacht, und dann hat er auch uns fotografiert.«

Shan fiel der Brief ein, den Yara ihm gegeben hatte. Er musste seinem Sohn Ko einen eigenen Brief schreiben, dessen Umschlag als Tarnung diente, denn Tan hatte dafür gesorgt, dass Shans Briefe an Ko vom Lagerpersonal nicht geöffnet werden durften. Er trank aus und stand auf.

»Wie war der Name des Toten?«, fragte Lhakpa. »Für meine Gebete.«

Shan zögerte. Er fühlte sich dem Mann, der hingerichtet worden war, auf seltsame Weise verbunden. »Chou Folan«, sagte er dann und verspürte sofort ein Schuldgefühl, weil er den chinesischen Namen des Toten wählte. Doch aus irgendeinem Grund wusste er, dass es zwischen ihm und Metok Rentzig noch so einiges zu klären gab, was vorerst niemanden sonst etwas anging.

»Ich werde dafür beten, dass seine Seele Frieden findet«, verkündete der Schneemönch. Und obwohl er auch für Shan beten wollte, schien er wenig Hoffnung zu haben, dass für den Wachtmeister Aussicht auf Frieden bestand.

* * *

Shan erwachte noch vor Anbruch der Dämmerung, setzte sich auf die Bettkante und musterte im trüben Licht, das von der Straßenlaterne im Hof hinter dem Revier hereinfiel, seine verstreuten Habseligkeiten. Genau wie Lhakpa hatte er sein Winterquartier bezogen und war in die Dienstwohnung des leitenden Wachtmeisters von Yangkar gewechselt, doch er sehnte sich nach der Abgeschiedenheit seines kleinen Bauernhauses oberhalb der Stadt. Leider konnten dort die Risse in den Wänden des lange Zeit herrenlosen Gebäudes den eiskalten Wind nicht abhalten, und bei starkem Regen leckte das Dach, doch es war trotzdem sein Zuhause. In der sterilen Umgebung des Behördengebäudes hinter dem Revier kam er sich deplatziert vor, und die Polizeiuniform fühlte sich immer mehr wie eine Verkleidung an.

Er wusch sich und ging dann hinaus. Tara, Lhakpas Ziege, lag auf der Stufe vor der Hintertür des Zellentrakts. Shan füllte einen Eimer Wasser für sie, und als sie ihn aus ihren feuchten und merkwürdig flehentlichen Augen ansah, setzte er sich und streichelte ihr den Rücken. Nach einigen Minuten ging er um das Gebäude herum auf den Marktplatz. Dies war der einstige Innenhof des riesigen Klosters, das früher die Stadt dominiert hatte, und im grauen Licht der Dämmerung stellte Shan sich oft vor, wie damals der gleichförmige Singsang des Morgengebets der vielen Mönche über die leere Freifläche gehallt sein mochte.

Die Küche des Nudellokals war bereits vom Dampf der brodelnden Töpfe und vom Duft des Kardamoms erfüllt, den Marpa für seine würzigen *momos* verwendete, tibetische Teigtaschen. Shan schenkte sich eine Tasse Tee ein und setzte sich an den kleinen Tisch an der Rückwand, an dem der Eigentümer normalerweise seine Mahlzeiten einnahm. Marpa überließ die Aufsicht über die Töpfe seinem kleinen Neffen und brachte zwei Schalen Gerstenbrei zum Tisch.

»Ist der Schneemönch immer noch bei dir?«, fragte Marpa und hob den Löffel zum Mund.

Shan zögerte. Alle wussten, dass es eigentlich seine Pflicht gewesen wäre, einen unregistrierten Mönch an die Öffentliche Sicherheit auszuliefern. »Warum sollte er das nicht mehr sein?«

»Nach dem, was gestern vorgefallen ist, dachte ich, die würden ihn einkassieren.«

Shan blickte auf. »Die Besucher haben doch bloß ein paar Fotos geschossen und sind dann weitergefahren.«

Marpa nickte unentschlossen. »Ja, sie haben fotografiert und die Berge vermessen, den Marktplatz und dein Revier.«

»Mein Revier?«

»Ja, und dann ist der Fotograf zum ältesten Mitglied der Gruppe gelaufen, und es gab eine lange Diskussion, wobei der Fotograf auf Lhakpa gezeigt hat. Sie gingen auf ihn zu, aber dann hat er in ihre Richtung ein *mudra* geformt, und sie sind stehen geblieben«, erklärte Marpa und meinte damit die symbolischen Gesten, die bisweilen bei der buddhistischen Meditation zur Anwendung kamen. »Es war, als würden die das für eine Art dunkle Magie halten. Während sie da standen und ihn anstarrten, als müssten sie erst ihren Mut zusammennehmen, um weiterzugehen, kam Choden aus dem Revier gerannt, legte Lhakpa Handschellen an und brachte ihn zurück in die Zelle.«

Choden und Lhakpa hatten bei der Schilderung des Zwischenfalls offenbar so manches ausgelassen. »Und du hast das mit eigenen Augen gesehen? Wer waren denn diese Leute?«

»Ich habe ihnen Essen serviert und dann später vom Fenster aus hinterhergeschaut.« Er zuckte die Achseln. »Es waren irgendwelche Beamten von außerhalb.«

»Aber sie hatten technische Geräte dabei.«

Marpa nickte mit vollem Mund. »Auf der Tür ihres Transporters war so ein Symbol. Ich glaube, die nennen das ein Logo.« Er tauchte eine Fingerspitze in seinen Tee und zeichnete dann drei auf dem Kopf stehende und sich überschneidende V-Formen. »Drei Berge. Ich tippe auf Kartografen. Die Regierung hatte noch nie anständige Karten dieser Region.« Er verzog bekümmert das Gesicht. »Schade, aber das musste ja irgendwann so kommen. Es heißt, sobald etwas in Lhasa passiert, ist dreißig oder vierzig Jahre später auch Yangkar dran.« Er bemerkte Shans fragenden Blick. »Wenn es zuverlässige Landkarten gibt, folgt die Zivilisation auf dem Fuß«, erklärte er verdrossen. Sie wussten beide, was Pekings Begriff von Zivilisation für Tibeter bedeutete. Mehr Straßen. Mehr Internate für tibetische Kinder, denen man neue chinesische Namen zuteilte. Mehr Fabriken und Bergwerke, in denen tibetische Arbeiter unter chinesischer Aufsicht standen. Mehr Kontrollen durch das Büro für Religiöse Angelegenheiten auf der Suche nach Fotos des Dalai Lama sowie Mönchen und Nonnen, die sich unerlaubt in der Gegend herumtrieben.

Marpa nahm seinen Becher Tee, hielt inne und hob lauschend den Kopf. In Shans Magen schien sich ein Eisklumpen zu bilden, denn auch er hörte nun das immer lauter werdende Knattern von oben. Marpas Miene verfinsterte sich. »Na, das ging ja schnell«, murmelte er.

KAPITEL DREI

Leutnant Zhu, einer von Oberst Tans jungen Stabsoffizieren, lehnte an einem Felsblock, als Shan ihn auf seinem Fahrrad erreichte. Zhu wirkte enttäuscht. »Ist Ihr Wagen kaputt?«, fragte er und bedeutete Shan, ihn zu dem wartenden Hubschrauber zu begleiten.

»Mein Stellvertreter wird ihn heute vielleicht brauchen. Wohin fliegen wir?«

Zhu antwortete nicht, sondern wies auf seine Ohren, denn der Motor heulte auf, und der Hauptrotor setzte sich in Bewegung. Doch als Shan die Frage wiederholte, nachdem sie sich angeschnallt und die Kopfhörer aufgesetzt hatten, zeigte Zhu nur in Richtung Südwesten. Zehn Minuten später flogen sie parallel zur Schnellstraße nach Lhasa.

Shan hielt nach dem Potala-Palast Ausschau, und als er wie ein dunkler Rubin vor schneeweißem Hintergrund in Sicht kam, grinste Shan unwillkürlich. Trotz Pekings hartnäckigen Bemühungen, Lhasa in eine chinesische Stadt zu verwandeln, beherrschte die alte tibetische Festung auch weiterhin die Landschaft, und der Rest der Stadt wirkte lediglich wie ein grauer Schmutzfleck zu ihren Füßen. Sobald die westlich gestalteten Häuserblocks deutlicher zu erkennen waren, wandte Shan seine Aufmerksamkeit den Konturen des Himalaja am Horizont zu. Dann flog der Hubschrauber eine Kurve, überquerte den Fluss Kyichu und setzte zur Landung an.

Der Bahnhof von Lhasa war erst wenige Jahre alt und wirkte wie eine Stein gewordene Verkörperung von Pekings Ambitionen. In dem gewaltigen Betonklotz endete die Linie aus der nördlich gelegenen Provinz Qinghai und bot Umsteigemöglichkeiten in Richtung der Städte im Osten. Das breite, wuchtige Bauwerk kam Shan nicht wie ein Dienst an der Allgemeinheit vor, sondern eher wie eine weitere Festung. Die Errichtung des Schienenstrangs, des höchstgelegenen auf der ganzen Welt, war eines der umstrittensten Projekte gewesen, die Peking jemals in Angriff genommen hatte. Die Bahnlinie hatte unberührte Wildnis durchschnitten, uralte Wanderrouten der Tiere des Hochlands zerteilt und den sehnlichsten Wunsch der Planer in Peking erfüllt: Chinesische Einwanderer und Soldaten konnten nun schnell und mühelos bis nach Zentraltibet gelangen.

Der Parkplatz vor dem Bahnhof hätte sich auch gut als militärischer Bereitstellungsraum geeignet. In einer Ecke der riesigen Fläche stand bereits ein anderer Hubschrauber. Der Eingang des Bahnhofs wurde von einem halben Dutzend Streifenwagen flankiert, teils mit blinkenden Signalleuchten, wie es eigentlich nur beim Besuch hoher Würdenträger üblich war. Ein Stück weiter seitlich wartete ein halbes Dutzend Armeelaster.

Zhu scheuchte Shan in die imposante Bahnhofshalle und auf einen Zug zu, der am hintersten Bahnsteig von einem äußeren Kordon der Polizei und einer inneren Postenkette bewaffneter Soldaten abgeschirmt wurde. Oberst Tan stand neben der schnittigen grünen Lokomotive aus amerikanischer Fertigung und runzelte verärgert die Stirn, während ein Mann im Anzug auf ihn einredete. Ein zweiter Mann in einer unbekannten Uniform, wahrscheinlich der Lokführer, stand einen Schritt hinter dem Fremden und hörte nervös zu.

Als der Oberst Shan und dessen Begleiter erblickte, hellte seine Miene sich auf. »Genosse, ich darf Sie nun an Leutnant Zhu verweisen, meinen fähigsten Stabsoffizier«, verkündete er und zog Zhu vor den wütenden Mann. »Wie ich dem Stationsvorsteher erläutert habe«, sagte Tan zu seinem Leutnant, »darf dieser Zug nicht die Rückreise antreten, solange wir nicht die entsprechende Freigabe erteilt haben.« Er wirkte leicht belustigt. »Bitte setzen Sie doch das Gespräch fort, Leutnant Zhu.« Shan sah nun, dass ein Soldat mit umgehängter Maschinenpistole im Eingang des Führerhauses der Lokomotive stand. Tan wurde wieder ernst und hob überraschend die ausgestreckte Hand an die Schläfe. »Wir ehren die Weisheit des Vorsitzenden«, sagte er. Dieser Slogan stand auf einem von Pekings neuesten Plakaten und gereichte jedem zur Warnung, der sich mit der Regierung anlegen wollte.

Der Stationsvorsteher wirkte plötzlich beunruhigt und wiederholte den Slogan sogleich.

Tan führte Shan den Bahnsteig entlang. »Wer diesen Zug nimmt, kann in zwei Tagen in Peking sein«, sagte er. Einen Moment lang war Shan sich nicht sicher, ob das als Drohung gemeint war. »Es sollte nicht so einfach sein. Ich habe beim ersten Mal drei Monate bis nach Lhasa gebraucht.«

»Kampfpanzer sind meistens langsamer unterwegs«, stellte Shan fest. Er wusste, dass Tan ursprünglich als Kommandant einer Panzerbrigade der chinesischen Invasionsarmee nach Tibet gekommen war. Seine Worte verliehen dem Antlitz des Obersts nun eine Art nostalgischen Schimmer, und sie sprachen nicht weiter, bis sie die Soldaten erreichten, die den letzten Waggon des Zuges bewachten, den einzigen Waggon ohne Fenster.

»Das ist der sogenannte Stauwagen«, erklärte Tan. »In ihm ist hauptsächlich Fracht und das Vorratslager des Zuges untergebracht.«

Shan sah nun mehrere aufgebrachte Männer, einige in den Uniformen der Öffentlichen Sicherheit, andere in blauen Polizeidienstanzügen, die von Tans Kommandosoldaten auf Abstand gehalten wurden. Je ein Offizier der Kriecher und einer der Polizei diskutierten lautstark mit Tans Untergebenen.

»Gibt es hier etwa einen Streit um die Zuständigkeit?«, fragte Shan.

»Unsinn. Als der erste Beamte der Polizei von Lhasa hier aufgetaucht ist, hat er sich gleich einen Kinnhaken von einem meiner Sergeanten eingefangen«, sagte Tan und erwiderte den Gruß des salutierenden Soldaten, der sie durch die Postenkette ließ. »Damit war die Zuständigkeit geklärt. Jetzt machen die bloß noch ihrer Enttäuschung Luft.«

Shan war noch nie mit einem dieser Züge gefahren, sondern hatte nur gemeinsam mit einigen deprimierten Hirten traurig beobachtet, wie einer quer durch ihre angestammten Weidegründe raste. Die großspurigen Behauptungen der zahllosen Zeitungs- und Zeitschriftenartikel erwiesen sich nun als korrekt, denn der Waggon war tatsächlich ein Inbegriff der Moderne: Alles hier war aus glänzendem Metall und Kunststoff gefertigt. Tan wies Shan extra auf die beiden Kabinen des Zugpersonals hin, jeweils versehen mit zwei schmalen, übereinander angeordneten Kojen, sowie auf den winzigen Waschraum, den sie sich teilen mussten. Dann tippte er einen vierstelligen Code in ein Tastenfeld an der Wand ein, und mit einem Zischen öffnete sich die Tür zum restlichen Teil des Waggons. Dort im Frachtraum war es wesentlich kälter. Shan konnte seinen Atem sehen.

Tan zeigte auf ein elektronisches Bedienfeld gleich hinter der Tür, das zertrümmert worden war. »Jetzt lässt sich von hier aus weder die Tür öffnen noch die Temperatur oder der Sauerstoffgehalt regulieren«, erklärte er.

Sauerstoffgehalt. Shan erinnerte sich, gelesen zu haben, dass Sauerstoff in die einzelnen Abteile gepumpt wurde, um die Symptome der Höhenkrankheit zu lindern, die vielen Fahrgästen zu schaffen machte. Darüber hinaus hatte jeder an seinem Sitz einen zusätzlichen Sauerstoffzugang. Aus diesem Grund war in den Werbekampagnen für den Zug manchmal die Rede davon, er werde unter Überdruck gehalten.

Sie kamen an Regalen voller Lebensmittel in Kartons und großen Dosen vorbei. Bei zwei der Letzteren wölbten sich die Deckel als Folge der beträchtlichen Veränderungen von Höhe und Luftdruck im Laufe der Reise. Es folgten gestapelte Holzkisten mit den Hoheitszeichen der Volksbefreiungsarmee und den Worten »Munition, Depot Lhadrung«.

»Das sind vor allem besondere Zünder für die neue Generation von

Artilleriegranaten«, sagte Tan angespannt. »Ich weise ständig darauf hin, dass das Militär den Transport selbst übernehmen sollte, aber irgendein Bürohengst rechnet mir dann jedes Mal vor, wie wesentlich kostengünstiger ein Transport per Bahn doch sei. In Wahrheit wollen die dem Zug dadurch bloß ein Stück weit aus den roten Zahlen helfen.«

»Wer sollte denn versuchen, Ihre Munition zu stehlen?«, fragte Shan.

Der Oberst erwiderte nichts und ging weiter zu einer Stelle, an der eine einzelne große Kiste zwischen den höheren Stapeln stand, so dass darüber eine kleine Nische vorhanden war. Auf der einen Meter zwanzig hohen Kiste lagen mehrere Schaumstoffkissen, wie sie zur Polsterung von Fracht verwendet wurden. Tan nahm die Polster und warf sie in den Gang. Shan erstarrte und wich dann ein Stück zurück.

»Meine Männer wollten sofort bei Ankunft des Zuges die Fracht abholen. Dann haben sie mich umgehend verständigt.«

Der Tote, der auf der Kiste saß, war ein Chinese Mitte vierzig. Er hatte beide Arme um die angezogenen Knie geschlungen. Seine Fingerkuppen waren dunkelblau, der Rest der Finger etwas heller. Das qualvoll verzerrte Gesicht war ebenfalls bläulich verfärbt. Seine Augen starrten entsetzt ins Leere.

»Er ist blau«, stellte Tan fest.

»Als Folge einer Zyanose«, sagte Shan. »Und eines Lungenödems.«

»Im Klartext?«

»Sein Körper konnte sich nicht an den niedrigeren Sauerstoffgehalt in großer Höhe anpassen. In seiner Lunge sammelte sich Flüssigkeit. So kalt, wie es hier drinnen ist, könnte er aber auch erfroren sein, bevor die Flüssigkeit ihn getötet hat. Hat er Ihre Kisten bewacht?«

»Nein. Die Fracht wurde in Xining kontrolliert und die Tür dann verriegelt. Vor knapp vierundzwanzig Stunden. Sie lässt sich nur durch Eingabe des korrekten Codes auf dem Tastenfeld öffnen.«

»Hatte er einen Ausweis dabei?«, fragte Shan.

»Bisher hat niemand sich getraut, ihn anzufassen. Einer meiner Soldaten sagte, dieser Mann sei von einem der blaugesichtigen Dämonen besessen gewesen, wie man sie in den alten tibetischen Tempeln zu sehen bekommt. Danach wollte keiner mehr in die Nähe des Toten.«

»Die Öffentliche Sicherheit hat bestimmt Vorschriften, wie in so einem Fall vorzugehen ist.«

»Die können mich mal. Das ist nicht der erste Todesfall an Bord eines dieser Züge. Die werden einfach die übliche Pressemitteilung veröffentlichen und behaupten, ein Fahrgast sei leider einer schweren Erkrankung erlegen, und man solle doch bitte den Zugarzt konsultieren, wenn man sich unwohl fühle. Das nützt mir nichts. Ich brauche die Wahrheit. Du bist mein Sonderermittler. Wie sieht *deine* Vorgehensweise aus?«

»Es fährt ein Arzt mit?«

»Jeder Zug aus Xining hat einen an Bord.« Tan ahnte Shans nächste Frage und wandte sich an den Offizier, der weiter vorn im Gang wartete. »Holen Sie den Arzt«, rief er.

Shan biss die Zähne zusammen und streckte die Hand aus. Die Glieder des Toten wollten sich nicht rühren, wenngleich Shan nicht sicher sein konnte, ob infolge der Totenstarre oder der Kälte. Um nach der Brieftasche zu suchen, würde er Hilfe benötigen. Er griff unter den dicken Pullover des Mannes und untersuchte die Hemdtasche. Darin fanden sich ein abgenutzter Ausweis und zwei Visitenkarten.

»Sun Lunshi«, las Shan von dem Ausweis ab. Derselbe Name stand auch auf der oberen Visitenkarte. »Vom Institut für Angewandte Geophysik.« Das Logo auf der Karte waren drei sich überschneidende Berge, genau wie Marpa sie auf dem Transporter in Yangkar gesehen hatte.

Tan nahm Shan beides aus der Hand, las selbst und stieß eine Verwünschung aus.

»Kennen Sie die Leute?«, fragte Shan und warf einen Blick auf die zweite Karte. *Dakini Klub*, stand dort. *Exotische Drinks, exotische Tänzerinnen, exotische Abenteuer.*

»Ich kenne das Institut. Die sind bei jedem großen Infrastrukturprojekt dabei.«

»Infrastruktur«, wiederholte Shan. »Wie das Fünf-Klauen-Projekt.«

Tan runzelte die Stirn. »Die eine Hälfte der Belegschaft dieses Instituts besteht aus echten Wissenschaftlern und Ingenieuren und die andere aus Politopportunisten, die dafür sorgen, dass die Projekte gemäß den Zielen der Partei geplant werden.«

»Zu welcher Hälfte hat er hier gehört?«, fragte Shan.

»Keine Ahnung.«

»Vier seiner Kollegen waren gestern in Yangkar.«

Tan geriet sofort in Wut. Einen Moment lang glaubte Shan, er würde den Toten tatsächlich ohrfeigen. »Die müssen ihre Touren in Lhadrung vorher mit mir abklären«, knurrte er. »Was, zum Teufel, haben die da gemacht?«

»Wie Sie sich bestimmt erinnern, Herr Oberst, war ich zu dem Zeitpunkt bei Ihnen und habe einem tibetischen Hageljäger zugeschaut. Die Leute vom Institut haben anscheinend die umliegenden Berge vermessen und zahlreiche Fotos von der Stadt geschossen, auch von meinem Revier.« Shan musterte die Kiste, auf der der Mann saß. Sie trug keine Armeemarkierungen. »Hat das Institut etwas gemeinsam mit Ihrer Munition verschickt?«

»Natürlich nicht!«, erwiderte Tan barsch und fluchte dann, als Shan ihn auf ein Etikett an der Kiste hinwies. Es war mit dem Logo des Instituts versehen. Der Oberst rief einen weiteren Stabsoffizier herbei und erteilte ihm einige Befehle. Bevor der Mann sich auf den Weg machte, fügte Shan noch eine Bitte hinzu.

Tan blieb vor dem Toten stehen und fixierte den Leichnam hasserfüllt, während Shan den Frachtraum inspizierte. Er vermutete, dass der Oberst sich vor allem darüber ärgerte, den Mann nun nicht mehr in Grund und Boden brüllen zu können. Die Schaumstoffkissen ergaben nichts außer einigen Blutflecken. Die gestapelten Kisten waren schwer. Trotzdem standen zwei von ihnen schräg, in unmittelbarer Nähe zur hinteren Waggontür. Auf dem kleinen Fenster dieser Tür, vor dem draußen Soldaten mit Sackkarren warteten, entdeckte Shan eine verschmierte Blutspur etwa einen Meter achtzig über dem Boden.

Der Arzt und der Schaffner sahen beide so aus, als würden sie sofort die Flucht ergreifen, wären da nicht die zwei grimmig dreinblickenden Soldaten, die sie zu Tan scheuchten. Der uniformierte Zugbegleiter war wütend, der hochgewachsene dünne Mediziner eindeutig verängstigt.

»Die Bahngesellschaft fällt nicht in Ihre Zuständigkeit!«, schimpfte der Schaffner schon von Weitem. »Unsere Fahrpläne werden von Peking vorgegeben! Da darf sich niemand einmischen! Unser Himmelszug ist ein nationaler Schatz! Der Stationsvorsteher verständigt soeben einen General in Lhasa!«

Tan trat lächelnd beiseite und gab den Blick auf den gefrorenen Leichnam frei. Der Zugbegleiter keuchte auf, torkelte zurück und stieß gegen die Kisten in seinem Rücken. Der Arzt griff sich an den Bauch, rannte zur hinteren Tür und öffnete sie gerade noch schnell genug, dass der größte Teil seines Mageninhalts sich draußen auf die Gleise ergoss. Die wartenden Soldaten brachen in schallendes Gelächter aus.

»Erkennen Sie den Mann?«, fragte Tan den Schaffner. »Ist er ein Fahrgast? Oder vielleicht ein blinder Passagier?«

»Sehen Sie ihn sich doch an!«, stotterte der Mann. »Wie soll ich …?« Seine Stimme erstarb.

»Stellen Sie ihn sich einfach weniger blau vor«, riet Tan.

»Sun Lunshi«, sagte Shan. »Sein Name war Sun Lunshi. Sehen Sie in Ihrer Passagierliste nach.«

Der Zugbegleiter starrte immer noch dermaßen entgeistert den Toten an, dass Shan sich nicht sicher war, ob er überhaupt zugehört hatte. Doch dann zog er ein elektronisches Gerät aus der Jackentasche.

Der Arzt nahm allen Mut zusammen, beugte sich über den Toten und murmelte dabei etwas vor sich hin. »Man kann mich doch nicht für jemanden verantwortlich machen, der sich versteckt!«, protestierte er und blickte zu Oberst Tan auf. »Sie müssen klarstellen, dass dieser Mann nicht um Hilfe gebeten hat!« Es ging ihm eindeutig weniger um den Todesfall als vielmehr darum, den eigenen Hals zu retten.

»Wie viele Tote hat es an Bord der Züge gegeben?«, fragte Shan.

Der Arzt zuckte die Achseln. »Jedes Jahr ein paar. Die meisten hören auf ihrem Platz einfach auf zu atmen. Hauptsächlich ältere Leute, die eine kleine Abenteuerreise nach Tibet unternehmen wollten. Die ignorieren unsere Broschüre, in der wir darauf hinweisen, dass Peking nur rund vierzig Meter über dem Meeresspiegel liegt, während dieser Zug sie bis auf eine Höhe von fast viertausendneunhundert Metern transportiert. Wir empfehlen ausdrücklich, sich in Xining erst mal zwei oder drei Tage zu akklimatisieren, aber kaum jemand hält sich daran.« Er hob eine der Hände des Mannes an, der allmählich aufzutauen schien. »Beachten Sie doch nur mal das Ausmaß dieser Zyanose!« Er schien den Schock nun überwunden zu haben. »Darf ich Fotos machen?«

»Wenn die Armee hier fertig ist«, sagte Shan.

»Wagen B, Sitz 21 A«, meldete der Schaffner hinter Shan. »Einfache Fahrt.«

Der Arzt untersuchte die Augen des Toten. »Eine Fahrt ohne Wiederkehr, ganz recht«, flüsterte er.

»Er war also ein zahlender Fahrgast«, sagte Shan und sah kurz Tan an. »Einer der Leutnants wird Sie zu seinem Platz begleiten, um sein Gepäck und weitere Habseligkeiten einzusammeln.« Tan nickte zustimmend.

»Selbstverständlich«, sagte der Zugbegleiter mit sichtlicher Erleichterung. Mittlerweile war nicht mehr ganz klar, ob er sich eher wegen des Toten oder wegen des Obersts Sorgen machte.

Shan wandte sich an den Arzt. »Er ist also an einem Lungenödem gestorben?«

»Ja, natürlich. Das sehen Sie an den Fingern.« Er zeigte auf den Mund, wo eine rosafarbene Kruste zu schmelzen begann. »Und an der Farbe des Speichels. Ein Fall wie aus dem Lehrbuch.«

»Damit hätten wir eine natürliche Todesursache«, sagte Tan zu dem Arzt, sah dabei aber ausdrücklich Shan an, damit der nicht etwa Einwände erhob.

»Ja, ja. Bei der Autopsie wird die Lunge voller Flüssigkeit sein.«

»Vielen Dank, Doktor. Bitte teilen Sie Ihren Befund doch den Kriminalbeamten draußen mit, damit die erfahren, dass hier kein Verbrechen stattgefunden hat. Der Leichnam kann abtransportiert werden, sobald meine Fracht entladen wurde.«

»Die Polizei wird den Schauplatz aber unberührt untersuchen wollen«, wandte der Arzt ein.

Tan deutete auf die Kisten mit den Hoheitszeichen der Volksbefreiungsarmee, beugte sich zu dem Arzt vor und senkte die Stimme. »Es geht um die nationale Sicherheit, Genosse«, behauptete er. »Die nationale Sicherheit.« Der Arzt bekam große Augen und nickte energisch. »Und wenn die Öffentliche Sicherheit Sie fragt, war es ein natürlicher Tod, ein Unfall.«

»Sein Arbeitgeber hatte ebenfalls Fracht hier«, warf Shan ein und zeigte auf die große Kiste. »Er wollte danach sehen und hat das Einsetzen der Höhenkrankheit nicht erkannt. Ihm wurde schwindlig, und er stürzte gegen das Bedienfeld, nachdem die Tür sich hinter ihm geschlossen hatte. Leider konnte er dann nicht mehr hier raus und niemanden auf sich aufmerksam machen. Auch die hintere Tür bot keinen Fluchtweg, denn der Zug raste durch die Berge. Also hat er sich hingesetzt und so gut wie möglich gewärmt, um bis nach Lhasa durchzuhalten. Aber der Vollständigkeit halber werden Sie noch die üblichen Tests veranlassen und Oberst Tan die Resultate melden.«

Der Arzt wich zögernd zurück. Er sah wieder verängstigt aus. »Natürlich«, stimmte er zu. »So schnell wie möglich.«

»Hervorragend«, lobte Tan, als der Arzt davoneilte. »Die simpelsten Geschichten sind immer die besten.«

»Solange man sie nicht mit der Wahrheit verwechselt. Es waren zwei Personen hier im Waggon, und es gab einen Kampf, vermutlich mit bloßen Händen. Zwei Kisten wurden dabei verschoben. Jemand ist gegen das Fenster der hinteren Tür geprallt, wahrscheinlich mit dem Kopf, und hat eine Blutspur hinterlassen. Sun war es nicht. Sein Kopf weist keine passende Verletzung auf, und er war für die Höhe der Spur am Fenster nicht groß genug.«

»Ein anderer Passagier, meinst du.«

»Der Zug ist praktisch abgeriegelt. Auf den letzten zweitausend Kilometern ist er wie ein Raumschiff. Ja, ein anderer Passagier, obwohl ich nicht weiß, wie er entkommen konnte, während die innere Tür blockiert war und der Zug durch die Nacht gerast ist.«

»Die Fahrgäste sind alle schon weg.«

»Den Munitionskisten ist nichts geschehen. Das Institut hat ein Problem, nicht Sie. Wollen Sie wirklich weiter nachbohren?«

»Das Institut ist in meinen Bezirk eingedrungen und hat meinen Militärtransport für eigene Zwecke genutzt. Und die Leute schnüffeln in deiner Stadt herum. Ja, ich will die Wahrheit wissen.«

»Dann benötige ich detaillierte Informationen darüber, warum Metok Rentzig hingerichtet wurde und wer die Anklage gegen ihn geführt hat.«

* * *

Während die Soldaten die Fracht entluden und Tan mit seiner Dienststelle telefonierte, schlenderte Shan durch den Bahnhof. Er wurde nicht nur von Fahrgästen genutzt, es kamen auch viele Touristen, die den berühmten Himmelszug sehen wollten. Einige von ihnen standen nun außerhalb des Militärkordons und schossen Fotos von der schnittigen Lokomotive. Am Eingang ließen ein paar Mönche – wahrscheinlich auf Veranlassung des Tourismusbüros – kleine *tingsha*-Zimbeln ertönen und begrüßten die Leute mit Mantras. Eine Gruppe Japaner fotografierte eifrig, gefolgt von einer chinesischen Seniorenschar. Ein Ehepaar aus dem Westen interessierte sich für die Andenkenläden, in denen Schneeleoparden-Stofftiere und Becher mit dem Abbild des Vorsitzenden zum Verkauf standen. Ein anderer Westler saß vor einem Stand, an dem Tee und alkoholfreie Getränke angeboten wurden, und fotografierte die Mönche, die Züge, die Polizisten und die Soldaten. Shan hielt nach der

Streife der Öffentlichen Sicherheit Ausschau, die den Mann belehren würde, dass es nicht gestattet war, Aufnahmen des chinesischen Militärs oder der Polizei anzufertigen. Zu großes Interesse an den Soldaten oder Kriechern konnte zur Ausweisung aus Tibet führen.

Draußen fuhr mit blinkenden Signalleuchten ein Krankenwagen vor. Zwei Sanitäter rannten mit einer Trage in den Bahnhof. Shan hielt sich im Hintergrund und verfolgte das kurze Durcheinander am Ende des Bahnsteigs, bis die Sanitäter, nun in Begleitung mehrerer Soldaten, eine reglose Last unter einer Decke zum Krankenwagen trugen. Die Bahnhofsstreife erschien und wies den Westler und andere Touristen lautstark an, keinerlei Fotos der Ereignisse mehr zu schießen. Die Trage kam an Shan vorbei, und er sah ein paar bläuliche Finger unter der Decke hervorschauen. Die Männer der Öffentlichen Sicherheit fingen an, die Menge zurückzudrängen und die Touristen zu ihren Bussen zu schicken. Shan sah zu dem Teestand. Der Westler war verschwunden. Tan kam auf Shan zu, bereit zum Aufbruch.

Shan ging zu einer Gruppe chinesischer Touristen und suchte sich einen wohlhabend wirkenden Mann mit einer teuren japanischen Kamera aus. Dann zeigte er seine Dienstmarke vor. »Ich muss mir die Bilder ansehen, die Sie gerade geschossen haben«, verkündete er.

Der Mann wurde bleich. »Herr Wachtmeister, ich wollte doch nicht …«

»Beeilung!«

Der verängstigte Tourist fummelte an seiner Kamera herum, dann erschien auf dem Display an der Rückseite ein Foto der Trage. »Weiter zurück«, sagte Shan, und der Mann fing an, durch die Aufnahmen zu scrollen. Beim fünften Bild ließ Shan ihn anhalten. Dort am Rand war der schlanke Westler mit dem kurz geschorenen, grau melierten Haar beim Teestand zu sehen. »Können Sie den Teil da vergrößern?«, fragte Shan und zeigte auf den Westler. Der Tourist drückte einen Knopf, bis der Fremde das halbe Display ausfüllte. Auf seiner Stirn war deutlich ein roter Bluterguss zu erkennen.

Shan eilte nach draußen, konnte den Westler aber nirgendwo mehr entdecken. Mehrere Busse fuhren ab. Tan wartete bereits. »Du kommst mit mir zurück«, befahl der Oberst. »Metoks Akte liegt schon bereit.«

* * *

Im obersten Stockwerk des altersschwachen Gebäudes in Lhadrung, in dem nach wie vor Tans Büro lag, wurde Shan von Amah Jiejie, der treuen Assistentin des Obersts, mit einer Tasse Tee empfangen. Dann brachte sie ihn in einen Besprechungsraum, in dem ihn ein dreißig Zentimeter hoher Papierstapel erwartete. Die würdevolle, stets freundliche ältere Dame zog die Vorhänge auf und holte aus einem Schrank, der dort an der Wand stand, einen Notizblock und mehrere Bleistifte. »Der Oberst hat es für sinnvoller gehalten, sämtliche Korruptionsfälle der letzten fünf Jahre anzufordern, anstatt die Aufmerksamkeit auf bloß einen einzigen zu lenken.«

»Der Oberst ist ein schlauer Fuchs«, stellte Shan fest.

Sie zeigte auf eine schmale Akte, die nicht auf dem Stapel lag. »Ich fürchte, es ist nicht allzu viel da.«

Das Dossier enthielt weniger als ein Dutzend Seiten mit Beweismitteln und eine zweiseitige Zusammenfassung des leitenden Ermittlers, Leutnant Huan Yi von der Öffentlichen Sicherheit in Lhasa. Metok Rentzig war ein Mitglied der Partei – sonst hätte er niemals einen Posten als stellvertretender Ingenieur beim Fünf-Klauen-Projekt erhalten können –, daher fiel er in die Zuständigkeit der unerbittlichen Zentralkommission für Disziplin. Das Datenblatt auf der Innenseite des Umschlags besagte, dass der Angeklagte in Zentraltibet aufgewachsen war, hervorragende schulische Leistungen erbracht und ein Ingenieurstudium an der Universität von Chengdu absolviert hatte, allerdings unter dem Namen Chou Folan. Er wohnte in Lhasa, war verheiratet und hatte eine halbwüchsige Tochter. Man hatte ihn von einem Straßenbauvorhaben westlich von Lhasa abgezogen und zu einem Team für Sonderprojekte versetzt. Einige Wochen später nahm er die Arbeit auf der Fünf-Klauen-Baustelle auf. Dass Metok für seine Leistungen belobigt wurde, wurde nur kurz in der Zusammenfassung erwähnt, die sich ansonsten auf vier Hauptbeweise konzentrierte. Der erste – und von zentraler Bedeutung für den Fall – war die Kopie des Kontoauszugs einer Bank in Hongkong, lautend auf Metoks Namen und mit einem Stand von mehr als zweihunderttausend amerikanischen Dollar. Die ausländische Währung wurde extra hervorgehoben, denn sie ließ ein Verbrechen immer besonders unpatriotisch erscheinen. Die anderen Beweise waren drei beeidigte Erklärungen. Nummer eins stammte von einem Beamten der Öffentlichen Sicherheit in Hongkong namens Daoli, der bestätigte, das Geld auf Metoks Konto sei von einem Bauunternehmen überwiesen worden, das an dem Hydro-Projekt beteiligt war. Die zweite kam von Leutnant Huan, der zu Protokoll gab, das fragliche Bauunternehmen habe mangelhafte Arbeit geleistet, die aber trotzdem von Metok abgenommen worden sei. Die letzte Erklärung war besonders merkwürdig. Sie stammte erneut von Daoli und trug ein späteres Datum als die erste Aussage. Er gab an, er habe Metok an genau dem Tag in Hongkong gesehen, an dem das besagte Konto eröffnet worden sei. Außerdem habe er eine Hotelreservierung für Metok am selben Datum gefunden – wenngleich dazu praktischerweise keinerlei Unterlagen beigefügt waren.

Die Beweislage war mehr als dürftig. Wegen der politischen Befindlichkeiten hatte der Prozess im Geheimen stattgefunden, und Metoks Antrag auf Berufung war abgelehnt worden. Eine Woche nach dem Urteil hatte man ihn hingerichtet. Shan las die Akte ein zweites Mal und widmete sich dann dem Umschlagdeckel, an den das Blatt mit den persönlichen Daten geklebt war. Der obere Rand des Umschlags wies die Löcher einer Heftklammer auf. Man hatte dort ursprünglich etwas angeheftet, es dann entfernt und stattdessen das Blatt eingeklebt. Shan barg das Gesicht in den Händen, denn er sah plötzlich wieder die Exekution des Tibeters vor sich. All seine Erfahrung sagte ihm, dass Metok nicht korrupt gewesen, sondern aus einem anderen Grund schnellstmöglich eliminiert worden war. Und falls das zutraf, hatte Shan keiner Hinrichtung beigewohnt, sondern einem Mord.

Kurz vor seinem Tod hatte Metok eine Geste vollführt und dann ein Mantra gerufen. Shan ließ die Szene noch einmal Revue passieren und konzentrierte sich auf Metoks Hand und dessen Worte. Er hatte fälschlich geglaubt, der Ingenieur habe ein *mudra* geformt, ein frommes buddhistisches Zeichen. Doch die gekrümmten Finger hatten für Klauen gestanden, für den Fünf-Klauen-Damm. Zudem hatte Metok ein sehr besonderes, sehr altes Mantra gewählt und an die zentrale Figur an der Wand der ehemaligen Kapelle gerichtet. Er hatte die grimmige rote Schutzgöttin angerufen.

Shan ging zum Fenster und schaute zu dem Verwaltungszentrum am Stadtrand. Dort hatte einst ein Tempel gestanden. Sein Blick schweifte zu den Bergen im Norden, zu dem Hydro-Projekt und dann in Richtung Yangkar.

Er kehrte zur stets achtsamen Amah Jiejie zurück und erkundigte sich, ob man die morgendlichen Aufzeichnungen der Sicherheitskameras des Bahnhofs elektronisch an ihren Computer schicken könne und ob sie die Akte von Yankay Namdol vorliegen habe, dem Tibeter, der tags zuvor aus der Schuhfabrik entlassen worden sei.

»Der Zauberer?«, fragte sie mit schelmischem Lächeln. »Natürlich. Ich kann Ihnen gar nicht sagen, wie oft der Oberst sie gelesen hat.« Sie verschwand in Tans Büro, reichte Shan kurz darauf einen Ordner und nahm den Telefonhörer ab, um in Lhasa anzurufen.

Die Akte des Umerziehungshäftlings Yankay Namdol war wesentlich dicker als die des hingerichteten Ingenieurs. Sie enthielt Angaben zu den beiden toten Soldaten der Kolonne in den Bergen, die ausführliche Aussage des leitenden Offiziers der Öffentlichen Sicherheit, die sich wie das Eröffnungsplädoyer eines Anklagevertreters las, einen Ermittlungsbericht zur Vorgeschichte des Hageljägers und sogar ein bizarres Schreiben des Büros für Religiöse Angelegenheiten, das besagte, historische Aufzeichnungen würden darauf hindeuten, dass gewisse Individuen in

Tibet über geheime Möglichkeiten der Wetterkontrolle verfügten, und das Büro könne nicht das Gegenteil beweisen. Shan hielt bei den letzten Sätzen des Offiziers inne, der behauptete, er sei Zeuge eines Doppelmordes durch »indirekte Mittel« geworden. Wie Shan sich erinnerte, hatte der Mann eine dreijährige Beförderungssperre und einen Schreibtischjob in Lhasa erhalten, beides auf Tans Betreiben. Leutnant Huan Yi war also de facto degradiert und aus Lhadrung verbannt worden.

Shan stutzte, las den Namen ein weiteres Mal und schlug dann in der Akte Metok den Namen des Offiziers der Öffentlichen Sicherheit nach, der die Anklage gegen den Ingenieur bewirkt hatte. Huan Yi. Derselbe Offizier, der wegen seiner Reaktion auf die Todesfälle in den nördlichen Bergen disziplinarisch belangt worden war, hatte später den Fall zusammengetragen, der zu Metoks Hinrichtung führte. Amah Jiejie telefonierte und klang dabei ungewöhnlich gereizt. Shan ging an ihr vorbei zu Tans Büro. »Sie haben mir nicht verraten, wieso Sie mich zur Entlassung des Hageljägers mitgenommen haben«, sagte er zu dem Oberst. »Sie sagten, es würde Ärger geben. Ich schätze, der Ärger hatte bereits angefangen. Sie meinten *mehr* Ärger.«

Tan stand von seinem Schreibtisch auf, schloss die Tür und ging zum Fenster. Nachdem er einen Moment lang in die Richtung seiner Gefangenenlager geschaut hatte, wandte er sich zu Shan um. »Vor sechs Wochen war ich bei einer Besprechung in dem neuen Nachschubdepot. Mein Fahrer hat im Wagen gewartet, und da es so kalt war, hat er den Motor laufen gelassen. Als ich zurückkam, war er bewusstlos.« Der Oberst öffnete eine Schublade und warf Shan einen Pfropfen aus Stoff zu. »Jemand hatte das hier in den Auspuff gestopft.«

Shan rollte den Stoff auseinander. Es war eine tibetische Gebetsfahne.

»Drei Wochen später bin ich frühmorgens ins Büro gekommen. Amah Jiejie war noch nicht da. Ich wollte etwas von ihrem Schreibtisch holen. Das hier lag auf ihrem Stuhl«, sagte Tan, holte ein anderes Objekt hervor und legte es vor sich auf den Tisch. Shan betrachtete es verwirrt und nahm es dann in die Hand. Es war ein Bündel Zweige, umwickelt mit einer Ranke. Zwischen den Zweigen steckte das ausgeschnittene Abbild eines Totenschädels. Auf die Rückseite des Schädels war ein kleines Foto des Dalai Lama geklebt.

»Du hast den Hageljäger gesehen«, sagte Tan. »Er hatte schon bei seiner Festnahme ein solches Zweigbündel. Das stand in seiner Akte.«

»Ein Bündel getrockneter Wacholderzweige, ja. Ihr Duft lockt die Gottheiten an. Aber das hier ist kein Wacholder.« Shan zog das Abbild des Schädels heraus. »Und so etwas würde als blasphemisch gelten. Das hier wurde nicht von einem Tibeter auf den Stuhl gelegt.«

»Mein Fahrer wäre gestorben, hätte ich nur ein paar Minuten länger gebraucht.«

»Auch das waren keine Tibeter«, betonte Shan.

»Das hat man mir schon erklärt.« Tan legte die Gegenstände zurück in seine Schublade. »Erzähl ihr nichts davon.«

»Wer hat Ihnen erklärt, dass dies keine Tibeter waren?«, fragte Shan. Doch dann öffnete Amah Jiejie die Tür und winkte Shan zurück in den Besprechungsraum.

Von dem Streit mit der Person in Lhasa merkte man ihr nichts mehr an. Sie setzte Shan vor einen Computerbildschirm und zeigte ihm, wie er sich das Video anschauen konnte, das die Sicherheitsabteilung des Bahnhofs geschickt hatte. Als er sich unbeholfen ans Werk machte, setzte sie sich neben ihn und fragte, wonach sie suchen würden. Shan ließ sie das Bild anhalten und zeigte auf den Westler, der vor dem Teestand saß. »Woher ist er gekommen, und wohin ist er gegangen?«

Sie spulte die Aufnahme zurück, bis der schlanke Westler mit dem Bluterguss an der Stirn aufstand und rückwärts zum Bahnsteig ging. »Er ist mit dem Zug angekommen«, sagte sie. »Mit demselben Zug, obwohl er nur einen kleinen Rucksack bei sich trägt.« Sie spulte mit dreifacher Geschwindigkeit vor und behielt ihre Fingerspitze unter dem Mann, der mit seinem Tee dasaß und Fotos schoss. Am Rand des Monitors konnte Shan sein eigenes schemenhaftes Abbild erkennen. Amah Jiejie verfolgte den Westler, der nun aufstand und sich unter die Touristen mischte, die hinaus zu den Bussen gedrängt wurden. Der Fremde verschwand in einem Linienbus, nicht in einem der gecharterten Reisebusse.

»Wie kommen wir an die Namen und Nationalitäten der Zugpassagiere?«, fragte Shan.

»Der Reisedienst müsste über alle notwendigen …«, setzte sie an und blickte dann über Shans Schulter. Hinter ihm stand Tan mit einem eindeutig verängstigten Tibeter in verschlissener Arbeitskleidung. Das Gesicht des Obersts wirkte sogar noch ausgezehrter als üblich. »Jampa hat Informationen«, verkündete Tan kurz und bündig und ließ den Tibeter vortreten.

»Erzähl Inspektor Shan genau das Gleiche, was du mir erzählt hast«, befahl Tan dem grauhaarigen Mann, sobald der am Tisch Platz genommen hatte. Jampa sagte nichts. Seine Hände zitterten. Er saß hier schutzlos vor dem gefürchteten Kriegsherrn von Lhadrung. Sein Mund öffnete sich einmal, dann noch einmal, aber er bekam kein Wort heraus.

»Er ist schüchtern«, sagte Tan und ignorierte Shans fragenden Blick. Der Oberst schien den alten Tibeter zu kennen.

Amah Jiejie holte eine Thermoskanne Tee und ein paar Kekse. Während sie den Tee einschenkte, redete sie beruhigend auf den Mann ein. Als Jampa den Tee lediglich anstarrte, stand Tan auf, wobei er eher verlegen als verärgert wirkte, und verschwand in seinem Büro. Gleich darauf kehrte er mit drei Flaschen Bier zurück, was nur zu Shans Verwirrung beitrug. Dann sah er Amah Jiejie, die im Eingang stand und den Mann mit traurigem Lächeln betrachtete. Plötzlich fiel ihm wieder ein, was sie ihm vor einigen Monaten anvertraut hatte: dass Tan sich mit dem tibetischen Hausmeister angefreundet hatte, der sein Büro reinigte.

Jampa nahm einen großen Schluck aus der Flasche, die Tan vor ihn hinstellte. »Er war ein guter Mann, das konnte ich sehen«, flüsterte er dann und sah Shan an. »Sie sind der Wachtmeister, der früher selbst ein Sträfling war.« Shan nickte. »Sie waren gestern dabei. Ich habe Sie in der ersten Reihe gesehen.«

Erschrocken wurde Shan klar, dass auch er Jampa kannte. Der Mann hatte Metoks Hirnspritzer von der Wand abgespült.

»Zwei Tage vorher, als ich bei seiner Zelle den Flur gewischt habe, hat er mir einen Zettel gegeben.« Der alte Tibeter wischte sich über die feuchten Augen. »Es tut mir leid. Vielleicht hätte ich ihn retten können. Ich hatte solche Angst. Letztes Jahr hat man meinen Vorgänger in die Schuhfabrik geschickt, bloß weil er mit einem der Gefangenen geredet hatte. Es hieß, das würde auf reaktionäre Tendenzen hinweisen.« Der alte Mann schluchzte auf und brach in Tränen aus. Tan legte Jampa eine Hand auf die Schulter. Als der Hausmeister sich wieder gefangen hatte, griff er in die Tasche und brachte einen Umschlag zum Vorschein, dessen Flecke von blaugrüner Seife zu stammen schienen. Darin steckte ein ausgefranstes Stück Toilettenpapier mit einer hastig gekritzelten Nachricht.

Ich bin nicht wegen dem hier, was man mir vorwirft, stand da. *Ich bin hier, weil die Amerikanerin und der Archäologe vor meinen Augen getötet wurden, und zwar an einem anderen Ort, als behauptet wird. Finde jemanden, der aufrichtig ist. Warne Sun Lunshi. Metok.*

Shan fröstelte am ganzen Leib. Er und Tan sahen sich beklommen an.

»Niemand darf erfahren, dass ich hergekommen bin«, sagte Jampa.

Tan starrte auf seine Flasche. Eine solche Bitte ausgerechnet an den Bezirkskommandanten und seinen leitenden Ermittler zu richten, entbehrte nicht einer gewissen bitteren Ironie. Shan ließ ihn nicht aus den Augen. Der Oberst interessierte ihn in diesem Moment genauso sehr wie Jampa. Bei der Suche nach einer aufrichtigen Person hatte der alte Hausmeister sich für Tan entschieden. »Nein«, sagte der Oberst. »Das darf niemand erfahren.« Er sah den gepeinigten Tibeter an. »Du hättest seinen Tod nicht verhindern können, Jampa«, tröstete der Oberst.

»Ich bete jede Nacht dafür, dass er mir verzeiht«, sagte Jampa.

»Da gibt es nichts zu verzeihen«, sagte Shan.

Jampa erwiderte nichts, schien aber über Shans Worte nachzudenken. Er rieb sich erneut die Augen. »Dann werde ich für seine ewige

Seele beten und für die Seelen der anderen beiden Mordopfer, der Amerikanerin und des Archäologen.«

»Welche Amerikanerin?«, fragte Shan. »Und welcher Archäologe?«

»Das war mir am Anfang auch nicht klar. Mein Neffe hat einen Computer. Er hat die Zeitungsmeldungen durchsucht«, erklärte Jampa. »Eine amerikanische Studentin und ein Archäologe aus Chengdu sind eine Stunde westlich von Lhasa bei einem Autounfall ums Leben gekommen. Die übliche Geschichte. Ein plötzlicher Sturm, eine hohe Klippe und eine scharfe Kurve. Die Namen waren Natalie Pike und Professor Gangfen.« Er zuckte die Achseln. »Mehr weiß ich nicht. Bitte, ich muss zurück an die Arbeit.«

»Hat der andere Name Ihnen etwas gesagt?«, fragte Shan den Hausmeister. Er zog die zweite Visitenkarte hervor, die er dem Toten im Zug abgenommen hatte, beschloss dann aber, den alten Tibeter nicht nach dem Nachtklub in Lhasa zu fragen. Auf dem Rückflug nach Lhadrung hatte er sich die Karte genauer angesehen. Auf der Rückseite stand eine Notiz: *75 Curry 1*, darunter das Wort *Turnerin*. Er blickte auf und sah, dass Jampa ihn anstarrte. »Sun Lunshi. Hatten Sie diesen Namen schon mal gehört?«

»Nein. Aber ich dachte mir, Sie könnten ihn finden und die Warnung an ihn weitergeben. Vielleicht schwebt auch er in Gefahr.« Tan und Shan sahen sich abermals an. Die Warnung würde Sun Lunshi nichts mehr nützen.

Tan nahm sich eine Zigarette und schob die Packung zu dem alten Mann hinüber, der sich dankbar bediente und von Tan Feuer geben ließ. Dann saßen sie schweigend da, tranken und rauchten, bis Jampa seine Flasche leerte und aufstand.

Zehn Minuten nachdem der verstörte Hausmeister gegangen war, fand Shan den betreffenden Zeitungsartikel und druckte ihn für Tan aus. Eine amerikanische Doktorandin aus Maryland namens Natalie Pike war mit Professor Gangfen in den Bergen unterwegs, als ihr Wagen bei jäher Eisglätte von der Straße abkam und eine Steilwand hinunterstürzte. Pike hatte an einem besonderen Forschungsprojekt teilgenommen und dem Professor bei der Ausgrabung eines chinesischen Armeelagers aus dem frühen achtzehnten Jahrhundert geholfen. Die regierungseigene Zeitung nutzte diesen Umstand, um zu betonen, auf welch lange Geschichte die historisch verbürgte chinesische Präsenz in Tibet somit verweisen könne.

»Metok war Zeuge ihres Todes. Und er hat sich beim Hydro-Projekt aufgehalten«, sagte Shan leise.

Auch Tan senkte merklich die Stimme. »Was hatten die bei den Fünf Klauen zu suchen?«, fragte er angespannt. »Die Grabungsstätte lag fast zweihundert Kilometer entfernt.«

Amah Jiejie spürte Tans finstere Stimmung und legte wortlos ein Blatt Papier auf den Tisch. Es war die Passagierliste des Zuges. Shan fuhr mit dem Finger die Spalte der Nationalitäten entlang. Insgesamt hatten sich sechs Westler an Bord befunden. Eine Reisegruppe aus drei deutschen Frauen, ein kanadisches Ehepaar und ein einzelner Amerikaner. Er starrte den Namen des Amerikaners an, kreiste ihn mit einem Stift ein und schob die Liste zu Tan hinüber.

»Einer der Fahrgäste war Amerikaner. Er ist im Bahnhof geblieben und hat sich sehr für den Toten interessiert«, sagte Shan.

Tans Augen verengten sich. Er stieß einen leisen Fluch aus.

»Ich habe den Mann gesehen«, sagte Shan. »Er hatte eine blutige Stelle am Kopf. Er ist derjenige, der mit Sun Lunshi im Frachtwaggon gekämpft hat. Und er heißt Cato Pike. Er muss wohl der Vater der toten Amerikanerin sein.«

KAPITEL VIER

Shan war in die Akten der anderen Korruptionsfälle vertieft, um sicherzugehen, dass keiner von ihnen mit dem Fünf-Klauen-Projekt zu tun hatte. Er bemerkte gar nicht, dass Tan irgendwann den Besprechungsraum verließ. Als er aufstand und in das vordere Büro kam, zeigte Amah Jiejie auf eine kleine Schachtel neben der Tür. »Der Oberst hat gesagt, Sie haben noch nicht zu Mittag gegessen«, sagte sie. »Da ist etwas Proviant für den Rückweg.«

Er lächelte matt. »Ich weiß nur leider nicht, wie ich nach Hause kommen soll.«

Sie nahm einen Autoschlüssel vom Tisch und warf ihn Shan zu. »Der gehört zu dem Geländewagen, der draußen neben der Limousine des Obersts steht. Oberst Tan sagt, Sie können ihn behalten, solange Sie die neue Dienstmarke tragen.«

Auf der Rückfahrt nahm Shan einen einstündigen Umweg in Kauf. Die grobe Schotterstraße führte ihn zu einem vertrauten Aussichtspunkt. Er parkte den robusten, wenngleich einige Jahre alten Wagen und ging zum Rand der Klippe, wo er vor einigen Monaten einen kleinen Steinhaufen aufgeschichtet hatte. Unter ihm erstreckte sich das Lager der 404. Baubrigade des Volkes, zu dessen Insassen er einst gezählt hatte. Eine langgezogene Staubwolke zeugte von der schwer bewachten Fahrzeugkolonne, mit der die Gefangenen von ihrer täglichen Arbeit an irgendeiner weiteren Bergstraße zurücktransportiert wurden. Die Erinnerung an diese Fahrten überkam ihn bis heute mitunter wie aus dem Nichts. Sein Herz schien sich dann zu verkrampfen, und er war ein oder zwei Minuten lang wie gelähmt. Hinter den Sträflingen lag eine brutale Schinderei, verbunden mit Schlägen, falls sie das Tempo nicht halten konnten, und viele der jüngeren Insassen und chinesischen Gefangenen würden aneinandergelehnt schlafen. Die Alten hingegen schliefen nie, sondern flüsterten während der langen Fahrt lediglich ihre Mantras und ließen leise ihre Gebetsketten durch die Finger gleiten. Ihre ursprünglichen *malas*, manche jahrhundertealt, hatte man ihnen vor langer Zeit abgenommen, daher mussten sie sich mit improvisierten Gebetsketten behelfen, die aus Knöpfen, kleinen Pappscheiben oder sogar abgeschnittenen Fingernägeln bestanden. Eben jene misshandelten Lamas hatten Shan damals gerettet, hatten die zermalmte, verzweifelte Hülle, zu der er geworden war, mit neuem Leben und neuem Sinn erfüllt. Shan tat heutzutage alles in seiner Macht Stehende, um seinem Sohn Ko zu helfen, der jetzt auf einer dieser Ladeflächen saß, doch er wusste, dass die Stärke und Entschlossenheit, zu der sein Sohn im Laufe der Zeit gefunden hatte, viel mehr den alten Mönchen zu verdanken war als Shans Bemühungen. In den letzten Monaten hatte auch Yara ihren Beitrag dazu geleistet. Nach einem Leben als wilde, trotzige, unregistrierte Tibeterin war sie nun offiziell gemeldet, arbeitete als Lehrerin und konnte Ko alle paar Wochen besuchen.

Shan beobachtete, wie die Lastwagen langsamer wurden und das Tor passierten. Er musste an Metok denken, der vor seiner Hinrichtung ebenfalls einige Wochen in Haft gesessen hatte. Als Shan damals freigekommen war, hatte er zu einem der betagten Lamas gesagt, er habe alles nur ihnen zu verdanken. »Nein«, hatte der alte Mann mit heiterem Lächeln erwidert, »du schuldest uns nur die Wahrheit.«

* * *

Als Shan am frühen Abend vor dem Revier parkte, empfing Choden ihn schon an der Tür. »Sie haben ein neues Auto?«, fragte er sichtlich begeistert. »Das ist ja höchstens drei oder vier Jahre alt!«

Shan zuckte die Achseln und ging hinein. »Die Heizung funktioniert. Aber ich glaube, es hat keine Sirene.«

»Und es ist grün«, stellte Choden fest. »Die Polizei hat normalerweise keine grünen Fahrzeuge, glaube ich.«

»Umso besser«, entgegnete Shan und bemerkte dann die Landkarte, die ausgebreitet auf Chodens Schreibtisch lag. Jemand hatte darauf etwas notiert.

Choden kam Shans Frage zuvor. »Lhakpa«, erklärte der Stellvertreter. »Er ist heute Morgen auf den Torturm gestiegen, genau wie gestern diese Wissenschaftler, und hat sich sogar genau wie sie die einzelnen Berge angesehen. Dann ist er zurückgekommen und hat gefragt, ob wir eine Karte des nördlichen Abschnitts des Bezirks hätten. Er hat sie fast eine Stunde lang sorgfältig studiert und die ganze Zeit ›falsch, falsch, falsch‹ vor sich hin gemurmelt, immer wieder. Dann hat er mit einem Bleistift Korrekturen eingetragen.«

Wie Marpa am Morgen angedeutet hatte, waren die bisherigen Karten – einschließlich jener Exemplare, die an kleine Wachtmeister ausgegeben wurden – äußerst ungenau. Lhakpa hatte entlang der nördlichen Grenze Verbesserungen vorgenommen, dabei einige Gipfel leicht verschoben und sogar ein entlegenes Tal markiert und mit einem Namen versehen, Gekhos Zuhause. Dann hatte er rund um das Tal einen Ring aus kleinen *chorten* eingezeichnet.

»Das verstehe ich nicht«, sagte Shan. »Wieso hat er das gemacht?«

Choden zuckte die Achseln. »Er ist ein Schneemönch«, sagte er, als könne man von solchen Männern kein rationales Verhalten erwarten.

»Gekho?«, fragte Shan. Das Wort kam ihm vage vertraut vor. Wahrscheinlich hatte er es in dem Archiv gelesen, das versteckt unter den Straßen von Yangkar lag.

Choden schaute sich nervös um. »Einer der Alten«, flüsterte er dann. »Ein sehr wilder Schutzgott. Der Oberste der Erdgottheiten, heißt es, noch aus der Zeit vor Buddha.« Das bedeutete, Gekho war ein

Gott der animistischen Bon-Religion, die in Tibet vorgeherrscht hatte, bevor die ersten buddhistischen Missionare aus Indien eingetroffen waren.

»Aber warum?«, fragte Shan. »Sie sollten Lhakpa danach fragen.«

»Das kann ich nicht.«

Shan sah die verlegene, beunruhigte Miene seines Stellvertreters und öffnete die Tür zum Zellentrakt. Lhakpa war fort. Er hatte seine Sachen gepackt und war gegangen.

»Sie haben ihn gestern kritisiert«, sagte Choden leicht vorwurfsvoll. »Sie haben verhindert, dass er hier Zeit mit seiner Nichte verbringen konnte.«

Shan vermutete jedoch, dass die Abreise mehr mit dem Besuch des Institutsteams zu tun hatte als mit den Gefängnisvorschriften. »Suchen Sie in den Ställen nach ihm«, sagte er.

»Das können wir uns sparen. Er und Tara sind auf den nordöstlichen Pilgerpfad eingebogen, der hoch in die Berge führt. Wir werden Lhakpa monatelang nicht zu Gesicht bekommen. So machen das die Schneemönche: Sie segnen uns, und dann verschwinden sie wieder.«

Shan nahm sich erneut die Karte vor. Wieso hatte Lhakpa sich so viel Arbeit mit den Korrekturen gemacht und die Karte dann hier zurückgelassen? Es musste sich um eine Art Botschaft handeln, begriff er, und zwar eine Botschaft an ihn. Warum hatte der Besuch der Institutsmitarbeiter den Schneemönch aus Yangkar vertrieben? Weshalb schienen die chinesischen Wissenschaftler den bescheidenen, kontemplativen Tibeter zu kennen?

Shan ging zu seinem Wagen und kehrte mit einer Landkarte der Armee zurück, die er im Handschuhfach vorgefunden hatte. Er legte sie neben Lhakpas Karte und suchte nach dem markierten Tal nordöstlich von Yangkar. Auch die Armeekarte war kürzlich um einen Bleistifteintrag ergänzt worden. Er betraf dasselbe Tal und lautete schlicht »Fünf Klauen«.

* * *

Bei Anbruch der Dämmerung begab Shan sich auf die fünfundsechzig Kilometer lange Fahrt zu dem Hydro-Projekt. Als er den Bergkamm oberhalb des Tals erreichte, strömten unten die Arbeiter soeben aus einem großen Fertigbau, offenbar einem Speisesaal. Shan hielt an und richtete sein Fernglas auf die winzigen Gestalten, die nun Kipplaster bestiegen, Zugmaschinen, Pick-ups und sogar Planierraupen, um dann in verschiedene Richtungen zu den einzelnen Baustellen aufzubrechen, die sich über das langgezogene Tal verteilten. Vor dem Speisesaal, näher zur Hauptstraße hin, stand ein Gebäude mit kreisförmiger Auffahrt, in deren Mitte ein hoher Mast aufragte, an dem die rote Flagge der Volksrepublik wehte. Jenseits des Speisesaals gab es in Reihen angeordnete Modulbehausungen, die per Lastwagen angeliefert worden waren und vermutlich die Unterkünfte darstellten. Das Projekt war gewaltig. Shan überschlug die Anzahl der Modulbauten. Sogar wenn einige als Lagerräume oder Büros genutzt wurden, musste es hier Massen von Arbeitern geben. In der Nähe des Speisesaals stand eine Betonmischanlage, bei der eine Lastwagenkolonne darauf wartete, beladen zu werden. Shan musterte die Baustelle am südlichen Ende, dem tiefen, schmalen Pass, wo riesige Fundamente für die eigentliche Staumauer ausgehoben wurden.

Dann erbebte der Boden unter seinen Füßen, weil ein schwerer Sattelschlepper den Kamm überquerte und an ihm vorbeidonnerte. Das Nummernschild verriet, weshalb Shan noch nicht mehr von dem Projekt mitbekommen hatte. Der Transporter kam aus Szechuan, was bedeutete, dass der Nachschub aus Richtung Osten angeliefert wurde. Nur das letzte Stück der Straße verlief durch den Bezirk Lhadrung.

Das Tal war – genau wie auf Lhakpas Karte – von einem doppelten Ring aus Bergen umgeben, die inneren eine Reihe zerklüfteter Grate auf allen Seiten, die äußeren eine Anzahl wesentlich steilerer, schneebedeckter Gipfel, die wie Wächter über dem fruchtbaren Tal aufragten. Am nördlichen Ende stürzte zwischen den beiden dort höchsten Bergen ein Wasserfall tief hinunter in einen kleinen See von leuchtend türkiser Farbe. Der See speiste einen schmalen Fluss, der das gesamte Tal bis hin zur Lücke im Süden durchzog, wo die Staumauer stehen würde. Diese entscheidende Lücke, die das ganze Projekt erst möglich machte, war ein schmaler Spalt im höchsten Berg weit und breit, der eine prächtige Schneekrone trug und eine absteigende Folge von Plateaus besaß, die wie die Treppenstufen eines Riesen aussahen. Die Tibeter nannten so etwas einen Großvaterberg, und Lhakpa hatte ihn als Gekhos Zuhause bezeichnet. Rund um den See und entlang des Flusslaufs wuchsen große Wacholderbäume, die wahrscheinlich einst bis ans Ende des Tals gereicht hatten. Dann aber waren die Arbeiter gekommen, um sie zu fällen und den Talgrund bis auf den nackten Fels freizulegen.

Die Tibeter glaubten, die Erdgottheiten hätten Orte spiritueller Macht erschaffen, zumeist kleine Areale, die im Norden durch natürliche Formationen abgeschirmt wurden und sich für den Sonnenaufgang nach Osten öffneten, vorzugsweise in der Nähe von Wasser und Wacholderbäumen. Dieses Tal war ein solcher Ort, allerdings von gewaltigen Ausmaßen, wie Shan sie noch nie gesehen hatte. Jedenfalls hatte das so lange gegolten, bis Peking mit Planierraupen und Kipplastern hier eingefallen war.

Amah Jiejie hatte bei der Projektleitung angerufen und Shan als den Gesandten von Oberst Tan angekündigt. Der Direktor, Dr. Ren Yatsen, ein übereifriger Mann mit leerem Lächeln, hieß Shan überschwänglich willkommen und ließ seine Assistentin Tee servieren, während er mit einer Folge von Konzeptzeichnungen vorführte, wie das Tal in Zukunft aussehen würde. Der stille See war auf diesen Bildern von Betonbauten umgeben. Eine andere Ansicht zeigte den Blick von jenseits der Staumauer, wo strahlende Tibeter vor riesigen Turbinen standen und das abgelassene Wasser in golden wogende Gerstenfelder umleiteten. Ren versicherte, die Tibeter würden mächtig stolz auf den Staudamm sein und damit prahlen können, dass ihr zuvor nutzloses Tal nun das Mutterland mit Energie versorge. Als Shan fragend eine Augenbraue hob, erklärte der Direktor, die Überlandleitungen würden geradewegs in die Provinz Szechuan verlaufen, von wo aus der Strom dann nach Zentralchina verteilt werden sollte.

Ren bestand darauf, Shan eine Führung über die Baustelle zu gewähren, und als Shan in Rens Wagen stieg, bemerkte er, dass der Direktor seine Polizeiuniform musterte.

»Ich gehöre nicht zum militärischen Stab des Oberst, falls Sie sich das fragen sollten«, sagte Shan.

»Nein, nein. Aber ich gestehe, ich war verwirrt, als es hieß, der Oberst werde seinen Inspektor schicken.«

»Ich bin in Yangkar stationiert«, sagte Shan, »Das ist die nächstgelegene Dienststelle des Bezirks.« Die Erklärung schien Ren irgendwie zu erleichtern, und er fuhr fort, von den Segnungen des Projekts zu schwärmen, während sie dem Talverlauf folgten und dabei schwelende Haufen gefällter Bäume und enorme Mengen aufgeschütteter Erde passierten, die von den Hängen gebracht wurde, um den Talgrund zu nivellieren. Am Ufer des kleinen Sees hielt Ren an und zeigte auf einen breiten Streifen gelber Farbe, ungefähr auf halber Höhe der Steilwand, die vor ihnen aufragte.

»Das ist der geplante Wasserstand«, sagte Ren stolz. Shan begriff, dass das wunderschöne Tal vollständig geflutet werden würde.

Dem Direktor entging nicht, dass Shan einen Haufen rissiger, geborstener Bretter betrachtete, der soeben von einer Planierraupe zusammengeschoben wurde, um dann verbrannt zu werden.

»Eines unserer ausgedienten Gerüste«, sagte der Direktor.

Doch Shan konnte Wandreste und Teile eines Daches erkennen. Das war kein Gerüst, sondern ein abgerissenes Haus neueren Datums.

Der Bau des riesigen Wasserkraftwerks war genau genommen eine Kombination kleinerer Projekte. Der Direktor hob beflissen die zahlreichen Teams hervor, die den Talgrund von allem befreiten, das später womöglich die Turbinen beschädigen könnte. Dann zeigte er Shan die massiven Fundamente, die am Fuß des schmalen, hohen Durchlasses ausgehoben wurden, danach die Zementfabrik und die Reihen von Arbeiterunterkünften neben dem Maschinenpark. Als Shans Blick bei dem Zaun verweilte, der derzeit rund um die große Fläche errichtet wurde, berührte Ren ihn an der Schulter und wies auf die Arbeiten hoch oben am Hang unweit der Straße hin, wo die Kontrollräume entstehen sollten.

»Was hat denn die Einschätzung des Büros für Religiöse Angelegenheiten ergeben?«, erkundigte Shan sich, als Ren mit ihm neben Shans Wagen hielt.

Die unerwartete Frage ließ Ren kurz das Gesicht verziehen. Er rang sich jedoch gleich wieder ein Lächeln ab. »Ich versichere Ihnen, dass alle erforderlichen Gutachten ordnungsgemäß erhoben worden sind, Inspektor. In einer Höhle wurden ein paar vereinzelte Artefakte gefunden und von uns zur Wiederverwertung abtransportiert.«

Shan öffnete die Beifahrertür. »Eine Höhle. Etwa eine Kaverne mit einem Tempel?«

»Bloß ein Loch im Berg mit irgendwelchem verrosteten Plunder, der da schon ewig gelegen hatte«, meldete eine neue Stimme sich zu Wort. Ein gut gekleideter Mittdreißiger stellte sich Shan in den Weg. »Für die Ingenieure beeinträchtigt so etwas das Strömungsverhalten des Wassers.«

Ren wirkte nicht allzu erfreut. Er stellte die beiden einander vor. »Mein Stellvertreter, Jiao Wonzhou«, sagte er zu Shan. »Inspektor Shan vertritt heute den Kommandanten«, erklärte er Jiao.

»Mir ist gar keine Höhle aufgefallen«, sagte Shan.

»Die gibt es auch nicht mehr«, verkündete Jiao stolz. »Wir haben sie gesprengt und zum Einsturz gebracht. Wer weiß, was für Krempel da noch versteckt war. Wir dürfen nicht zulassen, dass Teile von dort bis in die Turbinen gelangen könnten. Diese Maschinen kosten mehrere Millionen pro Stück.«

»Die fraglichen Antiquitäten wurden doch gewiss wie üblich dem Büro für Religiöse Angelegenheiten vorgelegt«, betonte Shan.

Jiaos Züge verhärteten sich. Sein Blick loderte auf, dann verflog seine Wut wieder, und er zuckte die Achseln. »Für kleinliche Bürokraten ist hier kein Platz. Das Büro für Religiöse Angelegenheiten kann gar nicht ermessen, was der Bau eines solchen hydroelektrischen Projekts erfordert.«

Jiao benutzte diese Worte eindeutig nicht zum ersten Mal. Das Büro für Religiöse Angelegenheiten hatte sich offenbar in Dinge eingemischt, die der Mann als sein ureigenes Revier ansah.

Jiao beugte sich vor. »Ein paar rostige Götter in einer Höhle sind dem Mutterland egal. Und wenn ein verurteilter Verbrecher eine Handvoll verschwommener Fotos einreicht, dann kann man dem nicht trauen. Falls Sie uns behilflich sein wollen, Genosse Inspektor, dann sorgen Sie dafür, dass die ihre Akten bereinigen.«

Shan wandte sich kurz ab, damit man ihm die Verblüffung nicht ansah. Metok hatte Fotos an das Büro für Religiöse Angelegenheiten geschickt. »Aber Sie haben denen doch bestimmt erklärt, welche Gefahr einige alte Statuetten in einer Höhle für Ihren gewaltigen Staudamm bedeuten würden.« Er neigte den Kopf und sah Jiao an. »Das klingt fast ein wenig übernatürlich. Die vom Büro lieben so etwas.«

Jiao musterte ihn wütend, registrierte die abgewetzten Manschetten seiner Uniform, die verschrammten Stiefel. »Verzeihen Sie, Genosse Shan. Mir war nicht klar, dass Sie nicht nur Inspektor, sondern auch Ingenieur sind. Was genau ist der Grund Ihres Besuchs?«

»Genosse Shans Dienststelle in Lhadrung liegt uns am nächsten«, warf Ren hastig ein. Jiaos Auftritt schien ihm nicht zu gefallen. »Er untersteht direkt dem Militärkommandanten des Bezirks.«

»Oberst Tan ist der Ansicht, wir sollten etwas mehr Einblick in das Projekt erhalten, wo doch das Fünf-Klauen-Team sich neuerdings unserer Ressourcen bedient«, fügte Shan hinzu.

Jiaos schmales Lächeln änderte sich nicht. »Ressourcen?«

»Unser Gefängnis in Lhadrung. Unsere neue Hinrichtungskammer. Der gesicherte Frachtraum für Militärgüter, in dem sich ein toter Institutsmitarbeiter fand. Das Institut ist doch an Ihrem glorreichen Projekt beteiligt, nicht wahr?«

Jiao kniff die Augen zusammen. »Sie sind also als Wachtmeister irgendeines Bauerndorfs hier.«

Shan zuckte die Achseln. »Polizist, Sonderinspektor des Kommandanten, Botschafter des guten Willens. Manchmal weiß ich selbst nicht, welchen Hut ich gerade trage.«

»Wir legen großen Wert auf unsere Autonomie, Genosse«, sagte Jiao, und es klang wie eine Warnung. »Falls wir für die Nutzung der Gefängniszellen bezahlen sollen, kann der Oberst uns ja eine Rechnung schicken. Und dieser Sun hat nicht für die Fünf Klauen gearbeitet. Er war bloß ein einfacher Kartograf und hatte einen freien Tag.«

»Ich habe den Namen des Toten gar nicht erwähnt«, stellte Shan fest.

»Das Institut arbeitet an einem umfassenden Erschließungsplan und zählt zu unseren geschätzten Partnern. Wir sind alle im Interesse des Mutterlands tätig.«

»Ein Erschließungsplan?«, fragte Shan. »Ich fürchte, Sie verwechseln den Bezirk Lhadrung mit dem Umland einer der Städte im Osten.«

Jiao wich einen Schritt zurück, damit Shan aussteigen konnte. »Das Mutterland ist für all seine Kinder verantwortlich«, erwiderte er. »Und wir wissen durchaus, dass Ihr Yangkar unserem Projekt am nächsten liegt«, fügte er mit hämischer Miene hinzu und hob grüßend eine Hand. »Bitte richten Sie Oberst Tan unsere besten Empfehlungen aus. Wir freuen uns schon darauf, ihm eines Tages die Ehre zu erweisen, die er verdient.«

Der Direktor schien erleichtert zu sein, als Jiao wegging. »Schön, dass der Oberst endlich Interesse an uns zeigt«, sagte er zum Abschied. »Er ist uns hier jederzeit willkommen. Bisher hat er ja noch keine Gelegenheit zu einem persönlichen Besuch gefunden. Dabei verändern wir seinen gesamten Bezirk.«

Shan fuhr anderthalb Kilometer die Straße hinunter und wartete auf einen entgegenkommenden Kipplaster, um in dessen Staubwolke zu dem Gelände zurückzukehren. Er parkte beim Speisesaal, zog seine Uniformjacke aus und streifte das alte Arbeitshemd und die Wollmütze über, die er morgens vor seiner Abfahrt aus Yangkar auf die Rückbank geworfen hatte. Dann wagte er sich in den Speisesaal. Er wusste, dass die Männer in mehreren Schichten verpflegt werden mussten, und es standen bereits einige Dutzend Arbeiter für ein frühes Mittagessen an. Shan nahm sich ein Tablett, reihte sich ein, erhielt eine Schüssel Reis und Gemüse, füllte sich einen Becher mit Tee und setzte sich zu einer Gruppe Männer in seinem Alter. Die linke Hand hatte er unter sein Hemd gesteckt, als wäre der Arm vom Arzt ruhiggestellt.

Er aß schweigend und lauschte dem gutmütigen Geplänkel über das Wetter, Maschinenausfälle und Neuigkeiten von den Angehörigen in der Ferne. Als Shan die Hand nach einer Flasche Sojasoße ausstreckte, schob sein Sitznachbar sie zu ihm herüber. »Na, hat man dir die Flügel gestutzt?«, fragte der Arbeiter.

»Ich bin beim Weglaufen gestolpert, als das Gebäude eingestürzt ist«, wagte Shan einen Versuch. »Es hätte schlimmer kommen können.«

»O ja, wir hatten wirklich Glück, dass dabei niemand ums Leben gekommen ist«, erwiderte der Mann. »Eine so große Werkstatt darf doch nicht einfach in sich zusammenfallen. Wegen einer plötzlichen Sturmböe, heißt es. Wir können das Ding zwar schnell wieder aufbauen, aber die verlorenen Maschinen und Geräte lassen sich nicht so bald ersetzen. Das dauert bestimmt mehrere Wochen.«

»Wir können uns glücklich schätzen, dass generell noch niemand gestorben ist«, warf der stämmige Mann auf der anderen Seite des Tisches ein.

»Hat es denn noch andere Zwischenfälle gegeben?«, fragte Shan.

»Mehr, als ich je zuvor erlebt habe«, sagte sein Nachbar. »Maschinen fressen sich fest. Über Nacht öffnet sich ein Krater im Boden und verschluckt eine Planierraupe. Der Zement bindet nicht richtig ab, und die Wände stürzen ein, sobald die Verschalung entfernt wird. Wegen des kalten Wetters, sagen manche, wegen der Höhe, behaupten andere. Beim Fällen der Bäume ist es schon zweimal passiert, dass aus dem Nichts starker Wind aufkommt und die Stämme in die falsche Richtung kippen lässt, wo sie dann beide Male einen Kipplaster zertrümmern. Manche der chinesischen Vorarbeiter vermuten sogar, dass hier die Schwerkraft anders funktioniert, weil wir auf dem Dach der Welt sind. Andere meinen, der Rauch von so vielen brennenden Wacholderbäumen würde tibetische Dämonen anlocken. Wir hätten den Friedhof der toten Götter lieber nicht einebnen sollen, schätze ich.«

»Ein Friedhof der Götter?«, fragte Shan.

»Reihen behauener Steine mit so dichtem Flechtenbewuchs, dass sie uralt sein mussten. Schon in ihrer Nähe zu sein hat mich frösteln lassen. Und jetzt ist nichts mehr von ihnen da, ohne dass ein einziges Gebet gesprochen wurde.«

»Es gab Botschaften vom Himmel«, sagte ein Mann weiter unten am Tisch.

»Inwiefern?«, fragte Shan.

»Aus den Wolken schweben Gebete herab.« Der Mann nickte bekräftigend.

»Und das Loch dieses Gottes hätten wir auch besser nicht gesprengt«, murmelte der stämmige Mann gegenüber von Shan.

»Was für ein Loch?«, fragte Shan.

»Eine alte Höhle mit seltsamen Markierungen auf allen Wänden. Am Eingang war das Gemälde irgendeines blauen Dämons, als würde er dort wohnen.« Der Mann senkte die Stimme und wurde sehr ernst. »Als wäre er der letzte der alten Götter, der über die Gräber seiner Freunde wacht. Manche, die bei der Sprengung dabei waren, haben gesagt, sie hätten den Gott drinnen schreien gehört, als alles eingestürzt ist.«

* * *

Eine halbe Stunde später parkte Shan hinter einem Felsblock dicht unterhalb des höchstgelegenen Stücks der Zugangsstraße. Er nahm sein Fernglas und ging zu Fuß weiter. Von einem flachen Sims aus ließ das Tal sich überblicken. Shan setzte sich an eine windgeschützte Stelle zwischen zwei Felsen und fing an, die Hänge nach der zerstörten Götterhöhle abzusuchen. Er inspizierte ungewöhnliche Fels- und Erdformationen und entdeckte schließlich eine Reihe von hohen *lhatse*, Steinhaufen, ungefähr ein Drittel unterhalb der Kammlinie an der Mündung des Tals, wo die Staumauer hochgezogen wurde. Tibeter errichteten derartige Haufen zur Markierung von Pilgerpfaden oder Zugängen zu Tempeln, oft aber auch zur Bewahrung von *mani*-Steinen, auf denen Gebete geschrieben standen. Shan erkannte acht Steinhaufen, zunächst vier in gleichmäßigen Abständen, dann eine große Lücke, gefolgt von vier weiteren in wiederum gleichem Abstand zueinander.

In Shans Jugend hatten sein Vater und Onkel ihn die Verse des Tao-te-king gelehrt, und er warf manchmal immer noch die alten Schafgarbenstängel, mit denen man nach taoistischer Tradition zufällig einen der Verse auswählte, um dann darüber zu meditieren. Shan kniete sich kurz hin, umging das Ritual und zeichnete mit einem Zweig ein Tetragramm in den Staub zu seinen Füßen: eine durchgehende Linie über einer mittig durchbrochenen, gefolgt von einer weiteren durchgezogenen Linie und einer weiteren zweigeteilten. Das stand für Kapitel elf des Tao-te-king, einen seiner Lieblingsverse. Die Nutzung der Leere, hatte sein Onkel ihn genannt. *Ton wird zu einem Topf geformt*, lautete die erste Zeile. *Was nicht da ist, macht den Topf nutzbar*. Shan hatte schon vor langer Zeit gelernt, diese Erkenntnis für seine Ermittlungen zu nutzen. Die Steinhaufen stellten Wegweiser zu beiden Seiten des Ziels dar. Die Lücke zwischen den zwei Vierergruppen verlieh ihnen ihre Bedeutung. Dort lag der Eingang der Götterhöhle. Waren dort auch die Amerikanerin und der chinesische Professor gestorben? Die Arbeiter hatten von drinnen Schreie gehört.

Falls zwei Archäologen ins Tal gekommen waren, dann wegen dieser Höhle, die alte rostige Artefakte und seltsame Markierungen an den Wänden enthielt. Vielleicht waren sie versehentlich von der Explosion überrascht worden. Andererseits klang Metoks Nachricht eher nach einer vorsätzlichen Tat. Falls die Höhle gesprengt worden war, obwohl man von den Archäologen im Innern wusste, handelte es sich um einen Doppelmord.

Am Rand von Shans Sichtfeld flatterte ein Vogelschwarm auf, vermutlich erschreckt durch eine der Sprengungen, die regelmäßig das Tal erschütterten. Doch als er aufblickte, sah er die leuchtenden Farben. Das waren keine Vögel, sondern eine lange Schnur voller Gebetsfahnen, die schnell an Höhe gewannen und auf die Mitte der Baustelle zutrieben. Shan hob sein Fernglas und entdeckte, dass die Fahnen als Schweif eines Stoffdrachens dienten, der nahezu unsichtbar war, weil seine Farbe der des Himmels entsprach. Shan stand auf und lief auf die Stelle zu, an der die Schnur verankert sein musste.

Zehn Minuten später stützte er sich keuchend an einem riesigen Felsen ab. Er wusste, er hätte in dieser Höhe nicht so schnell rennen dürfen. Der Drachen wurde von einer jungen Frau steigen gelassen. Das Grau ihrer *chuba* passte zur Farbe des Simses, auf dem sie stand. Lachend rollte sie den Rest der Schnur ab, neigte den Kopf, als würde sie den Wind einschätzen, und schnitt die Schnur durch.

Merkwürdig fasziniert verfolgte Shan, wie die Flaggen nach unten sanken, und ihm fiel wieder ein, dass einer der rot behelmten Vorarbeiter vorhin Planierraupen zu einigen Bäumen geschickt hatte, in deren Kronen bunte Fetzen hingen. Dies war nicht der erste Stoffdrachen, der über dem Tal aufstieg. *Aus den Wolken schweben Gebete herab*, hatte der Mann beim Essen erzählt.

Auf einmal wurde Shan klar, dass er die Frau zuvor schon gesehen hatte. Sie hielt bereits eilig auf ein Labyrinth aus hohen Vorsprüngen zu, als er die Verfolgung aufnahm, und noch bevor er sie einholen konnte, verschwand sie zwischen den Felsen. Er ging zu der Stelle, an der sie gestanden hatte, und hob das verbliebene kurze Stück Schnur auf. Dann schaute er ihr hinterher. Dies war die Frau, die am Tor der Schuhfabrik auf den Hageljäger gewartet hatte.

Als Shan die Lücke im Fels erreichte, in der die Frau verschwunden war, wurden seine Kopfschmerzen immer stärker. Er musste sich ausruhen. Dann sah er im Schatten jedoch die graue *chuba* der Frau auf dem Boden liegen und trat vor. Die Überraschung war perfekt. Shan sank erschöpft auf die Knie.

Das war gar kein Schaffellmantel. Da vor ihm lag eine andere junge Tibeterin zwischen den Felsen. Ihr tiefer, neugieriger Blick war unverkennbar. Tara die Ziege betrachtete ihn prüfend, erhob sich und meckerte kurz. Dann schickte sie ihn mit einem kräftigen Kopfstoß zu Boden und verschwand im Schatten.

* * *

Am späten Nachmittag traf Shan wieder in Yangkar ein. Yara saß in der Schule mit einem kleinen Tibeter zusammen und half ihm bei den Hausaufgaben. Shan reichte ihr einen Zettel, auf dem nur das Wort »Werkstatt« stand, dann fuhr er bis zum Revier weiter und parkte den Wagen auf der Rückseite. Er trat durch die Hintertür ein und sah Choden in einer der Zellen liegen und schlafen. Shan warf die Zellentür lautstark ins Schloss und ging weiter ins Büro.

Fleißig wie immer hatte Choden seinen Bericht auf Shans Schreibtisch gelegt. Schon oft hatte er Shan ermahnt, eines Tages werde es eine externe Überprüfung geben und dann müssten sie die Effizienz ihrer Dienststelle nachweisen können. Er machte fortwährend neue Vorschläge, wie diese Prüfung zu bestehen sei. Heute hatte er ein neues Formular entworfen, betitelt »Revier Yangkar – Beschwerden, Vorfälle, Maßnahmen«. In der Spalte der Vorfälle wurde kurz geschildert, ein Kunde der Astrologin Shiva habe sich über ihren Rat geärgert, seine für den Ersten des Monats geplante Reise zu verschieben, und Dreck an ihre Tür geworfen. Shiva hatte nur gelacht, aber Frau Lu, die unsoziales Verhalten nicht dulden wollte, war zum Revier gekommen, um Meldung zu erstatten. *Maßnahmen*: Choden und der Kunde hatten den Schmutz abgewischt, der Mann hatte sich wortreich bei Shiva entschuldigt und war von Choden gewarnt worden, es sei riskant, eine Astrologin zu verärgern. Shiva hatte ihm letztlich ein Amulett geschenkt, das vor Blitzschlag schützte.

Später hatte der neue chinesische Friseur sich beschwert, jemand habe ihm das geliebte Poster des Vorsitzenden direkt von der Haustür gestohlen. *Maßnahmen*: Wachtmeister Choden hatte erklärt, der Wind habe das Plakat abgerissen, und zum Beweis auf die entsprechenden Fetzen verwiesen, die auf dem Marktplatz in einer der Baumkronen hingen.

Vorfall drei: Ein kleines chinesisches Mädchen von etwa fünf Jahren und in Begleitung einer Chinesin mittleren Alters hatte die Mülleimer auf dem Platz umgestoßen, war die Stufen des Torturms hinaufgelaufen und hatte gelacht, während die Frau den Abfall wieder einsammelte. Choden war ihr zur Hand gegangen. Dann hatte er dem Mädchen erklärt, es habe zwar seine erste Straftat begangen, würde aber diesmal noch nicht dafür eingesperrt.

Shan gelangte zum letzten Punkt. Sein Lächeln verschwand. Eine Beamtin der Öffentlichen Sicherheit war persönlich hier aufgetaucht und hatte nach Shan gesucht. Als sie erfuhr, dass er dienstlich unterwegs war, sagte sie, sie müsse zwar jetzt zurück nach Lhasa, werde aber wiederkommen.

Choden wusste sofort, was Shans finstere Miene zu bedeuten hatte. »Die Frau war kalt wie Eis. Als ich ihr gesagt habe, dass Sie den ganzen Tag unterwegs sein würden, hat ihr das überhaupt nicht gefallen. Ein harter Knochen, mit Haaren auf den Zähnen.«

»Aus Lhasa«, sagte Shan. »Die Frau, die angerufen hat.«

»Bestimmt.«

Shan hörte Chodens fragenden Unterton. Er zog das Lederetui aus der Tasche und legte es vor seinen Stellvertreter hin. »Ab jetzt habe ich noch einen Grund mehr, in die Stadt zu fahren«, verkündete er.

Choden klappte das Etui auf und bekam große Augen. »Sie?«, platzte es ungläubig aus ihm heraus. Dann fing er sich. »Ich meine, herzlichen Glückwunsch.« Er zögerte. »Aber wollen Sie denn mit Oberst Tan zusammenarbeiten? Sie kennen doch die Geschichten. Der Höllenhund, die Eisenfaust, der Peiniger, das sind nur ein paar seiner Spitznamen.«

»Oberst Tan will mit *mir* zusammenarbeiten«, sagte Shan.

Choden nickte entschlossen und mitfühlend. »Ziehen Sie nun um nach Lhadrung?«, fragte er und klang dabei ungewollt hoffnungsvoll.

»Nein, ich arbeite von hier aus und bleibe auch weiterhin der leitende Wachtmeister von Yangkar. Man braucht mich nur für besondere Fälle.« Chodens enttäuschter Blick entging ihm nicht. Sein Stellvertreter war nicht etwa auf eine Beförderung aus, er wünschte sich lediglich einen Vorgesetzten, der mehr Wert auf die Einhaltung der Vorschriften legte. »Aber ich werde häufiger weg sein«, tröstete Shan ihn. »Dann übernehmen Sie hier das Kommando und haben den alten Pick-up ganz zu Ihrer Verfügung.«

Chodens Gesicht hellte sich auf. »Darf ich damit auch Schafe für meinen Cousin transportieren?«

Shan verdrehte die Augen. »Säubern Sie hinterher aber die Ladefläche, und lassen Sie sich nicht vom Leitenden Bürgergremium dabei erwischen, wie Sie mit einem Polizeifahrzeug Tiere durch die Gegend fahren.«

Yara erwartete ihn im hinteren Teil der einzigen Werkstatt von Yangkar auf einem alten Autositz und überraschte ihn mit einer kurzen Umarmung. »Ich hätte dieses Wochenende Zeit«, sagte sie. Das Lächeln betonte ihre Grübchen. »Meine Großmutter kommt und passt auf meinen Sohn auf.«

»Ich habe einen neuen Wagen«, verkündete Shan und erwiderte ihr Lächeln. »Mit besserer Heizung – und nach Tabak riecht er auch nicht.« Sie lachte, und er freute sich schon auf die lange Fahrt mit Yara, um Ko im Gefängnis zu besuchen. Sie würden sich Geschichten über ihre sehr unterschiedlichen Kindheiten erzählen. Manchmal, wenn Yara eine Weile schweigend zu den hohen Bergweiden emporgeblickt hatte, stimmte sie eines der alten Hirtenlieder an.

»Ich werde versuchen, meine Großmutter und ihre Zigarren davon fernzuhalten«, versprach Yara grinsend und ging voraus auf den Hinterhof.

Der Pfad, den sie einschlugen, begann versteckt zwischen zwei sich überlappenden Fahrzeugwracks, und Shan musste seine Taschenlampe einschalten, um dem künstlich geschaffenen Parcours aus Schrott zu folgen, der unerwünschte Besucher abhalten sollte. Schließlich erreichten sie eine dunkle Stelle zwischen einem anderthalb Meter hohen kupfernen Buddhakopf und einem Paar riesiger gefalteter Hände, beides vormals Teile alter Tempelstatuen. Shan folgte Yara die schmale Treppe hinunter.

Die Kleidung des Bibliothekars war meistens schmutzig von der Arbeit in der Werkstatt, doch bevor Tserung sich hier seiner anderen Tätigkeit widmete, wusch er sich stets gründlich die Hände. Er saß zwischen zwei hellen Laternen an einem Tisch. Der wiederum stand in der ersten von sechs steinernen Kammern, an deren Wänden Regale voller *peche* aufragten, den traditionellen tibetischen Büchern aus losen Seiten, die unter Lebensgefahr in diesen ehemaligen unterirdischen Schreinen versteckt worden waren, während die Armee und die Roten Garden das große Kloster niederrissen, das damals über ihnen stand.

Tserung hatte einen kleinen Gasbrenner dabei, der eine Kanne mit Tee wärmte, den er nun mit Shan und Yara teilte. »Bald habe ich zwei der Räume geschafft«, verkündete der Mechaniker mit einem stolzen Lächeln, in dem zwei Zähne fehlten. Er war der erstgeborene Sohn einer alteingesessenen tibetischen Familie und hätte daher in das Kloster geschickt werden sollen, um Mönch zu werden. Aber Peking hatte derartigen Bräuchen einen Strich durch die Rechnung gemacht. Der Mechaniker hatte Shan erzählt, die Arbeit als Beschützer und Verwalter der geheimen illegalen Sammlung lasse ihn sich wenigstens ein bisschen wie ein echter Mönch fühlen. Begeistert hatte er Shans Vorschlag aufgegriffen, ein Verzeichnis der vielen Tausend *peche* anzulegen. Tibetische Bücher waren allesamt von Hand gefertigt, und ihre aus Holz geschnitzten Druckplatten wurden sorgsam gehütet und von einer Generation Mönche an die nächste weitergegeben. Das Büro für Religiöse Angelegenheiten hatte nicht nur Millionen dieser Bücher vernichtet, sondern auch unzählige Tausende von oft jahrhundertealten Druckplatten zu Scheiterhaufen aufgeschichtet und verbrannt. Daher gab es in Tserungs Regalen vermutlich Bücher, die das jeweils letzte existierende

Exemplar bedeuteten und nie mehr nachgedruckt werden konnten. Zwischen ihnen verstreut lagen zudem handschriftliche Aufzeichnungen und Unterlagen der Verwalter des großen Klosters, das über viele Jahrhunderte das wirtschaftliche, kulturelle und religiöse Zentrum der Region dargestellt hatte.

»Im Nordosten, kurz vor der Bezirksgrenze, gibt es ein großes Tal«, sagte Shan. »Ich glaube, manche nennen es Gekhos Zuhause.«

»Du meinst, wo die Chinesen gerade alles umformen«, sagte Tserung angespannt. »Die Fünf Klauen.«

»Ja, das Hydro-Projekt. Aber dort hat es noch etwas anderes gegeben, etwas sehr Altes.«

»Gekhos Zuhause, ja. Oder auch das Tal der Götter, denn dort sind die Landgötter als Erstes der Erde entstiegen.«

»Yangkar war das wichtigste Kloster der Gegend. Die Familien in dem Tal hätten also ihre Söhne hergeschickt. Wurde das in den Texten bisher irgendwo erwähnt?«

Tserung musterte ihn nachdenklich und wirkte dabei auf einmal tatsächlich wie ein Mönch. »In dem Tal hat niemand gewohnt«, widersprach er. »Allenfalls Einsiedlermönche. Es war ein zutiefst heiliger Ort. Die Leute sind als Pilger dort hingekommen, um zu beten, schon seit jeher. Mein Großvater hat es immer nur das ursprüngliche Tal genannt, als hätte es lange vor allem anderen existiert. Ich weiß noch, wie meine Großmutter einmal Zweifel daran geäußert hat. Er sagte, sie solle nicht albern sein, denn es müsse ja schließlich einen ersten Ort gegeben haben, von dem alle Schöpfung ausgegangen sei. Das Tal sei gewissermaßen das Fundament, und alle Knochen der Erde seien dort verankert. Falls diese Verankerung jemals zerbräche, würden die Knochen den Zusammenhalt verlieren.«

Die Worte gingen Shan merkwürdig nahe. Nach einem Moment nickte er. »Ein Ort von großer spiritueller Macht. Ich hatte gehofft, hier unten irgendwelche Verweise zu finden, um ihn besser verstehen zu können.«

Tserung ließ ihn nicht aus den Augen. »Wirst du sie aufhalten?«, fragte er hoffnungsvoll.

»Ich möchte es besser verstehen«, wiederholte Shan. »Niemand kann sie aufhalten.«

»Weil die Götter von Peking mächtiger sind als die Götter von Tibet«, warf Yara ein.

Tserung wog ihre Worte ab und neigte den Kopf. »Vielleicht schlafen die Götter von Tibet einfach nur so tief, dass Pekings Taten sie noch nicht geweckt haben.« Er zuckte die Achseln und fuhr sich mit den Fingern durch das lange schwarze Haar. »Ich habe Passagen über Mönche gelesen, die in dem Tal Heilkräuter gesammelt haben. Andere haben vor zwei- oder dreihundert Jahren den Sommer dort in Meditation verbracht. Und häufig werden die Pilger erwähnt, die zu dem Heiligtum in Gekhos Zuhause gereist sind. Es war ein sehr bedeutender Pilgerort. Die Leute haben in Yangkar Station gemacht, um sich vor der langen Wanderung ins Hochgebirge auszuruhen. Meistens Linkshänder, denn in den Chroniken steht, sie hätten rund um die kleine Kapelle außerhalb der Klostermauern kampiert.«

Shan musste kurz überlegen. »Es waren also Bonpo-Pilger«, sagte er und meinte damit die Anhänger der alten animistischen Religion, die in Tibet für Tausende von Jahren maßgeblich gewesen war. Als der Buddhismus aus Indien hinzukam, verschmolzen seine Rituale mit denen der Bon zur typisch tibetischen Form des Buddhismus, wenngleich manche der Gläubigen eher den alten Traditionen zuneigten. Zu diesen Bräuchen gehörte es, die kreisförmigen Pilgerpfade oder *koras* nicht wie die Buddhisten im Uhrzeigersinn, sondern in linkshändiger Richtung, das heißt entgegengesetzt zurückzulegen. Bon-Pilger wären im Kloster willkommen gewesen, hatten aber oft eigene Priester und Schreine.

»Ich kann in den älteren Bänden nachsehen«, bot Tserung an.

»Yara und ich können dir ein oder zwei Stunden dabei helfen«, sagte Shan. Tserung nahm eine Laterne und führte sie zur hintersten Kammer, in der die ältesten Bücher lagen.

Wie so oft verlor Shan sich in den Schilderungen des Alltags vor Hunderten von Jahren. Er versank in dem Bericht über einige indische Bildhauer, die gekommen waren, um an neuen Statuen der tanzenden *dakini*-Göttinnen zu arbeiten, die die Wände des Hauptheiligtums schmücken sollten. Dann verweilte er bei einem dreihundert Jahre alten Abschnitt über eine Reise in die nördlichen Berge, wo Hirten einen weißen Yak gesichtet hatten, dem man nun Reverenz erweisen wollte.

Yara und Tserung waren so vertieft in ihre eigenen Lektüren, dass sie es kaum bemerkten, als Shan mit Mühe ein Gähnen unterdrückte und sich in sein Quartier verabschiedete. Er wollte sich noch vor Anbruch der Dämmerung wieder auf den Weg machen. Wenn die Öffentliche Sicherheit aus Lhasa nach ihm suchte, würden sie ihn dort in Lhasa am wenigsten vermuten.

KAPITEL FÜNF

Shan hatte gerade erst die Berge hinter sich gelassen und war auf die Nord-Süd-Schnellstraße eingebogen, als im Handschuhfach ein Glockensignal ertönte. Er hielt auf dem Randstreifen und fand unter den Landkarten ein Mobiltelefon vor. Die Nummer des Anrufers stammte aus Lhadrung.

»Du hast es endlich gefunden«, ertönte Tans barsche Stimme. »Gestern bist du nie drangegangen.«

»Ich glaube, Sie wissen, Herr Oberst, dass es außerhalb des Stadtgebiets von Lhadrung im größten Teil Ihres Bezirks keinen Mobilfunkempfang gibt.«

»Und doch sprechen wir nun miteinander.«

»Weil ich auf dem Weg nach Lhasa bin«, sagte Shan. Dann erklärte er, nach dem Besuch beim Fünf-Klauen-Projekt habe er den Verdacht, die Archäologen könnten absichtlich getötet worden sein, indem man die Höhle zum Einsturz brachte, die sie gerade untersuchten. Er erwähnte wohlweislich weder die Erdgottheiten noch Tara die Ziege oder den Hageljäger und dessen Begleiterin.

Tan fragte, was er in Lhasa vorhabe. »Der Amerikaner Cato Pike ist dort«, antwortete Shan. »Ich gehe davon aus, dass er niemanden persönlich kennt und nur weiß, was in den Medien gemeldet wurde. Ich nehme mir die Hotels und Pensionen vor. Und ich möchte mit Metoks Familie sprechen, falls Amah Jiejie so freundlich ist, mir die Adresse aus der Akte zu schicken.«

»Ich sorge dafür. Pass auf dich auf«, sagte Tan und legte auf.

Als Shan die Außenbezirke der Hauptstadt erreichte, fand er zwei Nachrichten auf seinem Telefon vor. Die erste enthielt die Anschrift einer Wohnung, in der zweiten stand einfach nur »Hotel Lotus Garden«. Er näherte sich dem Hotel vorsichtig, parkte in mehreren Blocks Entfernung und hielt nach dem hochgewachsenen Amerikaner Ausschau, dem es hier schwerfallen würde, irgendwo in der Menge unterzutauchen. In der Lobby stellte Shan sich hinter eine Reihe Topfpflanzen und sah mehrere westliche Touristen kommen und gehen.

»Ach, *da* sind Sie!«, ertönte hinter ihm eine laute Stimme. Er drehte sich um und sah Tans jüngsten Stabsoffizier vor sich.

»Leutnant Zhu«, grüßte Shan ihn überrascht.

Der Leutnant lächelte verunsichert. »Inspektor.«

»Ich bin bei der Arbeit. Und bitte seien Sie leiser.«

»Jawohl. In den letzten sechs Monaten hat hier niemand namens Pike gewohnt.« Zhu sah Shans verwirrte Miene. »So lautet mein Auftrag. Ich soll Ihnen zur Hand gehen, bis der Oberst mich wieder abzieht. Und er hat mir auch gleich die erste Aufgabe genannt.« Zhu zog einen Zettel aus der Tasche. Darauf standen die Namen mehrerer Hotels. »Ein halbes Dutzend habe ich bereits überprüft. Den Rest schaffe ich bis fünfzehn Uhr.«

Shan runzelte die Stirn. Tans Nachricht hatte also lediglich den Treffpunkt gemeint, an dem Zhu zu ihm stoßen sollte. Er wandte kurz das Gesicht ab und musste gegen die Versuchung ankämpfen, Zhu nach Lhadrung zurückzuschicken. Tan wusste, dass Shan für gewöhnlich allein arbeitete.

»Dies ist kein militärischer Auftrag, Leutnant.«

Der junge Offizier überlegte kurz. Dann hellte seine Miene sich auf. »Ich habe Zivilkleidung im Auto. Ich kann mich hier im Waschraum umziehen.«

»Wie genau hat der Oberst Ihre Aufgabe definiert?«

»Er hat gesagt, Sie seien ein dickköpfiger Hurensohn«, erwiderte Zhu und fügte dann hastig hinzu: »Herr Inspektor. Ein dickköpfiger Hurensohn, Herr Inspektor. Und dass ich machen soll, was immer Sie mir sagen, es sei denn, ich könnte dafür ins Gefängnis kommen.«

»Das waren seine Worte?«

Zhu grübelte. »Nein, wörtlich hat er gesagt, es sei denn, die Öffentliche Sicherheit könnte mich dabei erwischen.«

Shan versuchte, nicht zu lächeln. »Was machen Sie normalerweise für den Oberst?«

»Ich habe die Universität verlassen, um auf die Offiziersakademie zu gehen. Dort wurde ich für Einsätze in den Bergen geschult«, erklärte Zhu und meinte damit, dass er ein ausgebildeter Gebirgsjäger war, die härtesten von Tans Soldaten. »Zurzeit verfasse ich aber meistens Berichte, die auf irgendeinem Schreibtisch landen, oder fasse Berichte zusammen, die von anderen Schreibtischen hereinkommen. Manchmal fahre ich den Oberst, wenn der Sergeant dienstfrei hat.«

Das mochte harmlos klingen, aber es verriet Shan, dass Tan diesem Offizier vertraute. »Jede Art von Tätigkeit für den Oberst erfordert ein gewisses Maß an Schneid«, stellte Shan fest.

Zhu lächelte wieder. »Soll ich mich also umziehen?«

»Ja. Überprüfen Sie die restlichen Hotels auf den Namen Pike. Und ich will nicht, dass die hiesige Polizei oder Öffentliche Sicherheit davon erfährt.«

Zhu wollte schon salutieren, besann sich dann aber anders und ließ die Hand wieder sinken. »Verdeckte Aufklärung. Solche Missionen mag ich am liebsten.« Nach einem Schritt hielt er inne und griff in die Tasche. »Das hätte ich fast vergessen. Sie hat gesagt, ich soll Ihnen das hier geben. Streng vertraulich.« Der Leutnant klang neugierig. Shan nahm den Umschlag entgegen, erkannte seinen Namen in Amah Jiejies eleganter Handschrift und steckte die Nachricht dann zu Zhus offensichtlicher Enttäuschung in seine eigene Tasche. »Am Barkhor Platz gibt es auf der Nordseite ein Teelokal mit einer großen roten Tür«, sagte Shan. »Wir treffen uns dort in vier Stunden.«

* * *

An der Wand des Wartezimmers in dem langweiligen Behördenbau, der hinter Lhasas Tempelkomplex stand, behauptete ein Schild, das Büro für Religiöse Angelegenheiten sei das »Lebenselixier der kulturellen Kompetenz in Tibet«. Shan saß knapp eine halbe Stunde lang da und sann über die vielen möglichen Deutungen dieser Worte nach, bevor man ihn in einen überraschend geschmackvollen Besprechungsraum führte.

Die beiden Männer, die ihn dort erwarteten, wirkten beinahe aufgeregt, ihn zu empfangen. »Willkommen, Genosse Inspektor. Wie schön, dass die Kommandantur des Bezirks Lhadrung endlich einmal Notiz von uns nimmt«, verkündete der Ältere, der sich als der Regionaldirektor vorstellte. Er schob eine Porzellantasse mit Tee quer über den Tisch zu Shan hinüber.

»Ich habe lediglich einige Fragen zu einem Kriminalfall«, sagte Shan und schaffte es nicht, seine Verwirrung zu verbergen.

»Ja, ja, das konnten wir bereits der kurzen Mitteilung entnehmen, die Sie zu uns heraufgeschickt haben. Das Büro für Religiöse Angelegenheiten ist stets gern behilflich.«

»Ein Mann namens Metok Rentzig hat Ihnen einige Fotos geschickt.«

Der Regionaldirektor schaute erst auf seine verschränkten Hände und dann zu seinem Begleiter. »Soweit wir wissen, ist der Fall abgeschlossen«, sagte der jüngere Mann.

»Ich vervollständige bloß die Akte«, erwiderte Shan. »Hat Rentzig irgendwelche Erklärungen beigefügt, zum Beispiel eine Beschreibung der abgebildeten Dinge? Oder vielleicht eine präzise Ortsangabe? Womöglich den Grund, weshalb er, ein Ingenieur, sich damit direkt an Sie gewandt hat?«

Die beiden Männer sahen sich unschlüssig an. »Die Fotos von den Fünf Klauen liegen sicher verwahrt in unserem Lager an der Kunming-Straße. Wir sind zu einem Kompromiss bereit.«

Die beiden schienen zu glauben, Shan sei gekommen, um zu verhandeln. »Ein Kompromiss?«

»Deswegen sind Sie doch hier, nicht wahr? Um die Differenzen mit dem stellvertretenden Direktor Jiao beizulegen.«

Shan atmete tief durch. »Das ist ziemlich kompliziert.«

»Aber es bleiben noch zwei Jahre, bis der Vorsitzende uns die Gunst seines Besuches erweist.«

»Zur Einweihung der Fünf Klauen, meinen Sie.«

»Genau. Jiao muss doch einräumen, dass unsere Ansprüche durchaus begründet sind.«

»Ich bin wegen Rentzig hier.«

»Also gut, wir können uns gern darauf einigen, dass die Fotos von Jiao persönlich eingereicht worden sind«, bot der Regionaldirektor an. »Das sehen wir ganz pragmatisch. Die Beteiligung eines Kriminellen war reiner Zufall. Und wir werden das Projekt natürlich unterstützen und sogar den Bericht umdatieren, falls er das wünscht.«

»Ich müsste zunächst mal wissen, was Metok gesagt hat.«

»Aber wir können seinen Namen vollständig heraushalten, glauben Sie mir. Wir waren doch schon dabei, uns die Zuständigkeit zu sichern.«

Shan überlegte hektisch. »So dass Sie mit am Tisch sitzen, wenn der Vorsitzende hier eintrifft«, sagte er.

»Gut formuliert, Genosse. Sie haben es genau erfasst. Und Oberst Tan wird natürlich auch zugegen sein. Wir können ihn gern in unserem Bericht erwähnen. Von Jiao wünschen wir uns nur ein gewisses Entgegenkommen. Wie würde er denn dastehen, hätten wir nicht bereits die tibetischen Reaktionäre gezähmt?«

Shan musste seine Wut herunterschlucken. »Sie haben Metoks Fotos begutachtet, und in Ihrem Bericht wird stehen, dass die Artefakte bedeutungslos sind.«

»Nicht ganz«, entgegnete der jüngere Funktionär. »Wir werden andeuten, dass sie zwar eine Herausforderung dargestellt haben, die wir jedoch bewältigen konnten, indem wir ihre Bedeutung durch eine präzise und fachmännische Begutachtung minimiert haben. Wir nennen so etwas eine Mitigation. Wir werden sagen, durch die Abschwächung des Problems konnten wir die Interessen des Mutterlands fördern.«

* * *

Metoks Wohnung lag in einem der neuen Häuserblocks im südlichen Teil der Stadt. Shan klopfte eine Weile an die Tür und wollte schon aufgeben, als eine müde Mittdreißigerin ihm schließlich öffnete, seine Uniform bemerkte und ihn vorwurfsvoll ansah.

»Ich komme aus Lhadrung«, sagte Shan. Metoks Frau hatte ihr Haar am Hinterkopf zu einem festen Knoten geschlungen. Sie trug ein schmutziges Sweatshirt, und ihre Augen schienen vom vielen Weinen aufgequollen zu sein.

»Ich schätze, mit Lhadrung sind wir fertig«, erwiderte sie mit überraschend schneidender Stimme.

Shan verfluchte sich dafür, keinen besseren Einstieg gewählt zu haben.

»Was wollen Sie uns denn noch antun?«, herrschte die Frau ihn an. »Uns heute vor die Tür setzen anstatt in einem Monat? Oder wollen Sie seine Arbeitskleidung zurückfordern? Vielleicht finde ich ja einige schlammverkrustete Schuhe als Trophäen für Sie.«

»Ich heiße Shan. Ich bin nur ein einfacher Wachtmeister. Ich möchte versuchen, die Dinge in Ordnung zu bringen.«

Metoks Frau lachte verbittert auf. »Ein wenig spät, meinen Sie nicht auch, Wachtmeister Shan? Möchten Sie mir womöglich die Kugel in Rechnung stellen, die meinen Mann getötet hat? Wie ich gehört habe, ist das bei der Öffentlichen Sicherheit gar nicht so unüblich.«

»Ich gehöre nicht zur Öffentlichen Sicherheit. Die wären stinksauer, wenn sie von meinem Besuch hier wüssten.« Shan warf einen nervösen Blick den Hausflur hinunter, wo eine ältere Frau mit einer Tasche voller Kohlköpfe stehen geblieben war, um ihn anzuglotzen. »Darf ich bitte eintreten?«

»Ihr macht doch sowieso, was ihr wollt«, sagte Metoks Frau und machte ihm Platz. »Also sparen Sie sich die Floskeln.« Sie wandte ihm den Rücken zu und rief in Richtung Küche: »Dolma.« Ein halbwüchsiges Mädchen kam heraus. »Geh in dein Zimmer«, befahl die Mutter und setzte sich dann in dem bescheidenen Wohnzimmer auf einen von zwei abgenutzten Lehnsesseln.

Shan bewunderte die Bücherregale an zwei der Wände von Metoks Wohnung. Dies war ein belesener Haushalt. Anstelle der immer gleichen gerahmten Sprüche von Mao, die oft in den Räumen hingen, die Besuchern zugänglich waren, gab es hier zwei Zitate aus heiligen buddhistischen Schriften. An einer anderen Wand hingen mehrere Fotos, auf denen Metok neben Brücken, Tunneln und Schnellstraßen stand – es musste sich um frühere Projekte des Bauingenieurs handeln. Die Regale an der verbliebenen Wand waren leer geräumt, und davor stapelten sich Pappkartons.

Metoks Frau starrte den Teppichboden an, während Shan sich setzte. »Ihr habt ihn ohne jeden Grund getötet«, sagte sie mit zittriger Stimme und hielt sich dann eine Hand vor den Mund, um ein Schluchzen zu unterdrücken.

Die Öffentliche Sicherheit hatte dafür gesorgt, dass Metoks Prozess und Exekution in aller Heimlichkeit über die Bühne gegangen waren. Woher wusste die Frau von seinem Tod? »Eine Notiz wurde aus seiner Zelle geschmuggelt«, sagte Shan. »Ihr Mann hat den Boten gebeten, sie jemandem zu geben, der aufrichtig ist.« Er begriff, dass damit auch seine eigene Frage beantwortet war. Der alte Hausmeister Jampa konnte mühelos auch eine Nachricht an die Frau übermittelt haben.

Sie rieb sich die Augen und musterte Shan zunächst verwirrt, dann immer mürrischer. »Und das sind ausgerechnet Sie, ja? Sie, mit Ihren verschrammten Schuhen und der alten Polizeiuniform? Sie kommen mir nicht gerade wie ein großer Retter vor.«

»Ich war da«, sagte er auf Tibetisch. Sie blickte überrascht auf. »Als einer der offiziellen Zeugen. Man hat mich gezwungen. Er hat mich nur kurz angesehen, aber es hat ausgereicht. In seiner Nachricht behauptete

Ihr Mann, er werde zum Schweigen gebracht, weil er etwas gesehen habe und von einem Verbrechen bei den Fünf Klauen wisse. Falls das stimmt, bin ich nicht Zeuge einer Hinrichtung gewesen, sondern eines sorgfältig inszenierten Mordes.«

Seine Worte ließen die Frau wieder in Tränen ausbrechen. Sie nahm eines der Fotos von Metok und betrachtete es verzweifelt, während sie sprach. »Mein Mann war ein guter Mensch. Er hat hart gearbeitet, für seine Familie. Für das …« – sie schien sich regelrecht zwingen zu müssen – »… das Mutterland.«

»Hat er Ihnen gegenüber jemals Archäologen erwähnt, die auf dem Gelände des Projekts gearbeitet haben? Eine Ausländerin und ein Professor aus Chengdu?«

Metoks Witwe schaute wieder zu Boden. »Jemand, der von solchen Dingen wüsste, könnte das gleiche Schicksal erleiden wie mein Mann. Meine Tochter hat nur noch ein Elternteil. Ich kann mir keinen weiteren Ärger leisten.«

»Ich gehöre nicht zur Öffentlichen Sicherheit«, wiederholte er. »Ich bin auch nicht beim Militär. Ich kann Dinge sehen, die manch anderen verborgen bleiben.«

»Und was wollen Sie hier?«, fragte die Tibeterin.

»Ich folge einem kleinen Funken, der zu einem Scheinwerfer werden könnte. Niemand weiß, dass ich hier bin. Und das muss auch niemand erfahren.«

»Man hat uns unsere Wohnung gekündigt. In einem Monat müssen wir hier raus. Falls man Verdacht schöpft, ich könnte über diese Angelegenheit geredet haben, verliere ich auch noch meine Anstellung.«

»Ihre Anstellung?«

»Als Übersetzerin für Englisch beim Reisedienst. Was bedeutet, dass ich meistens als Fremdenführerin für Westler arbeite. Wir werden streng überwacht. Der leiseste Verdacht auf Illoyalität und ich wäre erledigt.«

»Es wird niemand davon erfahren«, versicherte Shan ihr.

Sie runzelte die Stirn, nickte dann aber resolut. »Ich heiße Lekshay«, sagte sie und wischte sich eine weitere Träne von der Wange. »Sie glauben, mein Mann musste sterben, weil er etwas wusste, von dem einflussreiche Leute verhindern wollten, dass es bekannt wird?«

»Ja, das glaube ich.«

»Das kann nicht sein. Ist Ihnen klar, wie viele Personen in solch eine Verschwörung verwickelt sein müssten? Die Öffentliche Sicherheit, das Justizministerium, Richter, Parteifunktionäre, ganz zu schweigen von Mitarbeitern des Projekts.«

»Es wären weniger, als Sie vermuten. Nur diejenigen, die die Beweise gefälscht haben. Dafür reicht eine Handvoll Leute. Ich habe die Akte Ihres Mannes gesehen. Er wurde wegen Korruption erschossen.«

»Das ist doch lächerlich. Unsere Gehälter sind bescheiden, aber sie reichen aus.« Ihr Blick schweifte in die Runde. »Ich könnte mir diese Wohnung sowieso nicht mehr leisten. Und allein werde ich nie genug zurücklegen können, um die Ausbildung meiner Tochter zu finanzieren.« Sie unterdrückte abermals ein Schluchzen.

»Der Fall stützte sich auf ein Bankkonto in Hongkong mit zweihunderttausend amerikanischen Dollar darauf.«

»Niemals! Er hat sich nie bestechen lassen. Und er ist auch nie in Hongkong gewesen!«

»Der Beamte, von dem der Bericht über das Konto stammt, hat außerdem zu Protokoll gegeben, er habe Metok in Hongkong gesehen. Dann gab es jemanden hier bei der Öffentlichen Sicherheit in Lhasa, der die Akte zusammengestellt hat. An der Verschwörung gegen Ihren Mann waren wahrscheinlich nur drei oder vier Personen beteiligt, mehr nicht.«

Lekshay rang die Hände und blickte dann zu dem Altar in der Mitte des Bücherregals auf, wo ein kleiner Keramikbuddha neben einer flackernden batteriebetriebenen Kerze saß. »Das ist unmöglich. An solche Männer käme man doch niemals heran.«

»Ich glaube nicht, dass Ihr Mann auf Rache aus war. Nur auf die Wahrheit.«

Sie stand auf und ging zu dem Buddha, als wolle sie ihn zurate ziehen. Als sie sich wieder zu Shan umdrehte, lag ein entschlossenes Funkeln in ihren Augen. »Ich weiß wirklich nicht, wie ich Ihnen behilflich sein könnte, Wachtmeister.«

»Reden Sie einfach mit mir«, sagte Shan. »Ich möchte mehr über Metok erfahren, seine Arbeit, Direktor Ren und dessen Stellvertreter Jiao bei den Fünf Klauen.«

»Und ich würde gern mehr über diese Nachricht wissen«, sagte sie. »Womöglich ließe sich ja ein Treffen mit dem Überbringer der Botschaft arrangieren, damit er mir etwas über die letzten Stunden meines Mannes erzählen kann. Das hilft vielleicht irgendwie gegen den Schmerz.«

»Er ist ein einfacher alter Mann, der im Gefängnis arbeitet. Hat Metok je von Direktor Ren und dem stellvertretenden Direktor Jiao beim Fünf-Klauen-Projekt gesprochen?«

Sie unterhielten sich fast eine Stunde lang über Metok und das Hydro-Projekt. Metok war nicht gut mit dem Direktor ausgekommen, der keinerlei Erfahrung im Bau von Staudämmen besaß, sondern ausgewählt worden war, weil er erfolgreich neue Straßen in der Mandschurei gebaut hatte und – noch wichtiger – kürzlich der Partei beigetreten war. Über Jiao hatte sie gehört, er habe ein wichtiges Projekt in der Provinz Szechuan geleitet. Der stellvertretende Direktor sei sehr wütend geworden, als er herausfand, dass Metok in einem Schuppen einen provisorischen buddhistischen Altar errichtet hatte, den die Tibeter in ihrer Freizeit aufsuchen konnten. Jiao habe gedroht, ihn dem Büro für Religiöse Angelegenheiten zu melden.

»Ihr Mann hatte einen Freund namens Sun Lunshi«, sagte Shan, als die Witwe ihm für eventuelle weitere Fragen ihre Telefonnummer gab. »Er ist am Tag nach der Hinrichtung Ihres Mannes an Bord des Himmelszuges ums Leben gekommen.«

»Überall nur Leid und Kummer«, sagte Lekshay. »Ich habe Sun nicht persönlich gekannt, auch wenn mein Mann ihn mal erwähnt hat. Ein tragischer Unfall. Ich habe davon in der Zeitung gelesen. Dieser Zug ist gefährlicher, als die Leute glauben.«

»Sun hat eine Frachtladung für die Fünf Klauen begleitet.«

»Dann ist er in Erfüllung seiner Pflicht gestorben. Als Held.«

»Leid und Kummer, in der Tat. Eine amerikanische Studentin und ihr Professor sind ebenfalls tot.«

Lekshay wirkte verwirrt. »Ich glaube, in der Zeitung stand irgendetwas über den Unfall einer Amerikanerin.«

»Natalie Pike und Professor Gangfen. Hat Ihr Mann die beiden vielleicht gekannt?«

»Natürlich nicht. Wenn ich mich recht entsinne, sind sie in der Nähe ihrer archäologischen Grabungsstätte gestorben, weit weg von den Fünf Klauen. Bei einem dieser schlimmen Verkehrsunfälle, wie sie in den Bergen vorkommen, glaube ich.«

»Ihr Mann wurde am Tag danach verhaftet.«

Sie zuckte die Achseln. »Um mich zu schützen, hat Metok mir bestimmt nicht alles erzählt, aber diese beiden kann er nun wirklich nicht gekannt haben.«

»Und Sun ist einen Tag nach dem Tod Ihres Mannes gestorben«, erinnerte Shan sie.

Sie zuckte erneut die Achseln.

Shan glaubte selbst nicht notwendigerweise, dass die vier Todesfälle alle miteinander in Verbindung standen. Aber Metok hatte kurz vor seiner Hinrichtung dringend darum gebeten, man möge Sun warnen, als würden diejenigen, die Metoks Tod wollten, auch hinter Sun her sein. Sun war gestorben, bevor man ihn warnen konnte, und der einzige Hinweis war die Visitenkarte eines Nachtklubs in Lhasa.

* * *

Die Insel Jamalinka lag zwar innerhalb der Grenzen des alten Lhasa, schien aber nicht zu Tibet zu gehören. Shan hatte sie schon mehrfach aus der Ferne gesehen, sie aber bisher stets gemieden, denn dort lag das überwiegend chinesische Vergnügungsviertel. Nun hatte er die Uniformjacke im Wagen zurückgelassen, sich einen billigen Pullover gekauft und über das Diensthemd gezogen. Trotzdem kam er sich immer noch zu auffällig vor. Er überquerte die Brücke und erreichte die ersten Karaoke-Bars. Kleine Gruppen von zumeist japanischen und westlichen Männern schlenderten durch eine Art Neonlabyrinth. Es gab praktisch nichts Tibetisches zu sehen, nur eine bemerkenswert lebensechte Puppe im Eingang des Klubs, den Shan suchte, die man wie eine nackte *dakini*-Göttin zurechtgemacht hatte.

Einige der müde wirkenden Frauen, die draußen vor der Bar saßen, musterten ihn kurz und wandten dann schnell den Blick ab. Die meisten waren Chinesinnen, und Shan erinnerte sich daran, gehört zu haben, dass nach der Fertigstellung der Bahnstrecke ganze Bordelle aus den östlichen Städten nach Lhasa umgezogen waren, um von dem aufblühenden Tourismus zu profitieren. Es überraschte ihn jedoch, wie viele Tibeterinnen er hier sah, und er musste an andere Geschichten denken, laut denen die jahrhundertelang betriebene Praxis der Vielmännerei zahlreiche Frauen in ländlichen Regionen ihrer potenziellen Ehemänner beraubt hatte, so dass ihnen nur die Prostitution in Lhasa geblieben war. In alten Chroniken stand sogar zu lesen, dass der früh verstorbene sechste Dalai Lama im siebzehnten Jahrhundert ein dermaßen eifriger Kunde der Bordelle von Lhasa gewesen sei, dass er nie seine letzten Mönchsgelübde abgelegt habe.

Shan widerstand dem plötzlichen Impuls, die Flucht zu ergreifen, und trat in eine Gasse, um sich zu sammeln. Als auf der Straße eine Streife der Öffentlichen Sicherheit vorbeiging, ermahnte er sich, dass eine Beamtin der Kriecher nach ihm gesucht hatte.

Ein Junge auf einem Lieferfahrrad näherte sich. Shan hielt ihn an und kaufte ihm für ein paar Münzen seine Baseballmütze ab. Dann zeigte er ihm einer plötzlichen Eingebung folgend die Karte. »Die Turnerin«, sagte der Junge. »Klar, die kennt jeder. Weil sie sich so unglaublich verbiegen kann. Sie arbeitet hier manchmal als Tänzerin. Turnerin, das ist ihr Spitzname.«

»Und das?«, fragte Shan und zeigte auf den handschriftlichen Vermerk *75 Curry 1.*

Der Junge schüttelte den Kopf. »Es gibt hier jedenfalls keine Straße, die so heißt, falls Sie das meinen.«

»Was ist mit einem indischen Namen?«, fragte Shan.

Der Junge lachte. »Wie zum Scherz oder als eine Art Code, glauben Sie?« Er wies erst mit dem Daumen hinter sich und zeigte dann auf eine Gasse, die zu einer Parallelstraße des Neonkorridors führte. »Es gibt dahinten die Bombay-Straße und einen Block weiter den Delhi-Weg. Vielleicht Nummer fünfundsiebzig, erster Stock?«

Shan fand einen leeren Karton, auf dem in vier Sprachen *Spielzeug für Erwachsene* stand, hob ihn sich auf die Schulter und trat wieder hinaus auf die hell erleuchtete Straße. Der Delhi-Weg erwies sich als ein Versorgungszugang mit kleinen Lagerhäusern und den Laderampen der Bars und Klubs, deren Vorderseiten an geschäftigeren Straßen lagen. Die Bombay-Straße war zwar nur wenig breiter als eine Gasse und mit Kopfsteinen gepflastert, sah aber schon interessanter aus. Die alten Häuser dort, in unterschiedlichen Stadien der Baufälligkeit, schienen mehrheitlich bewohnt zu sein. Shan stellte sich in eine dunkle Nische und beobachtete das Haus Nummer fünfundsiebzig eine Viertelstunde lang, bis eine blonde Frau mit Minirock an ihm vorbei und die Stufen des Gebäudes hinauflief. Als sie einen Schlüssel in die Tür der Wohnung im ersten Stock steckte, rannte Shan die Treppe empor, drängte sich hinter der Frau hinein und drückte die Tür zu. Die Unbekannte fuhr erschrocken herum, und Shan erkannte, dass sie keine Westlerin war, sondern eine Chinesin, die westlich auszusehen versuchte, mit blondem Haar und einer engen Seidenbluse.

»Es tut mir leid,« sagte er und wollte nach seiner Dienstmarke greifen.

Sie grinste. »Nein, mir tut es leid«, sagte sie. Im selben Moment schlug etwas mit Wucht gegen Shans Kopf.

* * *

Als er wieder zu Bewusstsein kam, saß er auf einem Metallstuhl. Man hatte ihm beide Unterarme mit Textilklebeband an die Lehnen gefesselt. Er blinzelte den Schmerz in seiner Stirn weg und sah eine schlanke, athletisch wirkende Frau mit kurzem schwarzem Haar in einer Kochnische stehen und in einem Topf rühren.

»Bevor Sie gehen, hat Tink eine Schale Nudeln für Sie«, ertönte eine tiefe Baritonstimme aus dem Schatten an der Wand. »Sie ist nämlich nicht nachtragend. Neue Kunden sind manchmal ganz überwältigt von ihr und begreifen nicht, dass sie ihre Hände bei sich behalten müssen. Sie ist Tänzerin und gelegentlich Masseurin, aber das ist auch schon alles.« Es war die Stimme eines Westlers, aber sie sprach perfektes Mandarin.

»Tink?«, fragte Shan. Der Nebel in seinem Kopf verflog allmählich, und er schaute zu dem Sprecher, der nun näher trat. Der Amerikaner hatte ein schmales, markantes Gesicht. Die kleinen Narben der vielen Faustkämpfe waren auf dem körnigen Überwachungsvideo nicht zu erkennen gewesen.

»Als ich in Peking gelebt habe, hat es mich überrascht, dort auf Bilder von Peter Pan zu treffen«, sagte der Mann. »Mir wurde klar, dass man sich wohl überall nach ewiger Jugend sehnt. Aus dem gleichen Grund gibt es Orte wie Jamalinka, kleine Parzellen von Nimmerland, um einen flüchtigen Moment der Jugend zu erhaschen. Ich habe wesentlich länger gebraucht, um zu begreifen, dass oft schon das Lächeln einer schönen jungen Frau genauso dafür ausreicht wie eine Stunde in ihrem Bett. Tink hat ein magisches Lächeln. Ich habe ihr gesagt, sie sollte Geld dafür nehmen. Tinkerbell, die Fee der ewigen Jugend. Und sie kann kochen!«

»Ich habe noch nie eine Chinesin getroffen, die Tinkerbell heißt.«

»Den Namen habe ich mir ausgedacht, aber er gefällt ihr.«

»Bewusstlos geschlagen zu werden ist der Magie ein wenig abträglich.«

Der Amerikaner lachte auf und zeigte auf den Tisch. Dort lag ein Knüppel, um den man ein Handtuch gewickelt und mit Klebeband befestigt hatte. »Wir haben ihn gepolstert, damit er keine bleibenden Schäden hinterlässt. Sie müssen lernen, dass es an Orten wie Jamalinka Regeln gibt. Viele Regeln. Folge niemals einem Mädchen nach Hause, das ist eine der wichtigen Regeln. Dringe niemals unbefugt in ihre Wohnung ein. Fang bloß nicht an, dich dort auszuziehen. Ich habe Sie vor größeren Unannehmlichkeiten bewahrt. Es war nur ein kleiner Klaps auf die richtige Stelle, um Ihnen für fünf Minuten die Lichter zu löschen. Ich hole Ihnen eine Aspirin. Tinks Nudeln sind erstklassig.«

»Ich wollte mich nicht ausziehen«, erklärte Shan. »Ich habe in meine Tasche gegriffen, Mr. Pike.«

Der Amerikaner erschrak und stieß einen leisen Fluch auf Englisch aus. Shan ließ zu, dass Pike ihm das Etui abnahm und aufklappte. Mehrere lange Atemzüge starrte der Mann ihn nur an. »Das könnte kompliziert werden, Inspektor«, sagte er. »Wie wäre es, wenn ich einfach gehen würde, und Tink verschafft Ihnen etwas Entspannung?«

»Das mit Ihrer Tochter tut mir sehr leid«, sagte Shan.

Er sah es nicht kommen, sondern spürte nur den jähen Schmerz, als Pike ihn ohrfeigte. Es fühlte sich an, als hätte ihn ein Stück Holz getroffen. »Und mir tun all Ihre verdammten Lügen leid«, erwiderte der Amerikaner herausfordernd. »Sind Sie deswegen hier? Weil Sie Angst haben, ich könnte die Geschichte neu schreiben? Das hier ist noch nicht vorbei. Und Sie können mir gar nichts.«

Shan versuchte, die Taubheit in seiner Wange mit der Schulter wegzureiben. »Was ist mit dem Toten im Zug?«, wandte er ein.

Pikes Augen loderten auf, dann wurde er sehr still. »Für den kann ich nichts. Der Narr hat mich angegriffen. Er hat das Bedienfeld neben der Tür zum Frachtraum zertrümmert. Als der Zug in den Bergen gehalten hat, hätte er den Waggon genau wie ich durch die hintere Tür verlassen können, um weiter vorn wieder einzusteigen. Ich habe ihm sogar zugerufen, er solle mitkommen. Leider hat sein Irrtum ihn das Leben gekostet. Ich wollte nur mit ihm reden.«

»Offenbar ziemlich dringend. Immerhin haben Sie von Lhasa aus das

Flugzeug genommen, um dann mit dem Zug zurück nach Lhasa zu fahren.«

»Ich spreche nicht mit der chinesischen Polizei«, knurrte Pike. »Die chinesische Polizei ist das Problem, nicht das Heilmittel.«

»Sie verwechseln mich mit der Öffentlichen Sicherheit«, sagte Shan.

»Genau. Der Sonderinspektor der Kommandantur von Lhadrung, die garantiert von einem Parteibonzen geführt wird. Was Sie noch schlimmer macht als die Öffentliche Sicherheit. Sie können vollständig verdeckt agieren. Sie sind einer dieser geheimen Spitzel, die Leute ins Gefängnis werfen lassen, weil die den Namen des Vorsitzenden nicht mit der nötigen Ehrfurcht ausgesprochen haben.«

»Der Vorsitzende ist ein Tyrann, der mein Land in ein riesiges Internierungslager verwandelt.«

Die Worte ließen Pike kurz innehalten. Er lächelte traurig. »Das passiert nun mal, wenn man alle fünfzehn Meter eine Überwachungskamera installiert. Was habe ich neulich gehört? In der Volksrepublik hängen mittlerweile fünfhundert Millionen Kameras, und es kommen täglich welche hinzu. Bei der Zahl wird einem schwindlig.« Er wandte sich an die Frau. »Ich muss packen«, sagte er enttäuscht. »Ich kann nicht mehr hierher zurück.«

Die Frau hörte ihm nicht zu. Sie trat vor und nahm die Lampe vom Tisch. Shan wappnete sich für einen Hieb, aber sie beugte sich nur mit der Lampe vor und begutachtete erst sein Handgelenk und dann seinen Nacken. »Der war mal Sträfling«, verkündete sie.

»Völlig unmöglich, Kleines«, sagte Pike. »Nicht mit dieser Dienstmarke.«

Sie war gut und kannte sich mit dem Leben in chinesischen Gefängnissen aus. Die kleinen Verfärbungen an Shans Händen und Hals waren verblasst. Seit Jahren hatte niemand mehr Notiz davon genommen. »Hier, hier und da«, sagte sie und deutete auf drei der Punktpaare. »Die bleiben zurück, wenn ein Aufseher seinen elektrischen Viehtreiber auf volle Leistung stellt und ihn dir in die Haut drückt.« Sie zog einen Ärmel ihres T-Shirts hoch und wies auf ähnliche Male an ihrer Schulter. »Bei Frauen wählen sie meistens Stellen, die man nicht gleich sieht.«

Shan erschrak, denn Pike zückte ein Taschenmesser und klappte die lange Klinge aus. Der Amerikaner zerschnitt eine der Fesseln und drehte die Innenseite von Shans Unterarm nach oben. »Ich werde verrückt«, murmelte er beim Anblick der eintätowierten Ziffern, dann hielt er Shan das Messer an die Kehle. »Sagen Sie die Nummer auf«, befahl er und fluchte, als Shan dem unverzüglich nachkam. »Was ziehen Sie hier ab?«, fragte er. »Sie sind kein Polizist.«

»Das sage ich meinem Chef auch immer, aber er will mir nicht zuhören«, entgegnete Shan. »Ich komme aus Lhadrung. Oberst Tan, der Kommandant von Lhadrung, hat seine eigenen Regeln.«

Pike schien den Namen des Bezirks zu kennen. »Nicht mal in dieser Gulag-Einöde kriegen Sträflinge einen Dienstausweis.«

»Ich war früher Ermittler in Peking. Ich habe mich mit den falschen Leuten angelegt und wurde in ein Lager nach Lhadrung geschickt, weil da die Sterberate besonders hoch ist. Aber der Kommandant hatte ein Problem. Ich habe ihm inoffiziell geholfen, und um seine Dankbarkeit zu zeigen, hat er mich aus dem Arbeitslager geholt. Manchmal wünschte ich, ich wäre noch dort.«

Der Amerikaner lachte. »Falls Sie allen Ernstes glauben, ich würde Ihnen dieses Märchen abkaufen …«

Die Chinesin hob eine Hand und ließ Pike verstummen. Sie stand auf, ging zu der Kochnische und kehrte mit einer Flasche Äthylalkohol und einem Lappen zurück. Shan verfolgte verwirrt, wie sie eine Ecke des Lappens mit dem Alkohol tränkte. Dann sah sie ihn herausfordernd an, und er begriff. Er streckte den Arm aus. Zuerst straffte sie die Haut rund um seine Tätowierung, dann rieb sie mit dem Lappen kräftig über die Ziffern. Falls die Tätowierung erst kürzlich erfolgt war, würde die Haut sich dort röten. Und falls sie gefälscht war, würden die Ziffern verwischen.

»Die ist echt«, bestätigte die Frau überrascht.

Der Amerikaner musterte Shan schweigend. »Sie sind der seltsamste Chinese, der mir je untergekommen ist«, sagte er dann.

»Sie haben ja keine Ahnung.«

Pike stutzte und drückte die Klinge dann gegen die kleine Beule auf Shans Brust. »Ein *gau*?«

»Genau genommen hat nicht Oberst Tan mich gerettet, sondern einige alte Lamas. Und ich meide die Öffentliche Sicherheit genauso sehr, wie Sie das tun.«

»Warum?«

»Weil man dort verhindern will, dass ich den Tod von Natalie Pike und Professor Gangfen untersuche.«

Pike betrachtete ihn abermals. Shan hatte noch nie Augen wie seine gesehen. In ihnen lag große Klugheit gepaart mit tiefer Trauer, zugleich aber auch etwas Wildes und Ungezähmtes. Es kam ihm beinahe so vor, als hätte er hier die Reinkarnation eines der Kriegerpriester vor sich, die einst durch Tibet gezogen waren und sich nur vor Buddha verantworten mussten.

Mit einer flinken Bewegung zerschnitt der Amerikaner auch Shans andere Fessel. »Und jetzt werden wir gemeinsam essen.«

Shan erwähnte nicht, dass ein Leutnant der Armee auf ihn wartete, und als er Pike fragte, weshalb er diese Wohnung nutzte, zeigte der Amerikaner nur auf den Tisch und sagte: »Essen Sie.«

Die chinesische Nachtklubtänzerin war eine überraschend gute Köchin, hantierte kraftvoll und geübt mit ihren Utensilien und servierte die Nudeln mit Gemüse aus dem Wok. Shan hatte seit Wochen nicht mehr so gut gegessen. Während er seine Schale leerte, bemerkte er, dass Pike ihn erneut nachdenklich ansah.

»Wieso interessiert ein Inspektor aus dem fernen Lhadrung sich für meine Zugfahrt?«

»Oberst Tan ist für das regionale Militärdepot verantwortlich. Die Fracht an Bord des Zuges war für ihn bestimmt.«

»Nicht alles. Ich bin nicht so dumm, mich mit der Volksbefreiungsarmee anzulegen.«

»Sie waren wegen Sun Lunshi dort.«

»Er war mit einem Freund meiner Tochter befreundet. Ich musste unter vier Augen mit ihm sprechen. Erst wollte ich ihn in seinem Büro aufsuchen, aber da tauchte dort plötzlich die Öffentliche Sicherheit auf, und er ist überstürzt nach Golmud aufgebrochen, als sei er auf der Flucht. Ich musste den Grund dafür erfahren.«

»Hat er gewusst, wer Sie waren?«

»Als ich ihn endlich eingeholt hatte und es ihm sagen konnte, hat ihn das völlig aus der Fassung gebracht. Er ist in diesen Frachtwaggon gelaufen und hat das Bedienfeld zertrümmert, um mich auszusperren, aber ich war schneller als die sich schließende Tür. Wir waren beide im Innern gefangen, aber das sollte mir nur recht sein.«

»Was war in dieser Kiste?«

»Das weiß ich nicht. Ich wollte nur mit ihm reden. Und ich glaube nicht, dass er wegen der Fracht da war. Als ich ihn eingeholt habe, hat er in die Kabinen des Zugpersonals geschaut und nach dem Arzt gerufen. Ich schätze, ihm war bereits unwohl. Ich hätte ihm helfen können, aber er ist sofort auf mich losgegangen.« Pike verstummte und wiederholte dann seine Eingangsfrage. »Wieso interessiert ein Inspektor aus dem fernen Lhadrung sich für meine Zugfahrt?«

»Sie sollten dankbar dafür sein, denn ich bin der Einzige. Hätten wir der Polizei von Lhasa die Zuständigkeit überlassen, wäre Suns Tod als Mord eingestuft worden. Die Leute aus dem Zug hätten sich an Sie erinnert und Sie zum Hauptverdächtigen gemacht. Jemand wie Sie fällt hier auf wie ein bunter Hund. Man hätte Sie schnell aufgespürt.«

»Sie haben meine Frage noch immer nicht beantwortet, Inspektor Shan.«

»Ich untersuche nicht, was während der Zugfahrt passiert ist. Ich untersuche die Hinrichtung eines Tibeters namens Metok Rentzig.«

Pikes Augen verengten sich. »Er ist tot?« Seine Hände legten sich um die Teetasse. Die Knöchel traten weiß hervor. »Werden Ermittlungen denn normalerweise nicht *vor* einer Hinrichtung durchgeführt anstatt im Anschluss.«

»Das hier ist Tibet. Die Gepflogenheiten im Rest der Welt sind für uns kein Maßstab.«

»Ich weiß nichts über einen Bauingenieur namens Metok.«

»Professor Gangfen kannte Metok. Und ich habe nicht erwähnt, dass er Ingenieur war.« Er erwiderte Pikes bohrenden Blick. »War Metok ein Freund Ihrer Tochter?« Shan bemerkte, dass Tink zwar den Tisch abgeräumt hatte, nun aber nicht das Geschirr spülte, sondern am Fenster stand und die Straße beobachtete. »Der Tote im Zug hatte eine Karte der Bar in der Tasche, in der Tink arbeitet. Darauf stand ein Verweis auf diese Adresse hier notiert. Er wollte herkommen. Die Begleitung der Kiste war dafür eine gute Tarnung. Vielleicht war die Kiste auch nur zufällig an Bord des Zuges. Warum wollten Sie mit ihm sprechen? War dies die Wohnung des Professors?«

Pike antwortete nicht.

»Ihre Tochter ist vor drei Wochen gestorben«, stellte Shan fest. »Man sollte meinen, in Ihrer Heimat müssten entsprechende Vorkehrungen getroffen werden. Normalerweise dauert es zwei oder drei Wochen, einen Leichnam in die USA zu überführen.«

»Sagen wir einfach, ich wollte ihren Tod verstehen. Sie war meine einzige Tochter.«

»Und Sie haben gehofft, am Ort ihres Todes damit abschließen zu können.«

»So in der Art.«

»Wozu sind Sie dann jemandem aus dem Institut gefolgt? Wieso verstecken Sie sich in dieser Wohnung?« Er überlegte kurz. »Und warum hatte der ehrenwerte Professor eine Unterkunft inmitten der Bordelle von Jamalinka?«

»Wegen der Millionen von Kameras«, sagte Pike. »Das hier ist Tibets Äquivalent zum Strip in Vegas.«

»Wie bitte?«

»All die hellen Neonleuchten. In anderen Städten, zum Beispiel potenziellen Unruheherden wie Kashi, kann die Öffentliche Sicherheit jedes gesuchte Individuum binnen zehn Minuten aufspüren, denn es gibt überall Kameras, und jeder musste sich für die Gesichtserkennung einscannen lassen. Doch in Lhasa gibt es eine Oase, ein schwarzes Loch, wenn man so will. Die Straßen rund um Jamalinka werden überwacht, aber im Innern des Viertels blendet das grelle Licht die meisten Kameras. Und das hier war nicht seine Wohnung, sondern eine Operationsbasis, könnte man sagen, ein Rückzugsort. Tink hat viele interessante Freunde.«

Shan nickte nachdenklich. »Das klingt so, als hätte Professor Gangfen etwas zu verbergen gehabt.«

»Natürlich hatte er das. Seine Unabhängigkeit. Welcher freiheitsliebende Mensch würde denn nicht versuchen, den großen Brüdern auszuweichen, die ständig alles beobachten. In wenigen Jahren wird die eine Hälfte der chinesischen Bevölkerung die andere Hälfte überwachen.«

»Er war nur ein Archäologe.«

»In China stellt die Archäologie ein dermaßen heißes politisches Eisen dar, dass jeder aufrechte Wissenschaftler auf Tricks zurückgreifen muss«, entgegnete Pike. »Peking reagiert mit Schaum vor dem Mund, sobald jemand auch nur andeutet, es habe in den Grenzen seines gegenwärtigen Reiches jemals auch nur einen Tropfen nicht-chinesisches Blut gegeben. Natalie hat mir von ihm und von Tink geschrieben. Gangfen hat parallel zwei Arten von Aufzeichnungen geführt. Eine war für seine Universität bestimmt und so frisiert, dass sie Chinas Anspruch auf althergebrachte Wurzeln in Tibet untermauerte.«

Shan wusste nur zu gut, wie aggressiv Peking gegen jede Behauptung vorging, es habe je äußere Einflüsse gegeben, ob heutzutage oder vor vielen Jahrhunderten. »Und seine anderen Unterlagen hat er hier verwahrt, und die waren nicht ganz so politisch korrekt«, mutmaßte er.

Pike nickte. »Er hat eine temperamentvolle, gebildete Frau gefunden, die am Rand der Gesellschaft lebt, zu ihren eigenen Bedingungen, und die eine eigene Wohnung unterhalten kann, ohne dass die Leute sich über ihre finanziellen Umstände wundern. Tink ist eine Kurtisane, könnte man sagen, und Kurtisanen wird seit jeher ein vielfältiges Privatleben zugestanden.« Tink drehte sich kurz vom Fenster weg und rümpfte gutmütig die Nase.

»Sie scheinen das moderne China gut zu verstehen, Mr. Pike«, sagte Shan.

»Ich bin aus der Armee ausgeschieden, um an höherer Stelle für die amerikanische Regierung tätig zu werden. Man hat mich für zwei Jahre nach Peking geschickt. Später habe ich ein Jahr in Shanghai verbracht, in der privaten Sicherheitsbranche, wenn Sie so wollen.«

»Ich kann Sie mir auch schwer als Bürohengst vorstellen.«

»Jemand wollte mich vor langer Zeit mal zu einem machen. Das hat nicht funktioniert. Bürokraten müssen sich noch um die kleinste Kleinigkeit den Kopf zerbrechen. Ich beschränke mich auf die wirklich wichtigen Dinge.« Seine Augen funkelten dabei bedrohlich.

»War Ihre Tochter in etwas Illegales verwickelt, Mr. Pike? Oder nur in etwas Wichtiges?«

»Ich habe Sie gerade erst kennengelernt, Shan. Und ich habe noch nie einen Mann aus Peking getroffen, dem ich hätte vertrauen können.«

»Fünf Jahre Zwangsarbeit haben Peking aus meiner Seele gebrannt. Ich bin aus Tibet.«

»Mir ist aber noch nirgendwo in China ein Inspektor begegnet, der wirklich an der Wahrheit interessiert war. Die meisten wären nicht einmal fähig gewesen, so etwas wie echte Ermittlungen durchzuführen.«

»Ich wurde für meine echten Ermittlungen ins Gefängnis gesteckt.«

Als Pike ihn nur mit einem weiteren eindringlichen Blick durchbohrte, fügte Shan hinzu: »Sie klingen wie jemand, der sich mit Polizeiarbeit auskennt.«

»Ich war zwölf Jahre beim FBI, auch in Peking. Das hat nicht ganz zu meinem Temperament gepasst, aber es hat meinen Blick geschärft, könnte man sagen. Danach bin ich Professor geworden.«

»Und nun sind Sie hier und verstecken sich bei einem Freudenmädchen im schwarzen Loch von Lhasa.«

»Vorsicht, wie Sie über Tink reden. Sie ist Tänzerin und Masseurin, mehr nicht. Und jede Arbeit, die mit Hingabe verrichtet wird, hat ihre Berechtigung. Ich sehe sie eher als eine Person mit vielfältigen Fähigkeiten und Interessen, eine Art Renaissancefrau.«

Shan sah auf die Uhr. »Ich muss los.«

»Ich bin mir nicht sicher, ob ich das zulassen kann.«

»Ich werde erwartet.«

»Ich könnte mir vorstellen, dass Jamalinka so ziemlich der letzte Ort ist, an dem man nach Ihnen suchen würde.«

Shan nickte. »Falls Sie vorhaben, mich zu töten, dann wäre es mir lieb, wenn mein Leichnam an einem anderen Ort bestattet würde.«

Pike grinste. »Nichts so Dramatisches. Aber vielleicht sollte ich Sie wieder an diesen Stuhl fesseln und für ein paar Tage Tinks Obhut überlassen. Oder ich verpasse Ihnen eine Spritze mit Zaubermedizin, die Sie für den Rest der Woche schlafen lässt. Das wäre einfacher.«

Shan seufzte. »Dürfte ich bitte ein Stück Papier haben?«

Tink warf ihm einen kleinen Notizblock zu. Shan schrieb zwei Zahlenreihen auf und schob den Block zu Pike hinüber. »Das ist meine tödliche Kombination. Die erste ist meine *lao gai* Nummer, meine Häftlingsregistrierung, wie Sie anhand meiner Tätowierung überprüfen können. Die zweite ist meine Dienstnummer. Ein ehemaliger Zwangsarbeitssträfling kann offiziell niemals im Polizeidienst tätig werden. Mein Ausweis wurde vom Kommandanten von Lhadrung ausgestellt und schützt mich nur in den Grenzen des Bezirks. Außerhalb von Lhadrung gilt das nicht, und niemand weiß von meiner besonderen Lage. Es gibt hier in Lhasa Funktionsträger, die mich sofort festnehmen würden, falls sie davon erführen. Der Öffentlichen Sicherheit ist außerdem bekannt, dass ich im Polizeirevier von Yangkar zu finden bin. Nehmen Sie den Zettel. Sie haben mich damit in der Hand.«

Pike wechselte einen langen Blick mit Tink, faltete das Blatt und steckte es ein.

»Wenn Sie von Metok und Sun Lunshi gewusst haben, dann auch vom Fünf-Klauen-Projekt«, tastete Shan sich vor.

»Natalie hat es in einem Brief erwähnt, diese spezielle Bezeichnung aber nur einmal benutzt. Bei ihr hieß der Ort aus irgendeinem Grund ›das Zuhause‹, und sie schrieb, ihr sei in fachlicher Hinsicht noch nie eine so aufregende Stätte untergekommen.«

»Ich glaube, Ihre Tochter wurde bei der Sprengung einer Höhle getötet, nicht bei einem Autounfall. Und ich nehme an, dass die Verantwortlichen wussten, dass Natalie und der Professor sich zu dem Zeitpunkt in der Höhle aufgehalten haben. Metok wusste es ebenfalls und sollte zum Schweigen gebracht werden. Daher hat man für seine Hinrichtung gesorgt.«

Pikes Miene verhärtete sich, dann verwandelte die Wut sich in Kummer. Shan stand auf und bedankte sich bei Tink für die Mahlzeit. Er war fast schon an der Tür, als der Amerikaner zu sprechen begann.

»Sie haben gefragt, wieso ich so kurz nach Natalies Tod hergekommen bin«, sagte er zu Shans Rücken. »Man hat mir ihre Asche geschickt. Wir haben einen Gedenkgottesdienst abgehalten.« Shan drehte sich um. »Aber es kam alles so plötzlich und dann auch noch gleich mit dem passenden Zeitungsbericht, in dem der furchtbare Autounfall beschrieben wurde, bei dem Professor Gangfen von der Bergstraße abgekommen war. Irgendetwas daran hat mich gestört. Ich habe einen alten Brief von ihr herausgesucht, in dem sie schrieb, dass sie neben anderen erfreulichen Dingen als Fahrerin des Professors fungieren würde, weil er wie viele chinesische Städter nie Autofahren gelernt habe. Also habe ich die Asche wieder ausgegraben und von einem Freund beim FBI testen lassen. Ich hatte ein Schaf beerdigt.«

KAPITEL SECHS

Im Jahr 1720 fielen Dsungar-Mongolen in Tibet ein und hinterließen mordend und plündernd eine Schneise der Verwüstung bis nach Lhasa«, sagte ihr Führer. Shan und Cato Pike standen mitten in der archäologischen Grabungsstätte, wegen der Natalie Pike nach Tibet gekommen war. Ihr Begleiter, der Juniorprofessor, der nach Professor Gangfens Tod die Leitung übernommen hatte, wies auf einige Studenten, die eine kleine vierrädrige Maschine über das flache Gelände schoben. »Unser Bodenradar«, erklärte der Mann mit dem schütteren Haar. »Die effizienteste Möglichkeit, Anomalien unter der Oberfläche zu entdecken.«

Beim Anblick von Shans Ausweis hatte ihr Führer beunruhigt gewirkt, aber Shan wurde schnell klar, dass das Unwohlsein des Juniorprofessors eher mit der Anwesenheit des Vaters der Amerikanerin zusammenhing, die bei der Arbeit an diesem Projekt gestorben war. »Anomalien?«, fragte Shan.

»Fundamente von Gebäuden«, sagte er mit einem nervösen Blick zu Pike. »Gruben, die man ausgehoben und später wieder gefüllt hat. Das könnten Kanäle sein, Brunnen, Latrinen oder Schanzgräben. Latrinen mögen wir besonders. Nirgendwo erfährt man so viel über den damaligen Alltag!«

»Und aus Gräbern«, warf Shan ein. Er achtete nun auf Pike, der am Rand eines knapp zwei Meter langen Loches stand. Shan hatte nicht damit gerechnet, dass der Amerikaner das Angebot annehmen und mitkommen würde, aber Pike hatte an der vereinbarten Stelle beim Barkhor-Platz gestanden, als Shan dort in der Morgendämmerung eintraf. Hinter ihm lag eine unruhige Nacht in einem billigen Hotel am Stadtrand.

Während der langen Fahrt hatte Pike kaum ein Wort verloren, und Shan war klar geworden, dass der Amerikaner sich zu einem Besuch der Grabungsstätte verpflichtet fühlte, denn dies war immerhin der Anlass für die Reise seiner Tochter nach Tibet gewesen. Mit Shan an seiner Seite fiel es ihm vermutlich etwas leichter als allein.

»Aus Gräbern, ganz recht. So hat Professor Gangfen überhaupt erst die Bedeutung dieser Stätte erkannt. Mittlerweile haben wir noch mehrere andere Gräber gefunden.«

»Welche Bedeutung hat denn dieser Ort?«, fragte Shan.

»Die Funde hier belegen, dass die Tibeter die chinesische Autorität bereitwillig anerkannt haben. Die Skelette tragen tibetische Amulette um den Hals und gleichzeitig die Uniformen der Grünen Standarte. Der Stoff hatte sich weitgehend aufgelöst, aber der Professor konnte meisterhaft mit dem Mikroskop umgehen und so das Webmuster, das Material und die Farbe bestimmen. Nun lässt sich nicht mehr bestreiten, dass das tibetische Volk den chinesischen Kaiser als Beschützer angenommen hat, als Retter vor den barbarischen Mongolenhorden.«

Es fiel Shan sehr schwer, aber er zwang sich, das einzig Richtige zu sagen. »Das Mutterland dürfte ziemlich stolz auf Ihre Arbeit sein.«

»O ja, allerdings! Wir haben bereits lobende Briefe aus Peking erhalten. Aber der spannendste Teil kommt noch. Wir hoffen, Beweise für die Anwesenheit des Amban zu finden. Es gibt Grund zu der Annahme, dass diese Einheit ihn zu seinem Amtsantritt nach Lhasa eskortiert hat.«

»Ich muss gestehen, dass ich geschichtlich nicht so bewandert bin«, sagte Shan, während Pike sich wieder zu ihnen gesellte. »Was ist denn die Grüne Standarte?«

Der Leiter der Ausgrabung erstrahlte und hielt ihnen einen mehrere Minuten dauernden Vortrag darüber, dass die Dsungar-Mongolen, die letzten Nachkommen der großen Khane, im frühen achtzehnten Jahrhundert Tibet überfallen hätten. Der Dalai Lama habe daraufhin das Qing-Reich um Hilfe ersucht, und Kaiser Kangxi habe edelmütigerweise nicht nur reguläre Infanterie geschickt, um die blutrünstigen Dsungaren zu bezwingen, sondern auch die Truppen der Grünen Standarte. Die Grüne Standarte, zu deren Aufgaben gehört habe, zivile Unruhen zu verhindern und in besetzten Gebieten für Ruhe und Ordnung zu sorgen, sei geblieben und habe in mehreren tibetischen Städten Garnisonen errichtet, um das Land für die chinesischen Ambane zu stabilisieren, die als direkte Vertreter des Kaisers fungierten. »Und seitdem ist die Einheit zwischen China und Tibet ungebrochen«, rief der junge Archäologe.

Shan und Pike tauschten einen vielsagenden Blick aus. Die Theorie einer solchen Einheit ignorierte die gewaltsamen Jahre der chinesischen Invasion in der Mitte des zwanzigsten Jahrhunderts. Gegen die Theorie sprachen ferner der Tod von einer Million Tibetern und die Anwesenheit der zahlreichen chinesischen Besatzungstruppen, die bis heute hier stationiert bleiben mussten. Shan kannte sich gut genug aus, um zu wissen, dass die Ambane kaum mehr als Botschafter gewesen waren und ihr Regime nur wenige Jahrzehnte überdauert hatte. Gangfen hatte das vermutlich auch gewusst, doch falls es seine Absicht gewesen war, die Regierung dazu zu bewegen, ein Projekt so nahe bei Lhasa zu finanzieren, hatte er sein Thema bestimmt mit Bedacht gewählt. Hatte Gangfen die Propagandamaschinerie gefüttert, weil er eigentlich ein ganz anderes Ziel verfolgte? Die Archäologie zählte zu den politischsten aller chinesischen Wissenschaften. In der nördlich gelegenen Provinz Xinjiang hatte man immer wieder Ausgrabungen abgebrochen, weil dort auf uralten Wandgemälden und Särgen Menschen mit blauen Augen abgebildet waren und man sogar Mumien mit roten Haaren fand. Die archäologische Untersuchung alter Klöster wurde unterbunden, weil man befürchtete, auf weitere Anzeichen einer unabhängigen tibetischen Kultur zu stoßen. Der eigenständig denkende Professor Gangfen, der eine geheime Operationsbasis auf Jamalinka unterhielt, schmeichelte den Parteibonzen, indem er ihnen eine Stätte präsentierte, die Pekings politisches Paradigma eines seit langer Zeit bestehenden, ausgedehnten chinesischen Mutterlands unterstützte. Die Regierung reagierte dermaßen begeistert und hinsichtlich der Ergebnisse so siegesgewiss, dass Gangfen sogar eine amerikanische Gaststudentin hinzuziehen durfte.

Pike erkundigte sich grimmig, ob ihr Führer wisse, wo der Unfall sich zugetragen habe. Der Juniorprofessor nahm sich einige Minuten Zeit und zeichnete ihnen eine präzise Karte. Und er warnte sie ausdrücklich vor den gefährlichen Bergstraßen. »Das ist eine halbe Stunde von hier. Ich weiß nicht, was die beiden da verloren hatten.« Er zuckte die Achseln. »Der Professor hat immer nach alten Ruinen Ausschau gehalten, und wenn er die Lagepläne für seine Berichte zeichnen wollte, hat er sich manchmal wegen der besseren Übersicht eine erhöhte Position gesucht. Ich vermute, dass er versucht hat, die wahrscheinlichste Route zu ermitteln, auf der die Armee im achtzehnten Jahrhundert den Amban zu seiner ruhmreichen Aufgabe nach Lhasa eskortiert hat. Ein Leben im Dienste der Wissenschaft.«

Pike wies auf die Studenten. »Es muss ganz schön schwierig sein, an einem so abgelegenen Ort ein Team zu unterhalten. Ich sehe gar keine Schlafmöglichkeiten.«

»Nein, nein, wir übernachten nicht hier«, erwiderte der Professor. »Fünfzehn Kilometer südlich gibt es an einer Kreuzung ein altes Gasthaus. Da haben wir uns eingemietet.«

»Hat auch meine Tochter dort gewohnt?«, fragte der Amerikaner.

Ihr Führer sah Pike nicht an, sondern nickte nur wortlos.

»Hatte der Professor irgendwo ein Büro?«, wollte Shan wissen.

»Er hatte einen Tisch in unserem Gemeinschaftsbüro«, sagte der Leiter der Ausgrabung und zeigte auf ein kleines Modulgebäude unweit der Straße.

Es gab darin nur einen großen Raum, der einerseits als Küche und Treffpunkt diente und andererseits drei Schreibtische enthielt, von denen einer durch einen Paravent abgeteilt war. Shan deutete darauf. »Ist das der Tisch von Professor Gangfen?«

Ihr Führer zögerte. »Ich bin mir ziemlich sicher, dass nichts dort mit dem Unfall in Verbindung steht.«

»Natürlich nicht«, sagte Shan und senkte die Stimme. »Ich mache das hier hauptsächlich, um Natalies trauerndem Vater einen Gefallen zu tun. Der ist nämlich ein wichtiges hohes Tier in Amerika«, flüsterte er. »Wir haben uns gedacht, es gibt vielleicht irgendetwas, das mit der Arbeit seiner Tochter zusammenhängt und das Mr. Pike als eine Art Andenken mitnehmen könnte. Zum Beispiel eine schriftliche Belobigung für ihre Leistungen. Das würde den Angehörigen in der Heimat sicher ein Trost sein.«

Der Leiter nickte widerstrebend. Shan setzte sich an den Tisch, und Pike beugte sich darüber. Die Papiere darauf waren wahllos verstreut. Es schien sich ausnahmslos um Berichte und Unterlagen über Dsungar-Artefakte, Feldlager und die Grüne Standarte zu handeln. Shan öffnete mit gespieltem Desinteresse die Schubladen und fand in der untersten eine weitere Akte vor.

Die Aufschrift auf dem Umschlag überraschte ihn. »Büro für Religiöse Angelegenheiten?«

Der junge Professor seufzte. »Eines von Gangfens vielen Projekten. Er hat immer nach Möglichkeiten gesucht, dem Mutterland zu helfen. Er war nicht nur ein Gelehrter, sondern ein patriotischer Held. Wir werden ihn sehr vermissen.«

Shan klappte den Ordner auf und las den Betreff des enthaltenen Berichts. »Volkstümliche Wetterzauber?«

»Der Professor hat es einen neuen Ansatz für die Kampagnen des Büros genannt. Man sammelt dort Beweise für die vielen heidnischen Praktiken, von denen die tibetische Arbeiterklasse vergiftet wurde, bevor wir eingegriffen haben.«

»Mit der segensreichen Hand des Mutterlandes«, variierte Shan einen bekannten Slogan der Partei.

»Genau. Diese Menschen haben praktisch in der Bronzezeit gelebt.«

»Keine Autos, keine Züge, keine Toilettenspülungen, keine Fabriken, keine obligatorischen Internate, keine Gefängnisse«, fasste Shan zusammen.

Ihr Führer nickte begeistert. »Ja, ja, absolut, Genosse!«

Shan überflog die Akte und bemühte sich, nicht allzu interessiert zu wirken. Gangfen hatte Gespräche mit mehr als zwanzig alten Tibetern geführt, von denen manche in den Notizen als *Bonpo* markiert waren, als Anhänger der alten Bon-Religion. Die meisten der Protokolle enthielten Erinnerungen aus der Mitte des letzten Jahrhunderts, als Wettermacher durch die Lande zogen und gegen Geld oder Tauschgüter die Ernten vor dem Hagel beschützten. Die Gesprächspartner schienen übereinstimmend zu berichten, dass es sich dabei ausnahmslos um Lamas handelte, die ihre Berufung erst nach jahrelangen Studien erfahren hatten, aber es gab für sie offenbar viele verschiedene Bezeichnungen. Hageljäger kam am häufigsten vor, doch man nannte sie auch Wolkenmeister, Regenzauberer, Sturmhexer, Wettermagier und sogar Himmelsbeschwörer. Shan kannte einige der Orte, an denen die Gespräche stattgefunden hatten. »Die Dörfer liegen zum Teil viele Stunden entfernt von hier. War der Professor oft unterwegs?«

»Er hat diesen Bericht über einen Zeitraum von mehreren Jahren zusammengestellt. In diesem Jahr hat er meines Wissens zwei Leute in Lhasa besucht und ein paar andere irgendwo auf dem Land. Die Alten weigern sich bisweilen, in eine Stadt zu reisen. Das ist wirklich reaktionär, aber Gangfen hat es stets hingenommen.«

Während Shan weiterblätterte, fiel ihm eine offensichtliche Frage ein, die er längst hätte stellen müssen. »Wessen Wagen hat er gefahren, als dieser Unfall passiert ist?«

»Unseren. Er wurde uns für die Dauer des Projekts überlassen. Zum Glück hat die Regierung schnell für Ersatz gesorgt.«

Shan las die letzten zwei Protokolle der Akte, aufgezeichnet vor wenigen Monaten. In beiden ging es um einen zeitgenössischen Wetterbeschwörer, den der Professor unbedingt kennenlernen müsse, sobald der Mann aus einem Umerziehungslager freikommen würde. Gangfen hatte sich mit Yankay Namdol treffen wollen.

* * *

Shan überließ Pike die Entscheidung, ob sie zum Unfallort oder zu dem Gasthaus fahren würden, in dem die Archäologiestudenten untergebracht waren. »Ich wusste, dass die Behauptung, Natalie sei bei einem Autounfall gestorben, eine Lüge war, lange bevor Sie mir von Metoks Geschichte erzählt haben«, erwiderte der Amerikaner. »Wir brauchen unsere Zeit nicht damit zu verschwenden.«

Das Gasthaus an der Kreuzung, ein altes Gebäude aus Steinen und Balken, sah aus, als hätte man es einst für die Karawanen errichtet, die mit ihren Yaks, Schafen und gelegentlich auch Kamelen kreuz und quer durch Tibet gezogen waren. Dann hatten asphaltierte Straßen die alten Routen abgelöst, und heutzutage war das Gasthaus ein weitläufiger Autohof mit zwei angefügten Wohnflügeln aus grellrot und gelb gestrichenem Beton.

Als Pike aus dem Wagen steigen wollte, hielt Shan ihn zurück. »Ich muss Ihnen erst noch etwas zeigen«, sagte er und gab dem Amerikaner den Umschlag, den Amah Jiejie geschickt hatte.

Pike las die erste Zeile und warf Shan den Zettel in den Schoß. »Scheiß drauf, wie man so schön sagt. Ich kann auch den Bus nehmen.«

»Ich habe letzte Nacht lange darüber nachgedacht, was ich hiermit anfangen soll«, sagte Shan ruhig. »Ich hätte es Ihnen auch verheimlichen können. Oder ich hätte es an die Öffentliche Sicherheit in Lhasa weiterleiten können, um Sie loszuwerden. Stattdessen habe ich beschlossen, Sie einzuweihen.«

»So soll das also laufen, ja?«, sagte Pike mit kaum verhohlener Wut. »Kaum fange ich an, Sie für einen anständigen Kerl zu halten, verwandeln Sie sich in einen rückgratlosen, hinterhältigen Bürokraten.«

Shan entfaltete die Seite und fing an zu lesen. »Von der Öffentlichen

Sicherheit. Der Zentrale in Peking. Der dortigen Spionageabwehr.« Er zog beide Augenbrauen hoch. »Sie haben bis in höchste Kreise Aufsehen erregt.« Dann widmete er sich wieder dem Bericht, den Amah Jiejie von einer inoffiziellen Quelle in Peking erhalten hatte. »Die Überwachung des Botschaftsattachés Cato Pike wird hiermit an das Team Große Mauer übertragen«, las Shan und wandte sich wieder an Pike. »Eine Eliteeinheit. Sie sind im Status gestiegen.«

»Wollen Sie auf etwas Bestimmtes hinaus?«

Shan ließ das Blatt sinken und fasste den Rest des Inhalts zusammen. »Man war dabei, einen Spionagefall gegen Sie aufzubauen, um Sie ausweisen zu können. Dann hat man das Vorhaben plötzlich gestoppt, und für Sie wurde ein Team zuständig, das mögliche Doppelagenten betreut. Man hat geglaubt, Sie umdrehen und in den Dienst der Volksrepublik stellen zu können. Warum?«

»Weil ich meinem Botschafter die Nase gebrochen habe. Das kam bei ihm nicht so gut an.«

»Sie meinen, Ihnen ist irgendein Missgeschick unterlaufen?«

»Keineswegs. Ich habe zugeschlagen. Und falls mir der Scheißkerl je wieder begegnet, breche ich ihm noch mal die Nase.«

Shan war überrascht. »Könnten Sie mir das bitte näher erläutern?«

»Die Öffentliche Sicherheit hatte recht. Ich habe für das FBI zwei Agenten geführt. Einer von ihnen hat ein paar Kleinigkeiten an uns weitergegeben, zum Beispiel Codes oder Warnungen vor chinesischen Hackerangriffen. Er wurde verhaftet. Der Botschafter hätte ihn problemlos retten und gegen einen der mehr als zwanzig chinesischen Spione in unserem Gewahrsam eintauschen können. Aber er hat sich geweigert, und mein Mann wurde hingerichtet. Also habe ich ihm eine verpasst. Das war noch viel zu wenig.«

»Und es hat Ihre FBI-Karriere beendet?«

»Ich wurde nach Hause verfrachtet. Sagen wir einfach, das FBI und ich haben uns einvernehmlich getrennt.«

Shan nahm ein Feuerzeug aus der Mittelkonsole. Er zündete eine

Ecke des Berichts an, wartete, bis das Papier richtig Feuer gefangen hatte, und warf es dann aus dem Fenster.

Pike schnaubte verächtlich. »Ich arbeite nicht mit Partnern«, sagte er.

»Gut. Ich nämlich auch nicht«, entgegnete Shan. Er wies auf das Gasthaus. »Wollen wir?«

Ein Café nahm den größten Teil der Lobby ein. In einer der Ecken stand der Tisch der Anmeldung.

Shan zeigte der dicken Chinesin dort seine Dienstmarke und fragte, ob zufällig einer der studentischen Mitarbeiter des Universitätsprojekts anwesend sei.

»Einer von denen hat sich heute frei genommen, weil er den Bus nach Lhasa kriegen muss, hat er gesagt.« Sie deutete auf einen akademisch aussehenden Mittzwanziger mit Brille, der bei einer Kanne Tee an einem der Tische saß und las.

Shan ging zu ihm. »Verzeihung, gehören Sie zu dem Archäologenteam?«

Der Mann nickte langsam.

»Ich würde mit Ihnen gern über den Unfall sprechen.«

Der Student wusste eindeutig sofort, welcher Unfall gemeint war. Er verzog schmerzlich berührt das Gesicht und schüttelte den Kopf.

Shan war sich nicht sicher, wie er diese Reaktion deuten sollte, also trat er ein Stück beiseite, so dass Cato Pike hinter ihm besser zu sehen war. »Das ist Natalies Vater.«

Der junge Chinese erbleichte. Er blickte zu Shan auf und wirkte nahezu verzweifelt. »Ich wüsste gar nicht, was ich zu ihm sagen sollte. Es war so schrecklich. Und ich spreche kein Englisch.«

Auf Pikes Gesicht machte sich abermals ein trauriges Lächeln breit. »Können wir Sie vielleicht nach Lhasa mitnehmen?«, fragte er in seinem tadellosen Mandarin.

Der Student hieß Cao Li, und als Shan sich unterwegs nach der Arbeit beim Feldlager der Grünen Standarte erkundigte und dann von dem großen Geschichtsinteresse seines eigenen Vaters erzählte, taute der junge Mann allmählich auf. Kurz vor Lhasa berichtete Cao dann von seinem großen Respekt für Professor Gangfen, der jahrelang sein Mentor gewesen sei und ihn gelehrt habe, »wie man als Archäologe in China zurechtkommt«, so seine Worte. Es schien ihm weiterhin unangenehm zu sein, über den Unfall zu reden, doch schließlich räumte er ein, dass der Professor und Pikes Tochter zu dem Zeitpunkt bereits seit drei Tagen nicht mehr gesehen worden waren.

»Wollte der Professor mal wieder Gespräche mit ein paar Einheimischen führen?«

Cao zögerte. Shans Hartnäckigkeit gefiel ihm nicht. »Die Förderung des Wissens war dem Professor sehr wichtig. Er hat seine Arbeit geliebt. ›Die Wissenschaft lügt nicht‹, hat er immer zu uns gesagt.« Cao verzog das Gesicht, als habe er erneut zu viel verraten.

Pike und Shan sahen sich an. *Die Wissenschaft lügt nicht.* Die Worte des Professors ließen sich einerseits als akademische Binsenweisheit abtun, andererseits aber auch als Warnung an all jene deuten, deren Wissenschaftsbegriff dem der Partei entsprach.

Pike stellte eine Frage, die Shan zuvor vergessen hatte. »Was ist nach dem Unfall aus dem Auto geworden? Ich frage nur wegen eventueller Habseligkeiten meiner Tochter, die noch in dem Wrack gelegen haben könnten.«

»Das weiß ich nicht. Wir haben direkt am nächsten Tag einen anderen, besseren Wagen erhalten.«

»Und was für ein Modell war das Unfallauto?«, fragte Shan und sah auf die Uhr. Er war wieder mit Zhu bei dem Teelokal verabredet.

»Einer dieser schweren, höher gelegten Geländewagen, weiß, mit einem Dachgepäckträger. Aber wie schon gesagt, der ist leider weg. Es hieß, der Benzintank sei explodiert.« Er schaute verlegen zu dem Amerikaner. »Sie soll sofort tot gewesen sein.«

»Wer hat das denn erzählt?«, fragte Shan. »Dieselben Leute, die das neue Auto gebracht haben?«

»Ja, richtig. Von der Öffentlichen Sicherheit in Lhasa. Die mussten wohl hinzugezogen werden, weil eine Ausländerin betroffen war, habe ich gehört.«

»Kennen Sie den Namen des zuständigen Offiziers? Wir würden ihn gern fragen, ob persönliche Gegenstände in dem Wrack gefunden worden sind«, sagte Shan. »Falls Sie noch wissen, wer er war, würde mir das etwas Zeit ersparen.«

»Der neue Leiter hat mit ihm gesprochen. Es war ein Leutnant. Ich weiß noch, wie hinterher einer der jüngeren Studenten sagte, wir sollten aus Spaß mal seine DNS überprüfen. Unser Chef hat ihn sofort zurechtgewiesen.«

»Seine DNS?«

»Als die Sonne in einem gewissen Winkel auf seine Haare geschienen hat, schimmerten die irgendwie rot oder mindestens kastanienbraun. Das deutet auf die Turkvölker hin. Seine Familie muss aus Xinjiang stammen, wahrscheinlich aus Kashi oder Hotan. Es überrascht mich, dass er sein Haar nicht gefärbt hat, um kein Beispiel mehr dafür abzugeben, dass in China nicht nur Chinesen leben.« Cao warf seinen beiden Mitfahrern einen betretenen Blick zu und fing sich wieder. »Aber gute Archäologiestudenten dürfen so etwas nicht laut sagen, sonst versetzt man sie noch an eine Schule für Computertechniker oder Buchhalter.« Er wurde sehr ernst. »Daher würde ich das auch nie behaupten«, versicherte er.

Shan musterte den Studenten. Dies war kein gewöhnlicher Akademiker. Hatte Gangfen hier etwa einen Dissidenten herangezogen? »Der Professor war ein guter Mann«, sagte Shan wie zum Trost. »Ein aufrichtiger Mann. Sein Andenken sollte in Ehren gehalten werden.« Sie näherten sich dem Gebäudekomplex des Jokhang-Tempels, bei dem Cao abgesetzt werden wollte.

»Ja, genau«, stimmte Cao ihm zu. »Das wäre mir wirklich sehr wichtig.«

»Gut«, sagte Shan. »Ich weiß auch schon, wie Sie diesem Wunsch gerecht werden können: mit der Wahrheit. Damit meine ich weder die Version des neuen Leiters der Ausgrabung noch die der Öffentlichen Sicherheit. Ich glaube, Gangfen wollte die Welt ein kleines Stück besser machen. Dieses Bemühen sollte nicht mit ihm sterben.«

Die Worte ließen den Studenten lange grübeln. Er sagte nichts, bis Shan den Wagen anhielt. Dann stieg er aus und hielt an der offenen Tür inne. »Die beiden sind für die Wahrheit gestorben«, rief er und tauchte hastig in der Menge unter.

Pike stieg ebenfalls aus und blickte Cao hinterher. Dann drehte er sich zu Shan um. »Ich nehme an, es gibt hier mehr als ein Krematorium. Welches würde die Polizei wohl auswählen?« Shan überlegte kurz und sagte es ihm. Der Amerikaner setzte die Kapuze seiner Jacke auf und verschwand in derselben Richtung, die Cao eingeschlagen hatte.

* * *

Auch diesmal erwartete Zhu ihn bereits in dem Teelokal mit der roten Tür. Der Leutnant wirkte ganz aufgeregt, Shan zu sehen, und reichte ihm mit siegreichem Lächeln drei Fotokopien. »Es hat etwas gedauert, die gewünschten Informationen zu besorgen, aber das Büro des Obersts hat geholfen.«

Die erste Seite war die Liste aller Anwesenden bei Metoks Hinrichtung. Zu ihnen hatten zwei Offiziere der Öffentlichen Sicherheit gezählt, der Hauptmann, der das Urteil verlesen, und der junge Leutnant mit dem rötlichen Haar, der es vollstreckt hatte. Der Name des Leutnants lautete Huan Yi.

Das zweite Blatt war der Ausdruck eines eingescannten Dokuments, das aus Lhasa an Tans Büro geschickt worden war. Es handelte sich um den offiziellen Begleitbrief einer Eingabe an das Parteitribunal, das über Metoks Schicksal zu befinden hatte. Darin wurde als Bestrafung eine sogenannte »schnelle Lösung« empfohlen, eine der Umschreibungen der Kriecher für ein Todesurteil. Unterzeichnet war die Eingabe von Leutnant Huan Yi, und die spätere Freigabe für die Hinrichtung trug die Unterschrift des Provinzgouverneurs sowie das Amtssiegel des Oberbeauftragten für Parteidisziplin in ganz Tibet, eines alten, heimtückischen Mannes, den sogar viele in Peking fürchteten. Er hieß Yang Chouzi, war aber weithin schlicht als der Kommissar bekannt. Sein Stempel hatte Metoks Ende bedeutet. Andernorts und bei anderen Fällen hätte man für die Exekution eines Parteimitglieds ein halbes Dutzend hochrangiger Unterzeichner benötigt, doch das Siegel des Kommissars übertraf sie alle.

Das dritte Schreiben war einige Monate alt. Der Disziplinarausschuss der Partei folgte darin Oberst Tans Empfehlung, Leutnant Huan Yi aus Lhadrung abzuziehen und für drei Jahre von allen Beförderungen auszuschließen.

»Huan war fleißig«, stellte Zhu fest. »Manch anderer hätte nach einer so gravierenden Maßregelung den Kopf eingezogen und sich wahrscheinlich sogar in den Osten versetzen lassen, um möglichst viel Abstand zu gewinnen. Doch Tan hat ihm noch eine Chance gegeben.«

»Eine Chance?«

Zhu zeigte auf den unteren Rand der Seite. »Da unten, über der Unterschrift des Obersts. Dort steht, Huan sollte in die Regionalzentrale nach Lhasa versetzt werden, um mehr Erfahrung als Ermittler zu gewinnen. Ziemlich versöhnlich für den Oberst.«

Shan entging Zhus zweifelnder Tonfall nicht. Er starrte die getippten Zeilen an. Alles außer dem letzten Satz passte zu Tan. Denn der Oberst hätte den Mann vermutlich zur Verkehrspolizei einer von Smog geplagten östlichen Großstadt geschickt und nicht auf einen Posten in Lhasa, der Huan mehr Einfluss verlieh, als er in Lhadrung je gehabt hätte.

»An Metoks Todesurteil ist etwas faul«, fügte Zhu hinzu. »Neulich im Fernsehen hat ein Kriminalpolizist gesagt, man müsse jedes einzelne Detail überprüfen. Also habe ich mir mal angesehen, wo der Provinzgouverneur am Datum seiner Unterschrift gewesen ist. Er hat sich nicht in Tibet aufgehalten, sondern in der Provinz Fujian, bei einer Parteikonferenz in irgendeinem Strandhotel, dreitausend Kilometer von hier entfernt.«

Shan nickte anerkennend. »Das ist noch nicht alles«, sagte er. »Wie kam es, dass Huan nach dem Patzer mit dem Wetterzauberer plötzlich gegen einen Ingenieur des Hydro-Projekts ermitteln konnte? Warum hat man ihm die Leitung eines so wichtigen Korruptionsfalls übertragen, wo er doch gerade erst disziplinarisch belangt worden war?«

»Das ist eigentlich undenkbar«, sagte Zhu. »Es sei denn, er hätte die Untersuchung selbst initiiert und die Vorwürfe mit Beweisen untermauert.«

»Was bedeutet, dass er irgendwie mit dem Fünf-Klauen-Projekt in Verbindung stand, noch bevor er gegen Metok ermittelt hat.«

Zhu überlegte. Dann griff er in die Leinentasche zu seinen Füßen, wie sie von Meldern der Armee zum Transport von Befehlen und Karten verwendet wurde, und zog daraus eine Kopie der Strafakte des Wetterzauberers hervor. Shan nippte an seinem Tee und beobachtete den ernsten jungen Offizier dabei. Ob der Mann wohl begriffen hatte, wie riskant es war, für Shan zu arbeiten? »Der Hageljäger war ein Fanatiker«, verkündete Zhu. »Der Tibeter Yankay Namdol hat feudalistisches Verhalten an den Tag gelegt und damit das Mutterland geschmäht.« Der Leutnant sah Shans verwirrten Blick. »Jedenfalls laut Huan. Es steht so wörtlich in seinem Bericht.«

»Das reicht nicht aus«, sagte Shan. »Kannte er womöglich die Direktoren des Fünf-Klauen-Projekts? Von früher, meine ich, von irgendwo im Osten.« Außerhalb von Tibet, sollte das heißen. Eine dunkle Vorahnung senkte sich wie ein Schatten auf ihn herab. Hier waren im Verborgenen einflussreiche Mächte am Werk, die Art von Mächten, von denen Shan einst ins Arbeitslager geworfen worden war und die hier straflos vier Menschen ermordet hatten. Falls der Kommissar hinter allem steckte, bestand keine Aussicht auf Gerechtigkeit. Der Kommissar war der böse Dämon der Partei. Er hielt sich nicht mit Besprechungen oder Telefonkonferenzen auf, wenn er ein Problem lösen wollte, er schickte einfach Handlanger in dunklen Anzügen und ließ die Opposition zum Schweigen bringen. »Haben Sie Familie, Zhu?«, fragte Shan.

»Nur meine Eltern, sonst niemanden.« Das war heutzutage meistens so. Zwei Generationen von Pekings Ein-Kind-Politik hatten die Gesellschaft tiefgreifend verändert. Über Jahrtausende hatte sie auf Großfamilien basiert, und nun gab es keine Geschwister, Onkel, Tanten und Cousins mehr. »Sie sind alt, haben mich erst spät bekommen. Inzwischen leben sie in einem Altersheim.« Er zuckte die Achseln, und einen Moment lang konnte Shan den verlegenen kleinen Jungen sehen, der immer noch in diesem Soldaten existierte. »Ich habe in Lhadrung ein Mädchen kennengelernt. Vielleicht bitte ich sie um eine Verabredung.«

»Gut. Machen Sie das, und gehen Sie mit ihr aus. Ich werde dem Oberst von der großartigen Arbeit berichten, die Sie geleistet haben, und ihm sagen, Sie könnten nun neue Aufgaben übernehmen.«

Zhu wirkte beleidigt. »Glauben Sie etwa, ich hätte Angst?«

»Das ist ja das Problem. Sie haben offensichtlich keine, sollten aber welche haben.«

Zhu schien protestieren zu wollen, beruhigte sich dann und trank seinen Tee aus. »Sie haben ebenfalls Familie.«

»Einen Sohn«, sagte Shan, wenngleich er wusste, dass er im Fall von Kos Freilassung wenig später auch eine Schwiegertochter haben würde. Er verstand, was Zhu ihm sagen wollte. »Ich bin ein alter Krieger und trage die Narben vieler solcher Schlachten. Wir begeben uns auf gefährliches Terrain.«

»Und ich bin ein Gebirgsjäger, kein Bürohengst«, rief Zhu ihm ins Gedächtnis. »Genau das tue ich – ich kämpfe auf gefährlichem Terrain.«

Shan schüttelte den Kopf. »Diese Feinde sehen Sie erst, wenn es zu spät ist. Gehen Sie zurück nach Lhadrung. Auch dort sind noch Fragen offen. Machen Sie die Institutskiste aus dem Zug ausfindig, und stellen Sie fest, was drin ist.«

Zhu grinste. »Die Kiste hat es nie bis nach Lhadrung geschafft. Sie wurde von einem Mitarbeiter des Instituts in Begleitung von vier Kriechern abgeholt und zur Öffentlichen Sicherheit hier in Lhasa gebracht, obwohl als Bestimmungsort das Depot von Lhadrung vermerkt war. Die Narren haben nicht gewusst, dass hinten auf der Kiste ein Satz Frachtpapiere geklebt hat. Der Oberst hat mich angewiesen, die Papiere unauffällig mitgehen zu lassen, als wir unsere Kisten ausgeladen haben. Das andere war ebenfalls eine militärische Fracht.«

»Das Institut verfügt über Militärgüter?«

»Und zwar nicht zum ersten Mal. Die wissen nicht, dass jedes Frachtstück in dem gesicherten Abteil vor der Abfahrt in Xining von einem Quartiermeister der Armee kontrolliert wird. Ich habe dort angerufen. Das Institut hat vor ein paar Wochen militärischen Sprengstoff verschifft. Diesmal war es eine Überwachungsdrohne für das Gefechtsfeld, mit vier Propellern und einer Videokamera mit mehr als drei Kilometern Reichweite.«

Shan musste an das felsige Labyrinth oberhalb des Tals denken. Es bot erstklassigen Schutz vor Verfolgern, solange niemand von oben Einblick nehmen konnte. Der stellvertretende Direktor erhöhte den Druck auf die einheimischen Störenfriede.

»Dann kehren Sie nach Lhadrung zurück, und überprüfen Sie den Beamten in Hongkong, von dem die Beweise gegen Metok stammen. Stellen Sie fest, ob er schon vorher irgendwie mit Huan in Verbindung gestanden hat.«

Zhu nickte zögernd und brach auf. Shan verfolgte, wie der Leutnant sich durch die nun weniger dichte Menge auf dem Platz schlängelte, und bestellte sich eine weitere Kanne Tee. Er war erschöpft und hatte noch die lange Rückfahrt nach Yangkar vor sich. Der Aufenthalt hier ließ ihn das einfache Leben in der entlegenen Kleinstadt nur umso mehr schätzen, und er verdrängte den Gedanken, dass sein gegenwärtiger Weg ihn jenem Leben immer mehr entfremdete. Je mehr er Tans Autorität durchsetzte, desto mehr würden die sanften Tibeter von Yangkar es ihm verübeln. Je mehr er sich dagegen sträubte, einer der wichtigsten Mitarbeiter des Obersts zu werden, desto wahrscheinlicher war es, dass Tan ihn zurück nach Lhadrung beorderte, das sich, genau wie Lhasa, immer schneller in eine seelenlose chinesische Enklave verwandelte.

Shan bemerkte auf dem Tisch ein kleines Glas mit Zahnstochern und nahm einen heraus. Dann schrieb er die Ziffern von eins bis sechs auf seine Serviette, angeordnet in einem Kreis. Er hielt den Zahnstocher einige Zentimeter über den Kreis und ließ ihn viermal fallen. Nach jedem Mal zeichnete er am Rand der Serviette eine etwa zweieinhalb Zentimeter lange waagerechte Linie, die je nach getroffener Ziffer entweder durchgehend war oder aus zwei beziehungsweise drei Segmenten bestand. Zusammen ergaben die vier Linien von unten nach oben ein Tetragramm, das für einen Abschnitt des Tao-te-king stand.

Langsam und feierlich gelangte er auf diese Weise zu zwei durchgezogenen Linien über einer zwei- und einer dreigeteilten. In der Tabelle, die sein Onkel ihn als Junge hatte auswendig lernen lassen, führte dieses Symbol zu Kapitel sechs des Tao, betitelt *Das Werden der Formen*. Lächelnd sagte Shan lautlos die vor langer Zeit eingeprägten Worte auf. *Das Geheimnis des Tals stirbt nicht*, hieß es dort. *Sein Tor ist die Wurzel von Himmel und Erde*. Für den alten Meister des Tao bedeutete das Tal die menschliche Wahrnehmung, doch Shans Onkel hatte ihn gelehrt, dass man die Verse manchmal wörtlich nehmen musste. Er kannte ein Tal voller Geheimnisse und wusste, dass er dessen bedrohliches Tor schon zu lange gemieden hatte.

Vor der Abreise aus Lhasa blieb noch etwas zu tun. Shan kaufte ein Sweatshirt mit einem lächelnden Zeichentrick-Yak und der Aufschrift *Juwel von China* und eine Mütze mit großem Schirm, den er sich tief ins Gesicht zog, bevor er die Brücke nach Jamalinka überquerte. Allmählich konnte er nachvollziehen, weshalb Professor Gangfen diese Insel gemocht hatte. Die Welt hier hatte viele Schichten. Wenn man den offensichtlichen Hedonismus ausblendete – was den meisten Besuchern vermutlich schwerfallen würde –, ergaben sich viele weitere reichhaltige und vielfältige Realitäten. In den Augen der Tänzerinnen, Prostituierten, Zuhälter, Ramschverkäufer und Barmänner sah er oft Scham und

Verzweiflung, aber auch den aufflackernden Trotz unabhängiger Geister, die unerwartet eine von der Außenwelt abgeschirmte Oase gefunden hatten. Shan hatte gelesen, dass es in vielen chinesischen und europäischen Städten einst Zufluchtsorte gegeben hatte, an denen die weltliche Obrigkeit keine Macht besaß oder zumindest stark eingeschränkt war. Stellten Orte wie Jamalinka eine Art modernes Äquivalent dazu dar?

Auch diesmal beobachtete er die Wohnung in der dunklen Nebenstraße erst eine Weile, bevor er die Treppe hinaufstieg. Tink öffnete beim ersten Klopfen, als hätte sie ihn schon erwartet, schloss hinter ihm sofort wieder die Tür und verriegelte sie.

Cato Pike saß am Tisch und starrte das Glas bernsteinfarbenen Alkohol in seiner Hand an.

»Ich glaube, wir können das angebliche Unfallfahrzeug vielleicht aufspüren«, sagte Shan. »Hat Ihre Tochter Ihnen eventuell mal ein Foto geschickt, auf dem es zu sehen ist? Es muss offizielle Unterlagen über die Zuteilung des Wagens an das Universitätsprojekt geben, und ich könnte …« Er verstummte abrupt, denn aus dem dunklen Flur kam Cao Li zum Vorschein. Der chinesische Student erstarrte und wollte sich zur Tür wenden.

»Halt!«, sagte Pike zu Cao und leerte sein Glas. Shan konnte den beißenden Geruch des japanischen Whiskeys aus mehreren Schritt Entfernung wahrnehmen. »Inspektor Shan will hier niemanden verhaften. Er möchte Gerechtigkeit für den Professor, genau wie Sie.« Der Amerikaner sah wieder Shan an. »Ich war nicht gerade verblüfft, als Cao mich hierhergeführt hat«, erklärte er und zog ein Foto aus der Tasche. Darauf lauschte eine blonde Frau mit breitem Lächeln einem älteren Chinesen, der auf eine Götterstatue auf den Stufen des Potala zeigte. »Der Professor und meine Tochter«, sagte Pike. »Ich habe mich gefragt, wer wohl der Fotograf gewesen sein mochte. Dann haben wir Cao getroffen.« Er wies auf den chinesischen Studenten. »Es gibt immer noch viel, das er uns nicht erzählt hat, aber wir machen Fortschritte«, sagte er, schenkte sich ein weiteres Glas ein und prostete Cao damit zu.

Tink wirkte beunruhigt. »Wir hatten die gleiche Idee«, sagte sie zu Shan. »Cao kannte den Wagen gut.« Sie holte den dampfenden Kessel vom Herd und füllte eine Kanne.

Shan nahm eine Tasse grünen Tee entgegen und setzte sich gegenüber von Pike. Die finstere Miene des Mannes machte auch ihm langsam Sorgen.

»Südlich der Stadt gibt es einen großen Verwahrplatz der Polizei«, fuhr Tink fort. »Alle abgeschleppten Autos landen dort. Ich habe eine Freundin dazu überredet, ihren Wagen im Halteverbot zu parken. Zwei Stunden, nachdem man ihn abgeschleppt hatte, sind wir hingegangen, um den Wagen auszulösen. Ich habe draußen gewartet, und sie und Cao haben das Gelände betreten.«

Cao nahm mit seinem dampfenden Becher ebenfalls am Tisch Platz. »Unser weißer Geländewagen war dort abgestellt«, sagte er angespannt. »Ich habe den Professor oft darin gefahren und würde das Auto überall wiedererkennen. Es hatte auf der rechten Seite einen Kratzer, weil ich vor zwei Monaten einen Felsen gestreift habe. Auf der Rückbank lagen immer noch zwei unserer Schutzhelme mit dem Emblem der Universität. Ein Kotflügel hatte eine frische Beule, offenbar von einem Zusammenstoß. Dabei sind schwarze Lackspuren zurückgeblieben.«

»Schwarz«, betonte Tink. »Wie die Autos der Kriecher. Vielleicht hat es einen inszenierten Unfall gegeben.«

»Der Wagen ist keine Steilwand hinabgestürzt«, flüsterte Cao verzweifelt. »Er ist nicht in Flammen aufgegangen. Das war gelogen. Das war alles gelogen.«

Pike sah Shan an. Der Alkohol war ihm nicht anzumerken. In seinem Blick schwelte nicht länger Zorn. Es lag eher kalte Berechnung darin, wie bei einem Raubtier, das auf die Jagd geht. Bis jetzt hatte er nur geargwöhnt, dass hier etwas nicht stimmte – sogar die Tierasche hätte ein Versehen sein können, wie unwahrscheinlich auch immer. Nun hatte er den Beweis.

»Geben Sie mir etwas Zeit«, sagte Shan zu dem Amerikaner. »Dies sind Ereignisse in meiner Welt, nicht Ihrer.«

»In Ihrer Welt«, wiederholte Pike, und es klang wie ein Vorwurf.

Shan wandte sich an Tink und Cao. »Sie begreifen nicht, wie gefährlich das ist«, warnte er.

Tink lächelte humorlos und öffnete eine Schranktür. »Ich bin als Rothaarige bei dem Verwahrplatz aufgetaucht, meine Freundin als Brünette.« Innen an der Tür waren mehr als ein Dutzend Haken angebracht, an denen Perücken in den unterschiedlichsten Längen, Farben und Stilen hingen. »Und ich habe schon vor langer Zeit gelernt, dass niemand auf mein Gesicht achtet, solange ich die richtige Kleidung trage«, spottete sie und drückte die Brust heraus.

Cao wandte verlegen den Blick ab.

»Warum sind Sie heute nach Lhasa gekommen?«, fragte Shan den Studenten.

»Um einen Freund von Professor Gangfen zu besuchen«, sagte Cao. »Er hat uns geholfen, dem Professor und mir. Und Natalie.« Dabei warf er Pike einen linkischen Blick zu.

»Geholfen?«, fragte Shan.

»Der Professor und Natalie waren an einem Ort im Norden, als sie verschwunden sind. Sein Freund hat uns geholfen, Daten zu sammeln, um die Leute dort aufzuhalten ... um eine ungemein wichtige archäologische Stätte zu retten.«

Shan sah Pike in die Augen. Der Amerikaner fluchte und trank den Whiskey aus.

»Sie meinen das Fünf-Klauen-Projekt«, sagte Shan. »Und der Freund war Metok Rentzig.«

Cao wirkte verblüfft. »Ich wollte ihm etwas aus den Aufzeichnungen des Professors bringen. Der Professor würde wollen, dass wir uns weiter bemühen.«

»Metok ist tot.«

Caos Miene fror schlagartig ein. Seine Hand fing so stark an zu zittern, dass er Tee auf seine Finger verschüttete. Er schien die heiße Flüssigkeit gar nicht zu spüren. »Wie ist er gestorben?«, fragte er.

»Durch einen Kopfschuss der Öffentlichen Sicherheit. Jemand wollte seinen Tod, also hat man ihn als korrupt dargestellt.«

Pike beugte sich vor und goss Whiskey in Caos Tee. Der Student trank einen großen Schluck. »Dann bin nur noch ich übrig«, murmelte er.

»Nur noch Sie?«, fragte Shan.

»Ich bin der Einzige, der den Fall darlegen kann, an dem der Professor und Natalie mit Metoks Hilfe gearbeitet haben.«

»Sie wollten Metok etwas über die Fünf Klauen bringen?«

Cao nickte, zog einen Umschlag unter seinem Hemd hervor und schob ihn zu Shan herüber. Darin fanden sich zwölf quadratische Aufnahmen einer Sofortbildkamera. Die Belichtung war dermaßen schlecht, dass Shan kaum etwas erkennen konnte. »Fangen Sie am besten hiermit an«, sagte Cao und nahm ein gefaltetes Stück Papier aus seiner Brieftasche. Es war die Farbkopie von sechs anderen Fotos zusammen auf einer Seite. Zwei von ihnen zeigten ein rechteckiges Feld mit vielen aufrecht stehenden Steinen, die in gleichmäßigem Abstand mehr als ein Dutzend lange Reihen bildeten. Den Pferden nach zu schließen, die auf einer Seite grasten, musste das Feld ungefähr neunzig Meter lang und zwanzig Meter breit sein. Keiner der Steine war mehr als anderthalb Meter hoch.

Auf drei der restlichen Fotos waren Felswände mit ockergelben Markierungen zu sehen, bei denen es sich um primitive Darstellungen von Tieren oder übernatürlichen Wesen handeln mochte. Das letzte Bild zeigte eine weitere gelbe Markierung, diesmal aber eindeutig identifizierbar. Ein christliches Kreuz.

»Vor zwei Jahren hat ein tibetischer Hirte dem Professor und mir dieses Tal gezeigt«, erklärte Cao. »Die Einheimischen haben viele Namen dafür. Tal der Götter, Heilige Heimstatt – oder Gekhos Zuhause, nach dem Erdgott, der angeblich dort wohnt.« Er zeigte auf die Fotos des rechteckigen Steinfeldes. »In Tibet wurde rund ein Dutzend solcher Felder gefunden, hauptsächlich in den westlichen Regionen. Sie wurden vor mehr als dreitausend Jahren errichtet, anscheinend aus religiösen Gründen. Soweit wir beurteilen konnten, war dies das am besten erhaltene aller Felder, gewissermaßen das Stonehenge von Tibet. Vergleichbare Stelenreihen sind aus Sibirien und aus der skythischen Kultur in Zentralasien bekannt. Es würde Jahre dauern, sie gründlich zu erforschen. Wir wollten uns einige Tage vom Feldlager der Grünen Standarte freinehmen, um mehr Fotos zu schießen und uns das weitere Vorgehen zu überlegen. Doch gleich als Erstes, als dramatische Geste zu Beginn von deren Projekt, wurde das Feld planiert. Am Ende des Tages war es vollständig zerstört, und die Trümmer waren weggeräumt, ohne jedes Überbleibsel.«

»Und die Aufnahmen der Wandbilder stammen aus der Höhle?«, fragte Shan.

Cao nickte. »Die Einheimischen sagten, zur Frühjahrs-Tagundnachtgleiche würde der Schatten der mittleren Stelenreihe bei Sonnenaufgang genau auf die Höhle zeigen. Die ältesten der Felsbilder hatte man mit eisernen Werkzeugen in die Wände geritzt. Die anderen waren mit Ockerfarbe gemalt worden, zum Teil wohl vor mehr als zweitausend Jahren.«

»Dieses hier dürfte deutlich jüngeren Datums sein«, sagte Shan und zeigte auf das Kreuz.

»Im frühen achtzehnten Jahrhundert ist ein Jesuitenforscher namens Pater Ippolito Desideri nach Tibet gekommen. Er war sehr am Land und seinen Ursprüngen interessiert und schrieb, Tibet sei der beste Beweis für die Komplexität der menschlichen Seele, den er je gefunden habe. Er berichtete von einer Reise in Begleitung einiger Lamas zu mehreren religiösen Stätten, manche davon geheim und sehr alt. Wir halten es für wahrscheinlich, dass das Tal eine dieser Stätten gewesen ist. Als der Professor zum ersten Mal dort war, erkannte er darin einen der wichtigsten archäologischen Fundorte von ganz Tibet, womöglich sogar von ganz Zentralasien. Ich hätte den Rest meines Berufslebens damit zubringen können, es zu untersuchen. Nun ist alles weg.«

»Natalie war in der Höhle«, begriff Pike.

Cao sah ihn an und wandte gleich wieder den Blick ab. »Ja. Sie wollte helfen, bei den Vereinten Nationen für die Erhaltung der Stätte zu werben und internationale Aufmerksamkeit zu erregen. Sie wollte unseren Bericht zurück nach Amerika mitnehmen.«

»Wer wusste davon?«, fragte Shan.

Cao zuckte die Achseln. »Zuerst nur ich, Natalie, der Professor und Metok. Später hat Metok einen seiner Freunde eingeweiht, einen anderen Ingenieur namens Sun Lunshi.« Cao schien nicht zu bemerken, dass Shan und Pike sich ansahen. Er war der letzte Überlebende dieser fünf Leute. »Wir wollten vor Ort zusätzliche wissenschaftliche Fakten sammeln, um dem Bericht mehr Substanz zu verleihen. Besonders bemerkenswert erschien uns die dort nachvollziehbare Entwicklung des religiösen Dialogs, von den ersten frühen Animisten zu den Bon, den Buddhisten und den Christen, allesamt friedlich am selben Ort vereint. Ich weiß noch, wie der Professor gesagt hat, die verschiedenen Pfade des menschlichen Geistes würden an dieser Stelle zusammenlaufen. Den Rosettastein der menschlichen Seele hat er das genannt.«

* * *

Nachdem Shan die Insel wieder verlassen hatte, warf er zuerst seine Mütze weg und einen Block weiter das Sweatshirt. Die Neuigkeiten über das Tal hatten ihn zugleich begeistert und traurig gemacht, und nun ängstigten sie ihn. Er hatte Cao eingeschärft, alle Hinweise auf die Höhle zu verstecken und kein Wort mehr darüber zu verlieren, wollte ihn sogar zurück zu der Grabungsstätte fahren, doch der stille Akademiker hatte nichts erwidert und ihn nur trotzig angestarrt.

Shan sehnte sich nach dem Frieden von Yangkar und rechnete sich aus, dass er es zumindest schaffen würde, rechtzeitig zum Frühstück bei Marpa einzutreffen. Das verlieh seinem Schritt neuen Schwung, und als er sich seinem Wagen näherte, zog er schon früh den Schlüssel aus der Tasche. Doch als er die Tür öffnen wollte, ertönte hinter ihm eine Stimme.

»Einen Moment noch, Genosse Wachtmeister.«

Er drehte sich um. Vor ihm stand Leutnant Huan in einer akkurat gebügelten Uniform der Öffentlichen Sicherheit und lächelte selbstgefällig. Zwei Soldaten der Kriecher traten von beiden Seiten vor. Einer hielt eine Pistole auf Shan gerichtet, der andere durchsuchte ihn.

Shan bemühte sich, möglichst ungerührt zu klingen. »Stehe ich unter Arrest?«, fragte er.

»Natürlich nicht«, sagte Huan. »Nichts so Formelles. Ich lade Sie lediglich ein, an einer Streitsitzung teilzunehmen, wie man das früher genannt hat. Sie wissen schon, wo die vom Weg Abgekommenen endlich wieder sozialistisch eingenordet werden.«

KAPITEL SIEBEN

Sie treiben hilflos auf tückischer See, Wachtmeister«, verkündete Huan, als er die Tür des Verhörzimmers hinter sich schloss. »Sie haben sich so weit hinausgewagt, dass Sie jeden Moment ertrinken könnten. Ihre einzige Chance besteht darin, nach Yangkar zurückzukehren und wieder Ihre Haufen Yakdung zu zählen oder was auch immer Sie da machen.«

Shan zog den Notizblock, der in der Mitte des Tisches lag, zu sich herüber, schrieb eine Telefonnummer darauf und schob ihn zu dem arroganten Kriecher-Offizier weiter.

»Was ist das?«, fragte Huan mit höhnischem Grinsen.

»Oberst Tans privater Anschluss in Lhadrung. Klären Sie die Angelegenheit mit ihm, und ich fahre gern wieder nach Hause.«

Huan sah aus, als hätte er auf etwas Saures gebissen. Er riss den Zettel in der Mitte durch. »Tan ist ein Dinosaurier. Er ist fast schon ausgestorben, weiß es nur noch nicht. Seine Freunde in Peking sind alle weg und bereits zu Fossilien geworden.«

»Dieser Dinosaurier lässt aber immer noch die Erde erzittern. Komisch, ich dachte eigentlich, Sie hätten erst kürzlich Bekanntschaft mit seinen scharfen Zähnen gemacht.«

Huans Augen flammten wutentbrannt auf. »Er hatte nicht über mich zu bestimmen!«

»Und trotzdem hat er Sie aus Lhadrung werfen lassen«, merkte Shan an. »Ganz zu schweigen von dieser peinlichen Beförderungssperre.«

»Dieser Bastard hat ein paar Vorschläge gemacht, und der Ausschuss ist ihnen einfach aus reiner Gewohnheit gefolgt, weil Tan sonst immer seinen Kopf durchgesetzt hat. Diese Zeiten sind vorbei. Der alte Mann hat keine Ahnung, worauf er sich eingelassen hat.« Huan durchbohrte Shan mit einem schwelenden Blick. »Ich werde nicht noch einmal zulassen, dass irgendein gewöhnlicher Dummkopf sich mir in den Weg stellt.«

»Niemand würde mich als nur eine gewöhnliche Art von Dummkopf bezeichnen«, erwiderte Shan ruhig. »Aber kann es denn überhaupt sein, dass ein kleiner Wachtmeister einem Offizier aus der Zentrale der Öffentlichen Sicherheit in Lhasa Scherereien bereitet?«

»Ein Wachtmeister mit einem erfundenen Dienstausweis als Tans Inspektor. Ein Wachtmeister, der die Dreistigkeit besitzt, das Büro für Öffentliche Sicherheit herauszufordern. Ja, Sie sind kein gewöhnlicher Dummkopf. Sie sind ein blinder, selbstzerstörerischer Narr.«

»Ich strebe stets danach, dem strahlenden Licht des Sozialismus zu folgen«, behauptete Shan. Das war eine der vorgegebenen Antworten aus den alten Streitsitzungen. Viele der Betroffenen waren brutal verprügelt worden, damit sie letztlich eine dieser Floskeln von sich gaben.

»Mit solchen jahrzehntealten Slogans enttarnen Sie sich nur selbst als Dinosaurier.«

Huan war kaum älter als dreißig, und die Streitsitzungen hatten in den Sechzigern und Siebzigern zu den Lieblingsmaßnahmen der Partei gezählt. »Ich bin beeindruckt, Leutnant, wie gut Sie sich mit den alten Überlieferungen des Mutterlands auskennen«, sagte Shan.

»Die Geschichte der sozialistischen Dialektik gehört zum Lehrplan eines jeden Roten Hammers.« Damit waren die besonderen Sommerkurse für die Kinder der Parteioberen gemeint. »Ich habe außerdem gelernt, wie wichtig es ist, Reaktionäre zum Schweigen zu bringen, bevor sie dem Mutterland Schaden zufügen können.«

»Reaktionäre. Ich gestehe, ich habe diesen Begriff nie ganz verstanden. Alles im Leben ist eine Reaktion. Sie haben den Tod zweier Soldaten in einem Hagelschauer miterlebt. Ihre Reaktion darauf basierte auf Ihrer ganz persönlichen Abneigung einem harmlosen alten Tibeter gegenüber. Niemand sonst hat Ihren Vorwürfen zugestimmt. Ihre Vorgesetzten haben darauf mit Ihrer Versetzung reagiert. Als Reaktion haben Sie den Tibeter ins Umerziehungslager geschickt. Er hat mit einem Erdbeben darauf reagiert, jedenfalls laut Ihrer eigenen Theorie. Wer ist hier also der Reaktionär, Leutnant? Nicht ich behaupte Verbrechen, die auf uralten Mythen beruhen.«

Huan machte einen jähen Schritt auf Shan zu und verpasste ihm mit blitzschneller Geste eine Ohrfeige. »Warum sind Sie in Lhasa?«, rief er.

Shan schüttelte den Kopf, um wieder klar sehen zu können. »Wegen Metok Rentzig.«

Der Name ließ den Offizier innehalten. »Der Fall ist abgeschlossen.«

»Oberst Tan ist penibel. Er kann nicht glauben, dass es Bestechungsskandale mit nur einem Beteiligten gibt.« Für den Bruchteil einer Sekunde wirkte Huan auf ihn erschrocken. »Korruption ist nie das Werk eines Einzelnen«, fügte er hinzu.

»Die Anklage lag in der Hand der Öffentlichen Sicherheit, der fortschrittlichsten Ermittlungsbehörde der Welt. Es wurden weitere Verdächtige überprüft, aber die Beweise haben nicht ausgereicht.«

»Dann werde ich dem Oberst wohl mitteilen müssen, dass ich hier meine Zeit verschwende. Aber ich möchte Sie gern etwas fragen. Beim Transport der Gefangenen nach Lhadrung, warum haben Sie sich da für den Eiskugeldamm entschieden?«

Huan runzelte die Stirn. »Das war der verfluchte tibetische Fahrer. Der Transport aus Larung Gar bedeutet eine lange, monotone Reise. Der Fahrer sagte, durch die Abkürzung könnten wir mehrere Stunden einsparen.« Der Leutnant ging zurück zur Tür, schloss sie ab und stellte sich hinter einen Stuhl, vor dem ein Stapel Akten auf dem Tisch lag. »Nichts davon erklärt, warum Sie heute bei der Grabungsstätte der Universität aufgetaucht sind.«

Shan überlegte kurz. Damit hatte er nicht gerechnet. Der Stellvertreter des toten Professors und Huan standen in Verbindung. »Der neue Leiter der Ausgrabung dürfte Ihnen doch sicherlich mitgeteilt haben, dass ich in Begleitung eines trauernden Vaters dort war, der mehr über die letzten Tage seiner Tochter herausfinden wollte, um etwas Trost zu finden.«

»Ein trauernder Vater, der in keinerlei Beziehung zu Ihnen oder dem Bezirk Lhadrung steht.«

»Ich habe ihn im Zusammenhang mit dem Vorfall im Zug kennengelernt. Ich spreche Englisch. Er hatte einen schrecklichen Verlust erlitten. Es war für mich eine Frage des Mitgefühls.«

Auf Huans schmalem Gesicht erschien ein eiskaltes Grinsen. Er setzte sich und klappte eine der Akten auf. »Der Zwischenfall im Zug wird von meiner Dienststelle und von der Polizei von Lhasa als mögliches Tötungsdelikt untersucht. Ihr Amerikaner Cato Pike ist einer der Hauptverdächtigen.«

Shans Magen zog sich zusammen. »Was an Bord dieses Zuges geschehen ist, fällt in die Zuständigkeit des Militärs.«

»Der Tote wurde im Frachtraum des Militärs gefunden, ja. Aber er war Zivilist. Die Vorschriften sind eindeutig. Alle Straftaten, die sich in dem Zug nach Lhasa ereignen, sind Sache der Behörden von Lhasa. Mir liegen Zeugenaussagen vor, laut denen der Amerikaner das Opfer erkennbar bedrängt hat, dass er es verfolgt hat, manche sagen sogar gejagt hat, und zwar in den hinteren Teil des Zuges. Das alles hat außerhalb des Militärfrachtraums stattgefunden. Schon diese bezeugte Nötigung ist ein ernstliches Vergehen. Laut der medizinischen Untersuchung hat der Amerikaner das Opfer geschlagen, was ein weiteres Verbrechen bedeutet.«

Shan hatte den Bericht noch nicht gesehen und den Zugarzt zudem strikt angewiesen, seine Befunde nur an das Büro des Obersts zu schicken. Huan hatte das Dokument abgefangen. »Wie schon gesagt, rufen Sie Oberst Tan an. Er wird etwaige Missverständnisse aus der Welt räumen.«

»Falls herauskäme, dass Sie den Verdächtigen schützen oder ihm sogar Beihilfe leisten, wären auch Sie einer Straftat schuldig, Genosse. Einer Straftat, die ganz klar in meine Zuständigkeit fiele.«

»Ach, deshalb haben Sie diese Frau nach Yangkar geschickt, um mich zu suchen«, behauptete Shan. »Sollte sie mich selbst verhören oder nur zurück nach Lhasa verfrachten?«

Huan zögerte. Die Verwirrung war ihm deutlich anzumerken. »Ich habe niemanden geschickt. Sparen Sie sich diese Ablenkungsmanöver, Genosse. Ich habe genug, um Sie festzuhalten. Der Oberst kann ja mich anrufen, wenn er Sie in ein oder zwei Tagen vermisst.«

Shan seufzte theatralisch. »All der Papierkram. Überlegen Sie nur mal. Die Öffentliche Sicherheit verhaftet einen Inspektor, der für den Militärkommandanten arbeitet. Die Öffentliche Sicherheit mischt sich in eine Untersuchung ein, die womöglich die Sicherheit des Mutterlands betrifft. Die Öffentliche Sicherheit hat eigene Anwälte. Die Armee hat eigene Anwälte. Wir alle schreiben unsere Berichte, und danach setzen die Anwälte ihre Schriftsätze auf, die zehnmal so lang sein werden. Dann kommen die Parteioberen der Provinz ins Spiel. Die werden zunächst mal die Schriften des Vorsitzenden Mao zitieren, um alle wissen zu lassen, dass die endgültige Entscheidung bei ihnen liegt. Und am Ende wird Peking einschreiten. Generäle und Parteifunktionäre in gemeinsamen Sonderkommissionen. Die betrachten die ganze Angelegenheit längst als überaus peinlich und werden wissen wollen, welcher Idiot damit angefangen hat. Und die unvermeidliche Antwort wird lauten, der unzuverlässige Offizier, dem wir bereits ein Gerichtsverfahren zu verdanken haben, das auf Mythen und religiösen Überzeugungen basiert hat und somit niemals offiziellen Charakter besitzen konnte. Helfen Sie mir auf die Sprünge. Wen wird man dann wohl als Reaktionär bezeichnen?«

Huans Gesicht lief vor Wut rot an. »Sie werden es nicht wagen, diese Räder in Bewegung zu setzen!«, zischte er. »Sie sind viel angreifbarer als ich!«

»Falsch. Ich strebe weder ein Amt noch eine Beförderung an. Im Gegensatz zu Ihnen. Was war es letztes Mal? Drei Jahre Beförderungssperre? Nächstes Mal werden es vier Jahre sein oder sogar fünf, dazu die Versetzung in irgendeine Bergstation im Himalaja, die neun Monate im Jahr eingeschneit ist.«

Huan wurde still. Er stand auf und ging zum Fenster, wo er sich eine Zigarette anzündete und den Blick über Lhasa schweifen ließ. Der Potala, der auf seinem Hügel von vielen Scheinwerfern angestrahlt wurde, schien über der dunklen Stadt zu schweben. »Was für eine lebhafte Phantasie«, sagte der Leutnant. »Sie stochern im Dunkeln herum, Genosse, in einem Minenfeld, das sich Ihrer Kontrolle entzieht. Sie werden schon noch begreifen, dass ich Ihnen einen Gefallen tue.« Er drehte sich um und atmete den Rauch in Shans Richtung aus. »Möchten Sie eine Decke und hier auf dem Tisch schlafen, oder soll ich Sie unten in eine der Arrestzellen stecken?«

Shan ließ sich nicht provozieren. »Da ich schon hier bin, können Sie mir vielleicht die Kontaktdaten Ihres Kollegen Daoli geben.«

Huan schnaubte verächtlich.

»Sie wissen schon, der Beamte in Hongkong, der diese erstaunlichen Resultate erzielt hat. Da entdeckt er nicht nur Metoks geheimes Konto, sondern erblickt den korrupten Tibeter auch noch mit eigenen Augen auf der Straße, genau am Tag der Kontoeröffnung. Was für ein Arbeitstier! Und was für ein erstaunliches Gedächtnis, wenn man bedenkt, dass Metok zu dem Zeitpunkt noch gar nicht als Krimineller enttarnt worden war!«

»Die Details unserer Ermittlungen sind grundsätzlich strikt geheim«, warnte Huan.

Shan hob beide Hände, als gebe er sich in dem Punkt geschlagen. »Sie kennen sich mit den Vorschriften gewiss besser aus als ein einfacher Wachtmeister. Wer also dann? Die Bankenaufsicht?«

Huan zögerte. »Ich verstehe nicht ganz.«

»Die geheimen Mittel. Das Bestechungsgeld. Es ist jetzt Eigentum des Staates. Sie haben wohl noch nie erlebt, wie erbittert um die Verteilung solcher unverhofften Einkünfte gestritten wird. Oberst Tan wird selbstverständlich Anspruch darauf erheben, denn die Bestechung bezog sich auf ein Projekt in seinem Bezirk. Bei den alten Veteranen der Anfangszeit in Tibet hieß so etwas Wegezoll. Sie wissen schon, wie bei den Provinzfürsten, die man bezahlen musste, wenn man ihr Gebiet durchqueren wollte. Niemand darf Schmiergeld kassieren, ohne den Kriegsherrn daran zu beteiligen.«

Huan musterte ihn mit tückischem Funkeln, zuckte dann aber die Achseln. »Ihnen bleiben nur noch ein oder zwei Jahre, Genosse, aber ich bezweifle, dass Sie so lange überleben.«

»Ein oder zwei Jahre?«

»Der Erschließungsplan, Wachtmeister.«

»Meinen Sie die Arbeiten, die das Institut für den stellvertretenden Direktor Jiao erledigt?«

»Genau. Yangkar liegt dem Projekt am nächsten. Daher wird dort das Verwaltungszentrum des Staudamms errichtet. Die vielen Hundert Zuwanderer werden neue Bürogebäude und Unterkünfte benötigen. Die Leitung wird dem stellvertretenden Direktor Jiao obliegen, als eine Art Bürgermeister, wenn man so will. Und er wird seinen eigenen Wachtmeister bestimmen wollen.« Huan lachte über Shans bestürzte Miene. »Nehmen wir also die Zelle. Ohne meine ausdrückliche Genehmigung kann niemand Sie freilassen. Und die Öffentliche Sicherheit in Lhasa hat gerade so viel zu tun. Ich bin vielleicht zwei oder drei Tage lang nicht erreichbar.« Kaum hatte er die Tür entriegelt, wurde sie aufgestoßen und traf ihn beinahe ins Gesicht.

»Leutnant Huan!«, rief eine hektische Stimme vom Korridor. »Hier sind einige …«

»Sie Narr!«, fiel Huan ihm ins Wort. »Ich habe gesagt, ich will nicht gestört werden, Sergeant! Geht das nicht in Ihren Schädel …?« Huan verstummte nun selbst, denn sein Sergeant stolperte in den Raum, weil jemand ihm einen kräftigen Stoß versetzte. Die Nase des Mannes blutete. Eine Tasche an seinem Waffenrock war zerrissen.

»Da sind Sie ja, Inspektor Shan!«, rief Leutnant Zhu und drängte sich an dem verdutzten Huan vorbei. »Es ist wirklich nicht einfach, Sie ausfindig zu machen!«

Zhu wurde von zwei Soldaten begleitet. Alle drei trugen Kampfanzug und Pistolengürtel. Draußen auf dem Flur standen zwei weitere Gebirgsjäger.

»Inspektor, haben Sie etwa Ihren Termin bei Oberst Tan vergessen?«, fuhr Zhu fort und nickte Huan zu. »Danke, dass Sie ihn mal länger als eine Stunde an einem Ort behalten haben.« Dann packte er Shan am Arm und zog ihn aus dem Raum.

Im Vorbeigehen lächelte Shan dem wütenden Huan zu. Der missmutige Kriecher begriff überhaupt nicht, dass er Shan ein neues Puzzleteil geliefert hatte.

* * *

Als sie die 404. Baubrigade des Volkes erreichten, drangen soeben die ersten Sonnenstrahlen über den Horizont und ließen eine neu verlegte Rolle Klingendraht erschimmern. Zhu hatte darauf bestanden, dass Shan bei ihm mitfuhr und während der stundenlangen Fahrt nach Lhadrung auf der Rückbank etwas Schlaf nachholte. Einer der Soldaten folgte ihnen mit Shans Wagen. Der einfallsreiche junge Leutnant, der Shan im Auge behalten hatte und daher Zeuge von dessen Festnahme geworden war, hatte sich kurzerhand Unterstützung aus der Armeekaserne von Lhasa besorgt. Nun wies er Shan an, sich nicht zu rühren, während sie das Tor des Lagers passierten. Der Posten winkte sowohl Zhu als auch Shans Wagen durch, an dessen Steuer inzwischen ein verschlafener Mitarbeiter der Bezirksverwaltung saß, den sie in Lhadrung aus dem Bett geholt hatten.

Die Sträflinge drängten sich derweil in die Waschräume und nahmen dann vor der Tür des Speisesaals Aufstellung, um ihr Frühstück aus Gerstenbrei zu empfangen. Der Bürosoldat aus Lhadrung verschwand im Gebäude der Lagerleitung. Wenige Minuten später rannten dort mehrere hochrangige Aufseher und Verwaltungsmitarbeiter zur Tür hinaus und weiter zu den Gefangenenbaracken im hinteren Teil des Lagers. Oberst Tan war berüchtigt für seine unangekündigt anberaumten Kontrollen, und heute Morgen hatte auch der Mann aus der Bezirksverwaltung nichts von dem Überraschungsbesuch gewusst, bis Zhu und Shan ihn unsanft geweckt hatten. Das Personal erhob keine Einwände, als Zhu nun den Ablauf erklärte, wenngleich es die Leute zu überraschen schien, dass er das Lager gut genug kannte, um einen kleinen Geräteschuppen hinter dem Speisesaal als provisorisches Büro des Kontrollteams festzulegen. Niemand schien Shan zu erkennen, der mittlerweile Zhus Armeemantel trug und sich eine Mütze tief in die Stirn zog. Der Leutnant hatte sofort verstanden, dass Shan es sich nicht leisten konnte, den Unmut der Aufseher zu erregen, denn das hätte ihn sein Besuchsrecht kosten können. Zhu erinnerte ihn außerdem daran, dass zur Belegschaft eines solchen Lagers oft auch Spitzel der Öffentlichen Sicherheit gehörten.

Die Insassen wurden angewiesen, einzeln nacheinander durch die vordere Tür des Schuppens einzutreten, damit ihr Name und ihre Registriernummer mit Tans zentralem Häftlingsverzeichnis abgeglichen werden konnten. Dann sollten sie das Gebäude durch die kleine Kammer im hinteren Teil verlassen, wo eine weitere Tür hinaus auf das Lagergelände führte. Shan war einst für mehrere Tage in jener Kammer eingesperrt und lediglich mit Wasser versorgt worden, weil man ihn dabei erwischt hatte, wie er einem Mithäftling, der zu krank zum Aufstehen war, etwas zu essen in die Baracke schmuggeln wollte. Der Bürohengst fertigte nun tüchtig einen Gefangenen nach dem anderen ab, während Zhu den Sträflingen aus dem Stegreif Fragen stellte und Shan von der hinteren Kammer aus zuhörte. Er hatte Mühe, den Gesprächen zu folgen, denn er musste immerzu an den Albtraum denken, der ihn im Wagen heimgesucht hatte. Der stellvertretende Direktor wollte Yangkar übernehmen. Das würde das Ende von allem bedeuten, das Shan in dieser Stadt am Herzen lag.

Er zwang sich, manch alten tibetischen Mitgefangenen, der nun an ihm vorbeikam und nervös zu der dunklen Gestalt bei den Kisten blickte, nicht etwa versehentlich zu grüßen. Schließlich meldete sich auf die Frage des Schreibers eine müde, vertraute Stimme zu Wort: »Shan Ko, Baracke neun.«

Als Ko die hintere Kammer betrat, schloss Zhu die Tür hinter ihm. Shan trat ins Licht vor.

Ihr letztes Treffen lag schon fast zwei Monate zurück, und ihnen blieben hier höchstens ein paar Minuten, aber das erschöpfte und zugleich entschlossene Lächeln auf Kos Gesicht sprach Bände. Genau wie Shan hatte er in den ersten Monaten bei der 404ten zunächst einmal lernen müssen, die brutalen Bedingungen des Zwangsarbeitslagers zu überleben, doch inzwischen lernte er von den älteren Gefangenen, die zumeist einst Mönche oder Lamas gewesen waren, etwas über wichtigere Dinge.

»Ist es in Yangkar denn wirklich so langweilig, dass du an einer dieser lächerlichen Kontrollen teilnehmen wolltest?«, fragte Ko, als die Tür ins Schloss fiel.

»Langweilig ist es dort nie. Und diese Kontrolle ist inszeniert, damit ich mit dir sprechen kann.«

Für Ko war es nichts Neues, dass sein Vater oft in geheime Machenschaften verwickelt wurde, und so nickte er nur, stellte aber noch eine kurze Frage: »Yara?«

»Ihr geht es prächtig, und sie freut sich schon auf unseren Besuch. Aber heute muss ich dich nach sechs Gefangenen fragen, die vor etwas mehr als einem Jahr hier eingetroffen sind. Sie kamen mit einem Sondertransport aus Richtung Osten, aus Szechuan. Kannst du dich daran erinnern?«

»Na klar. Das weiß ich noch ganz genau, denn die Kolonne hat außerdem zwei tote Soldaten mitgebracht. Alle Windschutzscheiben waren zertrümmert und die Dächer und Motorhauben eingedellt. Das war hier wochenlang Gesprächsthema. Die Alten haben gesagt, diese Narren seien offenbar über den Eiskugeldamm gefahren, eine Straße im Hochgebirge, auf der es im Sommer fast jeden Tag hagelt. Der Hagel schützt angeblich einen alten Gott, der in dem großen Berg da wohnt.«

»Wer waren diese Häftlinge?«

»Sechs Tibeter, alle aus Larung Gar, von dieser großen Buddhistenschule. Die meisten schienen Mönche zu sein, aber nicht alle. Es hieß, sie hätten sich gegen die Rationalisierungsmaßnahmen gewehrt, als Tausende von dort weggehen mussten, aber es ist wohl nicht bei reinem Protest geblieben, sonst wären sie nicht hier, sondern eher in der Schuhfabrik gelandet.«

Shan überlegte. Huan hatte ihm den Namen des Herkunftsorts der Gefangenen verraten, ohne die Bedeutung dieses Umstands zu erkennen. Larung Gar lag in einer traditionell tibetischen Region im Westen der Provinz Szechuan und war eine überaus beliebte buddhistische Lehranstalt, der man anfangs sogar gestattet hatte, kontinuierlich größer zu werden, was sonst kaum jemals vorkam. Doch dann war die Bevölkerung auf mehr als zehntausend Mönche und Nonnen angewachsen, darunter auch zahllose chinesische Anwärter. Hinzu kamen Busladungen voller Touristen. Nach dem Geschmack der chinesischen Regierung war das eindeutig zu viel Popularität, und sie verfügte eine Halbierung der Einwohnerzahl. Ohne jede Vorwarnung wurden viele der Wohn- und Unterrichtsgebäude einfach abgerissen.

»Wer waren die Leute? Warum diese sechs?«

Ko zuckte die Achseln. »Weil sie jemandem in der Regierung Angst gemacht haben. Sie sind sehr still, sehr gebildet. Der Älteste habe noch aus dem alten Tibet gestammt, sagten sie, ein ehrwürdiger Lama namens Tsomo. Einige der anderen Häftlinge, nicht nur die aus Larung Gar, haben Prügel bezogen, weil sie sich immer vor ihm verneigt haben. Den Tag seines Todes werde ich nie vergessen.«

»Der Lama ist gestorben?«

»Es war am Nationalfeiertag. Wir mussten an dem Morgen antreten und einer Rede des Direktors lauschen, als der alte Mann plötzlich aufgeschrien hat, als hätte er große Schmerzen. Er stolperte aus der

Reihe vor und hob beide Arme in Richtung Norden. Dann wankte er mit entsetzten Rufen auf den nördlichen Zaun zu und schien die Warnungen der Wachen gar nicht zu hören, nicht mal die Schüsse in die Luft. Seine fünf Gefährten schrien ebenfalls auf und wollten zu ihm rennen, wurden von den Posten aber zurück ins Glied geprügelt. Da stimmten sie dann ein Mantra an, das sofort von den anderen Gefangenen aufgegriffen wurde. Der Direktor war außer sich vor Wut. Er schien das Verhalten des Mannes als einen persönlichen Affront zu empfinden. ›Nicht schon wieder, du Bastard!‹, hat er gerufen, obwohl es zuvor noch keinen solchen Zwischenfall mit dem alten Lama gegeben hatte. Der Direktor brüllte die Wachen an, sie sollten ihn erschießen, denn er hatte die gelbe Linie erreicht, hinter der die Todeszone direkt am Zaun liegt. Aber die Aufseher haben nur geglotzt. Der alte Mann rief unterdessen etwas, das wie ein zorniges Mantra klang, vielleicht eine Verwünschung, und dann stieg ein langes schreckliches Stöhnen ganz tief aus seiner Kehle empor. So etwas hatte ich noch nie gehört. Es war, als würde ihm das Leben ausgesogen. Dann ist er tot umgefallen.«

Im vorderen Raum wurde Zhus Stimme lauter, als wolle er sie zur Eile mahnen.

»Danach hat der Direktor die Gebäude der Lagerleitung räumen lassen, obwohl niemand wusste, warum.«

»Als würde er mit einem Erdbeben rechnen«, sagte Shan.

Ko nickte. »Aber es kam keines. Die Wachen wollten den Toten nicht anfassen. Einer der Freunde des Lama durfte telefonieren, und am nächsten Tag kamen einige Leute mit einem Pferdekarren den Hügel herunter und haben ihn abgeholt. Bis dahin haben seine Freunde bei ihm Totenwache gehalten. Direkt neben seinem Leichnam, nicht bloß betend in der Baracke.«

»Das kann der Direktor ihnen doch unmöglich erlaubt haben.«

»Ich hätte es selbst nicht geglaubt, wäre ich nicht dabei gewesen. Er hatte aus irgendeinem Grund große Angst. Es durfte immer nur einer bei dem Toten sein und den Bardo rezitieren, die Todesriten. Nach zwei Stunden wurde er von einem der anderen abgelöst, eskortiert von einer Wache.«

»Der Direktor«, sagte Shan und versuchte, sich einen Reim auf die Ereignisse zu machen. »Er ist auch noch nicht lange hier.«

»Hauptmann Wenlu? Seit einem Jahr oder so. Kurz nachdem diese sechs Häftlinge aus Larung Gar eingetroffen waren. Es kam mir so vor, als würde er zumindest einige von ihnen von früher kennen.«

Der Türgriff klapperte. Zhu forderte sie auf, zum Ende zu kommen.

»Sieh zu, was du über diese Männer aus Larung Gar herausfinden kannst«, bat Shan seinen Sohn und umarmte ihn kurz. Er wünschte, sie hätten wenigstens die verbleibende Dauer seiner Haftzeit gewusst. Aber Ko war zu einer Strafe von unbestimmter Länge verurteilt worden. Er konnte in zwei oder drei Jahren freikommen – oder in zwanzig. »Bleib stark«, sagte Shan stattdessen. Es war zu seiner üblichen Verabschiedung geworden.

* * *

Auf der Rückfahrt nach Yangkar versuchte Shan sich daran zu erinnern, was seine tibetischen Freunde ihm über die Zerstörung von Larung Gar erzählt hatten. Tausende von Mönchen und Nonnen waren gezwungen worden, das riesige tibetische Seminar zu verlassen und unter Androhung einer Freiheitsstrafe schriftlich zu bestätigen, dass sie niemals zurückkehren würden. Viele mussten zudem schwören, ihre Gewänder abzulegen und sich nie wieder religiös zu betätigen. Man verfrachtete sie in Busse, transportierte sie Hunderte von Kilometern weit weg und setzte sie in irgendeiner Stadt wieder ab, mitten in der Fremde. Aber er hatte nichts von irgendwelchen Festnahmen gehört. Und auch noch nie von einem Lagerleiter, der Tibetern gestattet hätte, bei einem verstorbenen Häftling Totenwache zu halten.

In Yangkar schien alles ruhig zu sein. Yara stand am Zaun, und auf dem Schulhof spielten die Kinder. Shan hielt an und erzählte ihr von seiner Begegnung mit Ko und dass sein Sohn sich sehr auf ihren bevorstehenden Besuch freue.

Er wollte schon aufbrechen, da hielt sie ihn zurück. »Es gab Beschwerden des Leitenden Bürgergremiums«, berichtete sie mit zögernder Stimme. »Ich wollte helfen und sie hierbehalten, denn die Frau bei ihr, ihre Tante oder das Kindermädchen, schätze ich, hat gefragt, ob die Kleine denn nicht mal eine tibetische Landschule besuchen dürfe, aber dann ist sie weggelaufen, und ich konnte nicht hinterher, um sie zurückzuholen. Sie hat Frau Lus Gemüsebeete zertrampelt und einen Kohlkopf, der vor der Tür des Friseurs lag, als Fußball missbraucht. Choden hat sie zurückgebracht, aber sie hat ihn in die Hand gebissen und ist wieder weggerannt.«

»Meinst du das Mädchen, das schon auf dem Marktplatz randaliert hat?«, fragte Shan und konnte sich nicht erklären, wieso das Kind nach Yangkar zurückgekehrt sein sollte.

»Ja, denselben kleinen Teufelsbraten.« Yara zuckte die Achseln. »Bestimmt sind die bald wieder weg. Besucher halten es meistens nicht lange in Yangkar aus.«

Als Shan im Revier eintraf, war Choden damit beschäftigt, sich die Hand zu verbinden. »Sie hat auf den Hängen ein paar Yaks entdeckt«, berichtete der Stellvertreter, als Shan sich nach dem Mädchen erkundigte. »Also hat die Frau sich mit ihr dorthin auf den Weg gemacht, gepriesen sei Buddha. Was für eine Plage! Die Kleine erinnert mich an eine dieser Zeichentrickfiguren, die schnell wie ein Wirbelwind rotieren, während Dampf aus ihren Ohren schießt.« Er wies auf eine ausgedruckte Nachricht. »Das Beste in Lhasa haben Sie knapp verpasst. Eigentlich zum Lachen, obwohl diesem armen Kerl bestimmt nicht danach zumute war.«

Shan nahm die polizeiliche Mitteilung.

»Die Öffentliche Sicherheit ist an der Sache dran«, fuhr Choden fort, »aber sie soll nicht öffentlich bekannt werden.«

»Das Krematorium in Lhasa?«, fragte Shan, als er die erste Zeile las.

»Ja. Jemand hat den Leiter dort auf einen der Schlitten gefesselt und in den Verbrennungsofen geschoben. Er hat die ganze Nacht da gelegen.«

Shan starrte die Nachricht an. Pikes Unverfrorenheit verschlug ihm den Atem. Bei Shans Aufbruch hatte der Amerikaner wie ein hungriges Raubtier gewirkt, und schon zuvor hatte er nach dem Krematorium gefragt, von dem vermutlich die Schachtel mit der Tierasche stammte. Shan blickte auf und begriff, dass Choden immer noch mit ihm redete. »Was war das gerade mit der Öffentlichen Sicherheit?«

»Ich habe gesagt, falls Sie sich zur Hintertür hinausschleichen und zu Ihrem Haus in den Hügeln fahren, gibt sie vielleicht auf. Sie ist verdammt hartnäckig, diese Frau Leutnant. Und sie hat das Mädchen zusammengestaucht, als würde sie es von irgendwoher kennen. Auf dem Platz stand nur ein einziges fremdes Auto, als wären sie alle gemeinsam hergekommen, aber das ergibt doch keinen Sinn. Ein Kriecher würde ein solches Mädchen wahrscheinlich einfach bewusstlos schlagen und in den Kofferraum werfen.«

»Wo ist diese Offizierin?«

»Frau Lu hat sie auf dem Platz erspäht, kam sofort angelaufen und hat sie zu sich nach Hause eingeladen. Nun jammert sie ihr mit Sicherheit vor, wie schlimm es um die Polizei von Yangkar steht. Ich wette, die alte Hexe hat umgehend eine Krisensitzung ihres Gremiums einberufen und ist mittlerweile bei der hundertsten Beschwerde angelangt. Zum Beispiel wegen der Unterwäsche, die Sie nie wiedergefunden haben, nachdem der Wind sie von der Leine geweht hatte. Oder wegen des wilden Yaks, der letzten Herbst einfach nicht aufhören wollte, am Stadtrand seine Paarungsrufe auszustoßen, und sie jede Nacht geweckt hat.«

Wenigstens hatte Frau Lu ihm die Zeit für eine schnelle Mahlzeit verschafft, bevor er sich in sein Bauernhaus zurückziehen würde, beschloss Shan. Marpa spülte das Geschirr der Mittagsgäste ab, als Shan zur Hintertür hereinkam. Der Tibeter brachte ihm eine dampfende Schale Suppe. »Ich glaube, Shiva kann dir ein Amulett gegen wütende Wölfe geben«, sagte er, als Shan in den Gastraum ging.

Shan begriff nicht, dass das eine Warnung sein sollte. Er stellte seine Schale auf einen der hinteren Tische und ging zum Tresen, um sich eine Tasse Tee einzugießen. Dann erstarrte er mit der Thermoskanne in der Hand. Eine grau uniformierte Frau Anfang vierzig sprach soeben mit Marpas jungem Gehilfen, der sich ein Handtuch über die Schulter geworfen und sich zu ihr gesetzt hatte, wahrscheinlich um sein Chinesisch aufzupolieren. Die Frau sah Shan an.

Er wich einen Schritt zurück, verschüttete dabei seinen Tee und floh zur Hintertür hinaus.

Sie fand ihn auf dem Platz, wo er auf einer der Bänke saß.

»Es tut mir leid«, sagte er, als sie sich neben ihn setzte.

»*Ich* muss mich entschuldigen«, erwiderte die Frau leise und behutsam. »Ich hatte daran gedacht, deinem Stellvertreter meinen Namen zu nennen, aber ich wollte dich nicht erschrecken.«

Shan war darauf vorbereitet, von Huan eingesperrt und von Tan herumgeschubst zu werden, Kos Leid zu ertragen und die Morde an Metok, Gangfen und Natalie Pike hinzunehmen, aber er hatte nicht damit gerechnet, die Frau wiederzusehen, die vor einigen Jahren für kurze Zeit seine Geliebte gewesen war. Meng Limei hatte damals für die Öffentliche Sicherheit in der Stadt Baiyun gearbeitet, wo Shan inoffiziell mehrere brutale Morde untersuchte. Die Beziehung zwischen ihnen war zerbrochen, als Meng einen verdeckten Agenten der Öffentlichen Sicherheit getötet hatte, der die tibetische Exilregierung in Indien unterwandern sollte. Der Mann war für die Morde verantwortlich gewesen, aber Shan hatte an einer gewaltfreien Lösung gearbeitet, um die Tibeter nicht zu verstören. Im Nachhinein hatte er erkannt, dass Meng richtig gehandelt und mit ihrer Kugel Shan und mehrere Tibeter vor dem Verderben bewahrt hatte. Nach dem tödlichen Schuss war Meng, die seine Reaktion vorausahnte, in ihren Wagen gestiegen und weggefahren, um eine neue Stelle in der Inneren Mongolei anzutreten. Seitdem hatte er nichts mehr von ihr gehört.

»Deine Stadt stammt aus einem dieser amerikanischen Westernfilme«, stellte Meng fest. »Vor den Geschäften sind Pferde angebunden, und durch die Straßen wehen lose Büsche.«

Shan wusste nicht, was er sagen sollte. »Der Wind hört hier nur selten auf«, wagte er einen Versuch. »Letztes Jahr habe ich an dich gedacht und wollte dir schreiben, aber ich wusste nicht, wo du warst.«

»Kein Problem«, erwiderte Meng und lächelte verlegen. »Es war ein schrecklicher Ort am Rand der Gobi. Dort hat auch immer der Wind geweht. Und man hatte ständig Sand im Essen.« Sie zeigte auf eine verschrammte Mao-Büste an einem Ende des Platzes. Die Farbe platzte nach und nach vom Fiberglas ab und ließ Mao krank aussehen. Dann wies Meng auf die Statue neben dem *chorten* am anderen Ende, den alten steinernen Buddha. »Der da scheint deutlich gesünder zu sein.«

»Die chinesischen Bürger räumen ihn alle paar Wochen weg, aber er taucht stets wieder auf. Die Astrologin der Stadt hat sie gewarnt, sie würden die einheimischen Geister erzürnen und müssten damit aufhören oder all ihr Reis würde von Käfern befallen und ihr Gemüse verfaulen.«

»Ah, Frau Lu und ihr Gremium. Zwiebeln, Unterwäsche und ein Kohlkopf. Sie hat eine lange Liste unaufgeklärter Verbrechen, Herr Wachtmeister.«

»In den ersten beiden Fällen sind eine Ziege und der Wind die Hauptverdächtigen. Bei dem Kohlkopf laufen die Ermittlungen noch.«

Mengs Gesicht hob sich zu einem breiten Lächeln. Sie hatte schon immer das mitfühlendste Antlitz gehabt, das er je bei einem Kriecher gesehen hatte, mit großer Klugheit hinter ihren dunklen Augen. Doch es war schmaler geworden, mit einem Anflug von Traurigkeit.

Aus irgendeinem Grund wusste Shan, dass Meng nicht im Dienst war. »Ich bezweifle, dass viele Offiziere, die in der Wüste Gobi stationiert sind, ihren Urlaub in Yangkar verbringen würden. Obwohl Marpas Suppe immer mehr Liebhaber findet.«

»Komm wieder mit rein und beende dein Mittagessen, Shan.«

»Mein Stellvertreter glaubt, du willst mich verhaften.«

»Ich habe meine Handschellen im Wagen vergessen.«

Sie standen beide auf.

»Bitte verzeih, Meng«, sagte Shan. »Ich habe nicht viel Zeit. Hättest du doch bloß vorher Bescheid gegeben.«

»Limei. Früher hast du mich Limei genannt«, sagte sie und schubste ihn auf das Lokal zu.

* * *

Als Shan die Werkstatt erreichte, schwebten aus einer einzelnen Wolke Schneeflocken auf Yangkar herab und glitzerten im Mondschein. Sein alter Freund Lokesh nannte so etwas einen Eissegen, wenn die Flocken ohne jeden Windhauch zu Boden sanken, um sanft die Geschöpfe der Erde zu küssen und sie an die Macht und Schönheit der Erdgötter zu erinnern. Shan blieb stehen und schaute nach Nordwesten, wo der geliebte alte Tibeter mit der Aufgabe betraut worden war, die uralten Texte in einem illegalen Refugium der Widerstandsbewegung zu hüten. Er fragte sich, ob der letzte Brief, den Shan ihm über das geheime Netzwerk der *purbas* geschickt hatte, wohl angekommen war.

In der Werkstatt brannte nirgendwo Licht, abgesehen vom Hinterzimmer, in dem Tserungs halbwüchsiger Sohn wohnte und gerade chinesische Rock-and-Roll-Musik hörte. Shan folgte behutsam dem Weg durch das Labyrinth im Hinterhof und blieb auf halber Strecke stehen, um angestrengt zu lauschen.

Er hatte die irrationale Befürchtung, das aufsässige kleine Mädchen, das mit Mengs Begleiterin reiste, könnte ihm gefolgt sein. Meng und er hatten zunächst in Ruhe zu Mittag gegessen und über banale Dinge wie das Wetter und Mengs Leben am Rand der Gobi geplaudert, doch nach einer Viertelstunde waren die zwei anderen hereingeplatzt und hatten sich zu ihnen gesellt. Shan kam das Mädchen binnen kürzester Zeit wie einer der Affenkobolde vor, von denen in den alten konfuzianischen Geschichten die zerstrittenen Haushalte geplagt wurden. Die Kleine hatte unter begeistertem Johlen einen Teller und einen Becher gegen die

Wand geworfen und zertrümmert und dann ein altes tibetisches Ehepaar verjagt, indem sie den beiden Grimassen schnitt, was bei den traditionellen Bewohnern der Stadt als Unglück verheißendes Zeichen galt. Durch das Fenster hatte Shan beobachten können, dass die zwei direkt zu Shiva gegangen waren, zweifellos um sich bei der Astrologin ein Schutzamulett zu besorgen. Meng hatte mit keiner Silbe erklärt, weshalb sie zwei so seltsame Begleiterinnen mitgebracht hatte, doch Shan wusste noch, dass sie in einer ländlichen Gegend aufgewachsen war, wo die Ein-Kind-Politik vielleicht nicht ganz so strikt überwacht wurde. Dann konnten die beiden durchaus Mengs Schwester und ihre ungezogene Nichte sein.

Obwohl Shan sich am späten Nachmittag nach einigen Stunden am Computer und Nachforschungen über die Fünf Klauen und Larung Gar noch einmal mit Meng getroffen hatte, war ihnen keine Ruhe mehr vergönnt gewesen. Die meiste Zeit hatten sie hinter dem Kind aufräumen müssen, zum Beispiel Papierfetzen der Nachrichten, die es vom Schwarzen Brett der Stadt abgerissen hatte, und Scherben eines weiteren Bechers, diesmal zerschellt an der Wand einer Zelle. Shan hatte den drei seine Dienstwohnung in dem Gebäude hinter dem Revier überlassen und gesagt, er würde sich ein Zimmer in dem kleinen Gasthaus unweit des Marktplatzes nehmen. Dann hatte er eine Stunde auf einer der Pritschen im Zellentrakt geschlafen.

Nachdem er sich nun überzeugt hatte, dass der kleine Kobold ihm nicht gefolgt war, eilte Shan zu der versteckten Tür und hinunter in die geheime Bibliothek. Unten an der Treppe hielt er inne und beschloss, nichts über Jiaos Plan zur Übernahme von Yangkar zu erzählen. Tserung und Yara saßen an dem Tisch in der ersten Kammer und studierten verschlafen alte Manuskripte. Der Mechaniker setzte eine neue Kanne Tee auf, und Yara legte Shan einen Stapel alter *peche* vor, zwischen deren Seiten Papierstreifen zur Markierung steckten.

»Die Aufzeichnungen über das alte *gompa* reichen mehr als fünfhundert Jahre zurück«, sagte Yara, »und sogar in den ältesten Quellen wird bereits das Tal der Götter erwähnt. Als die Grundmauern des hiesigen Klosters errichtet wurden, kam ein alter Einsiedler, der fünfzig Jahre in dem Tal meditiert hatte, um den Rohbau zu segnen. Es wird immer wieder von vorbeiziehenden Bonpo-Pilgern berichtet, die dem grimmigen alten Gott, der dort gewohnt hat, ihre Ehrerbietung erweisen wollten, und es gab eine jährliche Zeremonie, bei der Abgesandte der oben in den Bergen gelegenen Medizinschule hier um die Erlaubnis des Abtes gebeten haben, in dem Tal Heilkräuter suchen zu dürfen. Es heißt, die Heilkundigen hätten dort schon seit Jahrhunderten heilige Kräuter gesammelt.« Die junge Lehrerin blickte auf. »Also auch schon vor der Ankunft der buddhistischen Lehrmeister.«

»Es gab dort ein steinernes Stelenfeld, vielleicht ein Friedhof oder ein Schrein, das vermutlich mehrere Tausend Jahre alt war«, erklärte Shan. »War«, wiederholte er.

Yara nickte bekümmert. »Vergleichbare Beschreibungen finden sich bisher in jedem einzelnen Jahrzehnt, obwohl wir bei unserer Durchsicht eben erst im achtzehnten Jahrhundert angekommen sind.«

»In anderen Berichten über die Bonpo-Pilger ist sowohl vom Tal der Götter als auch von Gekhos Zuhause die Rede«, fügte Tserung hinzu. Er hatte es sich angewöhnt, einen alten silbernen Federkasten am Gürtel zu tragen, wie es seit jeher bei Mönchsnovizen üblich war.

»War Gekho also eine Berggottheit der einheimischen Bevölkerung?«, fragte Shan.

»Nein, nicht bloß irgendeine Gottheit«, berichtigte Tserung ihn. »Für die Bonpo war er der wichtigste Erdgott, Wolchen Gekho, der grimmige Dämonenzerstörer, Schöpfer von Blitz, Donner und Hagel. Einige haben ihn auch Gekho den Blauen genannt, denn seine Haut hatte die Farbe des Himmels. Wenn er zürnte, ließ er unter den Füßen der Menschen die Erde erbeben. In zwei sehr alten Berichten wird das Tal übrigens Gekhos Wiege genannt, als sei er dort geboren worden, als die Erde noch jung war.«

Shan nahm Platz und machte sich an die mühsame Aufgabe, jedes einzelne der langen, aus losen Blättern bestehenden *peche* an den markierten Stellen aufzuschlagen und die Passagen selbst nachzulesen. Eine Stunde lang verlor er sich in den verblichenen Zeilen der einzigartigen Bücher und freute sich besonders über die Geschichte einer Yakkuh, die nur dann Milch gab, wenn man ihr Mantras vorsang.

Um seine Augen auszuruhen, schlenderte er eine Weile den Korridor entlang und staunte wie immer über die ungeheure Größe der Sammlung und die hingebungsvolle Arbeit der Mönche, die die Texte nicht nur verfasst, sondern dann auch spiegelverkehrt in Holzplatten geschnitzt hatten, um damit die Bücher zu drucken. Am Ende des Ganges beugte Shan sich in einer dunklen Ecke über einen Haufen kleiner brauner Kugeln und fand gleich darauf ein paar dicke weiße Haare, die an der rauen Steinwand hängen geblieben waren. Er begutachtete die Fundstücke mehrere Atemzüge lang, kehrte dann zu seinen Freunden zurück und schenkte ihnen Tee nach, bevor er sich wieder an den Arbeitstisch setzte.

»Ich konnte nie so richtig nachvollziehen, warum Lhakpa nach Yangkar gekommen ist«, sagte er. »Ein Schneemönch hat normalerweise irgendwo Freunde, die ihn bei schlechtem Wetter gern bei sich aufnehmen würden. Das Dorf, in dem er gewohnt hat, liegt bloß ein paar Tagereisen von hier entfernt. Aber nur Yangkar verfügt über ein Archiv der Region, wenngleich dessen Existenz eigentlich nur einer Handvoll von uns bekannt sein dürfte.«

Yara und Tserung schienen sich plötzlich beide sehr für ihre Becher mit Tee zu interessieren.

»Lhakpa war erst vor wenigen Tagen bei Gekhos Zuhause. Ich habe seine Ziege dort gesehen, und die wäre nicht ohne ihn unterwegs. Er ist geflohen, als das Team von dem Institut hier aufgetaucht ist, und auf direktem Weg von Yangkar zum Tal gereist. Trotz seines überstürzten Aufbruchs wollte er, dass auch ich dort hinkomme, denn er hat mir eine Karte hinterlassen.«

Seine Freunde blieben stumm.

»Ihr beide habt hier viele anstrengende Stunden verbracht, das ist mir klar, aber es grenzt dennoch an ein Wunder, dass ihr schon Hunderte von Büchern durchsehen konntet. Ich glaube, in Wahrheit geht ein großer Teil davon auf Lhakpas Konto. Viele der Markierungen stammen von ihm.«

»Er wollte nicht, dass wir es dir verraten, Shan«, gestand Tserung beschämt. »Aber wir würden dich nie belügen.«

»Ihr musstet ihm also Geheimhaltung versprechen«, sagte Shan und barg das müde Haupt einen Moment lang in den Händen. Dann ging er zu dem Regal, in dem Tserung einige Vorräte verwahrte, nahm ein Weihrauchstäbchen, entzündete es und stellte es in den hölzernen Halter mitten auf dem Tisch. Er rief damit die Götter zu Zeugen an.

»Dann will ich euch einige meiner Geheimnisse verraten«, verkündete er, »und ihr könnt entscheiden, ob ihr mir eure enthüllen wollt.« Er berichtete von dem schrecklichen Morgen, an dem er der Hinrichtung von Metok beigewohnt hatte, den falschen Vorwürfen gegen den tibetischen Ingenieur und dem Tod der Amerikanerin und des Professors in dem uralten Höhlenschrein.

»Die Höhle war nicht nur ein Schrein«, flüsterte Tserung. »Der große Erdgott, der Großvater der Berge, hat seit Anbeginn der Zeit dort gelebt.« Er hielt inne, zog ein Buch aus dem Stapel am Ende des Tisches und schlug die Seite auf, die mit einem brüchigen Seidenband markiert war. Sie enthielt die Abbildung eines wilden sechzehnarmigen Schutzdämons mit kobaltblauer Haut und Händen voller Waffen und Werkzeuge. Tserung zeigte nacheinander darauf und benannte die Gegenstände. »Ein Schwert, ein Holzhammer, Pfeil und Bogen ...« Als er fertig war, blickte er auf. »Die werden entweder im Kampf benutzt oder um die Erde zu formen. Lhakpa hielt das für wichtig. Er wollte so viel wie möglich über Gekho lernen, um vielleicht eine neue Möglichkeit zu finden, den Erdgott zu erreichen, hat er gesagt. Falls er früher dort hingereist wäre, hätte es ihn zusammen mit dem chinesischen Professor und der Amerikanerin das Leben kosten können. Aber er war hier«, sagte der

Mönchsmechaniker und wies auf die gestapelten *peche*. »Die alten Bücher haben ihn gerettet.«

»Eine neue Möglichkeit?«, fragte Shan. »Wie hat er das gemeint?«

»Ich weiß es nicht. Es macht mir Sorgen. Inzwischen glaube ich, dass er früher im Leben vielleicht ohne die Götter war und das nun ändern will.«

»Wonach genau hat er hier gesucht?«

Yara sah Tserung an. Er nickte. »Nach Worten«, sagte sie. »Nach den vergessenen Gebeten, die Gekho mitteilen könnten, dass man sich noch an ihn erinnert. Lhakpa hat aber nichts dergleichen gefunden und gesagt, sie seien wohl für immer verloren gegangen.«

»Während der schwarzen Jahre, hat er gemeint«, fügte Tserung mit bitterer Stimme hinzu. Das war eine der vielen Bezeichnungen der Tibeter für die apokalyptische Periode der chinesischen Invasion und der blutigen Kulturrevolution, die darauf folgte. Er zögerte und schaute nervös zu Shan, als fiele ihm erst jetzt ein, dass dies ein chinesischer Polizist war, aber Shan nickte nur.

»Was soll werden, Shan, wenn man uns alle Gebete nimmt?«, fragte Tserung traurig. »Gebete sind das Herzblut eines Gottes. Wenn niemand zu ihm betet, hat meine Großmutter gesagt, dann wird der Gott am Ende zusammenschrumpfen und sterben. Ich würde für einen Bonpo-Gott beten, wenn ich doch nur die richtigen Worte wüsste.«

Yara durchbrach die drückende Stille. »Es sind nicht mehr viele Bonpo übrig«, sagte sie, »und schon gar nicht Bonpo-Mönche. Die meisten derjenigen, die sich noch mit den alten Zeiten auskennen, sind unregistriert, wechseln ständig ihren Aufenthaltsort und halten sich versteckt, denn sie wissen, dass das Büro für Religiöse Angelegenheiten überall Informanten hat.«

»Soll das heißen, Lhakpa war ein Bonpo-Mönch?«

Tserung trank einen Schluck Tee. »Eher so etwas wie ein gebildeter Mann, der so viel wie möglich über Bonpo-Mönche wissen wollte.«

»Ein sehr gebildeter Mann mit einer Ziegennichte«, stellte Shan fest.

Yara zuckte die Achseln und warf Tserung einen mitfühlenden Blick zu. »Heutzutage ist es gar nicht mehr so einfach, ein Mönch zu werden. Das Ziel mag manchen Umweg erfordern.«

»Lhakpa ist ein komplizierter Geist«, sagte Tserung. Der Mechaniker sprach selbst immer mehr wie ein Gelehrter. »An manchen Tagen kam er mir wie ein Naturwissenschaftler vor, an anderen wie ein Historiker. Die Ziege war kein Hirngespinst, kein Requisit für jemanden, der sich als Einsiedler ausgibt. Ich glaube, sie hat bedeutenden Anteil an seiner Verwandlung gehabt, an seiner Ernsthaftigkeit in der neuen Rolle eines Schneemönchs. Eines Abends kam ich den Gang entlang und sah ihn hier sitzen, wie er ihr den Kopf gestreichelt hat. Er hat mich nicht bemerkt. ›Wer hätte geahnt, dass dies deine Reise sein würde?‹, hat er zu Tara gesagt. ›Eine Seelenwanderung. Du bist der Beweis für das Unbeweisbare.‹« Tserung zuckte die Achseln und berührte das *gau*, das um seinen Hals hing. »Ich bin mir nicht ganz sicher, was er gemeint hat, aber das waren seine Worte. Gerichtet an seine Nichte, die philosophische Ziege.« Der Mechaniker sah Shan an, als hoffe er auf eine Erklärung.

»Wenn ich eines über das Tibet, in dem wir leben, gelernt habe«, sagte Shan, »dann dass jeder seinem eigenen und einzigartigen Weg zur Erleuchtung folgt.«

* * *

Shan ließ Yara und Tserung bei den verstaubten Manuskripten zurück, die sie mit neuer Energie in Angriff nahmen, und schlich sich auf die Kopfsteinpflastergasse hinter dem Schrottplatz. In dem Haus, das er ansteuerte, brannte noch Licht. Er klopfte und öffnete dann die Tür, auf die eine Sonne gemalt war, die in einer Mondsichel lag, umgeben von mehreren kleinen Schutzdämonen.

Die Astrologin saß an ihrer Staffelei und arbeitete an einem ihrer eleganten Horoskope. Bei Shans Anblick verzog ihr faltiges Gesicht sich zu einem breiten Lächeln. Sie schnalzte mit der Zunge, und von einem nahen Tisch huschte ein pelziges braunes Geschöpf auf ihre Schulter. »Sieh mal, wer da kommt, Onkel Kapo!«, rief sie. »Unser Freund, der Wachtmeister!«

Shan streckte eine Hand aus. Die Rennmaus hüpfte darauf und lief dann bis zu seinem Ohr, wo sie ein Schnurren von sich gab. Shan und das Tier waren gute Bekannte. Kapo war einst ein berühmter Lama gewesen.

»Nimm dir Tee«, sagte Shiva und wies mit einem Pinsel auf die kleine Kohlenpfanne am Fenster.

Shan schenkte zwei Tassen ein und nahm auf einem Hocker neben Shiva Platz, die derweil eine Schildkröte auf das dicke Papier vor sich malte, die Basis vieler Horoskope. Die alte Frau lebte für ihre Arbeit und war als eine der letzten traditionellen Astrologinnen sehr gefragt. Viele ihrer Aufträge kamen per Post.

»Ich weiß noch, wie ich letzten Monat der Ziege des Schneemönchs durch die offene Tür in dein Haus gefolgt bin«, sagte Shan. »Ich dachte, sie würde hier alles verwüsten, aber sie hat sich einfach nur neben Onkel Kapos Käfig gelegt.«

Shiva nickte. »Tara ist ein liebes Mädchen und sehr respektvoll. Früher war sie oft zu vorlaut, sagt Lhakpa, daher ist das Leben als Ziege gut für sie.«

»Und sie schien sich hier auszukennen«, mutmaßte Shan. »Sie war wohl schon öfter hier. Genau wie Lhakpa.«

Shiva warf ihm einen kritischen Blick zu und widmete sich dann wieder ihrer Schildkröte. »Man muss einem Schneemönch Almosen geben. Das ist die Pflicht aller Gläubigen.«

»Ich weiß, wie du arbeitest, Shiva. Besondere Zauber erfordern ausführliche Gespräche mit der Person, die sie in Auftrag gibt, denn sie müssen genau auf die Situationen und Orte abgestimmt werden.«

»Oder auf den Dämon, der am Ziel auf sie wartet«, stellte Shiva ganz nüchtern fest.

»Welche Art von Zauber hast du ihm gegeben, Großmutter?«

Shiva senkte den Pinsel und überlegte. »Früher waren Astrologen fast so etwas wie Mönche oder Nonnen. Und Gespräche mit Mönchen oder Nonnen sind persönlich und vertraulich. Was könnte denn persönlicher sein als ein Horoskop?«

»Aber er wollte kein Horoskop«, sagte Shan. »Er wollte einen Zauber. Es muss ein alter Zauber gewesen sein, ein Bonpo-Zauber. Lhakpa würde auf Gekho den Schutzgott treffen.« Shan zeigte auf einen Fleck an der Staffelei. »Dafür hättest du diese blaue Farbe benötigt.«

Shivas Blick flammte kurz auf, und sie sah sich um, als fürchte sie, womöglich belauscht zu werden. »Sprich nicht zu laut von solchen Dingen«, sagte sie leise und nickte dann. »Den grimmigen Dämonenzerstörer hat man ihn früher genannt. Ich hatte seinen Namen schon seit Jahren nicht mehr gehört. Es heißt, er sei einer der ursprünglichen Götter gewesen, aus einer Zeit, in der die Berge und Menschen noch geformt wurden. Manche behaupten, er sei tot, aber wir glauben das nicht. Sie schlafen nur. Aber es ist sehr schwierig, sie zu wecken.« Shiva klang beunruhigt.

»Wir?«, fragte Shan. Als sie nicht reagierte, schaute er sich im Raum um. Hatte er vielleicht etwas übersehen? Er entdeckte es auf ihrem kleinen Altar, ein spiegelverkehrtes Hakenkreuz hinter dem kleinen bronzenen Buddha. Es war eigentlich keine Überraschung. Auch Shiva respektierte die alten Bonpo-Bräuche.

»Du weißt, dass zahllose Maschinen in Gekhos Tal eingefallen sind«, sagte er. »Sie tragen alles ab, bis hinunter auf den nackten Fels.«

»Man hat uns beigebracht, dass Oberflächen trügerisch sein können«, stellte die Astrologin fest.

Shan war sich nicht mehr sicher, worüber sie hier redeten. »Ich muss Lhakpa finden, was bedeutet, dass ich den Weg zu Gekho finden muss.«

»Manche Dinge findet man eher, wenn man nicht nach ihnen sucht.«

»Ich fürchte, er schwebt in großer Gefahr.«

»Die Gefahren – genau wie die Freuden – des Lebens sind vergänglich. Was bleibt, ist die Wahrheit.«

Shan fühlte sich allmählich wie in einer Bonpo-Lehrstunde. Er versuchte es mit einem anderen Ansatz. »Ich möchte den gleichen Zauber, den du ihm gegeben hast«, sagte er.

Shiva bekam große Augen. »Nein! Das geht nicht! Was für den einen ein Zauber ist, kann für den anderen ein Fluch sein. Das habe ich auch zu ihm gesagt, denn für Außenstehende ist es noch gefährlicher.«

Shan zögerte. »Inwiefern ist Lhakpa ein Außenstehender?«

»Als er mit seiner Bitte herausgerückt ist, war er so distanziert und wohl auch ein wenig verschämt. Manchmal kam er mir eher wie einer dieser Gelehrten vor, die mit mir sprechen wollen, aber nicht wirklich an das glauben, was ich tue, obwohl sie es dennoch in ihre Bücher schreiben müssen.« Sie zuckte die Achseln. »Aber sein Herz war rein, und er hat den Buddha in sich aufgenommen.«

»Ich habe keine Zeit für Diskussionen, Shiva«, drängte Shan. »Bei Tagesanbruch breche ich ins Tal auf, mit oder ohne diesen Zauber.«

Als die Astrologin ihn ansah, lag Schmerz in ihrem Blick. »Das könnte deinen Tod bedeuten, Shan.«

»Der Tod hat das Tal schon erreicht. Und ich kann ihn nur aufhalten, wenn ich mich ihm entgegenstelle. Mache ich das lieber mit dem Zauber oder ohne ihn?«

»Du bist ein Narr.«

»Und du eine Hexe.«

Shiva lachte gackernd auf, was seine Behauptung zu bestätigen schien. Dann betrachtete sie stumm zunächst Shan und danach die Rennmaus, die den Blick aus ihren riesigen fragenden Augen erwiderte. »Ich möchte nicht, dass du stirbst, Wachtmeister. Das Tal dort ist voller alter und neuer Dämonen. Und das Schlimmste steht noch bevor.«

»Es muss doch noch Platz für einen guten Dämon sein. So nennt mein Freund Lokesh mich oft. Einen guten Dämon.«

»Wie geht es meinem alten Lieblingsrebellen?«

»Ich habe ihn für die Zeit nach der Schneeschmelze eingeladen. Hoffentlich wird einer seiner jungen Helfer ihn begleiten. Das Alter macht ihm inzwischen immer mehr zu schaffen.«

»Ich würde mich sehr freuen, ihn wiederzusehen«, sagte die Astrologin. »Wir haben immer so viel zu besprechen.« Kapo kletterte zurück auf ihre Schulter, und sie nahm seufzend das halb fertige Horoskop von der Staffelei. »Komm morgen früh wieder her.«

Shan stand auf und erkannte dann, dass Shiva vielleicht die einzige Person in der Stadt war, die eine andere Frage beantworten konnte, die ihn seit dem letzten Besuch im Geheimarchiv beschäftigte. »In den alten Büchern steht, dass jeden Frühling eine Gruppe schwarzer Bullen ins Tal der Götter aufgebrochen sei.«

»Mit den Bullen waren *dobdobs* gemeint«, erklärte sie und benutzte dabei den Spitznamen für die Mönchspolizisten der großen Klöster des alten Tibet. Und hier in Yangkar hatte einst das größte Kloster der ganzen Region gestanden. »Sie trugen schwarze Gewänder, und während der warmen Monate haben immer einige von ihnen das heilige Tal behütet und den Pilgern von weit her geholfen.«

Shan überlegte. »Das klingt, als wäre Yangkar mit dem Schutz von Gekhos Tal betraut gewesen.«

Shiva nickte feierlich. »Doch nun ist uns nur noch ein einziger *dobdob* geblieben. Soll ich dir ein schwarzes Gewand besorgen?«

KAPITEL ACHT

Shan ging von seinem Wagen dreimal zurück zur Tür der Unterkunft, zerriss die Nachricht, die er dort hinterlassen hatte, und ersetzte sie durch eine andere. Er hatte zwar jahrelang seine Gefühle unterdrückt, empfand aber trotzdem aufrichtige Zuneigung für Meng, mehr als je für eine andere Frau, doch ihre Leben hatten keine Berührungspunkte. Es gab fast nichts, das sie hätten teilen können, und nun war es ihm nicht einmal möglich, Zeit mit ihr zu verbringen.

Es tut mir sehr leid, schrieb er schließlich. *Ich bin froh, dass du hergekommen bist, aber meine Arbeit verlangt, dass ich aufbreche. Nun, da du mich gefunden hast, komm bitte wieder, aber gib mir vorher Bescheid. Pass auf dich auf.*

Er schämte sich dafür, Meng mit einer solch kalten, armseligen Notiz abzuspeisen, aber er fand keine anderen Worte, und seine dunklen Vorahnungen im Hinblick auf Gekhos Zuhause gestatteten ihm nicht, noch länger zu verweilen.

Dann folgte er zügig dem Verlauf der Schnellstraße und musste im grauen Licht des frühen Morgens zweimal Antilopen ausweichen. Nach einer halben Stunde verlangsamte er das Tempo, um nicht die unbefestigte Abzweigung zu verpassen, die Lhakpa auf seiner Karte markiert hatte. Shan folgte der ausgefahrenen, holprigen Piste etwas zu zügig und bemerkte dann, dass er eine lange Staubwolke hinter sich herzog, die man meilenweit sehen konnte. Er ging vom Gas. Nachdem er den ersten der langgestreckten Bergrücken überquert hatte, die wie eine

Folge von Stufen ins Hochgebirge aufstiegen, hielt er an und entfaltete den Zauber, den Shiva ihm in der dunklen Gasse vor ihrem Haus gegeben hatte.

Die Astrologin hatte nicht nur erschöpft gewirkt, sondern regelrecht ausgelaugt, irgendwie abgekämpft, als hätte sie die ganze Nacht darum ringen müssen, die uralten Symbole und Worte auf ihrem Papier mit Macht auszustatten. Shan war nicht überrascht, dass er die Bilder und Formen, die sie gezeichnet hatte, nicht vollständig durchschaute. Im Zentrum stand Gekho der blaue Gott. Jede seiner acht Hände auf beiden Seiten hielt eine Waffe oder ein Werkzeug, wie sie zugunsten der heiligen Erde Verwendung fanden. Entlang des oberen rechten Randes standen Ziegen auf einem grasbewachsenen Hang, dann folgten im Uhrzeigersinn drei kleine Hügel mit einem weißen *chorten* auf dem in der Mitte und eine der langen Wollmützen, wie sie manchmal von Pilgern getragen wurden. Danach kam etwas, das wie ein Paar steinerner Säulen mit kleinen Kugeln darauf aussah, unter denen ein Glückszeichen stand, ein Sonnenschirm. An mehreren Stellen des dicken Blattes waren *bharal* eingezeichnet, die seltenen blauen Schafe aus Tibets Hochgebirge, woraus Shan ableitete, er solle wohl den Pfaden der *bharal* folgen. Blaue Schafe lebten auf dem Berg des blauen Gottes. Auf dem Scheitelpunkt, über Gekhos Kopf, gab es einen *garuda*, einen heiligen Vogel, der als Beschützer der Götter galt, und obwohl er die Schwingen zum Flug ausgebreitet hatte, schienen seine Krallen im Berg verwurzelt zu sein, als wären sie aus Stein. Links von dem großen Vogel marschierte eine Kolonne aus Yaks, die jeweils von einem winzigen schimmernden Buddha geritten wurden.

»Und genau den gleichen Zauber hast du Lhakpa gegeben?«, hatte Shan die Astrologin gefragt.

»Am Ende hat jeder dasselbe Ziel«, hatte sie hintergründig erwidert, war ins Haus gegangen und hatte die Tür geschlossen.

* * *

Shan verglich die von Lhakpa bearbeitete offizielle Landkarte, die Militärkarte und ein Satellitenbild, das Zhu ihm gegeben hatte, bevor ihre Wege sich in Lhadrung getrennt hatten. Jede der drei Varianten erzählte eine eigene Geschichte. Auf der allgemein zugänglichen Karte verlief die Straße aus Richtung Osten, aus Szechuan, in einer langen schrägen Linie entlang des unteren Randes. Shan wusste, dass dies allenfalls einer ungefähren Annäherung an den tatsächlichen Verlauf entsprach. Das etwas mehr als ein Jahr alte Satellitenfoto zeigte nur eine flache Verdichtung der Landschaft, in der die Gipfel als weiße Schneekleckse erschienen. Das Tal der Götter war dennoch gut zu erkennen, vor allem an seinem türkisfarbenen See aus Schmelzwasser und sogar einem schattigen Fleck für das Stelenfeld. Die Militärkarte stellte die Straße weitaus detaillierter und präziser dar, einschließlich der Höhenangaben für mehrere Berge, doch Pfade oder unbefestigte Straßen wie die, auf der Shan gerade fuhr, waren nicht auf ihr verzeichnet. Die wiederum hatte Lhakpa sorgfältig in die offizielle Karte eingetragen, bisweilen mit winzigen Anmerkungen auf Tibetisch wie *Antilopenpfad* oder *hier frisches Wasser*. Shan schätzte, dass er sich nun rund fünfzehn Kilometer südwestlich des Fünf-Klauen-Projekts befand. Lhakpas gepunktete Linien, die quer über einen steilen Grat des hohen Berghangs verliefen, machten ihm klar, dass er die letzten paar Kilometer zu Fuß zurücklegen musste.

Er suchte das Gelände mit seinem Fernglas ab und entdeckte kreuz und quer auf den Hängen noch weitere Pfade, die im Laufe der Jahrhunderte von den *bharal* und den verbreiteteren Bergziegen hinterlassen worden waren. Sie alle liefen auf den mächtigen Gipfel zu, als hätten auch die Tiere Pilgerreisen unternommen. Der Gipfel selbst war unverkennbar, ein gezackter Turm, der gen Himmel wies und im Westen durch den schmalen Pass gespalten war, an dem die Staumauer des Fünf-Klauen-Damms errichtet wurde. Da oben bewegte sich etwas. Shan stützte das Fernglas auf einer Felskante ab und bemerkte mehrere Gestalten. Sie waren so weit weg, und der Hang, den sie überquerten, war von so vielen Schatten gesprenkelt, dass er mehrere Atemzüge benötigte, um die Leute anzuvisieren. Dann stutzte er überrascht und schaute mit bloßem Auge hin. Er sah hier etwas, das für den spärlich besiedelten Bezirk Lhadrung überaus selten war und zudem so unwahrscheinlich, dass Shan ein weiteres Mal das Fernglas zu Hilfe nahm. Das dort war eine Yak-Karawane, eine Kolonne aus acht oder zehn Yaks, beladen mit Fracht. Sie schien ins tiefe Gebirge von Kham unterwegs zu sein, der zerklüftetsten und unzugänglichsten aller Provinzen des alten Tibet.

Dies war ein Anblick aus ferner Vergangenheit, als Karawanen die vorherrschende Verbindung zwischen entlegenen Gemeinden dargestellt hatten. Der Handel hing damals von solchen Kolonnen ab, und der Beruf des Karawanenführers war hoch angesehen und romantisch verklärt. Aber wir sind hier nicht im alten Tibet, ermahnte Shan sich. Dann fiel ihm ein, dass Shiva eine Yak-Karawane mit Buddhas gezeichnet hatte, und er erkannte, dass die Yaks aus der Richtung des Fünf-Klauen-Projekts kamen. Das alte Tibet lag dort in dem Tal, zumindest die letzten sterbenden Überreste, und traf auf die Kräfte des modernen China. Shan sah sich Rätseln gegenüber, die in beiden Welten verwurzelt waren, und er als unzulänglicher schwarzer Bulle, als *dobdob*, war geschickt worden, um sie zu lösen.

Er breitete seine Landkarten auf einem flachen Felsen aus und legte Shivas Zeichnung daneben, denn auch der Zauber stellte eine Art Karte dar. Shan hatte Schafherden auf grasbewachsenen Hängen passiert, dann drei steile Hügel mit einem verfallenen *chorten* auf dem in der Mitte. Die Zeichen und Symbole der Astrologin waren eine Anleitung. Jede dieser Karten bedeutete die Wahrnehmung der Welt aus einem anderen Blickwinkel: dem eines Soldaten, Wissenschaftlers, Schneemönchs und dem von Shiva. Die meisten Leute nannten sie eine Astrologin, aber manche flüsterten eine andere Bezeichnung: Hexe. Wie konnte die alte Frau, die so gut wie nie Yangkar verließ, diese Gegend kennen? Und zu welchen Geheimnissen versuchte sie ihn zu führen? Shan packte die Militärkarte und das Satellitenfoto ein. Er würde sich nur auf den Schneemönch und die Hexe verlassen.

Alle paar hundert Meter entlang dieser Strecke standen *lhatse*, Steinhaufen, zumeist so stark von Flechten überwuchert, dass sie beinahe wie unförmige alte Statuen wirkten. Der Weg, dem Shan folgte, war eindeutig ein früherer Pilgerpfad und von Lhakpa in die Karte eingezeichnet worden. Einige Kilometer voraus kreuzte eine weitere von Lhakpas Linien. Shan sah nun, dass der Schneemönch eine winzige Beschriftung hinzugefügt hatte. *Eiskugeldamm*.

Auf jedem neuen Hang ächzte Shans Geländewagen etwas lauter. Die Zahl der Felshaufen nahm zu, je höher er gelangte, und einige schienen in letzter Zeit um *mani*-Steine erweitert worden zu sein, die mit ihrer eingemeißelten oder schlicht eingeritzten Inschrift den Mitfühlenden Buddha anriefen. Vereinzelt ragten alte verwitterte Kiefern aus dem Heidekraut empor. Alle, die in der Nähe des Pfades standen, waren mit vom Wind zerzausten Gebetsfahnen behangen. Shan hatte das seltsame Gefühl, dass der Aufstieg zugleich eine Zeitreise in die Vergangenheit des alten Tibet bedeutete.

Er hielt an der Kreuzung mit dem Eiskugeldamm – einem breiteren, festeren Schotterweg – und stieg aus, um nach Osten zu gehen, in die Richtung, die der Gefangenentransport aus Szechuan vor mehr als einem Jahr genommen hatte. Sechzig Meter vor ihm flatterte etwas Gelbes im Wind, und Shan beschleunigte seinen Schritt. Es war ein ausgefranstes Stück Plastikband, beschwert mit einem Stein und bedruckt mit der Aufschrift *Öffentliche Sicherheit – Tatortabsperrung*. Die Kriecher hatten ihre eigenen heiligen Fahnen.

Hier also hatte der Hageljäger den Himmel angerufen und seinen Tanz aufgeführt, hier waren die beiden Soldaten gestorben, und hier hatte Huan den alten Tibeter wegen Mordes festgenommen. Shan setzte sich auf einen Felsen und musterte die Umgebung. Er befand sich auf dem Kamm des höchstgelegenen Ausläufers, der hoch über ihm dem gewaltigen schneebedeckten Gipfel entsprang, welcher wiederum alle umliegenden Berge überragte, wahrscheinlich sogar bis hin zum mächtigen Himalaja, der weit im Süden als grauer Fleck am Horizont zu erahnen war. Dieser Berg musste ein Wolkenfänger sein, an dem die feuchten Strömungen, die es über die Barriere des Himalaja geschafft hatten, sich anstauten und auf die eisige Luft des Gipfels trafen. Da brauchte es keine Zauberei, um zu wissen, dass Hagelschauer an dieser Stelle mit größerer Häufigkeit auftreten würden als irgendwo sonst in der Gegend.

Auf dem Rückweg zu seinem Wagen entdeckte Shan zwei steinerne Pfeiler, die wie die Säulen in Shivas Zeichnung aussahen. Sie führten ihn zu einem kleinen Plateau mit Ausblick auf die imposante Landschaft. Aus der Erde dort entsprang eine Quelle, umgeben von weiteren der überwucherten Steinhaufen und einem Felsvorsprung, der drei oder vier schlafenden Personen wie ein Dach Schutz geboten hätte. Es musste sich um einen alten Rastplatz des Pilgerpfades handeln. Hier hatte vermutlich auch der Hageljäger Unterschlupf gesucht, als der Hagel auf die nahe Kolonne niedergeprasselt war. Und nicht nur Pilger kamen hier vorbei, denn Shan fand einige schwache Hufspuren. Er drehte sich um und betrachtete das Gelände im Süden, nahm das Fernglas zu Hilfe und entdeckte weiter unten noch mehr graue Flecke. Die Entfernung war zu groß für Details, aber die Anordnung der Flecke kam Shan bekannt vor. Dann wurde ihm plötzlich klar, dass er genau diese schneebedeckten Gipfel oft in seinen Jahren als Sträfling angeschaut hatte. Die grauen Flecke waren Tans Gefangenenlager. Am Tag von Yankay Namdols Entlassung war der Hageljäger in diese Richtung geritten, in Begleitung der jungen Frau, die über der Baustelle des Damms Drachen mit Gebetsfahnen steigen ließ.

Shan setzte sich mit übergeschlagenen Beinen nieder, wandte sein Gesicht den hohen Bergen zu, rezitierte zunächst das *mani*-Mantra und dann das Mantra, das Shiva an den unteren Rand des Zaubers geschrieben hatte und das die Berggottheiten beschwor. Schließlich stand er auf, parkte seinen Wagen abseits der Straße und nahm seinen Rucksack von der Rücksitzbank. Er leerte die Wasserflasche aus und befüllte sie an der Pilgerquelle. Dann setzte er seinen Weg fort. Er hätte noch drei oder vier Kilometer mit dem Auto zurücklegen können, aber dies war die respektvolle Art der Annäherung – als ein Pilger, der dem Berggott seine Aufwartung machen wollte.

Er wanderte fast vier Stunden lang und dachte dabei entweder über die Pilger nach, die diesen Pfad während vieler Jahrhunderte vor ihm emporgestiegen waren, oder versuchte, die Puzzleteile zusammenzusetzen, zu denen der Hageljäger, der Schneemönch, Larung Gar und die amerikanische Archäologin gehörten. Bei jedem Steinhaufen, der ihm begegnete, folgte er der Tradition, das *mani*-Mantra aufzusagen und einen eigenen Stein hinzuzufügen. Dabei kam es ihm oft so vor, als wäre sein alter Freund Lokesh an seiner Seite, und er musste wehmütig daran denken, wie sie beide naiv gelobt hatten, nach der Freilassung aus der Haft ein ganzes Jahr lang gemeinsam auf Pilgerpfaden zu wandern. Immerhin hatten er und der alte Tibeter es geschafft, sich gelegentlich ein paar Tage für die Erforschung und Rekonstruierung der uralten Pfade zu nehmen. Plötzlich glaubte Shan, das fröhliche Lachen des alten Mannes zu hören, doch es war nur der glucksende Ruf eines Lerwahuhns, das sich auf einem Felsen sonnte.

Die Luft wurde immer dünner und deutlich kälter. Shan erreichte einen schmalen Bergkamm und blickte hinab auf eine nach Norden verlaufende Ebene am Fuß einer mächtigen Felsformation mit vier langen Graten. Er nahm Shivas Karte und sah, dass die Grate den Krallen des *garuda*-Vogels entsprachen, dem letzten ihrer Orientierungspunkte. Mit etwas Phantasie konnte man sich die geschwungene Bergflanke über den Graten als die Schwingen eines riesigen Vogels vorstellen. Die Ebene war windgeschützt und führte zu einem dichten Wacholdergehölz, hinter dem ein langgestrecktes Feld zerklüfteter Felsvorsprünge folgte. Ein Dutzend Schritte jenseits der Krallen gab es nur noch Himmel zu sehen, denn die Schieferformation ragte über den Rand einer Klippe, die Hunderte von Metern hoch sein musste. Bei einer kleinen Quelle am Rand des Gehölzes waren zwei Pferde angebunden. Neben einer schwelenden Feuerstelle lag ein Stapel gefalteter Decken, und weiter hinten, gleich nach der letzten Kralle hatte man ein Seil zwischen zwei Bäume gespannt und eine Plane aus dickem schwarzem Filz darübergelegt, um ein provisorisches Zelt zu schaffen, in dem Shan ein paar Töpfe und Kessel ausmachen konnte. Er zog Lhakpas Karte zurate und sah, dass er sich auf der anderen Seite des Steinfeldes befand, in dem er der Frau mit dem Drachen gefolgt war.

Niemand hielt ihn davon ab, sich der Feuerstelle zu nähern. Shan umrundete sie, kniete sich dann an die kleine Quelle und erfrischte sich. Auf einmal hörte er ein Ächzen und mehrere schnelle Schritte. Dann traf ihn etwas mit Wucht am Hinterteil, so dass er bäuchlings ins Wasser fiel.

»Man muss sich wirklich anstrengen, um zufällig auf dieses Lager zu stoßen«, ertönte eine wütende Stimme über ihm. Er richtete sich langsam auf, bis er wieder kniete. Vor ihm stand eine junge Tibeterin mit einer tief ins Gesicht gezogenen Wollmütze und einem schweren Hirtenstab in beiden Händen. Doch nicht der Stab hatte ihn getroffen. Mit nun fröhlichem Meckern lief Tara die Ziege erneut auf ihn zu, diesmal aber, um ihr Gesicht in seiner Jacke zu vergraben und ihn so auf die gewohnte Weise zu begrüßen.

Die Anspannung der Frau ließ etwas nach. »Sie scheint dich zu kennen«, sagte sie. Es klang wie eine Frage.

»Tiere wie mich«, sagte Shan und stand behutsam auf. »Ich war auf dem Pilgerpfad«, erklärte er. »Führt der weiter bis zu dem Steinfeld?« Er machte einen Schritt auf die Felsvorsprünge zu.

Tara wollte ihn jedoch nicht gehen lassen. Sie stellte sich auf die Hinterbeine und rieb mit der Nase an seinem Bauch.

»Nein, sie kennt dich persönlich«, beharrte die Frau und hob wieder den Stab.

Shan seufzte, setzte sich auf einen flachen Felsen, legte seine Mütze neben sich hin und streichelte Tara den Kopf. »Könnten wir vielleicht noch mal von vorn anfangen?«, bat er. »Ja. Letzten Monat hat Tara erst ein Paar meiner Schuhe gefressen und dann ein Hemd, das sie sich von der Wäscheleine gezogen hatte. Und die Zellen in meinem Gefängnis scheinen ihr zu gefallen.«

Die Frau stutzte, packte den Stab kampfbereit, wich zurück und rief nach Tara. Die Ziege blickte ihr neugierig hinterher, wich aber nicht von Shans Seite. Die Tibeterin zögerte. »Sie vertraut dir«, stellte sie überrascht fest.

»Ich war dort, als du Yankay bei seiner Entlassung abgeholt hast. Diese Umerziehungslager konnte ich noch nie leiden. Kein wirkliches Gefängnis, keine wirkliche Schule. Bloß eine dieser Zwischenhöllen, in denen die Seelen darauf warten, dass das Leben weitergehen kann.«

»Wir haben nichts Unrechtes getan!«, herrschte die Frau ihn an.

»Ich bin nicht euer Feind«, sagte Shan.

»Du bist ein Chinese! Noch dazu ein Regierungsbeamter!«

»Regierungsbeamter kommt mir ein wenig übertrieben vor. Ich bin nur ein kleiner Wachtmeister. Und ich befinde mich außerhalb meines Zuständigkeitsbereiches.«

»Nein«, meldete eine Stimme aus dem Hintergrund sich belustigt zu Wort. »Shan ist eher so etwas wie der Abt von Yangkar. Und das Tal der Götter fällt seit jeher in die Zuständigkeit von Yangkar gompa.« Lhakpa trat ins Tageslicht vor.

»Er ist ein Polizist, Onkel!«, protestierte die Frau eindringlich. »Und in Yangkar gibt es kein Kloster mehr.«

»Doch, das Kloster ist noch da, es ist nur schwieriger zu erkennen als früher. Shan ist ein Polizist, der halb erfrorenen Mönchen seine Gefängnispritschen anbietet und dabei hilft, den *chorten* auf dem Marktplatz zu streichen, nicht aber den Mao am anderen Ende.«

»Gerade eben hat er noch versucht, mich zu täuschen«, beharrte die Nichte.

»In Tibet ist man gut beraten, sich erst mal zu vergewissern, bevor man sich zu erkennen gibt.« Lhakpa sah Shan an. »Das ist Jaya, meine andere Nichte.«

»Ich kann die beiden kaum auseinanderhalten.«

Lhakpa lachte. »Noch hat sie menschliche Gestalt, aber ich warne sie oft, dass sie ständig eine Seelenwanderung riskiert.«

»Zum Beispiel, wenn sie Drachen über Planierraupen steigen lässt.«

Jaya neigte den Kopf. »Du warst das, der mich neulich verfolgt hat.«

»Ich habe das anfangs für eine alberne Idee gehalten«, sagte Lhakpa. »Aber es gibt den Arbeitern zu denken, wenn sie auf ihren Gerätschaften plötzlich Gebete vorfinden. Vor allem, wenn wir sie nachts abwerfen. Eines Morgens ist der Direktor aus seiner Unterkunft gekommen, und in den Bäumen vor seiner Tür hingen überall Gebetsfahnen. Er wurde sehr wütend und hat seine Sicherheitsleute für ihre Nachlässigkeit beschimpft. Die wiederum haben ihm versichert, dass kein Unbefugter das Gelände betreten habe. Also wurden Überwachungskameras installiert. Beim nächsten Mal waren die Männer regelrecht fassungslos, denn die Kameras bewiesen, dass niemand dort eingedrungen war. Es mussten tibetische Geister gewesen sein!«

Shan überlegte. Teilte der Schneemönch ihm gerade mit, dass sie unten im Tal insgeheim Helfer hatten? »Die haben sich eine Drohne besorgt«, warnte er. »Eine dieser Kameradrohnen der Armee. Wenn ihr von oben beobachtet werdet, könnt ihr euch nicht mehr zwischen den Felsen verstecken.«

Lhakpa schaute beunruhigt gen Himmel, weil ihm wahrscheinlich sofort bewusst war, dass auch dieses Lager auffallen würde.

»Die Götter könnten ja vielleicht einen Adler schicken«, schlug Jaya vor. »Adler mögen keine Drohnen.«

»Habt ihr eventuell einen Verwandten, der als Adler wiedergeboren wurde?«, fragte Shan. »Ich habe mich immer gefragt, ob eine solche Reinkarnation nun ein Aufstieg oder ein Abstieg wäre.«

Jaya lächelte verkniffen und fing an, die Decken unter dem Schutzdach aus schwarzem Filz zu verstecken, das aus der Luft nur wie ein weiterer Schatten aussehen würde.

»Du bist nicht wirklich ein Schneemönch«, sagte Shan zu Lhakpa.

Lhakpa zuckte die Achseln. »Ich glaube, ich habe das Herz eines Schneemönchs, und ich wollte eigentlich einige Monate auf fernen Gipfeln verbringen. Doch ich wurde wegen des Tals gebraucht.«

»Wegen des Tals oder wegen der Höhle dort?«, fragte Shan. »Ich habe auf dem Weg hierher eine schwer beladene Yak-Karawane gesehen, die aus den Bergen kam.«

Lhakpa bedeutete Shan, ihm zu dem Behelfszelt zu folgen. Jaya protestierte wütend und stellte sich ihnen mit in die Seite gestemmten Armen in den Weg. »Onkel, nein! Wir kennen ihn nicht gut genug.«

Lhakpa hob beruhigend eine Hand. »Falls er uns etwas Böses wollte, wäre er nicht als Pilger gekommen. Er hat bei jedem der Steinhaufen gebetet. Und er wusste nicht, dass er beobachtet wird, Nichte.«

Als Jaya widerwillig beiseitetrat, klappte Lhakpa den hinteren Teil der Plane hoch. Shan sah, dass sich dahinter der Zugang zu einer breiten, trockenen Nische verbarg, entstanden durch ein überhängendes Felssims, das durch die Wacholderbäume verdeckt wurde. Man hatte dort lange, flache Schieferplatten auf kleinere, würfelförmige Blöcke gelegt und so primitive Regale geschaffen. Sie nahmen die gesamte dreißig Meter lange Rückwand der Kammer ein und waren zu zwei Dritteln mit Artefakten gefüllt.

»Die einheimischen Hirten sagen, Gekhos Höhle sei schon in Benutzung gewesen, seit der erste Mensch die Götter traf«, erklärte Lhakpa und führte den von Ehrfurcht ergriffenen Shan die Regale entlang. »Vom Hauptgang der Höhle zweigten viele kleine Kapellen ab, und der Professor hat ihren Inhalt hierhin verlagert, beginnend mit den moderneren, vielleicht ein- oder zweihundert Jahre alten Artefakten dort rechts und dann immer weiter in der Zeit zurück bis zum anderen Ende der Regale.« Unter den neueren Gegenständen erkannte Shan vorzüglich geschnitzte und gegossene Abbilder der Buddhas der Drei Zeiten, der fünf friedlich meditierenden Buddhas auf ihren goldenen Lotusblumen sowie zahlreichen der einundzwanzig Erscheinungsformen von Mutter Tara. Er verweilte einen Moment lang bei einer besonders grimmig aussehenden Roten Tara und musste schmerzlich berührt daran denken, wie Metok die Beschützerin mit seinem letzten Atemzug angerufen hatte. Je weiter sie den Regalen folgten, desto weniger vertraut wurden die Darstellungen, von denen viele wütende Dämonen oder Schutzgötter zu sein schienen. Die letzten Standbilder waren eine Gruppe primitiver, furchterregend wirkender Figuren, die eher nach Tigern als nach Göttern aussahen. Lhakpa hob ein großes schwarzes Tuch an. Darunter befanden sich zwei detailliert geformte Statuetten, die den blauen Berggott und Yamantaka, den Herrn des Todes, darstellten. Zwischen ihnen lehnten Fotos von Professor Gangfen und einer blonden Westlerin an der Wand. Das musste Natalie Pike sein.

Die körnigen Nahaufnahmen stammten von einer Sofortbildkamera und zeigten nur die Oberkörper der zwei Personen, doch Shan konnte die Freude in ihren Blicken erkennen, während sie genau diese beiden Statuetten hielten. Aber es lag auch Trauer darin, denn der einzige Grund für die Bergung all der Schätze war das Wissen, dass die heilige Höhle dem Bau von Pekings Staudamm zum Opfer fallen würde.

Die Frau auf dem Bild hatte Cato Pikes intelligente, aber trotzige blaue Augen. Sie war Mitte zwanzig, und ihre hohen Wangenknochen hätten den meisten Frauen eine elegante Schönheit verliehen. Ihr schmutziges Gesicht, das zerzauste Haar und die dreckige Kleidung verrieten jedoch, dass sie nur wenig Wert auf Äußerlichkeiten legte.

Professor Gangfen erinnerte Shan so sehr an seinen eigenen Vater, dass der Anblick des Archäologen ihm einen jähen Stich versetzte. Auch ohne seine Drahtgestellbrille hätte der Mann wie ein Gelehrter gewirkt. Shan stellte sich vor, dass in den vielen Taschen seiner Fotografenweste kleine Bürsten und Pinsel steckten, Zahnstocher, Transparentumschläge und andere Hilfsmittel seines geliebten Berufes. Hinter einem Ohr klemmte ein Bleistift und ragte aus dem struppigen, grau melierten Haar. Genau wie Natalie Pike war er als unbesungener Held gestorben, vielleicht sogar noch mehr als die Amerikanerin, denn er hatte gewusst, dass seine Regierung ihn schwer bestrafen würde, sollte sie je herausfinden, was er hier tat. Er hatte sich nicht nur gegen das Regime gestellt, er hatte im Namen der Wahrheit sogar sein Leben für die Rettung bedeutender geschichtlicher Kunstwerke gegeben.

»Shan«, drängte Lhakpa, der bereits wieder an der Zeltklappe stand. Shan schreckte aus seiner Versunkenheit hoch. Er verneigte sich respektvoll vor den Fotos der beiden toten Archäologen und gesellte sich wieder zu dem Schneemönch.

»Es muss ihnen gelungen sein, die meisten der Artefakte zu retten«, stellte Shan auf dem Rückweg zum Lager fest.

»Drei Yak-Karawanen sind bereits aufgebrochen. Aber auch wenn man die Sachen in den Regalen mit einrechnet, handelt es sich lediglich um einen kleinen Teil des Bestands. Es gab ja nicht nur einen einzelnen Höhlenschrein, sondern Tunnel und Kammern bis tief in den Berg hinein, ein unerforschtes Labyrinth aus Kapellen. Stell dir nur mal all die Leute im Laufe der vielen Jahrhunderte vor, wie sie ihre trüben Butterlampen einen Kilometer oder mehr durch die dunklen Korridore tragen, um zu den Göttern zu gelangen.«

Lhakpa trat in den Schatten der ersten Felsvorsprünge jenseits des Lagers und bedeutete Shan, er möge ihm folgen. Der nahm seinen Rucksack und schloss sich ihm an. Er hörte Schritte hinter sich und wandte den Kopf. Jaya kam mit.

»Ich verstehe nicht, wie die beiden so viel aus der Höhle schaffen konnten, ohne erwischt zu werden«, sagte er zu der Tibeterin, als sie Lhakpa einholten.

»Wir haben da unten Freunde. Es gibt zum Beispiel einen Tibeter namens Metok, einen leitenden Ingenieur, der uns manchmal hilft. Er hat abends immer Lastwagen und schweres Gerät vor dem Höhleneingang abstellen lassen, bevor …« Ihre Stimme erstarb.

»Vor der Explosion«, beendete Lhakpa den Satz. »Auf diese Weise hat er uns Deckung verschafft, und wir konnten nachts ungesehen die Höhle betreten. Metok hat viel riskiert. Er ist ein guter Freund.«

»Ihm hat die Höhle auch gefallen«, erklärte Jaya. »Er ist immer wieder dort aufgetaucht, jedes Mal ein Stück entschlossener. Er wollte, dass wir ihm unsere Fotos und Bestandsverzeichnisse überlassen, damit er die Behörden von einem Baustopp überzeugen könnte.« Jaya verzog das

Gesicht. »Ich habe ihn gefragt, ob ihm irgendwie entgangen sei, dass bereits sechstausend Tempel und Klöster zerstört worden sind. Wo ist denn das große Kloster von Yangkar, habe ich ihn gefragt, oder das von Lhadrung? Wo sind die Millionen von Artefakten, die bisher schon in die Hände der Behörden gefallen sind? Als Natalie ihm erzählte, dass manche der uralten Funde hier nahelegen, dass vermutlich Reiter aus Skythien und Zentralasien hergekommen sind und dass auch die Stelen aus diesen Kulturen stammen, sagte er, ja, genau darauf wolle er ja hinaus. Die Stelen würden beweisen, wie einzigartig diese Stätte ist und dass ihre Bedeutung vielleicht ausreichen würde, um von den Vereinten Nationen als Weltkulturerbe anerkannt zu werden. Doch nur wenige Tage später wurde das Stelenfeld dem Erdboden gleichgemacht. Danach hat er nie wieder versucht, uns von irgendwas zu überzeugen, sondern nur gefragt, wie er uns helfen könne. Also sagte ich, stell die Laster vor der Höhle ab. Er hat eine gute Seele, dieser Metok. Die Götter sind in seinem Herzen. Er glaubt, er könne den Behörden vielleicht begreiflich machen, dass das Tal zu instabil ist, um die Arbeiten fortzusetzen. Auf Landkarten in Golmud ist angeblich eine Verwerfungslinie eingetragen, die auf den Karten der Fünf-Klauen-Ingenieure fehlt. Dann musste er unerwartet weg, aber vorher hat er noch gesagt, dass ein Freund namens Sun die Karten herbringen würde.«

Shan wandte den Blick ab. Sun war überstürzt nach Golmud aufgebrochen, um die Landkarten zu holen, doch in seinem Gepäck hatte man keine gefunden. Er blieb stumm, bis sie eine Wiese mit dichtem Gras und vielen Wildblumen erreichten. Sie befanden sich an einem der höchsten Punkte über dem Tal, nur wenige Hundert Meter von dem schmalen Pass entfernt, an dem die Staumauer stehen würde. Unter ihnen auf dem Talgrund herrschte rege Betriebsamkeit.

Es war Shan, der schließlich das Wort ergriff. »Ich hoffe, ihr werdet mich nicht dafür hassen, aber ich muss euch etwas sagen.« Er setzte sich auf ein Sims und bedeutete ihnen, es ihm gleichzutun.

»Ich wurde kürzlich gezwungen, in Lhadrung einer Hinrichtung beizuwohnen«, sagte er, und sein Herz fühlte sich wie ein kalter Stein an. »Da wusste ich noch nichts von all dem hier.« Er wies auf die riesige Baustelle im Tal. »Der Mann war wegen Korruption zum Tode verurteilt worden. Er hatte einen trotzigen Blick und ein Gebet im Herzen.« Shan sah seinen Begleitern in die Augen. »Es war Metok Rentzig.«

Jaya wurde kreidebleich. »Nein! Nein, nein, nein!«, rief sie. »Das ist unmöglich!«

Lhakpa barg das Gesicht in den Händen.

»Unmöglich, aber wahr«, entgegnete Shan.

»Er war nicht korrupt!«, schluchzte Jaya.

»Das weiß ich inzwischen. Er konnte eine Nachricht nach draußen schmuggeln. Darin stand, man würde ihn festhalten, weil er gesehen habe, wie der Professor und Natalie Pike ermordet wurden. Damit war gemeint, dass Metok beim Einsturz der Höhle anwesend war und dass der für die Sprengung Verantwortliche von den Menschen darin gewusst hat.«

Jaya wischte sich die Tränen weg. »Die haben Metok umgebracht. Die Regierung hat ihn ermordet.«

»Und sein Freund Sun ist an Bord des Himmelszuges gestorben. Doch es war nicht die Regierung, nur gewisse Funktionsträger.« Shan musterte verzweifelt die Baustelle. »Wir können das Projekt nicht aufhalten, aber wir können die Wahrheit ans Licht bringen«, sagte er.

»Wozu?«, fragte Jaya schroff. »Es wird die Behörden nicht interessieren.«

»Für uns. Für Metok und seinen Freund Sun. Für Professor Gangfen und Natalie Pike. Für Gekho.«

Lhakpa schüttelte den Kopf. »Eher halten wir den Damm auf, als dass wir die Wahrheit herausfinden. Bei Buddha, Shan, wir reden hier von der Öffentlichen Sicherheit und einem Prestigeprojekt der Partei in Peking. Der stellvertretende Direktor, dieser Jiao, hat ein Satellitentelefon und spricht fast jeden Tag mit der Hauptstadt.«

Shan beschloss, Lhakpa nicht danach zu fragen, woher er das wissen konnte. »Falls ihr weiter Widerstand leistet, wird man bewaffnete Patrouillen losschicken.«

»Je mehr Patrouillen die schicken, desto mehr Widerstand leisten wir«, sagte Lhakpa mit zunehmender Entschiedenheit. Jaya nickte bekräftigend und richtete dann ein geflüstertes Mantra an die Mutter Beschützerin.

»Ich gehe da runter«, verkündete Shan.

»Schlechtes Timing. Die haben hochrangigen Besuch bekommen«, sagte Lhakpa und zeigte auf die Verwaltungsgebäude der Fünf Klauen. Shan konnte einen weißen Geländewagen erkennen, der zwischen dem Flaggenmast und dem Büro des Direktors geparkt stand.

»Gut. Ich hatte nicht vor, den Direktor zu treffen. Wenn er abgelenkt ist, umso besser.«

»Dann warte noch«, sagte Jaya und zog aus ihrem Rucksack einen der Sicherheitsausweise hervor, wie sie die Arbeiter um den Hals trugen. Sie verriet Shan, dass in dem Kasten beim Speisesaal für gewöhnlich Schutzhelme zur freien Verfügung lagen, und hatte noch eine letzte Frage, bevor er aufbrechen würde. »Was kannst du uns über diese Drohne sagen?«

* * *

Als Shan die Gebäude im Tal erreichte, war es mitten am Nachmittag. Er holte sich einen Helm aus dem Kasten, den Jaya ihm beschrieben hatte, und eine Arbeiterjacke, die an einem der vielen Haken in dem nun leeren Speisesaal hing. Dann wagte er sich so nah wie möglich an das Büro der Projektleitung heran, vor der mittlerweile ein Wachposten stand. Immerhin hatte Shan freien Blick auf den unauffälligen weißen Geländewagen am Eingang. Der junge chinesische Fahrer war schlafend hinter dem Lenkrad zusammengesunken.

Jenseits der Modulbauten, in denen die Verwaltung des Projekts untergebracht war, lag der Maschinenpark. Der Zaun rund um die Freifläche war fertiggestellt worden, und in einer der Ecken hatte man mit einem weiteren Drahtzaun ein Quadrat von ungefähr sechzig Metern Seitenlänge abgetrennt. Darin waren Zeltbahnen aufgespannt worden, unter denen Feldbetten standen. Es schien sich um die behelfsmäßige Unterkunft für einige Dutzend Männer zu handeln, von denen manche auf den Pritschen lagen, während andere Karten spielten oder am Zaun entlangschlenderten. Es waren ausnahmslos Tibeter.

»Neue Vorschrift«, ertönte eine Stimme hinter ihm. »Wenn man Arbeiter braucht, muss man das ab jetzt im Büro anmelden und jeden mit Namen und Ausweisnummer registrieren.« Ein stämmiger, breitschultriger Chinese stand neben ihm und ließ einen prüfenden Blick über die Tibeter schweifen. Er trug einen roten Helm, was ihn offenbar als Vorarbeiter kennzeichnete. »Heute Morgen hat es mich fast eine Stunde gekostet, sechs simple Hilfskräfte mit Schaufeln loszueisen«, schimpfte der Mann. »Erst faselt der stellvertretende Direktor Jiao in all seinen Reden davon, dass wir hier im persönlichen Auftrag des Vorsitzenden tätig sind, und dann legt er uns solche verdammten Hindernisse in den Weg.«

»Betrifft das nur die Tibeter?«, fragte Shan.

»Ja. Jiao hat plötzlich kein Vertrauen mehr zu ihnen. Wegen zu viel Gerede über den blauen Gott und so. Er sagt, all die Zwischenfälle hier könnten kein Zufall sein. Aber die Tibeter arbeiten härter als alle anderen, und bis man neue Arbeiter aus dem Osten herangekarrt hat, vergehen Wochen.«

»Was ist denn in letzter Zeit passiert?«, fragte Shan. »Ich bin gerade erst zurückgekehrt«, fügte er hinzu, um seine Neugier zu erklären.

»Gestern haben die Bremsen an einem Laster versagt, und er ist geradewegs in den See am Ende des Tals gerollt. In Gekhos Bauch, hat einer der Tibeter gesagt. Heute ist eine Planierraupe mit Motorschaden ausgefallen. Anscheinend ist Erde in die Zylinder gelangt. Vielleicht wegen einer kaputten Dichtung, vielleicht aber auch, weil jemand Erde in den Tank geschüttet hat. Wie dem auch sei, es wird Tage dauern, den Motor zu zerlegen und wieder funktionstüchtig zu machen. Und immer mehr dieser tibetischen Gebete fallen vom Himmel. Sie schweben einfach aus den Wolken herab. Das jagt den Leuten die meiste Angst ein. Der stellvertretende Direktor Jiao hat jedenfalls den Zaun errichten lassen und angeordnet, dass die meisten der tibetischen Arbeiter sich dort aufhalten müssen, wenn sie keinem der Bautrupps zugeteilt sind. Zu ihrem eigenen Schutz, hat er gesagt. Sie essen gemeinsam mit uns anderen im Speisesaal, werden dabei aber von einem Vorarbeiter überwacht, bis die echten Aufseher eintreffen. Jiao hat die Öffentliche Sicherheit in Lhasa verständigt.«

Shan versuchte, möglichst ungerührt zu klingen. »Er kann doch nicht einfach Leute einsperren«, sagte er.

Der Vorarbeiter gab einen heiseren Laut von sich, der wohl ein Lachen sein sollte. »Ich schätze, du hast noch nicht Jiaos Bekanntschaft gemacht. In Wahrheit hat *er* hier das Sagen. Eine kleine Abweichung und er wird zu einem aggressiven Oberlehrer. ›Warum fordern Sie den Vorsitzenden heraus?‹, fragt er dann. Das ist seine Standardreaktion, schon beim geringsten Anschein von Widerspruch. ›Warum haben Sie der neuen Mauer eine weitere Armierungsstange hinzugefügt, warum fordern Sie den Vorsitzenden heraus? Warum ist die Grube für das Fundament so tief, warum fordern Sie den Vorsitzenden heraus?‹« Der Vorarbeiter zündete sich eine Zigarette an. »Ich wusste gar nicht, dass der Vorsitzende ein Ingenieurstudium absolviert hat«, murmelte er und ging dann auf das Tor zu, das in den Pferch mit den tibetischen Arbeitern führte.

Shan wollte ihm schon folgen, um mit den Tibetern zu sprechen, als er jemanden auf den weißen Geländewagen zueilen sah. Es war der Fahrer, der unterdessen offenbar das Gebäude durch eine Nebentür betreten und nun wieder verlassen hatte, um erneut am Steuer Platz zu nehmen. Aus dem Haupteingang kamen derweil mehrere Männer zum Vorschein. Einige Wortfetzen ihres lauten Gesprächs wehten herüber. Der Direktor war in repräsentativer Funktion unterwegs und pries stolz die Vorzüge seines Projekts. Der Gast, ein Westler in Anzug und Krawatte, antwortete ihm in perfektem Mandarin. Shan erstarrte, als der Mann sich in seine Richtung drehte. Es war Cato Pike.

Im Schutz eines geparkten Lastwagens verfolgte Shan, wie die beiden Männer nun in den Wagen des Direktors einstiegen und der stellvertretende Direktor Jiao das Lenkrad übernahm. Dann fuhren sie los, um anscheinend die gleiche Führung zu absolvieren, die einige Tage zuvor auch Shan zuteilgeworden war. Der weiße Geländewagen folgte ihnen. Der Fahrer war Natalie Pikes Freund Cao.

Während sie außer Sicht verschwanden, näherte Shan sich wieder den Gebäuden. Nervös musterte er die gewundene Straße, die das Projekt mit der Außenwelt verband. Die Öffentliche Sicherheit würde kommen, und schon bald würden hier überall Aufseher in Schaftstiefeln stehen. Shan nahm das lange Schwarze Brett vor dem Speisesaal genauer in Augenschein. Hier hingen Schichtpläne aus, die Öffnungszeiten der Essenausgabe, die Versammlungstermine des Patriotischen Arbeiterbundes und von der Sonne ausgebleichte Fotos der Zeremonie, mit der die Bauphase des Projekts vor mehreren Monaten gestartet worden war. Die erste Bildunterschrift besagte, der Parteivorsitzende der Provinz sei am ersten Oktober mit einer kleinen Blaskapelle angereist, um das glorreiche Ereignis angemessen zu würdigen. Die Aufnahmen zeigten die ersten Modulbauten des Verwaltungskomplexes, den ersten Bus voller fröhlicher Arbeiter, die Vorkehrungen für den kommenden Winter treffen sollten, und ein gestelltes Foto, auf dem der Provinzvorsitzende am Steuer einer Planierraupe saß. *Der erste Schritt des historischen Ereignisses fiel erfreulicherweise mit der Zerstörung feudaler Überreste zusammen, einem Schandfleck des Tals*, rühmte der zugehörige Text. Die Planierraupe walzte soeben das uralte Stelenfeld nieder. Shan hielt inne. Auf dem Bild gab es mehrere winzige, tränenförmige blaue Flecke. Dann erst erkannte er, dass jemand am oberen Rand einen Strich mit blauer Farbe gezogen und dabei einige Tropfen verursacht hatte. Blau war die Farbe von Gekhos Blut.

Über einen Zettel mit dem abendlichen Unterhaltungsprogramm

hatte jemand die Fotokopie einer Luftaufnahme des Projekts geheftet. Shan nahm sie ab und betrachtete die vorgenommenen Ergänzungen. Jemand hatte buddhistische Symbole an den oberen Rand gekritzelt, dann Linien entlang der Ränder des Tals gezogen und Augen in den See über dem Wasserfall gemalt, der ins Tal hinabstürzte. Am unteren Rand fanden sich abermals kleine blaue Farbtropfen. An anderen Stellen des Schwarzen Bretts hingen zwei identische Exemplare dieser Darstellung. Shan faltete das Blatt zusammen und steckte es ein.

* * *

Er hängte die Arbeiterjacke zurück an den Haken, warf den Helm in den Kasten und marschierte auf direktem Weg zum Büro der Projektleitung. Die Sekretärin des Direktors erkannte ihn zum Glück wieder und brachte ihr Bedauern zum Ausdruck, dass er nicht rechtzeitig genug eingetroffen sei, um den Direktor und den ehrenwerten ausländischen Gast zu begleiten.

Er tat überrascht. »Ein Ausländer?«

»Der Erste von vielen, hat der Direktor zu uns gesagt«, jubelte sie. »Wir hatten nicht wirklich mit ihm gerechnet, aber heute Morgen hat eine Frau vom Büro der Vereinten Nationen in Lhasa uns angerufen, um ihm ausrichten zu lassen, er möge sich bei irgendeinem Botschafter melden. So waren wir wenigstens vorgewarnt. Er hatte immerhin eine Kopie des Briefes dabei, den er uns geschickt hat, der aber noch gar nicht hier eingetroffen ist. Wir haben uns entschuldigt und gesagt, in Zukunft würde auch eine E-Mail ausreichen.« Sie hob aufgeregt den Brief vom Tisch und strahlte dabei vor lauter Stolz. »Die Vereinten Nationen!«, rief sie.

»Darf ich?«, bat Shan und nahm das Schreiben mit respektvollem Nicken entgegen. Darin stand, der globale Direktor für hydrogeologische Entwicklung, Mr. Constantine Speare, halte sich in offiziellem Auftrag in Lhasa auf und würde das Projekt gern besuchen, um sich einen Eindruck von der bemerkenswerten Konstruktion zu verschaffen und den Direktor als Redner für eine internationale Nachhaltigkeitskonferenz in Kuala Lumpur zu gewinnen. »Der Direktor muss sich sehr geschmeichelt fühlen«, sagte Shan und gab den Brief zurück. Pike hatte genau gewusst, wie er hier einen Fuß in die Tür bekommen konnte.

Die Frau nickte eifrig. »Direktor Ren wollte zu Ehren von Mr. Speare am Abend eigentlich ein Bankett veranstalten, aber der Gentleman muss noch heute zurück nach Lhasa.« Sie seufzte erleichtert. »Als ob so eine wichtige Persönlichkeit in unserer einfachen Kantine essen würde«, flüsterte sie und strahlte dann wieder. »Aber vielleicht können wir ja ein Foto von ihm für unsere Wand bekommen«, sagte sie und wies auf die vielen gerahmten Bilder, die zwischen den leeren Büros des Direktors und seines Stellvertreters hingen.

Shan ging die Wand entlang und gab höfliche Kommentare über die diversen hochrangigen Besucher ab. An Jiaos Tür schob er einen Anorak mit Jiaos Namen beiseite, um sich vermeintlich ein weiteres Foto anzusehen, und ließ die Jacke dabei absichtlich zu Boden fallen. Als er sich bückte, um sie aufzuheben, konnte die Sekretärin ihn nicht sehen. Er durchsuchte flink die Taschen, fand aber nichts. Dann fiel ihm die Stickerei über der Brusttasche auf. Die runde Abbildung zeigte einen roten Hammer über einem weißen *chorten*, eingerahmt von den Worten *Sicherheit in Heiterkeit*. Die Sekretärin bemerkte sein Interesse, als er die Jacke wieder aufhängte.

»Das stammt von einer früheren Tätigkeit«, erklärte sie.

Draußen ging Shan am Rand des Geländes entlang und fand sich bei den eingesperrten Tibetern wieder. Keiner von ihnen sah ihm in die Augen. Er zog sein *gau* hervor und murmelte mehrere Male das *mani*-Mantra. Die Köpfe ruckten hoch. Drei Männer rannten zu dem Maschendraht vor ihm.

»Wir haben nichts getan!«, klagte der Erste. »Wir wollen nur arbeiten! Ich muss meine Familie ernähren!« Ein anderer Mann zückte ein kleines rotes Buch, als wolle er seine Loyalität betonen. Er war zweifellos Absolvent eines Umerziehungslagers.

»Legt euch nicht mit denen an«, sagte Shan. »Der Direktor wird bald von selbst merken, dass er seine besten Arbeiter nicht so behandeln darf.«

»Der Direktor?«, fragte der Dritte, ein älterer Tibeter. »Das war nicht der Direktor, sondern sein verfluchter Stellvertreter. Wenigstens hat der Direktor dessen Anweisung aufgehoben, wir müssten hier drinnen auch all unsere Mahlzeiten einnehmen.«

»Hört mal«, sagte Shan und warf erneut einen nervösen Blick auf die Zugangsstraße. »War jemand von euch am ersten Tag dabei, als die steinernen Stelen eingeebnet wurden?«

Der Mann mit dem Buch drehte sich um und rief nach einem gedrungenen Kollegen mittleren Alters, der einen Hirtenmantel trug. »Wo sind die alten Steine, die hier letzten Oktober abgeräumt wurden?«, fragte Shan ihn.

»Weg, wieder bei den Göttern, mein Herr«, erklärte der Mann.

»Bei den Göttern?«

»Von den Stelen verlief ein großer langer Bodenspalt auf den Höhlenschrein zu, fast einen Kilometer lang und wer weiß wie tief. Meine Großmutter hat immer gesagt, so etwas sei ein Eingang zu einem *bayal*, einem gesegneten Land, in dem die Götter darauf warten, dass die Welt der Menschen sich bessert. Aber der erste Auftrag des Direktors hat gelautet, den Spalt zu füllen und restlos verschwinden zu lassen, damit er die Ingenieure nicht beeinträchtigt. Also hat er all diese Steine hineinschieben lassen, sogar diejenigen mit den alten Inschriften und Verzierungen. Dann hat er große Felsen heranschaffen lassen, um den Spalt weiter aufzufüllen, und den ganzen Schotter aufgebraucht, der für die Straßen angeliefert worden war. Am Ende konnten die schweren Fahrzeuge den ehemaligen Spalt problemlos passieren. Nun ist nichts mehr davon da.«

»Und die Höhle ist auch weg«, stellte Shan fest.

»Falls das wirklich stimmt, sind die Götter gefangen«, flüsterte der Tibeter verzweifelt.

Shan wusste nicht, was er darauf erwidern sollte. Er griff in seine Jackentasche, suchte nach den Weihrauchkegeln, die er meistens bei sich trug, fand insgesamt sechs davon und gab sie dem Mann zusammen mit seiner Schachtel Streichhölzer. »Ihr seid nicht vergessen«, sagte er und kam sich zugleich quälend unzulänglich vor.

»Vielleicht wäre es besser so«, sagte der Arbeiter. »Vielleicht sollten wir keinen Weihrauch entzünden, um schützende Geister herbeizurufen. Ich bin mir nicht sicher, ob wir es verdienen.«

Shan neigte fragend den Kopf.

»Wegen dem, was wir hier tun«, erklärte ein anderer Mann. Inzwischen hatte ein halbes Dutzend Tibeter sich bei Shan eingefunden. »Wir zerstören das Heim der Götter.«

»Das Heim der Götter besteht nicht aus einer dünnen Erdschicht auf dem Boden des Tals«, sagte Shan und deutete auf die umliegenden Berge. »Ihr habt deren Zuhause nicht zerstört. Und ihr habt sie auch nicht eingesperrt, jedenfalls nicht für lange. Ihr habt sie bloß verwirrt. Lasst sie wissen, dass ihr hier seid.«

Der Mann, der den Weihrauch entgegengenommen hatte, dachte nach und fing dann an zu nicken, ebenso wie einige der anderen. Jemand brachte einen flachen Stein und stellte einen der kleinen Kegel darauf. Ein anderer entzündete ein Streichholz.

»Kann ich noch etwas für euch tun?«, fragte Shan.

»Yeshe«, sagte einer der Männer und zog unter seinem Hemd ein kleines kupfernes *gau* hervor, das an einem geflochtenen Lederriemen hing. »Er wurde überfallen. Wir machen uns Sorgen um ihn.« Der Tibeter wies auf ein kleines Gebäude, das etwa fünfzig Meter entfernt hinter dem Speisesaal stand. Shan hatte es bisher noch gar nicht bemerkt. *Krankenstation* besagte ein Schild am Rand des Pfades, der dorthinführte. Shan nahm das *gau* entgegen, und der Mann wich mit dankbarem Nicken zurück.

Die wohlgenährte Chinesin an dem Schreibtisch gleich hinter der Tür der Krankenstation schaute sich auf einem Laptop einen Film an und blickte nur kurz teilnahmslos auf, als Shan an ihr vorbeiging. Es folgte ein Paravent und dahinter sechs Krankenbetten. Nur zwei waren belegt, eines von einem schlafenden Chinesen mit frisch eingegipstem Fuß. Der zweite Patient war ein Tibeter Mitte dreißig, der erzitterte, als Shan sich näherte. Der Mann schloss die Augen und stellte sich schlafend.

»Ich heiße Shan«, begrüßte Shan ihn auf Tibetisch. »Ich komme aus Yangkar. Der Klosterstadt.« Er benutzte diese Bezeichnung zum ersten Mal, aber er fing tatsächlich an, die Stadt so zu sehen. »Halte den Dolch in deinem Herzen«, fügte er nach einem Moment hinzu.

Die Augen des Mannes öffneten sich schlagartig. Shan hatte eine der geheimen Losungen der *purbas* benutzt, der tibetischen Widerstandsbewegung. Ein *purba* war eigentlich ein ritueller Dolch, mit dem man die Dämonen der Angst und Verwirrung durchbohrte. Shan hielt dem Mann das *gau* hin. Er nahm es sofort an sich, umschloss es mit beiden Händen und hielt es über seinem Herzen. Dabei sah Shan die allmählich verheilenden Blutergüsse und Kratzer auf seinen Handrücken und Unterarmen, ebenso wie im Gesicht. Der Tibeter schien etwas sagen zu wollen, aber kaum hatte er den Mund geöffnet, stöhnte er vor Schmerzen auf. Einige seiner Rippen mussten zumindest angebrochen sein.

Er versuchte es erneut. »Ich bin von einem Felsen gefallen«, sagte er und zuckte zusammen.

Shan sah derartige Verletzungen nicht zum ersten Mal. »Nein, Yeshe. Du wurdest verprügelt.«

Yeshe blickte auf sein *gau* und nickte langsam. Dann hielt er vier Finger hoch.

»Vier Leute haben dich zusammengeschlagen?«

Er nickte abermals und winkte Shan näher heran. »Die werden die Ausputzer genannt. Besondere Hausmeister, obwohl man sie nie bei irgendwelchen Reinigungsarbeiten sieht.«

Shan glaubte sich verhört zu haben. »Hausmeister?«

Das Flüstern verursachte Yeshe anscheinend weniger Schmerzen, und Shan beugte sich weiter vor. »So nennen die sich selbst, weil sie die grauen Overalls und Anoraks der Hausmeister tragen. Sie fahren einen Pick-up, über dessen Heckklappe ein Mopp ragt, der in rote Farbe getaucht wurde, als wäre es Blut. Das ist wie deren Banner. Und sie mögen zwar Ausputzer genannt werden, aber ich wette, das sind Soldaten.«

Shan musterte ihn eindringlich. »Wie meinst du das?«

»Ich bin selbst erst vor fünf Monaten aus der Armee ausgeschieden. Diese Männer sind alle in guter Form und folgen einer strikten Disziplin. Und ich habe gehört, wie sie ihren Anführer mit Sergeant angesprochen haben. Manchmal singen sie ein altes Kampflied über die Fahne, die auch im Kugelhagel niemals fallen darf.«

Das weckte Erinnerungen. Shan hatte dieses Lied oft gehört, gesungen von den Aufsehern in seinem ehemaligen Gefängnis. »Aber warum sind sie auf dich losgegangen?«

»Wegen des Feuerwerks.«

»Wie bitte?«

»In der Armee war ich Sprengmeister. Zehn Jahre lang, dann bin ich nach Hause zurückgekehrt.«

»Das heißt, du kennst dich mit Sprengstoff aus.«

»Genau. Als die Baufirma das gehört hat, wurde ich sofort eingestellt. Der Lohn ist gut. Ich sprenge hier mal ein Sims, da mal einen hartnäckigen Felsblock. Oder ich begradige unebene Flächen.«

Shan schaute kurz zum Eingang. Er konnte den Rücken der Krankenschwester sehen, die weiterhin vor ihrem Laptop saß. »Du wurdest verprügelt, weil du Felsen sprengst?«

»Eher weil ich sie nicht gesprengt habe«, sagte Yeshe. »Der stellvertretende Direktor hat mich angewiesen, diese alte Höhle zu zerstören, und ich habe gesagt, das könnte ich nicht so einfach tun, sondern müsste erst einen Mönch um Erlaubnis fragen, weil das ein heiliger Ort sei. In der folgenden Nacht haben die Ausputzer mich aus dem Bett gezerrt.«

Shan sah die Qual in Yeshes Blick. »Doch vor allem wolltest du nicht dabei helfen, weil du gewusst hast, dass sich wahrscheinlich Leute in der Höhle befinden.«

Der Tibeter wandte sich ab und starrte die Wand an. »Also hat der stellvertretende Direktor das selbst erledigt«, sagte er, ohne Shan anzusehen. »Er hätte dafür sorgen können, dass die Höhle vorher überprüft und gegebenenfalls geräumt wird. Der stellvertretende Ingenieur hat ihn sogar ausdrücklich darum gebeten und gewarnt, es könnte jemand ums Leben kommen. Jiao hat ihn geschlagen und ihn dann in sein Zimmer abführen lassen. Dann hat Jiao eigenhändig die Sprengladungen gezündet. Am nächsten Tag war der stellvertretende Ingenieur nicht mehr da. Weil er dringend andernorts gebraucht werde, hat Jiao gesagt.«

Der Tibeter betrachtete verzweifelt sein Gebetsamulett. »Später sind einige der Hügelleute gekommen und haben uns erzählt, dass ein Mann und eine Frau in der Höhle gewesen seien. Was für ein schrecklicher Tod. Seitdem habe ich jede Nacht Albträume, als wäre ich ebenfalls dort drinnen eingeschlossen. Ich liege stundenlang da, die Luft wird knapp, die gebrochenen Knochen und durchbohrten Organe tun entsetzlich weh. Und dann sterbe ich allein in völliger Finsternis, und um mich herum schreien die gefangenen Götter.«

KAPITEL NEUN

Das Tal war in Schatten gehüllt, als Shan sich zwischen zwei Felsblöcken mitten auf die Fahrbahn stellte, gleich hinter dem Punkt, an dem die Straße oben den Kamm überquerte. Er hatte beobachtet, wie der weiße Geländewagen langsam die weiten Serpentinen emporrollte, die aus dem Tal führten, und stellte sich ihm nun mit verschränkten Armen in den Weg. Als der Wagen sich näherte, nahm Shan seine Mütze ab. Er konnte sehen, wie Cato Pike auf dem Beifahrersitz etwas zu Cao sagte, als der Wagen abrupt zum Stehen kam.

»Constantine Speare«, sagte Shan, als Pike ausstieg. »Wieder ein römischer Name, wieder eine Stichwaffe.«

»Es freut mich, dass wenigstens einer meinen subtilen Witz zu würdigen weiß«, entgegnete Pike und grinste säuerlich. Der Amerikaner schaute in Richtung des Tals, doch der Blick war ihm an dieser Stelle versperrt. »Ich möchte mich lieber nicht allzu lange hier aufhalten.«

»Befürchten Sie, jemand könnte herausfinden, dass es gar keine UN-Abteilung für hydrogeologische Entwicklung gibt? Oder dass Sie nicht mal für die UN arbeiten? In Amerika geht so etwas vielleicht noch als Streich durch. Hier bedeutet es Selbstmord.«

»Stellen Sie es sich eher als eine Mischung aus Rache und Neugier vor«, sagte der Amerikaner. Das Funkeln in seinem Blick gab Shan zu denken. Ein weiteres Mal wurde er an das Raubtier erinnert, das in Pike zu lauern schien. »Und Sie sind derjenige, der mir von diesem Tal erzählt hat. Haben Sie wirklich geglaubt, ich würde mich fernhalten?«

»Ich habe geglaubt, dass ich letztlich eine Möglichkeit finden würde, Sie herzubringen, damit Sie den Ort besuchen können, an dem ...« – Shan suchte nach den richtigen Worten – »... an dem die beiden gestorben sind.« Er nickte Cao zu, der ausstieg und sich hinter den Wagen stellte, um die Straße unter ihnen im Blick zu behalten. »Sie bilden sich wahrscheinlich ein, dass Sie China kennen, Pike, und dass man Sie wohl einfach nur abschieben würde, falls Sie auffliegen. Aber nicht hier, nicht in Tibet, nicht bei einer Einmischung in dieses Projekt. Man wird Sie erschießen und Ihre Leiche an einem Ort ablegen, an dem nur die Geier Sie jemals finden.«

»Man? Geben Sie mir die Namen, und unsere Wege brauchen sich nie mehr zu kreuzen.«

Shan wies auf Cao. »Denken Sie auch an ihn. Falls er dabei erwischt wird, dass er einem Ausländer bei irgendeiner illegalen Aktion hilft, wird man ihn zugrunde richten, sofern man ihn nicht gleich ermordet. Die Vortäuschung einer falschen Identität riecht nach Spionage. Peking ist ganz wild auf amerikanische Spione.«

»Genau genommen war das hier im Wesentlichen sogar Caos Idee. Ich war bloß die Tarnung, obwohl auch ich diesen Ort sehen und die Verantwortlichen treffen wollte. Und ich habe eine interessante Entdeckung gemacht. Direktor Ren ist nur eine Marionette. Der eigentliche Chef hier ist Jiao.«

»Wie scharfsinnig! Ich habe zwei Besuche benötigt, um das herauszufinden«, sagte Shan und deutete auf einen flachen Felsen. Sie setzten sich, und er berichtete dem Amerikaner, was er in Erfahrung gebracht hatte.

»Sollen wir Sie mitnehmen?«, fragte Pike, nachdem sie fertig waren.

Shan zeigte den zunehmend dunkleren Hang hinauf. »Mein Wagen steht weiter oben«, sagte er und erkannte, dass er bei Nacht niemals dorthin zurückfinden würde. Als Pike die Tür öffnete und einsteigen wollte, merkte Shan, dass der Amerikaner ihm noch eine Erklärung schuldig war. »Sie haben gesagt, Sie seien die Tarnung gewesen. Um wovon abzulenken?«

Pike grinste. »Sie haben Ihre Methoden und ich meine. China bringt die weltweit besten Fachleute für die Überwachung elektronischer Kommunikation hervor. Ich habe auf dem Schwarzmarkt in Peking eine Menge von Onkel Sams Geld für Schnüffelsoftware ausgegeben und mir persönliche Kopien gezogen. Aber Cao hatte sogar noch bessere Programme. Eine Art Hobby von ihm, wie sich herausgestellt hat.«

Shan erinnerte sich, dass Cao aus dem Bürogebäude gelaufen war. Zuvor im Auto hatte er demnach gar nicht geschlafen, sondern darauf gewartet, dass jemand aus der Nebentür kommen würde, damit Cao sich hereinschleichen konnte, solange die beiden Direktoren mit Pike beschäftigt waren.

Cao erwiderte Shans fragenden Blick. »Sie sind nur ein Archäologiestudent«, sagte Shan.

»Ich bin nur ein Archäologiestudent«, wiederholte Cao.

Ein Student, der seinem Professor bei Arbeiten zur Hand ging, die verboten worden wären, hätten die Behörden davon erfahren, dachte Shan.

Pike hielt einen USB-Stick hoch. »Und dank ihm haben wir nun eine Kopie aller E-Mails der letzten sechs Monate.« Er schloss die Autotür und ließ das Fenster herunter. »Ach, und ungefähr jetzt bricht deren Kommunikationsverbindung mit Peking zusammen. Es wird bestimmt ein oder zwei Tage dauern, das wieder in Ordnung zu bringen.«

* * *

Beim steilen Aufstieg zu den Felsvorsprüngen legte Shan eine Pause ein, um wieder zu Atem zu kommen. Tief unter sich konnte er die Baustelle erkennen, wo immer noch einige Fahrzeuge mit eingeschalteten Scheinwerfern unterwegs waren. In der Ferne brannte ein riesiger Haufen gefällter Bäume. Irgendetwas gab ihm weiterhin zu denken, irgendein Punkt, den er nicht ganz zu fassen bekam. Und noch etwas anderes ließ ihn nicht los, die Zerstörung und Beseitigung der uralten Steinstelen. Er hatte einen Eindruck davon gewonnen, wie begeistert der Professor und die Amerikanerin über ihre Funde gewesen waren. Sie hatten hier nicht irgendwelche ausgestorbenen Volksstämme erforscht, sondern die Geschichte des menschlichen Geistes, und zwar an dem Ort, an dem alle Knochen der Erde verankert waren.

Den letzten Teil der Strecke musste Shan in kurzen Etappen zurücklegen, weil die Luft immer dünner wurde. Beim nächsten Halt blickte er hinunter zu der dunklen Stelle, an der die Stelen gestanden hatten. Und da wurde ihm plötzlich der Zusammenhang klar.

»Der erste Oktober!«, sagte er laut. Am ersten Oktober hatte man die Stelen zerstört. Der erste Oktober war der Nationalfeiertag. Am Nationalfeiertag hatte Tsomo, der alte Lama in Kos Lager, plötzlich aufgeschrien, die Arme in Richtung Norden ausgestreckt und war gestorben.

* * *

Zwei Stunden später saß Shan am Lagerfeuer auf der kleinen geschützten Ebene unterhalb der steinernen Krallen und erzählte Lhakpa und Jaya von seinem Nachmittag auf der Baustelle. Er schloss mit der Erkenntnis, dass die Stelen und der alte Häftling aus dem Kloster Larung Gar im Grunde genommen am selben Tag ihr Ende gefunden hatten.

»Sogar zur selben Stunde«, sagte Jaya. »Um vierzehn Uhr am ersten Oktober.« Sie wusste es bereits. Sie wusste mehr als Shan. »Die rätselhaften spirituellen Verknüpfungen in Tibet«, fügte sie hinzu und sah dann Shans Verwirrung. »Yankay ruft Hagel herbei, und zwei Soldaten sterben. Die uralten Steine werden zerstört, und ein alter Lama stirbt. Vielleicht stimmt es ja, was die Bonpo seit jeher behaupten. Wir sind alle nur Spielfiguren. Die Züge obliegen den Göttern.«

Lhakpa murmelte etwas vor sich hin und klang dabei ziemlich bekümmert. Jaya versetzte ihm einen Tritt. Er schüttelte ernst den Kopf, als wolle er seine Nichte tadeln. Shan reagierte nicht darauf und tat so, als hätte er es nicht gehört. Doch das hatte er. Lhakpa hatte gesagt: *Das hätte ich sein müssen.*

»Du hast dieses weiße Auto angehalten, Wachtmeister«, sagte Jaya.

Shan zögerte. Die Tibeterin schien viel Zeit mit der Beobachtung des Tals zu verbringen. »Ich kannte den Besucher«, erwiderte er. »Aus Lhasa.«

Lhakpa schürte die Glut ihres Dung-Feuers. »Sag mal, Wachtmeister, untersuchst du den Tod von Metok oder den Tod der Götter?«

Shan beugte sich zum Feuer vor. »Meine Zuständigkeit deckt nur Metok ab.«

»Das ist bloß die Zuständigkeit, die andere Leute dir verliehen haben«, hielt Lhakpa ihm entgegen.

Shan kam sich plötzlich sehr klein vor und fröstelte. Er zog die geliehene Decke enger zusammen.

»In den Hügeln oberhalb von Yangkar gibt es viele alte Götterstatuen, die von der Regierung umgeworfen wurden«, fuhr Lhakpa fort. »Marpa hat mir erzählt, dass du dich an deinen freien Tagen mit einer Schaufel und einer Eisenstange aufmachst, um sie wieder aufzurichten.«

»Manchmal kommen Hirten und helfen mir.«

»Und falls das Büro für Religiöse Angelegenheiten davon oder von deiner Arbeit unter den Straßen von Yangkar wüsste, würden sie dir die Öffentliche Sicherheit auf den Hals hetzen. Du redest von Zuständigkeit, aber du folgst einer höheren Bestimmung.«

Shan sah den Tibeter an. Das Gespräch mit dem Schneemönch war wie ein Gespräch mit Lokesh. Nichts blieb ihm verborgen.

»Also noch mal, wer war das in dem weißen Wagen?«, drängte Lhakpa. »Jaya hat gesagt, es könnte die Öffentliche Sicherheit gewesen sein. Ich habe nein gesagt, denn ich vertraue dir.« Die beiden Tibeter wirkten erwartungsvoll, aber auch ein wenig verärgert.

»Am Steuer saß ein Student aus Professor Gangfens Grabungsteam. Und der andere Mann war Natalie Pikes Vater.«

»Onkel!«, rief Jaya und packte mit einer Hand Lhakpas Schulter. Die Neuigkeit schien sie beide zu verblüffen.

»Er ist aus Amerika hergekommen?«, fragte Lhakpa schließlich. »Was bezweckt er damit?«

Shan überlegte, wie er Pike am besten beschreiben sollte, war sich aber nicht sicher. »Man hat ihm mitgeteilt, Natalie sei bei einem schrecklichen Unfall ums Leben gekommen. Die Regierung hat ihm ihre Asche geschickt, und es gab eine Trauerfeier. Aber er war selbst mal Polizist und ist sehr skeptisch. Und er hat in Peking gelebt und kennt sich mit der Regierung und ihrer Polizei aus. Also hat er die Asche testen lassen. Man hatte ihm die Überreste eines Schafs geschickt.«

Lhakpa starrte mit ernster Miene in die Flammen. »Wie grausam, einem Vater so etwas anzutun.«

»Er hat mich gefragt, welches Krematorium dafür zuständig war«, fuhr Shan fort. »Vor zwei Tagen ist er abends dort hingegangen und hat den Leiter über Nacht in einen seiner eigenen Öfen eingesperrt.«

Lhakpa lachte überrascht auf und klopfte Jaya sanft auf den Rücken, als müsse sie getröstet werden. Shan begriff, dass sie offenbar mit Natalie befreundet gewesen war. »Dieser Pike gefällt mir«, sagte der Schneemönch. »Er verhält sich so, wie es laut einem meiner alten Lehrer die besten Lamas schon immer getan haben. Rechtschaffen, aber mit dem nötigen Nachdruck.«

Eines der angeleinten Pferde wieherte, und Jaya ging nachsehen. Jemand flüsterte dort im Dunkeln, und dann kehrte sie mit drei Tibetern zurück, die jeder begierig eine Portion von dem Eintopf entgegennahmen, den Jaya gekocht hatte. Die beiden Männer trugen Westen und Mützen aus Schaffell und waren daher wohl Hirten. Die stämmige Frau von ungefähr vierzig Jahren nickte Shan zu, als Jaya ihr die Schale reichte. Sie kam ihm irgendwie bekannt vor, aber ihm fiel ihr Name nicht ein. Erst als einer der Hirten aus seinem mitgebrachten Brennholzbündel ein paar Zweige ins Feuer schob, erinnerte Shan sich wieder, denn die Flammen erhellten die große Ledertasche, die neben der Frau stand, und auch das aufgemalte Abbild von Menla, dem Heilenden Buddha. Die Frau war die Krankenschwester, die sich für gewöhnlich in der Gegend von Yangkar aufhielt.

Die würdevolle Tibeterin blieb stumm und behielt ihren Kopf mit melancholischer Miene gesenkt. Sie aß nicht, sondern bedankte sich nur leise bei Jaya, nahm ihre Schale und ein Weihrauchbündel, das in der Nähe des Feuers lag, und zog sich wieder in den Schatten hinter der schwarzen Filzbahn zurück.

Zehn Minuten später tauchte ein Tibeter in der groben Baumwollkleidung der Bauarbeiter am Rand des Gehölzes auf. Jaya und Lhakpa eilten sofort zu ihm und redeten dringlich und besorgt auf ihn ein. Shan trat hinter die Filzwand. Am Ende der Regale voller Artefakte, hinter einer leichten Biegung, entdeckte er ein kleineres Lagerfeuer. Dort saß die Krankenschwester mit zwei anderen Tibetern, einem älteren Mann mit langem, struppigem grauem Haar, das bis auf seine Schultern fiel, und einer rundlichen Frau, die eine Gebetskette durch die Finger gleiten ließ. Der Mann blickte auf und neigte den Kopf, als höre er Shan kommen.

Die beiden Frauen erschraken, als er aus der Dunkelheit vortrat. Das ledrige Antlitz des Mannes verzog sich zu einem kleinen, unschlüssigen Lächeln, wenngleich er eine Hand auf den mit Schnitzereien verzierten Stab legte, der neben ihm an einem Baum lehnte.

»Er hat mit Lhakpa gesprochen«, erklärte die Krankenschwester ihren Begleitern.

»Ich habe gehofft, ich könnte den Hageljäger kennenlernen«, sagte Shan und nickte dem alten Mann zu.

»Er ist der Wachtmeister von Yangkar«, warnte die Krankenschwester. Die andere Frau schnappte sich die Schale mit dem Eintopf und floh in die Nacht hinaus.

Der Hageljäger ergriff mit der leisen Stimme eines Lama das Wort. »Komm und setz dich zu uns ans Feuer, Wachtmeister.« Als Shan auf einem der flachen Felsen Platz nahm, stand die Krankenschwester auf, nahm ihre Medizintasche und einen kleineren, prallen Lederbeutel, wie man ihn zum Sammeln von Yakdung als Brennstoff benutzte, und zog sich in die Richtung der anderen Frau zurück.

»Du hast ja eine erstaunliche Wirkung auf Frauen«, stellte der alte Tibeter mit leisem Kichern fest.

Shan schaute der Krankenschwester hinterher. Sie hatte sich ihm gegenüber schon immer reserviert verhalten. Er wusste nicht einmal ihren Namen, nur dass man sie die Wanderheilerin nannte. Die Hirten waren voll des Lobes über ihre Fähigkeiten.

»Ich hätte nicht gedacht, dass die Kranken so nahe bei den Fünf Klauen bleiben«, sagte Shan und streckte die Hände über die warmen Flammen aus. Er schaute zurück zum Pfad. Es gab hier jede Menge Brennholz, aber die Krankenschwester hatte das Feuer lieber mit Dung angefacht, was er nicht verstand.

»Auf diesem Berg sind viele Formen der Heilung vonnöten«, sagte der Hageljäger. Shan sah, dass neben ihm ein halbes Dutzend Bündel aus Wacholderzweigen lag, verschnürt mit Ranken.

»Ich fühle mich geehrt, dich zu treffen, Yankay Namdol. Ich heiße Shan. Leider konnte ich nicht mit dir sprechen, als ich dich bei deiner Entlassung aus der Schuhfabrik gesehen habe.« Shan erinnerte sich noch an die seltsamen Bewegungen des Hageljägers an jenem Morgen. Nun erkannte er, dass einer der Gründe dafür die leichten Missbildungen des alten Mannes gewesen sein mochten. Eine Hand war in einem irgendwie unnatürlichen Winkel abgeknickt. Eine Schulter wirkte höher als die andere. Sein linker Unterarm war krumm, und sein Unterkiefer schien nicht ganz mittig zu sitzen, was seinem graubärtigen Gesicht einen schiefen Anschein verlieh.

Der alte Mann umschloss mit festem Griff seinen Stab. Shan sah, dass die komplizierten Schnitzereien buddhistische und Bonpo-Symbole darstellten.

»Ich hatte bis dahin noch nie erlebt, dass ein Mensch ein Erdbeben heraufbeschwört.«

Yankays Lächeln enthüllte eine Reihe ungleichmäßiger gelber Zähne. »Du irrst dich. Nicht ich rufe die Erdbeben, sondern sie rufen mich.«

»Genau in dem Moment deiner Entlassung. Ich war zutiefst beeindruckt. Es war magisch. Ich glaube, der Direktor hätte sogar die Flucht ergriffen, wäre der Oberst nicht gewesen. Und ich nehme an, die

Häftlinge wurden danach eine Weile mit etwas mehr Respekt behandelt.«

»Du bist nicht darauf vorbereitet, das Wirken der Erde hier zu verstehen«, sagte Yankay im Tonfall eines geduldigen alten Lehrers.

Shan starrte ins Feuer und dachte über die Wortwahl des Mannes nach. »Stimmt«, pflichtete er ihm bei. »Früher habe ich immer gedacht, ich würde mit zunehmendem Alter auch weiser werden. Aber ich habe lediglich begriffen, wie unwissend ich bin.«

Yankay ließ seinen Stab los und streckte beide Hände über das Feuer. »Gut. Der erste Schritt auf dem Weg zur Weisheit.«

»Und wie lautet der nächste?«, fragte Shan und merkte, dass er wie ein nervöser Schüler klang.

»Gib dich dem Wunderbaren hin.«

»Was ist denn wunderbar an Männern, die Götter töten würden?«

Yankay seufzte und antwortete nicht sofort. »Unweit der Spitze des Berges gibt es eine Eishöhle«, sagte er schließlich. »Falls du dort lange genug sitzt, kannst du die Vibration aus den Tiefen des Berges hören. Wie einen Herzschlag.«

»Klingt kalt.«

Der Hageljäger wirkte enttäuscht. »Du bist also auch einer von denen, die man zu ihrem Glück zwingen muss.«

»Ich glaube eher, dass ich einfach nur ein Überlebender bin, abgehärtet durch langjährige Erfahrung.« Er blickte in das offene, wissbegierige Gesicht des ungepflegten Mannes. »Wie wird man ein Hageljäger?«, fragte er.

»Du könntest nie einer werden, Wachtmeister, wenn es dir schon zu viel ist, dazusitzen und auf den Berg zu lauschen.«

»Du willst sagen, es ist eine Gabe. Und zugleich eine schwere Last, nehme ich an. Hagelstürme können Menschen töten.«

Yankay verzog das Gesicht. »Früher gab es Schreine, die diesen Toten gewidmet waren. Die Lamas wussten nie so recht, wie sie damit umgehen sollten. Wer einen gewaltsamen Tod erleidet, kann normalerweise keine höhere Existenzebene erreichen, aber viele Leute waren der Ansicht, wenn jemand durch Hagel stirbt, dann haben die Götter ihn gerufen.« Er stand auf und legte mehr Holz ins Feuer. »Ich wollte den Tod dieser Soldaten nicht. Manchmal glaube ich, dass Leutnant Huan recht hatte und ich an jenem Tag tatsächlich zwei Morde begangen habe. Falls ich die Kolonne nicht angehalten hätte, wären die Männer am Leben geblieben.«

»Falls sie ihre Helme getragen hätten, hätten sie ebenfalls überlebt«, sagte Shan. »Oder falls die Laster unterwegs eine Panne gehabt hätten. Oder falls Huan nicht so sehr in Eile gewesen wäre und auf die Abkürzung verzichtet hätte. Oder falls sie an dem Morgen zehn Minuten früher aufgebrochen wären.« Er zuckte die Achseln. »Mord ist ein Konstrukt der menschlichen Rechtsprechung«, behauptete er. »Ich bin mir nicht sicher, ob diese Gesetze auch hier auf dem Berg gelten.«

»Das tun sie nicht«, stimmte Yankay ihm zu.

»Dann scheint mir ein Jahr in der Schuhfabrik Strafe genug zu sein.«

Yankay hob einen Fuß, der in einem schweren Stiefel steckte. »Jeder Absolvent bekommt ein Paar Armeestiefel, die dort gefertigt wurden, wusstest du das? Die besten Stiefel, die ich je hatte. Haben mich ein Jahr meines Lebens gekostet. Manchmal glaube ich, ich sollte sie in einen Schrein stellen.« Der alte Mann seufzte laut. »Aber die Steine auf den Wegen sind spitz, und meine Knochen werden müde.«

Shan hatte so viele Fragen. Wie war Yankay ein Hageljäger geworden? Wie hatte er das nahende Erdbeben spüren können? Wie war er all die Jahre den Behörden entwischt? Was wusste er über das heilige Tal vor der Ankunft der Baumaschinen? Doch Shan sagte nichts. Er fühlte sich wie ein nervöser junger Novize in der Gegenwart eines berühmten Lama. Auch nach all den Jahren, die er nun schon in Tibet lebte, gab es so vieles an diesem Land und solchen Tibetern der alten Welt, das er nicht verstand. Er wusste, dass Lokesh sagen würde, sein Zwang, alles verstehen zu wollen, sei Shans größte Schwäche, dass er aufhören müsse, Fragen zu stellen, und sich stattdessen in das Wunderbare vertiefen solle, genau wie Yankay ihm nahegelegt hatte. Doch Wunderbares war im Tal der Götter zu einer Seltenheit geworden.

»Die alten Wege liegen stets knapp außerhalb der Wahrnehmung«, sagte Yankay plötzlich. Er schien zum Feuer zu sprechen, denn kurz darauf nickte er, als hätten die Flammen etwas Kluges erwidert.

»Das war mal ein angesehener Beruf«, verkündete er und sah Shan an. »Nur sehr gebildete Männer würden den Hagel jagen. Die dafür notwendigen Studien dauerten so lange wie für das Amt eines Abtes, mit Hunderten von umfangreichen Gebeten, die man sich einprägen musste. Doch im letzten Jahrhundert sind all jene Lehrer von der Erde gefallen.«

Er streckte eine Hand aus und zeigte nach Nordwesten. Einen Moment später schoss genau an der bezeichneten Stelle eine Sternschnuppe quer über den Himmel. Das musste ein Zufall sein, dachte Shan bei sich. Es gab dafür keine andere Erklärung, ebenso wenig wie für Yankays Wissen um das Erdbeben in der Schuhfabrik. Er hörte Lokesh in sein Ohr flüstern. *Nimm das Wunderbare einfach hin.*

»Heutzutage suchen viele böse Dämonen die Erde heim. Das war die wahre Aufgabe des Hageljägers: durch den Einsatz von Blitz, Hagel und Erdbeben die Dämonen zu bezwingen, die den Menschen schaden wollten.« Yankay schürte das Feuer mit einem langen Ast. »Der Bann gegen den Dämon der inneren Erde besteht aus einem vom Blitz geschmolzenen Stück Boden. Der Zauber gegen die niederen Wasserdämoninnen ist Nieswurz. Um die mächtigeren Vertreter ihrer Gattung zu bannen, braucht man Kupferpulver und schwarzen Schwefel, vermischt mit Erde von einer Wegkreuzung. Die Liste ist lang, und manche Zauber sind für immer verloren gegangen. Ich wurde nie richtig ausgebildet. Die Götter sprechen zu mir, sie erzählen vom Hagel und den Blitzen, von Erdbeben und sogar Meteoren, aber ich weiß nicht genau, wie ich ihnen antworten kann. Ich bin stumm und wandele allein im Haus der Götter.« In seiner trockenen Stimme schwang ein Anflug von Kummer mit.

Der Hageljäger zuckte die Achseln. »Ich kann jederzeit einen Tanz aufführen und den Leuten weismachen, es wäre Magie, aber das ist es nicht. Es sind die Götter, die mir ins Ohr flüstern. Hast du denn an jenem Tag in der Schuhfabrik nicht das Bellen all der Hunde gehört und die Maultiere durchgehen gesehen? Wenn ein Erdbeben nur noch wenige Minuten entfernt ist, bellen Hunde auf eine ganz bestimmte Weise. So viel hat mein erster Lehrer mir immerhin beigebracht. An dem Morgen waren sämtliche Vögel aus dem Lager verschwunden, aber das schien niemandem aufzufallen. Kurz bevor die Erde bebt, liegt eine gewisse Schwingung in der Luft, doch auch das können die Menschen heute gar nicht mehr wahrnehmen. Vielleicht habe ich ein paar altmodische Sinne behalten, die bei anderen längst verkümmert sind.« Er seufzte. »Ich habe gehört, dass es unten in den tieferen Gebieten tatsächlich Flüsse gibt, aus denen man nicht trinken kann, und Luft, die beim Einatmen krank macht. Falls das stimmt, dann weil niemand mehr weiß, wie man mit den Erdgöttern spricht. Ich bin nur ein armseliger Narr und kann sie lediglich hören. Und das ist dann eher ein Fluch.«

Die Worte ließen Shan das Herz schwer werden. Nicht zum ersten Mal verspürte er eine tiefe Abscheu vor dem, was die Welt solchen Männern angetan hatte. Warum war Yankay ihm gegenüber so offen?, wunderte er sich. Und wieso war sein alter Leib so verunstaltet? Er schaute in die flache Höhle, in der Yankay seine Habseligkeiten aufbewahrte, und sah einen verbeulten Helm. »Verrate mir, Rinpoche«, sagte er und benutzte dabei die Anrede für einen ehrwürdigen Lehrer, »wie oft hat der Hagel dir die Knochen gebrochen?«

Der alte Mann verzog das Gesicht zu einem traurigen Lächeln. »Das ist zu viel der Ehre, Wachtmeister. Vielleicht wäre ich in der früheren Welt einer geworden, aber niemals in dieser.« Er zuckte die Achseln und fing dann an, Stellen seines Körpers zu berühren und mitzuzählen. Sein linkes Schlüsselbein, sein rechtes Schlüsselbein, seine linke Speiche, seine rechte Elle, auf einer Seite der Handrücken, auf der anderen das Handgelenk. Bei zehn hörte er auf zu zählen. »Ich betrachte sie eher als Segnungen, denn die Götter haben jedes Mal beschlossen, mich nicht zu töten.

›Hier sind wir!‹, sagen sie. ›Wir haben uns entschieden, dich noch ein Weilchen am Leben zu lassen, du alter Narr!‹« Er berührte seinen schiefen Unterkiefer. »Das war bloß die Folge meiner eigenen Dummheit. Schau in einem Hagelsturm niemals nach oben.«

Der Hageljäger verstummte und legte mehr Holz ins Feuer. »Wie gut kennst du die Toten?«, fragte er plötzlich.

Shan erschauderte. »Wie bitte?«

Yangkar wies in die Richtung, in die die Krankenschwester verschwunden war. »Unsere Wanderheilerin sagt, du seist der Wachtmeister von Yangkar. Und als Wachtmeister des alten *gompa* musst du doch die Toten kennen. Es heißt, die Hunde dort bellen ständig, weil es in Yangkar mehr Geister als Menschen gibt.«

»Ich habe den Tod viel zu oft gesehen«, räumte Shan ein.

Der zerlumpte alte Mann nickte mitfühlend und schob dann das Ende eines seiner Wacholderbündel in die Glut. »Wir alle kennen den Bardo, die Worte für die wahrhaft Toten. Aber wie geht man mit den Halbtoten um? Wie holt man sie aus dem Dazwischen?«

»Das verstehe ich nicht«, gestand Shan.

»Wenn Leib und Seele es sich anders überlegen. Ich denke oft, falls ich zulasse, dass die Götter mich holen, sehe ich vielleicht genug, um …«

»Da steckst du ja, Wachtmeister!«, fiel eine weibliche Stimme ihm ins Wort. Jaya trat aus der Dunkelheit vor. »Der Arbeiter, der hergekommen ist, möchte dir persönlich dafür danken, dass du Yeshe in der Krankenstation geholfen hast. Er hat ein Gebet aufgeschrieben, das du bei dir tragen sollst.« Sie zog Shan auf die Beine, ihre Augen funkelten eindringlich.

Als sie die kleine Lagerstelle verließen, wandte Shan sich noch einmal zu dem alten Mann um und blieb stehen, bis Jaya ihn am Arm zog. Yankay schüttelte mit einer Hand seinen Stab, schwenkte mit der anderen das schwelende Wacholderbündel und murmelte Beschwörungen gen Himmel. Er versuchte, die Halbtoten zu erreichen.

* * *

Am nächsten Morgen bestand Jaya darauf, dass Shan für den Weg zu seinem Wagen ein Pferd nehmen würde. Sie wollte ihn begleiten, um das Tier im Anschluss zurück zum Lagerplatz zu bringen. Beim Aufbruch wurden sie misstrauisch von vier raubeinigen Tibetern beäugt, die in der Nacht eingetroffen waren und allesamt rotes Garn in ihrem langen struppigen Haar trugen. Es wies sie als *khampas* aus, die wilden, unbeugsamen Bewohner des Hochlands von Kham, die vermutlich immer noch gegen die Chinesen kämpfen würden, hätte der Dalai Lama sie vor Jahren nicht inständig gebeten, den bewaffneten Widerstand einzustellen. Die vier Männer beluden die Packtaschen eines halben Dutzend Yaks mit Artefakten aus dem Versteck. Lhakpa ging ihnen zur Hand und wickelte die empfindlicheren Stücke in getrocknetes Gras ein. Die *khampas* sprachen weder mit Jaya noch mit Shan, zogen sich aber jeweils ihr Halstuch über die untere Gesichtshälfte. Shan war das nur recht. Er wollte gar nicht wissen, wer sie waren oder wohin sie die Schätze bringen würden. Ihm fiel ein, dass Shiva eine Kolonne aus Yaks gemalt hatte, die Buddhas auf den Rücken trugen. Wie hatte sie von den Schatzkarawanen wissen können?

Während des Ritts schaute Jaya häufig nach oben. Nachts war ein Sturm durchgezogen, doch der Himmel hatte aufgeklart. Shan wusste, dass sie wegen der Drohne nervös war, die der Öffentlichen Sicherheit unerwünschte Einblicke gestatten könnte. Als der Abstieg auf der Südseite des riesigen Berges begann, legte sich Jayas Unruhe, und sie fing an, in bewunderndem Tonfall mit ihrem Pferd zu sprechen und sogar einige der alten Lieder der tibetischen Reiterfeste zu singen. Dann stellte sie Shan neugierige Fragen über Lhasa und bat ihn zu erklären, was die Olympischen Spiele seien. Vieles an ihr erinnerte ihn an Yara, ebenfalls eine kluge, wissbegierige Frau, der es verwehrt geblieben war, mehr über die Welt erfahren zu dürfen.

»Es war mir gestern Abend eine Ehre, Yankay zu treffen«, sagte Shan.

»Er schien sich in deiner Gegenwart …« – Jaya suchte nach dem passenden Wort – »… ganz wohl zu fühlen.«

»Ich hatte den Eindruck, dass es ihn irgendwie traurig macht, ein Hageljäger zu sein.«

Jaya nickte. »Er sagt, seine Seele würde die ganze Zeit jucken, und er wüsste nicht, wie er sie kratzen soll. Manchmal sagt Onkel Yankay, er sei bloß die stumpfe Schneide eines Schwerts, das niemals geschliffen werden kann.«

Shan sah sie überrascht an. »Er ist dein Onkel? Yankay und Lhakpa sind Brüder?« Er hatte weder die Verbindung zwischen den beiden Männern erkannt noch Lhakpas bittere Reaktion verstanden, nachdem Shan vom Tod des alten Lama bei der 404ten erzählt hatte. *Das hätte ich sein müssen*, hatte Lhakpa gesagt, als würde er sterben wollen.

»Ja. Yankay ist viele Jahre älter, und da er der Erstgeborene war, ist er als Junge ins Kloster gegangen. Als die chinesische Armee kam, war er noch Novize. Doch er hatte seit jeher gewusst, dass er einst ein Hageljäger sein würde, denn schon als Kind rührte sich etwas in seinem Innern, wenn Stürme oder Erdbeben kamen. In seinem *gompa* lebten zwei der berühmtesten Hageljäger von ganz Tibet, die angefangen hatten, ihn zu unterweisen. Doch die Ankunft der Chinesen kostete sie das Leben, und Yankay floh mit einigen ihrer Bücher in eine Höhle. Als ich sieben oder acht Jahre alt war, habe ich einmal oberhalb von unserem Gerstenfeld einen Dämon tanzen gesehen. Er war in Zweige und Gras gehüllt und hatte einen langen weißen Pferdeschweif an einen Stab gebunden. Meine Mutter sagte: ›Das ist kein Dämon, sondern dein Onkel Yankay.‹ So ist er dann alle paar Monate aufgetaucht, und meine Mutter schickte mich jedes Mal mit einem Sack Gerste los, den ich am Rand des Feldes für ihn zurücklassen sollte.

Nach dem Tod meiner Eltern habe ich bei Nachbarn gelebt, und er kam weiterhin, obwohl meine neue Familie nur wenig entbehren konnte. Ich habe mir die Hälfte meiner eigenen Gerstenration vom Mund abgespart, um sie ihm zu geben. Eines Tages lag ein Brief auf dem Felsen, wo ich sonst immer die Gaben für ihn zurückließ. Darin stand: *Jaya, ich werde versuchen, in der Nähe zu bleiben, aber ich kann zu deiner eigenen Si-*

cherheit nicht an deiner Seite sein. Danach legte er bei jedem seiner Besuche einen Brief für mich hin, und als ich zwölf war, schrieb er mir, ich müsse zur Schule gehen und zu der Blume erblühen, die meine Bestimmung sei.« Sie wirkte einen Moment lang bedrückt, dann hellte ihre Miene sich wieder auf. »Er wusste noch nicht, dass aus mir eine eher dornige Rose werden würde«, sagte sie und trieb ihr Pferd weiter den Pfad entlang.

Als sie Shans Wagen erreichten, rechnete er eigentlich damit, dass Jaya sofort wieder den Rückweg antreten würde, doch stattdessen stieg sie ab und band die Pferde an eine knorrige Kiefer. Zunächst näherte sie sich dem Fahrzeug nur vorsichtig und behielt die umliegenden Felsvorsprünge im Blick, aber dann keuchte sie plötzlich auf und rannte an Shan vorbei.

Mit einigem Kummer sah Shan sie aufgeregt auf ein halbes Dutzend Dellen in Dach und Motorhaube zeigen. Der Sturm von letzter Nacht hatte es auf dem Eiskugeldamm hageln lassen.

»Sieh nur!«, rief Jaya und deutete nacheinander auf jeden der Schäden. Die Hagelkörner mussten so groß wie Tischtennisbälle gewesen sein.

»Ich hätte weiter unten am Hang parken sollen«, sagte Shan.

»Nein, nein! Du verstehst nicht! In den Dellen steht noch das Wasser des geschmolzenen Hagels! Die Alten sagen, derartiges Wasser sei sehr mächtig, denn es stamme direkt aus den Händen der Erdgötter. Es ist mit ihrem Zauber getränkt. Wir müssen es retten!«

Bei einer eifrigen Durchsuchung des Innenraums von Shans Wagen fand die Tibeterin einen alten Trinkhalm und eine leere Limonadenflasche, die offenbar von dem Soldaten stammten, der Zhu und Shan auf dem nächtlichen Rückweg von Lhasa nach Lhadrung mit diesem Fahrzeug gefolgt war. Jaya säuberte beides an der Quelle des nahen Pilgerlagers und leerte dann die Dellen, indem sie das Wasser mit dem Halm ansaugte, das Ende des Halms mit ihrem Daumen verschloss und den Inhalt in die Flasche rinnen ließ. Am Ende war die Flasche weniger als fünf Zentimeter gefüllt, doch Jaya drückte sich das heilige Wasser an die Brust und sprach ein schnelles Gebet. Dann musste Shan die Flasche halten, während Jaya aus einem Stück der alten Kiefer einen Pfropfen schnitzte. Sie verstaute die Flasche sorgfältig in der Tasche hinter ihrem Sattel und zögerte. »Brauchst du diese alte Zeitung noch, die auf dem Sitz liegt?«, fragte sie. Shan verneinte, und Jaya schnappte sie sich sofort. »Hast du vielleicht etwas Klebeband? Oder Schnur?«

Trotz seiner Verwirrung gestattete Shan ihr eine gründlichere Durchsuchung des Wagens, und wenig später fügte sie ihrer Satteltasche eine Rolle Heftpflaster aus dem kleinen Verbandpäckchen und ein Stück dünnen Draht aus dem Handschuhfach hinzu. Dann musterte sie sehnsüchtig Shans hohe Stiefel, und er überließ ihr grinsend die Schnürsenkel. Danach legte sie eine Hand auf das Verbandpäckchen aus Leinen und jauchzte vor Freude, als Shan erneut nickte. Zu seiner Überraschung schloss sie ihn kurz in die Arme und lief dann zu den Pferden. Amüsiert und noch immer verwirrt schaute er ihr hinterher, wie sie den Hang erklomm, füllte dann seine Wasserflasche an der Pilgerquelle und stieg in den Wagen.

Erst nach einer knappen Stunde Fahrt fiel ihm auf, dass Jaya bei der Durchsuchung des Handschuhfachs sein neues Satellitentelefon herausgenommen und unter den Landkarten auf dem Sitz liegen gelassen hatte. Er schaltete es ein. Fünf Minuten später klingelte es.

Amah Jiejie klang verärgert. »Der Oberst hat Ihnen das Telefon als Kommunikationsmittel gegeben, nicht als Briefbeschwerer. Er versucht seit gestern Nachmittag, Sie zu erreichen.«

»Ich war in den Bergen unterwegs«, sagte Shan, bevor ihm klar wurde, dass diese Ausrede bei einem Satellitentelefon sinnlos war.

Er hörte sie seufzen. »Ich werde ihm sagen, der Akku war leer. Bleiben Sie dran.«

Tan hatte sich noch nie groß mit Floskeln aufgehalten. »Mein Hausmeister wurde überfallen«, verkündete der Oberst. »Er liegt im Krankenhaus.«

»Wie bitte?«

»Jampa, der die Nachricht von Metok herausgeschmuggelt hat. Diebe haben ihn verprügelt. Wie schnell kannst du kommen?«

* * *

Lhadrungs kleines Krankenhaus war mit zunehmender Präsenz der Armee weiter ausgebaut worden und stand nun nicht länger nur am Stadtrand, sondern auch am Rand des ausgedehnten Militärgeländes, das unmittelbar an Lhadrung angrenzte. Der neue Gebäudeflügel besaß auf der Vorderseite einen Eingang für Zivilisten und auf der Rückseite eine Tür für Militärangehörige. Die kleine Ärzteschar bestand vollständig aus Armeeoffizieren.

Major Xun erwartete Shan auf der Vorderseite und führte ihn um das Gebäude herum zum Armeeeingang. Tan lief überaus ungeduldig vor einem Patientenzimmer im Erdgeschoss auf und ab, gleich neben der kleinen Notaufnahme. Jampa, der alte Tibeter, den Shan in Tans Büro kennengelernt hatte, lag in dem einzigen Bett im Raum, das Gesicht und die Hände angeschwollen und verbunden. Seine Augen starrten dermaßen ausdruckslos an die Decke, dass Shan ihn im ersten Moment für tot hielt. Tan nahm Shan mit hinein und schloss die Tür hinter sich. Xun blieb draußen auf dem Flur.

»Metok und Huan sind erst mal zweitrangig«, sagte der Oberst barsch. »Ich will die Mistkerle, die das getan haben.«

»Was ist passiert?«

»Er wurde gestern Abend in einer Gasse hinterrücks überfallen. In meiner Stadt! Die haben ihm sein weniges Geld abgenommen und sind weggerannt, diese Feiglinge! Ich will, dass du sie findest, und dann werde ich sie eigenhändig so zusammenschlagen, wie sie das mit ihm getan haben.«

Shan nahm das Krankenblatt vom Nachttisch und schaute dann erneut auf die Arme des Mannes, von denen einer gebrochen war und in einer Schlinge lag. Man konnte die eintätowierte Nummer sehen. Jampa war ein ehemaliger Strafgefangener, einer der vielen, die nach ihrer Entlassung in Lhadrung blieben und einfache Arbeiten verrichteten, weil man ihnen keine Reisepapiere zugestand. Shan betrachtete den Mann einen Moment lang und fragte sich, welchen Beruf er wohl vor seiner Inhaftierung ausgeübt haben mochte.

Tan folgte seinem Blick. »Ja, ein Sträfling. Aber er war ein guter Mann. Früher war er ein Schreiber, du weißt schon, für diese Manuskripte, die die Tibeter benutzen.« Der Oberst fing sich wieder. »Er wurde durch sein reaktionäres Verhalten verdorben, konnte aber geheilt werden. Wir haben nie darüber gesprochen. Er hat seine Strafe verbüßt und währenddessen ganz passables Chinesisch gelernt. Und seine Einstellung geändert.« Tan klang unschlüssig.

Vor einigen Jahren wäre es völlig undenkbar gewesen, dass der Tyrann von Lhadrung sich mit einem ehemaligen Sträfling unterhalten würde, geschweige denn mit ihm Freundschaft schließen und ihn verteidigen. War der Oberst nur kompromissbereiter geworden, oder wurde er weich? Für Tan wäre das vermutlich ein und dasselbe, dachte Shan.

Er las den Rest des Krankenblattes und nahm den alten Tibeter dann genauer in Augenschein. Gebrochener Arm, gebrochener Knöchel und eine Schädelfraktur. Die Angreifer hatten ihn mit einer Metallstange malträtiert, wahrscheinlich einer Armierungsstange von einer der Baustellen, folgerte Shan aus den gerillten Abdrücken entlang der Kopfwunde. Doch keine dieser Verletzungen war tödlich. Seine Nierenruptur hingegen schon.

»Jampa!«, rief Tan, und es klang wie ein Befehl. Der alte Mann rührte sich, wandte unter Schmerzen langsam den Kopf und lächelte Tan zu. Sein Atem rasselte. Sein Körper schien zu erzittern, und er nickte. Dann sah er flehentlich Shan an, und das Rasseln hörte auf.

»Jampa!« Tan schüttelte ihn an der Schulter.

Shan fühlte am Handgelenk des Tibeters nach einem Puls. »Es ist vorbei, Herr Oberst.«

Tan schien ihn nicht zu hören. »Jampa!«, wiederholte er und wandte sich dann an Shan. »Hol einen Arzt!«

»Er ist tot.«

Tan sackte auf dem Stuhl neben dem Bett zusammen. »Er war noch gar nicht so alt, erst vierundsiebzig, hat er mir letzte Woche erzählt. Er sagte, er kenne oben in den Hügeln eine Stelle, an der wir angeln gehen könnten.« Verzweifelt blickte er auf. »Finde diese verdammten Diebe!«

»Das waren keine Diebe«, sagte Shan, der immer noch das Entsetzen in Jampas inständigem Blick spüren konnte. »Die Täter haben irgendwie herausgefunden, dass er Metok geholfen hat. Sie mussten ihn zum Schweigen bringen. Was hat er sonst noch gewusst?«

»Er hat mir jedenfalls nichts weiter erzählt. Ich habe ihn seit dem Tag mit Metoks Nachricht nur einmal gesehen. Er hatte schreckliche Angst. Er sagte, er würde nicht mehr schlafen, sondern stattdessen in seiner freien Zeit beten.«

»Leutnant Huan«, sagte Shan. »Sie müssen herausfinden, ob er gestern Abend in Lhadrung gewesen ist.«

Tan stieß einen Fluch aus. Dann nickte er. Er nahm die knorrige, runzlige Hand des Toten und umschloss sie mit beiden Händen. Nach einigen Atemzügen wandte er sich ab, um einen Armeearzt zu rufen, der sich einen Moment lang über Jampa beugte, auf die Uhr sah und einen Vermerk auf dem Krankenblatt des Toten vornahm. »Dr. Anwei«, stellte Tan den Mann Shan vor und warf dann Xun einen ungehaltenen Blick zu, weil der ebenfalls den Raum betreten hatte.

»Der andere muss jetzt gehen«, verkündete Anwei.

»Welcher andere?«, fragte Shan.

Der Arzt wies mit seinem Kugelschreiber auf die benachbarte Tür. »Der alte Mann im Badezimmer. Er sagte, er könne überall einen Altar errichten.« Anwei bemerkte Oberst Tans wütenden Blick. »Die beiden waren Freunde. Es schien den Patienten zu beruhigen«, fügte er hinzu.

Als Shan die Tür des dunklen Badezimmers öffnete, stieg ihm der Duft von Weihrauch in die Nase. Er hörte ein geflüstertes Mantra und das leise Geräusch einer Gebetskette. Major Xun streckte an Shan vorbei die Hand aus und schaltete das Licht ein. Und der schmerzliche Besuch im Krankenhaus verwandelte sich jäh in einen Albtraum.

Dort auf dem Boden saß vor einem schwelenden Weihrauchkegel Shans alter Freund Lokesh. Der betagte Tibeter blickte auf und blinzelte in dem plötzlichen grellen Licht. »Setz dich zu mir!«, sagte er, als er Shan erkannte. Lokesh, einst ein Beamter in der Regierung des Dalai Lama, hatte den größten Teil seines Lebens hinter dem Stacheldraht von Gefangenenlagern zugebracht. Shan war an Leib und Seele fast schon tot, als er zum ersten Mal auf eine Pritsche der 404. Baubrigade des Volkes geworfen wurde. Lokesh war mehr als jeder andere für seine Genesung verantwortlich, zunächst durch die Pflege seiner körperlichen Wunden, dann durch die Wiederaufrichtung seines Geistes. Der sanfte alte Tibeter hatte lange darunter gelitten, Bürger jenes Regimes zu sein, dem Tibet seine Zerstörung verdankte. Am Ende hatte er seinen Ausweis vernichtet und lebte seitdem in einem geheimen Refugium des Widerstands, wo er dabei half, alte Schriften zu bewahren.

»Was machst du hier?«, fragte Shan. Tans Wut nahm sichtlich zu. Xun reckte den Kopf, um Lokesh besser zu sehen.

»Ich helfe Jampa, gesund zu werden«, erklärte Lokesh auf Tibetisch. »Er hat mir geschrieben, dass in Lhadrung furchtbare Dinge vor sich gehen und dass er und ich einige Tage darauf verwenden sollten, ein Mandala nach alter Art zu erstellen, damit die Götter den Ereignissen hier mehr Aufmerksamkeit schenken.« Er bezog sich auf die Sandgemälde aus komplizierten Symbolen und Mustern, die früher zu den heiligsten Bestandteilen des buddhistischen Rituals gezählt hatten.

Shan half dem alten Mann auf die Beine. Xun starrte erwartungsvoll Tan an, damit der ihm befehlen würde, Lokesh festzunehmen. Falls das geschah, würde der alte Mann den Rest seines Lebens in Haft verbringen, sofern er überhaupt das Verhör überlebte. »Es ist zu spät«, sagte Shan. Mit herzzerreißendem Stöhnen stolperte Lokesh zum Bett des Toten. Dann entrangen sich seiner Kehle Laute der Verzweiflung, und er beugte sich über Jampa, um eindringlich die ersten Worte des Bardo zu flüstern, der Todeszeremonie, die notwendig war, um dem Freund den Übergang ins nächste Leben zu erleichtern.

Überraschenderweise sprach keiner der anderen ein Wort oder versuchte, Lokesh davon abzuhalten. Nach zwei oder drei Minuten richtete er sich auf und wandte sich an Shan, allerdings auf Mandarin, wie um Tan und Xun zu verspotten. »In seinem Brief schrieb Jampa, ein Mann namens Metok sei zu Unrecht zum Tode verurteilt worden und solle hingerichtet werden, weil er gewisse Dinge über dieses neue Projekt auf dem heiligen Berg wisse.«

Shans Magen krampfte sich zusammen. »Du musst gehen«, sagte er und zog Lokesh am Arm. »Mein Wagen steht draußen.«

»Nein, das ist nicht möglich. Ich muss hierbleiben, um Jampa zu helfen. Jemand muss die Todesriten rezitieren.«

Xun lachte. Tan fixierte wütend Shan, der sich verzweifelt im Zimmer umsah, als läge dort eine Lösung verborgen. Auf einem Stuhl in der Ecke entdeckte er einen Beutel mit Kleidung.

»Du brauchst dich nicht bei seinem Leichnam zu befinden«, erinnerte Shan seinen Freund. »Du musst nur mit seinem Geist in Verbindung stehen.«

»Für die ersten ein oder zwei Tage der Riten ist es besser, beim Körper zu bleiben«, erwiderte Lokesh.

»Das ist nicht möglich«, widersprach Shan und holte den Beutel. »Wir befinden uns hier auf einem Armeestützpunkt.«

»Während meiner ersten zwanzig Jahre in Haft war er einer meiner engsten Freunde. Ich kannte ihn sogar, seit er ein Junge war, Shan, noch bevor ich ...« Lokesh war klug genug, nicht über seine ehemalige Rolle in der Regierung des Dalai Lama zu sprechen. »Ich kannte ihn schon vorher.«

Shan hob den Beutel an. »Wir nehmen seine *mala* und sein *gau* mit. Und seine Habseligkeiten. Sein Geist wird uns folgen. In Yangkar suchen wir uns ein geeignetes Plätzchen, an dem du die Sachen ausbreiten kannst, um mit dem Bardo fortzufahren.«

»Aber ich muss die bösen Menschen hier mit der Wahrheit konfrontieren«, protestierte Lokesh, noch immer auf Mandarin. »Das habe ich Jampa versprochen. Sie müssen geläutert werden, oder es droht weiteres Unheil.«

Tan sah aus, als würde er gleich explodieren. Xun schaute mit Raubtiermiene zu.

»Kümmere dich erst um Jampas Geist«, sagte Shan.

Lokesh überlegte, nickte dann langsam, nahm Jampas *gau* und *mala* an sich und schüttelte beides über Jampas Kopf, als wolle er die Aufmerksamkeit des Toten erregen. Dann zog er sich gemächlich aus dem Raum zurück, die Gebetskette und das Amulett hoch in die Luft erhoben, während er die Worte der Todesriten fortsetzte.

Unter dem wachsamen Blick von Major Xun verfrachtete Shan den alten Mann in sein Auto. Dann bemerkte er, dass er Jampas Schuhe vergessen hatte, die Lokesh für das Ritual benötigen würde. Als er sie unter dem Bett des Toten hervorzog, hörte er ein leises Schluchzen. Auf einem Stuhl in der dunklen Ecke saß Amah Jiejie.

»Er hat nie jemandem wehgetan«, sagte sie, als Shan zu ihr kam. »Das hier hat er nicht verdient.« Die mütterliche Chinesin tupfte sich die Wangen ab und musterte dann Jampa. »Er hat den Oberst besänftigt, hat uns beiden zu mehr Verständnis verholfen.«

»Ihnen beiden?«, fragte Shan.

Sie nickte. »Ich hatte entsetzliche Angst, und Jampa hat sie mir genommen.«

Shan zog sich einen Stuhl heran und setzte sich neben sie. »Bitte, ich würde das gern hören.«

Die grauhaarige Frau sprach sehr leise und behielt dabei die Tür im Blick. »Letzten Monat ist etwas Schreckliches geschehen. Jampa hat mir geholfen. In der Tüte mit meinem Essen lag eines Tages ein kleiner Tierschädel, durch dessen Augenhöhlen ein zusammengerolltes Stück Papier gesteckt war. Auf dem Blatt stand etwas auf Tibetisch geschrieben, neben furchtbaren Zeichnungen. Ein großer Skorpion. Ein Fuchs oder

Wolf, Reihen aus menschlichen Schädeln und darüber ein größerer Totenkopf mit drei Augenhöhlen. Es war eine Todesdrohung, was denn sonst? Jampa kam hinzu, als ich kreidebleich dasaß und den Zettel anstarrte. Aber er nahm ihn und sagte, ich solle mir keine Sorgen machen. Dann warf er den Schädel aus dem Fenster und meinte, das sei alles bloß ein schlechter Scherz.«

»Wie kam er denn darauf?«, fragte Shan.

Amah Jiejie griff nach unten in ihre große Handtasche und holte eine Papierrolle daraus hervor. »Ich war mir nicht sicher, wie ich das Ding vernichten soll. Ich wollte Jampa danach fragen.«

Shan nahm den Zettel und strich die vielen kleinen Falten an der Wand glatt. Es war ein tibetischer Todesfluch, genauer gesagt die Vorstellung, die jemand von einem solchen Fluch hatte.

»Jampa hat gesagt, die Worte würden nicht stimmen und der dreiäugige Schädel sei überhaupt keine buddhistische Sache, und daher bleibe das alles ohne Wirkung und stelle keine Gefahr dar.«

Shan sah, dass der alte Tibeter recht gehabt hatte. Er hatte echte Todesdrohungen gesehen, und das hier war bloß eine armselige Imitation.

»Trotzdem macht es mir Angst, Shan. Es mag ja kein richtiger Todesfluch sein, doch es war sicherlich als einer gemeint.«

»Nein, es sollte Ihnen lediglich einen Schrecken einjagen und Sie glauben lassen, die Tibeter hätten es auf Sie abgesehen«, sagte Shan. Er wusste, wer auch immer dies getan hatte, war kein Tibeter.

Sie nickte. »Gut möglich.«

Shan faltete das Papier zusammen. »Darf ich das behalten?«

»Ja, ja, natürlich«, sagte Amah Jiejie. »Nur bitte …« Ihre Stimme erstarb.

»Ja?«

»Bitte erzählen Sie dem Oberst nichts davon, Shan. Er würde sich Sorgen machen.«

* * *

Shan verbrachte die nächste Nacht bedrückt an einem Rastplatz für Pilger unweit der Straße zum Straflager und hielt nervös Wache, während Lokesh Jampas Habseligkeiten auf einem Felsen ausbreitete und mit der Rezitation der Todesriten fortfuhr, die erst nach mehreren Tagen abgeschlossen sein würden. Er hielt zwischendurch nur kurz inne, um gelegentlich einen Schluck aus Shans Wasserflasche zu trinken oder von einer der Reiswaffeln abzubeißen, die Shan in seinem Rucksack mit sich führte. Später, lange nach Mitternacht, antwortete er knapp auf Shans Fragen über seine Reise nach Lhadrung. Lokesh war mit einem Pferd zur nächstgelegenen Straße geritten und dort von einem tibetischen Lastwagenfahrer mitgenommen worden. Dem fröhlichen alten Mann, der für Shan wie ein lieb gewonnener Onkel war, machte das Alter sichtlich immer mehr zu schaffen. Sein fester, sicherer Schritt, mit dem er sie beide viele Hundert Meilen über Pilgerpfade geführt hatte, war langsamer geworden und bisweilen nur noch ein zittriges Schlurfen. Sein kluger Blick war wässerig getrübt, und hin und wieder nahm Shan an einer seiner Hände einen Tremor war.

Sie standen vor dem Tor, als die kantige alte Limousine, verbeult und dringend lackierungsbedürftig, bei der 404. Baubrigade des Volkes eintraf. Obwohl sie schon vor Anbruch der Dämmerung hergekommen waren, hatten sie es nicht an die Spitze der Warteschlange geschafft. Shan wusste noch aus seiner Zeit als Insasse, dass die Verwandten oft schon einen Tag vor den seltenen Familienbesuchstagen eintrafen und mit ihren Schlafsäcken oder Decken an Ort und Stelle übernachteten, manchmal nach einer tagelangen Reise.

»Es tut mir leid, Tserung«, begrüßte Shan den Mechaniker, der müde auf der Fahrerseite ausstieg. Shan hatte ihn gebeten, Yara für den lang ersehnten Besuch herzubringen, denn ihm war klar geworden, dass er selbst es niemals rechtzeitig nach Yangkar und wieder zurück schaffen würde. »Wenigstens hast du einen Begleiter für die Heimfahrt. Bring ihn sicher unter, bis ich zurück bin«, sagte Shan und öffnete eine der hinteren Türen.

»Lokesh!«, rief Yara. Der alte Mann schreckte hoch, erwiderte verschlafen ihre Umarmung und ließ sich in Tserungs Auto bugsieren.

Ko galt nicht länger als Hochrisikotäter und wurde daher für die Dauer des Besuchs nicht an einen Stuhl gekettet, sondern durfte den kleinen, mit Klingendraht abgeteilten Hof betreten, in dem sich zur selben Zeit auch andere Häftlinge mit ihren Familien trafen. Mütter und Ehefrauen weinten. Väter und Söhne bissen die Zähne zusammen und versuchten, nicht wütend die bewaffneten Aufseher anzustarren, die nun die dünnen, zerlumpten Gefangenen hereinführten. Manche mussten von ihren Mithäftlingen gestützt werden. Ein halbes Dutzend der ältesten Sträflinge bekam nie Besuch, durfte sich aber am Rand hinsetzen und zufrieden die kurzen, tränenreichen Familientreffen verfolgen. Die Angehörigen der Insassen von Zwangsarbeitslagern wussten nie, ob der geliebte Mensch bis zum nächsten Besuch überleben würde. Mehr als einmal hatte Shan Familienmitglieder schluchzend zusammenbrechen gesehen, weil sie nicht von dem Gefangenen erwartet wurden, den sie besuchen wollten, sondern nur von seinem Totenschein.

Als Ko erschien, hielt Shan sich zurück und ließ Yara den Vortritt, die ihn sogleich in die Arme schloss. Die beiden hielten sich wortlos umschlungen, bis ein paar der umstehenden Häftlinge es bemerkten und lachten. Als Ko die Tibeterin endlich losließ, lag eine neue, tiefe Stärke in seinem Blick. Yara erinnerte sich an die Tüten, die Shan aus Tserungs Wagen mitgebracht hatte. Den Sträflingen war es zwar nicht gestattet, Speisen in ihre Baracken mitzunehmen, doch hier auf dem Hof durften sie essen. Yara öffnete eine Tüte mit Marpas *momos*, den mit Fleisch gefüllten Teigtaschen. Dann tat sie etwas, das sie sich im Vorjahr angewöhnt hatte. Sie brachte eine zweite Tüte zum Sergeanten der Wachen und stellte sie mit einem gemurmelten Segen vor ihn hin. Der Sergeant reagierte darauf mit einem strengen, knappen Nicken.

Shan ließ seinem Sohn und Yara Zeit, miteinander zu reden, und ging zu dem Kreis alter Männer. Er kannte die meisten der betagten Lamas und musste gegen seine Gefühle ankämpfen, während er betont fröhlich mit ihnen sprach und zu ignorieren versuchte, wie gebrechlich manche von ihnen geworden waren. Er hatte seine eigene Tüte *momos*, die er nun unter ihnen verteilte. Die ausgemergelten Gefangenen nahmen sie mit dermaßen großer Dankbarkeit entgegen, dass Shan sich schämte, so wohlgenährt zu sein.

Als er zu Ko zurückkehrte, waren noch dreißig Minuten Besuchszeit übrig. Yara stand neben Ko und hielt seine schwielige Hand, während Shan sich nach den Häftlingen aus Larung Gar erkundigte.

»Das sind gute Männer, einer wie der andere«, berichtete sein Sohn. »Sie sind nicht in meiner Baracke untergebracht, aber wir arbeiten manchmal zusammen. Nachts halten sie Unterweisungen ab. Manch einer schleicht sich dann zu ihnen, um ihnen zu lauschen.«

»Mach das bloß nicht!«, fiel Yara ihm ins Wort. Wer nach dem Zapfenstreich außerhalb seiner Baracke erwischt wurde, landete für mindestens einen Monat in Einzelhaft.

»Ich war nur einmal da«, sagte Ko. »Sie hatten aus einem alten Karton einen Altar gebastelt und Pappe so geschickt zugeschnitten, dass die Stücke für sich allein wie die Pappreste wirkten, mit denen die Männer zum Schutz vor der Kälte ihre Kleidung ausstopfen. Doch wenn man sie zusammengefügt hat, ergaben sie die Abbilder von Göttern und Schutzgottheiten. Die Männer sprachen über die Zeitlosigkeit unseres Daseins. Zunächst habe ich sie nicht verstanden, aber am Ende wurde mir klar, was sie sagen wollten: dass die Schwierigkeiten unserer Existenz nicht wirklich eine Rolle spielen, sondern dass es auf die Fortführung von Mitgefühl und Wahrheit ankommt, die seit Tausenden von Jahren die Menschen miteinander verbinden. *Diese* Kette ist viel bedeutender als jede eiserne Kette, die man uns umlegen mag.«

Ko zögerte angesichts der überraschten Mienen von Shan und Yara. Die beiden waren es nicht gewohnt, ihn philosophieren zu hören. Er wurde rot. »Sind noch welche von den *momos* da?«

Während er die letzte Teigtasche aß, erinnerte Ko sich an eine seltsame Geschichte, die er von zwei verschiedenen Insassen aus der Baracke der Larung-Gar-Männer gehört hatte. »Einer von ihnen schien am Anfang gar nicht zu ihnen zu gehören. Es war fast, als würden sie ihn nicht kennen, und einer meiner Freunde sagte, sie würden ihn nachts extra segnen und sich für sein Opfer bedanken, als müsse er viel mehr erdulden als die anderen. Während dieser ersten Tage kam es vor, dass er nicht auf seinen Namen zu reagieren schien. Die meisten haben das nicht weiter ernst genommen, denn jeder hier weiß, wie der Schock der Ankunft dich völlig aus der Bahn wirft.«

»Wie war sein Name?«, fragte Shan.

»Lin. Lin Fochow.«

Shan überlegte kurz. »Sag mal, mein Sohn, am Tag, an dem diese Häftlinge eingetroffen sind, an Bord der Kolonne mit den zwei toten Soldaten, haben die Neuankömmlinge da Mönchsgewänder getragen?«

Ko nickte nach einem Moment. »Ja, alle bis auf einen. Sie waren zu siebt und hatten sich ihre Wollmützen tief ins Gesicht gezogen. Normalerweise hätte das keiner von uns mitbekommen, aber wir waren gerade vom Arbeitseinsatz zurück und sind von unseren Lastwagen abgestiegen.«

»Sieben? Ich dachte, es wären sechs Gefangene gewesen?«

»Sechs in Mönchsgewändern für die 404te. Dann war da noch ein anderer Tibeter, der von einem Offizier der Öffentlichen Sicherheit mit dem Schlagstock bearbeitet wurde. Sie zerrten ihn von einer der Ladeflächen und verfrachteten ihn sofort in ein Auto der Kriecher. Der Offizier ist mit ihm weggefahren.«

Shan begriff, dass Ko offenbar Leutnant Huan und Yankay den Hageljäger beobachtet hatte, der weggebracht worden war, um unter Mordanklage gestellt zu werden. Er sah auf die Uhr. Die Besuchszeit war fast vorbei, und er wollte die letzten Minuten nicht mit Berichten von seinen Ermittlungen verschwenden. »Marpa sagt, er will bei deinem nächsten Besuch ein großes Fest veranstalten«, erzählte Shan und rang sich ein Lächeln ab. Vor einer Weile hatte Ko einen kurzen Hafturlaub erhalten, doch es war bei dem einen Mal geblieben, und niemand konnte vorhersagen, wann Tan erneut seine Einwilligung dazu geben würde. Es konnte noch Monate dauern oder auch Jahre. Ko war wegen mehrerer Verbrechen verurteilt worden, von denen einige Haftstrafen von unbestimmter Dauer mit sich brachten. Alle zwei Jahre wurde sein Fall überprüft.

»Ein Lämmergeier!«, rief Yara und zeigte fast senkrecht nach oben auf einen riesigen Vogel, der über ihnen kreiste. »Das ist ein gutes Zeichen, Ko!«

Ko folgte ihrem ausgestreckten Arm und blickte empor. Dabei sah Shan in seinem Nacken einen langgezogenen blauen Fleck, der bis unter das Hemd reichte. »Was ist denn da passiert?«, fragte er und wies auf die Verletzung.

Ko senkte sofort wieder den Kopf. »Ach, gar nichts. Das war während der Arbeit. Ich habe eine Schubkarre geschoben, bin gestürzt und dabei auf einen der Griffe gefallen«, sagte er und deutete dann auf eine nahe Familie, deren drei Kinder sich vor einem der Gefangenen aufgestellt hatten, um ihm etwas vorzusingen. Shan lächelte und fragte nicht weiter nach, weshalb sein Sohn eindeutig das Thema wechseln wollte. Er wusste, dass die Geschichte über den Arbeitsunfall erfunden war. Unter den Häftlingen kam es bisweilen zu gewaltsamen Auseinandersetzungen, oft zwischen Chinesen und Tibetern, aber Ko war schlau genug, um sich nicht in derartige Fehden verwickeln zu lassen. Die alternative Erklärung war allerdings noch schwieriger zu ertragen. Die meisten der Aufseher wussten, dass er Shans Sohn war. Ko war seine Schwachstelle. Wenn er sich also nicht mit anderen Gefangenen geprügelt hatte, konnte seine Verletzung nur bedeuten, dass die Wachen ihn schlugen.

KAPITEL ZEHN

Tserung der Mechaniker lachte, als Shan sich nach Lokesh erkundigte, und sagte, der alte Tibeter habe sich tatsächlich sofort bei ihrer Ankunft in Yangkar zum Archiv begeben, genau wie von Shan vermutet. Doch er sei nicht geblieben. Lokesh habe sich an eine Bemerkung von Tserung während der Herfahrt erinnert, dass nämlich Yaras Großeltern an dem bevorstehenden Viehmarkt teilnehmen wollten, und habe sich auf die Suche nach ihnen gemacht. Yara reagierte auf diese Nachricht mit einem nervösen Lachen und bedeutete Shan, wieder in den Wagen zu steigen.

Das Gelände außerhalb der Stadt, zu dem sie ihn lotste, hatte einst einer der wichtigsten Bauernfamilien der Region gehört und stand seit Jahrzehnten leer, abgesehen von den Schafen und Ziegen, die sich während der Winterstürme in die alten Ställe flüchteten. Die meisten der Einheimischen mieden die Gebäude, denn angeblich spukte es dort.

»Die Familie wurde von den Roten Garden hingerichtet«, erklärte Yara mit sachlicher Stimme, als Shan den Wagen am Ende des ausgefahrenen Feldwegs parkte, der zu dem Bauernhaus führte. »Aber meine Großeltern waren eng mit ihnen befreundet gewesen und haben danach noch viele Jahre lang für ihre Seelen gebetet.« Sie bogen zu Fuß auf den zugewachsenen Pfad ein, der seit Jahren nicht mehr benutzt worden zu sein schien. »Sie sind allmählich zu alt für die strengen Winter. Als ich sie hergebracht habe, war meine Großmutter zunächst verängstigt, hat sich dann aber mutig hineingewagt. Wir mussten draußen warten, bis sie dort fast eine Stunde lang gebetet hatte. Als sie herauskam, war sie ganz aufgeregt und sagte, die Alten seien gar nicht wütend oder rachsüchtig, sondern nur einsam, und würden sich freuen, wieder Lachen in ihren vier Wänden zu hören. Als Erstes hat sie einen kleinen Altar für uns errichtet, um die Gebete von früher wiederaufleben zu lassen.«

Als sie das hohe Tor in der Mauer des Anwesens erreichten, dessen beide Flügel jeweils nur noch an einer Angel hingen, erkannte Shan, dass dies einst der Mittelpunkt eines großen und blühenden Landwirtschaftsbetriebes gewesen sein musste. Ein zweigeschossiges Steinhaus, vom Wind ziemlich mitgenommen, aber noch solide, dominierte den von Unkraut überwucherten Innenhof, mit einem weiteren, eingeschossigen Haus daneben, in dem vermutlich weitere Familienangehörige oder Landarbeiter gewohnt hatten. Gegenüber dem kleineren Haus stand ein Schuppen mit offener Front, der unter anderem eine alte Schmiede beherbergte. Und eine ansehnliche Scheune füllte den gesamten Raum gegenüber dem Hauptgebäude aus und vervollständigte den Hof.

»Dieser Ort ist groß genug für eine ganze Sippe«, stellte Shan fest, während Yara ihn zu dem kleineren Haus führte, dessen Tür einen frischen kastanienbraunen Anstrich und mehrere sorgfältig aufgemalte Glückszeichen trug, die ganz nach der Arbeit von Shiva aussahen. Drinnen roch es nach einer Mischung aus Weihrauch und dem Qualm der Zigarren, die das hauptsächliche Laster von Yaras Großmutter Lhamo darstellten. Ein kleiner Hund kam kläffend aus einem der Räume gelaufen, um Yara zu begrüßen, gefolgt von ihrem Sohn Ati. Der Junge machte Shan begeistert mit dem Hund bekannt und beruhigte sich wieder, als eine eintönig redende Stimme aus dem dunklen Durchgang im hinteren Teil der Kammer erklang. Shan ging hin und fand dort Lokesh vor, der an einem langen, niedrigen Tisch saß, auf dem Jampas ärmliche Kleidung, Schuhe und andere Habseligkeiten in der Form des Toten ausgelegt worden waren. Lokesh setzte die Todesriten fort.

»Er hat uns geholfen, frischen Wacholder für unser Schlafzimmer zu schneiden«, meldete sich eine vertraute Stimme an Shans Schulter. Er drehte sich lächelnd um, um Lhamo zu begrüßen. »Er hat an unserem Altar einige Gebete gesprochen und sogar über unserem Kochfeuer eines der alten Küchengötterlieder gesungen, die er noch aus seiner Kindheit kennt. Dann hat er gesagt, er müsse eine heilige Pflicht erfüllen.«

»Ein alter Freund ist gestorben«, sagte Shan, ohne es genauer zu erläutern. Lhamo nickte verständnisvoll. »Er wird nun wohl einige Tage dort drinnen bleiben und sich nur von *tsampa* und Wasser ernähren.«

Lhamo nickte erneut. Wahrscheinlich konnte sie schon gar nicht mehr zählen, wie oft sie und ihr Mann im Laufe der Jahre die Bardo-Riten abgehalten hatten. »Er will aber morgen früh zu Shiva gehen und ein Todesdiagramm in Auftrag geben, hat er gesagt«, erklärte die alte Frau.

Shan ging zu einem der Kastenfenster, dessen Scheiben mehrere Risse aufwiesen, und schaute hinaus auf das Anwesen. Trotz des vielen Unkrauts im Innenhof, des einsturzgefährdeten Scheunendaches und der verblichenen Farbe der Mauern wirkte es noch immer wie ein robustes, einladendes Refugium. Die ausgedehnten Felder des Betriebs hatten zweifellos jahrzehnte-, wenn nicht jahrhundertelang das Kloster mit Nahrungsmitteln versorgt, und im Innenhof hatten vermutlich Pilger übernachtet und im Dunkeln ihre frommen Lieder gesungen. Der Blick über die wogenden Hügel reichte von hier aus etwa anderthalb Kilometer in alle Richtungen und wurde zur Stadt hin von einem niedrigen Bergkamm blockiert, der vor lauter Frühlingsblumen erstrahlte. Yaras Großeltern und Lokesh waren sogenannte Wilde, Tibeter ohne Ausweise, und hatten Städte in ihrem Leben meistens gemieden. Dieses Anwesen schien der sicherste Aufenthaltsort für sie zu sein, jedenfalls vorläufig.

»Ich bringe euch später etwas zu essen«, sagte Shan und verabschiedete sich. Chodens Schicht war bald zu Ende.

Auf seinem Schreibtisch erwarteten Shan nur zwei Berichte. Frau Lu hatte das unverbesserliche kleine Mädchen, das mit Mengs Begleiterin unterwegs war, dabei erwischt, wie es Steine auf die Büste des Vorsitzenden Mao warf, und das Leitende Bürgergremium verlangte nun, dass Choden die Kleine verhaftete.

»Die sind noch hier? Und Sie haben das Mädchen festgenommen?«, fragte Shan seinen Stellvertreter, der ihn verlegen ansah.

»Ansonsten hätte Frau Lu sie mit einem Gürtel verprügelt.«

Shan öffnete die Tür zum hinteren Raum. Die Zellen waren leer.

Choden zuckte die Achseln. »Sie hat sich zwischen den Gitterstäben hindurchgeschoben. Sie ist sehr dünn. Aber ich kann Frau Lu nun wahrheitsgemäß mitteilen, dass ich sie in Haft genommen habe.«

»Und?«

»Diese Frau, die mit Leutnant Meng hier ist, hat an der Hintertür auf sie gewartet. Sie schien damit zu rechnen, als wäre das nicht der erste Gefängnisausbruch der Kleinen. Bei Buddhas Atem! Sie ist doch höchstens fünf Jahre alt!«

»Und Meng hat das Mädchen nicht aufgehalten?« Shan gelangte widerwillig zu der Erkenntnis, dass er auf ihre Abreise dringen musste. Meng würde hoffentlich verstehen, dass das Mädchen nicht bleiben konnte.

»Es ging ihr nicht gut. Sie hat sich hingelegt.«

Shan schüttelte frustriert den Kopf, las den zweiten Bericht und blickte auf. »Das können Sie so nicht zu den Akten legen. ›Behinderung eines Rettungsfahrzeugs‹? Was soll das sein? Ein Krankenwagen? Ich habe hier in der Gegend noch nie einen gesehen.«

»Ich wusste nicht, wie ich es sonst ausdrücken sollte. Es ging um diesen alten Rettungstransporter, der an der Schnellstraße nach Lhadrung für schwere Unfälle bereitsteht. Jemand hat dort angerufen und behauptet, ein Tibeter sei auf der Schnellstraße angefahren worden und schon fast tot. Als der Transporter dort eingetroffen ist, wurde er von einer Herde Schafe eingekreist, so dass der Fahrer und der Sanitäter aussteigen und sich zu dem Mann vorarbeiten mussten. Doch der war schon wieder zu sich gekommen und sagte, es sei alles in Ordnung und er könne seine Tiere nicht im Stich lassen. Also haben sie seine oberflächlichen Verletzungen behandelt, ihm ein paar Pillen verabreicht und sind wieder aufgebrochen. Später allerdings haben sie angerufen und gemeldet, ihr Medizinkoffer sei aus dem Laderaum des Transporters gestohlen worden.«

»Ein Koffer?«

»Ja, groß und aus Metall, voll mit medizinischem Material und Arzneimitteln. Dann aber sagte der Fahrer, der Sanitäter sei ein dämlicher Esel und könne vergessen haben, den Koffer überhaupt erst in den Wagen zu stellen. Es gibt wohl mehrere davon, und sie konnten keine Inventarliste auftreiben, um nachzuprüfen, ob überhaupt einer fehlt.«

Shan las den Bericht erneut, zerriss dann das Blatt und warf es in den Papierkorb. Darunter lag eine Telefonnachricht von Amah Jiejie. Sie berichtete, dass Leutnant Huan sich am Abend des Überfalls auf Jampa in Lhasa aufgehalten habe. Müde stützte Shan seinen Kopf auf die Hände und die Ellbogen auf den Tisch. Er spürte seine Erschöpfung und wünschte sich, Choden würde endlich Schluss machen und nach Hause gehen, damit er sich in einer der Zellen hinlegen konnte. Doch sein Stellvertreter ging auf einmal zum Fenster und schaute zu zwei Gestalten mit Kapuzenpullovern, die auf einer der Bänke saßen und ein halbes Dutzend Schafe dabei beobachteten, wie sie einen der neuen Blütensträucher fraßen, die Frau Lu angepflanzt hatte. Shan wollte Choden schon anweisen, die Schafe zu verscheuchen, als sein Stellvertreter auf einen weißen Geländewagen zeigte, der auf dem Marktplatz parkte. »Das Nummernschild stammt aus Lhasa. Heutzutage verirrt sich wohl jeder mal nach Yangkar.«

Shan musterte die beiden Gestalten einen Moment lang. »Gehen Sie nach Hause«, befahl er und wartete, bis sein Stellvertreter um die nächste Straßenecke verschwunden war. Dann trat er hinaus auf den Platz.

»Ich liebe diese Stadt!«, rief Cato Pike, als Shan sich neben ihn setzte. »Mit vergessenen Orten kenne ich mich aus, und dieser hier scheint schon seit so vielen Jahrhunderten vergessen worden zu sein, dass er praktisch gar nicht mehr existiert!«

»Manchmal kann man nur frei sein, wenn man vergessen wurde«, erwiderte Shan.

»Mit anderen Worten, Yangkar ist ein chinesisches Paradies. Ich meine, es ist noch nicht einmal auf der Straßenkarte verzeichnet. Wir mussten anhalten und einen Hirten fragen.«

»Die Kartenhersteller kommen alle aus Peking. Dort wurde die Stadt Buzhou getauft. Es gab auch ein Straßenschild mit der Aufschrift, aber ein Yak hat es umgeworfen.«

»Und der Wachtmeister hat beschlossen, es nicht wieder aufzustellen. Ich schätze, dass ihre chinesischen Mitbürger alles andere als begeistert gewesen sind.«

»Um vergessen zu bleiben, muss man Opfer bringen«, sagte Shan und verschwieg lieber, dass das Leitende Bürgergremium ein eigenes Schild aufgestellt hatte. Shan hatte es mit seinem Wagen umgefahren und einem Yak die Schuld gegeben.

Pike lachte leise auf. »Meine Lebensgeschichte in nur einem Satz«, sagte er.

Shan hielt inne und betrachtete den Amerikaner, beschloss aber, nicht auf eine nähere Erläuterung zu drängen. Pike war ein kräftiger Hüne von einem Mann, und in seinem Blick lag scharfe Intelligenz, aber Shan nahm inzwischen auch eine tiefe Traurigkeit an ihm wahr. Dieser Mann hatte viel von der Welt gesehen und schien die meiste Hoffnung verloren zu haben. Er war ein Einzelgänger ohne den Halt, der die meisten Menschen nicht vom Weg abkommen ließ, und nun war auch noch seine Tochter in einem vergessenen Land gestorben.

* * *

Mit melancholischem Lächeln verfolgte Pike, wie Cao die Stufen des Turms am Ende des Platzes erklomm, und Shan erkannte, dass die tatkräftige Neugier des Studenten ihn vermutlich an seine Tochter erinnerte. Der Amerikaner vollführte eine weit ausholende Geste, die den Platz und die Gebäude am Rand einschloss. »Hier überlagern sich verschiedene Zeitabschnitte«, verkündete er. »Die Abmessungen passen nicht zusammen. Hier hat früher mal etwas sehr viel Größeres gestanden.«

Shan nickte. »Ein *gompa*, ein Kloster. Der Turm war Teil des Torhauses.«

Pike überlegte. »Ein bedeutendes *gompa*. Eines der regionalen Zentren«, mutmaßte er.

Shan nickte abermals. »Mit Hunderten von Mönchen und einer Medizinschule in den Bergen oberhalb der Stadt. Die Armee hat nur den Turm stehen gelassen, weil er sich gut als Wachposten geeignet hat.«

»Ein weiterer vergessener Ort.«

»Die Tibeter haben ihn nicht vergessen. Mitunter glaube ich, für sie ist das Kloster noch da, und nur die Frommen können es sehen. In stillen Nächten, wenn kein Wind weht, können die Leute angeblich die alten Hörner hören, mit denen die Mönche zum Gebet gerufen wurden. Manche der Alten machen auf dem Platz seltsame Umwege, weil sie den heiligen *chorten* ausweichen wollen, die dort jahrhundertelang gestanden haben und für sie irgendwie weiterhin sichtbar sind. Wegen dieser Geschichten kommen immer mehr fromme Tibeter zurück. Bisweilen sehe ich sie vor den leeren Flecken sitzen und beten. Letztes Jahr tauchten an Buddhas Geburtstag über Nacht Blumen und Wacholderzweige auf, ausgelegt in Quadraten, wo früher die alten *chorten* waren.«

Pikes Blick schweifte merkwürdig sehnsuchtsvoll über die große leere Fläche. »Meine Tochter Natalie hat in Tibet etwas Besonderes gefunden, Shan«, gestand er. »Sie hat mir davon geschrieben. Sie sagte, sie habe nun begriffen, dass es ihre Aufgabe sei, alte Geister zum Leben zu erwecken. Und dass die Leute nicht verstehen würden, dass diese Geister wir selbst sind.«

Die Worte ließen Shan erschaudern. Sie klangen wie etwas, das Lokesh sagen würde. Er wünschte, er hätte diese weise Frau kennenlernen können.

Schweigend saßen sie da und schauten einem Knäuel aus vertrockneten Gräsern zu, wie es über den Platz geweht wurde.

»Sie sind nicht den weiten Weg aus Lhasa hergekommen, um über Tibet zu philosophieren«, sagte Shan.

»Ich bin hier, weil ich weiß, dass man sich in diesem Land weder auf E-Mails noch auf Mobiltelefone verlassen kann«, sagte der Amerikaner. Er zog unter seinem Pullover einen dicken Umschlag hervor und reichte ihn Shan. Der Umschlag enthielt Kopien der E-Mails des Fünf-Klauen-Projekts.

Während Shan die Seiten durchblätterte, gab Pike Kommentare dazu ab. »Der stellvertretende Direktor verlangt, dass der Direktor einen Besuch des Büros für Religiöse Angelegenheiten unterbindet, weil es für das Tal angeblich nicht zuständig sei. Als Nächstes bittet der Direktor die Behörden der Provinz Szechuan dringend um weitere chinesische Arbeiter, erhält aber zur Antwort, dass in den nächsten Monaten keine zur Verfügung stehen.« Pike wies auf eine weitere Nachricht, die Shan überflog. »Der Direktor fragt Jiao, wo er sich befinde, und Jiao behauptet, es habe ein wichtiges Treffen seiner Arbeitsgruppe in Lhasa gegeben. Der Direktor will wissen, um was für eine Arbeitsgruppe es sich handelt, und Jiao erwidert nur, sie verrichte überaus bedeutsame Aufgaben für das Mutterland, das müsse dem Direktor genügen. Dann folgt eine Reihe von Nachrichten über den Transfer von Mitteln diverser Brücken- und Straßenbauvorhaben in ganz Tibet zum Fünf-Klauen-Projekt. Die klangen so seltsam, dass ich gestutzt habe, aber wahrscheinlich war das bloß ein für China typischer bürokratischer Papierkrieg.«

Am Ende folgte ein langer Schriftwechsel, den Shan genau lesen musste, um ihn vollends nachzuvollziehen. Jiao bat Huan, das Umfeld eines Unruhe stiftenden Professors aus Larung Gar zu untersuchen. Die Öffentliche Sicherheit solle sich die Kollegen von der Universität in Tientsin vornehmen, wo er früher einmal gelehrt habe. Jiao erinnerte Huan daran, dass der Professor einen Baustopp bei den Fünf Klauen gefordert habe, solange man nicht abschließend klären könne, ob die geologische Beschaffenheit des Ortes überhaupt für einen Staudamm geeignet sei. Jiao befürchtete, der Professor könne an seiner alten Universität die Saat des Dissidententums gesät und Kollegen dazu animiert haben, sich ebenfalls gegen die Fünf Klauen zu stellen.

Shan fragte Pike, ob er nach dem Namen suchen könne, den Ko erwähnt hatte.

Pike lachte, als er den Namen hörte. »Genau das ist er, Shan, der Professor, über den Jiao sich beschwert hat! Professor Lin Fochow. Jiao schrieb Huan, er solle die Kollegen in Tientsin daran erinnern, dass der Professor in Larung Gar so viele Probleme verursacht habe, dass er und fünf andere Hitzköpfe auf direktem Weg zur 404. Zwangsarbeitsbrigade geschickt worden seien, weil sie als Bedrohung der nationalen Sicherheit eingestuft wurden.«

Shan starrte die letzte E-Mail an und versuchte, den Sachverhalt zu verstehen. Der aufsässige Professor war zu einem Häftling geworden, der sich nicht an seinen eigenen Namen erinnern konnte und bei seiner Ankunft im Lager ein Mönchsgewand getragen hatte. Hatte man ihn so sehr verprügelt, dass er nun an einem Hirnschaden litt? Shan überkam ein weiteres Mal eine dunkle Vorahnung. Immer wenn er glaubte, eine Antwort gefunden zu haben, schienen sich zwei neue Fragen zu stellen. Es ging hier nicht nur um einen Mord, sondern um einen finsteren Strudel aus gewaltsamen Intrigen und politischen Winkelzügen.

»Sie sollten nach Hause fliegen, Pike«, sagte Shan. »Falls Sie bleiben, werden auch Sie als ein Geist enden.«

Pike schien ihn nicht zu hören. »Sie hatte gerade erst im Leben Fuß gefasst«, sagte er geistesabwesend. »Ihre Jugend war schwierig. Sie lebte bei ihrer Mutter, und ich war nie für sie da. Meistens wurde sie auf Internate geschickt. Als ihre Mutter dann neu geheiratet hat, bekam sie plötzlich Stiefschwestern, die es offenbar darauf angelegt hatten, sie aus der Familie zu verdrängen. Erst später haben wir uns angenähert, als sie bei mir in der Nähe aufs College gegangen ist. Ich lehnte Aufträge ab, um mehr Zeit mit ihr verbringen zu können. Dann habe ich ihr den Sohn eines alten Armeekameraden vorgestellt, einen Offizier bei den Army Rangers, und wenige Monate später waren die beiden verlobt. Als er nach

Afghanistan geschickt wurde, musste sie ihm versprechen, unterdessen ihre Universitätsausbildung zu beenden, und er versprach ihr, dass sie sofort nach seiner Rückkehr heiraten würden. Aber er kam nicht zurück. Er wurde durch eine Explosion getötet, als er an seinem freien Tag einige afghanische Mädchen zur Schule fahren wollte. Natalie hat ein Jahr gebraucht, um sich halbwegs davon zu erholen. Diese Reise nach Tibet war ihre Art des Neubeginns durch einen klaren Schnitt. Sie hatte sich für ein Aufbaustudium eingetragen und wollte nach ihrer Rückkehr damit anfangen.« Pike biss die Zähne zusammen, als müsse er seine Gefühle in den Griff bekommen.

»Vor ihrer Abreise habe ich ihr gesagt, dass sie das Wunder meines Lebens ist, mein Fels in der Brandung, der mich jedem noch so starken Sturm standhalten lässt. Sie hat gelächelt und erwidert, wir wären beide ein Wunder füreinander und dass sie mir jede Woche schreiben würde. So hat sie es auch einen Monat lang getan und erwähnt, sie habe begriffen, wie wichtig es sei, sich einer Sache zu widmen, die größer ist als man selbst.«

»Sie sollten heimkehren«, sagte Shan erneut. »Das würde auch Natalie wollen. Dass Sie am Leben bleiben.«

Der Amerikaner blickte mit müdem Gesichtsausdruck hinunter auf seine Hände und zog dann einen zerknitterten Briefumschlag aus der Tasche. »Das ist ihr letzter Brief. Ich muss ihn hundertmal gelesen haben.« Er reichte ihn Shan.

Lieber Papa, las er, *Professor Gangfen sagt, ich würde bei unseren Grabungen allmählich lernen, geschickt die Jahrhunderte zu überbrücken, was wohl als Kompliment gemeint ist. Diese Woche bin ich ganz allein auf ein fast intaktes Zaumzeug mit bronzener Beißstange gestoßen!* Dann schilderte sie, dass sie neue Freunde gefunden und das Wochenende in Lhasa verbracht habe, um dort den prächtigen Potala und den uralten Tempelkomplex zu besuchen.

»Lesen Sie den letzten Absatz«, sagte Pike. »Den hat sie später hinzugefügt.«

Shan sprang ans Ende der zweiten Seite. *Ich habe etwas Schreckliches gesehen, über das ich nicht schreiben kann. Im ersten Moment hat es sich wie ein Dolchstoß ins Herz angefühlt, doch ich schaffe es zunehmend, die Dinge auf tibetische Weise zu betrachten. Es gibt keinen besseren Ort, um zu lernen, dass man Ungeheuer bekämpfen kann, ohne selbst eines zu werden. Falls du hier eine Seele haben willst, muss jeder Mann ein Mönch und jede Frau eine Nonne sein und alle zusammen gesetzlos.* Lha gyal lo, *Nat.*

»*Lha gyal lo*«, sagte Pike. »Das höre ich bei den Tibetern öfter.«

»Es bedeutet den Göttern der Sieg«, sagte Shan und gab den Brief zurück.

»Ist das ein Gebet oder ein Schlachtruf?«, fragte der Amerikaner.

Der Brief hatte Shans dunkle Vorahnung nur verstärkt. »Sie müssen heimkehren«, versuchte er es ein drittes Mal.

Pike lächelte verbittert. »Sie verstehen es nicht, Shan. Natalie war einer der wenigen Menschen, die mir auf dieser weiten Welt je etwas bedeutet haben, zumindest in den letzten Jahren. Nichts und niemand in meinem Leben war so wichtig für mich. Und sie ist in einer uralten Höhle bei dem Versuch gestorben, Götter zu retten. Diese Scheißkerle haben sie getötet. Sie haben sie ermordet. Haben Sie wirklich geglaubt, ich würde hier bloß ein paar Fotos schießen und dann nach Hause fliegen?«

»Allein können Sie überhaupt nichts ausrichten«, sagte Shan.

»Sie aber auch nicht«, gab Pike zurück.

Die Worte taten weh, nicht weil sie von einem Ausländer stammten, sondern weil sie zutrafen.

»Sie und ich sind gar nicht so verschieden, Shan«, sagte der Amerikaner. »Wir hassen, was aus unseren Welten geworden ist, und die einzige Möglichkeit, uns treu zu bleiben, besteht darin, Widerstand zu leisten. Mit dem einzigen Unterschied, dass mein Widerstand etwas handfester ausfällt.«

»Was Sie mit dem Mann im Krematorium gemacht haben, war grausam«, sagte Shan.

Pike zuckte die Achseln. »Ich habe den Brenner im Ofen nicht eingeschaltet.«

Sie verfolgten stumm, wie ein mit Kohlköpfen beladener Eselskarren den Platz überquerte. »Gestern wurde in Lhadrung ein Zeuge ermordet«, sagte Shan schließlich und schilderte, was dem unglückseligen Hausmeister zugestoßen war.

»Sie wissen nicht mit Sicherheit, wer das getan hat«, sagte Pike. Es klang beinahe vorwurfsvoll.

»Stimmt«, räumte Shan ein. »Es war nicht Leutnant Huan. Es muss jemand aus dem Umfeld des Obersts gewesen sein, der mit Huan in Lhasa unter einer Decke steckt. Jemand, der erfahren hat, dass es Jampa war, der Metoks Nachricht überbracht hatte, obwohl wir dachten, nur der Oberst, Amah Jiejie und ich hätten davon gewusst. Die Mörder müssen befürchtet haben, Jampa könne ihnen gefährlich werden.«

»Wenn man einen Fuchs fangen will, muss man ihm eine Falle stellen«, schlug Pike vor. »Aber erst braucht man einen geeigneten Köder.«

»Wie bitte?«, fragte Shan und behielt mit einem Auge Cao im Blick, der auf den Platz zurückgekehrt war. Zu Shans großer Überraschung lief er dort die gleichen Muster ab wie die alten Tibeter, als würde der chinesische Akademiker die Phantomschreine ebenfalls sehen. An einem der unsichtbaren Orte kniete er sich hin, klappte ein Taschenmesser auf und grub mit der Klinge ein kleines Loch. Nach wenigen Momenten nickte er, als fände er eine Vermutung bestätigt.

Als Shan und Pike sich beim dritten Stopp zu ihm gesellten, lächelte Cao schüchtern. »Ein Tempel der Erdbändigung«, verkündete der chinesische Student und wies auf ein steinernes Fundament, das er fünfzehn Zentimeter unter der Oberfläche freigelegt hatte. »Das *gompa* hier muss ein Tempel der Erdbändigung gewesen sein«, sagte er und meinte damit die uralten Stätten, die errichtet worden waren, um die unterirdischen Dämonen zu bezwingen.

»Ich weiß es nicht«, gestand Shan.

»Nein, nein, daran besteht gar kein Zweifel. Dies war der Standort eines Tempels der Erdbändigung, und zwar eines sehr wichtigen.« Er deutete auf unscheinbare Flecke an der Wand des Turms, zückte dann einen kleinen Notizblock und zeichnete eine senkrechte Reihe von Symbolen. »Eine Sonne, ein Mond und als Einladung für den Gott ein leerer Lotusthron, der über Bergen schwebt. Und ein *garuda*-Vogel, glaube ich, aber das Bild ist sehr stark verwischt. Zeichen der Erdbändigung«, erklärte er.

Shan starrte ihn ungläubig an. Er hatte die Verfärbungen auf dem bröckelnden Putz der Mauer für bedeutungslose Wasserflecke gehalten, doch als Cao nun zum Vergleich die Zeichnung hochhielt, erkannte er, dass die verblassten Muster in Form und Anordnung tatsächlich den Symbolen entsprachen.

Cao bückte sich und schaufelte noch etwas mehr Erde beiseite. Rund um das Fundament wurden Pflastersteine sichtbar. »Es gab einen großen gepflasterten Innenhof, und die kleinen Fundamente markieren das Muster, das für die alten Tänze genutzt wurde, die rituellen *cham*-Tänze, mit denen man die guten Erdgeister ehrte und die bösen Erdgeister abschreckte. Das hier war der Hof eines großen Tempels«, sagte er und zeigte auf das freigelegte Pflaster. »Der Professor und ich haben so etwas zuvor schon gesehen. Das Büro für Religiöse Angelegenheiten und die Armee hatten es vor fünfzig Jahren ziemlich eilig, alles verschwinden zu lassen, also haben sie einfach ein paar Zentimeter Erde draufgeschüttet und es einen Park genannt.«

Shan erinnerte sich an Beschwerden darüber, man könne den Platz kaum begrünen, weil es hier so viele Steine gebe. Er zog den Zettel aus der Tasche, den er vom Schwarzen Brett vor dem Speisesaal des Fünf-Klauen-Projekts mitgenommen hatte, die Luftaufnahme mit den zusätzlich eingezeichneten Linien. Am oberen Rand fanden sich manche der gleichen Symbole wieder.

»Genau«, sagte Cao.

Shan sah ihn verständnislos an. »Das ist ein Luftbild der Dammbaustelle mit ein paar Linien, die eine Art Körper darstellen sollen.«

»Nein«, widersprach Cao. »Es ist eher wie die Skizze für ein *thangka*, ein religiöses Gemälde. Die alten Tibeter haben das so deutlich erkannt, als würden sie es auf dem Rücken eines *garuda* überfliegen. Deshalb ist das Tal vermutlich auch so heilig, und deshalb hat es hier in Ihrer Stadt einen Tempel der Erdbändigung gegeben.« Cao sah, dass Shan immer noch verwirrt war, also nahm er einen Bleistift, legte das Luftbild auf eine Bank und präzisierte und erweiterte die eingezeichneten Linien mit wenigen Strichen. Der obere See sah dadurch mehr wie ein Kopf aus, die gewölbten Bergkämme in der oberen Hälfte wie Arme, die Grate im unteren Teil wie Beine. »Erkennen Sie es denn nicht?«, fragte er sachlich und hielt das Bild hoch. Shan erschauderte, denn er hatte diese Figur schon auf Zeichnungen in den Archiven gesehen. »Das ist der furchterregendste aller Erddämonen«, fuhr der chinesische Student fort. »Man nennt ihn den Großvaterkrieger, und er soll nun erweckt werden, um die Erde zu beschützen. Das ist Gekho der grimmige Zerstörer.«

* * *

Während Cao mit seiner Untersuchung des Platzes fortfuhr, gingen Shan und Pike ins Revier und ließen sich von Marpa eine Mahlzeit liefern. Shan erläuterte, was in Lhadrung geschehen war.

»Sie sagen, es hat mit einer Hinrichtung angefangen, die eigentlich ein Mord war«, sagte Pike. Die unterschwellige Wut, die stets in seinem Blick zu liegen schien, hatte sich nun auch in seine Stimme geschlichen. »Doch eigentlich hat es mit dem Mord an meiner Tochter und dem Professor angefangen.« Shan nickte. »Und nun wurde ein Zeuge in Lhadrung umgebracht, und es deutet manches darauf hin, dass der wirkliche Anfang von all dem in dieser Schule liegt, diesem Larung Gar. Shan, Sie haben die lästige Angewohnheit, zwar immer mehr Verbrechen aufzudecken, aber nie die Gesichter der Täter. Das ist die Geschichte des modernen China«, stellte der Amerikaner fest. »Schüre die Gewalt, aber bekämpfe nie die Ursache, außer die Parteibonzen ordnen es an.«

»Ich kenne zumindest Huans Gesicht und das von Jiao. Und falls ich mich nach den Parteibonzen richten würde, wäre ich nie im Straflager gelandet.«

»Trotzdem haben Sie keinerlei Beweise gegen Huan, Jiao oder sonst jemanden in der Hand.«

»Ich bin offen für Vorschläge.«

»Ich hab's Ihnen doch schon gesagt. Mit dem richtigen Köder lässt sich jeder Fuchs fangen. Wir werden ein dringendes Problem verursachen, auf das Huans Kontakt in Lhadrung reagieren muss. Wir räuchern ihn aus. Falls es sich um jemanden in Oberst Tans näherer Umgebung handelt, dürfte das nicht allzu schwierig sein«, sagte der Amerikaner, und seine Augen funkelten vor lauter Aufregung.

* * *

Amah Jiejie handelte so überlegt und tüchtig wie immer, sobald Shan den Plan dargelegt hatte. Das Memo an Oberst Tan, das soeben aus dem alten Faxgerät zum Vorschein gekommen war – eine sicherere Kommunikationsmöglichkeit als E-Mails, wusste Shan –, bestand nur aus zwei kurzen Absätzen, wenngleich Shan und Pike auf den Entwurf eine ganze Stunde verwendet hatten. Im ersten Abschnitt stand zu lesen, Shan habe einen von Metok verfassten geheimen Bericht gefunden, den der alte Hausmeister in sein Hemd eingenäht hatte. Darin schrieb der Ingenieur, er stehe wegen der erstaunlichen Artefakte im Tal der Götter mit dem Büro für Religiöse Angelegenheiten in Lhasa in Verbindung und sei überzeugt, die Behörde werde das Tal demnächst als bedeutendes Kulturerbe einstufen. Metok habe gewusst, so Shan, dass das Büro Artefakte zwar meistens nur einsammle und zerstöre, denn sie seien ja schließlich Staatseigentum und stünden der sozialistischen Ordnung entgegen, andererseits aber praktisch genug veranlagt sei, die enormen wirtschaftlichen Vorzüge einer bedeutenden Touristenattraktion zu erkennen. Genau wie der restaurierte Potala Palast des Dalai Lama in Lhasa könne zukünftig auch das heilige Tal für Millionengewinne sorgen. Metok habe daher mehrere Kartons mit den besten Artefakten des Tals zum Lager des Büros in der Kunming-Straße am Stadtrand von Lhasa geschickt und eine Akte beigefügt, die mit der Hilfe eines berühmten Archäologen erstellt worden sei.

Im zweiten Absatz bat Shan schlicht um die Genehmigung, das besagte Lager an der Kunming-Straße aufzusuchen, um das Büro für Religiöse Angelegenheiten zu dem Kontakt mit Metok zu befragen, weil das womöglich beweise, dass der Ingenieur gar nicht korrupt gewesen sei, sondern nur der unbequemen Überzeugung, der Damm werde im falschen Tal errichtet. Und wenn er schon mal vor Ort sei, schrieb Shan, könne er die einzigartigen Artefakte, auf deren Grundlage das Staudamm-Projekt vielleicht gestoppt werde, begutachten und katalogisieren. Falls Metoks Behauptungen sich bewahrheiten sollten, könne Oberst Tan dann den Kommissar davon in Kenntnis setzen, dass sich hier zusehends ein Konflikt zwischen verschiedenen Regierungsstellen anbahne.

Shan musste zugeben, dass Pikes Plan ein cleverer Schachzug war. Tans gesamter Stab wusste, dass das Büro für Religiöse Angelegenheiten sich in manchen entlegeneren Regionen Tibets zur vorherrschenden Behörde entwickelt hatte, mit einem direkten Draht nach Peking. Shan hatte die Idee gehabt, den Kommissar ins Spiel zu bringen. Niemand in Tibet benötigte eine nähere Erklärung oder den Namen des Amtsträgers, und fast jeder erzitterte, sobald er erwähnt wurde. Kommissar Yang Chouzi hielt sich seit den Zeiten der ursprünglichen Besetzung in Tibet auf, und obwohl er viele Titel getragen hatte, war vor allem der in Erinnerung geblieben, mit dem man die Berater der hohen Würdenträger der Partei bezeichnete, denen oft die wahre Entscheidungsgewalt oblag. Nach Jahrzehnten unbarmherziger Machtkämpfe lebte der alte, im Ruhestand befindliche Yang in einem Anwesen bei Lhasa und war immer noch der inoffizielle Parteichef von Zentraltibet.

Shan hatte Amah Jiejie gebeten, eine Kopie des Memos auf den Schreibtisch des Obersts zu legen.

»Nein, nein«, widersprach Tans Assistentin. »Auf die Ecke von *meinem* Tisch. Seine Adjutanten schleichen immer um meinen Tisch herum und inspizieren unauffällig die Post des Obersts.«

Vor der Weiterleitung des Köders an Amah Jiejie hatte Shan dem Amerikaner die Adjutanten aufgezählt. Der Quartiermeister, die Direktoren der Straflager, der Verwaltungschef, Major Xun und Leutnant Zhu waren alle direkt Oberst Tan unterstellt. Der Quartiermeister, so Shan, wäre befugt, die Drohne anzufordern, die an die Fünf Klauen geliefert wurde. Der Verwaltungschef hätte Tans Empfehlung zur Disziplinierung von Huan ändern und dem Leutnant stattdessen einen einflussreicheren Posten in Lhasa zuschanzen können. Und Xun war als Stabschef an allen Aspekten von Tans Arbeit beteiligt.

»Wer von denen hält sich zurzeit in Lhadrung auf?«, hatte Shan Amah Jiejie gefragt, um die Liste der möglichen Verschwörer vielleicht eingrenzen zu können.

»Nur Major Xun, der Quartiermeister Hauptmann Chi und Hauptmann Bing von der Verwaltung. Der Oberst hat Zhu nach Hongkong geschickt, und die anderen nehmen an einer Konferenz in Chengdu teil. Doch ich kann Ihnen garantieren, dass das Memo sich bis heute Abend herumgesprochen hat, wenn ich es hier offen liegen lasse.«

Nachdem sie den Plan mit Amah Jiejie erörtert hatten, erzählte die Assistentin, dass Metoks arme Witwe, Lekshay, angerufen und sich erkundigt habe, ob die Behörden noch über persönliche Habseligkeiten ihres verstorbenen Mannes verfügten. »Sie wirkte so traurig. Ich habe ihr anvertraut, dass mein Bruder im Gefängnis gestorben ist und dass ich weiß, wie gut es ihr tun würde, wenn wir uns einfach treffen und reden könnten. Sie sagte, sie könne den Schmerz noch nicht in Worte fassen, aber vielleicht in ein paar Tagen. Das arme Mädchen! Sie leidet so sehr, obwohl sie nichts Falsches getan hat.«

Als Shan den Hörer auflegte, grinste Pike. Falls einer von Tans leitenden Mitarbeitern tatsächlich Huans unsichtbarer Verbündeter in Lhadrung war, würde Huan noch heute von der Neuigkeit erfahren. Shan sah auf die Uhr. »Wenn Sie rechtzeitig an der Kunming-Straße sein wollen, um die Überwachungskamera anzubringen, sollten Sie sich lieber auf den Weg machen.«

Shan schaute dem weißen Wagen hinterher, der nach Lhasa aufbrach, und wandte sich dann widerwillig dem liegen gebliebenen Stapel Papierkram zu. Falls er sich damit zu viel Zeit ließ, würde die Justizverwaltung erst strenge Mahnungen schicken und dann womöglich Prüfer. Er schenkte sich einen Tee ein und setzte sich an seinen Schreibtisch. Eine Stunde später wollte er die Tasse nachfüllen, als aus Richtung der Zellen plötzlich ein Aufschrei und dann ein lautes Krachen ertönten. Er stieß die angelehnte Tür auf und schaltete das Licht ein. Dort im hinteren Raum lag Meng neben einem umgestürzten Stuhl auf dem Boden. Als er zu ihr lief und sich neben sie kniete, streckte sie die Arme aus und klammerte sich einen Moment lang an ihn wie ein verängstigtes Kind. Dann fasste sie sich wieder und ließ sich von ihm auf die Beine helfen.

»Tut mir leid«, sagte sie. Ihre Stimme zitterte kurz, dann wich sie ein Stück zurück und richtete ihre Kleidung. »Ich bin zur Hintertür herein, aber du hast mit jemandem gesprochen, also habe ich mich in einer der Zellen hingelegt. Dann bin ich eingeschlafen und war noch nicht wieder ganz wach, als ich über diesen Stuhl gestolpert bin.« Sie zuckte die Achseln. »Tut mir leid«, wiederholte sie.

Er zögerte und dachte an den Stapel Arbeit auf seinem Schreibtisch. »Ich wollte sowieso etwas essen«, log er. »Komm doch mit.«

Meng biss sich auf die Unterlippe und lächelte schüchtern, so dass sie für einen Augenblick eher nach einer verlegenen jungen Frau aussah als nach einer strengen Offizierin der Öffentlichen Sicherheit. Er bemerkte, dass sie eine Jeans mit Seidenbluse und Pullover trug, und bat sie, kurz zu warten.

Dann ging er in den Waschraum, zog seine Uniformjacke aus und ersetzte das Diensthemd durch ein schlichtes weißes Exemplar.

Als Meng ihn sah, lächelte sie wieder so zurückhaltend. Sie waren ein ganz gewöhnliches Paar, das zum Abendessen ausging. Frau Lu, die gerade ihren Terrier ausführte, starrte sie in stummer Verblüffung an, als sie aus dem Revier zum Vorschein kamen.

An der Küchentür des Restaurants warf Marpa nur einen kurzen Blick auf die beiden und hielt sie mit erhobener Hand zurück. »Nein, nein. Nehmt den Vordereingang.«

Während sie das Gebäude umrundeten, breitete er auf dem Tisch am mittleren Fenster eine Tischdecke aus, führte seine beiden Gäste dann zu ihren Plätzen und entschuldigte sich kurz. Er rannte in die Küche und kehrte mit einem Kerzenstummel zurück, den er mit etwas Mühe in eine leere Limonadenflasche steckte und anzündete, bevor er abermals verschwand. Diesmal brachte er ihnen eine verstaubte Flasche billigen Reiswein. Shan hatte in Marpas Restaurant noch nie irgendwelchen Alkohol gesehen und wusste, dass Marpa auch nie welchen trank. Der Gastwirt füllte zwei kleine Gläser halb mit Wein. »Ich hatte ein paar Weingläser«, entschuldigte er sich, »aber ich weiß nicht mehr, wo die sind.«

»Wir sind nicht …«, setzte Shan an und wollte eigentlich klarstellen, dass dies nicht die romantische Verabredung war, die Marpa vermutete, doch dann sah er Mengs erwartungsvollen Blick. »… nicht gerade Weinkenner«, sagte er stattdessen.

Sie plauderten über Nebensächlichkeiten, über die gelegentliche Änderung der Windrichtung, die ganz Yangkar in den Duft von Wildblumen hüllte, über die ausgedehnten Hochgebirgswiesen über ihnen, auf denen Hirsche und wilde Ziegen grasten, über Mengs Anreise aus der Gobi, bei der sie an einem Kamelmarkt angehalten hatten, und über das Pferdefest, das die einheimischen Hirten für den Spätsommer planten. Shan ließ Marpa das Essen bestimmen, und der Tibeter brachte ihnen erst kleine würzige Teigtaschen und dann einen duftenden kräftigen Eintopf. Meng schien keinen großen Appetit zu haben, und als sie zu essen aufhörte, folgte Shan ihrem Blick auf den Platz hinaus.

Mengs Reisegefährtin stand dort unter einem Baum und rief etwas nach oben, während sie den Zweigen auswich, die das kleine Mädchen aus erstaunlicher Höhe hinabwarf.

»Ich sollte hingehen und helfen«, sagte Shan. »Deine Nichte könnte abstürzen.«

Meng zögerte, warf Shan einen Blick zu, nickte dann und wandte sich wieder zum Fenster um. »Nicht nötig. Sie klettert wie ein Affe«, sagte Meng und trank einen Schluck Wein.

Sie sahen dabei zu, wie das Mädchen einen hängenden Ast hinunterkletterte, sich drehte, losließ und direkt auf den Schultern der Mao-Büste landete. Dann fing sie an, den Kopf des Großen Steuermanns wie eine Trommel zu bearbeiten.

Meng war sichtlich bestürzt.

»Ihre Eltern sind zu nachsichtig«, mutmaßte Shan.

»Bestimmt«, erwiderte Meng mit dem Anflug eines Lächelns. »Wir mussten ihr heute Farbe vom Gesicht abwaschen.«

»Wieso Farbe?«

»Die alte Frau, die diese Diagramme und Horoskope anfertigt, scheint das Mädchen zu mögen. Sie hat eine Rennmaus als Haustier. Kami war dort das einzige Mal am ganzen Tag ruhig, genau wie bei unseren früheren Besuchen.«

»Kami?« Shan hatte den Namen des Mädchens bisher nicht gekannt.

»Kanmei, aber Kami gefällt ihr besser. Es ist komisch, aber wenn die Rennmaus sie anschaut, wird sie ganz still. Ich habe die beiden heute beobachtet. Die Maus und Kami haben sich einfach nur ruhig angesehen, und das Tier hielt dabei den Kopf geneigt, als würde es Kami wiedererkennen. Diese großen Augen müssen wohl irgendwie hypnotisch wirken.«

Shan lächelte. »Die Tibeter würden sagen, dass die beiden sich in einem früheren Leben gekannt haben. Die Rennmaus ist nämlich die Reinkarnation eines berühmten Lama.«

»Ich dachte, berühmte Lamas würden auf irgendeine höhere Existenzebene wechseln.«

»Bei manchen ist das der Fall. Aber bei den meisten in dieser Region wurde das fromme Leben zum Ende hin immer schwieriger. Sie konnten sich nicht angemessen auf den Tod vorbereiten oder mussten sogar ihre Gelübde brechen.« Er sah Mengs fragenden Blick. »Einige Mönche und Nonnen wurden zur Heirat gezwungen und mussten diese dann bei vorgehaltener Waffe und vor den Augen der Soldaten auch vollziehen. Andere mussten sich vom Dalai Lama lossagen. Wieder andere haben sich gewaltsam zur Wehr gesetzt.«

Meng trank noch einen Schluck und lächelte schwermütig. »Als was werden wir wohl wiedergeboren, Shan?«

»Ich nehme an, ich werde ein mürrischer Yak sein. Und ich weiß noch, dass es im Straflager hieß, jeder Kriecher würde als Käfer zurückkommen«, sagte er und wünschte im selben Moment, er hätte es nicht getan, denn sie zuckte zusammen und schien seine Äußerung nicht als Scherz aufzufassen.

Meng stieß ihr Glas gegen seines. »Dann versuch bitte, mich nicht zu zertreten, Wachtmeister«, flüsterte sie.

Eine warme, nach Wiese duftende Brise strich über die Stadt hinweg, als Shan und Meng der trübe beleuchteten Straße zur Teppichfabrik folgten, wo die Arbeiter der Nachtschicht soeben die leuchtend bunten und nach dem Färben noch feuchten Garnbündel zum Trocknen aufhingen. Den alten Frauen an den Webstühlen stellte er Meng als eine Freundin vor, woraufhin eine von ihnen lachte, Shan auf den Rücken klopfte und ihm schelmisch zuzwinkerte. Ihm wurde klar, wie sehr er es genoss, einmal nicht an seine Sorgen zu denken, und während der Himmel sich in immer dunklerem Rot verfärbte, fragte er Meng, ob sie Lust auf einen Ausflug hätte. Er wusste nicht so genau, warum, aber er parkte am Ende des ausgefahrenen Feldwegs, der zu dem alten Bauernhof führte. Während sie sich den Gebäuden näherten, verfluchte er sich stumm für die Idee, eine Offizierin der Öffentlichen Sicherheit zum Schlupfwinkel einer Gruppe von Wilden zu führen, aber als sie das Tor erreichten, lachte Meng fröhlich auf und lief los. Lokesh hatte irgendwo ein Horn gefunden, stand an einer lodernden Kohlenpfanne in der Mitte des Innenhofs und spielte ein altes Hirtenlied.

Als Shan das Anwesen betrat, überraschte es ihn, wie viel sich bereits verändert hatte. Das gesamte Unkraut war ausgerissen und der Hof gefegt worden. Darunter kam ein erstaunlich intaktes Kopfsteinpflaster zum Vorschein. Die vordere Wand des Stalls trug einen frischen kastanienbraunen Anstrich, und zwei der Stützbalken waren ersetzt worden.

Yara war dort, spülte gerade Geschirr in einer Schale ab und stellte warmherzig ihre Großeltern vor. Ihr Großvater Trinle bot Meng getrocknete Aprikosen an, ihre Großmutter Lhamo eine Zigarre, die Meng höflich ablehnte.

»Sie haben ein wundervolles Heim«, sagte Meng, woraufhin die beiden verunsichert Shan ansahen.

»Wir sind eben erst eingezogen«, warf Yara ein. »Mit Shans Hilfe wird vielleicht ein richtiges Zuhause daraus.«

Shan zögerte, denn bislang hatte er das Anwesen lediglich als eine weitere vorübergehende Zuflucht der Wilden gesehen. Dann schob Yara ihn auf Trinle zu, der ins Haus voranging und ihnen den neuen Altar zeigte, die neue Kochnische und die neu errichteten Schlafstätten mit frischen Wacholderzweigen.

Als sie auf den Innenhof zurückkehrten, hatte Yara dort Bänke aufgestellt, und sie setzten sich alle rund um die Kohlenpfanne und tranken Tee, während über den Hügeln die Nacht hereinbrach. Meng fragte, ob sie sich das Horn ausleihen dürfe, denn sie habe früher mal Blockflöte im Schulorchester gespielt. Zu Shans Überraschung gelang ihr eine großartige Darbietung von »Beautiful Dreamer«. Stephen Foster war nicht nur bei chinesischen Lehrern beliebt, sondern fand auch bei den Lautsprecherdurchsagen in Bussen und Zügen Verwendung.

Shan verspürte eine ungewohnte Ruhe und ließ sich von der häuslichen Wärme einfangen. Einen Moment lang träumte er den unmöglichen, aber wunderschönen Traum von Yara und Ko, die in einem solchen Zuhause eine Familie gründeten.

Auf dem Rückweg zum Wagen lehnte Meng ihren Kopf an seine Schulter, und er verlängerte das Gefühl, kurz außerhalb der Realität zu stehen, indem er den Schritt verlangsamte, um Meng tibetische Sternbilder zu zeigen. »*Lak Sur*«, sagte er, womit der Skorpion gemeint war, dann »*Mindruk*«, die Plejaden. »Und da ist das Wichtigste«, sagte er und wies auf den Kleinen Wagen. »*Karma Pur Dhun* oder die Sieben Geschwister. Die sieben Sterne sind Kinder, die um die Wette laufen, aber der kleine Junge ist hingefallen.« Er zeigte auf den Stern am Ende der Deichsel. »Zum Glück konnte er nicht wieder aufstehen und muss nun für alle Zeit am selben Ort ausharren.«

Meng lachte wie ein Mädchen und hielt sich an seinem Arm fest. »Der Polarstern. Ich wäre nie darauf gekommen, dass er in Wahrheit bloß ein tollpatschiger tibetischer Junge ist.« Auf einmal packte sie fester zu, griff sich mit der anderen Hand an den Bauch und beugte sich vor.

»Meng?«, fragte Shan und half ihr zu einem flachen Felsen.

»Es ist nichts«, ächzte sie. »Ich habe nur diese Teigtaschen zu schnell verschlungen.« Dann holte sie ein kleines Tablettenfläschchen hervor. Shan wusste, dass sie die Teigtaschen kaum angerührt hatte. »Das wird schon wieder«, sagte sie und schluckte eine Pille. »Erzähl mir mehr von den tibetischen Sternen.«

Als er schließlich hinter dem Revier parkte und sie zu ihrem Quartier begleitete, konnten sie auf der anderen Seite der Tür Kami laut singen hören.

Meng nahm entschlossen seine Hand und zog ihn weg. »Gibt es für uns denn kein stilles Plätzchen?«

»Nicht wirklich«, sagte Shan.

»Doch, ich weiß schon«, erwiderte Meng und führte ihn in den Zellentrakt.

* * *

Kurz vor Tagesanbruch klingelte das Satellitentelefon auf seinem Schreibtisch. Shan löste sich aus Mengs Umarmung, stand von der Gefängnispritsche auf und wickelte sich eine Decke um den Leib, bevor er in sein Büro ging.

Pike hielt sich gar nicht erst mit einer Begrüßung auf. »Unser Mann zählt zu denen, die Amah Jiejie erwähnt hat. Huan wurde aus Lhadrung benachrichtigt und ist kurz nach Mitternacht bei dem Gebäude des Büros für Religiöse Angelegenheiten in der Kunming-Straße eingetroffen. Das haben wir alles schön auf Video«, berichtete der Amerikaner. »Und eines muss man Huan lassen, der Kerl hat Eier. Anstatt sich die Mühe zu machen, das Haus zu durchsuchen, hat er es einfach niedergebrannt.«

KAPITEL ELF

Marpa grinste breit, als Shan und Meng gemeinsam an seiner Hintertür zum Frühstück erschienen, und protestierte, als Shan den kleinen Tisch an der Rückwand der Küche ansteuerte. Der Eigentümer des Nudellokals bestand darauf, dass sie sich wieder an ihren Tisch in dem nun halbdunklen Gastraum setzten, wo er ihnen eilends Tee servierte. Meng bat ihn, nicht das Licht einzuschalten, damit sie besser verfolgen konnten, wie die Morgendämmerung die Berge erstrahlen ließ. Auf die Stadt fiel allmählich ein Schleier aus Rosa und Gold. Die beiden flüsterten unwillkürlich. Shan erzählte von dem Vergnügen, einen solchen Moment auf einer Blumenwiese im Gebirge zu erleben, Meng von der schlichten Schönheit der Sonnenaufgänge, die sie in der Gobi gesehen hatte.

»Ich muss heute nach Lhasa«, sagte sie etwas lauter, als Marpa einen Teller dünner Kardamompfannkuchen brachte, die Shan besonders gern mochte.

»Du musst? Ich dachte, du hättest frei.«

»Und ich dachte, du wolltest mich loswerden.«

Shan zuckte zusammen. Er hing bei solchen Gesprächen völlig in der Luft, hatte er sein Herz doch viele Jahre lang durch eine harte Schale geschützt. »Vielleicht ist es so sicherer für dich. Die letzte Nacht war wie ein Traum. In meiner Alltagswelt werden Menschen getötet.«

»In Yangkar?«

»Im Bezirk Lhadrung.« Shan holte den Dienstausweis hervor, den Tan ihm gegeben hatte, und legte ihn auf den Tisch.

Meng starrte das Ding länger an, als Shan erwartet hatte. »Ist das denn eine gute Nachricht?«, fragte sie und rang sich ein Lächeln ab.

»Mir wurde keine andere Wahl gelassen. Und falls ich keine Antwort finde, könnte das Unheil herkommen.«

»Eine Antwort? Du meinst Verhaftungen und Prozesse.«

»Es hat mit einer Hinrichtung angefangen, die sich als Mord der Behörden herausgestellt hat. Gewisser Behördenvertreter. Ich kenne einige der Schuldigen, aber nicht alle.«

»Und falls du nicht alle enttarnst, wirst du es sein, den man bestraft«, mutmaßte Meng und aß ein Stück Pfannkuchen. »Landen deine Fälle überhaupt jemals vor Gericht, Wachtmeister? Das scheint deine Spezialität zu sein. Du übernimmst nur die Fälle, bei denen die Behörden lieber dich töten würden als den Verbrecher.«

»Das bedeutet weniger Papierkram«, scherzte er. Als sie nicht lächelte, zuckte er die Achseln. »Ich bin noch am Leben«, sagte er und schaute hinaus über den heller werdenden Marktplatz. Seit Pikes Anruf nagte irgendein ungutes Gefühl an ihm.

»Vielleicht solltest du mehr Zeit mit der Suche nach verschwundenen Kohlköpfen verbringen als mit Ermittlungen gegen korrupte Soldaten und Kriecher.«

Shan hielt inne. »Du hast gestern zugehört, als wir uns im Revier unterhalten haben.«

»Ein wenig. Es hat ausgereicht, um die gleiche Art von Katastrophe zu wittern wie bei unserem ersten Zusammentreffen.«

»Aber diesmal ist es nicht dein Problem.«

Das schien Meng auf seltsame Art wehzutun. Sie seufzte. »Nicht mein Problem«, pflichtete sie ihm bei. »Ich bin im Urlaub. Ich kann meine Blockflötenlieder üben.«

Shan lächelte bei der Erinnerung an den letzten Abend, und dann schien plötzlich eine Faust sein Herz zu packen, denn das ungute Gefühl wurde konkret. »Lokesh!«, rief er und sprang auf. »Die haben den Hausmeister ermordet und das Gebäude niedergebrannt. Die einzige andere

Verbindung ist Lokesh. Das Feuer beweist, dass Huan mit einem von Tans leitenden Offizieren zusammenarbeitet. Falls es sich dabei um Xun handelt, ist Lokesh in Gefahr. Xun war im Krankenhaus dabei! Er hat gehört, dass Lokesh einen Brief von Metok erhalten hat.«

»Ich verstehe kein Wort von all dem«, sagte Meng. »Aber geh. Marpa kann mir hier Gesellschaft leisten.«

Zehn Minuten später hielt sein Wagen in einer Staubwolke auf dem Feldweg beim Bauernhaus. Shan rannte so schnell er nur konnte und erreichte keuchend das Tor. Yara brach gerade zur Schule auf. »Ihr müsst ihn wegschaffen!«, rief er. »Ihn verstecken! Deine Großeltern können ihn zu einer der Höhlen weiter oben mitnehmen!« Shan blickte zu dem kleineren der beiden Häuser. »Lokesh!«, rief er.

Im Eingang erschien Lhamo und rieb sich die Augen.

Shan rief erneut nach dem alten Mann und lief zu der Tür. Lhamo rührte sich nicht von der Stelle, und Yara holte ihn ein und packte ihn an der Schulter. »Er ist nicht hier, Shan. Ich habe es dir erzählt. Er wollte zu Shiva, damit sie für Jampa ein Todesdiagramm anfertigt.«

In dem Moment stolperte der alte Trinle mit panischer Miene zum Tor herein und sagte dabei hektisch das Mantra der Mutter Beschützerin auf. Shan lief zu ihm und folgte dem verängstigten Blick des Tibeters. Der Zubringer von Yangkar zur Schnellstraße lag etwa anderthalb Kilometer entfernt, doch die schwarzen Fahrzeuge waren gut zu erkennen. Vier Wagen der Öffentlichen Sicherheit rasten mit blinkenden Signalleuchten auf die Stadt zu. Das war der Beweis, dass Major Xun sowohl Tan hinterging als auch Huan im Sinne der Verschwörung einsetzte.

Shan parkte am Stadtrand und lief zum Marktplatz. Leutnant Huan hatte das Kommando übernommen und leitete mehrere Kriecher-Soldaten an, die die Menschen aus ihren Häusern holten und alle Männer mit weißem oder grauem Haar auf dem Platz zusammentrieben. Huan sah sich die Alten von Yangkar genau an, packte sie und schob sie beiseite. Einer der Männer fiel hin und erhielt für seine Ungeschicklichkeit einen

Hieb mit dem Schlagstock. Huan wusste nicht genau, wie Lokesh aussah, aber Xun hatte ihm eine Beschreibung geliefert.

Shan hoffte inständig, die Kriecher würden Shivas Gasse übersehen. Vielleicht konnte er sich auf die andere Seite ihres Hauses schleichen und Lokesh zur Flucht durch das Fenster verhelfen. Doch dann tauchte ein weiterer der Kriecher auf, zerrte Lokesh hinaus auf die Straße und stieß ihn grob zu den anderen Verdächtigen.

»Wachtmeister Shan!« Huan hatte ihn entdeckt und ging zu ihm. »Wie hilfreich, Sie bei uns zu haben!«, sagte der Kriecher-Leutnant mit eisigem Grinsen. »Wir würden gern mit dem alten Mann sprechen, der mit Ihnen im Krankenhaus von Lhadrung war.«

»Der ist nicht hier«, log Shan und versuchte, möglichst gleichgültig zu klingen.

»Ein Freund von Ihnen, wie es scheint. Sie haben ihn Lokesh genannt. Der Bericht über den Tod eines Mannes namens Jampa ist unvollständig. Dieser Lokesh verfügt offenbar über weitere Informationen.« Shan sah Huan ausdruckslos an. Sie wussten beide, dass Huan nicht für Jampas Fall zuständig war.

»Er ist bloß ein trauriger alter Exsträfling. Sie kennen die Sorte. Er war einer der Insassen in meinem Lager.« Shan ließ es so klingen, als hätte er dort zum Personal gehört.

Nach der Vernichtung des alten Klosters hatten die Behörden älteren, traditionellen Tibetern ursprünglich davon abgeraten, sich in der »Pionierstadt« Yangkar niederzulassen, doch seit Shans Stadt nach und nach den Ruf eines Refugiums gewann, zogen immer mehr von ihnen hierher. Er kannte jeden der alten Männer, hatte vielen von ihnen bei der Eingewöhnung geholfen und verfolgte nun mit Entsetzen und Schuldgefühlen, wie sie in einer Reihe vor der Mao-Büste antreten mussten. Die meisten von ihnen wirkten verängstigt, denn sie wussten, dass für Tibeter eine solche Aktion oft mit dem Transport in ein Umerziehungslager endete.

»Dann wird es Ihnen ja nichts ausmachen, wenn ich mich bei diesen

Herren kurz vergewissere«, gab Huan zurück. Die Kriecher fingen an, die Ausweise zu überprüfen und jeden der Männer zu befragen. Lokesh stand in der Mitte der Reihe und würde in wenigen Minuten verhört werden. Shan musste bestürzt daran denken, was sein ältester Freund einst gelobt hatte: Sollte er je von einem Polizisten angehalten werden, würde er erklären, dass er keine chinesischen Papiere besitze, weil er im Dienst der wahren Regierung stehe, nämlich der des Dalai Lama. Die Ergreifung eines geständigen Agenten der Exilregierung würde direkt nach Peking gemeldet werden. Nicht einmal Oberst Tan konnte ihn dann noch retten.

Shan musterte die Männer auf dem Platz. Jeder der Kriecher trug eine Pistole am Gürtel, zwei von ihnen außerdem eine Maschinenpistole. Gegen diese Übermacht war er hilflos. Falls er jetzt irgendwie versuchte, seinem Freund beizustehen, verriet er Huan dadurch nur Lokeshs Identität. Er öffnete den Mund, bekam aber kein Wort heraus. Seine Verzweiflung lähmte ihn.

»Tashi, Tashi, Tashi!«, rief eine verärgerte Stimme hinter ihm. Ein weiblicher Leutnant der Öffentlichen Sicherheit drängte sich an ihm vorbei und hielt eine Mütze und eine blaue Jacke hoch. Sie ging geradewegs zu Lokesh und zog ihn aus der Reihe. »Lass uns gehen, du alter Narr. Hast du gestern mal wieder zu viel gesoffen?«, schimpfte sie und zog ihm die Mütze über das weiße Haar.

»Leutnant?«, fragte Huan verunsichert. »Wir sind hier mitten bei einer Operation.«

»Was auch immer, mein dummer Blödian von einem Fahrer wird Ihnen dabei keine große Hilfe sein. Aber das geschieht mir recht. Was gebe ich diesem Einfaltspinsel auch einen Abend frei? Wo treibt die Fahrbereitschaft nur immer diese Leute auf?«

Shan sah ungläubig dabei zu. Es war Meng. Sie trug nun ihre Uniform und hatte die Haare unter ihrer Mütze hochgesteckt. Die Mütze, die sie Lokesh aufgesetzt hatte, gehörte zu einer alten Polizeiuniform und hatte im Zellentrakt gehangen. Meng hatte das Emblem abgerissen.

Huan starrte sie verwirrt an.

Meng salutierte zackig, aber belustigt. »Leutnant Meng. Ich bin aus dem Norden abgeordnet, um hier die zweijährliche Effizienzüberprüfung der Polizei durchzuführen. Zumindest solange mein nichtsnutziger Fahrer sich entschließt, zur Arbeit zu erscheinen. Haben Sie zufällig auch einen Fahrer, Leutnant? Können wir vielleicht tauschen?« Sie sah Huan mit überheblicher Miene an. »Ich berichte direkt nach Peking.« Ohne auf eine Reaktion zu warten, wandte sie sich an Lokesh. »Sieh dich nur an!«, rief sie. »Wie hast du je eine Stelle bei der Regierung bekommen können?« Sie legte ihm die Jacke um die Schultern, eine alte Uniformjacke von Shan, und schaute kurz zu Huan. »Weitermachen, Leutnant.«

Huan zögerte, als überlege er, Meng die Stirn zu bieten. Sie drehte sich derweil zu Shan um. »Diese Stadt ist eine Schande, Wachtmeister!«, rief sie. »Sie sollten sich schämen! Aber Sie werden noch aus Peking hören!«

Huan verzog den Mund kurz zu einem weiteren höhnischen Lächeln und blickte zu seinen Männern. »Weitermachen«, wiederholte er.

Die Kriecher waren immer noch damit beschäftigt, die Einwohner zu verhören, als Mengs Wagen hinter dem Revier zum Vorschein kam und aus der Stadt fuhr. Meng müsse nach Lhasa, hatte sie gesagt, doch Shan wusste, dass sie vorher noch Lokesh wieder bei dem Bauernhaus absetzen würde. Er schaute dem Wagen hinterher und fragte sich erneut, weshalb Meng so plötzlich beschlossen hatte, ein Teil seines Lebens zu werden. Für die letzten paar Minuten war er ihr jedenfalls unendlich dankbar. Er ging in die Unterkunft hinter dem Revier und rechnete halb damit, dort die kleine Kami und Mengs Begleiterin anzutreffen, aber sie waren nicht da, und er begriff, dass Meng sie womöglich mitgenommen hatte. Geistesabwesend sammelte er die auf dem Boden verstreute Kleidung des Mädchens ein und legte sie auf das Bett. Er hielt inne und betrachtete die seltsamen, winzigen Sachen. Kinder gehörten nicht zu seiner Welt und hatten es auch nie – nicht einmal sein Sohn Ko, der bei Shans seit Langem geschiedener Frau aufgewachsen war.

Auf dem Nachttisch lag ein Buch mit mehreren Lesezeichen darin, betitelt *Genossen von Tibet*. Es war ein Überblick über die Gebräuche und die historische Kultur der Tibeter, veröffentlicht vor mehr als zwanzig Jahren während einer von Pekings kurzlebigen liberalen Phasen, als die Vorstellung von unterschiedlichen einheimischen Kulturen noch irgendwie hinnehmbar schien. Auf den Innenseiten der beiden Buchdeckel hatte Meng sich Notizen über tibetische Speisen gemacht, über die hiesigen Wetterbedingungen, überlieferten Trachten und Feste. Auf den markierten Seiten wurden die Eigenarten tibetischer Tempel beschrieben, *dakini*-Göttinnen, die Bardo-Todesriten und das traditionelle Himmelsbegräbnis, bei dem man die sterblichen Überreste an Geier verfütterte und somit in den Kreislauf des Lebens zurückgab.

Shan war tief in Gedanken versunken, als er das Revier durch die Hintertür betrat, und machte sich große Sorgen um Lokeshs weiteres Schicksal. Die zunehmende Gebrechlichkeit des alten Tibeters würde es vielleicht nicht mehr gestatten, dass er zu seiner Zuflucht tief in den Bergen zurückkehren konnte. Shan ging an den Zellen vorbei und öffnete die Tür. Dann stutzte er kurz, denn er sah Choden, der vor Angst wie versteinert schien.

Leutnant Huan saß an Shans Schreibtisch und hatte die Stiefel auf die Papiere gelegt. »Wachtmeister!«, grüßte er Shan. »Endlich bekomme ich Sie mal in den eigenen vier Wänden zu sehen!« Er verzog theatralisch das Gesicht. »Ein wirklich trostloses kleines Nest für einen solchen Überflieger, wenngleich es erklärt, wieso Sie nach Höherem streben.« Er hielt inne und musterte mit sichtlichem Missfallen die verblichenen Plakate an der Wand, die gesprungenen Teebecher und die abblätternde Deckenfarbe. Dann fuhr er in seinem höhnischen Tonfall fort. »Gab es nicht mal eine Fabel über eine Krähe, die der Sonne zu nahe gekommen und in Flammen aufgegangen ist?«

Shan sah Choden an und wies auf die Tür. »Zeit für einen Rundgang, Wachtmeister.« Choden wich zurück, tastete hinter seinem Rücken nach dem Türgriff, drehte sich dann schnell um und lief hinaus auf die Straße.

Huan lachte und verfolgte, wie Choden nervös an den Kriechern vorbeiging, die vor dem Revier standen, und dann quer über den Platz eilte, wo manche der freigelassenen Männer saßen und von ihren Angehörigen umsorgt wurden. Zwei der schwarzen Fahrzeuge waren weg. Die verbliebenen Kriecher warteten draußen offenbar auf weitere Befehle.

»Was für ein erbärmliches Kaff dieses Buzhou doch ist«, sagte Huan.

»Yangkar. Die Bezirksverwaltung hat uns gestattet, den alten Namen zu verwenden.«

Huan riss die Augen auf. »Das klingt aber reaktionär«, spottete er.

»Was wollen Sie, Leutnant?«

»Ich möchte Ihnen nur etwas zeigen, Genosse. Meine neue Sammlung.« Huan fing an, körnige Fotos auf den Tisch zu legen, aufgenommen mit einer der Sofortbildkameras, die alle Einsatzgruppen der Kriecher für die Registrierung von Festnahmen mit sich führten. Auf den Bildern waren einzelne Tibeter zu sehen, Männer und Frauen unterschiedlichen Alters in der Kleidung von Bauern und Hirten. »Bislang sind es siebzehn. Vielleicht lasse ich ein Poster drucken. ›Die Gesichter des Antisozialismus.‹« Er sah Shan durchdringend an, vollführte dann eine Bewegung in der Luft, die wie eine Unterschrift aussah, und schlug mit der flachen Hand auf den Tisch. Shan fröstelte, denn er begriff, was Huan meinte.

Der Kriecher-Offizier nahm das Foto eines Tibeters mittleren Alters in einer Schaffellweste. »Dieser Narr hat gefragt, was mit seiner Frau sei, als wir ihn einkassiert haben. Ich sagte, die würden wir auch festnehmen. ›Dann kann sich niemand mehr um mein Maultier kümmern‹, hat er gesagt. ›Kein Problem‹, war meine Antwort. Dann habe ich dem Maultier einen Kopfschuss verpasst.« Huan lachte schmierig. »Ein guter Offizier achtet auf solche Kleinigkeiten. Ich habe Ihnen einen Gefallen getan. Hier darf doch kein herrenloses Maultier durch die Gegend streifen.«

Shan wurden die Knie weich. Er setzte sich auf den Stuhl vor dem Schreibtisch. »Sie haben sie alle in Haft genommen.«

»Ich habe ihnen zum Start in ein produktiveres Leben verholfen.

Nächstes Jahr können sie sich als erfolgreiche Absolventen dem Proletariat anschließen. Bis dahin erhalten sie freie Kost und Logis.«

»Wo?«

»Im Lager Neues Erwachen.«

»Und woher?«

»Wir sind acht Kilometer dem Eiskugeldamm gefolgt und haben uns jeden geschnappt, den wir gesehen haben.«

»Warum?«

»Weil Sie sich lieber zurückhalten sollten. Weil Sie nicht mal ansatzweise ahnen, wie tief das Gewässer ist, in das Sie sich gewagt haben. Diesmal waren es siebzehn. Nächstes Mal werden es doppelt so viele sein. Und wenn Sie immer noch nicht genug haben, sperre ich Ihre ganze verdammte Stadt weg. Ab jetzt haben meine Männer den Befehl, die Tiere jedes Festgenommenen zu erschießen.«

»Sie haben hier in Lhadrung keine Amtsgewalt.«

»Weil Oberst Tan sich das einbildet? Ich brauche die Erlaubnis dieses alten Dinosauriers nicht. Seine Unterschrift ist wertlos. Ihre Vollmacht ebenfalls. Die Fünf Klauen fallen in die nationale Zuständigkeit. Falls Tan versucht, sich da einzumischen, wird er einen sehr unangenehmen Anruf aus Peking erhalten. Den Rest seiner Tage wird er dann in einem dieser jämmerlichen Altersheime für ausrangierte Soldaten verbringen.«

»Diese Leute waren meilenweit von der Dammbaustelle entfernt.«

»Man hat Einheimische dabei gesehen, wie sie insgeheim die Bauarbeiten beobachten. Es kam zu beunruhigenden Zwischenfällen, die man als Verrat oder Sabotage einstufen könnte. Das Büro für Religiöse Angelegenheiten vermutet schon lange, dass es in dieser Gegend antikulturelle Aktivitäten gibt.«

»Antikulturell?«

»Das stammt aus einer neuen Verfahrensdirektive: ›die Durchführung unautorisierter einheimischer kultureller Aktivitäten‹.«

»Die Leute nennen das Beten.«

»Beten! Genau! Der Begriff riecht meilenweit nach reaktionärer Verschwörung. Bloß ein Haufen lästiges Geflüster, soweit ich das beurteilen kann.« Huan tadelte Shan mit ausgestrecktem Finger. »Sie lassen zu, dass auf Ihrem Marktplatz eine Statue von deren kahlköpfigem Gott steht. Haben Sie schon gehört, was für erstaunliche Dinge das Büro für Religiöse Angelegenheiten kürzlich herausgefunden hat? Der Glatzkopf ist in Wahrheit ein Symbol für den Dalai Lama.«

»Eher genau umgekehrt«, sagte Shan und schaute nach unten auf die Fotos. Huan schien ihn nicht zu hören.

»Eine Statue dieses alten Gottes ist daher eigentlich eine Statue des Dalai Lama. Dieser heimtückische Personenkult fügt unseren Anstrengungen zur Besserung des tibetischen Volkes gravierenden Schaden zu.« Shan neigte fragend den Kopf. Huan zuckte die Achseln. »Ich habe letzten Monat an einem Seminar des Büros für Religiöse Angelegenheiten teilgenommen. Personenkulte sind wie Gift, das ins Herz unserer sozialistischen Mustergesellschaft injiziert wird. Das stand da genau so an der Tafel. Sie stärken hier den Personenkult der Tibeter.«

»Am anderen Ende des Platzes steht eine Büste des Großen Steuermanns«, stellte Shan fest. »Und wie überraschend, dass Sie das Büro für Religiöse Angelegenheiten erwähnen. Die brauchen Sie vermutlich in Lhasa. Wie ich höre, gab es da letzte Nacht eine schlimme Brandstiftung.«

Die Worte brachten Huan kurz aus dem Konzept, aber er fing sich sogleich wieder. Seine Augen funkelten kühl. »Sachte, Wachtmeister! Ich bin mir nicht sicher, ob es bei den Strafverfolgungsbehörden einen unbedeutenderen Posten gibt, auf den man Sie versetzen könnte, aber in Lhadrung ist wahrscheinlich immer eine Stelle als Müllmann frei.«

»Oder als Hausmeister«, fügte Shan hinzu.

Huan grinste erneut und stand auf. »Halten Sie sich von den Fünf Klauen fern, Wachtmeister. Halten Sie sich von jedem fern, der an dem Dammprojekt arbeitet. Halten Sie sich von Hausmeistern und alten Männern mit geheimen Nachrichten fern. Sie sind ein Insekt, das jemand zertreten könnte. Suchen Sie sich irgendeine dunkle Ecke und kauern Sie sich dort zusammen.«

Shan hielt seinem ruhigen Blick stand. »Ich habe eine Frage, Leutnant Huan. Wissen Sie, wo die Provinz Fujian liegt? Mehrere Tausend Kilometer von hier entfernt. Trotzdem haben Sie es irgendwie bewerkstelligt, dass der Provinzgouverneur die Freigabe für Metoks Hinrichtung unterzeichnet hat, obwohl er während der betreffenden Woche auf einer Parteikonferenz in der Provinz Fujian war. Ganz zu schweigen vom Siegel des Kommissars.«

Huan lächelte und schien sich über Shans Widerstand zu freuen. Dann sammelte er langsam und wortlos die Fotos ein, eines nach dem anderen. »Bei der menschenleeren Gegend hier, mit endlos langen Straßen ohne jeden Augenzeugen, werden doch bestimmt ständig kleine Käfer zerquetscht.«

Der Kriecher nahm den blauen Anorak, den er auf Chodens Schreibtisch abgelegt hatte, und streifte ihn über. »Setzen Sie sich Ziele, die Ihren Fähigkeiten entsprechen, Wachtmeister«, sagte er und öffnete die Tür. »Sammeln Sie zum Beispiel hier auf dem Platz den Abfall auf.«

Als Huan sich vorbeugte, um in seinen Wagen einzusteigen, prallte neben ihm eine geschälte Walnuss gegen den Kotflügel, begleitet vom schallenden Gelächter einer hohen Stimme. Shan fuhr herum und sah Kami, die in der Gasse neben dem Revier stand und schon die nächste Nuss in der Hand hielt. Huan richtete sich sofort auf und griff nach seiner Waffe, lachte aber, als er die Übeltäterin erblickte. Mit einem verzweifelten Aufschrei kam die Betreuerin des Kindes aus dem Hintergrund zum Vorschein und zerrte Kami weg. Huan ahmte mit Daumen und ausgestrecktem Zeigefinger eine Pistole nach und feuerte einige imaginäre Schüsse in Kamis Richtung ab, bevor er in den Wagen stieg.

Shan blickte Huan und seinen Männern hinterher und erkannte, dass er dem Kriecher die falsche Frage gestellt hatte. Der Anorak war mit dem gleichen aufgestickten Emblem versehen gewesen wie die Jacke des stellvertretenden Direktors Jiao: ein roter Hammer über einem weißen *chorten*, eingerahmt von den Worten *Sicherheit in Heiterkeit.* »In Lhasa gibt es eine Schule für verhaltensauffällige Kinder«, meldete Choden sich zu Wort. Shans Stellvertreter kam quer über den Platz auf ihn zu. »Für die Problemfälle, die noch zu jung fürs Gefängnis sind. Ich habe das überprüft, Wachtmeister. Ein Kind kann von Amts wegen dort eingewiesen werden.«

Kreischendes Gelächter ließ sie beide den Kopf wenden. Das Mädchen hatte es irgendwie geschafft, sie zu umrunden, und versuchte nun, eines der Schafe, die ein Hirte gerade über den Platz führte, als Reittier zu missbrauchen.

Choden sah Shan mit hoffnungsvoller Miene an. »Ich habe das Formular auf Ihren Schreibtisch gelegt, Wachtmeister. Bitte!« Dann lief er los, um das Mädchen einzufangen.

Shan ging nachdenklich zurück zu den Zellen und sah dann die unordentliche Pritsche, auf der er die Nacht verbracht hatte. Als er die Decke wegzog, fiel Mengs Pullover zu Boden. Er hob ihn auf, setzte sich und starrte ihn an. Meng hatte den Zugang zu einem Teil seines Herzens aufgestemmt, den er für immer verschlossen geglaubt hatte. Nun war er verwirrter als jemals zuvor. Als sie vorhin plötzlich in ihrer Uniform der Öffentlichen Sicherheit aufgetaucht war, hatte er einen Moment lang regelrecht Abscheu empfunden, doch er wusste, dass Lokesh ihr dadurch sein Leben verdankte. Erst letzte Nacht hatte sie sich an Shan geklammert, als hätte sie etwas Furchterregendes erblickt, und nur wenig später marschierte sie auf den Platz hinaus und war von Kopf bis Fuß eine arrogante Kriecherin.

Er ging nach vorn zum Fenster. Der Marktplatz war nun leer, abgesehen von ein paar Tibetern, die bei dem *chorten* beteten. Shan dachte an die gerade noch abgewendete Katastrophe und an das Unheil, das weiterhin drohte. Vielleicht war Meng ja noch bei dem Bauernhaus, dachte er und nahm seinen Wagenschlüssel.

Als er dort eintraf, stand da kein anderes Auto mehr. Dennoch warf Shan seine Uniformjacke auf den Sitz und bog zu Fuß auf den Pfad ein. Lokesh saß wieder im hinteren Zimmer und rezitierte den Todesritus. Lhamo stand im Eingang und hielt eine Schale mit Gerstenbrei.

»Er will nichts essen«, murrte die alte Frau.

Shan nahm die Schale und ging hinein. Er setzte sich neben Lokesh, stellte den Brei zwischen sie hin und stimmte in den Bardo ein. Als Lokesh nach einigen Minuten innehielt, um einen Schluck aus dem Wasserkrug vor ihm zu trinken, hob Shan die Schale an. »Lhamos Brei wird dir schmecken. Sie gibt Heidehonig hinzu.«

Lokesh zögerte, und Shan drückte ihm die Schale einfach in die Hand. Dann fing Shan an, eine Lobrede auf Jampa zu halten, und nach einem Moment nickte Lokesh und fing an zu essen. Shan schilderte, wie tapfer Jampa gewesen sei, dem Oberst die Nachricht aus dem Gefängnis zu überbringen. »Und er hat dich nach Lhadrung geholt«, sagte Shan. Er wies auf den niedrigen Tisch, wo die Kleidung in der Form des Toten ausgelegt war. »Er wäre am Boden zerstört, falls dir etwas zustoßen würde. Heute Morgen war es sehr knapp.«

Lokesh aß einen weiteren Löffel Brei, bevor er antwortete. »Ich bin vorbereitet, Shan. Mach dir um mich keine Sorgen.«

»Vorbereitet?«

»Falls die Entscheidung daraus besteht, entweder als gescheiterter chinesischer Bürger oder als echter Tibeter zu sterben, dann stellt sich die Frage erst gar nicht.«

Die Worte ließen Shan erschaudern. »Bitte, alter Freund. Du weißt, du kannst nicht zurück in die Berge. Ich kann dir zu einer Höhle hier in der Nähe verhelfen. Und ich verspreche, dich zwei- oder dreimal pro Woche zu besuchen.«

»Vorhin war ich bereit. Ich habe eine kleine Karte mit dem Foto des Dalai Lama. Auf die Rückseite habe ich meinen Namen und meine Aufgabe in seiner Regierung geschrieben. Falls ich nach meinem Ausweis gefragt werde, zeige ich diese Karte vor.« Der alte Mann spürte Shans Verzweiflung und sah die Habseligkeiten des Toten an. »*Lha gyal lo*«, flüsterte er.

»Dann wirst du niemals mehr frei sein.« Lokesh hatte bereits den größten Teil seines Lebens in Haft verbracht.

»Die Götter haben sich immer um mich gekümmert, ob nun diesseits oder jenseits des Klingendrahts.«

»Ich brauche dich, alter Freund«, sagte Shan.

»Aber ich muss dabei wahrhaftig bleiben«, erwiderte Lokesh und nahm den Ritus wieder auf.

Auf der Rückfahrt zum Revier fühlte Shan sich wie betäubt. Er konnte es nicht ertragen, den alten Tibeter zu verlieren, aber er konnte auch nicht bei ihm bleiben, um ihn zu beschützen. Kaum hatte er sich an seinen Schreibtisch gesetzt, fing ein Hund an zu bellen. Jemand stieß einen aufgeregten Ruf aus. Als Shan aufstand, kam etwas aus südlicher Richtung angedonnert, stieß auf das Revier hinab und zog sich dann zum Stadtrand zurück.

Die Passagiere des Hubschraubers stiegen immer noch aus, als Shan mit dem Wagen bei ihnen hielt. Es überraschte ihn nicht, Oberst Tan zu sehen, aber er hatte nicht mit Amah Jiejie gerechnet, die lachte, als sie auf der schmalen Trittleiter abrutschte und gegen Tan fiel. Der Oberst tätschelte ihr fürsorglich die Schulter, richtete sich auf, weil er Shan erblickte, und ging zum Wagen.

Wenige Minuten später erreichten sie das Revier, das Tan kurz inspizierte, als halte er nach etwaigen Lauschern Ausschau. Dann zog er die Tür zum Zellentrakt fest ins Schloss und gab Amah Jiejie ein Zeichen. Das Mobiltelefon, das sie aus der Tasche nahm, war überraschend neu. »Leutnant Zhu hat für seinen Bericht aus Hongkong nur meine Nummer«, erklärte sie. »Das schien uns sicherer zu sein.«

Zhu. Shan hatte fast vergessen, dass Zhu nach Hongkong gereist war.

Die zu dem Video gehörige Textnachricht besagte lediglich: Nur für Shan und den Oberst. Das Standbild zeigte einen Beamten der Öffentlichen Sicherheit mit blutiger Lippe. »Hat der Kriecher seine Lügen zugegeben?«, fragte Shan.

»So in der Art«, sagte sie und drückte einen Knopf.

Zhu, der sorgfältige Profi, hatte es wie eine gefilmte Zeugenaussage aussehen lassen. Der verängstigte Beamte bestätigte, er habe zwei Dokumente im Fall Metok Rentzig unterzeichnet. Zunächst die Bestätigung eines Bankkontos und dann die Erklärung, er habe Metok mit eigenen Augen gesehen.

»Herr Daoli, haben Sie die Bankunterlagen und den besagten Metok Rentzig tatsächlich zu Gesicht bekommen?«, fragte Zhu von außerhalb des Blickfelds der Kamera. Der Beamte der Öffentlichen Sicherheit stand vor einer Backsteinmauer. Im Hintergrund hörte man Autos hupen und Lastwagen dröhnen. Sie schienen sich in einer Gasse zu befinden.

»Ich habe Befehle befolgt«, sagte der eingeschüchterte Mann und schaute zu Boden. Zhu schnippte mit den Fingern, und sein Kopf ruckte wieder hoch.

»Befehle?«, fragte Zhu.

»Sie hat sie mir gezeigt.«

»Sie?« Zhu war hörbar überrascht.

Daoli wirkte seltsam verlegen und schien dann in Richtung der geschäftigen Straße zu blicken. »Die Offizierin der Öffentlichen Sicherheit, die mich herbeizitiert hat. Die Befehle stammten von einem berühmten Mann, einem legendären Offizier in Tibet. Oberst Tan aus dem Bezirk Lhadrung, der all diese Gefängnisse leitet. Ich habe gehört, in der Armee nennen sie ihn den tibetischen Mastiff, wie diese Hunde, die Menschen zerfetzen.«

»Haben Sie Tans Befehle selbst gesehen?«, fragte Zhu.

»Ja. Erlassen von Tan und unterzeichnet von seinem Adjutanten Major Xun.«

Obwohl der Oberst das Video bereits kannte, hielt Amah Jiejie das Telefon sorgsam mit beiden Händen umschlossen, als befürchte sie, Tan könne es zerschmettern.

Diese Verschwörung reichte tiefer, als Shan erwartet hatte.

»Ich reiße Xun mit bloßen Händen in Stücke«, zischte der Oberst.

»Das geht nicht«, sagte Shan. »Die haben sich durch die Verwendung Ihres Namens abgesichert. Sollte jemand auf die Idee kommen, den Fall

Metok genauer zu untersuchen, würde er Anhaltspunkte dafür entdecken, dass Sie daran beteiligt waren. Und sobald einer von denen von der Bildfläche verschwindet, werden die anderen behaupten, es sei Ihre Verschwörung gewesen, was durchaus glaubhaft klingt, denn Sie stehen im Rang über denen. So wie bei der Aussage dieses Kriechers. Er lügt nicht, er hat gehorsam die Befehle eines berühmten Armeeoffiziers befolgt.«

»Du willst damit doch sicherlich nicht sagen, dass wir uns zurücklehnen und nichts tun sollten«, knurrte Tan.

»Keineswegs«, erwiderte Shan. Amah Jiejie sah ihn erschrocken an. Sie verstand. »Ich will damit sagen, dass wir die Verschwörer für etwas anderes drankriegen müssen als für das, was sie Metok angetan haben.«

»Huan und Xun.«

»Plus den stellvertretenden Direktor Jiao. Und ich vermute, dass noch jemand in Lhadrung daran beteiligt ist, jemand, der militärische Nachschubgüter anfordern kann. Es ist Ihnen noch immer nicht klar, richtig?«

»Mir ist klar, dass diese verlogenen, karrieregeilen Scheißkerle nicht vor Mord zurückschrecken.«

»Metok und Jampa waren für die bloß lästige kleine Ärgernisse, die beiseitegewischt werden mussten. Die Verschwörer haben es auf etwas viel Größeres abgesehen.«

»Rede gefälligst Klartext!«, herrschte Tan ihn an.

»Xun hat hier im Bezirk inzwischen die Kontrolle über alle Gebäude und Mitarbeiter der Regierung. Huan gewinnt immer mehr an Autorität, weil er für die Fünf Klauen zuständig ist. Jiao führt sich bereits auf, als wäre er der Oberbefehlshaber der Fünf-Klauen-Region. Die haben Metok nicht getötet, weil er die Bauarbeiten am Staudamm verzögert hat, sondern weil er ihrem größeren Plan in die Quere gekommen ist. Der Mord an dem Professor und seiner amerikanischen Studentin war kaum mehr als ein nachträglicher Einfall. Metok hat das Bauprojekt kritisiert und wollte das Büro für Religiöse Angelegenheiten hinzuziehen, das nicht unter deren Einfluss steht. Sie haben ihn ausgeschaltet und glauben nun, dass sie durch den Brand in dem Lagergebäude jede Verbindung zwischen dem Büro und Lhadrung sowie dem Projekt zerstört haben. Das Büro für Religiöse Angelegenheiten ist für die kein Mitverschwörer, sondern die Konkurrenz.«

»Und das heißt?«

»Herr Oberst, Sie sind der letzte noch verbliebene militärische Bezirksgouverneur von Tibet. Die Partei hält diesen Umstand für überholt und ist immer weniger damit zufrieden. Wenn man ihr einen praktikablen Ausweg aufzeigt, wird sie sich heraushalten.«

»Shan!«, brüllte Tan.

»Es ist ein Putsch, ganz still und heimlich. Die wollen Ihren Bezirk übernehmen.«

Tan zündete sich eine Zigarette an und schaute hinaus zu Amah Jiejie, die vor dem Revier mit Choden sprach. Mit humorlosem Lächeln öffnete er die Tür und rief seine Assistentin zu sich. »Verständigen Sie diesen Direktor Ren«, ordnete er an. »Es ist höchste Zeit, dass ich mich an die Konventionen halte. Sagen Sie ihm, ich werde heute Nachmittag die Fünf Klauen aufsuchen.«

Amah Jiejie zückte ihr Telefon und erstarrte dann vor Schreck. Shan wandte gerade noch rechtzeitig den Kopf, um Kami auf einem Schaf heranreiten zu sehen. Eine Sekunde später kollidierte das verängstigte Tier mit Amah Jiejie. Die Frau schrie auf und kippte um, in ein Gewirr aus menschlichen und wollbedeckten Gliedmaßen.

Tan und Shan stürzten sich ins Getümmel. Während Shan Amah Jiejie auf die Beine half, packte Tan das Mädchen am Kragen und hielt es am ausgestreckten Arm in der Luft, wo es hilflos mit allen vieren herumruderte. Das Schaf floh unter verzweifeltem Blöken.

Mit seinem freien Arm tröstete der Oberst dann die entgeisterte Amah Jiejie, indem er ihr behutsam auf den Rücken klopfte. Unterdessen traf Kami ihn mit einem heftigen Tritt am Knie. Tan ließ sie los, und Kami wurde von einer anderen Gestalt weggezogen, die aus der Gasse hinzugekommen war. Meng, die nun eine Jacke über ihrer Uniform trug, reagierte nicht, als das Mädchen sich mit beiden Armen an eines ihrer Beine klammerte.

»Jetzt reicht es endgültig!«, schrie Shan die Kleine an. »Choden!« Sein sichtlich konsternierter Stellvertreter trat vor. Er hatte noch nie erlebt, dass Shan aus der Haut fuhr. »Holen Sie mir dieses Formular!«, befahl Shan.

»Formular?«, fragte Choden, als die Betreuerin des Kindes erschien. Dann hellte seine Miene sich auf, und er lief zum Schreibtisch.

»Es tut mir leid«, sagte Shan zu der Frau. »Sie schaffen diesen kleinen Dämon entweder ein für alle Mal aus der Stadt, oder mein Stellvertreter verfrachtet Kami eigenhändig nach Lhasa in eine Besserungsanstalt.«

Seltsamerweise sah die Frau daraufhin Meng an.

»Nein«, sagte Meng. Kami hing immer noch an ihrem Bein.

Shan runzelte verwirrt die Stirn. »Mit dir habe ich nicht geredet«, sagte er und erkannte, dass er zum ersten Mal Zeuge der Zuneigung des Mädchens zu Meng wurde. Und dann streichelte Meng ihr auch noch liebevoll den Kopf.

»Nein, Shan«, wiederholte Meng.

»Ich verstehe nicht ganz«, gestand er und schaute zu Tan und Amah Jiejie, die neugierig zuhörten. »Glaub mir, ich lasse sie dort einweisen. Ich bin dazu befugt. Sie ist eine Vandalin, eine disziplinlose Unruhestifterin und hat in Yangkar nichts zu suchen.« Choden kam zurück und schwenkte mit siegreicher Miene sein Formular.

»Nein«, sagte Meng ein weiteres Mal. Er begriff nicht, wieso sie immer mehr lächelte.

»Nein, was?«, fragte Shan verärgert.

»Nein, du wirst Kami nicht in die Besserungsanstalt einweisen.«

»Und wie kommst du darauf, Leutnant?«

»Weil dieser kleine Dämon deine Tochter ist, Shan.«

KAPITEL ZWÖLF

Zehn Minuten nach dem Abflug nahm Shan den Kopfhörer ab, um den anderen im Hubschrauber nicht mehr zuhören zu müssen, und starrte wie betäubt aus dem Fenster. Tan, der neben ihm saß, konnte gar nicht mehr aufhören zu lachen und klopfte Shan immer wieder aufs Knie, wenngleich Shan nicht wusste, ob das als Trost oder als Glückwunsch gemeint war.

Zuvor hatte Tan vier seiner Elitesoldaten einfliegen lassen, die als seine Sicherheitseskorte fungieren sollten, und das Lachen des Obersts hatte sie angesteckt. »Eine Tochter, wie aus heiterem Himmel!«, rief Tan ins Mikrofon und drehte sich zu seinen Männern um. »Kommt einfach auf einem Schaf angeritten! Wie in irgendeinem Märchen!«

Shan war sich nicht sicher, in was für einer Art von Geschichte er steckte, aber sie fühlte sich nicht wie ein Märchen an. Im ersten Moment war er wütend gewesen, dass Meng sich mit einer so unsinnigen Behauptung über ihn lustig machte, doch dann war ihm ihr flehentlicher Blick aufgefallen, und er hatte nachgerechnet. Sie waren damals weniger als einen Monat ein Paar gewesen, und dieser Monat lag fünf Jahre zurück.

Mit ihrer üblichen Weisheit hatte Amah Jiejie die Situation entschärft, indem sie sofort zu Kami gegangen war. »Was für eine großartige Schafsreiterin du bist!«, hatte sie gerufen und hinzugefügt: »Ich hoffe, ich habe dir bei dem Sturz nicht wehgetan.« Dann hatte sie sich vorgebeugt und dem Mädchen einen der Bonbons gegeben, die sie immer bei sich trug. Kami löste sich von Mengs Bein, machte vorsichtig einen Schritt zur Seite und musterte verwirrt Meng und Shan. Dann ließ sie sich von Amah Jiejie auf den Platz führen, die zudem den überaus belustigten Tan zu sich winkte.

Shan wagte einen unsicheren Schritt auf Meng zu, die nun verängstigt wirkte. »Ich habe so oft durchgespielt, wie ich es dir mitteilen würde«, sagte sie angespannt. »Alle paar Wochen habe ich einen Brief geschrieben und dann doch wieder zerrissen. Ich dachte, wir könnten vielleicht zu einem Picknick in die Berge fahren, du würdest sie ein bisschen besser kennenlernen, und wenn sie dann wegläuft, um Blumen zu pflücken, eröffne ich dir allmählich, was Sache ist. So wie jetzt habe ich mir das jedenfalls nicht vorgestellt.«

Shan bekam kein Wort heraus.

»Sie ist so klug und so herzlich, Shan«, stieß Meng nervös hervor, und Shan sah Tränen in ihren Augen. »Ich weiß, dass sie gut mit dir zurechtkommen wird. Sie ist sehr witzig, und manchmal wirkt sie weise wie …«

Shan legte ihr einen Finger auf die Lippen und schloss sie in die Arme.

Ein Blitz oder ein schleuderndes Auto können in einer Sekunde ein Leben ändern. Bei Shan hatten dazu sieben Worte genügt, hier, mitten in Yangkar. *Weil dieser kleine Dämon deine Tochter ist*. Er blieb stumm, während in ihm die Gefühle tobten. Er sollte etwas zu dem Mädchen sagen, das nun Angst vor ihm zu haben schien. Er musste Meng trösten, die immer noch hier stand und weinte. Er musste unbedingt in die Berge fliehen und irgendwo über diese unglaublichen Neuigkeiten nachdenken. Auf der anderen Straßenseite hüpfte Kami im Kreis um Amah Jiejie herum.

»Sie sieht gesund aus«, sagte er stattdessen.

Meng musste trotz ihrer Tränen lachen.

»Sie hat deine Augen«, fügte Shan hinzu.

»Sie ist so stur wie du«, sagte Meng und wischte sich über die Wangen. Dann nahm sie Shans Hand und führte ihn auf den Platz.

Zum Glück drängte sie ihm dann nicht gleich das Kind auf, so dass

Shan mit benommenem Lächeln zuschauen konnte, wie Kami spielte, erst mit Amah Jiejie, dann mit einigen tibetischen Kindern und deren jungem Hund.

Choden und Amah Jiejie besorgten etwas zu essen. Dann veranstalteten sie aus dem Stegreif ein Picknick, während sie darauf warteten, dass der Hubschrauber mit den Soldaten eintreffen würde. Beim Essen erzählte Tans Assistentin von einem sehr zufriedenstellenden Treffen mit Metoks Witwe, die nach Lhadrung gekommen war, um sich zu vergewissern, dass im Büro des Obersts keine Habseligkeiten ihres Mannes mehr lagen, und um das Gefängnis zu besichtigen, in dem Metok seine letzten Tage verbracht hatte. Beim Anblick der Zelle war sie in Tränen ausgebrochen, hatte sich schließlich aber wieder gefangen und Amah Jiejie gebeten, sie demnächst vielleicht einmal zum Lieblingsschrein ihres Mannes zu begleiten, einem kleinen, abgelegenen *chorten* hoch in den Bergen. Zwischendurch tauchte mit finsterer Miene Frau Lu auf, zog sich dann aber erschrocken wieder zurück, nachdem Choden ihr etwas ins Ohr geflüstert hatte, wahrscheinlich über den Mann neben Shan, den berühmt-berüchtigten Militärkommandanten des Bezirks.

»Ich sollte bleiben«, sagte Shan zu Meng, als der zurückkehrende Helikopter den Platz überflogen hatte.

»Nein, auf keinen Fall«, erwiderte sie. »Geh mit dem Oberst. Er braucht dich. Kami und ich werden hier sein, wenn du morgen zurückkommst.«

»Und ich auch«, hatte Amah Jiejie eingeworfen und erklärt, sie werde sich dem Oberst wieder anschließen, wenn der Hubschrauber Shan nach dem Besuch bei den Fünf Klauen wieder in Yangkar absetzte. Choden hatte daraufhin eingewandt, er habe leider kein Quartier für sie, und war sichtlich erschüttert gewesen, als sie sagte, sie werde einfach in einer der Zellen übernachten.

* * *

Sie kreisten hoch über dem Tal, so dass Tan sich einen ersten Eindruck von dem Hydro-Projekt verschaffen konnte. Dann landeten sie auf dem Heliport im hinteren Teil des Maschinenparks. Direktor Ren stand nervös in Anzug und Krawatte da und erwartete den hohen Besuch bereits. Shan und der Oberst hatten im Revier mitgehört, als Amah Jiejie bei Ren anrief. Sie fragte nicht nach einem Termin, sondern kündigte den Besuch kurzerhand an. Immerhin sei er längst fällig, und der Oberst könne unerwartet einen Tag erübrigen.

»Einen ganzen Tag?«, hatte der Direktor erschrocken gefragt.

»Natürlich. Es sei denn, Sie glauben, der Militärkommandant benötigt noch mehr Zeit, um sich mit dem größten Projekt vertraut zu machen, das je in seinem Bezirk in Angriff genommen wurde. Haben Sie übrigens Wodka? Er bevorzugt russischen Wodka für die Trinksprüche bei seinem Bankett.«

Ren war verstummt. »Wodka«, hatte er dann kleinlaut geflüstert. »Für das Bankett.« Kurz bevor er auflegte, konnten sie ihn dann schon hektisch nach seinen Leuten rufen hören.

Nun sprangen Tans Soldaten martialisch aus dem Hubschrauber, während der Rotor noch lief, und bildeten ein Spalier für den Oberst. Einer von Rens Mitarbeitern hielt das denkwürdige Ereignis in Fotos fest. Shan stieg in seiner Ausgehuniform hinter Tan aus, aber der Oberst zog ihn an seine Seite, und sie gingen nebeneinander auf den Direktor zu. Vor dem Abflug hatte Amah Jiejie in ihrer Handtasche gewühlt und einige protzige Orden hervorgeholt, militärische Auszeichnungen Tans, die dieser normalerweise nicht zur Schau stellte. Der Oberst hatte belustigt verfolgt, wie sie drei davon an seine eigene Brusttasche heftete und zwei an die von Shan.

Nun nickte der Direktor mit neuem Respekt Shan zu und bat die Gäste in sein Büro. Aus der Lautsprecheranlage ertönte *Der Osten ist rot*, die Lieblingshymne bei Militärparaden. Auf halbem Weg zum Verwaltungsgebäude blieb Tan stehen.

»Was ist das denn?«, fragte er und zeigte auf die tibetischen Arbeiter in dem abgeteilten Bereich des Maschinenparks.

Der Direktor schien aus der Fassung gebracht. »Bloß einige Tibeter. Es gab Zwischenfälle. Da schien es sinnvoll, sie unter Aufsicht zu stellen. Eine berechtigte Vorsichtsmaßnahme.«

»Nicht, dass Sie mir noch meine Straflager in den Schatten stellen«, sagte Tan.

Der Direktor lachte nervös.

»Haben Sie auch nur die geringste Vorstellung, wie viel Papierkram schon ein einziger Gefangener verursacht?«, fragte Tan. »Meine Haftprüfer müssen davon unterrichtet werden, dass Sie hier einen Internierungsbereich betreiben.«

Ren sah den Oberst an und versuchte zu erkennen, ob das ein Scherz sein sollte. Dann eilte er zu einem Mann, der den roten Helm eines Vorarbeiters trug. Das Tor des Käfigs wurde geöffnet, und die Tibeter setzten sich unschlüssig dorthin in Bewegung. »Es ging nur um ein wenig Disziplin«, sagte der Direktor, »nicht wirklich um Haft. Der stellvertretende Direktor Jiao hatte die Idee. Den Leuten schien es egal zu sein.«

Shan blieb bei Tan, dem nun zuerst ebenfalls die Konzeptzeichnungen des ambitionierten Projekts vorgeführt wurden. Dann sollte die gleiche Rundfahrt folgen, die Shan von seinem ersten Besuch kannte. Draußen bestand Tan darauf, dass auch ein Fahrzeug für seine Eskorte bereitgestellt wurde, und während sie darauf warteten, wies Ren sie auf die große Reklametafel beim Parkplatz hin, deren Gemälde den fertigen Staudamm zeigte. »Wir stellen derzeit die Fotos für einen Hochglanzkalender zusammen«, prahlte Ren, während ein Mitarbeiter Tan und ihn bei dem Gemälde ablichtete. »Das hier dürfte sich perfekt dafür eignen.«

Als sie gerade losfahren wollten, öffnete sich die Tür neben Shan, und Jiao stieg zu. Ren schien ein wenig ernüchtert zu sein und stellte den Mann vor. »Falls Sie technische Fragen haben, ist er der richtige Ansprechpartner.« Der Direktor klang angespannt.

»Hervorragend!«, erwiderte Tan. »Ich habe Dutzende! Wo verstecken

Sie zum Beispiel Ihre enorme Verwaltung? Schon allein die Zahl der Genehmigungen muss mehrere Hundert betragen. Die Lizenzen für die Ausrüstung, die Sprengstofffreigaben, die Unbedenklichkeitserklärung der sanitären Einrichtungen in den Arbeiterunterkünften, ganz zu schweigen von all den Umweltauflagen und den schriftlichen Bewilligungen des Büros für Religiöse Angelegenheiten. Und kein einziges Blatt davon ist je über meinen Schreibtisch gewandert. Können Sie etwa zaubern?«

Der Direktor schien Tans Miene abermals nach Anzeichen für einen Scherz abzusuchen, dann zuckte er die Achseln. »Das wurde alles von Peking aus geregelt. Wegen der strategischen Bedeutung des Projekts kamen die herkömmlichen Genehmigungsverfahren erst gar nicht zur Anwendung.«

»Vergessen Sie derartige Bagatellen, Herr Oberst«, verkündete Jiao selbstgefällig. »Der Fünf-Klauen-Damm ist von nationalem Interesse und genießt Priorität. Er wird Millionen Menschen im Osten mit Strom versorgen. Unsere Kohlekraftwerke können kaum noch mit dem Glorreichen Fortschritt mithalten«, sagte er und benutzte dabei einen der neuesten Parteibegriffe für die wirtschaftliche Entwicklung des Landes. »Zurzeit findet eine grüne Revolution statt, und nichts ist grüner als Wasserkraft.«

»Die UN haben Interesse gezeigt«, warf Ren ein. »Einer von deren Gesandten war kürzlich hier und hat gesagt, dies sei ein beispielhaftes Projekt zur Reinerhaltung der Luft«, fügte er verunsichert hinzu.

Bei dem türkisfarbenen See am nördlichen Ende des Tals fand gerade etwas Besonderes statt. Eine Planierraupe zog einen Kipplaster aus dem Wasser. Shan musste an sein Gespräch mit dem Vorarbeiter denken, der einen ähnlichen Unfall erwähnt hatte. Dies war demnach mindestens das zweite Mal, dass ein Laster in den See gerollt war.

»Nur ein kleines Missgeschick«, erklärte der Direktor. »Reine Routine«, versicherte er nervös und wollte soeben auf die Markierung des geplanten Wasserstands auf der Felswand vor ihnen hinweisen, als es ihm schier die Sprache verschlug. Tan hielt die Luftaufnahme des Tals hoch, auf der Gekho eingezeichnet war, der grimmige Gott. Shan hatte ihm das Bild in Yangkar gegeben.

Jiao zischte verärgert auf und wollte von hinten danach greifen, doch Tan hielt ihn geschickt auf Abstand.

»Der Gott hatte wohl Hunger«, sagte der Oberst. »Falls ich das hier richtig deute, ist dieser See sein Bauch.«

»Das … das da ist bloß eine Karikatur oder so«, stotterte der Direktor. »Die Tibeter finden so etwas witzig.« Er nahm eine Hand vom Lenkrad und zog an dem Blatt, aber Tan ließ es nicht los. Ren wurde rot.

»Fahren Sie fort, Direktor Ren«, sagte der Oberst, faltete das Blatt zusammen, steckte es wieder ein und zündete sich dann eine Zigarette an.

»Die Tibeter haben die strategischen Vorzüge des Projekts noch nicht ganz begriffen«, verkündete Jiao herablassend.

»Ist das Ihre Aufgabe, Herr Jiao?«, fragte Tan. »Für das nötige Verständnis zu sorgen?«

Der Oberst konnte nicht sehen, wie Jiao verächtlich die Zähne fletschte. Er erinnerte Shan an ein wütendes Raubtier. »Die Fünf Klauen werden diesen Bezirk auf die Weltbühne heben«, behauptete der stellvertretende Direktor.

»Komisch«, entgegnete Tan. »Ich sollte hier damals all diese Straflager errichten, weil wir unendlich weit von der Weltbühne entfernt sind.« Er wandte den Kopf und blies Jiao Rauch ins Gesicht. »Soll ich Ihnen für Ihren Kalender ein paar Fotos meiner Arbeitsbrigaden schicken?«

Dann herrschte angespanntes Schweigen, während sie sich dem Trupp näherten, der die letzten Wacholderbäume abholzte. Tan hob eine Hand, damit Ren vom Gas ging. »Sie scheinen mit Schwierigkeiten zu rechnen«, stellte der Oberst fest und wies auf einen Mann in grauer Uniform, der am Rand des Gehölzes stand und ein halbautomatisches Gewehr über der Schulter trug. Die Kriecher waren eingetroffen.

»Die Ingenieure haben ein Motto«, erwiderte Ren. »Hoffe auf das Beste, aber rechne mit dem Schlimmsten.«

»Falls Sie gewaltsame Auseinandersetzungen erwarten, müssen Sie sich an die Armee wenden«, tadelte Tan.

»Nein, nein! Herr Oberst, wir reden hier natürlich bloß von ...« – Ren suchte hektisch nach dem passenden Begriff – »... von einem Wachschutz.«

»Wovor müssen Sie geschützt werden? Gibt es hier Wölfe?«

»Wir sind hier in Tibet«, sagte Ren fahrig und nickte nach hinten. »Mein Stellvertreter ist für die Sicherheit zuständig. Er weiß, wie man mit den Tibetern umgehen muss. Die Waffen sind vermutlich nicht mal geladen.«

Jiaos schmales Lächeln verriet, dass er es genoss, den Direktor sich winden zu sehen. »Das sind ganz normale Vorkehrungen, Herr Oberst. Eine abgelegene Baustelle von so großer Bedeutung muss auf alle Eventualitäten vorbereitet sein, egal aus welcher Richtung.«

Tan hatte ebenfalls seinen Spaß. Er schaute zum Himmel. »Auch von oben? Sie machen sich also doch Gedanken über die Götter.« Als Ren gleich darauf anhielt, um einen großen Holztransporter vorbeizulassen, stieg Tan plötzlich aus, ging am Rand des Gehölzes entlang und sprach mit einigen Fahrern, die dort eine Zigarettenpause abhielten. Er war ein Mann, der sich bei seinen Offizieren selten wohlfühlte. Aber die Unteroffiziere und Mannschaftsdienstgrade liebten ihn. Ren sah ihm nun nervös und verwirrt zu und stöhnte auf, als Tan zu einer abgestellten Planierraupe schlenderte, auf den Fahrersitz stieg und den Motor anließ. Jiao zückte ein kleines Funkgerät und wies jemanden an, mit der Aktion fortzufahren.

Ren bekam große Augen. »Kann der Oberst damit umgehen?«, fragte er Shan.

Shan setzte eine versonnene Miene auf. »Einer seiner Offiziere hat mir mal erzählt, dass die mächtigsten Leute in Lhadrung der Vorsitzende Mao und Oberst Tan seien, und der Vorsitzende lebt nicht mehr. Dem Oberst fehlen seine Panzer.«

Ren stöhnte erneut, denn Tan hob den Räumschild der Planierraupe an, legte tatsächlich den Gang ein und fuhr ein paar Meter. Dann stieg er mit zufriedenem Lächeln wieder ab. Er ging zu dem Wachposten der Öffentlichen Sicherheit, wechselte ein paar Worte mit ihm, warf seine Zigarette weg und streckte die Hand aus. Der Mann nahm zögernd das Gewehr von der Schulter und reichte es ihm. Tan inspizierte die Waffe wie bei einem Truppenappell, legte unversehens damit an, zielte auf einen leeren Lastwagen und schoss. Das Verbundglas der Windschutzscheibe barst zu einem weißen Spinnennetz. Die Arbeiter lachten, der Soldat salutierte, und der Direktor sah aus, als würde ihm schlecht werden.

»Dieser alte Narr«, flüsterte Jiao und ließ Tan nicht aus den Augen. »Er ist eine Schande für seinen Posten.«

Der Oberst stieg wieder ein und hob tadelnd einen Finger. »Das Gewehr war also doch geladen«, belehrte er Ren grinsend.

Als sie den hoch aufragenden V-förmigen Pass erreichten, vor dem riesige quadratische Gruben für die Fundamente der Staumauer ausgehoben wurden, erwachte knisternd Jiaos Funkgerät zum Leben, und sie hörten eine knappe Mitteilung: »Wir starten.« Ren erstrahlte, fuhr mit dem Wagen eilig auf eine kleine flache Erhebung und ließ alle aussteigen. »Das wird Ihnen gefallen, Herr Oberst!«, rief er.

Sie hörten ein hochfrequentes Heulen, und dann tauchte über ihnen eine große weiße Scheibe auf. Bestürzt erkannte Shan, worum es sich handelte. Tan und er sahen sich an. Der Oberst war ziemlich in Wut geraten, als Zhu ihm berichtet hatte, die geheimnisvolle Kiste für die Fünf Klauen habe eine Militärdrohne enthalten.

Shan suchte den Talgrund ab und entdeckte einen schwarzen Geländewagen, neben dem ein kleiner Klapptisch aufgebaut war. An dem Tisch saß ein Kriecher vor einem Laptop, während Leutnant Huan hinter ihm stand und den Bildschirm im Auge behielt. Die Drohne wurde offenbar gerade kalibriert, denn sie vollführte nun einige Kreise und mehrere kurze Sinkflüge. Wenig später stieg sie zu den Hängen unterhalb des Passes empor und schwebte dann über dem Eingang der eingestürzten Höhle auf halbem Weg die Bergflanke hinauf.

»Ist das der Jungfernflug?«, fragte Shan und befürchtete zugleich, die Tibeter dort oben könnten die Gefahr, die er ihnen beschrieben hatte, nicht völlig verstanden haben. Falls die Drohne das Feld mit den Felsvorsprüngen erreichte, würden der Lagerplatz und etwaige Yak-Karawanen sofort entdeckt werden.

»Der erste richtige Einsatz«, bestätigte Jiao. »Wir haben zuvor einige Testflüge durchgeführt und gelernt, dass die besten Bedingungen mitten am Nachmittag herrschen. Vormittags gibt es zu viele Schatten.« Shan hoffte, dass die Leute dort oben die Tests bemerkt und das Risiko erkannt hatten. Auch waren die Drohnenflüge nun berechenbar.

»Heute geht es endlich los«, prahlte der stellvertretende Direktor. »Unserer modernen Technologie haben diese Agitatoren nichts entgegenzusetzen.«

Die Drohne stieg nun noch weiter auf und flog erst den Hang ab und dann über die Männer hinweg, die dort oben, kurz unterhalb der Straße, am Fundament der zukünftigen Kontrollräume arbeiteten. Manche legten ihre Werkzeuge hin und winkten in die Kamera. Andere zogen sich die Helme tiefer in die Stirn und senkten die Köpfe. Die Öffentliche Sicherheit arbeitete unter anderem an sogenannten »Spürhunden«, kleinen Drohnen mit Gesichtserkennung, die vermeintlich antisoziale Subjekte eigenständig identifizieren und verfolgen sollten.

Die Drohne stieg gleichmäßig zu den Felsvorsprüngen auf, und als Shan zu dem Mann an der Steuerung blickte, hielt dort gerade ein zweites Fahrzeug mit vier weiteren Kriechern. Sie stiegen aus und überprüften ihre Waffen. Shan konnte nur hilflos dabei zusehen. Er wusste, die Männer warteten auf den Befehl, den Huan ihnen erteilen würde, sobald die Drohne das Versteck der Tibeter dort oben entdeckte. Falls Lhakpa und Jaya ergriffen wurden, drohte ihnen ein Umerziehungslager – oder Schlimmeres.

»Vorsicht, der Vogel!«, rief auf einmal der Direktor, und Shan sah, dass er nach Jiaos Funkgerät griff. »Der Vogel! Der Vogel!«, schrie er.

Shan stellte fest, dass über den Felsvorsprüngen tatsächlich ein großer Raubvogel aufgetaucht war und sich für das Fluggerät zu interessieren schien. Er hatte schon öfter gehört, dass Drohnen von Adlern oder Lämmergeiern angegriffen worden seien.

»Sehen Sie da oben eine Frau?«, fragte Huans Stimme aus dem Funkgerät. »Ich dachte, ich hätte sie auf dem Bild der Kamera entdeckt, aber dann ist sie wieder im Schatten verschwunden.«

Ren lief zu seinem Wagen und kam mit einem Fernglas zurück, schien die Drohne aber nur mühsam finden zu können. Tan nahm ihm das Fernglas einfach ab und verfolgte das Geschehen mit immer breiterem Grinsen.

Der Vogel schlug kein einziges Mal mit den Flügeln, während er auf einem wellenförmigen Kurs auf und ab schwebte und sich dabei immer mehr der Maschine näherte.

»Verscheuchen Sie ihn!«, rief der stellvertretende Direktor in sein Funkgerät, und die Drohne hielt plötzlich direkt auf den Vogel zu. Das große Tier schoss daraufhin erst empor und dann im Sturzflug nach unten.

»Nein!«, brüllte Huan wütend, als der Vogel die Drohne traf. »Nein, nein, nein!«, kreischte er. »Knallt das verdammte Vieh ab!«

Der Vogel stieg abermals schnell auf und schien einen Moment zu verharren, bevor er wieder angriff, anscheinend ohne Rücksicht auf Verluste. Tan gab das Fernglas an Shan weiter, der beobachten konnte, wie die Propeller auf der linken Seite getroffen wurden. Die Drohne schien unter Jiaos fortgesetztem Fluchen ins Taumeln zu geraten, kippte auf die Seite und stürzte ab, genau auf die senkrechte Felswand des Passes zu. Als sie dort zerschellte, regnete es kleine Bruchstücke aus weißem Plastik.

Tan sagte zunächst nichts, sondern entfaltete nur das Foto, auf dem Gekhos Leib eingezeichnet war. Er reckte es mit übertriebener

Geste empor und richtete Bild und Tal passend zueinander aus. Dann winkte er den Direktor zu sich und zeigte auf die Absturzstelle der Drohne am unteren Bildrand. »Die Öffentliche Sicherheit wurde soeben in den Arsch des Gottes geschoben«, verkündete der Oberst feierlich.

KAPITEL DREIZEHN

Bevor sie losfuhren, suchte Shan möglichst unauffällig die Felskante ab. Er war sich sicher, dort jemanden gesehen zu haben. Für Ren und seine Kollegen war die Entfernung zu groß, um nachvollziehen zu können, was gerade geschehen war, aber Shan musste daran denken, dass Jaya Zeitungen, Klebeband, Schnur und getrocknete Zweige gesammelt hatte. Und dann hatte sie die Drohne mit einem ihrer Drachen zum Absturz gebracht.

Tan schien seine Belustigung nur mit Mühe zurückhalten zu können. Er hatte kurz durch das Fernglas geschaut und war klug genug, um zu wissen, dass sogar Adler und Lämmergeier hin und wieder mit den Flügeln schlagen müssen. Der Oberst verachtete die Öffentliche Sicherheit fast ebenso sehr wie Shan, doch es war ihnen beiden nur selten vergönnt gewesen, eine Blamage der Kriecher mitzuerleben.

Direktor Ren war sichtlich bestürzt. Der Mann verfügte eindeutig über keinerlei technisches Wissen. Er war ein Aufseher, ein Parteidiplomat, und seine Aufgabe bestand hauptsächlich darin, das Image seines Projekts auf Hochglanz zu polieren. Und ausgerechnet bei dem wichtigsten Mann von Lhadrung versagte er kläglich. Tan scheuchte den Direktor zurück zum Wagen und sorgte dafür, dass sie mit Shan, aber ohne Jiao sofort abfuhren. Dann nahm er Ren in die Mangel.

»Es muss ein Bericht eingereicht werden, Direktor«, betonte der Oberst. »Immerhin reden wir hier von einem sehr teuren Stück militärischer Ausrüstung. Falls Sie das wünschen, kann ich bestätigen, dass es ein Unfall war. Wenn man mich doch bloß konsultiert hätte, anstatt einfach meinen Frachtwaggon zu benutzen. Dann könnte ich es nämlich so drehen, als wäre der Verlust bei einer meiner Gefechtsübungen passiert. Ich kann es ja immerhin versuchen. Mit wem sollte ich sprechen?«

Ren hatte die Schmach noch immer nicht verwunden. »Sprechen?«

»Wer hat den Einsatz von militärischem Gerät bei einem zivilen Projekt genehmigt? Das ging nicht auf dem offiziellen Dienstweg. Vielleicht können wir uns das zunutze machen. Jemand muss doch daran schuld sein. Ich würde nur ungern mit ansehen, wie Sie Ihren Kopf dafür hinhalten.«

Rens Miene hellte sich auf. »Das hat alles mein Stellvertreter erledigt. Jemand im Militärdepot von Lhadrung war ihm behilflich, und Major Xun sagte, wir sollten die Frachtlieferung der Armee nutzen, um kein Aufsehen zu erregen. Jiao hat gehofft, die da oben ...« – der Direktor schaute verunsichert zu Shan – »... die da oben zu überraschen.« Dabei wies er in Richtung des Berggipfels.

Tan überlegte kurz. »Kommt Major Xun oft hier vorbei?«

Ren erstarrte. »Inspektor Shan war unser erster offizieller Besucher der Bezirksverwaltung von Lhadrung.«

»Das heißt, er kommt vorbei, aber inoffiziell.«

»Jiao und Xun sind befreundet. Die haben früher schon irgendwo zusammengearbeitet. Es gibt Treffen.«

»Treffen?«, fragte Shan.

»Ja, wie bei einer Arbeitsgruppe. Dieser Leutnant der Öffentlichen Sicherheit aus Lhasa gehört auch dazu. Das findet in aller Stille statt, denn sie arbeiten an Sonderaufträgen aus Peking, sagt Jiao. Streng vertrauliches Zeug.«

»Sie müssen doch genau darüber im Bilde sein, was Ihr eigener Stellvertreter so macht«, tadelte Tan.

»Nur soweit die Partei es mich wissen lässt.«

»So spricht ein wahrer Patriot, Genosse«, sagte der Oberst und klopfte Ren auf die Schulter.

Der Direktor nickte dankbar. »Sogar in der Armee gibt es Geheimmissionen außerhalb der üblichen Befehlskette.«

»Ganz recht«, erwiderte Tan. Ren sah nicht, dass er die Zähne zusammenbiss. Nun hielt er nicht mehr seine Belustigung im Zaum, sondern seine Wut.

»Die haben sogar einen Namen für ihre Gruppe, abgeleitet von diesen Beamten, die früher als Stellvertreter des Kaisers in Lhasa regiert haben. Sie nennen sich der Amban-Rat.«

»Gute Idee«, sagte Shan nach kurzem Nachdenken. »Verraten Sie mir etwas, Genosse Direktor. Wer hat sich den Namen für dieses Projekt ausgedacht?«

»Das war der stellvertretende Direktor Jiao, ob Sie's glauben oder nicht. Die Leute in Peking waren begeistert. Er hat einen kurzen Text für unsere Internetseite verfasst, in dem steht, dass die Tibeter glaubten, hier lebe ein mythologischer Vogel, der *garuda* genannt wurde. Es gibt hier am Berg sogar eine Felsformation, die bei den Tibetern die Klauen heißt.«

»Die Krallen«, berichtigte Shan.

»Ja, ja, die Krallen. Jiao sagt, der Name zolle dem tibetischen Volk Respekt.«

»Ein *garuda* hat nur vier Klauen«, merkte Tan zu Shans großer Überraschung an.

Ren zuckte die Achseln. »Wie schon gesagt, Peking war begeistert.«

Der Oberst warf Shan einen vielsagenden Blick zu. Dieser Name hatte nichts mit den Tibetern zu tun. Das Zeichen der Fünf Klauen war ein Symbol der Ambane und der Herrschaftsgewalt in Peking. Im alten China wurde die unrechtmäßige Nutzung dieses Zeichens mit dem Tode bestraft, denn es stand jahrhundertelang für den mit fünf Klauen ausgestatteten kaiserlichen Drachen.

* * *

Das Bankett, das der Direktor für den Oberst veranstaltete, war überraschend elegant. Die Modulbauten, die in Reihen hinter dem Verwaltungsgebäude und dem Speisesaal standen, sahen von außen identisch aus, aber das dem Speisesaal nächstgelegene Exemplar war vom stellvertretenden Direktor Jiao zu seinem Kasino gemacht worden, wie er das nannte, gedacht für die Führungsriege des Projekts und wichtige Besucher. Man hatte das Gebäude in einen Salon mit dicken tibetischen Teppichen und Polstersesseln und in ein Esszimmer unterteilt, mit einer kleinen Küche und Bar am hinteren Ende. An den Wänden des Salons hingen gerahmte Fotos des Direktors und seines Stellvertreters mit diversen Würdenträgern. Neben den Fotos gab es ein weiteres Gemälde des fertigen, mit Wasser gefüllten Staubeckens. Am unteren Rand waren elektrische Lokomotiven abgebildet, fröhliche chinesische Kinder, die Lichtschalter betätigten, und große Scheinwerfer, die die Hochhäuser der östlichen Städte anstrahlten. Das Esszimmer war mit Porträts der Parteivorsitzenden und den gerahmten Plakaten einiger klassischer Politkampagnen geschmückt.

Am Schwarzen Brett neben der Bar hingen drei Blätter mit der Überschrift *Kernpunkte des Erschließungsplans*. Schaudernd las Shan einen Absatz auf der zweiten Seite, der besagte, sein geliebtes Yangkar solle das Verwaltungszentrum des Projekts werden. Das erste Bürogebäude würde man auf dem leeren Grundstück errichten, das derzeit als Marktplatz diente. Shan schloss kurz die Augen und kämpfte gegen die schreckliche Vorstellung eines Yangkar als moderne chinesische Stadt an. Dann drehte er sich wieder um. Seine Jahre in Tibet hatten ihn gelehrt, Katastrophen nicht gleichzeitig, sondern eine nach der anderen zu bekämpfen.

Das Essen war schlicht, der Wein und die Spirituosen hingegen waren teuer, und Tan, der Alkohol besser vertragen konnte als jeder andere Mann, den Shan je getroffen hatte, achtete darauf, dass der Direktor so viel Wodka trank wie er selbst. Tan hatte darauf bestanden, dass die Beamten der Öffentlichen Sicherheit ebenfalls an dem Bankett teilnahmen, vermeintlich um ihnen für den Dienst an einem so entlegenen Einsatzort zu danken, in Wahrheit aber, um seinen vier Soldaten mehr

Freiraum bei den von Shan angeordneten Erkundungsaufträgen zu verschaffen. Ein mürrischer Leutnant Huan saß neben Jiao am anderen Ende des Tisches. Shan erwischte Huan zweimal dabei, dass dieser hasserfüllt den Oberst anstarrte, und in beiden Fällen stieß Jiao ihn in die Seite, füllte dann sein Glas nach und brachte einen Trinkspruch aus.

Shan hoffte, man würde ihm seine Ungeduld nicht anmerken, während er das Essen über sich ergehen ließ, allerdings ohne Alkohol, und der kurzen, mit schwerer Stimme vorgetragenen Rede von Direktor Ren lauschte, die mit der Ankündigung endete, dem Oberst obliege am nächsten Morgen die ehrenvolle Aufgabe, per Knopfdruck den steilen Hang oberhalb der eingestürzten Höhle zu sprengen. Der Eingang der Höhle sei nämlich noch sichtbar, so Ren, und stelle für die tibetischen Arbeiter eine große Ablenkung dar, weil sie weiterhin dort beten und Opfergaben ablegen würden. Mit der ihm eigenen Tüchtigkeit habe der stellvertretende Direktor daher einen Plan ersonnen, um Abhilfe zu schaffen.

Shan nickte Tan zu, als man sich endlich vom Tisch erhob, worauf der Oberst den angetrunkenen Direktor gutmütig scherzend aus dem Gebäude bugsierte und einem seiner Untergebenen überließ.

Tans Soldaten, alle aus Leutnant Zhus Zug, erwarteten Shan hinter dem Speisesaal und wollten ihm gerade Bericht erstatten, als eine dunkle Gestalt um die Ecke bog. Die Männer duckten sich mit Shan in den Schatten. Dann blieb die Gestalt stehen und steckte sich eine Zigarette in den Mund. Als das Streichholz aufflammte, erkannten sie Oberst Tan, der inzwischen einen Kampfanzug trug. »Habt ihr wirklich geglaubt, ich würde mir den ganzen Spaß entgehen lassen?«, fragte Tan und nickte auffordernd.

Die Soldaten berichteten, dass die sogenannten Ausputzer, allesamt militärisch wirkende Männer, den Maschinenpark bewachten und dass einige der tibetischen Arbeiter sich freiwillig wieder in den eingezäunten Bereich begeben hatten. In der Krankenstation befand sich derzeit nur ein Mann, ein junger Tibeter, und außerdem die Krankenschwester, die sich schläfrig wieder mal einen Film auf ihrem Computer ansah. Die Zementfabrik war auch nachts in Betrieb, und eine verkleinerte Mannschaft am südlichen Ende arbeitete weiter an den riesigen Gruben, die letztlich mit vielen Tausend Tonnen Beton gefüllt werden würden. Vor einem kleinen Geräteschuppen hinter dem Maschinenpark standen bewaffnete Posten.

»Ich brauche einen Wagen, aber es darf keiner von den uns zugewiesenen sein«, sagte Shan.

Der Gruppenführer, ein Sergeant, zeigte auf die geparkten Pick-ups, die in einer Reihe hinter dem Speisesaal standen. »Suchen Sie sich einen aus«, sagte er. »Bei unserem letzten Lehrgang ging es um Einsätze in urbaner Umgebung. Das Erste, was die einem da beibringen, ist das Kurzschließen von Fahrzeugen.«

Tan bestand darauf mitzukommen und nahm wie ein Kampfkommandant neben dem Sergeanten Platz, der sie nun von dem Gelände fuhr. Als sie den Pfad erreichten, den Shan sich an jenem Tag gemerkt hatte, schaltete der Fahrer die Scheinwerfer aus. Im Licht der schmalen Mondsichel kamen sie nur langsam voran und benötigten fast eine Viertelstunde, um bis zu dem kleinen Plateau vor dem Höhleneingang zu gelangen. Shan fand im Handschuhfach eine Taschenlampe, und der Sergeant gab Tan den leistungsstarken Handstrahler, den er am Koppel trug.

Der Einsturz der Höhle hatte sechs Meter innerhalb des Eingangs begonnen, und die Basis des dadurch entstandenen steilen Schutthaufens lag etwas weiter vorn, so dass der erste kurze Teil der Seitenwände noch intakt war. Sogar auf diesem kleinen Stück zeigten sich bereits die Spuren mehrerer Kulturen. Über einer Reihe länglicher Strichfiguren, manche in den Fels geritzt, andere aus verblichener Farbe, waren die komplizierten Abbilder von Bon-Gottheiten aufgemalt. Zu den ältesten Darstellungen zählten Pferde, Yaks und Hirsche. Eine eckige Form sollte einen Uhu darstellen, was Shan nur erkannte, weil Cao ihm vorher die Fotos gezeigt hatte.

Tan richtete seine Lampe auf die detaillierteren Bilder über den eher primitiven Skizzen. »Dämonen«, stellte er fest.

Shan kannte einige von ihnen und zeigte nacheinander darauf. »Apchi, Begtse, der rote Kumara und Pehar«, sagte er. »Und ja, es sind Schutzdämonen.«

Tans Lichtstrahl verharrte bei einer Hand mit einem Flammenschwert, die aus dem Schutthaufen ragte. »Krieger«, sagte er beifällig. »Der da ist kämpfend gestorben.«

Shan musterte traurig die Trümmer. Irgendwo tief im Innern lagen die Leichen der beiden Archäologen darunter begraben.

»Das da ist nicht buddhistisch«, sagte Tan. Shan folgte dem Schein seiner Lampe zu einer kleinen, unscheinbaren ockergelben Markierung, nicht größer als seine Hand. Es war das christliche Kreuz, das Shan bereits von Caos Foto kannte.

»Wir sind hier im Tal der Götter«, sagte Shan. »Ich glaube, hier waren alle Götter willkommen.« Der Jesuitenforscher, von dem Cao erzählt hatte, hatte mehr als drei Jahrhunderte zuvor an genau dieser Stelle gestanden und zweifellos die gleiche Begeisterung wie Shan empfunden, als ihm klar wurde, dass fromme Hände hier schon seit Tausenden von Jahren am Werk waren. Sein Kreuz war in keiner Weise besitzergreifend gemeint. Es war lediglich ein Gruß der frommen Menschen des Westens.

Tan ging schweigend die Wand entlang. »Warum genau sind wir hier?«, fragte er schließlich.

»Sie haben den Direktor gehört. Morgen früh soll die Sache zu Ende gebracht werden.«

»Da drinnen liegen Tote«, sagte Tan, als Shan einen Weihrauchkegel aus der Tasche zog, und verfolgte dann stumm, wie er ihn entzündete und auf ein flaches Trümmerteil legte. In den Staub einer benachbarten Steinplatte schrieb Shan mit seinem Finger das *mani*-Mantra. Sie verließen den Eingang und kehrten wortlos zum Wagen zurück. Mit seinem Handstrahler lokalisierte der Oberst dann auf dem Hang oberhalb der

Höhle vier gelbe Flaggen, mit denen die Sprengladungen markiert waren, die Jiaos Plan zum Abschluss bringen sollten.

Als sie wieder beim Parkplatz eintrafen, wurden sie bereits von zwei Soldaten des Obersts erwartet. Einer der beiden deutete auf ein Fahrzeug im hinteren Teil der großen Fläche, wo die Zufahrt zur letzten Reihe der Modulbauten lag. »Über die Heckklappe dieses Pick-ups ragt ein Mopp. Es sitzen zwei Männer drin, wie ein vorgelagerter Wachposten.«

»Für den Schuppen, den ihr erwähnt habt, bei dem weitere Posten stehen«, sagte Tan.

»Gleich hinter dem Maschinenpark, jawohl, Herr Oberst«, meldete der Soldat.

»Betrachten wir das als eine Übung, Sergeant«, sagte Tan. »Schalten Sie die beiden aus. Ohne sie zu töten. Knebeln Sie sie, und fesseln Sie sie dann an eine Planierraupe.« Die Soldaten salutierten grinsend und verschwanden in der Dunkelheit.

Zehn Minuten später näherten Shan und der Oberst sich dem Schuppen. Vor der Tür standen drei der Ausputzer und hielten lange Hölzer in den Händen, offenbar die Stiele von Spitzhacken. Tans Männer bauten sich direkt vor ihnen auf. Es gab einen kurzen Wortwechsel, einer der Knüppel hob sich, doch noch bevor der Mann richtig ausholen konnte, lag er auch schon am Boden und wurde durch den eigenen Knüppel dort festgenagelt. Die beiden anderen Posten wichen zurück und blockierten die Tür. »Wir haben unsere Befehle!«, knurrte einer der beiden und hob sein Schlagholz.

»Sofort aufhören!«, befahl Tan und trat mit Shan aus dem Schatten vor. Die Männer an der Tür zögerten kurz, erkannten dann den Oberst und ließen erschrocken die Waffen sinken. Sie stellten die Knüppel neben sich auf den Boden, als würden sie zur Inspektion durch einen Vorgesetzten strammstehen.

»Obergefreiter Cheng?«, fragte Tans Gruppenführer.

»Sergeant?«, fragte der Mann ebenso überrascht zurück.

»Sie kennen diesen Mann?«, wandte Tan sich an seinen Sergeanten.

»Wir waren mal zusammen stationiert, Herr Oberst. Cheng ist Gefängnisaufseher. Oder war es zumindest.«

Der Obergefreite Cheng wirkte erleichtert. »Ich bin es immer noch, bei der 404ten. Der Direktor hat uns hierhin abkommandiert. Wir bekommen dafür sogar zusätzlichen Lohn. Erschwerniszulage nennt er das.«

»Ich kann mich nicht entsinnen, das genehmigt zu haben«, warf Tan ein.

»Das war der Personalchef, Herr Oberst. Major Xun.«

»Wofür genau bekommt ihr diesen Lohn?«, fragte Tan mit mühsam unterdrückter Wut.

»Wir tun, was auch immer der stellvertretende Direktor Jiao uns aufträgt, so lautet unser Befehl. Er ist hier für die Sicherheit verantwortlich.«

»Und was hat dann die Öffentliche Sicherheit hier verloren?«

»Die wurden gerufen, um die Gegend zu säubern. So nennt Jiao das. Wir halten bloß die Unruhestifter in Schach.«

»Unruhestifter?«, fragte Shan.

»Hier sind fast zweihundert Männer, zu neunzig Prozent Tibeter. Die faulen Äpfel müssen aussortiert werden, sonst verderben sie den ganzen Korb, wie der stellvertretende Direktor zu sagen pflegt.«

»Öffnen Sie die Tür«, befahl Tan. »Sofort!«

Chengs Begleiter hob den Knüppel ein kleines Stück vom Boden. »Das geht nicht, Herr Oberst. Der stellvertretende Direktor hat gesagt …« Tan nickte kurz, und sein Sergeant hieb dem Mann eine Faust in den Bauch. Der Ausputzer klappte zusammen und torkelte beiseite.

»Öffnen Sie diese verdammte Tür!«, befahl Tan dem Obergefreiten.

Cheng salutierte hastig und zog einen Schlüssel aus der Tasche. Als die Tür aufschwang, drang ein beißender Gestank nach draußen.

»Bringen Sie sie heraus, Sergeant«, knurrte Tan.

Jeder der vier Tibeter war verprügelt worden, wenngleich keiner schwer verletzt zu sein schien.

Tan musste sich offenbar zwingen, ruhig zu bleiben. »Was haben diese Männer verbrochen?«, fragte er.

Der Obergefreite Cheng lächelte beflissen und begriff nicht, dass Tans Zorn den Ausputzern galt, nicht den Gefangenen. Er zeigte auf den ersten Mann, einen gedrungenen Tibeter mittleren Alters, der zusammenzuckte, als Cheng vortrat. »Den hier haben wir erwischt, als er mitten in der Nacht bei den Planierraupen umhergeschlichen ist. Tags darauf wurde festgestellt, dass jemand Erde in einen der Tanks geschüttet hatte.« Er sah den nächsten verängstigten Tibeter an. »Der da ...« Tan hob die Hand und ließ ihn verstummen.

»Machen Sie sich Notizen«, wies der Oberst seinen Sergeanten an, der sofort einen Block zückte und zu schreiben anfing.

»Der da«, fuhr Cheng fort, »sollte die Gebetsfahnen verbrennen, die ständig von oben herabfallen. Wir haben herausgefunden, dass er sie stattdessen in einem ungenutzten Schuppen aufgehängt hat, wo diese beiden ...« – er deutete auf die verbliebenen Tibeter – »... einen illegalen Altar errichtet hatten, komplett mit einem Foto des Dalai Lama. Der stellvertretende Direktor wollte sie eigentlich sofort ins Umerziehungslager schicken, aber sie sind Baggerfahrer und werden hier gebraucht. Also sollten wir sie eben selbst umerziehen.«

Tan fixierte die Tibeter mit einem seiner eiskalten Blicke und gab dann Shan ein Zeichen. »Das ist eine Aufgabe für die Zivilbehörden«, teilte er Jiaos Männern mit. »Inspektor Shan wird diese Männer in Gewahrsam nehmen.« Tan nahm seinem Sergeanten den Notizblock ab und reichte ihn an Shan weiter. Dann befahl er seinem Team, die Tibeter zum Wagen zu bringen.

Die Ausputzer sahen unschlüssig dabei zu, wie Shan die Tibeter in einer Reihe antreten ließ, nahmen dann aber erleichtert zur Kenntnis, dass er den Obergefreiten um Handfesseln bat und beifällig nickte, als Cheng die Männer aufforderte, die Hände auf den Rücken zu nehmen. Er legte ihnen die Plastikfesseln an, die die Öffentliche Sicherheit für ihre Massenverhaftungen benutzte. Shan führte seine Gefangenen zum

Parkplatz, wo zwei von Tans Soldaten bei einem Pick-up warteten und Yeshe stützten, den Patienten aus der Krankenstation.

»Die blöde Kuh von einer Krankenschwester hat die ganze Zeit an ihrem Tisch geschlafen, während immer noch der Film lief«, berichtete einer der Soldaten. »Wir haben sein Krankenblatt mitgenommen und das Bett gemacht. Die Frau wird sich nicht erklären können, was passiert ist.«

Yeshe lächelte Shan verwirrt zu, als man ihn auf die Ladefläche hob und die anderen Tibeter sich nervös zu ihm gesellten. Shan fuhr flink die langen Serpentinen hinauf bis zu der abgeschirmten Stelle, an der er vor einigen Tagen Pike und Cao abgefangen hatte. Dort ließ er die vier gefesselten Tibeter neben dem Wagen Aufstellung nehmen, und der erste Mann keuchte entsetzt auf, als er sein Taschenmesser aufklappte. Shan forderte ihn auf, sich umzudrehen, und zerschnitt die Plastikfessel. Nachdem er alle vier befreit hatte, bat er sie, Yeshe von der Ladefläche zu helfen. Sie setzten sich in den Schutz einiger Felsen. Shan ließ seine Wasserflasche kreisen und berichtete ihnen, was er über Metoks Hinrichtung und den Tod der Archäologen wusste.

»Ein alter Freund hat mir erzählt, dass es früher Mönche gab, die einen Weg gefunden hatten, zwischen den Himmeln und Höllen der menschlichen Existenz zu reisen«, verkündete Shan. »So wanderten sie zwischen den Welten umher und fanden Wege, sie im Gleichgewicht zu halten. Und genau an diesem Punkt seid ihr jetzt«, sagte er. »Ihr befindet euch am Rand der Welten. In der Welt, aus der ihr kommt, wurden Sprengladungen oberhalb der alten Höhle gelegt, um sie morgen früh für immer auszulöschen.« Er sah dabei Yeshe, den Sprengstoffexperten, an. »Vier große Löcher voll, markiert mit gelben Flaggen. Oberhalb von hier gibt es eine andere Welt, wo die Relikte der Götter geborgen und in Sicherheit gebracht werden. Und es gibt eure Heimatorte, wo auch immer die liegen mögen. Ihr habt die Wahl, wohin ihr jetzt geht: zurück ins Tal, auf den Berg oder nach Hause. Falls ihr es für sicherer haltet, euch dem Urteil der Behörden zu unterwerfen, geht zum Polizeirevier von

Yangkar und sagt meinem Stellvertreter, dass er euch festnehmen soll. In meinen Zellen kann euch keiner der Ausputzer etwas anhaben.«

Yeshe kämpfte sich auf die Beine und riss sich mit trotziger Miene den Kopfverband ab. »Plastiksprengstoff oder bloß TNT?«, fragte er grinsend und verzog doch gleichzeitig vor Schmerzen das Gesicht.

Ein anderer der Tibeter stand ebenfalls auf. »Der Berg ist groß und dunkel. Wie sollen wir die Welt da oben finden?«

»Das habt ihr schon«, meldete sich eine sanfte Stimme aus dem Hintergrund. Wie von Shan erhofft, trat Jaya vor, die nachts Wache gehalten hatte.

Als die Männer sich mit ihr auf den Weg machten, hielt einer der Tibeter inne, kam dann zu Shan und drückte ihm etwas in die Hand. »Das wurde durch das Fenster des Schuppens geworfen, als wir die erste Nacht dort eingesperrt waren«, erklärte er. »Sei gesegnet, Wachtmeister.« Dann drehte er sich um und verschwand in der Dunkelheit. Shan schaltete seine Taschenlampe ein und beleuchtete den Gegenstand. Es war eine kleine *tsa-tsa*, eine Tontafel mit dem schlichten Abbild des Gottes Gekho.

* * *

Als Shan auf das Gelände zurückkehrte, saß Tan mit einer Zigarette vor dem Modulbau, der ihnen als Quartier zugewiesen worden war. »Ich nehme an, deine Gefangenen bekommen, was sie verdienen, Wachtmeister.«

»Sie lernen die schmerzhaften Lektionen dieses Tals, ja«, antwortete Shan, woraufhin der Oberst nur nickte.

Schweigend saßen sie da und rührten sich nicht, außer wenn Tan die Zigarette an seine Lippen hob und dann den Rauch durch die Nasenlöcher ausstieß. »Da drüben«, sagte der Oberst plötzlich und deutete mit der Glut seiner Zigarette auf eine Stelle am Himmel.

Die Sternschnuppe war so nah, dass sie einen langen glühenden Schweif hinter sich herzog. Als sie über ihre Köpfe hinwegsauste, konnten sie ein pfeifendes Geräusch hören, gefolgt von einem lauten Einschlag in der Ebene unterhalb des Passes.

Tan brummte anerkennend auf.

Die Situation hatte etwas seltsam Vertrautes an sich. Shan erkannte, dass dies genau das war, was er und Lokesh in einer solchen Nacht tun würden, wenn die Luft unglaublich klar und der Himmel übervoll von Sternen war. Noch vor gar nicht allzu langer Zeit hätten Shan und der Oberst nicht unterschiedlicher sein können. Tan, der tyrannische, gnadenlose Befehlshaber, verantwortlich für die Straflager, in denen so viele starben. Shan, der verängstigte, leidende Gulag-Insasse, der Männer wie Tan verachtete, da sie für alles Schlechte aus Peking standen. Nun betrauerte Tan einen alten tibetischen Hausmeister und schien Peking manchmal genauso sehr zu hassen wie Shan. Nach dem Tod von Jampa stand Shan dem Oberst wahrscheinlich näher als jeder andere, ausgenommen Amah Jiejie. Der widerwillige Respekt, der nach so vielen Jahren gemeinsam ertragener schwerer Prüfungen zwischen ihnen entstanden war, entwickelte sich zu etwas anderem, wenngleich Shan noch nicht wagte, es eine Freundschaft zu nennen.

Keiner von ihnen brachte das Thema zur Sprache, aber Shan hatte die verräterischen Anzeichen einer Veränderung in Tans Blick gesehen. Der Oberst war ein Held der chinesischen Armee, der sich der heiligen Aufgabe verschrieben hatte, die Heiden zu bändigen und Tibet den Kommunismus zu bringen. Als hartgesottener Krieger errang er Ruhm, indem er seine Geschütze auf Klöster richtete und sie in Schutt und Asche legte, mitunter einschließlich der betenden Mönche, oder indem er ganze Dörfer mit Maschinengewehrfeuer belegte, bis sogar alle Tiere tot waren. Bei der Verfolgung dieses obersten Ziels war er weit gekommen, denn er hatte sich nie beirren lassen, nie an seiner Aufgabe gezweifelt. Vor einigen Monaten waren sie anlässlich einer Konferenz in benachbarten Zimmern untergebracht gewesen, und Shan hatte eine längst gehegte Vermutung bestätigt gefunden. Tan schreckte oft aus Albträumen hoch. Shan wusste, dass der Oberst immer öfter die weit aufgerissenen Augen der Unschuldigen sah, die von seinen Soldaten erschossen oder mit Bajonetten durchbohrt worden waren. Er hörte die Gebete hinter den Klostermauern, die von seinen Panzern zum Einsturz gebracht wurden. Die Albträume kamen, weil er immer mehr zu der Erkenntnis gelangte, dass seine Sache alles andere als heilig oder perfekt gewesen war. Folglich konnte er auch nicht länger der perfekte Krieger sein.

»Während meines ersten Jahrs in Tibet waren wir rund um die Uhr in Kampfbereitschaft«, sagte Tan leise und nachdenklich. »Viele Nächte habe ich durchgängig auf dem Kommandantensitz des Führungspanzers meiner Brigade verbracht. Zunächst habe ich noch ständig nach dem Feind Ausschau gehalten, denn so hatte Peking es uns eingeschärft, doch nach ein paar Wochen wurde uns klar, dass es hier keinen Feind gab, jedenfalls keinen, der eine Panzerformation angreifen würde. Also habe ich angefangen, die Sterne zu beobachten und nicht das Gelände. Es gab damals viele Nächte wie diese, wenn es schien, als könnte man den Arm ausstrecken und sie einfach vom Himmel pflücken. Diese Unermesslichkeit war beängstigend, denn ich war bloß ein kleines, unbedeutendes Geschöpf in Uniform, aber später empfand ich die Sterne als beruhigend. Ich war nicht unbedeutend, ich war ein Teil davon.«

Tan seufzte, und Shan hörte das rasselnde Geräusch, das sein verbliebener Lungenflügel von sich gab, wenn er müde war. »Zum Glück hat man uns irgendwann befohlen, die Klöster zu beschießen, sonst wäre aus mir vielleicht noch ein Mönch geworden«, gestand er mit gezwungenem Lachen.

»*Lha gyal lo*«, sagte Shan.

Tan lachte erneut. »Den Göttern der Sieg, richtig?«

»Richtig.« Nach einem Moment fügte Shan hinzu: »Die meisten vergessen, dass es Teil einer längeren Redewendung ist. Der ›Ruf des Kriegers‹ wurde sie genannt, und die Tibeter benutzten sie stets an Gebirgspässen wie dem, an dem die Staumauer errichtet wird.«

»Wieso an Pässen?«

»Weil dort die guten Götter gegen die bösen Götter kämpfen und den

Pass halten müssen, damit das Böse sich nicht nach unten über die Menschheit ergießt. *Ki ki so so lha gyal lo* lautet das vollständige Stoßgebet. Das heißt so ungefähr: *Durch die Stärke deines Herzens und ewigen Geistes werden die Götter siegreich sein.* Und im Lager habe ich noch einen zweiten Teil gelernt. *Tak seng khung druk, die yar kye*, was bedeutet: *Tiger, Löwe*, garuda, *Drache. Mögen sie sich alle hier erheben.* Das sind die Verbündeten der guten Götter, die Beschützer auf spirituellen Reisen.«

»*Huan, Xun, Jiao*«, stieß Tan die bekannten Namen der Mitglieder des Amban-Rats wie einen Fluch hervor. »*Ki ki so so lha gyal lo*«, flüsterte er. »Schick deine Drachen, alter Gekho.« Er schaute in Richtung Pass, wo an jenem Tag die Drohne besiegt worden war. »Wenn sie dieses Tal wollten, hätten sie uns vorher lieber fragen sollen.«

Shan war sich nicht sicher, ob Tan mit ihm oder mit dem Gott sprach.

* * *

Er verbrachte eine insgesamt unruhige Nacht auf der Pritsche im Gästequartier, konnte aber viel besser schlafen, nachdem er aufgestanden war und das Porträt des Vorsitzenden, der auf ihn herabzustarren schien, mit dem Gesicht zur Wand gedreht hatte. In seinen Träumen folgte er mit Meng und Kami einem Pilgerpfad und rief Lokeshs Namen.

Eine Stunde vor Tagesanbruch ließ ein entsetzter Aufschrei ihn hochschrecken. Er kam aus dem Nachbargebäude, in dem der Direktor wohnte. Shan zog seine Hose über und lief nach draußen. Der Pick-up der Ausputzer kam mit einer Vollbremsung zum Stehen, und drei Männer mit Knüppeln sprangen von der Ladefläche. Tans Sergeant rannte ebenfalls aus seiner Unterkunft herbei, in der Hand eine Pistole.

Der Direktor stand im Eingang und trug einen Pyjama, der an mehreren Stellen nass an seinem Körper klebte. »Er war hier!«, rief Ren nahezu hysterisch. »Er hat den Himmel geöffnet! Direkt über meinem Bett!«

Shan traf im selben Moment bei ihm ein wie der Sergeant, der seinen Männern sogleich befahl, das Gebäude zu durchsuchen.

»Wer war hier?«, fragte Shan. »Wer hat den Himmel geöffnet?«

»Na, was glauben Sie wohl?« Ren streckte seine zitternde Hand aus. Er hielt mehrere Kugeln aus blauem Eis. »Dieser verdammte Gott! Der Dämon! Er hat es auf mich hageln lassen!«

Der Sergeant senkte die Waffe. »Verzeihung«, sagte er, »aber das ist unmöglich.«

»Reden Sie keinen Quatsch, Sie Narr! Ich war doch dabei. Der Hagel ist auf mich niedergeprasselt! Er hat mich am Kopf getroffen!« Ren tastete seinen Schädel ab, als suche er nach einer Delle. »Das hätte eine Gehirnerschütterung geben können!« Er schien kurz vor einer Ohnmacht zu stehen. Shan packte ihn am Handgelenk und ließ die Eiskugeln in seine eigene Hand fallen. »Wir kümmern uns darum, Direktor«, sagte Shan und zog Ren von den anderen weg. Dann gab er ihm den kleinen blauen *tsa-tsa*-Gott, den der Tibeter ihm am Vorabend geschenkt hatte.

»Ich ... ich kenne mich mit diesen tibetischen Dingen nicht aus.« Ren starrte den blauen Gott an. Er war sichtlich erschüttert. »Manche der Männer erzählen von einem Hagelzauberer, der Menschen mit Eiskugeln tötet.«

Shan wies auf die blaue Gestalt. »Tragen Sie das bei sich, um den Gott wissen zu lassen, dass Sie ihn respektieren«, schlug er vor. »Und ich werde in Ihrem Zimmer etwas Weihrauch entzünden, um die Schutzgeister herbeizurufen.«

Der Direktor nickte verängstigt und hielt den *tsa-tsa* fest umschlossen. Dann sah er, dass Oberst Tan ihn von der Tür des Gästequartiers aus beobachtete und zog sich nervös nach drinnen zurück, dicht gefolgt von Shan.

Ren führte ihn zu seinem Schlafzimmer, blieb selbst aber im Flur. Shan trat ein. Das Bettzeug war zu einem wirren Knäuel zusammengeschoben. Als Shan es anhob, rollten mehr als ein Dutzend Eiskugeln auf den Boden. Das Fenster am Kopf des Bettes war einen Spalt geöffnet. Shan beugte sich vor und stellte fest, dass es leicht von außen hochgeschoben werden konnte. Auf der metallenen Fensterbank schmolz eine der Kugeln.

Er entzündete einen Weihrauchkegel und versicherte dem Direktor, ihm würde vorläufig keine Gefahr mehr drohen. Als er ging, hörte er, wie Ren dem Sergeanten auftrug, ihm seine Kleidung zu bringen. Er hatte zu große Angst davor, das eigene Schlafzimmer zu betreten.

Tan musste unwillkürlich grinsen, als Shan ihm den Angriff auf Ren schilderte. In der Kochnische ihrer Unterkunft legte Shan die blauen Eiskugeln auf ein Schneidbrett und zerteilte ein Exemplar. Tan schaute neugierig dabei zu, wie er die Schnittfläche genau in Augenschein nahm. »Hagelkörner haben Ringe wie ein Baum«, erklärte Shan. »Hier sind keine. Diese Kugel stammt aus einem Gefrierfach.«

Der Oberst lachte laut. »Dieser Gott gefällt mir!«, rief er und steckte sich eine der Eiskugeln in den Mund.

Beim Frühstück widerstand Shan der Versuchung, in die Küche zu gehen und im Gefrierfach nach einer Form für Eiskugeln zu suchen. Sie würde vermutlich ohnehin nicht mehr da sein, sagte er sich und musterte die tibetischen Arbeiter, die mit neuen Sorgen um ihn herum saßen. Im Tal der Fünf Klauen wurden gefährliche Spiele gespielt, hoffnungslose, unmögliche Spiele, die keine Aussicht auf Erfolg hatten, aber leicht zum Tod oder der Verhaftung jener Tibeter führen konnten, die sie spielten. Am Schwarzen Brett hing eine neue Zeichnung, eine weitere Karikatur. Sie zeigte den Vorsitzenden als einen Drachen mit fünf Klauen, dessen Hals von den Fängen eines riesigen *garuda* gepackt wurde.

Tan unterhielt sich lebhaft mit einigen der Fahrer über die Gemeinsamkeiten von Panzern und Planierraupen. Dann blickten die Männer plötzlich auf, nahmen flink ihre Tabletts und flohen vom Tisch. Der Direktor und sein Stellvertreter näherten sich, begleitet von einem Soldaten der Öffentlichen Sicherheit. Der bewaffnete Kriecher stellte sich hinter Ren, der gemeinsam mit Jiao gegenüber von Shan und dem Oberst Platz nahm.

»Befürchten Sie den Angriff eines weiteren tibetischen Dämons, Herr Direktor?«, fragte Tan. Ren wurde rot und aß weiter.

Der stellvertretende Direktor warf Ren einen vernichtenden Blick zu, bevor er sich an Tan wandte. »Was halten Sie von unserem glorreichen Projekt, Herr Oberst?«, fragte Jiao. »Wir verändern das Gesicht Ihres Bezirks.«

»Ich bewundere Ihre Bereitschaft, sich derartigen Herausforderungen zu stellen, Genosse Jiao«, sagte Tan.

»Herausforderungen?«

»So abgelegen. So alt.«

Jiao zögerte. Die Verwirrung auf seinem Gesicht verwandelte sich in Belustigung, und er zuckte die Achseln. »Einen Haufen Felsen zu bewegen bleibt so ziemlich dieselbe Arbeit, egal, wo man ist.«

Tan trank einen Schluck Tee. »Wie lange sind Sie schon in Tibet, Herr Jiao?«

Der stellvertretende Direktor gab sich wenig Mühe, seine Verachtung für den Oberst zu verbergen. »Lange genug.«

Tan erwiderte seinen Blick mit eisiger Miene. »Höchstens ein paar Monate, vermute ich«, sagte der Oberst. »Ich habe Jahre für die Erkenntnis gebraucht, wie sehr wir die Tibeter unterschätzt haben.«

»Unterschätzt? Diese jämmerlichen Hilfsarbeiter und ungewaschenen Schafhirten?«

»So in der Art«, sagte Tan. »Niemand hat die Tibeter nach diesem Tal gefragt.«

Jiao schnaubte entrüstet und nahm seinen Becher. »Das soll doch wohl ein Scherz sein!«

»Niemand hat mich gefragt.«

Jiao lachte in seinen Tee. »Dies war vom ersten brillanten Vorschlag an ein Projekt aus Peking. Im Ministerium für Öffentliche Arbeiten wurde ein Sonderstab gebildet. Man hat Satellitenfotos analysiert und die voraussichtliche Nennleistung des Kraftwerks berechnet. Die Computermodelle der zu erwartenden Spitzenbelastungen in fünf oder zehn

Jahren ergaben, dass der Fünf-Klauen-Damm den Anforderungen gewachsen sein würde.«

»Wie dem auch sei, es ist mein Bezirk.«

Jiaos Augen flammten auf. »Pekings Bezirk! Der Bezirk der Partei! Sie haben seit Jahren an keinem Parteitreffen mehr teilgenommen!«

Tan warf Shan einen vielsagenden Blick zu. Jiao hatte Nachforschungen über ihn angestellt. »Meiner Erfahrung nach bringen solche Treffen kaum neue Einsichten. Und die Zitate aus dem Buch des Vorsitzenden kenne ich schon seit Jahrzehnten auswendig. Ich habe eine ganze Schublade voller Belobigungen und Orden für Tapferkeit und den Schutz der sozialistischen Ordnung.«

»Mit einer dicken Staubschicht! Was Sie über die sozialistische Ordnung wissen, ist vierzig Jahre alt! Dies ist das einundzwanzigste Jahrhundert!«

»Dann werde ich mal lieber meinen Kalender wechseln, wenn ich nach Lhadrung zurückkehre.«

Shan hielt den Atem an. Er fürchtete, Tan könne dem stellvertretenden Direktor jeden Moment einen Faustschlag verpassen. Wer den Oberst kannte, hätte unter seinem eiskalten Blick zu zittern begonnen, doch Jiaos Arroganz machte ihn blind. Der Direktor hingegen bemerkte es und zupfte seinen Stellvertreter am Arm. »Ich habe ein wundervolles Video des Drei-Schluchten-Staudamms, Herr Oberst«, warf Ren ein. »Wir können es uns in meinem Büro ansehen. Die gleiche Turbinentechnologie soll später auch hier zum Einsatz kommen.«

Jiaos spöttischer Blick richtete sich auf den Direktor.

Tan nickte. »Wir haben noch eine Stunde, bis mein Hubschrauber eintrifft. Lassen Sie uns gleich ...« Er verstummte, weil der Anführer der Ausputzer zu ihnen gerannt kam.

Der Mann beugte sich vor und flüsterte Ren hektisch etwas ins Ohr. Das Gesicht des Direktors verlor langsam an Farbe. Er stand abrupt auf und schien dann an seine Gäste zu denken. »Vielleicht sollten Sie erst Ihre Sachen packen. Wir treffen uns dann in meinem Büro«, sagte er geistesabwesend und eilte mit dem Ausputzer davon, gefolgt von seinem neuen Leibwächter der Öffentlichen Sicherheit. Jiao murmelte etwas vor sich hin, trank seinen Tee aus und lief Ren hinterher.

Shan und der Oberst stiegen in ihren Wagen und folgten dem Direktor, der mit Jiao in hohem Tempo das südliche Ende des Tals ansteuerte. Dort hatte sich bereits ein halbes Dutzend Fahrzeuge neben einem qualmenden Stück Erde eingefunden. Als sie ausstiegen, hing ein übler, beißender Gestank in der Luft, mit einem Anflug von Schwefel und verbranntem Gummi. Der Direktor und Jiao standen mit Leutnant Huan neben einer schnell anwachsenden Schar von Arbeitern und starrten auf ein bizarres Muster aus Gegenständen dort auf dem Boden. Sie waren in zwei gegenüberliegenden, jeweils ungefähr fünfzehn Meter langen Halbkreisen angeordnet, zwischen denen etwa neun Meter Platz blieb. Es handelte sich um Werkzeuge und Waffen, und oberhalb der Halbkreise stand ein Felsblock in blauen Flammen.

»Das verstehe ich nicht«, hörte Shan den Direktor sagen. Es klang fast panisch.

Shan sah, dass manche der Arbeiter es durchaus verstanden. Einige Tibeter sprachen aufgeregt miteinander, und drei oder vier liefen weg, als wollten sie andere holen, damit auch sie zu Zeugen des Wunders wurden. Jiao fluchte und nahm eines der Werkzeuge aus dem Halbkreis, einen großen Hammer mit Metallgriff. Keuchend ließ er ihn sofort wieder fallen und schüttelte seine Hand. Der Hammer hatte ihn verbrannt.

»Was, zum Teufel, ist das hier?«, rief Jiao.

Als niemand antwortete, trat Shan aus der Menge vor. »Gekho«, verkündete er, als er Ren an der Basis der beiden Halbkreise erreichte. »Gekho der Zerstörer. Gekho der Berggott.«

»Shan, Sie Narr!«, schimpfte Jiao. »Hören Sie auf, solchen Unsinn zu reden!«

»Das war der Meteorit letzte Nacht!«, versicherte Huan und hielt beim Blick auf die Werkzeuge inne. Diese Erklärung schien niemanden zu überzeugen. Meteoriten waren nicht mit den Werkzeugen eines Gottes ausgestattet.

Shan wandte sich an den Direktor und Tan. Er rief sich die Abbildung von Gekho ins Gedächtnis, die er in den geheimen Archiven gesehen hatte. »Gekho hat auf jeder Seite acht Arme. In seinen linken Händen hält er Pfeil und Bogen, Lasso, Kriegshammer, Eisenkette, Eisenhaken, Speer, Widderhorn und einen Kessel mit kochendem Wasser.« Er zeigte dabei nacheinander auf die Gegenstände des linken Halbkreises: ein alter verschlissener Bogen mit eingelegtem Pfeil, eine Seilrolle, der Hammer, den Jiao fallen gelassen hatte, eine der Ketten, mit denen die Baumstämme gezogen wurden, ein großer Haken, den man mit den Ketten verwendete, ein abgebrochener und angespitzter Schaufelstiel, ein Schafshorn und eine Kohlenpfanne mit einer Flüssigkeit, die ebenfalls blau brannte.

»Auf der anderen Seite«, fuhr Shan fort, »trägt der grausame und kriegerische Berggott ein Schneidrad, einen Hammer, genannt der Erderschütterer, einen Krummsäbel, einen Feuerball, einen Blitzpfeil, ein zermalmendes Todesrad, eine Streitaxt und ein Schwert.« Dem entsprachen die Gegenstände im rechten Halbkreis: ein großes rundes Kreissägeblatt, ein schwerer Vorschlaghammer, der vollständig blau angemalt war, ein nachgemachter Krummsäbel, der zu einem alten Kostüm für rituelle Tänze zu gehören schien, eine teerartige schwarze Masse, die mit kleiner blauer Flamme brannte, ein Pfeil mit Brandspuren auf dem Schaft, ein breiter schwelender Reifen, den man offenbar von einem Gabelstapler abmontiert hatte, eine blau gestrichene Axt und ein Schwert, das wohl wiederum von einem Tanzkostüm stammte. Shan betrachtete den brennenden Felsblock. Er bezweifelte, dass es sich um den tatsächlichen Meteoriten handelte, aber Jaya und ihre Freunde hatten sich das Auftreten dieses Naturphänomens sofort zunutze gemacht. Der Fels besaß oben eine Mulde, in der eine Flüssigkeit brannte. »Spielzeuge und gestohlenes Werkzeug!«, rief Jiao. »Billiges Theater!«

»Dieser Meteorit letzte Nacht …«, rief eine Stimme aus der Arbeiterschar. »Genau wie der Kriecher gesagt hat! Wir alle haben ihn gesehen! Das war die Ankunft des blauen Gottes! Er war hier! Alles, was er berührt, wird blau!«

»Idiot! Das ist bloß irgendein Öl oder Brennstoff!«, rief Jiao barsch. »Geht zurück an die Arbeit!« Dann ging er auf die Objekte zu.

»Nicht!«, warnte Shan, als er den Krummsäbel aufhob.

»Eine Fälschung!«, spottete Jiao und verbog das alte Tanzrequisit über dem Knie. Er bedeutete den Ausputzern, sie sollten die Gegenstände wegräumen. Der erste Mann machte den Fehler, gegen die brennende teerartige Masse zu treten. Etwas davon spritzte auf sein Bein, und sofort fingen Schuh und Hose Feuer. Ein ehrfürchtiges Raunen ging durch die Menge, während der Mann hektisch versuchte, die blauen Flammen auszuschlagen, woraufhin auch seine Finger brannten. Erst rief, dann schrie er, und während zwei seiner Kollegen ihm die Hose herunterzogen, lief ein anderer zum Wagen, um einen Feuerlöscher zu holen.

Shan bemerkte, dass der Direktor sich hinter Tan zurückgezogen hatte und nun zwischen den Soldaten des Obersts stand.

»Räumt sofort diesen Müll weg!«, brüllte Jiao die Ausputzer an, die nun ebenfalls wenig gewillt schienen, sich den Werkzeugen des Gottes zu nähern. Niemand rührte sich von der Stelle. »Ihr ignoranten Narren! Das sind bloß Requisiten in einem Spiel!«

»Nein«, widersprach Shan langsam und demütig. »Alte Ritualgegenstände wie diese Waffen ...« – er wies auf das Schwert und den Krummsäbel – »... könnte man anfangs wohl noch als Requisit bezeichnen, aber wenn der Gott sie berührt, gewinnen sie dadurch an Macht.«

Jiao grinste nur höhnisch und zeigte auf die eingestürzte Höhle über ihnen am Hang. »Der Gott ist tot! Wir haben ihn getötet!«

Als die Flammen auf dem Felsblock erloschen, wagte einer der Arbeiter sich mutig vor und steckte vorsichtig einen Finger in die restliche Flüssigkeit. Dann roch er daran. »Das ist kein Öl oder Brennstoff!«, verkündete er und leckte sich den Finger ab. »Es ist Wasser! Ein Wunder!«

Das rief aufgeregtes Flüstern hervor, und trotz Jiaos Protest trat ein weiterer Mann vor und dann noch einer. Sie berührten beide das Wasser und tupften es sich mit strahlendem Lächeln auf die Stirn.

»Der Gott ist nicht tot!«, rief jemand aus der Menge der Tibeter. »Er ist nur wütend über eure Taten! Das hier ist sein Tal!«

Jiao fuhr zu den Arbeitern herum. »Wer hat das gesagt?«, brüllte er. »Verhaftet den Mann!« Als weder die Soldaten noch die Ausputzer sich rührten, liefen die Tibeter alle zu dem Felsen und salbten sich ehrerbietig mit dem heiligen Wasser. Der stellvertretende Direktor rannte zu Huan, der ein kleines Kästchen hervorholte, das mit einer Antenne versehen war. Jiao zeigte damit triumphierend in Richtung der gelben Flaggen oberhalb des Höhleneingangs und drückte einen Knopf.

Shan erschauderte und wich unwillkürlich einen Schritt zurück. Doch die Ladungen explodierten nicht. Sie stießen einfach nur kleine weiße Rauchwolken aus.

»Nein, nein, nein!«, rief Jiao und drückte den Knopf wieder und wieder.

Der Sprengstoff war weg. Shan war sich nicht sicher gewesen, ob Yeshe, der tibetische Sprengstoffexperte, stark genug sein würde, um letzte Nacht dort am Hang zu arbeiten. Andererseits hatten ihm mehrere kräftige Begleiter beigestanden.

Das Team der Öffentlichen Sicherheit schaute verwirrt von Jiao zu den verwehenden Rauchwolken und wieder zurück, gehorchte dann aber Jiaos schriller Stimme. »Wer auch immer das war, hat Sabotage an einem Projekt der nationalen Sicherheit begangen!«, rief er den Kriechern zu und wies den Hang hinauf. »Schnappt euch jeden Tibeter, den ihr findet! Die Anklage lautet auf Hochverrat! Wer sich zur Wehr setzt, wird erschossen!«

* * *

Als sie auf der Ebene außerhalb von Yangkar landeten, wurden sie bereits von Choden erwartet. Er fuhr Tan in die Stadt, parkte hinter dem Revier und deutete dann verlegen auf das Gästehaus. Eine frisch gebadete und gebändigte Kami erwartete sie an der Tür und führte sie – mit nervösen Blicken zu ihrer Mutter und Amah Jiejie – zu einem geschmackvoll gedeckten Mittagstisch, auf dem als Zierde eine Vase mit Heidekraut stand.

Dann aßen sie gemeinsam eine wohlschmeckende Mahlzeit, bei der Amah Jiejie das Gespräch behutsam weg von kriminellen Verschwörungen steuerte und Kami sich überraschend gut benahm. Nur einmal wurde sie übermütig und formte heimlich eine kleine Kugel aus Reis. Shan merkte, dass sie den Oberst am anderen Ende des Tisches ansah, als schätze sie die Flugbahn ab. Er drückte sanft ihre Hand nach unten und nahm ihr den Reisball ab. Sie rümpfte im ersten Moment die Nase, lächelte dann aber und machte sich über ein eingelegtes Radieschen her.

Als Meng sie bat, ihr beim Abräumen zu helfen, stand Kami gehorsam auf und verstaute das Geschirr wieder in der Kiste, die aus Marpas Lokal stammte. Shan beobachtete sie und sah hinter ihrem trotzigen Blick mehr als einmal große Wissbegierde. Sie hatte die hohen Wangenknochen ihrer Mutter, und ihre langen Finger erinnerten ihn an Kos Hände. Das alles konnte unmöglich wahr sein, mahnte beständig eine innere Stimme. Dieses energiegeladene kleine Geschöpf war gewiss nicht sein Fleisch und Blut, denn wie könnte er je eine Familie haben? Er war zu alt, sein Leben zu unbeständig, seine Arbeit zu gefährlich. Er musste Meng irgendwie zum Aufbruch bewegen, ihr zwar Hilfe beim Unterhalt für Kami versprechen, aber ihr gleichzeitig klarmachen, dass es für die beiden kein Leben hier in Yangkar geben konnte. Shan stand auf und entschuldigte sich, sagte, er müsse kurz im Revier vorbeischauen.

Doch er ging durch das Gebäude hindurch und weiter hinaus auf den Platz, der zum Glück menschenleer war. Vor dem Buddha ließ er sich mit übergeschlagenen Beinen auf dem Boden nieder und starrte in die Augen der uralten Granitstatue. Er wusste nicht, wie lange er schon dort saß, und merkte gar nicht, dass noch jemand da war, bis die Stimme des Kindes ihn aus der Versunkenheit holte.

»Was machen wir hier?«, fragte Kami. Sie saß dreißig Zentimeter neben ihm und ahmte seine Haltung nach.

»Wir reden mit dem Gott«, sagte Shan.

»Nein, tun wir nicht«, widersprach das Mädchen. »Ich hätte dich sonst gehört.«

Shan klopfte auf sein Herz. »Ich meine den Gott in meinem Innern.« Das Kind riss erschrocken die Augen auf, beugte sich vor und starrte seine Brust an, als wolle es einen Blick auf die Gottheit erhaschen. »Wir haben alle einen«, sagte Shan, »aber manche Leute weigern sich, ihn anzuerkennen.«

Kami zog den Kragen ihrer Bluse vor, blickte an sich hinunter und dann wieder hoch zu dem steinernen Buddha. »Der da? Du hast eines dieser alten Dinger in dir drin?«

»Es kann auch eine Sie sein. Deine wäre dann also eine Göttin.«

Er bereute seine Worte sofort, denn sie mussten das Mädchen verängstigt haben.

Doch Kami schien eher neugierig zu sein. Sie hielt sich vorsichtig eine Hand über das Herz. »Warum sollte eine Göttin sich mit mir abgeben?«

»Weil du am Leben bist.«

»Aber was macht sie?«

»Sie sieht einfach nur zu.« Shan sah ihre Verwirrung. »Vorläufig sieht sie nur zu. Wenn du älter wirst, kann sie dir helfen.«

Kami schwieg einige Atemzüge lang, dann landete ein Vogel auf dem Kopf des Buddha, und sie lachte.

»Deine Mutter hat erzählt, ihr habt auf dem Weg hierher Kamele gesehen.«

Kami lachte erneut. »Die waren wie große schwerfällige Pferde! Ich habe versucht, auf einem zu reiten!«

Shan stand auf, streckte eine Hand aus und deutete auf eine Bank. »Komm, wir setzen uns dahin, und du kannst mir alles darüber erzählen.«

Dann lauschte er Kamis begeisterter Schilderung ihrer Reiseerlebnisse mit Kamelen, Hunden, Soldaten, Lastwagen und Yaks. Nach einigen Minuten stellte sie sich auf die Bank und schaute sehnsüchtig zu einem der Bäume, auf den sie wohl gern geklettert wäre, blieb aber neben Shan, abgesehen von einer kurzen Unterbrechung, in der sie vor ihm im Kreis herumlief und erzählte, wie ihr Auto eines Tages inmitten von »Millionen« von Schafen gefangen gewesen sei.

Schließlich tauchten Meng und Amah Jiejie auf, und Kami lief zu ihnen. Oberst Tan und sein Sergeant sprachen mit Shan, während Choden den Wagen nach vorn holte.

»Es kann sein, dass ich mich eine Weile nicht melde«, sagte Shan. »Ich muss zurück auf den Berg oberhalb der Fünf Klauen.« Auf dem Rückweg hatten sie mit dem Hubschrauber eine Runde dicht über den Hängen gedreht, aber Shan war sich nicht sicher, ob Jaya und die anderen die Warnung verstanden hatten.

»Nein«, sagte Tan angespannt. »Du musst mitkommen, Shan. Es tut mir leid.«

»Aber Sie haben Jiao doch gehört. Die Tibeter da oben schweben womöglich in …«

»Nein«, fiel Tan ihm ins Wort. »Der Sergeant hat dir etwas zu sagen.«

Der Soldat verzog das Gesicht und sah Shan dann ernst an. »Wie schon gesagt, ich kenne einige von diesen Ausputzern, den Lageraufsehern, die zu dem stellvertretenden Direktor Jiao abkommandiert worden sind. Wir haben uns unterhalten. Einer von denen hatte mitbekommen, dass jemand Sie Inspektor Shan genannt hat. Er hat mich gefragt, ob Sie der Mann seien, dessen Sohn bei der 404ten einsitzt.«

»Ich hoffe, wir können ihn in ein oder zwei Jahren auf Bewährung freibekommen«, sagte Shan verunsichert.

Der Sergeant neigte den Kopf. »Nein. Ihr Sohn hat mit einem der Kalfaktoren den Platz getauscht, einem jener Häftlinge, die unüberwacht arbeiten dürfen. Der Direktor behauptet, Ko habe ihn ausspionieren wollen.« Der Sergeant zuckte die Achseln. »Aus dem Grund habe ich dort letztes Jahr meine Versetzung beantragt. Ich bin ein Soldat und kein Sadist, der gern Gefangene quält. Mit diesem neuen Direktor stimmt etwas nicht. Die haben sich Ko geschnappt, ganz inoffiziell, wenn Sie verstehen, was ich meine. Und dann haben sie ihn übel zusammengeschlagen, dass das Blut nur so spritzte. Danach wurde er zwar auf die Krankenstation gebracht, aber dort nicht in ein Bett gelegt, sondern in einem Schrank eingeschlossen. Das war eher so eine Art Einzelhaft. Kein Arzt durfte ihn sich ansehen. Sie wissen ja, wie das läuft. Beim nächsten Arbeitseinsatz hoch in den Bergen wird er mitgenommen und dann einen tragischen Unfall erleiden.«

KAPITEL VIERZEHN

Amah Jiejie und die vier Soldaten waren vorausgeflogen. Shan starrte wie betäubt auf die Landschaft unter ihnen und bekam nur am Rande mit, dass Tan eine Reihe von Befehlen in das Mikrofon seines Headsets rief. Als er halbwegs wieder zu sich kam, wurde ihm klar, dass der Oberst mit ihm redete.

»Es tut mir leid, Shan«, sagte Tan. »Ich dachte, der Junge hätte sich gebessert. Du weißt, dass ich mich nicht in die Lagerdisziplin einmische.«

»Er hat keinen Ärger gemacht. Er hat mir geholfen, uns geholfen. Es ist meine Schuld. Er hat versucht, mehr über Xun und Jiao herauszufinden – und über das, was sie in Larung Gar getan haben.«

»Das hat doch nichts mit der 404ten zu tun. Und wieso sollte er dem Direktor hinterherspionieren?«

»Wie konnte Jiao wohl hinter Ihrem Rücken Aufseher der 404ten anwerben? Der Lagerleiter und er müssen irgendwie in Verbindung stehen. Sie haben die abkommandierten Soldaten bei den Fünf Klauen selbst gehört. Die kamen von der 404ten. Xun hat das zusammen mit dem Lagerleiter arrangiert. Der Mann ist neu und sitzt erst seit letztem Jahr auf diesem Posten. Normalerweise befördern Sie doch jemand aus den eigenen Reihen zum neuen Direktor. Warum diesmal nicht?«

Tan überlegte kurz. »Er kam mit guten Empfehlungen. Und er war immer schnell befördert worden. Außerdem hat der Kommissar mich in einem kurzen Schreiben ausdrücklich darum ersucht und es zum Nachdruck sogar mit seinem Amtssiegel gestempelt. Er hatte schon seit Jahren um keinen Gefallen mehr gebeten.«

»Der Boss im Ruhestand, der immer noch Anrufe aus Peking erhält«, sagte Shan. »Und der außerdem die Freigabe für Metoks Hinrichtung unterzeichnet hat.« Ihm entging nicht, wie angespannt Tan bei dem Gedanken an den alten, einflussreichen Parteifunktionär wirkte.

»Offiziell ist er schon seit Jahren nicht mehr im Amt«, sagte der Oberst. »Trotzdem erschaudern die Leute immer noch, sobald auch nur sein Name fällt. Er wohnt in einem alten Anwesen außerhalb von Lhasa und mag langsamer als früher sein, aber man darf ihn keineswegs unterschätzen.«

»Was hat der Direktor der 404ten vorher gemacht?«

Tan runzelte die Stirn. »Fragst du mich das als Kos Vater oder als mein Ermittler?« Shan erwiderte nichts, sondern hielt einfach nur seinem ruhigen Blick stand. Tan seufzte. »Diese Einzelheiten sind mir nicht bekannt.«

»Fragen Sie Amah Jiejie. Jetzt gleich.«

Der Oberst murmelte etwas vor sich hin, redete dann mit dem Piloten und schaltete sein Headset zurück auf den Funkkanal. Kurz darauf sprach er leise mit seinem Büro. Shan hörte ihn fluchen, dann legte Tan eine Hand auf das Mikrofon und sah ihn an. »Larung Gar. Er kam von der Larung-Gar-Kampagne. Vor dreizehn Monaten.«

»Also unmittelbar bevor Huan ihm diese sechs Gefangenen aus Larung Gar gebracht hat. Warum hat der Hageljäger sich ausgerechnet dieser Kolonne in den Weg gestellt? Das sind zu viele Zufälle.« Er musste an Kos Beschreibung des alten Lama Tsomo denken, der am Nationalfeiertag gestorben war. Was hatte der Direktor gerufen, als Tsomo die Todeszone am Zaun betrat? *Nicht schon wieder, du Bastard.* »Wer hat diese Häftlinge an die 404te geschickt?« Shan beantwortete sich die Frage selbst. »Die Öffentliche Sicherheit. Huan und seine Freunde hatten noch etwas mit ihnen vor. Oder«, fügte er hinzu, »sie dachten, die Männer könnten ihrem Plan gefährlich werden.«

»Es muss einen Prozess samt Schuldspruch gegeben haben, um sie zu Zwangsarbeit zu verurteilen«, sagte Tan.

»Wir sollten die …«, setzte Shan an, aber der Oberst sprach schon wieder über Funk mit Amah Jiejie und forderte die Akten der sechs Insassen an.

»Wie holen wir Ko aus der 404ten heraus?«, fragte Shan, als Tan fertig war.

Der Oberst hob eine Hand und zeigte dann nach unten. Er hatte bereits einen Plan. Sie landeten auf dem Heliport des Krankenhauses.

Dr. Anwei, der Arzt, der versucht hatte, den alten tibetischen Hausmeister zu retten, spürte offenbar, dass es in Wahrheit um etwas anderes ging als um die unangekündigte Überprüfung der Krankenstation der 404ten, die Tan ihm nahegelegt hatte, doch es schien ihm auch zu gefallen, seiner üblichen Routine entfliehen zu können. Bevor sie aufbrachen, lief er in ein Büro und kam mit einem Klemmbrett sowie einem Stapel Formulare zurück. Als einer von Tans Geländewagen mit zwei Soldaten vorfuhr, folgte Shan dem Arzt und wollte mit einsteigen.

Tan legte ihm eine Hand auf die Schulter. »Nein. Der Direktor wird misstrauisch werden, falls du dort auftauchst. Ich übernehme das persönlich, denn ich bin so wütend auf diese verdammten Medizinkrämer, dass ich diesen hier an der ganz kurzen Leine halte«, sagte er mit einem verschwörerischen Blick auf den grinsenden Anwei. »Die Computerisierung sämtlicher Vorgänge in den Lagern muss demnächst abgeschlossen sein«, fügte er lauter und theatralischer hinzu, »was bedeutet, dass Bürokraten aus Peking regelmäßig alles überprüfen werden, was wir tun. Ich werde nicht zulassen, dass die 404te uns wegen nachlässig geführter Akten zur Schande gereicht.« Er wandte sich an Shan. »Wir finden deinen Sohn. Falls er medizinische Hilfe benötigt, sorgen wir dafür, dass er sie erhält. Der Hubschrauber bringt dich zurück nach Yangkar.«

»Nicht bevor Sie zurück sind«, sagte Shan. »Ich warte in Ihrem Büro.«

Nachdem Tan und der Arzt mit ihrer Eskorte losgefahren waren, ging Shan die achthundert Meter zu dem alten Gebäude in der Mitte der Stadt. Als er nur noch wenige Treppenstufen von der obersten Etage entfernt war, hörte er zu seiner Überraschung Amah Jiejie lachen. Er fand sie in einem Besprechungsraum vor, wo sie mit Cato Pike beim Tee saß.

Der Amerikaner nickte Shan zu, als hätte er ihn schon erwartet. »Ich habe dieser bezaubernden Dame gerade von einem Problem erzählt, das sich mir mal in Peking gestellt hat. Wir hatten herausgefunden, dass ein Bürokrat im Außenministerium die Visa für die Familie eines unserer Attachés fast ein ganzes Jahr lang verzögert hatte, um von dem Mann geheime Auskünfte über einige Investitionsverhandlungen zu erpressen. Also habe ich im Gegenzug eine Kamera in seiner Wohnung installiert. Ein paar Tage später hatte ich ein kleines Ritual auf Video, das er immer nach der Heimkehr aus dem Büro vollführt hat. Er stellte ein Porträt des Vorsitzenden auf seinen Küchentisch, zog sich vollständig aus, legte seine Kleidung ordentlich gefaltet auf einem Stuhl ab, setzte dann eine alte Mao-Mütze auf, stolzierte nackt vor dem Vorsitzenden hin und her und rief dem Porträt kritische Bemerkungen zu. Ich habe dem Mann zehn Sekunden der Aufnahme gezeigt, und eine Stunde später hatten wir die Visa.«

Shan lächelte unschlüssig. »Wieso sind Sie hier?«, fragte er Pike, während Amah Jiejie ihm einen Tee einschenkte.

»Sagen wir, ich bin ein amerikanischer Tourist, der Tibet in seiner ganzen Pracht erleben möchte.«

»Touristen ist der Zutritt zum Bezirk Lhadrung grundsätzlich verboten«, wandte Shan ein.

Pike zuckte die Achseln. »Wie gesagt, in seiner *ganzen* Pracht.«

Amah Jiejie lachte erneut.

Shan war alles andere als begeistert. Der Amerikaner kam ihm mehr und mehr wie ein Pulverfass mit brennender Lunte vor. Er sprach auf Englisch weiter. »Warum sind Sie so leichtsinnig?«

»Sie meinen, warum sollte ein Vater versuchen, die Verschwörung aufzudecken, die seine Tochter das Leben gekostet hat?«, entgegnete Pike mit schneidend scharfer Stimme.

»Hier in der Stadt werden Sie nichts finden.«

Pike erwiderte nichts, sondern entfaltete einfach weitere ausgedruckte E-Mails, die Cao entwendet hatte. »Ich habe ein geübtes Paar Augen für diese Unterlagen gebraucht, jemanden, der sich mit der Bürokratie auskennt«, sagte er und wies auf Amah Jiejie. Es war ein Schriftwechsel zwischen einer anonymen E-Mail-Adresse des Fünf-Klauen-Projekts und einer anderen aus dem Militärdepot von Lhadrung.

Pike las die erste Nachricht laut vor. *Ich überprüfe die Nachschubanforderung. Benötige Zeitplan.*

»Das klingt erst mal harmlos«, sagte Pike. »Aber das ist nur die Erste von einem ganzen Dutzend E-Mails, und zwar immer zwischen Mitternacht und fünfzehn Minuten nach Mitternacht, in drei aufeinanderfolgenden Nächten. Ein Austausch zu vorher vereinbarten Zeiten, zwischen zwei Personen, denen die E-Mail-Adressen als Tarnung dienen.«

»Die arrangieren den Transport der Drohne«, sagte Shan.

»Nein, das war Wochen vor der Drohne«, widersprach Pike und zeigte dann auf eine Abkürzung, die in jeder der Nachrichten auftauchte.

»FAE?«, fragte Shan.

»Genau. Die benutzen das amerikanische Akronym, weil diese Technik in Amerika entwickelt wurde.« Pike fuhr mit dem Finger die Texte entlang und las die entsprechenden Stellen vor. *»Habt ihr die FAE schon? Tut mir leid, vielleicht kommt die FAE morgen. Geduld, diese Dinger werden streng überwacht. Geduld kann ich mir nicht leisten, besorg uns die FAE.«* Und schließlich las Cato vor: *»FAE kommt nicht. Nehmt einfach den konventionellen Sprengstoff, den ich geschickt habe.«*

»Ich kann nicht ganz folgen«, sagte Shan. »Was ist eine FAE?«

»Das steht für Fuel-Air Explosive. Eine Aerosolbombe.«

»Ich bin kein Soldat, Pike«, betonte Shan.

»Eine solche Bombe saugt sämtliche Luft aus einem Zielgebäude. Das kann ein Bunker, ein Haus oder eine Höhle sein. Sie soll die Menschen töten, aber die Bausubstanz intakt lassen.« Pike zeigte auf die Daten der E-Mails. »Nicht lange vor dem Tod meiner Tochter wollte jemand alle Insassen der Höhle ersticken lassen, unter Mitwirkung der Armee in Lhadrung.« Pike wechselte wieder auf Mandarin und sah Tans Assistentin an. »Wer ist befugt, Munition und Sprengstoffe anzufordern? Vor allem eine so gefährliche Waffe?«

»Da gibt es mehrere Möglichkeiten«, erwiderte Amah Jiejie, als Shan ihr die ausgedruckte Seite reichte. »Der Oberst selbst, die Offiziere im Hauptquartier und alle Lagerleiter. Aber bei Ausnahmefällen möchte der Oberst vorher Bescheid wissen.«

»Ich nehme nicht an, dass es der Oberst war, der um Mitternacht mit den Fünf Klauen über Vakuumbomben gesprochen hat«, sagte Shan.

»Natürlich nicht«, stimmte Amah Jiejie ihm zu und fragte nach den Daten der E-Mails. »Major Xun war in der Woche nicht hier, sondern auf einer Parteikonferenz.«

»Was ist mit dem Leiter der 404ten?«, fragte Shan.

»Der *war* hier«, bestätigte Amah Jiejie und stand auf, weil das Telefon auf ihrem Schreibtisch klingelte. Shan folgte ihr aus dem Besprechungszimmer. Als sie den Hörer auflegte, schien sie den Tränen nah zu sein. »Unten wartet ein Wagen, Shan. Sie sollen ins Krankenhaus kommen«, verkündete sie mit zittriger Stimme.

* * *

Ko lag bewusstlos auf einer Rolltrage vor dem Operationssaal, als Shan eintraf. Dr. Anwei erteilte den Pflegekräften Anweisungen. Shan lief zu seinem Sohn. Getrocknetes Blut verfilzte Kos Haar und klebte an seinen Händen. Seine Häftlingskleidung war an mehreren Stellen zerrissen und hing dort ebenfalls an einer Blutkruste fest. Eine Krankenschwester trennte mit einer Schere soeben den Stoff auf.

Ein Mann rief panisch Kos Namen. Erst als eine der Schwestern ihm auf die Schulter klopfte, merkte Shan, dass es seine eigene Stimme war.

Als er sich vorbeugte und seinen Sohn wachrütteln wollte, packte eine Hand ihn fest am Arm.

»Er war schon ohne Besinnung, als wir ihn gefunden haben«, erklärte Tan und zog Shan weg. »Man hatte ihn in einen Wandschrank voller Besen und Mopps geworfen, und die hatten sich bereits mit seinem Blut vollgesogen. Der Arzt sagt, falls er Ko stabilisieren kann, wird er es vermutlich schaffen«, erklärte Tan. »Er wurde so schwer verprügelt, dass davon die Haut an manchen Stellen aufgeplatzt ist. Schusswunden hat er keine, aber eine oberflächliche Stichverletzung am Arm, weil er offenbar eine Klinge abgewehrt hat. Er hat viel Blut verloren. Anwei wird die Wunden versorgen und ihm Transfusionen verabreichen. Falls wir ihn nicht gefunden hätten ...« Der Oberst beendete den Satz nicht.

»Die Besenstiele und Wände waren blutig, weil er versucht hat, sich aufzurichten«, fügte Tan hinzu und zog ein Mobiltelefon aus der Tasche. »Es gehört dem Doktor. Ich habe ihn ein Foto von der Innenseite der Schranktür machen lassen.«

Ko hatte dort mit seinem eigenen Blut etwas geschrieben, für den Fall, dass er die Botschaft nicht mehr persönlich überbringen konnte. Es schienen zwei Worte zu sein, eines über dem anderen. Shan konnte sie nicht entziffern. Sein Sohn musste beim Schreiben große Schmerzen gehabt haben, und außerdem war es dort dunkel gewesen.

»Ich weiß nicht, was das sein soll«, gestand Tan. »Es sieht nicht mal wie Mandarin aus.«

Da wurde Shan klar, dass er etwas vergessen hatte. »Das ist es auch nicht«, sagte er. »Ich habe gar nicht mehr daran gedacht, dass er etwas Tibetisch gelernt hat. Auf diese Weise würden die Aufseher oder der Direktor die Nachricht nicht lesen können.« Nach und nach erkannte Shan, was die geschwungenen Linien bedeuten sollten. Das erste Wort schien *Tara* zu sein, das zweite lautete *Namdol*. Der Name einer Göttin und der Name des Hageljägers.

»Ist Zhu zurück?«, fragte Shan heiser.

Tan nickte. »Zhu und seine Männer werden das Zimmer deines Sohnes bewachen. Nur du, ich und das medizinische Personal erhalten Zutritt.«

Auf einmal rührte Ko sich, reagierte anscheinend auf die Stimmen. Er streckte den Arm aus, nahm die Hand seines Vaters und versuchte vergeblich sich aufzurichten. Als Shan sich vorbeugte, flüsterte er drei Worte. »Sicherheit in Heiterkeit«, keuchte Ko und wurde ohnmächtig.

»Was hatte das zu bedeuten?«, fragte Tan, als sie zusahen, wie Ko in den Operationssaal geschoben wurde.

»Das ist der Name der Kampagne in Larung Gar, die Jiao geleitet hat«, sagte Shan. »Ich glaube, gemeinsam mit denselben Leuten, die nun hier den Amban-Rat bilden.« Er nickte, ohne den Blick von der Tür der Chirurgie abzuwenden. Dann kam ihm ein Gedanke. »Danke für die Bewachung. Aber ich möchte, dass Zhu mich begleitet. In Zivilkleidung. Ich kehre zu dem Berg zurück. Und Sie müssen dem Kommissar Ihre Aufwartung machen.«

Tans unwillkürliche Reaktion überraschte Shan. Die Miene des Soldaten verhärtete sich, als spüre er das bevorstehende Gefecht, doch er wirkte auch ungewohnt besorgt. »Nein«, erwiderte Tan. »Du kennst diesen Bastard nicht. Eine Kobra im Leib eines alten Mannes. Ich halte mich seit Jahren von ihm fern.«

»Sie müssen. Er ist der Einzige, der Ihnen Rückhalt geben kann.«

»Rückhalt wofür?«

»Für das, was bei den Fünf Klauen getan werden muss.«

»Rückhalt? Wir haben keinen Rückhalt zu erwarten, sondern allenfalls eine zwei Meter tiefe Grube.«

»Dann werden die mit allem davonkommen, mit den Morden, den Diebstählen, den Lügen. Und mit der Übernahme Ihres Bezirks.«

Tan schüttelte den Kopf, zündete sich dann eine Zigarette an und dachte nach. »Ich treffe die notwendigen Vorkehrungen«, verkündete er schließlich. »Aber ich gehe nicht allein. Die alte Schlange hat nur genug Gift für einen von uns.«

* * *

Shan hatte Choden angerufen und auf Streife in eine abgelegene Ecke von Yangkars Umgebung geschickt, bevor am nächsten Nachmittag der Hubschrauber abhob. Der Direktor der 404ten hatte sich mehrmals nach Ko erkundigt und von den Ärzten verlangt, der Gefangene müsse zurück auf die Krankenstation des Lagers verlegt werden. Nach dem dritten dieser Anrufe hatte Tan geflucht und Ko an der Schulter gerüttelt.

»Warum?«, fragte er und ignorierte den Protest des Arztes. »Warum ist der Direktor so wütend auf dich?«

Ko, der eindeutig noch sediert war, lächelte matt und erschöpft. »Ihm hat sein Todesdiagramm nicht gefallen.«

Tan warf Shan einen anklagenden Blick zu.

»Aber Ko«, wandte Shan ein, »ein solches Diagramm wird doch erst nach dem Tod erstellt, für diejenigen, die das Ritual abhalten.«

Ko lächelte erneut und bat um etwas Wasser. Es dauerte mehrere Minuten, bis sie die ganze Geschichte gehört hatten. Major Xun war zu einer Zusammenkunft mit dem Direktor und einem jungen Offizier der Öffentlichen Sicherheit erschienen, an der außerdem ein hochgewachsener, arrogant wirkender Mann teilnahm, der in einem Wagen des Fünf-Klauen-Projekts anreiste. Shan warf Tan einen vielsagenden Blick zu. Ko hatte ein Treffen des Amban-Rats gesehen. Danach wurden alle Gefangenen aus Larung Gar in Einzelhaft gesteckt.

Am nächsten Tag berichtete ein Mann aus Kos Baracke, der als Kalfaktor in der Küche arbeitete, er habe gesehen, wie der Direktor aus der Hintertür des Gebäudes der Lagerleitung geschlichen sei, um neben einem Geräteschuppen ein zusammengerolltes Stück Papier zu verbrennen. Als es nicht Feuer fing, habe der Direktor eine Schaufel genommen, das Papier vergraben und dann die Flucht ergriffen, als habe er Angst davor. Am Abend tauschte Ko den Platz mit einem der Kalfaktoren, die für die Reinigung des Lagergeländes zuständig waren, und grub das Papier wieder aus.

»Es war wie das Gemälde einer tibetischen Gottheit«, erklärte Ko.

»Die Symbole haben mir nichts gesagt, also habe ich einen der alten Lamas gefragt. Er reagierte ebenfalls verunsichert und sagte, ich dürfe das Papier nicht behalten. Jemand würde sich einen schlechten Scherz mit dem Direktor erlauben, denn der sei ja immerhin noch am Leben. Einer der neuen Insassen hat uns belauscht und mich beim Direktor verpfiffen, um sich ein paar Vergünstigungen zu verdienen. Bei Tagesanbruch wurde ich aus dem Bett gezerrt und in Einzelhaft geworfen. Das Papier haben sie mir abgenommen, aber vorher konnte ich mir das meiste davon einprägen. Oben stand der Name des Direktors auf Mandarin und darunter sein Todestag, der erste Oktober des letzten Jahres.« Ko blickte zu seinem Vater empor. »Das ist der Tag, an dem der alte Lama aus Larung Gar gestorben ist«, erinnerte er Shan. Es war außerdem der Tag, an dem bei den Fünf Klauen die uralten heiligen Steine zerstört wurden. »Alles darunter war dann ausschließlich tibetisch, vor allem Götterbilder und Symbole, mit einer Anrufung der Mutter Beschützerin links und dem Namen Namdol rechts. Unten waren drei auf dem Kopf stehende V, wie Hügel oder Berge, und dann ein Pfeil, der auf ein Abbild des Tors der 404ten gezeigt hat.«

Was sein Sohn da beschrieb, klang tatsächlich nach einem Todesdiagramm, obwohl diese eigentlich nach dem Tod des Betreffenden angefertigt wurden, um Hilfestellung bei der Durchführung der komplexen und oftmals auf die Person zugeschnittenen Rituale zu leisten, die der Seele den Übergang ins nächste Leben erleichtern sollten. Hier allerdings ging es nicht um den Trost einer Seele, sondern um deren Peinigung. Und Ko war für die Entdeckung beinahe getötet worden. Shan lagen viele Fragen auf der Zunge, aber er sah, dass Ko erneut wegdämmerte. Sein Sohn schlug noch einmal die Augen auf. »Es geht um die Ziege«, sagte er und verlor das Bewusstsein.

Es war Tan, der vorschlug, einen sichereren Ort für Kos Genesung zu suchen. Der Arzt willigte widerstrebend ein, doch erst wenn Ko nach einer weiteren Bluttransfusion kräftig genug sein würde, um aufzustehen. Einige Stunden später erhob Ko sich schwankend, dankte dem Arzt und schlurfte trotz offensichtlicher Schmerzen durch das Zimmer. Shan nutzte die Gelegenheit, um ihn nach der Ziege zu fragen. Ko zuckte die Achseln und verzog das Gesicht. »Ich wollte mit einem der Häftlinge aus Larung Gar über das Todesdiagramm sprechen. Ich habe es ihm gezeigt, und dann sah er plötzlich Aufseher kommen, die uns trennen wollten. Das war alles, was er noch gesagt hat, als wäre es das Wichtigste überhaupt. ›Es geht um die Ziege.‹ Aber da war überhaupt keine Ziege eingezeichnet.«

Nachdem sie die Anforderung des Hubschraubers bestätigt hatte, erinnerte Amah Jiejie den Oberst daran, dass sie am folgenden Tag nicht ins Büro kommen werde, weil sie mit Metoks Witwe zu einem Ausflug in die Berge verabredet sei. »Sie ist überzeugt, dass der Besuch beim Schrein ihres Mannes ihr helfen wird, die Trauer zu bewältigen, damit für sie und ihre Tochter das Leben weitergehen kann. Sie möchte ein paar Opfergaben darbringen und wird auch etwas Proviant mitnehmen, damit wir danach zusammen zu Mittag essen können.« Tan willigte zögernd ein, ihr einen Wagen der Fahrbereitschaft zu überlassen, warnte sie jedoch ausdrücklich vor den riskanten Bergstraßen.

Als der Hubschrauber an der Abzweigung der Schnellstraße nach Yangkar landete, warteten dort Yara und ihr Großvater mit Shans Wagen. Nervös musterten sie Leutnant Zhu, der zwei schwere Rucksäcke auslud, ließen sich aber von ihm dabei helfen, Ko auf die Rückbank zu verfrachten, und hatten keine Einwände, als er zu ihnen einstieg. Eine Stunde später lag Ko auf einer Pritsche des großen alten Anwesens und lächelte kraftlos, als Yara ihn in Decken hüllte und ihre Großmutter ihm eine Tasse Buttertee in die Hand drückte. Shan hatte bereits erklärt, dass er und Zhu sich schnell wieder auf den Weg machen würden, um rechtzeitig vor Einbruch der Dunkelheit in den Bergen bei den Fünf Klauen einzutreffen, aber Yara musste ihm versprechen, dass sie später an jenem Tag ihren gemeinsamen Freund, den alten tibetischen Arzt, holen würde, damit er nach Ko sah.

»Und Meng?«, fragte Shan.

»Die musste nach Lhasa«, antwortete Yara. »Offenbar hat sie da regelmäßig zu tun.«

»Sag ihr ...« Wieder einmal wusste Shan nicht, wie er sich verhalten sollte, wenn es um seine Geliebte und die Mutter seines Kindes ging. »Sag ihr, dass wir mit Kami demnächst mal ein Picknick auf einer Bergwiese veranstalten werden.« Dann eilte er davon.

Während Shan den Wagen lenkte, nahm Zhu sich die Landkarten vor und erfasste schnell, was Lhakpas und Shans Markierungen zu bedeuten hatten. »So viele Pilgerpfade«, sagte der Leutnant. »Und alle führen zu dem Berg. Das muss wie bei einem der heiligen Berge sein.«

Shan benötigte einen Moment, um zu begreifen, dass der Armeeoffizier von den heiligen Bergen im Osten Chinas sprach, die auch weiterhin Jahr für Jahr von vielen tausend Chinesen bestiegen wurden, obwohl die Regierung sich bemühte, jede Art von Religion zu hintertreiben.

»Der riecht ja wie eine Pferdedecke«, protestierte Zhu, nachdem Shan den Wagen geparkt und ihm einen zerlumpten Mantel gegeben hatte. Der Leutnant blickte den langen Schotterweg hinunter, auf dem sie hergekommen waren, und schien sich zu überlegen, einfach die Flucht zu ergreifen.

»Bestimmt sogar«, sagte Shan. »Als ich von Zivilkleidung sprach, habe ich damit nicht Ihre neuen Sachen aus Hongkong gemeint. Wir gehen nach Tibet.«

Zhu zögerte. »Wir sind doch längst in Tibet, Inspektor.«

Shan zeigte auf den Wagen, den Schotterweg und die in der Ferne sichtbare Schnellstraße. »Das da ist China«, erklärte er und wies in die entgegengesetzte Richtung, auf die wilden, zerklüfteten Berge über ihnen, wo wie kleine Trutzburgen eine Reihe aus *chorten* stand. »Und das ist Tibet.« Er reichte Zhu einen Hut mit breiter Krempe. »Man wird uns beobachten. Falls Sie sich wie ein Soldat bewegen oder sich aufführen wie jemand aus der Stadt, verschwinden die Leute in den steinernen Wäldern.«

Zhu zog seine neue rote Nylonjacke aus und warf sie widerstrebend auf die Rückbank des Wagens, den sie einen knappen Kilometer unterhalb des Eiskugeldamms bei ein paar Bäumen zurückließen. Als Shan dann Zhus schweren Rucksack mit Erde einrieb, stockte ihm kurz der Atem.

»Und keine Waffen«, sagte Shan. »Das ist nicht unsere Art.«

»Ich bin Soldat«, wandte Zhu ein. »Sie haben gesagt, es geht gegen die Öffentliche Sicherheit.«

»Keine Waffen«, beharrte Shan. »Und ich habe gesagt, Sie würden unsere unsichtbare Verteidigung gegen die Kriecher-Patrouillen sein. Die benutzen elektronische Geräte.«

Zhu grinste und nahm seinen Rucksack. »Gut. Eine Geländeübung«, sagte er, öffnete den Reißverschluss eines Seitenfachs, zog daraus seine Pistole hervor und verstaute sie unter dem Beifahrersitz des Wagens.

Dann brachen sie auf, und Shan legte ein zügiges Tempo vor. Als er an dem ersten Pilgerschrein niederkniete, blieb Zhu stumm, folgte dann aber Shans Beispiel, als dieser seine Feldflasche leerte und an der Pilgerquelle auffüllte. Beim nächsten Schrein tat er es Shan nach und legte auch einen Stein auf den von Flechten überwucherten Haufen. Beim dritten Schrein kniete er sich neben Shan.

Wenig später flüsterte Zhu ein Wort, das Shan aufmerken ließ. »*Chaosheng*«, wiederholte Zhu etwas lauter. »Meine Großmutter wollte mich immer auf ihre *chaosheng*-Reisen mitnehmen.«

Shan hatte diesen chinesischen Begriff schon seit Jahren nicht mehr gehört. Er bedeutete *dem heiligen Berg Respekt erweisen.*

»Ich bin mit meinen Eltern manchmal für ein Wochenende zu den nächstgelegenen Schreinbergen gefahren, aber nie mit meiner Großmutter. Ihre Reisen dauerten ein oder zwei Wochen, und wenn sie den Gipfel des heiligen Berges erreicht hatte, übernachtete sie dort.«

»In Ihrem nächsten Urlaub können Sie das ja mal nachholen.«

Etwas schien dem Soldaten die Kehle zuzuschnüren. »Sie ist gestorben, als ich auf der Offiziersschule war. Ich konnte nicht einmal an ihrer Bestattung teilnehmen. Mein Vater hat seinen Jahresurlaub genommen, um ihre Asche auf dem Gipfel ihres Lieblingsbergs zu verstreuen.«

Shan wollte etwas Tröstliches sagen, aber Zhu beschleunigte seinen Schritt und setzte sich ein Stück ab. Er sprach erst wieder, als sie den Schrein vor dem letzten steilen, gewundenen Anstieg zu den Krallen erreichten.

»Müssten wir nicht eigentlich Weihrauch haben?«, fragte Zhu und legte einen Stein auf den letzten Haufen. »Mein Vater hat beim Beten immer Weihrauch entzündet.«

Shan suchte in seinen Taschen und fand nur einen einzigen Weihrauchkegel. »Mehr habe ich nicht dabei«, sagte er und ließ ihn in Zhus Hand fallen.

Der Leutnant musterte den Weihrauch. »Ich wollte nicht …«, setzte er mit verwirrter Miene an, steckte den kleinen Kegel dann aber ein und machte sich an den Aufstieg.

Als sie das Lager bei der Felsformation der Krallen erreichten, saß Jaya dort allein bei einem Kessel Suppe. Von Lhakpa und seiner vierbeinigen Nichte fehlte jede Spur. Kos Worte ließen Shan nicht los. *Es geht um die Ziege.*

Jaya begrüßte die Neuankömmlinge verunsichert. »Du hast die Armee mitgebracht!«, warf sie Shan nach einem Moment vor.

»Wie kommst du darauf?«, fragte Zhu.

Sie zeigte auf seine Militärstiefel.

»Vielleicht habe ich die ja aus der Schuhfabrik«, wandte Zhu ein.

Jaya beugte sich über den Rucksack, den er neben dem Feuer abgestellt hatte, wischte den Schmutz weg und legte dadurch das kleine Emblem der Volksbefreiungsarmee frei. Ihr Blick durchbohrte Zhu.

Shan stellte sich zwischen die beiden. »Ja, Zhu ist ein Soldat. Er hat mir geholfen, Metoks Mörder zu entlarven. Er ist nach Hongkong geflogen und hat Beweise dafür gefunden, dass der Fall gegen Metok fingiert war. Und nun wird er euch gegen die Öffentliche Sicherheit helfen.«

Jaya verzog das Gesicht.

»Ich werde helfen, sie abzulenken«, erklärte Zhu.

»Sei kein Narr!«, gab Jaya zurück. »Die haben bereits mehr als ein

Dutzend Hirten festgenommen, Männer und Frauen, die keine Ahnung hatten, was hier vorgeht. Niemand kann sie besiegen. Wir laufen nur weg und verstecken uns. Und jetzt haben sie diese Geräte an den Pfaden platziert, wie sie auch an der Grenze nach Nepal benutzt werden, um die Leute zu entdecken.«

»Geräusch- und Bewegungsmelder?«, fragte Zhu. »Hervorragend. Die benutzen wir auch, nur hat die Armee die fortgeschrittenere Technik.« Er zog einen Laptop aus dem Rucksack, klappte flink einen kleinen Solarkollektor und eine Antenne auf und fing an zu tippen. »Eine meiner leichtesten Übungen«, murmelte er mit Blick auf den Bildschirm. »Den Feind verwirren. Improvisieren und ausweichen. Dabei wurde ich noch nie besiegt.« Gleich darauf zeigte er auf mehrere blinkende Punkte vor dem Hintergrund einer Karte der umliegenden Gegend, wie Shan nun erkannte. »Es sind sechs Geräte, alle im Umkreis von anderthalb Kilometern um diese Stelle. Sobald Geräusche oder verdächtige Bewegungen erfasst werden, kommt ein Team, um nachzuschauen.«

»Und dann müssen wir vom Berg fliehen«, sagte Jaya verzweifelt.

»Nur dass die nicht mit Shan und mir gerechnet haben«, erwiderte Zhu grinsend und schüttete seinen Rucksack aus. Als Jaya die kleinen schwarzen Kästchen sah, bekam sie große Augen. Sie kniete sich hin, nahm sie genauer in Augenschein und bombardierte Zhu mit Fragen.

Weder der Leutnant noch Jaya bemerkten, dass Shan sich zurückzog. Er musterte die Schatten rund um das Lager, und als er keinen Beobachter entdecken konnte, schlüpfte er durch den Filzvorhang an der Felswand.

Nur das erste der provisorischen Regale enthielt immer noch Artefakte. Shan hielt bei ihnen inne und betrachtete eine fein ausgearbeitete Messingfigur des sechsarmigen Dorje Purba, der göttlichen Verkörperung des rituellen Dolches, verziert mit Schlangen und Schädeln. Die Statuette war viele Jahrhunderte alt und überaus selten. Bei Shans erstem Besuch hatte sie noch nicht hier gestanden. An den hintersten Regalen lehnten mehrere neue Gegenstände, die keine Artefakte waren.

Shan sah Pfeil und Bogen, einen verbogenen Krummsäbel, einen schweren blauen Hammer und ein Schwert. Gekhos Waffen waren aus dem Tal geborgen worden.

Shan passierte die kleine Nische, die als Quartier des Hageljägers fungierte, und sah dort den verbeulten Helm auf einer gefalteten Decke liegen. Dann erreichte er den schmalen, aber ausgetretenen Pfad, auf dem die Krankenschwester bei seinem letzten Besuch verschwunden war. Erschrocken wurde ihm klar, dass ein Teil der Felskante weggebrochen war und nur ein dreißig Zentimeter breiter Pfad an der Flanke des Berges verblieb, oberhalb eines Abgrunds von mindestens einhundert Metern. Mit klopfendem Herzen behielt Shan den Blick strikt nach vorn gerichtet und erreichte nach zehn nervösen Minuten ein kleines, von Bäumen gesäumtes Plateau auf der anderen Seite. Der Pfad schien dem Duft von brennendem Wacholder und Weihrauch zu folgen, und schon bald fand Shan sich vor einem schmalen Felsspalt wieder. Er trat hindurch und gelangte in eine hohe Höhle mit einem Riss im Dach, durch den das Sonnenlicht hereinfiel. Die Kammer besaß links und rechts je einen langen Altar, und gemeinsam schienen sie auf einen kleineren Tunnel zu weisen. In Bronzetöpfen auf den Altären schwelte Weihrauch, in einer größeren Kohlenpfanne Wacholderzweige. Jemand schien inbrünstig die Götter anzurufen.

Shan spürte eine Schwingung in der Luft und erinnerte sich an die Behauptung des Hageljägers, man könne den Berg sprechen hören. Dann erkannte er, dass es Mantras waren. Er folgte dem Geräusch den Tunnel entlang und betrat eine geräumige Kammer, deren Wände einst geglättet und verputzt worden waren. Obwohl der Putz rissig und teilweise abgeplatzt war, konnte Shan die primitiven, verblassten Abbilder von Schutzdämonen erkennen. Am anderen Ende des Raumes saßen im trüben Licht mehrerer Butterlampen vier Tibeterinnen mittleren Alters jeweils zu zweit auf einem abgenutzten Teppich. Eine der Frauen schrie überrascht auf, als sie ihn sah, aber die anderen setzten die gleichförmigen Gebete fort, wenngleich sie Shan erschrocken beobachteten. Er holte sein *gau* hervor, legte eine Hand darauf und nickte respektvoll, was sie zu beruhigen schien. Das erste Paar rezitierte den Bardo, die Todesriten. Die anderen beiden erflehten die Hilfe der Mutter Beschützerin. Eine der Letzteren starrte auf einen dunklen Fleck in der hinteren Wand. Shan folgte ihrem Blick und entdeckte einen weiteren Tunnel.

Nach einer scharfen Kurve sah er ein ziemlich helles Licht vor sich und erreichte eine lange, breite Kammer mit einer sechs Meter hohen Decke, deren verputzte Wände sich in besserem Zustand befanden und mit wesentlich komplexeren und farbenfroheren Abbildern der Götter bemalt waren. An eisernen, ursprünglich für Butterlampen gedachten Wandhaltern hingen moderne Gaslaternen. Vorräte waren zu halbhohen Mauern gestapelt und teilten einen Wohnbereich im vorderen Teil der Höhle ab, wo auf einem Campingkocher ein Kessel stand, und außerdem einen Korridor entlang einer Wand, die mit markanten buddhistischen Gottheiten bemalt war.

Im hinteren Teil der Höhle standen zwei Gestalten und betrachteten einen Stapel Decken. Eine der beiden drehte sich um und kam dann entlang der mit Göttern bemalten Wand auf Shan zu. Der schnelle Schritt ließ sein Humpeln deutlicher hervortreten. »Wachtmeister«, begrüßte der Hageljäger ihn mit sanfter Stimme. »Du bist zum Berg gekommen. Deine Ermittlungen finden tatsächlich nie ein Ende.« Der warnende Unterton entging Shan nicht.

»Das ist meine Bürde«, erwiderte Shan und musterte den nächsten Tunnel, der am Ende der Kammer noch tiefer in den Berg führte.

Yankay deutete auf den Kessel. »Setz dich. Wir werden Tee trinken und herausfinden, ob du nicht doch die Stimme des Berges hören kannst.«

Shan ging hin und sah in der Nähe nun ein aus Steinen errichtetes Regal voller Artefakte. Daneben saß Lhakpa mit dem Rücken zur Wand und schrieb etwas in ein Notizbuch. Der Schneemönch legte ein Verzeichnis der Artefakte an.

»Die sind neu«, sagte Shan und kam auf Lhakpa zu.

»Nein, mehrere hundert Jahre alt«, sagte der Schneemönch, weil er ihn missverstand.

»Neu entdeckt«, berichtigte Shan sich und nahm einen dampfenden Becher entgegen. Sein Blick wanderte zu der schwarzen Öffnung des nächsten Tunnels. »Was bedeutet, dass Gekhos Höhle weiterhin zugänglich ist«, mutmaßte er. »Als ich im Tal mit den Arbeitern über die tragische Zerstörung der Höhle gesprochen habe, hat einer gesagt, ›falls das wirklich stimmt‹, als würde der verschüttete Eingang nicht notwendigerweise das Ende der Höhle bedeuten. Es gibt einen Hintereingang.« Er zeigte auf den nächsten Tunnel.

Der alte Hageljäger seufzte. »Damit hast du uns in der Hand, Wachtmeister. Falls die Regierung hiervon erfährt, kommt sie mit noch mehr Sprengstoff und zerstört auch diesen Zugang. Es würde weitere Leben kosten, denn manche von uns würden den alten Gott nicht im Stich lassen. Wir haben ihn schon zu oft enttäuscht.«

»Aber Shan ist nicht die Regierung«, sagte Lhakpa und ließ das Notizbuch sinken. Er stand auf und schenkte sich einen Becher Tee ein. »Er ist der Beschützer von Yangkar gompa.« Der Blick des Schneemönchs schien Shan herauszufordern. »Und Yangkar gompa war stets der Beschützer von Gekho.«

»Das Kloster von Yangkar existiert schon seit Jahrzehnten nicht mehr«, sagte Shan. Er trank einen Schluck und sah im Schatten vor der Wand einen großen Aluminiumkoffer stehen, auf dessen Seite in schwarzen Buchstaben *Grundausstattung Notfallmedizin* geschrieben stand. Es war also doch ein Set aus dem Rettungstransporter gestohlen worden.

Lhakpa bemerkte Shans Blick und wollte ihm die Sicht auf den Koffer verstellen. Doch Shan hatte gar nicht vor, ihm wegen des Diebstahls Schwierigkeiten zu machen, denn er sah nun, dass die verbliebene Gestalt am Ende der Höhle die Krankenschwester war. »Jemand ist gestorben und doch nicht gestorben«, sagte er und musste an sein erstes Gespräch mit Yankay denken. »Die Frauen in der anderen Höhle rezitieren den Bardo für die Toten, rufen aber auch Mutter Tara an, die die Lebenden beschützt.« Er schaute zu der Krankenschwester. »Das kann nicht sein!«, flüsterte er, als es ihm klar wurde. Yankay schien ihn aufhalten zu wollen, als Shan einen Schritt in Richtung des hinteren Teils der Höhle machte, aber Lhakpa legte seinem Bruder eine Hand auf die Schulter und zog ihn zurück.

Die Krankenschwester saß, als Shan sich ihr näherte, und sang mit leiser Stimme. Das neben ihr war kein Stapel Decken, sondern ein Schlaflager. Sie hielt die Hand ihrer Patientin. Obwohl der Kopf der liegenden Frau – einschließlich des rechten Auges – zum größten Teil verbunden war, wurde er von langem blondem Haar eingerahmt.

»Sie ist nicht wieder zu Bewusstsein gekommen«, sagte die Heilerin. »Ich fürchte, sie hat auf einer Seite das Augenlicht verloren. Sie scheint nicht sprechen zu können. Aber meistens schluckt sie die Brühe, die wir ihr einflößen. Sie hat einen schlimmen Schädelbruch erlitten. Der Transport den Berg hinunter hätte sie getötet.«

Shan sank auf die Knie. Yankay hatte ihn gefragt, was passiere, wenn eine Seele und ein Leib es sich nach dem Tod anders überlegen würden. Hier vor ihm lag Natalie Pike, lebendig und doch nicht lebendig.

KAPITEL FÜNFZEHN

Lhakpa ignorierte Shans Fragen und plauderte nur über belanglose Dinge, als sie dem tückischen Pfad zurück die Bergflanke entlang folgten. Auch die Krankenschwester hatte sich geweigert, ihm nähere Informationen zu liefern, und lediglich erklärt, sie hätten Natalie am Tag nach der Explosion unter dem Schutt einer halb eingestürzten Kapelle gefunden. Als sie nun den Schutz der Bäume erreichten, drehte Lhakpa sich schließlich um und beantwortete die erste von Shans Fragen. »Wie hätten wir jemandem davon erzählen können?«, fragte der Schneemönch. »Sobald diejenigen, die für die Sprengung verantwortlich waren, davon gehört hätten, wären sie gekommen, um die Frau endgültig zu töten, zusammen mit allen, die ihr geholfen haben.«

»Deshalb haben du und Jaya so seltsam reagiert, als ich sagte, ihr Vater sei hergekommen.«

Lhakpa musterte Shan durchdringend, als versuche er, zwischen den Zeilen zu lesen. Dann schien eine schwere Last sich auf seine Schultern zu legen. »Was hätten wir denn für ihren Vater tun können, Shan? Ihm falsche Hoffnungen machen?«

»Aber das ist doch klar. Die Frau muss in ein Krankenhaus.«

»Manche der Alten sagen, ihr Geist sei bei der Explosion vom Körper getrennt worden und würde nun im Dunkeln umherirren. Falls wir sie von dort wegschaffen, findet er nie mehr zu ihr zurück. Ich dachte, ich hätte viel gelernt, aber ich weiß nun, wie wertlos meine Kenntnisse sind. Was ist, wenn die Alten recht haben? Yankay besteht darauf, ihr könne am besten dort geholfen werden, wo sie jetzt ist. Und die Krankenschwester weiß viel über die alten Heilmethoden. Sie massiert Natalies Pulspunkte und singt ihr vor. Sie sagt, wenn sie auch nur einen winzigen Funken in ihr entfachen kann, wird das ausreichen, um ihr Lebensfeuer neu zu entzünden. Und einige der alten Frauen rufen die Mutter Beschützerin an, rund um die Uhr, ohne je aufzuhören.« Er zuckte die Achseln. Man hörte ihm an, wie besorgt er war. »Wer sind wir zu glauben, ein Krankenhaus wäre die bessere Wahl?«

»Aber ist es nicht gelogen, so zu tun, als wäre sie gestorben?«, fragte Shan.

»Du hast sie selbst gesehen. Was ist die Lüge? Dass sie tot ist oder dass sie lebt? Und ändert das irgendetwas an dem, was du tust?«

Als Shan darauf keine Antwort wusste, drehte Lhakpa sich um und führte ihn weiter in die anbrechende Abenddämmerung.

Sie hatten bereits die leeren Regale erreicht, in denen die Artefakte zwischengelagert worden waren, als Lhakpa plötzlich die Hand hob. Am Lagerplatz bei den Krallen erklangen merkwürdige Geräusche. Es dauerte einen Moment, bis sie erkannten, dass es Gelächter war.

Als sie die kleine Ebene betraten, sprach Jaya aufgeregt mit zwei Tibetern, die offenbar zu den verbündeten Hirten zählten, und zeigte auf Zhu, der mit einer Tasse Tee am Feuer saß.

»Haben Sie alle Geräte gefunden?«, fragte Shan den jungen Leutnant.

»Ich hatte ja selbst welche mitgebracht«, erinnerte Zhu ihn mit verschwörerischem Lächeln.

»Die kommen vielleicht nie wieder!«, rief Jaya und lachte erneut.

»Und haben Sie die auch benutzt?«, fragte Shan.

Es war Jaya, die antwortete. »Wir haben all deren Lauschmaschinen gefunden und sie auf Felsnadeln oder in Tierbauten versteckt, eine sogar in einem alten Pilger-Steinhaufen. Und wir haben jeweils eines von Zhus Kästchen dazugetan, das eine Aufnahme wieder und wieder abspielt, bis in ein paar Tagen die Batterien leer sind.«

»Was für eine Aufnahme?«, fragte Lhakpa.

»Einer der alten Schafhirten war so nett, uns behilflich zu sein. Wenn die Öffentliche Sicherheit überprüft, was ihre Lauschmaschinen melden, bekommt sie ab jetzt nur noch das *mani*-Mantra zu hören! Gekho persönlich wird zu ihnen sprechen!«

* * *

Der chinesische Soldat hatte den Leuten im Lager unverhofft zu guter Laune verholfen, und während die Sterne aufstiegen, erzählten sie einander Abenteuergeschichten aus den Bergen. Als Zhu anfing, von seiner Dienstzeit im Himalaja zu berichten, befürchtete Shan, es könne dabei um die Ergreifung von tibetischen Flüchtlingen gehen, doch stattdessen sprach er von der Begegnung mit einer Schneeleopardin und deren beiden Jungtieren. Die Tibeter waren tief beeindruckt, denn ein solches Ereignis galt als Glück verheißend. Danach erzählte Yankay aus seiner Kindheit von einem alten Mann, der sich in einen Schneeleoparden verwandeln konnte. Jaya folgte mit der Geschichte einer Frau, die zu einer Maus wurde. Amüsiert diskutierten die Tibeter dann, was mehr Vorteile mit sich brächte, die Mäuse- oder die Leopardengestalt. Während Zhu sich humorvoll für den Leoparden aussprach – nicht wegen der Klauen, sondern wegen der anmutigen, lautlosen Bewegungen –, bog Shan auf den Pfad ein, der durch das Labyrinth aus Felsvorsprüngen führte. Er erreichte ein Sims und ließ sich dort nieder. Unter ihm erstreckte sich das mondbeschienene Tal der Götter.

Reihen von Lichtern bezeichneten die Arbeiterunterkünfte. Vereinzelte Scheinwerferpaare stammten von Lastwagen, die rund um die Uhr im Einsatz waren. Am anderen Ende des Tals wirkte der hohe Wasserfall im Licht des Mondes wie eine silbrige Säule. Die Dunkelheit erweckte den trügerischen Anschein von Ruhe und Frieden. Wie konnte es sein, dass ein so harmonischer Ort, an dem einfache Menschen über Jahrhunderte hinweg ihre Götter berühren konnten, so viel Gier bewirkt hatte, so viele Lügen und so viele Morde? Shan versuchte, nicht an die Verbrechen zu denken, sondern sich vorzustellen, wie das Tal früher gewesen war. Tapfere, aber fromme Stammesangehörige waren in grauer Vorzeit gekommen, um Felder aus steinernen Stelen zu errichten. In späteren Jahrhunderten beteten hier Bonpo-Pilger und malten die Gesichter ihrer Götter an die Wände der Höhle. Noch später folgten die Buddhisten mit ihren eigenen Göttern, nicht um die älteren Gottheiten zu verdrängen, sondern um der tibetischen Seele willen Wege des Miteinanders zu finden.

Shan suchte in seinen Taschen nach Weihrauch und erinnerte sich dann daran, dass er seinen letzten Kegel Zhu gegeben hatte. Daher formte er mit seinen Fingern ein *mudra*, den Diamanten des Verstands, und konzentrierte sich auf den glitzernden fernen Wasserfall, während er versuchte, die sich ständig verlagernden Puzzleteile zusammenzufügen. Ungeachtet all seiner Erkenntnisse fand er keinen Ansatz, keinen Hebel, um ins Innere der Verschwörung vorzudringen und sie dann zu zerschlagen. Es war, als gäbe es in ihrem Zentrum einen für ihn undurchlässigen Schatten. Das Tal mochte inzwischen ein Strudel sein, der Leben gewaltsam kollidieren ließ, doch etwas anderes hatte die Ereignisse in Bewegung gesetzt.

Aber dieses Puzzleteil blieb für ihn unsichtbar, und ohne es war er machtlos. Er fand keinen Zugang, keinen nachhaltigen Beweis, kein Druckmittel, das er einsetzen konnte, um den katastrophalen Vorfällen der letzten Wochen Einhalt zu gebieten. Die Gegenseite war zu einflussreich. Die Öffentliche Sicherheit stand gegen ihn, ebenso der skrupellose Amban-Rat und die Behörden in Lhasa und Peking. Shan war klug genug, um zu begreifen, dass er diesmal verloren hatte. Sie würden das wundersame Überleben von Natalie Pike als ihren einzigen Sieg verbuchen müssen und weiterziehen. Der Staudamm ließ sich nicht mehr aufhalten, auch nicht der Amban-Rat. Binnen weniger Monate würde der Bezirk Lhadrung gesäubert sein. Shan und Tan würden als Relikte aus früherer Zeit einfach beiseitegeschoben werden. Yangkar würde einen neuen chinesischen Wachtmeister erhalten, der unweigerlich auf die kostbaren illegalen Archive unter den Straßen der Stadt stoßen musste. Ko würde bei der 404ten nicht mehr unter dem Schutz des Obersts stehen.

Schweren Herzens wollte Shan sich erheben und ins Lager zurückkehren, als neben ihm ein Streichholz aufflammte. Lhakpa entzündete einen Weihrauchkegel und stellte ihn zwischen ihnen hin, als suche auch er die Nähe der Götter.

»Ein alter Lama hat mir mal erzählt, Tibet sei voller Leben«, sagte Lhakpa nach langem Schweigen. »Das hat mich beschäftigt, und als ich ihm nach einer Weile gestand, dass ich den Sinn dieser Worte nicht begreifen könne, sagte er, das heutige Tibet zwinge die Menschen, mit mehr als einem Leben zu jonglieren. Jeder müsse als loyaler Bürger erscheinen, der sich niemals öffentlich zu seinem Glauben bekennen könne. Viele seien aber auch treue Gefolgsleute des Dalai Lama und würden in ihrem Zuhause illegale Bilder von ihm verstecken. Nur als Lügner könnten wir Gläubige sein. Außerdem führten wir ein Dasein als produktive Arbeiter, wenn auch selten in dem Beruf, den wir uns selbst ausgesucht hätten. Wir seien alle Schauspieler, mit unterschiedlichem Publikum, je nach Maske, die wir gerade tragen, je nach Leben, das wir gerade führen.«

Shan dachte darüber nach und ließ den Blick über das mondbeschienene Tal schweifen. »Es ist ein Zeitalter der geplagten Seelen«, stimmte er Lhakpa zu. »Ein Professor an einer berühmten buddhistischen Schule. Ein Dissident. Ein Strafgefangener. Ein Schneemönch. Ziemlich viele Leben für eine einzelne Seele.«

Lhakpa wurde sehr still. »Ich verstehe nicht ganz, Wachtmeister.«

»Mein Sohn wurde bei der 404. Arbeitsbrigade fast zu Tode geprügelt, weil er angefangen hat, Fragen über die Häftlinge zu stellen, die letztes Jahr aus Larung Gar eingetroffen sind.«

»Das tut mir leid. Ich werde für ihn beten.«

»Er wird es überleben. Vorher hat er noch etwas Komisches herausgefunden. Einer der Sträflinge, die mit dieser Kolonne eingetroffen sind, schien die anderen nicht zu kennen und manchmal sogar nicht auf seinen eigenen Namen zu reagieren.« Shan hielt inne und beobachtete die Lichter eines Fahrzeugs, das unter ihnen am Rand der Baustelle Streife fuhr. »Was natürlich verständlich ist, weil er keine Zeit hatte, sich in Sie zu verwandeln, Professor Lin. Oder Lhakpa. Wie viele Namen haben Sie noch benutzt?«

Lhakpa brauchte lange, um zu antworten. Als er schließlich das Wort ergriff, zitterte seine Stimme. »Es war nicht meine Idee. Ich war dagegen, weil ich keinem anderen zumuten wollte, die mir zugedachte Bestrafung zu erleiden. Aber es hieß, er habe sich freiwillig dafür gemeldet, meinen Platz im Lager einzunehmen. Er habe keine Familie, lande nicht das erste Mal im Gefängnis und sei daher sicher, es aushalten zu können. Er war ungefähr in meinem Alter und von gleicher Statur, also würde er all jene täuschen können, die mich nicht gut kannten. Man sagte, ich würde auf dem Berg gebraucht, denn ich könne Berge auf eine einzigartige Weise verstehen.«

»Auf wissenschaftliche Weise, soll das wohl heißen«, mutmaßte Shan. »Als Geologe und Ingenieur. Wer waren diese Leute?«

»Die *purbas*, wie sie sich nennen, die Widerstandsbewegung. Zunächst waren sie auch hier, aber die Alten haben sie weggeschickt, weil sie anfingen, gewaltsame Lösungen vorzuschlagen. Manche von ihnen haben sich da unten als Arbeiter anstellen lassen und sind mit Jaya in Verbindung geblieben.« Lhakpa griff in eine Tasche. »Stört es Sie?«, fragte er und zog eine Schachtel Zigaretten hervor. Shan hatte ihn noch nie rauchen gesehen. »Der Schneemönch raucht nicht«, sagte Lhakpa verlegen, »aber der Professor hat oft geraucht, schon seit dem Studium. Ich dachte, ich hätte es mir abgewöhnt, aber die letzten Tage, als wir ständig vor der Öffentlichen Sicherheit fliehen mussten, waren nervenaufreibend.« Er zündete sich eine Zigarette an. »Ja«, sagte er dann. »Geologie und Ingenieurwesen. Als ich siebzehn war, hat die Schule mich zu einer akademischen Kommission geschickt, wie das damals hieß. Das waren bloß ein paar junge Parteimitglieder mit Abschlüssen in sozialistischer Philosophie oder so. Ich wurde nie gefragt, ob ich überhaupt auf die Universität gehen oder welches Fach ich studieren will.« Er zuckte die Achseln. »Falls ich die Wahl gehabt hätte und falls alles beim Alten geblieben wäre, wäre ich in ein Kloster gegangen.«

»Sie hätten einen weisen Lama abgegeben«, sagte Shan.

Lhakpa gab ein Geräusch von sich, das zugleich verbittert und belustigt klang. »Geologie und Ingenieurwesen. Das wären die Wissenschaften des Fortschritts, hieß es, denn man müsse so viele Minen eröffnen und so viele Berge einebnen, so viele Befestigungsanlagen und Dämme bauen. Unsere Eltern waren zu dem Zeitpunkt schon nicht mehr am Leben, und mein Bruder hatte sich irgendeinem unregistrierten alten Bonpo-Mönch angeschlossen, also musste ich vom Schlimmsten ausgehen. Ich wurde erst Ingenieur und später dann Professor. Man zog mich zu besonders herausfordernden Projekten hinzu. Das letzte war ein Damm zur Flutung eines Tals in der Provinz Heilongjiang, oben an der Grenze zu Russland. Ich leitete das Vermessungsteam und stieß auf ein Dorf der Oroqen. Das ist eine alte Stammeskultur mit nur noch wenigen tausend Angehörigen. Bei meiner Rückkehr berichtete ich wahrheitsgemäß, dass es in der Region bessere Standorte für den Damm gab und hier zudem ein einheimisches Dorf gefährdet war, dessen Bewohner schon seit Jahrhunderten dort lebten. Nein, hieß es, man werde bei diesem Tal bleiben, denn auch diese Leute müssten im einundzwanzigsten Jahrhundert ankommen. Der Damm wurde als Vorwand für politische Ziele missbraucht, als eine Rechtfertigung für die Vernichtung dieser alten Kultur. Am nächsten Tag bin ich gegangen. Ich habe nicht nur das Projekt verlassen, sondern auch die Universität, und bin, ohne jemandem davon zu erzählen, nach Larung Gar gefahren, zu der großen Lehranstalt, weil ich gehört hatte, dort könne man neu anfangen und das Leben eines Mönchs oder einer Nonne erlernen, egal, wie alt man sei oder welches Leben man zuvor geführt habe.«

»Sie haben Ihre tibetischen Wurzeln geehrt«, sagte Shan.

»Meine Seele war vertrocknet und eingeschrumpft. Zum ersten Mal im Leben habe ich mich um sie gekümmert. Ich habe nie vergessen, was ein alter Lama mir einmal gezeigt hat, nämlich die jahrhundertealten Aufzeichnungen eines anderen Lama. Der Mann schrieb, er breche auf, um ein Schneemönch zu werden. Er werde hoch auf einen Berg ziehen, um dort einige Jahre bei ihm zu sitzen, bis nur noch der Berg übrigbleibe. Eine Zeit lang schien mir das so erstrebenswert wie nichts anderes auf der Welt.«

»Aber Sie konnten Ihr Leben dann doch nicht vollständig hinter sich lassen«, vermutete Shan.

Lhakpa nickte. »Nach ein paar Monaten in Larung Gar haben meine Lehrer herausgefunden, wer ich war. Sie sagten, es sei meine Pflicht, mein Wissen zu teilen, und dass es in Larung Gar um das Verständnis sowohl der spirituellen Welt als auch der Natur gehe. Es gab dort Bonpo-Lamas, die ganz begeistert von meinen geowissenschaftlichen Veröffentlichungen waren, weil, so sagten sie, ich die Magie der Erde demonstriere. Ich hatte das noch nie so gesehen, aber allmählich wurde mir klar, dass sie recht hatten. Die gewaltigen Ankerberge, die ihnen als Heiligtümer galten, waren auch aus wissenschaftlicher Sicht heilig, denn sie stellten den Ursprung so vieler Ökosysteme und aller großen Flüsse Asiens dar. Die Umweltexperten mit Studienabschlüssen würden eben auf ihre Weise andächtig Buße tun, sagten die Lamas, was auch nötig sei, weil so viele für so lange Zeit den Respekt vor der Erde verloren hätten. Einer von ihnen verkündete, die Erde teile sich so vielfältig mit, dass wir sie nicht immer verstehen würden, und meine Wissenschaft sei eine der Sprachen der Erdmagie. Sie sei eine Brücke, sagte er, eine Mittlerin, um all jene zu verbinden, die auf unterschiedliche Art die Erde verehrten. Dann kam dieser Lama vor anderthalb Jahren eines Nachts zu mir und fing an, leise von einem Ort namens Gekhos Zuhause zu erzählen.«

»Der Schneemönch war also bloß eine Verkleidung«, sagte Shan.

»Keineswegs. Wie schon gesagt, das war meine Absicht, als ich nach Larung Gar gegangen bin. Sogar in Yangkar habe ich mich noch eine Weile an diesen Traum geklammert, bevor es hier ernst wurde. Aber dieser Lama Tsomo Rabten hat mich mit seinen Geschichten über Gekhos Zuhause umgestimmt.«

Shan neigte den Kopf. Er hatte diesen Namen zuvor schon gehört. »Tsomo war der Lama, der am ersten Oktober gestorben ist.«

Lhakpa nickte. »Als die Steinstelen umgestürzt wurden. Seine Seele war mit ihnen verbunden, Shan, davon bin ich fest überzeugt. Er gehörte noch zu einer früheren Generation, deren Zugang zu so manchem Wunder uns heutzutage verwehrt bleibt.«

»War Tara, Ihre andere Nichte, auch in Larung Gar? Ist alles, was Sie mir von ihr erzählt haben, eine Lüge?«

Lhakpa zog an seiner Zigarette und blies eine lange silbrige Rauchwolke zum Himmel empor. »Es tut mir leid, Shan. Jaya sagt, die Götter hätten mir die Ziege geschickt, damit ich ehrlich bleibe. Tara war meine Nichte, ja, aber sie ist nicht auf dem Heimweg aus dem Internat gestorben. Sie ist tatsächlich von dort weggegangen, aber dann zu mir nach Larung Gar gekommen. Und sie hat an unseren geheimen Treffen über das Tal der Götter teilgenommen. Sie war temperamentvoll, eine Anführerin, und hat offen ihre Meinung geäußert, die Leute in Larung Gar seien Tibet etwas schuldig.«

»Jemand aus diesem Institutsteam, das nach Yangkar gekommen ist, hat Sie aus Larung Gar wiedererkannt«, äußerte Shan einen Verdacht.

»Der Fotograf hat dort mit Jiao zusammengearbeitet, und eine seiner Aufgaben bestand darin, all jene abzulichten, die Jiao als Unruhestifter gebrandmarkt hatte. Ja, er hat mich wiedererkannt. Er war verwirrt, denn er muss gewusst haben, dass ich ins Gefängnis abtransportiert worden war. Ihr Stellvertreter hat mich an jenem Tag gerettet.« Lhakpa seufzte. »Sie wissen, warum die dort waren, nicht wahr, Shan?«

»Um die Maßnahmen zu planen, durch die Yangkar zum Verwaltungszentrum des Projekts wird«, sagte Shan.

Lhakpa nickte traurig. »Das wird das Ende des heutigen Yangkar sein. Die vergiften alles, was sie berühren.«

* * *

Unten im Tal hatten Huans Männer auf der Ladefläche eines Pick-ups einen großen Suchscheinwerfer montiert und leuchteten damit nun die Arbeiterunterkünfte ab. Die Baustelle wirkte mehr und mehr wie ein Gefängnis.

»Wir können den Staudamm nicht aufhalten, Professor«, sagte Shan.

»Einfach nur Lhakpa. Das andere Leben ist vorbei. Und wir *müssen* den Staudamm aufhalten. Die jungen Leute reden schon offen von Gewalt und wollen die Maschinen und Gebäude niederbrennen.«

»Das wäre Selbstmord«, sagte Shan. »Und man würde auch ihre Familien zur Rechenschaft ziehen.« Neue Direktiven besagten, dass es schon strafbar war, einen Angehörigen zu haben, der als Dissident oder Saboteur galt.

Lhakpa nickte bekümmert. »Damit wäre nichts gewonnen«, räumte er ein.

»In Tibet ist Gewinnen manchmal das Gleiche wie Aushalten«, flüsterte Shan.

Sie schauten der schmalen Weihrauchfahne hinterher, die zu den Sternen aufstieg. An solchen Fäden hingen Leben.

»Aber es ist *wirklich* die falsche Stelle«, sagte Lhakpa nach geraumer Zeit. »Die geologische Beschaffenheit passt nicht, der Fels weist zu viele Risse auf. Seismische Tests haben das bestätigt, aber diese Unterlagen sind alle verschwunden, und nichts mehr weist auf die Ergebnisse hin.«

»Weswegen Sun Lunshi versucht hat, entsprechende Landkarten herzubringen«, sagte Shan.

Lhakpa nickte. »Die ökonomische Kalkulation stimmt auch nicht. Die Kosten der Überlandleitungen und der Leistungsverlust während des Stromtransports machen das ganze Projekt unwirtschaftlich. Aber diese Gegend ist der Regierung schon seit Jahrzehnten ein Dorn im Auge. Zu tibetisch. Zu religiös. Zu suggestiv, dass wir nicht die sind, die wir zu sein glauben.«

»Wie bitte?«

»Die Tibeter sind hier nicht einfach dem Boden entsprungen, sondern vor langer Zeit aus dem Westen und Norden eingewandert. Ihre Vorfahren sind Reiterstämme aus Zentralasien, nicht aus China. Die Höhle und diese Steinstelen waren ein Beweis dafür, aber …« Lhakpa zuckte die Achseln und starrte in die Glut seiner Zigarette. »Ich habe es mit Wissenschaft versucht. Mit logischer Beweisführung. Mit Mitgefühl. Was bleibt mir noch?«

»Das Gebet?«, fragte Shan sich laut.

Er sah den Anflug eines Lächelns auf dem Gesicht des Professors. »Die alten Leute in der Höhle vorhin, die haben da schon Monate vor der Sprengung gebetet, nämlich seitdem diese Vermesser des Instituts zum ersten Mal in dem Tal aufgetaucht sind. Nun beten sie rund um die Uhr, bei Tag und bei Nacht, in Schichten. Sie beten für das Tal, für Gekho, für die Amerikanerin. Wir wissen nicht, wie lange es dauert, bis die Öffentliche Sicherheit sie entdeckt, aber sie werden nicht fliehen. Die Öffentliche Sicherheit wird sie festnehmen. Und dieser Leutnant Huan wird sie als Saboteure und Verräter bezeichnen.«

»War das auch der Vorwurf gegen die anderen aus Larung Gar?«

Lhakpa seufzte. »Wie ich höre, ist die 404te ein schrecklicher Ort.«

»Letzte Woche hat dort ein Treffen stattgefunden. Jiao und Leutnant Huan waren dabei, außerdem ein Mann namens Major Xun, ein Adjutant des Bezirkskommandanten. Danach wurden alle Larung-Gar-Sträflinge in Einzelhaft gesteckt. Das bedeutet, sie sollen einzeln verhört werden, wahrscheinlich mit brutalen Mitteln.«

Die Neuigkeit schien Lhakpa wie ein schmerzhafter Hieb zu treffen. Er barg kurz das Gesicht in beiden Händen. »Unsere Welt ist ein dermaßen zerrütteter Ort, Shan. Meine Seele fühlt sich manchmal so verwittert an, dass sie beim nächsten Windstoß einfach davongeweht werden könnte. Vielleicht sollten wir alle Schneemönche werden und uns in die Berge zurückziehen.«

»Das habe ich versucht. Aber mir ist bloß kalt geworden.«

Lhakpa stöhnte beifällig und seufzte. »Der Ursprung dieser Auseinandersetzung liegt nicht hier im Tal, sondern in Larung Gar. Zuerst waren es nur die beiden, Jiao und Xun. Jiao kam von irgendeinem hohen politischen Posten in Lhasa und spielte sich als Experte für die Unterwerfung von Tibetern auf. Xun gehörte vorher einer paramilitärischen Einheit an, die bei sozialen Unruhen eingesetzt wurde. Die zwei sind eines Tages bei unserem Morgengebet aufgetaucht, haben sich durch die Reihen der Mönche und Nonnen gedrängt und uns mitgeteilt, sie würden das neue Komitee für Wiederaufbau und Sicherheit leiten. Der oberste Lama, unser Abt, wollte sie segnen und hat ihnen Gebetsschals umgelegt. Sie haben nur gelacht, und Jiao hat sich mit dem Schal die Nase geputzt. Am nächsten Morgen fuhren sie mit einer Limousine vor, gefolgt von Kranwagen und Planierraupen. Dann ließen sie eine Sirene ertönen, wenngleich keiner von uns wusste, was das bedeuten sollte. So ging das dann mehrere Wochen lang. Die Sirene war ein Warnsignal, und fünf Minuten später machten die Planierraupen und Abrissbirnen sich ans Werk. Sie walzten kurzerhand die Schulgebäude nieder, ohne vorher zu überprüfen, ob sich noch jemand darin aufhielt. Mehrere unserer Studenten haben furchtbare Verletzungen erlitten. Der Abt und ich haben uns bei Jiao und Xun beschwert. Sie sagten, wir sollten ihnen dankbar sein, denn sie würden eine neue, gesunde Gemeinde errichten, in der es allen sehr viel besser ginge. Sie haben uns sogar ihre Pläne gezeigt. Die neuen Betonbauten sahen eher nach einem dieser Umerziehungslager aus als nach einer buddhistischen Lehranstalt. Ich habe meine Wut heruntergeschluckt und angemerkt, dass das Gelände auf den Zeichnungen nicht annähernd groß genug sei. Da haben sie wieder gelacht und gesagt, mehrere Tausend von uns müssten gehen, zu unserer eigenen Sicherheit. Und sie haben uns Jacken mit ihrem lächerlichen Slogan angeboten.«

»Sicherheit in Heiterkeit«, sagte Shan.

Lhakpa nickte. »Ich sagte, sie hätten nicht das Recht, eine friedliche Gemeinschaft zu attackieren. Da nannten sie mich bei meinem chinesischen Namen und sagten, ich solle mich glücklich schätzen, dass ein Verräter wie ich ins Exil gehen durfte, anstatt ins Gefängnis geworfen zu werden. Die Regierung könne ihre Meinung aber jederzeit wieder ändern. Das war mir egal. Was die da machten, war falsch, ebenso falsch wie das, was diesen armen Menschen in der Provinz Heilongjiang angetan wurde und was nun hier im Tal der Götter stattfindet. Ich musste mir einen anderen Platz für meinen Unterricht suchen, aber das neue Komitee wusste immer schon Bescheid und hat mich sabotiert. Die Räume waren dann angeblich überfüllt oder hatten keine amtliche Freigabe, oder meine Studenten waren nicht offiziell eingeschrieben. Eines Abends wurde das Gebäude, in dem ich tagsüber unterrichtet hatte, dem Erdboden gleichgemacht. Am nächsten Abend, als ich unter freiem Himmel unterrichtet habe, wurde meine Unterkunft abgerissen. Dann haben Xun und Jiao mir befohlen, ich solle verschwinden. Ich sagte, was sie in Larung Gar und bei den Fünf Klauen täten, sei illegal, und falls sie nicht aufhörten, würde ich eine Pressekonferenz einberufen und bekanntgeben, dass der neue Staudamm keines der üblichen Testverfahren durchlaufen hatte. Wir dachten, wir könnten den Damm als eine Art Druckmittel benutzen und ihn letztlich gegen sie verwenden. Sie zogen sich für ein paar Tage zurück. Wir bildeten ein eigenes Komitee, unabhängig vom Abt und der Schulleitung, die nicht riskieren konnten, ihre chinesischen Aufseher zu verärgern. Wir organisierten Sit-ins und umzingelten die Abrissmaschinen mit Hunderten von Mönchen und Nonnen, die Mantras rezitierten. Wir hielten eine Gebetswache mit mehr als tausend Leuten ab und blockierten achtundvierzig Stunden lang eine wichtige Straßenkreuzung. Metok brachte das Personal mehrerer nahegelegener Hotels dazu, sich uns anzuschließen, was den Hotelbetrieb unmöglich machte.«

Shan lief ein Schauder über den Rücken. »Metok? Aber Metok war doch hier, bei den Fünf Klauen.«

»Nicht bis vor etwa acht Monaten. Er hatte westlich von Lhasa an einem Straßenprojekt gearbeitet, das abrupt eingestellt wurde. Sein nächster Posten war der eines Ingenieurs beim Komitee für Wiederaufbau und Sicherheit in Larung Gar. Er war Jiaos Mann, wenigstens dachte

Jiao das. Aber in Larung Gar hat er sich geändert. Er nahm an unseren Gebeten teil. Eines Abends sagte er, er wolle helfen. Tara schlug vor, er könne Karten für uns zeichnen, mit Rückzugsorten und Verstecken in den Bergen. Er wurde ein enger Freund und hat sogar einige unserer Gebäude vor den Planierraupen gerettet.«

Shan überlegte angestrengt. Er musste die Puzzleteile wieder voneinander trennen und von vorn anfangen. »Aber warum hat Jiao ihn dann in dieses Tal gebracht?«

»Jiao hat ihm die Stelle verschafft. Eine große Beförderung. Der Grund dafür war, dass Jiao ihn im Auge behalten wollte. Inzwischen glaube ich, dass Jiao nach einer Möglichkeit gesucht hat, ihn auszuschalten.«

»Weil Metok Sympathien für die anderen Tibeter gehegt hat?«

»Weil er gesehen hat, wie Jiao und seine Komplizen meine Nichte Tara ermordet haben.«

Das verschlug Shan einen Moment lang die Sprache. »Ist das beim Abriss eines der Gebäude passiert?«, fragte er dann.

Lhakpa musterte den glühenden Stummel seiner Zigarette und wollte sich noch eine nehmen, überlegte es sich dann aber anders. Er griff in eine andere Tasche, holte einen weiteren Weihrauchkegel hervor und zündete ihn mit der Zigarette an. »Deren Komitee hat eine Liste mit Agitatoren veröffentlicht und sie vor weiteren Aktivitäten gewarnt«, erzählte er. »Dabei kamen alle Lieblingsbegriffe der Propagandamaschinerie zum Einsatz. Antisozialistische Rowdys. Reaktionäre. Hitzköpfe. Sogar Außenseiter, obwohl nur die Götter wissen, was das in Larung Gar bedeuten sollte. Dort war jeder ein Außenseiter. Manche auf der Liste haben die Warnung ernst genommen und sind gegangen. Tara hingegen hat ihre Bemühungen verdoppelt, hat noch mehr Treffen abgehalten, hat eigene Flugblätter über Religions- und Meinungsfreiheit gedruckt und sie in den Notquartieren verteilt, die für immer mehr Menschen zur Zuflucht wurden. Dabei hat sie nie schlecht über Jiao und Xun gesprochen, auch nicht über deren Vorgesetzte in Peking. Es ging stets ums Beten und das unerschütterliche Festhalten am buddhistischen Weg des Mitgefühls. Sie hat die Leute ermutigt, Blumen an die Soldaten zu verteilen und mit jeder Blume ein Gebet für den Betreffenden zu verbinden. Sie gewann eine Anhängerschaft, und ihre Treffen wurden immer größer. Jiao hasste sie, musste sich aber vorsehen, weil ständig Funktionäre aus Peking zu Besuch kamen und die Zahl der Touristen dermaßen anstieg, dass neue Hotels gebaut wurden. Larung Gar entwickelte sich zu einem Geschäftsmodell, das verantwortungsvoll geführt werden musste, so hat Jiao das beschrieben. Es gab zudem Gerüchte über Menschenrechtsbeobachter, die heimlich in die Stadt gekommen seien, und auch um die musste man sich kümmern. Die Öffentliche Sicherheit spielte eine immer wichtigere Rolle. Huan traf ein. Tara hörte vom bevorstehenden Besuch eines Ministers aus Peking und plante zu seiner Begrüßung eine friedliche Demonstration. Sie wollte mit betenden Tibetern seine Limousine aufhalten und ihm Gebetsschals umhängen, damit der Mitfühlende Buddha ihm hoffentlich zu mehr Einsicht verhelfe. Für Jiao wäre ein solcher Vorfall überaus peinlich gewesen, denn er hatte uns gegenüber mehr als einmal betont, sobald Peking ihm eine Aufgabe zuweise, dulde er keinerlei Einmischung. Er geriet in Wut. ›Das Mutterland wird derlei Obstruktionen nicht hinnehmen!‹, brüllte er Tara oft an. Meine Nichte berief ein Treffen ein. Es fand auf einem Sims über einer Gebäuderuine statt. Jiao und Xun hatten eine Informantin in Taras Gruppe. Mir kam diese Nonne und vermeintliche Freundin ziemlich schnell verdächtig vor, denn sie schien nur wenige der Gebete zu kennen. Und es war diese junge Nonne, die Tara von dem Sims erzählt und es als geeigneten Treffpunkt vorgeschlagen hat. Sie führte Tara dorthin. Wir konnten von oben alles sehen. Wir beteten mit Metok und einer Freundin bei einem alten Pilgerschrein und wollten danach an dem Treffen teilnehmen. Tara war zu früh dran und allein. Auf einmal kamen Jiao, Xun, Huan und ein Armeeoffizier aus einem Versteck zum Vorschein. Es ging alles so schnell. Sie drängten sie zum Rand der Klippe und schrien sie an. Dann blitzte es mehrmals auf. Tara griff sich an den Bauch und brach zusammen. Xun und Huan hatten Pistolen in der Hand. Sie hatten sie erschossen. Dann stieß Jiao sie mit einem Tritt über die Kante. Sie landete inmitten der Betontrümmer. Nur wenige Minuten später wurde der Schutt von Planierraupen, Baggern und Lastwagen weggeräumt. Wir haben fast einen Tag gebraucht, um ihren Leichnam auf der Müllkippe wiederzufinden.«

Es näherten sich Schritte. Jaya gesellte sich zu ihnen und setzte sich neben den Schneemönch. Kurz darauf tauchte die kleine Ziege auf, ließ sich neben der Frau nieder und schmiegte sich an ihr Bein.

Es geht um die Ziege. Der Satz ergab für Shan plötzlich einen Sinn. Sie hatten das Todesdiagramm missverstanden. Auf ihm wurde nicht die Mutter Beschützerin angerufen, auf ihm standen nicht die Namen einer Göttin und des Hageljägers. Es waren nicht zwei tibetische Namen, sondern nur einer, nämlich der einer lebhaften jungen Frau, die nach der Mutter Beschützerin benannt worden war, die Nichte von Lhakpa und dem Hageljäger. Die neugierige Ziege, die so beharrlich bei Lhakpa blieb, war Tara. Als Mensch, vor ihrer Ermordung, war sie Tara Namdol gewesen. Dieser Name stand auf dem beklemmenden Todesdiagramm, das der vierte Täter erhalten hatte, der Armeeoffizier, der nun der Direktor der 404ten war.

Shan umklammerte unwillkürlich das *gau* unter seinem Hemd. »Und dann stand das Wort von ein paar Tibetern gegen das von zwei leitenden Funktionären«, flüsterte er.

»Metok und seine Freundin wollten sie direkt zur Rede stellen. Aber wir anderen sagten nein, wir müssten auf den richtigen Moment warten, den richtigen Ansprechpartner, das richtige Druckmittel.«

»Das würde doch trotzdem nichts daran ändern, dass hier einige lästige Tibeter zwei von Pekings Lieblingssöhnen mit Schmutz bewarfen.«

»Nicht ganz. Wir hatten ein Video.«

Shan musste sich verhört haben. Er sah Lhakpa an. »Wollen Sie etwa andeuten, es existiere eine Aufnahme des Mordes?«

»Nicht nur andeuten. Es gibt sie. Tara hatte den Leuten eingeschärft, sämtliche Begegnungen mit Behördenvertretern möglichst aufzuzeichnen, denn diese Aufzeichnungen ließen sich womöglich ins Ausland schmuggeln, damit die ganze Welt von den Gräueltaten in Larung Gar erfahren würde. Unsere Besucherin hatte daher ihr Telefon in der Hand, um alles von oben zu filmen. Sie dachte, man wolle Tara vielleicht verprügeln.«

»Welche Besucherin?«

»Metoks amerikanische Freundin. Eine starke Frau, die viel gelächelt und sich sehr für Geschichte interessiert hat.«

In Shans Kopf schien sich alles zu drehen. Wie hatte ihm das entgehen können? Sie hatte ihrem Vater geschrieben, sie habe etwas Schreckliches gesehen, schaffe es aber zunehmend, die Dinge auf tibetische Weise zu betrachten. »Sie meinen Natalie Pike.«

Lhakpa nickte. »Es war ihre Idee, nachdem wir die anderen davon überzeugt hatten, das Video zurückzuhalten. Am nächsten Tag wurde verlautbart, Jiao sei wegen seiner Erfolge in Larung Gar zum stellvertretenden Direktor des Fünf-Klauen-Projekts ernannt worden. Sie sagte, wir könnten das Video eventuell irgendwie einsetzen, um den Staudamm aufzuhalten. Doch dann wurden wir sechs von Huan verhaftet.«

»Ich war gerade erst eingetroffen, mit Freunden aus den Bergen«, warf Jaya ein. »Ich habe für Natalie und Metok Pferde besorgt, und wir sind geflohen.«

»Und wo ist dieses Video jetzt?«

»Niemand würde sich trauen, es zu senden, weil die Öffentliche Sicherheit die Netze in Tibet fast vollständig überwacht«, erklärte Lhakpa. »Natalie hat uns zuletzt erzählt, das Video befinde sich in sicheren Händen, bei einem namenlosen Freund in Lhasa. Und noch bevor das Fundament der Staumauer gegossen werde, würden wir Jiao damit konfrontieren.«

»Er wusste also nichts davon.«

»Inzwischen muss er es wissen«, sagte Jaya. »Nach Metoks Verhaftung wurde sein Zimmer durchsucht. Metok hat bestimmt nicht freiwillig darüber geredet, aber die setzen bei ihren Verhören Drogen ein.«

»Und diese Drogen lockern absolut jede Zunge«, bestätigte Shan. »Sie wissen demnach, dass die Amerikanerin das Video mitgenommen hat und es nun irgendwo in Lhasa ist. Wie lange haben Metok und Natalie sich gekannt?«

»Ein paar Wochen. Bevor er nach Larung Gar kam, war er bei diesem Brückenprojekt, das eingestellt wurde, als man auf das alte Lager der Grünen Standarte stieß, an dessen Ausgrabung sie mitgearbeitet hat. So haben die beiden sich getroffen. Metok hat Natalie nach Larung Gar eingeladen, damit sie eine buddhistische Lehranstalt kennenlernen und sehen würde, dass der Buddhismus unter den Tibetern immer noch gedeiht. Natalie und Professor Gangfen haben ihn sogar zu Hause in Lhasa besucht.«

Als Shan begriff, was das bedeuten musste, erschrak er. Er sah die ängstliche Frau und ihre halbwüchsige Tochter ganz deutlich vor sich. »Wir müssen sie warnen!«, rief er. »Der geheime Tibeter in Lhasa – das muss Metoks Witwe sein!«

Lhakpa sah erst Shan und dann Jaya an, die verwirrt den Kopf neigte. »Aber Metok war nie verheiratet, Shan«, sagte sie.

KAPITEL SECHZEHN

Die Pferde galoppierten den Berg hinab. Der lange gewundene Pfad schimmerte silbern im Mondschein. Shan befürchtete, sein Tier könne stolpern, doch er bezwang seine Angst und trieb es weiter an. Zhu saß neben ihm geduckt im Sattel. Jaya sang ihrem Pferd ein Lied vor, und ihr *khampa*-Führer jauchzte vor Freude.

Nach der Rückkehr zum Lagerplatz hatte Shan nicht einschlafen können und sich dann plötzlich kerzengerade aufgesetzt. »Amah Jiejie«, keuchte er und schüttelte verzweifelt Zhu wach. »Wir müssen sofort aufbrechen!«

»Es ist mitten in der Nacht«, protestierte Zhu.

»Wir müssen Amah Jiejie warnen! Das Satellitentelefon liegt im Wagen!«

»Wachtmeister?« Zhu rieb sich den Schlaf aus den Augen.

»Metok war nie verheiratet! Seine angebliche Frau ist eine Spionin! Metoks Witwe ist eine Spionin. Eine falsche Nonne hat Tara in den Tod geschickt. Das muss ein und dieselbe Frau sein. Die Spionin lockt Amah Jiejie in die Berge, um sie zu töten!«

Lhakpa wachte ebenfalls auf. »Ich verstehe nicht, was Sie meinen«, sagte er.

»Metoks Frau hat die Assistentin des Obersts gebeten, sie zu einem entlegenen Schrein zu begleiten. Ich dachte, Tan sei unverwundbar. Aber es gibt eine Möglichkeit, ihn zu vernichten. Die wollen Amah Jiejie ermorden.«

Zhu begriff endlich und zog sich fluchend die Stiefel an. Jaya stand auf und schürte die Glut des Feuers.

»Ihr werdet den Pfad im Dunkeln nie finden«, warnte Lhakpa.

»Der Mond geht auf«, sagte Shan.

»Nein, wartet«, bat Jaya. »Packt eure Sachen und wartet hier.« Die Tibeterin rannte den Hang hinauf. Zehn Minuten später kam sie mit dem *khampa* und vier Pferden zurück.

Sie erreichten Amah Jiejie nicht mehr rechtzeitig vor ihrem Aufbruch, aber der von Tan entsandte Hubschrauber fing sie ab, bevor sie sich mit Metoks Witwe treffen konnte. Auf diese Weise war es ihr möglich, die Frau anzurufen und sich zu entschuldigen. Sie sei in letzter Minute zu einer Sitzung beordert worden und verspreche, schon bald einen neuen Termin für den gemeinsamen Ausflug vorzuschlagen.

* * *

Vierundzwanzig Stunden später hielt Shan bei dem kleinen Schrein auf der steinernen Rampe inne, die er hinaufstieg, und bedankte sich ein weiteres Mal dafür, dass Amah Jiejie gerettet werden konnte. Er betrat den Potala-Palast stets auf die traditionelle Weise, die jahrhundertelang üblich gewesen war, nämlich über die lange steile Rampe, die zum Südeingang führte. Unterwegs dachte er darüber nach, wieso Pike von ihm verlangt hatte, er solle sich mit Metoks Frau ausgerechnet im Potala verabreden. Als Shan auf halber Strecke eine Verschnaufpause einlegte, fiel ihm das Foto ein, das Natalie ihrem Vater geschickt hatte. Sie hatte den Potala gemeinsam mit Professor Gangfen besucht und auf dem Bild beim Anblick des riesigen buddhistischen Palasts sehr zufrieden gelächelt. Der Potala stellte für Cato Pike daher wohl weniger einen Ort der Schönheit als vielmehr einen Ort seiner Tochter dar, vielleicht einen der letzten Orte auf Erden, an denen sie glücklich gewesen war.

Die Dachterrasse des Roten Palasts, des kastanienbraunen Zentrums des Komplexes, war fast leer, als Shan dort eintraf und sich dem beeindruckenden Ausblick über Lhasa und Umgebung zuwandte, über den Fluss, den Bahnhof und die schneebedeckten Berge in weiter Ferne. In den wenigen Jahren seit Shans erstem Besuch hatte Lhasa sich eindeutig zu einer chinesischen Stadt entwickelt, doch hier und da gab es noch ein paar althergebrachte Viertel, und der Jokhang-Tempel im alten Bezirk Barkhor stand als Überlebender des Ansturms der Jahrhunderte wie ein trotziges tibetisches Symbol da. Die Dalai Lamas, deren einstige Privatquartiere nur wenige Schritte von Shan entfernt lagen, hatten gewiss den gleichen Ausblick genossen, allerdings über eine andere, einfachere Welt. Zumindest hier in dem schmucklosen Steinpalast hatte ein Teil dieser Welt überdauert.

Die Frau, die Shan als Metoks Witwe kennengelernt hatte, traf eine Viertelstunde nach seiner Ankunft bei ihm ein. Ihr Haar war am Hinterkopf zu einem Pferdeschwanz zusammengefasst. Sie trug Make-up und goldene Ohrringe und wirkte modisch, sogar attraktiv, mehr wie die Fremdenführerin, als die sie angeblich arbeitete. Das konnte durchaus ihr Beruf sein, solange man ihr keinen Sonderauftrag zuwies, erkannte Shan, denn hübsche junge Reiseleiter wurden oft darauf angesetzt, westlichen Touristen Informationen zu entlocken, bisweilen sogar bei einem nächtlichen Stelldichein. Shan musste plötzlich an eine Fremdenführerin denken, die er vor vielen Jahren als naiver Zwanzigjähriger bei seinem ersten Besuch in Peking getroffen hatte. Sie konnte eigentlich mit nichts von historischem Interesse aufwarten, sondern nur mit vorgefertigten Texten über die Horden von Sklaven, die ihr Leben beim Bau der Gebäude gegeben hatten, und die unverzeihliche verschwenderische Gier der Aristokraten. Sie hatte Jiang geheißen, fiel ihm nun ein, weil das auch der Name von Maos skrupelloser Frau gewesen war, die damals als Mitglied der Viererbande großen Einfluss auf die Regierung ausübte. Während Shans Blick nun weiterhin auf Lhasa ruhte, beschloss er, die Verräterin an seiner Seite in Gedanken Madame Jiang zu nennen.

»Der Bau des Roten Palasts wurde zu Lebzeiten des fünften Dalai Lama im siebzehnten Jahrhundert begonnen«, sagte Madame Jiang unvermittelt, »wenngleich es hier schon tausend Jahre lang Festungen und Tempel gegeben hatte.«

»Da spricht die geübte Fremdenführerin«, stellte Shan fest.

Die Frau nickte und nutzte eine vorbeiströmende Touristengruppe, um sich an ihn zu drücken, wie ihre Ausbildung dies offenbar vorsah. »Beim Tod des Fünften war der Bau noch im Gange, daher hielt der Regent den Todesfall geheim, bis die Arbeiten zwölf Jahre später abgeschlossen werden konnten. In der Zwischenzeit hieß es, der Dalai Lama befinde sich in einer Einsiedelei, auf Pilgerfahrt oder bei spirituellen Konsultationen. Das tibetische Volk wurde zwölf lange Jahre betrogen.«

Shan überlegte, ob diese Worte Teil eines offiziellen Textes waren. Ja, folgerte er, denn sie ließen die buddhistischen Führer unaufrichtig erscheinen. »Ich habe mich immer nach dem Grund für diese Lüge gefragt«, sagte er. »Eine Verschwörung des Regenten, um an der Macht zu bleiben? Oder wollten die Bauhandwerker ihre Aufträge nicht verlieren? Und was hat man eigentlich die ganze Zeit mit seinem Leichnam gemacht?«

Die Frau hob den Kopf und setzte das traurige Lächeln auf, das er aus Metoks Wohnung kannte. »Ganz der neugierige Ermittler.«

»In Tibet hat schon immer ein Rätsel das andere abgelöst«, erwiderte Shan. »Heute mehr als je zuvor.« Er sah sie an. »Wurde der Körper Ihres Mannes freigegeben?«, fragte er.

»Er wurde verbrannt«, sagte sie. »Mir ist nur eine Schachtel Asche geblieben.«

Shan dachte an den Leiter des Krematoriums, der mit Huan zusammenarbeitete. Hatte man ihr tatsächlich eine Schachtel Asche gegeben, um ihre Tarnung zu unterfüttern? Er lehnte sich an die Brüstung der Terrasse und schaute dabei zu, wie weitere Reisegruppen das Dach betraten. Eine davon bestand nur aus Westlern. Cato Pike trug einen langen Mantel und hatte sich einen Hut so tief in die Stirn gezogen, dass Shan ihn zwischen den Touristen kaum wiedererkannte. Bleiben Sie in der Sonne, hatte der Amerikaner ihn gebeten. Das ist besser für die Kamera.

»Der sechste Dalai Lama hat auch hier gelebt«, sagte Shan. »Der Taugenichts. Es heißt, man habe am unteren Ende der Rampe eigene Bordelle für ihn errichtet. Eines Nachts ist er verschwunden und wurde nie mehr gesehen. Manche behaupten, die Götter hätten ihn zur Strafe mitgenommen.«

Madame Jiang lächelte. »Die Geschichte hätte meinem Mann gefallen. Außer dass ich sagen würde, den Sechsten hat sein gerechtes Schicksal ereilt.« Sie ließ den Blick über die Menge schweifen, ohne auf Pike zu reagieren, der sich gerade sehr für die Skulptur einer Schlange zu interessieren schien. »In Ihrer Nachricht hieß es, Sie wüssten, wo die Sachen meines Mannes sind.«

»Bei einem seiner Arbeitskollegen.«

»Bei den Fünf Klauen?«

»Oberhalb von Gekhos Zuhause, ja.«

Sie überlegte. »Soll das heißen, die Sachen sind oben auf dem Berg?«

»Ein Rucksack, der ihm gehört hat. Mit einigen Unterlagen, einigen Werkzeugen, einem Telefon und einem Kompass. Es gibt da einen Lagerplatz, an dem er sich offenbar mit seinen tibetischen Freunden getroffen hat, bei einer Felsformation, die die Krallen heißt.«

Die Augen der Frau leuchteten triumphierend auf, dann fing sie sich wieder. »Ich wollte sowieso mal seinen Arbeitsplatz sehen«, sagte sie. »Als eine Art Abschied. Seine Sachen zu holen wird mir vielleicht ein Trost sein. Es ist ja so furchtbar.« Ihre Stimme brach, und sie hielt sich eine Hand vor den Mund, um ein Schluchzen zu unterdrücken. »In seinem Telefon sind bestimmt all seine Freunde gespeichert. Mit einigen von ihnen zu sprechen, wird den Schmerz womöglich lindern. Ich mache mich gleich auf den Weg.«

»Das geht nicht«, sagte Shan. »Es wäre zu gefährlich. Die Öffentliche Sicherheit ist auf dem Berg, darunter auch Leutnant Huan, der Ihren Mann ans Messer geliefert hat. Da ich jetzt weiß, wo der Rucksack ist, kann ich ihn bei meinem nächsten Besuch dort holen. Für einen Wachtmeister ist das nichts Ungewöhnliches. Die Öffentliche Sicherheit wird keinen Verdacht schöpfen. Ich hole einfach nur die Habseligkeiten eines Toten für seine Familie ab.«

Jiang nickte langsam. »Krallen. Wie der Fuß eines Habichts.«

»Ein großer *garuda*-Vogel hat früher den Berg und das Tal bewacht. Als die Götter ihn abberufen haben, hat er seine Klauen zurückgelassen. Die Tibeter sagen, es bedeutet, dass er immer noch Wache hält und auf den richtigen Augenblick wartet, sie zu beschützen.«

»Aber wissen Sie denn, wie Sie zu diesen Vogelklauen gelangen, Inspektor? Es muss doch schwierig sein, sich auf diesen Berghängen zurechtzufinden.«

»Die Stelle liegt an der Westflanke des gespaltenen Berges, über einem großen Feld aus Felsvorsprüngen«, erklärte er.

Sie wiederholte die Worte mit langsamem Nicken, lächelte dann abermals traurig, drückte ihm die Hand und machte sich auf den Weg.

* * *

Pike wartete, bis die Frau auf den Stufen unterhalb der Mauer auftauchte. Dann erst ging er zu Shan. »Sie sind ja eine richtige Plaudertasche, Herr Wachtmeister«, murmelte er und hob sein Telefon, um ihm ein Foto zu zeigen, das er von Shan und der Frau geschossen hatte. »Ein gerissenes Luder. Und vielseitig begabt, würde ich sagen.«

Shan sah ihn fragend an.

»Sie war an jenem Tag im Zug. Hat neben ihm gesessen und ein Gespräch mit ihm angefangen.«

Shan benötigte einen Moment. »Soll das heißen, sie hat mit Sun gesprochen, bevor er gestorben ist?«

»Die beiden schienen sich prächtig zu verstehen. Nach zwei Stunden ist sie nach vorn gegangen und hat für beide etwas zu essen geholt. Das weiß ich noch, weil ich drei Reihen hinter Sun saß und hoffte, der Platz neben ihm würde frei bleiben, damit ich selbst einen Kontaktversuch wagen könnte. Aber dann ist in letzter Minute diese Frau aufgetaucht, als der Himmelszug gerade losfuhr. Die Sitze dort sind reserviert, und sie hatte eine Karte für genau diesen Platz. Also musste ich warten, bis er selbst aufsteht, und ihm dann folgen.« Pike scrollte durch die Fotos der Frau. »Sun ist nicht zurückgekehrt. Sie blieb sitzen. Als ich eine Stunde später zu meinem Platz zurückkam, wühlte sie in einer Reisetasche. Erst später ist mir eingefallen, dass sie ohne Gepäck angekommen war. Das war seine Tasche. Sie hat nicht erwartet, dass er zurückkommen würde.«

Shan wandte sich zur Stadt um und schaute zu dem gedrungenen, an eine Festung erinnernden Bauwerk jenseits des Flusses. Dann sah er auf die Uhr. »Ich esse mit einer alten Kobra zu Mittag. Der Zug kommt in vier Stunden hier an. Wir treffen uns am Bahnhof.«

* * *

Der Oberst zögerte, als sie das schwere Eisentor des Anwesens außerhalb von Lhasa erreichten. Er war nervöser, als Shan ihn je erlebt hatte, und einen Moment lang dachte er, Tan würde seinen Fahrer anweisen, wieder umzukehren. Doch dann öffnete Tan die Wagentür, vergewisserte sich, dass niemand in dem baufälligen Torhaus saß, öffnete den Riegel höchstpersönlich, stieß das Tor auf und winkte den Wagen hinein.

»Früher hat man es das Einbahntor genannt«, erklärte Tan, als sie durch ein kleines Gehölz fuhren, »denn viele Besucher verließen dieses Gelände nur durch die Ausfahrt auf der Rückseite, im Laderaum eines Kleintransporters, entweder tot oder auf einen schnellen Tod hoffend. Der Kommissar hatte einen dieser Hüte mit breiter Krempe, wie die Tibeter sie tragen, beschloss aber, das Ding als einen Cowboyhut zu bezeichnen, wie in diesen amerikanischen Filmen. Und er hat sich einen Revolver mit langem Lauf und Lederholster besorgt. Wenn du zu seinem engeren Umfeld gehört hast und er wollte, dass du jemanden für ihn beseitigst, brachte er seine Enttäuschung über das jeweilige Opfer zum

Ausdruck und gab dir dann eine Patrone. Das war alles. Er hat nie gesagt ›Ich will, dass er stirbt‹ oder ›Leg ihn um‹. Er gab dir bloß die Patrone.«

Shan nahm in der Stimme des Obersts eine ungewohnte Anspannung wahr.

Tan zündete sich eine Zigarette an und atmete den Rauch rasselnd aus. »Vor vielen Jahren habe ich ihn mit dem Quartiermeister meines Regiments besucht«, fuhr der Oberst fort. Er schien zu glauben, dass Shan die alte Schlange noch nicht ausreichend fürchtete. »Der Kommissar hatte uns zum Abendessen eingeladen. Wir haben gut gespeist, nur der Kommissar und wir beide. Danach saßen wir bei Zigaretten und Weinbrand zusammen. Als wir schließlich aufgestanden sind, um uns zu verabschieden, hat er sich ein paar Schritte von uns entfernt und gesagt: ›Ich fordere dich heraus, du Dieb!‹ Dann hat er seine Pistole gezogen und den Quartiermeister ins Herz geschossen, gleich hier, in seinem eigenen Haus. Danach hat er gelacht und mir noch einen Drink angeboten. ›So ist es besser‹, sagte er, und dann: ›Sie werden mit Ihrer schriftlichen Aussage bestätigen, dass es ein Selbstmord war.‹ Erst am nächsten Tag fand ich heraus, dass eine Gruppe von Sonderermittlern ihm einen Bericht übersandt hatte, der bewies, dass der Quartiermeister schon seit Jahren Versorgungsgüter der Armee auf dem Schwarzmarkt verkaufte. Dafür wäre der Mann sowieso hingerichtet worden. Ich habe mich allerdings immer gefragt, ob sein wahres Verbrechen wohl darin bestanden hat, dem Kommissar keinen Anteil der illegalen Einnahmen gezahlt zu haben. Sich ein Stück vom Kuchen zu sichern war für ihn keine Korruption. Er nannte das ein Eintrittsgeld, denn immerhin sei er der Torwächter von Tibet. So hat er sich gern betitelt. Als der Torwächter oder als der Rächende Drachen und eine Weile sogar als Buddhas Faust, während er gegen hohe Lamas vorgegangen ist.«

Zu beiden Seiten der Auffahrt kamen lebensgroße Statuen von tibetischen Göttern und Heiligen in Sicht.

»Er hat sich hier offenbar gut eingelebt«, stellte Shan trocken fest. Die Skulpturen waren gestohlene Trophäen aus Tempeln und Klöstern.

»Er liebt Tibet. Zu Anfang wollte man ihn als leitenden Berater für Ho Chi Minh nach Nordvietnam schicken, aber das hat er abgelehnt und ist geblieben. Er habe sich in die tibetische Kultur vertieft, sagt er gern.« Tan sah Shan an. »Wie nennt man doch gleich einen erfahrenen Lehrer? Nicht *Lama*, der andere Begriff.«

»Rinpoche.«

»Genau. Manchmal bezeichnet er sich selbst als den ›Rinpoche mit der Seitenwaffe‹.«

Der Wagen erreichte eine kleine Ebene am Fuß eines niedrigen Berges. Auf einer Seite der Straße lag eine Schießbahn, auf der anderen ein See. Der kleine Marmorpavillon bei dem Bootsanleger hatte dringend einige Reparaturen nötig.

»Das Anwesen wurde im neunzehnten Jahrhundert als Sommerresidenz des chinesischen Amban errichtet. Später hat es viele Jahre als Zufluchtsort für die hohen Beamten des Dalai Lama gedient«, sagte Tan. »Der Kommissar hat Nachforschungen anstellen und sich dann die gleichen Gewänder anfertigen lassen, wie der Amban sie getragen hat. Das ist sein Lieblingstitel. Er hat gesagt, der Amban habe nie geherrscht, sondern lediglich die Aufgabe gehabt, den öffentlich Herrschenden Furcht einzuflößen, damit sie ihm in Krisenzeiten Folge leisten würden. ›Zittere und gehorche‹, sagte er zu ihnen, genau wie es früher in den Dekreten der alten Kaiser gestanden hat. Und so hat er es jahrzehntelang gehalten. Ich glaube, er ist das, was man in den einschlägigen Filmen einen Paten nennt. Sogar in Peking wird keine neue Direktive für Tibet beschlossen, ohne zuvor den Amban zu konsultieren.«

Plötzlich wurde auch Shan von Furcht ergriffen. Denn musste der Amban-Rat nicht von genau dem Mann geleitet werden, den sie hier aufsuchen wollten? Dies war ein schrecklicher Fehler. Was hatte Tan gesagt, als Shan diesen Besuch vorschlug? Der alte Mann könne nur einen von ihnen töten. Als der Wagen anhielt, musste der Oberst Shan am Arm ziehen, um ihn zum Aussteigen zu bewegen.

Das Haus ähnelte den Gebäuden, die Shan vom kaiserlichen Sommerpalast außerhalb von Peking kannte, mit lackierten Säulen, die einen Portikus mit zwei mächtigen emaillierten Türflügeln stützten, und einem seitlich gelegenen Mondtor, das in einen Garten zu führen schien. Eine schlanke, gut gekleidete Tibeterin mittleren Alters begrüßte sie mit den Worten, der Kommissar freue sich schon sehr auf das gemeinsame Mittagessen. Dann führte sie sie durch einen Korridor in den hinteren Teil des Hauses.

Schon seit Jahren stellte der Kommissar eine Art dunkle Wolke am Rand von Shans Himmel dar. Während seiner Zeit in Peking hatte Shan viele tyrannische Parteibonzen gekannt und als Vorgesetzte gehabt, die sich eher wie Angehörige des kaiserlichen Hofes aufführten als wie Vertreter des Volkes. Er begegnete ihnen nicht von vornherein mit Abscheu, sondern erst, als er bei einer ihrer Versammlungen einen jener Männer wiedererkannte, die seine eigene Familie schikaniert und seine Eltern, beides sanftmütige Intellektuelle, vernichtet hatten. Seine allmähliche Entfremdung und die Weigerung, sich ihnen zu unterwerfen, war vermutlich der ausschlaggebende Grund für seine Verbannung ins Straflager gewesen. Sie hatten ihn gefürchtet, denn er zitterte und gehorchte nicht. Zunächst hatte er geglaubt, all das hinter sich gelassen zu haben und im fernen Tibet ihrem Zugriff entzogen zu sein. Doch dann hatte er von dem Paten von Lhasa gehört und jahrelang die altbekannte Angst verspürt, sobald irgendwo dessen Name fiel. Der Kommissar war nur selten sichtbar, aber trotzdem stets anwesend, wie ein Phantomplanet, der alle anderen Umlaufbahnen beeinflusste.

Ihre sittsame Führerin geleitete sie nun an mehreren opulent möblierten Räumen vorbei, deren Wände mit antiken chinesischen Gemälden behangen waren. Der Korridor selbst wurde von Fotos gesäumt, auf denen der Kommissar mit fast jedem wichtigen politischen Würdenträger der letzten sechs Jahrzehnte zu sehen war, darunter auch mehrere Aufnahmen mit dem Großen Steuermann höchstpersönlich. Sie bogen in einen Flur ab, an dessen Wänden exquisite tibetische *thangkas* hingen. Manche der Einrichtungsgegenstände, so auch die Statuen entlang der Auffahrt, mussten eindeutig vom Büro für Religiöse Angelegenheiten bereitgestellt worden sein. Shan merkte nicht einmal, dass er vor einem atemberaubenden, kraftvollen Abbild von Yamantaka, dem Herrn des Todes, stehen geblieben war, bis Tan ihn am Ärmel zupfte.

»Er hat sich für einige Jahre zum Leiter des Büros für Religiöse Angelegenheiten in Tibet ernennen lassen und die besten Gemälde an Minister und Parteisekretäre geschickt«, erklärte Tan mit leiser Stimme. »Heutzutage behält er das Beste für sich selbst. Bei Parteiversammlungen hat er in seinen Vorträgen behauptet, das Büro sei die wichtigste Behörde von Tibet. Die Armee möge Pekings Hammer sein, das Büro für Religiöse Angelegenheiten sei hingegen Pekings Präzisionsskalpell.«

Shan wusste nur zu gut, wie unbarmherzig das Büro für Religiöse Angelegenheiten seine Zuständigkeiten ausnutzte, um jeglichen Widerspruch im Keim zu ersticken, zumal von Tibetern, denn dann handelte es sich erklärtermaßen immer um eine Form von buddhistischer Impertinenz.

Sie traten hinaus in den Garten, der von den hohen Mauern umschlossen war, die Shan von der Auffahrt aus gesehen hatte. In riesigen Keramiktöpfen entlang der Innenseite wuchs Bambus. Einige kleinere Enklaven waren von verwilderten Blütensträuchern und Hecken umgeben, die lange keinen Gärtner mehr gesehen hatten. Der nächstgelegene Bereich enthielt einen kleinen Bogenschießstand mit zerfetzten Zielscheiben am anderen Ende und einem Tisch in der Nähe des Eingangs, auf dem mehrere Armbrüste lagen und Körbe voller spitzer Metallbolzen bereitstanden. Zwischen den Zielscheiben steckte ein mannshoher Pfahl im Boden. Das Holz war durchlöchert, und man konnte mehrere dunkle Flecke darauf erkennen.

Durch ein hohes hölzernes Tor gelangten sie dann in einen Garten mit einem marmornen Schwimmbecken, einer einzelnen Chaiselongue, einer Bar und einem hölzernen Whirlpool auf einem Podest. Neben dem Podest standen zwei attraktive junge Tibeterinnen in Schwesternkleidung mit Handtüchern bereit. Die Gestalt in der dampfenden Wanne hatte ein kleines Handtuch auf dem Kopf, wodurch das Gesicht im Schatten lag. Der Mann blieb sitzen und nahm auch nicht das Handtuch weg.

»Ich glaub's ja nicht!« Seine Stimme war wie das Gackern eines Huhns. »Du bist noch am Leben, Tan, du sturer Hurensohn! Kugeln, Bajonette, Kanonen, Krebs. Dich kann nichts töten! So unzerstörbar wie einer deiner Panzer!«

»Fast so unzerstörbar wie du, du dürrer Mistkerl«, erwiderte Tan ruhig.

»Die Leute haben jahrelang versucht, mich zu fressen«, gab der Kommissar zurück. »Aber sie spucken mich immer wieder aus.«

»Weil du bloß ein armseliger Knorpelsack bist«, sagte Tan.

Und als wolle er den Beweis dafür antreten, stand der alte Mann auf. Sein nackter Körper war in jeglicher Hinsicht verwelkt. Eine der Krankenschwestern half ihm aus der Wanne, und die andere breitete ein Handtuch aus. Während sie ihn abtrocknete, zog er sich das kleinere Handtuch vom Kopf. Er war kahl wie ein Ei. Sein Gesicht war so fleischlos, dass es beinahe skelettartig aussah. Seine Haut erinnerte an vergilbtes, vom Alter fleckiges Pergament.

»Ihr bleibt natürlich zum Essen«, sagte er, als eine der Schwestern ihm einen Bademantel um die Schultern legte.

Sie saßen an einem kleinen Tisch in einer großen Kammer, die einem kaiserlichen Bankettsaal nacheiferte, mit falschen emaillierten Säulen und Wandgemälden, die Pfauen und Drachen zeigten. Der Kommissar, der nun die modische Variante eines Mao-Anzugs trug, dessen Manschetten mit Drachen bestickt waren, musterte Shan, der ihm Wein einschenkte. Er nickte und wandte sich Tan zu. »Der hier hat schon einiges abbekommen«, sagte er zu dem Oberst.

»Inspektor Shan hat seine Karriere in Peking begonnen und arbeitet seit einigen Jahren für mich in Lhadrung«, entgegnete Tan, als sei damit viel erklärt.

Das ernste Gesicht des Kommissars verzog sich zu einem Grinsen.

»Ich traue keinem Mann, der nicht wenigstens ein paar Narben hat«, behauptete er, beugte sich vor und klopfte Shan auf den Rücken.

Shan deutete auf eine kleine Narbe über seinem Auge. »Das war die erste. Sie stammt vom Rand eines Metalllineals in der Hand einer Lehrerin im Umerziehungslager. Da war ich sieben. Seitdem ging es nur noch abwärts.«

»Wie hast du dir ihren Zorn zugezogen?«, fragte der alte Mann.

»Ich habe ihr erklärt, das Bild an der Wand sei nicht echt. Darauf war der Vorsitzende mit glattem Gesicht zu sehen, aber der wirkliche Vorsitzende hatte doch Muttermale.«

Der Kommissar brach in gackerndes Gelächter aus und zog dann mit gespielter Entrüstung die schmalen Augenbrauen hoch. »Was für ein vorwitziges Verhalten! Die Wahrheit um jeden Preis, was?«, rief er und prostete Shan zu. »Der ist in Ordnung«, sagte er zu Tan. »Der ist in Ordnung.«

Das Personal brachte stumm Schüsseln mit würzigen Nudeln, gebratenen Auberginen mit Nelkenpfeffer sowie Huhn in Erdnusssoße, allesamt Gerichte aus Hunan, der Heimatprovinz des Kommissars. Tan und ihr Gastgeber plauderten über alte Zeiten, und Shan achtete auf die Frauen, die das Essen servierten. Es waren ausschließlich Tibeterinnen, alle sehr jung, sehr attraktiv und sehr nervös. Nichts deutete darauf hin, dass der Kommissar eine Familie hatte. Der betagte Tyrann lebte allein mit mindestens einem Dutzend tibetischer Dienerinnen, denen die ältere Frau vorzustehen schien, die Shan und Tan empfangen hatte.

»Die meisten seiner Bediensteten stammen aus Übergangsfamilien«, hatte der Oberst ihm auf dem Rückweg ins Haus zugeflüstert. Das bedeutete, dass Angehörige der Frauen im Gefängnis saßen und sie genau wussten, dass der alte Mann die Macht hatte, auch sie selbst ins Arbeitslager zu schicken.

Tan hatte erklärt, der Kommissar interessiere sich sehr für die Infrastruktur und sei immer noch mit der Aufsicht über ein halbes Dutzend Brücken- und Schnellstraßenprojekte betraut. Der Oberst kam nun am Ende des Mahls darauf zu sprechen.

»Was für ein gewaltiger Kostenaufwand«, sagte Tan. »Es ist bestimmt eine große Herausforderung, all die Millionen im Blick zu behalten.«

Der Instinkt des Kommissars funktionierte noch einwandfrei. Er ließ sein Glas sinken. »Mir steht eine kleine Armee von Bürokräften zur Verfügung«, sagte er mit fragendem Unterton.

Tan schob einen Umschlag über den Tisch.

»Bist du auf einen Anteil aus, Oberst?«, fragte der Pate. »Das sieht dir gar nicht ähnlich.«

»Ich suche nach einem *fehlenden* Anteil«, erklärte er, während der Kommissar den Umschlag öffnete. »Von diesem Konto wurden im Laufe der letzten zehn Monate mehr als zwanzig Millionen an ein anderes Projekt abgezweigt.«

»Das Infrastrukturbudget deckt all meine Bauvorhaben ab«, sagte der alte Mann und überflog die Seite, die Pike ausgedruckt hatte. Sie hatten nach Korruption gesucht, aber keine unerwarteten Konten gefunden. Dann hatte Amah Jiejie die Unterlagen mit dem Auge einer erfahrenen Bürokratin unter die Lupe genommen und war auf eine gravierende Sünde gestoßen. »Manchmal kommt es zu Ausgleichszahlungen zwischen den Projekten«, mutmaßte der Kommissar.

»Natürlich. Aber hier ging das Geld nach draußen. Zum Fünf-Klauen-Staudamm. Oder genauer gesagt, zu gewissen Vertragspartnern der Fünf Klauen.«

»Zu diesem Hydro-Projekt? Das kann nicht sein. Es wurde von Peking initiiert und wird aus einer völlig anderen Tasche bezahlt. Niemand würde Mittel von meinen Bauvorhaben dorthin transferieren. Das wäre Diebstahl.«

Tan zog ein weiteres Dokument aus der Tasche und legte es neben den Teller des Kommissars. »Genosse Ren, der Direktor bei den Fünf Klauen, ist nur ein Aushängeschild. Sein Stellvertreter macht die ganze Arbeit. Und als der Kostendruck zu groß wurde, geriet der Termin für den bereits anberaumten Besuch des Vorsitzenden in zwei Jahren in Gefahr.«

Der Kommissar wurde sehr still. »Was für ein Besuch?«, fragte er mit hörbarer Wut.

Tan zuckte mitfühlend die Achseln. »Mich haben sie auch nicht gefragt. Und es findet in *meinem* Bezirk statt.« Der Oberst zeigte auf eine andere Seite. »Hier ist eine frühere Nachricht. Da heißt es, zwanzig Millionen von den Brücken seien genug, jetzt müssten sie die Schnellstraßen anzapfen.«

Während der alte Mann die E-Mails las, hob sich einer seiner Mundwinkel zu einem Zähnefletschen. »Wie?«, knurrte er. »Wie kriegen die das unbemerkt hin?«

Tan nickte Shan zu. »Das wissen wir nicht genau«, räumte Shan ein. »Wir wollten nicht mit einer Horde Buchhalter anrücken. Das würde sie vorwarnen. Wir wissen aber von der Freigabe einer Hinrichtung, die Sie unterzeichnet haben. Die Verschwörer mussten einen Mann aus dem Weg räumen, der ihnen gefährlich werden konnte, und haben ihn kurzerhand der Korruption beschuldigt. Die Unterschrift des Gouverneurs war gefälscht, aber Ihr Amtssiegel schien echt zu sein.«

»Unmöglich!«, zischte die alte Schlange. »Ich habe keine solche Freigabe erteilt!«

»Das Büro für Religiöse Angelegenheiten hat versucht, sich die Vorgänge bei den Fünf Klauen etwas genauer anzusehen«, fügte Tan hinzu. »Das schien den Verschwörern nicht zu gefallen, also haben sie das Lagerhaus des Büros in Lhasa niedergebrannt.«

Der Atem des Kommissars beschleunigte sich, und er schien im ersten Moment nur ein Krächzen über die Lippen zu bekommen. »Dieses Feuer an der Kunming-Straße?«, fragte er dann. Als Shan nickte, nahm er ein Weinglas und schmetterte es gegen die Wand.

Shan reagierte nicht, obwohl er das Gefühl hatte, eine schwere Last weiche von seinen Schultern. »Die sind sehr gerissen und sehr von sich überzeugt«, fuhr Tan fort. »Zuerst haben sie einen großen Sieg in Larung Gar errungen, und dann sind sie zu den Fünf Klauen weitergezogen. Sie nennen sich selbst der Amban-Rat.«

Und wieder stieß der Kommissar ein leises Zischen aus. *Er* war der Amban, und Shan wusste nun, dass er keinem Rat vorstand. Beim Blick auf eine Kopie der Freigabe von Metoks Hinrichtung verengten sich seine Augen. Mehrere rasselnde Atemzüge lang starrte er sein eigenes Amtssiegel an. Mord und Korruption waren nichts Neues, sie hatten das politische Ränkespiel des Kommissars schon immer begleitet. Viel schwerer wog die Sünde, sein persönliches Siegel zu fälschen. »Larung Gar, sagst du«, murmelte der alte Mann. »Ich will die Namen dieser sogenannten Ratsmitglieder«, befahl er, drehte den Umschlag um und reichte Shan einen Füllfederhalter.

Die Dienerinnen zogen sich zurück, als spürten sie den drohenden Wutausbruch. Die ältere Frau holte ein Tablettenfläschchen aus der Tasche und stellte es neben den Kommissar hin. Er fegte es vom Tisch. Seine Hände fingen an zu zittern, und er schürzte verächtlich die Lippen. »Larung Gar!«, wiederholte er. Die Frau wollte ihm den Nacken massieren. Er packte eine Gabel und stach brutal nach ihr, aber sie wich mühelos aus, als hätte sie damit gerechnet, und herrschte ihn an, er solle sich gefälligst benehmen.

Der Kommissar nahm die Liste mit den vier Namen. Als er sie las, wurde er rot und erbebte am ganzen Leib. »Ich habe zwei Männer, die sich für mich um Probleme kümmern«, flüsterte er gehässig. »Aber sie sind zurzeit unterwegs.« Er wies mit zitterndem Finger auf ein hölzernes Kästchen. Die Frau brachte es ihm. Sie wirkte verzweifelt. Er griff hinein, nahm mehrere kleine Gegenstände und verbarg sie in seiner Faust. Zwei der Krankenschwestern kamen mit einem Rollstuhl. Als sie ihm hineinhelfen wollten, schüttelte er sie ab und hielt Tan die Faust hin. Der Oberst nahm den Inhalt wortlos entgegen.

Als die Schwestern den Kommissar wegschoben, nahm die Frau die Liste, die Shan geschrieben hatte, las sie und seufzte laut, bevor sie sie wieder hinlegte. »Er hat zwei Jahre für den Kommissar gearbeitet. Ein boshafter junger Mann. Und ein schlechter Einfluss auf den Kommissar. Ich konnte ihn letztlich davon überzeugen, den Mann wegzuschicken.«

»Wen meinen Sie?«, fragte Shan.

»Der Kommissar hat zugestimmt, wollte ihm aber unbedingt einen guten Posten verschaffen. Man hat ihm die Leitung dieser Kampagne in Larung Gar übertragen«, sagte sie und zeigte auf den letzten Namen der Liste. »Jiao Wonzhou.«

Dann machte die Frau auf dem Absatz kehrt und folgte dem Rollstuhl. Shan und der Oberst blieben allein zurück. Tan starrte in seine gewölbte Hand auf das, was der Kommissar ihm gegeben hatte. Nach einem langen Moment ließ er den Inhalt auf den Tisch rollen. Es waren vier Patronen.

* * *

Der lange schnittige Zug rollte soeben in den Bahnhof ein, als Shan sich mit Pike am Eingang traf. Shan ließ den Amerikaner an einem der Tische Platz nehmen, bei denen er ihn zum ersten Mal gesehen hatte, lieh sich sein Telefon und wartete, bis alle Passagiere den Bahnsteig verlassen hatten. Dann ging er auf das Zugpersonal zu, das dicht gedrängt beim Speisewagen stand. Der Schaffner ließ die Schultern hängen, als er Shan entdeckte, fügte noch einige letzte Anweisungen für seine Kollegen hinzu und schickte sie dann zu den Kartons voller Lebensmittel, die am anderen Ende des Waggons angeliefert wurden.

»Ich bin mir ziemlich sicher, dass heute niemand gestorben ist, Inspektor«, sagte er, als Shan ihn erreichte. »Es ist weder jemand auf seinem Platz sitzen geblieben, noch liegt ein Toter im Frachtwaggon.«

»Herzlichen Glückwunsch, Genosse«, sagte Shan. »Aber ich interessiere mich immer noch für den alten Toten.«

Der Schaffner runzelte die Stirn. »Das war doch ein Unfall, und der Arzt hat es bestätigt.«

»Es gibt viele Arten von Unfällen.« Shan hob das Telefon mit einem Foto von Madame Jiang. »Erkennen Sie diese Frau?«

Der Schaffner starrte das Bild ein wenig zu lange an, bevor er aufblickte. »Ich sehe jede Woche Hunderte von Menschen, manchmal Tausende. Wie soll ich mich da an ein bestimmtes Gesicht erinnern?«

»Strengen Sie sich an. Die Frau war an Bord Ihres Zuges. Sie ist recht attraktiv, die Art von Frau, die einem im Gedächtnis bleibt.«

»Bitte, Inspektor. Ich kann es nicht sagen.«

»Strengen Sie sich *noch mehr* an. Oder wir hängen Sie an einen Lügendetektor. Ja, genau, lassen Sie uns das versuchen. Um Mitternacht oder so sind Sie dann wieder hier.«

»Unmöglich!«, protestierte der Schaffner. »Ich muss den Zug für die Rückfahrt vorbereiten! Wir haben einen sehr engen Zeitplan.«

»Dann fahren Sie eben morgen oder übermorgen mit zurück. Sollten wir nicht Ihren Vorgesetzten suchen und ihm Bescheid geben? Das gebietet eigentlich die Höflichkeit.«

»Ich weiß nicht, wie sie heißt!«

»Schlagen Sie es nach. Ich kann Ihnen die Sitznummer nennen. Direkt neben Sun Lunshi. Das war der Mann, der gestorben ist.«

»Ich kann das nicht nachschlagen. Sie hat nie eine Fahrkarte gekauft.«

Shan bemerkte, dass der Schaffner nervös zu einer Streife der Öffentlichen Sicherheit schaute, die den Bahnsteig entlangschlenderte. »Sie lassen doch gewiss keine blinden Passagiere zu, auch wenn sie hübsch sind.«

»Wir sagen aber auch gewiss nicht nein zur Öffentlichen Sicherheit.« Der Schaffner schloss die Augen und schüttelte den Kopf. »Hören Sie, die Frau kam in Golmud in den Bahnhof gerannt und hat verlangt, wir sollten noch nicht abfahren. Dann musste ich in meinem Computer nach Sun Lunshi suchen und ihr seine Sitznummer nennen. Und dann ist sie einfach zugestiegen.«

»Und waren die beiden während der gesamten Fahrt zusammen?«

»Sie hat zuerst eine Zeitschrift gelesen und etwas geschlafen, jedenfalls sah es so aus. Ich weiß das noch, weil es mir komisch vorkam, dass sie so dringend diesen Mann finden wollte, dann aber nicht gleich mit ihm gesprochen hat.«

Sie hatte sich beim Nichtstun mächtig ins Zeug gelegt, wusste Shan. Diese Technik wurde an Polizeiakademien gelehrt, um Informanten in Sicherheit zu wiegen. Zeig nicht zu große Aufmerksamkeit, sondern wirke desinteressiert und unbekümmert, damit die Zielperson dich möglichst von sich aus anspricht. »Aber irgendwann haben sie doch miteinander geredet.«

»Ich war nicht die ganze Zeit da, doch ja, ungefähr nach der Hälfte der Strecke ist es mir aufgefallen. Viele der Fahrgäste waren bis dahin eingeschlafen, aber diese beiden fingen ein Gespräch an.«

»Haben sie auch zusammen gegessen?«

»Ist das wichtig? Keine Ahnung.« Der Schaffner nahm seine Mütze ab und fuhr sich mit der Hand durch das schüttere Haar, während er in seinem Gedächtnis kramte. »Ja, sie haben sich etwas aus der Snackbar geholt. Sandwiches und Limonade, glaube ich. Der Speisewagen war ausgebucht und von mehreren Reisegruppen belegt.«

»Ist Ihnen später nicht aufgefallen, dass der Mann gefehlt hat?«

Der Schaffner zuckte die Achseln. »Das Licht wird heruntergedreht. Die Leute machen es sich auf ihren Sitzen bequem und schlafen.«

»Und die Frau hat Sie nicht nach ihm gefragt und nie so gewirkt, als mache sie sich Sorgen, wo er abgeblieben sein könnte?«

Das Schaffner zögerte, dann begriff er, was Shan damit andeuten wollte. »Nein«, erwiderte er nervös.

»Als würde sie gar nicht damit rechnen, dass er zurückkommt.«

Die Miene des Schaffners verfinsterte sich. »Nicht ich bin hier der Ermittler.« Er wich einen Schritt zurück und hielt inne. »Sie hat in sein Gepäck geschaut, als er weg war. In seine Reisetasche und die Röhre.«

»Was für eine Röhre?«

»Eine schwarze Röhre mit Tragegriff, fast so lang wie Ihr Arm. Einer dieser Behälter für Plakate oder Blaupausen.«

»Und Landkarten«, mutmaßte Shan. »Die Röhre war nicht bei den Sachen, die nach seinem Tod sichergestellt worden sind.«

»Weil die Frau sie mitgenommen hat.«

»Und Sie haben sie nicht aufgehalten?«

»Ich war am Ende des Waggons, und sie ist beim Aussteigen an mir vorbeigegangen. Ich sagte: ›Vielleicht sollten Sie dafür lieber eine Quittung oder so zurücklassen.‹ Sie hat nur gelacht und mir noch einmal ihren Dienstausweis gezeigt«, erklärte er und schaute den Bahnsteig hinunter. Der Lokführer war ausgestiegen und rief nach ihm. Sichtlich erleichtert murmelte der Schaffner eine Entschuldigung und eilte davon.

Während Shan ihm hinterherschaute, stieg eine hochgewachsene Gestalt aus dem Zug. Der Schaffner raunte dem Mann offenbar im Vorbeigehen etwas zu, denn sein Kopf ruckte in Shans Richtung. Als Shan ihm mit erhobener Hand bedeutete, er möge warten, schien er aufzustöhnen.

»Was für ein Glück, dass wir uns treffen, Doktor«, begrüßte Shan ihn.

Der Arzt schien diese Ansicht nicht zu teilen. »Ich muss mich im Büro melden«, sagte er ungehalten.

»Gut, lassen Sie uns gemeinsam dort hingehen, damit ich dem Stationsvorsteher erklären kann, dass die Polizei Sie befragen muss und Sie daher den nächsten Zug verpassen werden.«

Der Arzt seufzte. »Was wollen Sie, Inspektor?«

»Den Autopsiebericht für Sun Lunshi. Sie haben ihn mir nie zugeschickt.«

»Ich habe ihn dem Offizier der Öffentlichen Sicherheit gegeben, der in Ihrem Auftrag bei mir war. Leutnant Huan von der Dienststelle Lhasa. Er hat gesagt, er würde ihn an Sie weiterleiten. Es lohnt ohnehin kaum die Mühe. Die Untersuchung hat lediglich meinen Anfangsverdacht bestätigt. Wir teilen extra Broschüren mit Warnungen an alle Passagiere aus. Wenn die Leute sie nicht lesen, kann man doch nicht uns dafür verantwortlich machen.«

»Das verstehe ich nicht.«

»Er hat sich versehentlich selbst getötet. Sein Benzodiazepinspiegel war viel zu hoch.«

»Eine Droge?«

»Ein Schlafmittel. Es ist eine lange, anstrengende Reise, und viele

Fahrgäste bekommen nachts kein Auge zu. Wir raten den Leuten, im Himmelszug unbedingt auf derartige Medikamente zu verzichten, denn sie hemmen die Atmung und senken den Blutdruck. Wenn dann eine auch nur moderate Höhenkrankheit hinzukommt, kann das tödliche Folgen haben. Sie haben seine blauen Finger, seine Zyanose selbst gesehen. Der arme Teufel hatte keine Chance. Er hat zu viele Pillen genommen, ist eingeschlafen und wusste nicht, dass er nie wieder aufwachen würde.«

»Verraten Sie mir etwas, Doktor. Könnte man ein paar solcher Tabletten in eine Limonade rühren und verschlucken?«

»Natürlich. Diese Pillen sind sehr klein und fallen kaum auf. Oder man wartet kurz, bis sie sich aufgelöst haben, dann deutet nichts mehr auf sie hin.«

Shan schaute zu einer der Streifen der Kriecher und dankte dem Arzt. Der Mann machte sich auf den Weg, und Shan musterte das glänzende, schlangenähnliche Gefährt neben sich nun mit ganz neuen Augen. Der Himmelszug war ein wahres Paradies für Mörder.

* * *

»Es ist nicht Ihre Schuld, Shan«, sagte Pike. Sie saßen bei einer Kanne Tee zusammen, und Shan hatte ihm soeben die neuesten Erkenntnisse berichtet.

Shan blickte von seiner Tasse auf. »Was meinen Sie?«

»Sie sehen aus, als kämen Sie gerade von einer Beerdigung. Das kenne ich schon. Die Psychiater nennen so etwas ein Ermittlersyndrom. Meine irische Großmutter hatte einen anderen Namen dafür: ›Sündenfressen.‹ Aber es gibt hier so viele Sünden, dass Sie daran ersticken würden.«

Shan klang bedrückt, er konnte nicht anders. »Die beiden haben zusammen gelacht, haben Sie gesagt. Dann hat sie ihm eine Limonade gebracht und wusste, dass er daran sterben würde. Ich hätte diese Frau schon bei unserem ersten Zusammentreffen durchschauen müssen. Ich hätte es wissen müssen, als mir aufgefallen ist, dass die erste Seite von

Metoks Akte ausgetauscht worden war. Ich habe mir selbst Scheuklappen aufgesetzt. Ich habe sie als Opfer gesehen und wollte sie unbedingt beschützen. Sie hat beim Mord an Lhakpas Nichte geholfen. Und sie hat eigenhändig Sun getötet.«

»Als Sie die Frau getroffen haben, waren die beiden schon tot«, merkte Pike an.

»Aber nicht Jampa, der alte Hausmeister. Ich habe es ihr erzählt, Pike. Ich habe ihr erzählt, dass Metok eine Nachricht aus dem Gefängnis schmuggeln konnte. Ich wollte eine trauernde Witwe trösten. Stattdessen habe ich dem Amban-Rat genügend Informationen geliefert, um Jampa aufspüren und ermorden zu können. Ich hätte sofort stutzig werden müssen, denn auf allen gerahmten Fotos in der Wohnung war nur Metok zu sehen, niemand aus seiner Familie. Der Kummer der Frau hat mich geblendet. Ich habe mit dem Herzen reagiert, nicht mit dem Verstand, und das hat Jampa das Leben gekostet. Und ich habe denen meinen Sohn ausgeliefert. Er wäre fast gestorben. Und dann haben sie beinahe Amah Jiejie ermordet.«

»Sie verblüffen mich, Shan. Sie haben Ihr ganzes Leben in diesem beschissenen Land verbracht und sogar ein Arbeitslager überstanden und sind trotzdem noch so naiv. Das mag andernorts ja charmant sein, aber hier ist es tödlich. Sehen Sie das Böse wirklich nicht, oder weigern Sie sich einfach, daran zu glauben?«

»Sie verstehen es nicht, Pike. Diese Leute glauben mitnichten, sie würden etwas Böses tun. Sie reden sich ein, einfach nur ihre Arbeit zu machen und dem Mutterland zu dienen.«

Pike runzelte enttäuscht die Stirn. »Dann werden Sie zu einem von denen.«

»Nein. Nach all den Jahren werde ich schließlich zu einem ihrer Opfer.«

Der Amerikaner entgegnete nichts darauf, zog aber mehrere Karteikarten aus der Tasche. Sie hatten kleine Löcher in den oberen Ecken, als hätte man sie zuvor an eine Wand oder Tafel geheftet. »Die Mitglieder des Amban-Rats. Jiao ist der Anführer. Er hat seine ersten zehn Jahre bei der Öffentlichen Sicherheit verbracht und ist dann auf einen Parteiposten gewechselt. Ein Mann für heikle Fälle. Ein Problemlöser. Er hat einige Zeit als Sonderassistent eines pensionierten Königsmachers der Partei hier in Lhasa verbracht und wurde dann nach Larung Gar geschickt, aber nicht, um dort neue Häuser zu errichten. Er hat vielmehr einen zweckmäßigen Plan entwickelt, um die dort versammelte politisch unzuverlässige Gemeinschaft zu zerschlagen und zudem einige der lautstärksten Dissidenten einzukassieren.«

Der Amerikaner warf noch eine Karte auf den Tisch. »Major Xun. Vor Larung Gar war er in Kashi damit betraut, Moslem-Rebellen auszuräuchern. Dort hat er auch ein Jahr lang mit Jiao zusammengearbeitet, als der noch bei der Öffentlichen Sicherheit war. Die haben ein Team gegründet, das gänzlich schwarze Kleidung und schwarze Skimasken trug. Es zerrte nachts vermeintliche Anführer der Dissidenten aus ihren Betten und ließ sie spurlos verschwinden.«

»Wie können Sie von so etwas wissen?«, fragte Shan, beantwortete sich seine Frage aber gleich darauf selbst. »Amah Jiejie.«

Pike nickte. »Sie mag ja wie eine liebe alte Tante wirken, aber sie hat es faustdick hinter den Ohren und ist überall in China gut vernetzt. Wenn sie jemanden anruft, dann ist das so, als wäre der Oberst persönlich am Apparat.« Es folgte die nächste Karte. »Huan. Er ist in Larung Gar aufgetaucht und hat bei Jiao und Xun mächtig Eindruck hinterlassen. Nachdem die großen Unterrichtsräume zerstört waren, haben die Lehrer improvisiert und sich für ihre Seminare Ausweichmöglichkeiten gesucht. Doch Huan wusste immer rechtzeitig Bescheid, um auch dort zuschlagen zu können.«

Pike legte die letzte Karte auf den Tisch. Darauf stand kein Name, sondern nur die Zahl 404. »Der Amban-Rat trifft sich gern an geheimen Orten. Cao und Tink konnten anhand der E-Mails einige davon identifizieren. Ein Unterschlupf der Öffentlichen Sicherheit. Bei einer Gelegenheit ein Klub für hochrangige Parteimitglieder. Bei einer anderen

Gelegenheit das Militärdepot in Lhadrung. Das fand ich schon überraschend, aber dann haben sie sich noch einen Ort gesucht. Das Lager der 404. Zwangsarbeitsbrigade.«

Shan nahm die Karte und trug den fehlenden Namen ein, der auch auf seiner Liste für den Kommissar gestanden hatte. »Hauptmann Wenlu. Der Direktor. Er hat meinen Sohn beinahe zu Tode geprügelt. Die Tibeter wussten, wer er war.« Er erzählte von dem Todesdiagramm, das der Direktor erhalten hatte. »Die Häftlinge aus Larung Gar haben Bescheid gewusst und uns nichts davon erzählt.«

»Herrje, Shan, Sie arbeiten für Oberst Tan. Es ist ein Wunder, dass man *Ihnen* noch kein Todesdiagramm geschickt hat.«

Shan lächelte verbittert. »Die Astrologin, die das Diagramm angefertigt hat, ist eine Freundin von mir. Glaube ich jedenfalls.«

»Das alles hat in Larung Gar angefangen«, sagte Pike. »Dort konnten sie eine Spionin einschleusen. In den E-Mails nennen Xun und Huan sie ihre ›heiligen Augen‹.«

»Sie war die Nonne«, sagte Shan.

Pike nickte. »Eine Nonne, eine Witwe, eine flirtende Zugreisende. Wie ich schon sagte, sie ist vielseitig begabt.«

»Eine Fremdenführerin ist sie auch noch«, fügte Shan hinzu. »Und womöglich sind das noch nicht alle ihrer Rollen.«

Schweigend verfolgten sie, wie die ersten Passagiere in den nächsten Zug einstiegen.

»Ich habe mir inzwischen mehrfach das Video angesehen, das Zhu aus Hongkong mitgebracht hat«, sagte Pike. »Dieser Kriecher-Beamte behauptet, er habe nur die Befehle von Oberst Tan befolgt. Aber er sagt es zögernd, als sei er sich dessen gar nicht so sicher. Dann zuckt er die Achseln und sagt: ›Sie war eben sehr überzeugend.‹ Und ich frage mich die ganze Zeit, wieso er das hinzugefügt hat. Haben Sie sich die Frau heute mal genauer angeschaut, ich meine, haben Sie wirklich mal hingesehen? Sie hatten mir eine verzweifelte Witwe beschrieben, die unbedingt ihre Familie beschützen und den guten Namen ihres Mannes wiederherstellen wollte.«

»Es war ein und dieselbe Frau«, sagte Shan.

»Ja und nein«, erwiderte der Amerikaner. »Es war jedenfalls nicht die Frau, die *ich* gesehen habe. Ich habe heute die Frau aus dem Zug gesehen. Sie hatte zwar eine weite Jacke an, aber darunter trug sie eine enge Jeans, Make-up und manikürte Fingernägel. Die weiß, wie sie sich am besten verkaufen kann.«

»Verkaufen?«

Pike verdrehte die Augen. »Sie ist dazu ausgebildet, ihren Körper einzusetzen, Shan. Sie war die Frau in Hongkong, da bin ich mir sicher. Sie hat diesen Mann mit auf ihr Hotelzimmer genommen, und nach ein paar Stunden war er bereit, alles für sie zu tun.«

Shan betrachtete verzweifelt die Schlange der Fahrgäste, die begierig auf die Gelegenheit zum Einsteigen warteten. »Immer wenn wir glauben, einen Anhaltspunkt zu haben, laufen wir vor eine Wand. Wir haben die Landkarten nicht. Wir haben keinen Beweis, dass diese Frau Sun ermordet hat. Wir haben keinen Beweis, dass sie in Hongkong war. Wir kennen nicht mal ihren richtigen Namen oder wo sie in Wahrheit wohnt.«

»Aber das wird sich bald ändern«, sagte Pike mit gefährlichem Grinsen. »Tink beschattet sie.«

* * *

Shan traf für seine Verabredung mit Meng etwas zu früh beim Jokhang-Tempel ein und nutzte den nachlassenden Besucherandrang, um sich erneut mit dem tausend Jahre alten Gebäude vertraut zu machen. Im Eingangsbereich kaufte er bei einer zahnlosen alten Frau etwas Weihrauch und ging langsam hinein. Dann wartete er, bis seine Sinne sich auf das trübe Licht und die stechend riechende Mischung aus Weihrauch und Butterlampen eingestellt hatten. Ein paar Pilger waren immer noch dabei, den inneren Rundweg abzuschließen, und hielten bei jeder der kleinen Kapellen mit den niedrigen Türen inne, die die Korridore säumten. Shan stieg die fast leere Treppe in den ersten Stock empor, wo ein dichterer Ring aus Kapellen die Halle umgab. Dort setzte er sich neben dem Schrein für eine Schutzgottheit auf eine Bank und schloss die Augen. Die Aura fortwährender Andacht schien den ganzen Tempel zu durchdringen. Seit Jahrhunderten kamen die Leidgeplagten und anderen Suchenden hierher, entzündeten Weihrauch und Lampen und führten ein Zwiegespräch mit den Göttern. Lokesh sagte, wenn man seine Seele genau genug einstelle, könne man die Echos der Frommen von jenseits der Zeit hören. Shan blickte auf ein Weihrauchstäbchen in seiner Hand und fragte sich, ob dessen reinigende Wirkung wohl ausreichen würde, nachdem er zwei Stunden mit dem Kommissar verbracht hatte. Die diversen Mantras der wenigen Pilger und Mönche, die sich noch in den Kapellen aufhielten, tönten hinaus in die Halle und schienen sich zu einem einzigen rhythmischen Gebet zu vereinigen. Shan ließ das Geräusch über sich fließen und zu dem Balsam werden, den sein leidender Geist benötigte.

Nach einigen Minuten stand er auf, ging an den Kapellen entlang und wechselte Grüße mit den Mönchen und Nonnen, die anfingen, die Böden zu fegen. In einer der Kapellen entzündete er seinen Weihrauch vor dem Historischen Buddha. Als er auf dem Weg zur Treppe an einer anderen Kapelle vorbeikam, erkannte er das Abbild des Heilenden Buddhas über einem Altar, auf dem ein einzelnes Weihrauchstäbchen schwelte. In der Ecke neben dem Altar standen zwei Frauen und beteten. Ansonsten war niemand anwesend. Shan nahm ein weiteres Stäbchen und wollte es für Ko anzünden. Er bückte sich, um durch den niedrigen Eingang zu treten, erstarrte dann und wich prompt wieder zurück. Die beiden Frauen waren eine Nonne und Meng.

Sie hatten ihn nicht bemerkt, und Shan schob sich in einen schattigen Winkel, von dem aus er sie beobachten konnte, ohne aufzufallen. Die beiden sahen einander an, nicht die Götter, und die Nonne hielt eine von Mengs Händen, während sie in ihrer anderen Hand eine Gebetskette, eine *mala*, durch die Finger gleiten ließ. Shan rückte unwillkürlich ein Stück weiter vor, weil er sich die Situation nicht erklären konnte, und sah dann ein Glas Wasser zwischen ihnen stehen. Meng war nicht als Touristin hier und hatte auch kein zwangloses Gespräch mit der Nonne angefangen. Die beiden rezitierten eine Anrufung des Heilenden Buddhas, ganz langsam, denn Mengs Stimme stockte bei den ungewohnten Worten. Das Mantra galt als ein mächtiges Mittel gegen Krankheiten, vorausgesetzt, man sagte es die traditionellen einhundertacht Male über einem Glas Wasser auf, das der Patient dann austrinken musste. Shan sah zu, bis die Nonne Mengs Hand drückte und ihr bedeutete, das Glas zu nehmen.

Er verließ das Gebäude und dann das Tempelgelände und ging um den benachbarten Häuserblock, bevor er den Innenhof einige Minuten nach dem vereinbarten Zeitpunkt abermals betrat. Meng saß wartend auf einer Bank. Er setzte sich neben sie. Als über ihnen ein Chor ertönte, blickten sie beide auf.

»Das kommt aus einer der Kapellen auf dem Dach«, sagte Shan.

»Es klingt wie ein Segen, der vom Himmel herabschwebt«, stellte Meng fest und zeigte kurz danach auf das Haupttor. »Da ist ein seltsames Fossil in den Bodenfliesen«, sagte sie.

»Der Amolongkha«, erklärte Shan. »Die Alten erzählen viele verschiedene Geschichten darüber. Manche sagen, es sei ein Dämon, der von den Erdgöttern in Stein eingefangen wurde. Andere behaupten, es sei ein Beschützer, der dort schlafe, bis er gebraucht werde.«

»Und er wird noch nicht gebraucht?«, fragte Meng nach einem Moment.

Shan antwortete nicht. »Wir sollten den Pilgerpfad rund um den Tempel nehmen«, schlug er stattdessen vor.

»Ich habe noch eine lange Rückfahrt vor mir«, sagte sie. Sie klang erschöpft.

»Der Pfad heißt Nangkhor Kora«, sagte er, stand auf und streckte eine Hand aus. »Seit mehr als tausend Jahren erlöst er die Seelen. Lokesh sagt, Pilger würden auf ihrem Weg winzige Spuren spiritueller Energie hinterlassen. Daher dürfte dies der energiegeladenste Weg in ganz Tibet sein.«

Meng zögerte und neigte den Kopf, weil aus Richtung des Haupttors ein Klippklapp-Geräusch erklang. Eine alte Frau absolvierte den Pfad auf althergebrachte Weise, indem sie sich bäuchlings ausstreckte, aufstand, einen Schritt vortrat und sich wieder in voller Länge zu Boden warf. Das Geräusch stammte von den abgenutzten Holzklötzen, die zum Schutz an ihre Hände gebunden waren.

»Das zweibeinige Pferd – so heißt das bei manchen der alten Tibeter«, sagte Shan und bezog sich damit auf den rhythmischen Klang der Holzklötze. »Ich habe mal mit einigen alten Mönchen in einer Zelle gesessen. Sie hatte dicht unter der Decke ein schmales Fenster, das etwas Licht und Geräusche durchließ. In der Nähe gab es einen Schrein, und alle paar Tage erstrahlten ihre Gesichter vor Freude, denn sie hörten dieses Geräusch. Klippklapp, klippklapp. Manche Pilger bewegen sich wochen- oder sogar monatelang auf diese Weise fort. Das ist gut für die Seele, aber furchtbar für die Knie.«

Meng musterte die zerlumpte, spindeldürre Frau. Einen Moment lang glaubte Shan, in ihrem Blick so etwas wie Neid wahrzunehmen.

Sie kamen an Abbildern von Hirschen und Dharmarädern vorbei, mit denen die äußere Mauer geschmückt war, und erreichten dann die lange Reihe der Gebetsmühlen entlang des *kora*, riesige Messingtrommeln mit erhaben gearbeiteten Glückszeichen und dem *mani*-Mantra, das mit jeder Umdrehung zu den Göttern geschickt wurde. Shan zeigte Meng, wie man es am besten anstellte, die Mühlen in Bewegung zu versetzen, und so arbeiteten sie die Reihe wie eifrige Pilger ab und drehten jedes einzelne Exemplar. Anfangs lachte Meng noch, als Shans Hand auf ihrer lag und sie gemeinsam die erste große Trommel drehten, aber ihr Lächeln verblasste, und als sie die letzte Gebetsmühle erreichten, war es einer traurigen, fast schon verzweifelten Miene gewichen.

Im Schatten hinter dem Tempel setzten sie sich auf eine Bank und verfolgten schweigend, wie die alte Frau immer mehr aufschloss, dann an ihnen vorbeizog und das hohle Geräusch ihrer Holzklötze immer leiser wurde.

Als Mengs Blick sich wieder auf Shan richtete, drehte er ihre Hand um und legte etwas hinein.

»Was ist das?«, fragte sie.

»Meine Gebetskette, meine *mala*. Die Perlen sind aus Sandelholz geschnitzt. Lokesh glaubt, sie könnte zwei- oder dreihundert Jahre alt sein, was bedeuten würde, dass sie von spiritueller Energie durchtränkt ist.«

»Ich verstehe nicht ganz.«

»Ich möchte, dass du dieses Exemplar benutzt und keines dieser billigen Plastikdinger, wie du vermutlich eines gekauft hast.«

Meng starrte die alten Perlen an. »Wofür sollte ich die brauchen?«, fragte sie angespannt.

»Für dein Mantra. Es gibt mehr als eines für den Heilenden Buddha. *Om bhaisajye bhaisajye bhaisajye samugate svaha* dürfte dasjenige sein, das man dir in der Kapelle beigebracht hat. Wenn du damit anfängst, musst du es einmal für jede der Perlen aufsagen, für alle einhundertacht.«

Meng schien in sich zusammenzusacken. »Können wir nicht noch eine Weile so tun, als ob?«, flüsterte sie. »Nicht alles im Leben muss ermittelt werden.«

»So tun, als ob?«

»So tun, als ob wir gemeinsam eine schöne junge Frau aufziehen würden.« Mengs Stimme zitterte. »So tun, als ob du und ich an der Feier zu ihrem Studienabschluss teilnehmen und darüber lachen würden, dass man uns für ihre Großeltern hält.«

»Als du mir neulich auf dem Marktplatz von Kami erzählt hast, hast du gesagt: ›Ich weiß, dass sie gut mit dir zurechtkommen wird‹«, sagte Shan. »Erst später ist mir klar geworden, dass das so klang, als würdest du nicht mit dabei sein.« Meng erwiderte nichts. »Diese Frau, die Betreuerin, die sich immer im Hintergrund hält, die ist nicht wegen Kami bei dir.«

»Es gehört zu unserer Vereinbarung, dass sie sich auch um Kami kümmert. Aber ja, sie ist eine Krankenschwester. An manchen Tagen benötige ich besondere Medizin und bin dann kaum in der Lage zu funktionieren. Die Reise hierher und die Kosten für diese Frau und meine Medikamente haben fast all meine Ersparnisse aufgebraucht. Es tut mir leid. Das Geld war eigentlich für Kami gedacht.«

Shan bekam kein Wort heraus. Er nahm ihre Hand und drückte sie fest.

»Ich hätte heute eigentlich einen weiteren Behandlungstermin gehabt, aber die nützen nicht wirklich was.« Meng hob die Gebetskette in ihrer anderen Hand. »Stattdessen bin ich hergekommen und habe eine andere Art von Behandlung gefunden.«

»Es gibt ja auch noch andere Ärzte«, murmelte Shan.

»Nein. Es ist zu weit fortgeschritten. Hätte man es ein Jahr früher entdeckt, als die Schmerzen angefangen haben, hätte ich vielleicht eine Chance gehabt. Aber von dort, wo ich stationiert gewesen bin, waren es mehr als hundertfünfzig Kilometer bis zum nächsten Arzt, und ich konnte Kami nicht allein lassen.« Meng zuckte die Achseln. »Immerhin habe ich sie zu ihrem Vater gebracht. In gewisser Weise war das meine Pilgerreise.«

»Wie lange noch?«, fragte er nach langem Schweigen.

»Fünf oder sechs Monate, vielleicht sogar ein Jahr.« Meng lehnte ihren Kopf an Shans Schulter und klammerte sich an seine Hand. Tränen liefen über ihr Gesicht. »Es tut mir so leid, Shan.«

»Mir tut es leid«, versicherte er.

Ein neues Klippklapp-Geräusch ertönte hinter der Tempelecke. Keiner der beiden sprach oder rührte sich, während eine weitere Pilgerin vor ihnen auf dem uralten Pfad vorbeizog und langsam um die nächste Ecke verschwand.

KAPITEL SIEBZEHN

Das unauffällige Gebäude, zu dem Tink sie führte, stand am Rand des Norbulingka, an dem Park des eleganten alten Sommerpalasts, den der Dalai Lama einst während der warmen Monate bewohnt hatte. Dies war der perfekte Ort für einen geheimen Unterschlupf. Shan schätzte, dass das schlicht wirkende Haus im Zuge der tibetischen Modernisierung der 1950er Jahre errichtet worden war, als Yak-Karawanen europäisches Mobiliar über den Himalaja transportiert hatten, darunter auch alte Plattenspieler und stapelweise Schallplatten, wie Shan sie mit eigenen Augen in den Räumen des jungen Dalai Lama gesehen hatte. Die Häuser in Palastnähe waren für die höheren Beamten gedacht gewesen. Von hier aus konnte man das Quartier des Dalai Lama binnen weniger Minuten zu Fuß erreichen.

Das Gebäude mit der gelbbraunen Fassade und dem roten Ziegeldach war ein Doppelhaus, aber laut Tink stand die andere Hälfte unmöbliert leer. Nachdem sie fast eine Stunde in der dunklen Straße abgewartet hatten, murmelte Pike verärgert etwas vor sich hin und öffnete die Tür von Shans Wagen. »Ich geh mich mal ein wenig umsehen.«

»Es gibt vielleicht ein Alarmsystem«, warnte Shan.

»Das bezweifle ich. Die Sicherheit eines solchen Verstecks hängt davon ab, keinerlei Aufsehen zu erregen.« Der Amerikaner wühlte in seinem Rucksack und holte eine Zange heraus, gefolgt von einem Schraubendreher, einer Taschenlampe und einer kleinen flachen Metallstange.

»Machen Sie einfach Ihre Arbeit, Wachtmeister«, sagte Pike in einem Tonfall, der weitere Fragen ausschloss. Dann verschwand er im Schatten.

Eine Viertelstunde später tauchte die Frau auf. Sie kam mit einer Einkaufstüte aus Richtung der Bushaltestelle ein Stück die Straße hinunter. Shan wartete einige Minuten ab und klopfte dann an die Tür. Er stellte sich seitlich hin, um nicht durch das Fenster gesehen zu werden, und schob sofort einen Fuß in den Türspalt, als die Frau öffnete. Sie erschrak, als sie ihn erkannte, und wich einige Schritte zurück.

»Bastard!«, zischte sie.

»Ein schöner Abend«, stellte er fest und schloss die Tür hinter sich. »Man kann die Blumen aus dem Garten des Dalai Lama riechen.«

»Sie haben ja keine Ahnung, worauf Sie sich einlassen, Wachtmeister«, sagte sie, sobald sie sich etwas gefangen hatte. »Am besten gehen Sie einfach. Von mir braucht niemand zu erfahren, dass Sie die Staatssicherheit gefährdet haben. Jedenfalls noch nicht.«

Im Gegensatz zum schlichten Äußeren war das Haus teuer eingerichtet, im westlichen Stil, mit einem großen Flachbildfernseher an einer Wand und den Fotos europäischer Städte an einer anderen. Shan bedeutete ihr, auf dem dick gepolsterten Sofa Platz zu nehmen. »Staatssicherheit«, wiederholte er. »So nennen Sie das also? Die Fälschung von Beweisen, um Metok durch eine Hinrichtung zu ermorden. Den Mord an Sun Lunshi im Himmelszug. Ihren würdelosen Auftritt als Metoks Witwe, um etwaige Spuren der Taten finden und vernichten zu können. Sie wurden von Ihren Auftraggebern als Nonne in Larung Gar eingeschleust und haben den Tod von Tara Namdol arrangiert. Sie waren wirklich fleißig. Und haben so viele Gesichter. Wissen Sie überhaupt noch, wer Sie wirklich sind?«

Sie lächelte höhnisch. »Huan wollte, dass ich mir den Kopf rasiere. Ich sagte, ich würde das Gewand anziehen und all meinen Schmuck ablegen, aber mehr nicht. Wie ich erfuhr, behalten die Novizinnen ihre Haare, bis sie die Gelübde ablegen, also hat es prima funktioniert.«

»Und wie viele Namen Sie benutzen. Kennen Sie Ihren eigenen noch?«

Der Blick der Frau loderte auf. »Ich bin eine loyale Soldatin im Dienst meiner Regierung.«

»Versuchen Sie es mit Kim Nakai«, meldete sich eine belustigte Stimme auf Englisch. Pike trat aus einem dunklen Durchgang vor und hielt eine Schnur hoch, an der ein Dienstausweis hing. »Kim. Das klingt koreanisch«, fügte er hinzu und fächerte mit der anderen Hand drei Reisepässe auf. »Der erste hat einen sechs Wochen alten Einreisestempel aus Hongkong.«

Die Frau ballte die Fäuste und spannte sich an, als wolle sie sich auf Pike stürzen, dann beruhigte sie sich wieder und wandte sich an Shan. »Mein Vater war aus Nordkorea. Er hat Peking viele gute Dienste geleistet und durfte emigrieren.«

»Wie faszinierend«, sagte Pike. »Als Spion für die Chinesen in Nordkorea. Treten Sie in Daddys Fußstapfen?«

Der Amerikaner kam näher, und Kim rutschte auf dem Sofa von ihm weg, als wolle sie unbedingt auf Abstand bleiben. Als sie die Armlehne erreichte, drehte sie sich um und griff zwischen die Sofakissen.

»Suchen Sie die hier?«, fragte Pike und zielte plötzlich mit einer Pistole auf sie. »Da habe ich zuerst nachgesehen. Immerhin verrichten Sie einen großen Teil Ihrer Arbeit auf dem Rücken.« Er wog die Waffe in der Hand. »Ein schönes Stück. Eine deutsche Walther. Wie kosmopolitisch von Ihnen.«

Kim schien sich vor Pike wirklich zu fürchten. Sie stand auf und suchte hinter Shan Schutz.

»Schwester, Sie sollten sich nicht über die Kugel Gedanken machen«, sagte Pike mit bedrohlichem Unterton, »sondern darüber, wem wir von Ihren Eskapaden erzählen werden.«

»Ihr Oberst Tan ist ein wertloses Relikt!«, zischte sie. »Er hat in Peking nichts mehr zu melden. Seine Zeit ist vorbei!«

Pike ignorierte sie. »Tan ist nur eine der Möglichkeiten. Dann wären da die Behörden in Hongkong für den von Ihnen begangenen Bankbetrug. Das Justizministerium in Peking für den von Ihnen eingefädelten Mord durch Hinrichtung – denn so etwas erschüttert das Vertrauen der Leute in die Regierung. Oder wie wäre es mit dem Tourismusministerium für den Mord in deren kostbarem Zug? Oder vielleicht eine der amerikanischen Tageszeitungen für die Geschichte, wie Sie geholfen haben, meine Tochter umzubringen?«

Kims Hohnlächeln verschwand mehr und mehr.

»Ich hatte eher an die Zuchtmeister der Partei gedacht«, sagte Shan. »Wegen der Verschwörung des Amban-Rats zur Übernahme des Bezirks Lhadrung. Aber meine erste Wahl ist natürlich der Kommissar. Oder halten Sie den auch bloß für ein altes Relikt?«

Die Worte nahmen ihr den Wind aus den Segeln. Sie ließ sich auf das Sofa sinken. »Ich bin nur eine Soldatin. Ich befolge Befehle.«

Pike fing an, die Schubladen und Schranktüren zu öffnen, er stieß auf zwei Ersatzmagazine für die Pistole und steckte sie ein. Dann nahm er mehrere Stücke Papier aus einer Schreibtischschublade, überflog sie und lächelte. »Bordkarten für die Flüge nach Hongkong und zurück«, verkündete er. »Eine Taxiquittung aus Golmud von dem Tag, an dem Sie dort in den Himmelszug eingestiegen sind. Fahrten zu Metoks Wohnung. Haben Sie schon länger keine Spesen mehr abgerechnet, Miss Kim? Was ist das, ein Kaufbeleg für die Schlaftabletten, die Sun Lunshi getötet haben? Limonade als Mordwaffe, wie originell.«

»Wir haben gelernt zu improvisieren«, verteidigte sie sich. Ihr Blick wurde härter. »Und einen Ausländer, der gegen die Volksregierung agiert, wird man nicht einfach nur des Landes verweisen. Es deutet manches darauf hin, dass *Sie* den Mann im Zug getötet haben. Ich könnte ja eine entsprechende Aussage machen. Das würde Ihnen lebenslange Zwangsarbeit einbringen. Vielleicht in einem der Lager, denen wir bald vorstehen werden?«

Pike stieß ein leises Knurren aus. Das Verlangen nach Rache für den Tod seiner Tochter hatte wie ein langsam schwelendes Feuer in ihm gearbeitet, und nun stand es so kurz vor dem Aufflammen wie noch nie zuvor.

»Wir möchten nur ein paar Minuten mit Ihnen plaudern, Kim, dann gehen wir wieder«, sagte Shan. »Wenn Sie die Wahrheit sagen, haben Sie nichts von uns zu befürchten.«

»Zunächst mal, wo sind die Landkarten, die Sie Sun abgenommen haben?«, warf Pike ein. »In Huans Büro?«

Kim starrte die beiden Männer schweigend an und deutete dann auf den Schrank neben der Tür. »Die Karten haben niemanden interessiert. Sie sollten nur nicht in die Hände von Metok und seinen albernen Freunden fallen.«

Pike öffnete den Schrank und nahm eine schwarze Plastikröhre heraus.

»Gut«, sagte Shan. »Das war doch schon ein ermutigender Anfang. Nun lassen Sie uns über Hongkong reden.«

Sie bat um etwas zu trinken und lachte, als Shan ihr ein Glas Wasser brachte. Dann ging sie zu einer Vitrine, nahm eine Flasche Whiskey und sah die Männer erwartungsvoll an. Pike nickte, doch Shan trank lediglich einen Schluck von dem Wasser.

Sie redeten fast eine Stunde lang, in deren Verlauf Kim sich mehr und mehr für ihre Aufgabe erwärmte. Sie schien die Fragen nicht als ernsthafte Bedrohung zu empfinden und rühmte sich durchaus gern ihrer erfolgreichen verdeckten Einsätze. Offenbar rechnete sie fest damit, dass Pike bald ausgewiesen und Shan verhaftet werden würde. Sie bestätigte, dass sie nach Hongkong geflogen war, um jemanden anzustiften, eine falsche Aussage gegen Metok zu Protokoll zu geben. Sie lachte, als Shan sie fragte, wo das Geld sei, und erklärte in spöttischem Tonfall, sie habe bei einem Bankmitarbeiter Kontounterlagen und Formulare entwendet und dann die Dokumente gefälscht, die Metok zusätzlich belasten sollten. »Da in der zweiten Schublade«, sagte sie und wies auf den Schreibtisch. »Ich habe noch mehr Formulare mitgebracht, nur für den Fall.«

Nachdem sie ihr Glas Whiskey ausgetrunken hatte, brachte sie überschwänglich ihre Begeisterung zum Ausdruck, nicht länger die langweilige Rolle von Metoks Frau spielen zu müssen, für die sie sich die Tochter einer Sekretärin der Öffentlichen Sicherheit ausgeliehen und mit einem neuen Computer bestochen hatte, damit sie sich täglich für zwei Stunden in der Wohnung einfand. Dann legte Kim stolz und ausführlich ihre Mission an Bord des Himmelszuges dar, die angeblich reibungslos abgelaufen sei. »Er hätte sich vielleicht retten können, wäre er zum Zugarzt gegangen«, fügte sie achselzuckend hinzu, als würde sie dadurch ihr Gewissen erleichtern.

Schließlich gähnte sie und stand auf. »Ich bin müde. Wir sind hier fertig.«

»Nein«, sagte Shan. »Setzen Sie sich an den Schreibtisch. Es bleiben noch einige Dinge zu erledigen. Zusätzliches Belastungsmaterial, wie Sie das nennen würden.«

Eine halbe Stunde später legte sie ihren Stift nieder. »Nun habe ich alles getan, was Sie wollten. Verschwinden Sie«, verlangte sie und wandte sich in die Richtung ihres Schlafzimmers.

»Eine Sache noch«, sagte Pike grinsend, und bevor Shan ihn davon abhalten konnte, verpasste er der Frau eine kräftige Ohrfeige mit dem Handrücken, die sie rücklings auf das Sofa warf.

Ihr wütender Blick durchbohrte den Amerikaner, während sie sich die Wange rieb. »Sie haben meine Waffe«, stieß sie mit zusammengebissenen Zähnen hervor.

»Jetzt ist es meine Waffe«, knurrte Pike.

»Sobald ich melde, dass ein Ausländer die Pistole einer Mitarbeiterin der Öffentlichen Sicherheit gestohlen hat, werden Sie zum meistgesuchten Mann von ganz Tibet.«

»Nur zu«, gab Pike zurück. »Die Pressekonferenz mit all den amerikanischen Reportern wird bestimmt phänomenal.«

»*Wo cao ni!*«, fluchte Kim.

»Das war aber wenig damenhaft«, tadelte Pike und steckte sich die Pistole in den Hosenbund.

Shan stellte sich zwischen die beiden und sah die Frau an. »Wann bricht Leutnant Huan in die Berge auf?«

Kims Gesicht verzog sich zu einem zufriedenen Grinsen. »Er ist schon vor Stunden aufgebrochen, um Jiao zu unterrichten. Ich habe ihn nach unserem Treffen im Potala sofort angerufen.«

Shan und Pike sahen sich erschrocken an. Die Frau hatte das Gespräch künstlich in die Länge gezogen, um sie zu überlisten.

»Huan und Jiao werden sich nicht bloß das Telefon mit dem Video holen, wenn sie diesen Lagerplatz erreichen, dessen Standort Sie uns dankenswerterweise mitgeteilt haben. Sie werden auch gleich sämtliche Zeugen eliminieren. Bis Sie es schaffen, dorthinzugelangen, sind all diese Tibeter längst tot!«

KAPITEL ACHTZEHN

Auf der flachen Felswand oberhalb der Krallen prangte ein neues Abbild, ein *garuda*, der stets wachsame Beschützervogel. »Hier ist niemand«, sagte Tan, als er, Shan und Pike sich dem Lagerplatz näherten. Shan sah auf die Uhr. »Noch zwei Stunden«, stellte er fest. Sie hatten sich durch einen Anruf bei Major Xun etwas Zeit erkauft. Angeblich wollten Tan und Shan mit den Führern des Amban-Rats über das gesuchte Telefon verhandeln und die wechselseitigen Probleme lösen. Xun war im ersten Moment verwirrt gewesen, hatte sich aber schnell für den Vorschlag erwärmt. »Ist das auch wirklich der richtige Ort?«, fragte der Oberst. Shan wies auf den dunklen Winkel zwischen zwei der steinernen Krallen, wo eine Gestalt mit einem grauen Umhang aufstand. Als Shan ihm Lhakpa vorstellen wollte, hob Tan eine Hand. Der Oberst wollte den Namen des Tibeters nicht wissen. Er hatte sofort eingewilligt, Shan einen Hubschrauber zu leihen, aber nur unter der Bedingung, dass er selbst an dem Einsatz teilnehmen würde. Sein Wunsch nach Rache richtete sich nicht gegen die Tibeter.

Zwischen den knorrigen Bäumen gleich jenseits der Krallen brannte in einem Ring aus Steinen ein Feuer. Daneben lagen eingerollte Decken. Als Shan zu dem Lagerfeuer ging, sah er Jaya und den Hageljäger im Schatten der Bäume sitzen. Yankay ließ seine *mala* durch die Finger gleiten, und neben ihm lehnte sein Stab an einem Baum. Der zerlumpte alte Wetterzauberer schien sie gar nicht zu beachten, zog aber seinen Stab näher an sich heran.

Jaya deutete auf den schmalen Bachlauf zwischen den Bäumen, sah dann Ko auf die Lichtung humpeln und half ihm zu einem flachen Felsen. Als er sich setzte, reichte sie ihm ihre Wasserflasche. Shans Sohn hatte ebenfalls stur darauf bestanden, sie alle zu begleiten. Seine Verletzungen heilten schnell und schränkten ihn immer weniger ein, dafür beschäftigte ihn nun das komplexe Horoskop, das Shiva ihm vor dem Abflug gegeben hatte. Während des Aufstiegs vom Landeplatz des Hubschraubers hatte er es alle paar Minuten hervorgeholt und betrachtet.

»Ich hatte schon befürchtet, die würden dich aufhalten«, sagte Jaya und nickte in Richtung der nahen Klippe. Shan trat an die Kante vor und schluckte schwer. Dort unten auf den steilen Serpentinen, die von der Dammbaustelle zu den Krallen führten, näherte sich eine Gruppe von zehn Personen. Drei trugen die Uniform der Öffentlichen Sicherheit, die anderen die Overalls von Jiaos Ausputzern, nun aber mit Gewehren über den Schultern.

Eine kalte Faust schien sich um Shans Herz zu schließen, als er sah, dass Pike die Pistole zog, die er der Frau in Lhasa abgenommen hatte. Der Zorn des Amerikaners war mit jedem Tag gestiegen, und als er nun die neuen Gegner musterte, wirkte er wie ein ausgehungertes Raubtier, das endlich Beute witterte.

»Das ist nicht unser Weg«, sagte Shan zu ihm.

»Ihr Weg? Sie meinen, Sie lassen die mit allem davonkommen und ein langes Leben genießen, weil sie ja bei ihrer Reinkarnation bestraft werden? Ich habe nicht vor, vierzig Jahre zu warten, um dann die Käfer zu zertreten, als die sie wiederkommen, Shan. Das entspricht nicht meinem Zeitplan. Es ist nicht *mein* Weg. Und es war nicht *Ihre* Tochter, die von denen ermordet wurde.«

»Es wurden schon zu viele Kugeln abgefeuert«, sagte Shan. »Falls wir Schusswaffen einsetzen, werden die Götter uns verlassen, glauben die Tibeter. Es ist nicht der buddhistische Weg.«

»Sagen Sie ihnen, dass mein Gott mich schon vor langer Zeit verlassen hat. Keiner der Tibeter braucht eine Waffe anzufassen.« Pike zog das Magazin der Pistole heraus und überprüfte es. »Deren Götter sollen einfach kurz wegschauen. Ich benötige nur ein paar Minuten.«

»Das werden Sie nicht überleben.«

»Das Weiterleben wird ziemlich überschätzt.«

»Bis zum Eintreffen der jungen Ambane bleiben uns noch zwei Stunden.«

»Dann mache ich ein Nickerchen.«

»Nein. Sie kommen mit mir, um das Werk der tibetischen Götter zu sehen. Das zumindest sind Sie den Tibetern schuldig.«

In den Regalen hinter dem schwarzen Filzvorhang gab es keine Artefakte mehr, als Shan den Amerikaner dort entlangführte, doch Pike verweilte bei den diversen Waffen und Werkzeugen am hintersten Regal. Er nahm den schweren Hammer und wog ihn mit beifälligem Nicken in der Hand. »Blau?«, fragte er.

Shan erklärte, welchem Zweck die Gegenstände gedient hatten.

»Ah, der Hammer der Gerechtigkeit«, stellte Pike fest. Er war immer noch zornig, aber nun auch neugierig. »Sind Sie sicher, dass Gekho nicht etwas Wikingerblut in sich trägt?«

»Dieser Hammer wird der Erderschütterer genannt. Um die Mauern der Täuschung einzureißen.«

»Ganz genau«, murmelte Pike und lehnte den Hammer wieder gegen das Regal. »Der Hammer der Gerechtigkeit«, wiederholte er.

»Als wir am Schauplatz eingetroffen sind, brannte auf einem Felsblock eine blaue Flamme«, erinnerte Shan sich. »Nachdem sie erloschen war, blieb dort nur Wasser zurück. Es wurde als ein Wunder gedeutet. Ich kann es mir immer noch nicht erklären.«

Pike grinste. »Diese Schmutzfinger. Da kennt jemand sich ein wenig mit Chemie aus.«

»Schmutzfinger?«, fragte Shan.

»Das war ein Desinfektionsmittel für die Hände. Es besteht aus Wasser und Ethanol. Wenn man es anzündet, brennt es mit blauer Flamme, bis das Ethanol vollständig aufgebraucht ist und nur das Wasser bleibt. Buddhistische Chemiker. Wirklich schlau.«

Als sie zwischen den Bäumen hervortraten, war die Luft merkwürdig ruhig, und der Amerikaner blieb stehen, wenngleich Shan nicht wusste, ob es daran lag, dass er den schmalen, tückischen Pfad entlang der Felswand bemerkt oder das leise Echo der Mantras vom anderen Ende vernommen hatte.

Sie folgten dem Geräusch über die Bergflanke. Der riskante Ziegenpfad ließ Pike nicht verzagen, aber er hielt inne, als sie die Höhle erreichten. Die Mantras waren nun sehr viel lauter. Nach Wacholder duftende Rauchschwaden wehten aus der Öffnung.

»Irgendein verqualmter Schrein wird nicht das Geringste ändern«, knurrte der Amerikaner. »Keine noch so wild dreinblickende Gottheit kann mich umstimmen.«

»Ganz ehrlich, mir fehlen die Worte, um diesen Ort angemessen zu beschreiben.«

»Ich werde jedenfalls nicht auf die Knie fallen und schluchzend meine bösen Absichten bereuen«, sagte Pike und schaute zwischen der Höhle und Shan hin und her. »Ich will nicht gerettet werden, Shan. Aber ich möchte auch nicht respektlos erscheinen.«

»Diskutieren Sie gerade mit sich selbst?«, fragte Shan.

Pike verzog das Gesicht. »Ich befinde mich so weit jenseits einer Rettung, dass ich nicht mal mehr weiß, was das ist.«

Er starrte in die Richtung der monoton vorgetragenen Gebete. »Sie wollen, dass ich das Innere dieses Berges betrete«, sagte er und hielt sich kurz eine Hand vor das Gesicht. »Ich erlebe jede Nacht den gleichen Albtraum. Ich habe sie beerdigt und komme später mit Blumen zum Grab zurück, und da ragt ihre Hand aus dem Boden, als hätte sie sich von den Toten zurückgekämpft. Ich bin es leid, sie jede Nacht aufs Neue zu begraben, Shan. Aber ich weiß, dass es nicht aufhören wird, solange diese Bastarde nicht zur Rechenschaft gezogen werden. Sie müssen zulassen, dass ich Gerechtigkeit übe, Shan«, sagte Pike und drehte sich um, denn eine alte runzlige *dropka* traf hinter ihnen ein und brachte auf ihrer Schulter ein Bündel Wacholderzweige mit. Die Frau musterte sie wortlos und löste Pikes Dilemma, indem sie ihm das Bündel zuwarf und die Höhle betrat. Der Amerikaner folgte ihr hinein, ohne noch länger zu zögern.

Die Zahl der Tibeter in der Kammer hatte sich mehr als verdoppelt. Sie saßen auf alten Teppichen und Decken und rezitierten nun alle dasselbe Mantra, die Anrufung der Roten Tara, der grimmigen Göttin, an die auch Metok sich gewandt hatte. Die alte Frau führte Pike vorbei an den schwelenden Kohlenpfannen und legte bei jeder ein paar Zweige nach. Pike gehorchte stumm und hielt ihr den Wacholder hin, bis seine Aufgabe an der letzten Kohlenpfanne erledigt war. Dann betrachtete er den Tunnel, der tiefer in den Berg hineinführte. Pike drehte sich nicht zu Shan um, sondern stieß einfach in die Dunkelheit vor.

Shan holte ihn in der langen Kammer ein, wo der Kessel auf dem kleinen Gaskocher stand. Yankay saß inzwischen hier auf einem Stapel gefalteter Decken und hielt einen Becher Tee.

»Nichts ist geduldiger als ein Berg«, behauptete der Hageljäger und wies auf den Kessel. »Bedient euch.«

Pike nahm von Shan einen Becher entgegen und trank schweigend. Sein Blick schweifte von dem hellen Fleck am anderen Ende der Kammer über die Wandgemälde der Dämonen, die sich im flackernden Schein einer langen Reihe Butterlampen zu bewegen schienen. Als er schließlich das Wort ergriff, klang er erschöpft. »Wer sind die?«, flüsterte er.

»Es gab viele Namen für sie«, sagte Shan. »Die Glaubenstester, die Erzwinger des geraden Pfades, die Beschützer des richtigen Verhaltens. Ich habe sogar gehört, dass man sie die Gewissensdämonen genannt hat. Die Pilger sind viele hundert Jahre lang hergekommen, um diese Reihe abzuschreiten.«

Shan sah, dass Pikes Hand auf dem Griff der Waffe lag.

»Und nun sind Sie damit dran«, sagte Shan.

»Deshalb haben Sie mich hergebracht?«, fragte er, ohne die Dämonen aus den Augen zu lassen. »Damit ich mich von einer Horde tibetischer Kobolde verspotten lasse?«

»Wenn Sie das so nennen wollen«, sagte Shan, »dann ja. Was auch immer der Pilger ihnen bringen mag, diese Götter spiegeln es wider.«

Pike reagierte nicht, als Shan ihm den Becher aus der Hand nahm, sondern starrte unverwandt die einschüchternden Bilder an. »Ich bin diese Welt müde, Shan«, sagte er am Ende, »so unendlich müde. Ich dachte, ich würde mein Leben beim Militär zubringen, aber die Politiker haben die Rolle des Soldaten ausgehöhlt. Dann dachte ich, der Rest meines Lebens würde beim FBI daraus bestehen, Verbrecher dingfest zu machen, musste aber feststellen, dass die Grenze zwischen Sündern und Heiligen viel zu verschwommen für mich war. Ich dachte, ich könnte ein Lehrer sein und einer jüngeren Generation helfen, die Welt zu verstehen, aber mir wurde klar, dass ich sie vielleicht lieber in Ruhe lassen sollte, damit sie eine bessere Welt erschaffen können. Als meine Frau starb, hat es mir das Herz gebrochen. Als meine Tochter starb, habe ich meine Seele verloren. Falls ich mir sicher sein könnte, dass Sie diesen Mistkerlen zu ihrer gerechten Bestrafung verhelfen, würde ich mir womöglich hier und jetzt das Leben nehmen.«

»Aber das werden Sie nicht«, sagte Shan.

»Warum?«, fragte Pike mit heiserer Stimme.

»Dies ist Gekhos Höhle.«

Pike sah ihn verwirrt an. »Nein. Gekhos Höhle liegt auf der anderen Seite des Berges. Sie wurde zerstört.«

»Dies ist Gekhos Höhle«, wiederholte Shan, streckte eine Hand aus und half dem Amerikaner auf die Beine. »Es gibt einen Zugang von dieser Seite.«

Der Amerikaner war sichtlich aufgewühlt. Seine Verwirrung blieb, aber es kam ein Hauch Angst hinzu, dann blankes Entsetzen. Pike machte einen Schritt, dann noch einen und stapfte an den Dämonengöttern vorbei, als hätten seine Füße sich in Blei verwandelt. Er blieb stehen, bückte sich und legte seine Waffe auf den Boden der Höhle, bevor er weiterging. Shan folgte ihm mit etwas Abstand, hörte Pike vor sich hin murmeln und beschleunigte seinen Schritt. »Gegrüßet seist du, Maria, voll der Gnade«, hörte er und dann mit dem nächsten Atemzug: *»Om mani padme hum.«* Shan begriff, dass es ihn nicht überraschen sollte, wenn ein so komplizierter Mann auch ein kompliziertes Mantra hatte.

Auf halbem Weg durch die lange Kammer hielt Pike inne und schaute zu der tibetischen Krankenschwester, die nun im Licht am anderen Ende zu erkennen war, wandte den Blick aber gleich wieder ab. Er begrüßte jeden der Dämonen mit respektvollem Nicken und verweilte lange genug, um die abgezogenen Menschenhäute zu betrachten, die Halsketten aus Schädeln und die grimmigen Schlangen, die diese Gemälde zierten. Bei dem Bild eines besonders dämonischen schwarzen Makhala legte Pike die zwei Ersatzmagazine ab. Seine Wut war verflogen und tiefer Verzweiflung gewichen. Er stand wie ein frommer Pilger vor dem wehrhaften Dämon, der mit seinen acht Händen winzige zerbrochene Menschen umklammert hielt, und ging dann zum letzten Bild weiter, das Yamantaka zeigte, den Herrn des Todes, der von brennenden Schädeln umgeben war.

Schließlich sah Pike erneut zu der Krankenschwester, die weiterhin bei der Arbeit saß und die Beobachter nicht bemerkt hatte. Die Sicht auf ihren kleinen Bereich wurde von Felsen und den aufgestapelten Teppichen und Decken der Schlafgelegenheiten teilweise verstellt.

Shan überholte Pike und nahm ihn genau in Augenschein. Der Amerikaner wirkte völlig entkräftet, als hätte er im wahrsten Sinne des Wortes mit den Göttern gerungen.

»Ich habe gelesen, die alten Pilger seien in diese Höhle gekommen, um ihre persönlichen Dämonen zu begraben«, sagte Shan.

Pike runzelte die Stirn, als hätte er in Shans Worten eine beunruhigende Frage vernommen. Dann wich Shan zurück und führte ihn in die kleine Nische. Pikes fragender Gesichtsausdruck schien sich noch zu verstärken, dann trat Shan beiseite, und der Amerikaner erstarrte. Die Gestalt dort vor der Wand lag mit dem Rücken zu ihnen auf den Decken, aber das lange blonde Haar war nicht zu übersehen.

»Sie … Sie haben ihren Leichnam gefunden«, krächzte der große Mann.

»Wir haben mehr als das gefunden«, sagte Shan, während Pike sich den Decken näherte.

Die Frau drehte sich um. Ein Auge war immer noch verbunden, aber das andere strahlte. »Hallo, Papa«, sagte Natalie lächelnd.

Der Amerikaner war wie gelähmt. »Ich hätte nie …«, stammelte er, »ich konnte nicht … wie hätte ich auch nur hoffen …«

Natalie sprach undeutlich, und ihr Auge schien nur mit Mühe scharf sehen zu können. »Das weiß man erst, wenn man hier ist«, sagte sie.

Pike sank auf die Knie und weinte.

* * *

Als sie zum Lagerplatz zurückkehrten, lag Ko dort im Schatten und studierte immer noch das verwirrende Horoskop, das Shiva ihm gegeben hatte. Lhakpa saß neben ihm und half bei der Enträtselung.

»Glückliche Ereignisse kündigen sich an«, stellte Lhakpa fest. »Und Freude und Tod, aber das ist nur der erste Teil. Shiva lässt die Leute gern zappeln und benutzt die alten Zeichen. Da ist ein Fass, eine blaue Schlangenlinie wie ein Bach und dann zwei Vögel. Ich habe so was noch nie gesehen.« Er verschwieg eine der offensichtlichsten Abbildungen, nämlich ein Paar Handschellen. Der Schneemönch-Professor deutete auf ein anderes Bild. »Und eine Schale mit weißem Inhalt. Milch. Wieso Milch? Ich kann nicht …« Er wurde durch einen schrillen Pfiff unterbrochen, der über ihnen ertönte. Ein junger tibetischer Wachposten, den keiner von ihnen bemerkt hatte, schwenkte dort oben zwischen den Felsen beide Arme. Jaya und Ko wichen tiefer in den Schatten der Bäume zurück.

Shan stand mit Tan und Lhakpa zwischen den hohen steinernen Graten, als Jiao, Xun und Huan endlich das Lager erreichten. Huan hatte seine Waffe gezogen, schob mit dem Stiefel die Decken bei der Feuerstelle auseinander und hob die Pistole, während Xun angestrengt in die Schatten zwischen den Felskrallen blickte.

Die Überraschung auf ihren Gesichtern wich schnell einer selbstgefälligen Zufriedenheit, als Shan und seine Begleiter ins Freie vortraten. »Drei alte Dinosaurier alle an einem Ort«, höhnte Huan. »Sind wir hier etwa im Museum?«

Jiao, eindeutig der Anführer, warf Huan einen verärgerten Blick zu und wies ihn an, die Waffe einzustecken. Der stellvertretende Direktor musterte nacheinander alle Anwesenden und beschloss dann, sich an Shan zu wenden. »Sie wissen, weshalb wir hier sind, Wachtmeister.«

»Um diese ganze Sache abzuschließen«, erwiderte Shan mit ebenso kühlem Blick.

»Ganz recht. Die nächsten Schritte liegen auf der Hand. Sie geben uns das Telefon mit dem Video. Falls wir später herausfinden, dass Sie über eine Kopie verfügen, werden all die Tibeter, die wir zur Umerziehung geschickt haben, stattdessen zur 404. Zwangsarbeitsbrigade verlegt, um dort eine Strafe von zehn Jahren zu verbüßen.«

»Sie haben keinerlei Verfügungsgewalt über meine Haftanstalten«, zischte Tan.

»Dann eben fünfzehn Jahre. Und es werden nicht mehr lange Ihre Haftanstalten sein, alter Mann.« Jiao sah auf die Uhr und streckte dann die Hand aus, um das Telefon entgegenzunehmen.

»Das haben Sie falsch verstanden«, sagte Shan. »Wir beenden hiermit Ihre Verschwörung.« Er zog mehrere gefaltete Seiten aus der Tasche. »Ihr Fräulein Kim war sehr kooperativ.« Er entfaltete die Blätter. »Erstens, ein unterzeichnetes Geständnis, dass sie einen Beamten der Öffentlichen Sicherheit in Hongkong angelogen hat, indem sie behauptete, Oberst Tan habe ihm befohlen, eine falsche Aussage zu Protokoll zu geben. Die Angaben sind detailliert genug, um zu beweisen, dass Sie zu dritt falsche Vorwürfe gegen Metok erhoben haben, um ihn im Schutz des Gesetzes zu ermorden. Dann dies hier.« Er hielt drei Seiten hoch. »Anscheinend verfügt jeder von Ihnen über Bankkonten in Hongkong, die sich nicht erklären lassen. Das Mutterland bestraft Korruption oft noch wesentlich härter als Mord. Falls Sie sich damit herausreden wollen, Fräulein Kim habe diese Unterlagen gefälscht, belasten Sie sich nur noch mehr im Mordfall Metok.« Pike hatte diese Taktik mit einem Satz umschrieben, den Shan für ein Shakespeare-Zitat hielt. *Der Spaß ist, wenn mit seinem eignen Pulver der Feuerwerker auffliegt.*

Jiao lachte. Huan legte seine Hand wieder auf den Griff der Pistole. »Wie einfallsreich, und das bis zum bitteren Ende. Respekt, Herr Wachtmeister«, sagte Jiao. »Sie legen eine Hartnäckigkeit an den Tag, die ich bewundere, ganz ehrlich. Wären Sie zwanzig Jahre jünger, hätten Sie sich uns anschließen können. Waren Sie das, der den Direktor nachts mit Eiskugeln überrascht hat?«

»Nein, tut mir leid. Alle haben gesagt, der Berggott habe diesen Hagel geschickt, auch der Direktor selbst.«

Major Xun schaltete sich ein. »Ihnen ist aber schon klar, dass Sie von unseren bewaffneten Leuten umstellt sind? Ich fürchte, es wird sich bald wieder einer dieser schrecklichen Verkehrsunfälle auf einer Bergstraße ereignen. Haben Sie denn eine Fahrerlaubnis? Bei Professor Gangfen habe ich dummerweise vergessen, vorher zu fragen.«

»Ein echter Unfall oder wieder ein gefälschter?«, fragte Lhakpa.

Xun grinste. »Gut. Sie haben es begriffen. Passen Sie alle zusammen in ein Auto?«

»Wie oft hat man Ihnen das während der Ausbildung eingeschärft, Major?«, fragte Tan und klang dabei enttäuscht. »Gehen Sie nie davon aus, die Oberhand zu haben, bevor es faktisch so ist.« Der Oberst bedeutete Xun, ihm zum Rand der Klippe zu folgen. Bis unten waren es mehr als sechzig Meter, aber man konnte deutlich erkennen, wie die Männer in Overalls soeben von Zhus Soldaten abgeführt wurden. Zhu, der auf einem Felsblock stand, winkte Xun und dem Oberst zu.

»Die Agentin Kim hat in ihrer Aussage angegeben, dass sie für den heutigen Abendflug nach Katmandu drei Tickets für Sie reservieren sollte«, fuhr Shan fort. »Diese Plätze wurden tatsächlich für Sie gebucht, allerdings von Oberst Tans Büro. Wenn Sie sofort aufbrechen, schaffen Sie es noch rechtzeitig. Von dort aus können Sie nach Indien oder Hongkong weiterfliegen. Zu einem neuen Leben im selben Körper.«

Jiao wirkte belustigt. »Im selben Körper?«

»Falls Sie bleiben, wird man Sie an die Wand stellen und erschießen. Wegen Korruption. Wegen Mordes. Aber vor allem dafür, dass Sie Peking belogen haben. Nach tibetischer Überzeugung folgt dann für Sie die Wiedergeburt. Als ein ziemlich niederes Wesen, schätze ich. Vielleicht als Eichhörnchen?« Er sah dabei fragend Lhakpa an.

»Als Maulwürfe«, entgegnete der Schneemönch. »Der Berggott braucht Arbeiter unter der Erde.«

Plötzlich erkannte Huan, wer Lhakpa war. »Sie! Dieser verfluchte Professor! Ich hatte mir schon gedacht, dass Sie geflohen sind, konnte es aber erst während unserer jüngsten Verhöre bei der 404ten bestätigen. Sie sind der Mistkerl, der während dieses Hagelsturms aus meinem Gewahrsam entkommen konnte!« Er hob seine Pistole und richtete sie auf Lhakpas Brust.

Jiao drückte die Waffe herunter. »Sie wissen nichts über unsere Beziehung zu Peking«, sagte er zu Shan.

»Ganz im Gegenteil. Wir mussten lediglich so denken wie die Öffentliche Sicherheit. Sieh hin, wenn der Verdächtige am wenigsten damit rechnet. Fang seine E-Mails ab. Den Schriftverkehr mehrerer Wochen mit all den überschwänglichen Berichten über die großen Baufortschritte. Kein Wort über die vielen Unfälle und dicke Lügen über die angeblich gegossenen Fundamente und die fast fertigen Kontrollräume. Wenn man das so liest, klingt das wie ein völlig anderes Projekt. An einer Stelle wird sogar behauptet, die Tibeter hätten Sie und den Direktor am ersten Mai vor lauter Dankbarkeit mit Blumen überschüttet. Sogar Peking dürfte Ihnen das schwerlich abgekauft haben.«

»Halten Sie den Mund!«, rief Huan. »Sie sind erledigt! Niemand wird Ihnen zuhören! Sie werden alle verschwinden! Sie sind schon so gut wie tot!«

Shan ignorierte ihn und sprach weiter zu Jiao. »Nicht, dass Sie mich falsch verstehen«, sagte er. »Dieses Material wird nicht von mir oder dem Oberst vorgelegt. Wir haben alle Beweise für Ihre Verbrechen in einer Akte gesammelt, die sich wie eine zusammenhängende Geschichte liest. Abgesehen von dem Mord an Tara in Larung Gar. Den behalten wir vorläufig für uns. Nein, das Material wird von einem anderen alten Relikt präsentiert. Er war gar nicht erfreut darüber, dass Sie sein Siegel gefälscht und auf mehreren kritischen Dokumenten benutzt haben. Und dann haben Sie auch noch den Titel des Amban an sich gerissen – was für ein Frevel! Wie zielsicher ist der Kommissar eigentlich mit seiner Armbrust?«

Jiao wurde sehr still.

Huan ging auf Lhakpa zu und zielte nun auf seinen Kopf. »Her mit dem Telefon!«, kreischte er.

Jiao ignorierte den Offizier der Öffentlichen Sicherheit. »Der Kommissar weiß, dass man Verfahren gelegentlich abkürzen muss, ganz im Sinne des Mutterlands.«

»Zu spät. Er hätte sich vermutlich bestechen lassen, hätten Sie es ihm angeboten.« Shan zuckte die Achseln. »Aber Sie haben seine Gefühle verletzt. Sie mögen ja nicht an den Berggott glauben, Genosse Jiao, aber der Kommissar ist ein Gott der Partei. So alt wie die Hügel, aber beinahe so verehrt wie der Große Steuermann. Niemand in Peking ist nicht für ihn zu sprechen, und niemand wird ihm einen Wunsch abschlagen.«

»Wie können Sie von den Unterschriften wissen?«, knurrte Jiao.

»Der Gouverneur war nicht mal in Tibet, als er die Freigabe für Metoks Hinrichtung unterzeichnet haben soll. Und warum sollte der Kommissar das Dokument mit seinem Amtssiegel versehen, wenn es doch gar nicht um eines seiner Projekte ging?«, fragte Shan. »Major Xun hat nicht erkannt, dass er nicht einfach die Post von Oberst Tan inspizieren kann, ohne dass die Assistentin des Obersts es bemerkt und im Gegenzug einen Blick auf *seine* Korrespondenz wirft. Sie haben Faxe benutzt, weil die E-Mail-Verbindung nicht zuverlässig funktioniert hat. Und Sie haben Ihre Faxe vermutlich geschreddert. Xun seine nicht.«

Shan sah Major Xun an. »Amah Jiejie hat den Schnellhefter gefunden, den Sie unter eine Ihrer Schreibtischschubladen geklebt hatten. Wie haben Sie das doch ausgedrückt? Ach ja. ›Der dämliche alte Sack wird nichts davon mitkriegen.‹ Zuerst dachte ich, damit sei der Oberst gemeint, aber dann haben Sie hinzugefügt, er sei sowieso schon halb blind. Das hat uns verwirrt, bis wir die früheren E-Mails lesen konnten. Ihre Arroganz hat Sie völlig verkennen lassen, dass der Kommissar und der Oberst alte Weggefährten sind. Der Kommissar wusste nichts davon, dass er Ihnen zwanzig Millionen zur Verfügung gestellt und zudem Baumaschinen von seinem Straßenbauprojekt abgezogen hat. Zwanzig Millionen sind eine ganze Menge. Wenn ich es mir recht überlege, haben Sie alle wohl tatsächlich geheime Konten in Hongkong. Und was wird wohl passieren, wenn wir die Subunternehmer zur Rede stellen, die am Staudamm gearbeitet haben, obwohl sie ursprünglich mit anderen Projekten beschäftigt gewesen sind? Die werden sich darum reißen, Geständnisse abzulegen und um Milde zu flehen. Pekings Maßnahmen zur Bekämpfung von Korruption sind sehr effektiv. Sie wissen ja, wie das läuft. Der Erste bekommt Immunität, alle anderen eine Kugel. Vielleicht beschränkt man sich aber auch auf die Mordanklagen, die lassen sich politisch besser verkaufen.« Sein Blick ruhte weiterhin auf Xun. »Aber das gilt nur für die anderen, nicht für Sie, Major. Bei Ihnen wird es schneller gehen. Ein Militärgericht hält sich nicht mit unnötiger Bürokratie auf. Was meinen Sie, Oberst, wie lange hat Xun bis zum Genickschuss?«

»Haben Sie Jampa getötet?«, herrschte Tan seinen Stabschef an.

»Nicht wirklich«, höhnte Xun. »Er hat noch gelebt, als ich ihn in dieser Gasse zurückgelassen habe. Davor hat er sich überhaupt nicht gewehrt, sondern bloß eines dieser verdammten Mantras angestimmt.«

»Weniger als einen Monat«, beantwortete Tan Shans Frage. »Und ich werde dafür sorgen, dass ich es bin, der den Abzug betätigt.«

»Dann ist da noch der Direktor der 404ten«, fügte Shan hinzu. »Er wird um sein Leben singen, sobald wir ihm sagen, dass Sie alle gestanden haben.«

»Niemals!«, rief Huan. »Das ändert nichts! Wir treiben unsere Pläne einfach voran! Keiner von Ihnen verlässt lebend diesen Berg!« Er ging auf Tan zu, der ihn kühl und ruhig ansah. »Auch Sie nicht, alter Mann. Xun wird Ihren Posten übernehmen. Und ich werde der Leiter der Öffentlichen Sicherheit im Bezirk Lhadrung. Uns wird jede Menge Zeit bleiben, uns um alle offenen Fragen zu kümmern, zum Beispiel um Ihre Sekretärin, die alte Vettel.« Drei Meter vor Tan blieb er stehen und hob die Waffe. Der Oberst grinste nur herausfordernd. Huan drückte ab.

Tan zuckte zusammen und griff sich an den Oberarm. Zwischen seinen Fingern quoll Blut hervor. Huan lachte und zielte erneut, aber als er feuern wollte, kam eine Gestalt zwischen den Bäumen hervorgerannt und riss ihn um. Während die beiden zu Boden stürzten, lösten sich zwei Schüsse.

»Ko!« Voller Entsetzen begriff Shan, dass sein Sohn den Schuss abgelenkt hatte, der Tan töten sollte. Die beiden Männer rangen miteinander. Blut spritzte aus dem Gewirr der Gliedmaßen hervor. Es ertönte ein weiterer Schuss, und Huan sackte zusammen.

Shan lief zu seinem Sohn, aber Tan war schneller und drückte seine Hand flach auf einen blutigen Fleck an Kos Oberkörper. Er richtete den jungen Mann auf und inspizierte den Rücken. »Ein glatter Schulterdurchschuss«, erklärte der Oberst, während Shan sich verzweifelt vergewisserte, dass der Puls seines Sohnes kräftig blieb. »Da sitzen keine lebenswichtigen Organe. Das ist gut. Und er hat kaum Blut im Mund. Wie es aussieht, wurde seine Lunge nur gestreift und ansonsten Muskeln verletzt. Eine Gefechtsverwundung, kein Todesstoß.« Der Oberst starrte den bewusstlosen Ko an, und Shan erkannte, dass er fast so verblüfft war wie Shan selbst. Der Häftling der 404ten hatte das Leben des Tyrannen gerettet, der den Gulag von Lhadrung befehligte.

Jaya kam hinzu und trug Ko mit Tans Hilfe zum Lagerplatz, wo sie ihn aufrecht an einen Baum lehnte und eine Decke über seine Beine breitete. Dann riss sie den Saum ihrer Bluse ab, um seine Wunde zu verbinden. Tan zog seine Uniformjacke aus und gab ihr sein Hemd. Lhakpa entzündete ein Weihrauchstäbchen und steckte es neben Ko in die Erde.

Jiao seufzte übertrieben laut und deutete auf Huans Leichnam. »Er war schon immer viel zu reizbar«, verkündete er und gab Xun ein Zeichen. Der Major zerrte den toten Offizier der Öffentlichen Sicherheit wortlos zum Rand der Klippe und stieß ihn in die Tiefe.

»Sie sollten jetzt gehen«, sagte Shan zu den verbliebenen Verschwörern.

»Wir sind noch nicht fertig«, fauchte Xun und hob seine eigene Waffe.

»Sie können das Flugzeug noch erreichen«, betonte Shan.

»Oder was?«, spottete Xun. »Sie ziehen den nächsten billigen Trick ab und nennen es den Zauber des Berggottes?«

»Billig?«, entgegnete Shan.

Xun schaute plötzlich über Shans Schulter hinweg und wurde bleich. Er schien zu erschaudern, und dann wich er zurück. Natalie Pike, gestützt auf Jaya, war aus dem Schatten vorgetreten.

»Unmöglich!«, keuchte Xun. »Ich habe die letzten Sprengladungen selbst angebracht! Sie ist tot! Sie muss tot sein!«

»Wir sind hier in Tibet«, sagte Shan. »Hier kommen die Toten immer zurück.«

Die Amerikanerin, deren Kopfverband weiterhin ein Auge verdeckte, sagte nichts und streckte das Mobiltelefon aus, das Xun so unbedingt haben wollte. Als Cato Pike hinzukam, erschrak Shan. Er hatte ihn mit seiner Tochter allein gelassen. Womöglich hatte der Amerikaner die Pistole wieder vom Höhlenboden aufgehoben.

Doch dann sah Shan, dass er nicht die Pistole hielt, sondern den blauen Vorschlaghammer, der in eine rituelle Waffe verwandelt worden war. Major Xun legte auf ihn an. Shan tastete sich ein Stück vor.

Neben Pike erschien Tara die Ziege. Sie musterte Xun, neigte den Kopf und meckerte, als würde sie ihn wiedererkennen. Dann senkte sie den Kopf und griff den Mann an, der die menschliche Tara getötet hatte. Xun, der eindeutig Angst vor dem kleinen Tier bekam, lief rückwärts und feuerte zweimal, ohne zu treffen. Die Ziege wurde schneller und wollte ihn rammen, stoppte dann aber abrupt. Xun war weg.

»Zieht mich rauf!«, rief der Major und klang dabei eher wütend als panisch. Er war abgestürzt, hatte sich aber gerade noch an der schmalen Felskante der Klippe festhalten können. »Verflucht, zieht mich rauf!« Xun baumelte über der Leere, schimpfte und rief Jiaos Namen. Jiao machte zögernd einen Schritt auf ihn zu und hielt dann inne, weil Pike mit hinterhältigem Grinsen vortrat. Der Blick des Amerikaners verweilte kurz bei Xuns Pistole, die einige Schritte entfernt auf dem Boden lag. Dann wandte Pike sich an Shan. »Wie haben Sie dieses Ding doch gleich genannt, Professor?«

»Den Erderschütterer«, erwiderte Shan.

»Richtig.« Pike sah seine Tochter an, dann Shan, holte weit mit dem Hammer aus und ließ ihn auf den Fels hinabsausen. Es gab ein knackendes Geräusch, aber noch hielt die dünne Kante.

»Zieht mich rauf, ihr Narren!«, rief Xun. »Ich werde ein Geständnis unterzeichnen!«

Die Worte brachten Jiao zum Stehen, der sich dem Major langsam genähert hatte.

Das Knacken hielt an. »Wolchen Gekho, Sangwa Dragchen!«, rief Pike die alten Namen der grimmigen Berggottheit und ließ den Hammer des Gottes ein weiteres Mal auf den Fels knallen. Eine von Xuns Händen reckte sich über den Rand und suchte nach Halt, dann brachen die äußeren sechzig Zentimeter des Simses ab, und er verschwand.

Pike drehte sich mit feierlicher Miene zu seinen Gefährten um. »Erderschütternd«, verkündete er, schulterte den Hammer und wandte sich Jiao zu.

Der stellvertretende Direktor hatte die Pistole aufgehoben, ließ sie aber langsam sinken und starrte den Fleck an, an dem eben noch Xun gehangen hatte.

»Sie sollten gehen, Jiao«, sagte Shan erneut. »Nehmen Sie dieses Flugzeug. Verlassen Sie China. Tauchen Sie irgendwo unter. Am einfachsten dürfte Indien sein oder Vietnam. Wir lassen Ihnen einen Vorsprung von vierundzwanzig Stunden. Mit etwas Glück können Sie sogar den Männern entwischen, die der Kommissar aussenden wird.« Er sah zu Tan, der immer noch neben Ko saß, und dann zu Lhakpa. Beide erwiderten lediglich mit grimmigen Mienen seinen Blick und erhoben keine Einwände. Huan und Xun hatten die Morde begangen. Jiao war der führende Kopf gewesen, der Träumer, wie so viele in Chinas jüngerer Vergangenheit, der die Mörder inspiriert hatte. Shan winkte Leutnant Zhu heran, der nun ebenfalls bei den Krallen eingetroffen war.

»Die Ausputzer kehren auf ihre regulären Armeeposten zurück«, sagte Shan. »Die Einheit hier ist aufgelöst. Einer Ihrer Männer soll den stellvertretenden Direktor Jiao zu seinem Quartier begleiten, damit er seine Sachen packen kann, dann weiter zum Flughafen. Er muss einen dringenden Termin wahrnehmen.« Zhu stieß einen Pfiff aus. Aus dem Schatten hinter ihm trat einer seiner Soldaten vor.

Jiao musterte den Mann verzweifelt, dann wieder Shan und schüttelte den Kopf. »Sie sind ein Niemand«, sagte er mit zitternder Stimme. »Ich hätte Sie gefeuert, sobald ich nach Yangkar gezogen wäre.«

»Sie sind ein Niemand«, gab Shan zurück. Dann ließ Jiao sich wie betäubt von dem Soldaten wegführen.

Tan bedeutete Zhu, er möge warten, und schrieb eine Notiz. »Sorgen Sie dafür, dass der Direktor der 404ten dies erhält. Er soll sich gleich morgen früh bei mir melden. Und funken Sie meinen Hubschrauber an. Die sollen Dr. Anwei mitbringen. Es gibt hier zwei Patienten für sein Krankenhaus.«

KAPITEL NEUNZEHN

Das Fundament des Kontrollgebäudes am oberen Hang war fertig. In seiner Mitte stand ein mit Blumen geschmückter Pavillon über einem Stehpult. Die Zeremonie anlässlich des Durchstichs am Pass, zu der Jiao schon vor Wochen eingeladen hatte, war von dem stellvertretenden Direktor lange vor seinem Verschwinden geplant worden. Die Szenerie sah aus, als hätte man sie für ein Parteiplakat inszeniert. Junge Tibeterinnen in farbenfrohen traditionellen Gewändern und wie aus dem Ei gepellte Arbeiter mit ihren Helmen standen zu beiden Seiten eines ein Meter zwanzig hohen Modells eines Sendemasts. Aus einem Lautsprechersystem erschallten beliebte Hymnen des Proletariats. Der Kommissar, gekleidet in einen früher einmal modischen Mao-Anzug, saß auf einem Ehrenplatz in der ersten Stuhlreihe und wurde von zwei seiner Krankenschwestern umsorgt.

Der Direktor hatte laut protestiert, als Shan und der Oberst ihm in seinem Büro mitteilten, dass sie Jiao weggeschickt hatten. Doch seine Beschwerden verklangen schnell, als Shan ihm die Verschwörung des Amban-Rats schilderte.

»Davon habe ich nichts gewusst«, murmelte Ren zunächst, distanzierte sich jedoch schon bald entschieden von seinem Stellvertreter und nannte Jiao »diesen arroganten jungen Schnösel aus Peking«. Als Tan ihm streng den Missbrauch von Armeeressourcen beschrieb, griff Ren sich an den Bauch, und einen Moment lang dachte Shan, dem Mann würde schlecht werden. »Das hatte alles mit dem Alltagsbetrieb zu tun«, betonte Ren nervös. »Und dafür war er zuständig, nicht ich.«

»Dennoch sind Sie der Direktor«, sagte Tan. »Sie müssen etwas gewusst haben. Als sein Vorgesetzter tragen Sie ohnehin die Verantwortung.«

»Dies ist ein nationales Projekt!«, rief Ren. »Wir haben Verfahren abgekürzt, ja, aber zum Wohle des Mutterlands. Jiao hatte die volle Unterstützung der Bosse in Peking!«

»Haben Sie gewusst, dass Xun und Huan diese Höhle gesprengt haben, um die Leute im Innern zu töten?«

»Natürlich nicht! Die Sprengung schien aus technischer Sicht die richtige Entscheidung zu sein.«

»Die beiden haben außerdem für den Tod eines Ihrer Ingenieure gesorgt«, fügte Tan hinzu.

»Metok wurde wegen Korruption hingerichtet. Das war Sache der Öffentlichen Sicherheit. Bei so großen Projekten gibt es immer ein paar schwarze Schafe.«

»Metok war ein guter Mann, ein aufrichtiger Mann, der von verlogenen Verbrechern getötet wurde«, stellte Shan fest.

»Es wäre nur logisch, auch Sie bei diesen Ermittlungen als einen Verdächtigen zu behandeln«, merkte Tan an.

Ren hatte nur wenige Fähigkeiten, aber eine davon war, bei den Worten mächtiger Männer zwischen den Zeilen zu lesen. Er schien sich zu sammeln und richtete sich auf. »Wenn auch der Projektleiter beschuldigt wird, zieht das die Integrität der Regierung in Mitleidenschaft«, tastete er sich vor. »Vielleicht finden wir eine andere Lösung. Zum Wohle des Volkes.«

»Wie ich sehe, sind Sie ein Mann mit gesundem praktischem Urteilsvermögen«, gab Tan hölzern zurück. Shan hatte ihn nur mit Mühe davon abbringen können, Ren aufzuspießen und Peking zum Fraß vorzuwerfen. Der Amban-Rat war erledigt, der Direktor der 404ten degradiert und auf einen Posten in der Wüste versetzt. Die Tibeter, die Huan festgenommen hatte, waren alle aus der Schuhfabrik entlassen und zurück in ihre heimatlichen Berge gebracht worden. Tan hatte sogar widerwillig Shans Vorschlag akzeptiert, jeder Familie ein Maultier aus den Ställen des Lagers zu überlassen. Die Larung-Gar-Gefangenen bei der 404ten waren ebenfalls auf freien Fuß gesetzt worden und hatten unter Tränen ein Wiedersehen mit Lhakpa gefeiert, der vor dem Tor schon auf sie wartete.

Nun, als seine Zeremonie begann, bedeutete Direktor Ren seinen Begleitern, sich zu erheben, während zwei Arbeiter zwischen sich ein Banner an langen Stangen entrollten. *Das moderne Tibet ist ein chinesisches Tibet*, stand dort, und zwar ausschließlich in chinesischen Schriftzeichen. Um sie herum standen überall Tibeter, sowohl aus der Belegschaft als auch aus der Umgegend. Ren hielt eine kurze, unverbindliche Rede, dann folgten die Leiter der an dem glorreichen Bauvorhaben beteiligten Firmen. Während sie sprachen, schaute Ren unglücklich zu dem kleinen Schaltknopf, der auf dem Pult angebracht war. Der Durchstich am Pass, bei dem die überhängenden Klippen zum Einsturz gebracht wurden, würde der letzte Schritt zur Vorbereitung der Fundamente der Staumauer sein.

Oberst Tan saß auf einem der Klappstühle in der Nähe des Direktors zwischen Shan und dem betagten Kommissar, hinter dem die beiden Schwestern warteten. Shan wagte einen Blick über die Schulter. Auf einem Sims über ihnen gab es weitere Zuschauer, darunter Cato Pike, Jaya, Lhakpa und den Hageljäger, der seinem Ruf treu blieb und einen seiner merkwürdigen Tänze aufführte, wobei er ein Bündel Zweige in Richtung des schmalen Bergpasses schüttelte. Als die Leute ihn bemerkten, ging ein Raunen durch die Menge, und einige Arbeiter zeigten auf eine lange Leine mit Gebetsfahnen, die aus dem Himmel auf den gegenüberliegenden Hang hinabschwebte.

Als der letzte Redner geendet hatte, stand Direktor Ren auf und legte seine Hand auf den Schalter. »Hiermit präsentiere ich Ihnen den Höhepunkt all unserer Arbeit«, verkündete er und zögerte dann. Er suchte in seiner Tasche, holte den kleinen blauen *tsa-tsa* des Berggottes hervor, die Shan ihm gegeben hatte, legte sie mit dem Gesicht zum Berg auf das Pult und betätigte den Schalter.

Der gewaltige, einhundertzwanzig Meter hohe Felsvorsprung, der das letzte große Hindernis für die Errichtung der Staumauer bedeutete, schien zu erbeben, als die Sprengladungen in den Bohrungen detonierten, und fing an, die Bergflanke hinunterzurutschen. Dann folgten plötzlich noch mehr Explosionen, wesentlich stärkere, die Felsfragmente bis hoch über das Tal schleuderten, und auf dem gegenüberliegenden Hang stieg oben eine Linie aus Rauch und Staub auf. Die gesamte Seite des Berges wölbte sich ächzend vor und rutschte ins Tal. Der Kommissar gackerte hämisch und klatschte in die Hände. Direktor Ren erstarrte schockiert und klammerte sich an das Pult, als würde er sonst umkippen.

Lhakpa und seine Freunde hatten zwar zuvor schon von den verborgenen Spalten des alten Schreinkomplexes gewusst, doch erst die seismischen Landkarten, für die Sun Lunshi gestorben war, hatten es dem Sprengstoffexperten Yeshe gestattet, eine größere Anzahl von Ladungen tiefer und höher zu platzieren, als es ihm sonst möglich gewesen wäre.

Der Boden unter ihren Füßen fing an zu zittern. Zwei der Ehrengäste fielen hin, als sie das Fundament verlassen wollten. Der Hang über dem Talgrund stürzte ein, und dann verhüllte eine riesige Staubwolke das Ausmaß der Zerstörung. Tan wandte sich um und nickte Zhu zu, der eine Hand an den Mund hob und in ein kleines Funkgerät sprach.

Weniger als eine Minute später landete Tans Hubschrauber über ihnen auf der Straße, und ein Soldat brachte dem Oberst im Laufschritt einen Umschlag. Tan las mit ernster Miene den Inhalt und reichte das vergilbte Papier dann an den Kommissar weiter, der es ebenfalls las und nickte. Er ließ sich von seinen Krankenschwestern auf die Beine helfen und ging zu Direktor Ren, der immer noch wie gelähmt verharrte und auf die mächtige Staubwolke starrte.

»Was für ein Jammer, Ren«, behauptete der Kommissar lakonisch, aber belustigt und hielt dem Direktor das Blatt hin. »Peking hätte uns mal lieber nicht ignorieren sollen. Wir hätten es denen vorher sagen können. Was für ein Jammer!« Er schaute zurück zu Tan. Seine Augen funkelten schelmisch.

Die Herausforderung bei ihrem Plan hatte darin bestanden, die zusätzlichen Sprengungen vorzunehmen, ohne dass man sie den Tibetern anlasten würde. Cato Pike weigerte sich zunächst, von der Seite seiner Tochter zu weichen, und Shan wollte Ko nicht verlassen, doch nach zwei Tagen erklärte der Arzt, die beiden Patienten seien außer Gefahr. Ko würde eine angekratzte, aber funktionsfähige Lunge zurückbehalten, und Natalie Pike konnte mit Hilfe einer geeigneten Therapie auf die vollständige Genesung ihrer Gliedmaßen hoffen. Was das Auge anging, war Dr. Anwei nicht ganz so zuversichtlich, hoffte jedoch, dass die Ärzte in Amerika eine Behandlungsmethode finden würden. Beide Patienten drängten ihre Väter, sich etwas Ruhe zu gönnen, und so trafen Cato Pike und Shan sich mit Tan und Amah Jiejie zu einem Abendessen, bei dem Pike und Tan eine ganze Flasche Wodka leerten und der Amerikaner erfuhr, dass der Oberst ebenfalls nicht viel von Peking hielt. Gegen Ende des Abends, als Tan jedem ein Glas feurigen *bai jiu* Schnaps einschenkte, äußerte Pike dann den Vorschlag, der Peking die ganze Schuld zuschieben würde.

Es war eine brillante Idee, das musste Shan einräumen. Die gefälschte Notiz, deren Datum fast vierzig Jahre zurücklag, war die Meldung eines Quartiermeisters, man verfüge nach den Kampagnen der letzten Jahrzehnte über einen zu großen und überalterten Munitionsvorrat. Er schlug vor, die überschüssigen Bestände in tiefen Felsspalten zu versenken, gelegen an einem fernen, unbewohnten Ort, den die Tibeter das Tal der Götter nannten. Amah Jiejie brachte kunstvoll alte Stempel auf dem Schreiben an, die es authentischer wirken ließen, und vergewisserte sich, dass der besagte Quartiermeister schon seit Jahren nicht mehr lebte. Der letzte Schliff ging dann ebenfalls auf Pikes Anregung zurück: Sie alterten das Papier in Amah Jiejies Backofen. Tan konnte das Ergebnis vor lauter Vorfreude kaum abwarten und klopfte dem Amerikaner mehrmals auf den Rücken, während sie vor dem Ofen kauerten. Die unerwartete Explosion war demzufolge nicht das Werk der Tibeter, sondern resultierte aus der Arroganz von Jiao und seinen Gönnern in Peking, die nun mühelos den flüchtigen stellvertretenden Direktor als Sündenbock für die Katastrophe nutzen konnten.

Der Wind nahm etwas an Stärke zu und verwehte allmählich die Staubwolke. Der hohe V-förmige Pass existierte nicht mehr. An seiner Stelle gab es nun eine breite gezackte Öffnung mit einem weit auseinanderklaffenden Spalt im Boden. Hier würde niemals eine Staumauer stehen.

Shan trat an die Seite des Direktors, der ganz allein dastand und immer noch sein ruiniertes Projekt anstarrte.

»Das konnten Sie unmöglich wissen«, sagte Shan. Es klang wie ein Vorschlag. »Als Sie hinzugezogen wurden, war die Planungsphase des Projekts bereits abgeschlossen.«

»Ich konnte das unmöglich wissen«, wiederholte Ren tonlos. »Als ich …« Er schien kaum sprechen zu können. »Ich wurde erst später hinzugezogen.«

»Jiao war ein Krimineller und hat den Staat betrogen. Seine Freunde Leutnant Huan und Major Xun sind auch verschwunden. Die beiden waren zweifellos an der Verschwörung beteiligt.«

»Eine Verschwörung gegen den Staat«, murmelte Ren.

»Gegen das Volk und sein gepriesenes Mutterland«, betonte Shan. »Ich werde schildern, dass Sie mich bereitwillig bei meinen Ermittlungen unterstützt haben und wir die Verschwörung ohne Ihre Hilfe niemals aufgedeckt hätten. Der Oberst wird das bestätigen. Alle werden schnell begreifen, dass dies zwar schlechte Neuigkeiten sind, es aber besser ist, zum jetzigen Zeitpunkt davon zu erfahren und nicht erst nachdem man weitere Milliarden in ein Projekt versenkt hat, das ohnehin nie gelingen konnte. Was bedeutet, dass man Sie für Ihren Einsatz loben wird.«

Als Shans Worte ihre Wirkung taten, schien Ren etwas Mut zu schöpfen, auch wenn seine Stimme immer noch brüchig klang. »Das würden Sie für mich tun?«

»Sie müssen sofort damit anfangen, die Ausrüstung wegzuschaffen und die Unterkünfte abzubauen«, sagte Shan. »Aber ja, das werde ich tun. Es wird sich natürlich um einen geheimen Bericht handeln, weitergeleitet durch Tan und den Kommissar. Aber Ihre Vorgesetzten in Peking werden ihn zu Gesicht bekommen.«

Ren seufzte. »In der Mandschurei werden derzeit viele Brücken gebaut. Ich mag Brücken. Ich suche mir ein Brückenprojekt.«

»Hervorragend. Die Einwohner der Mandschurei können sich glücklich schätzen.«

Ren nickte und wandte sich ab, drehte sich dann aber wieder um und starrte den kleinen blauen Gott auf dem Stehpult an. Er nahm die Tontafel, steckte sie in die Tasche und machte sich daran, das Tal an die Götter zurückzugeben. Hoch über ihnen schwebte eine neue Leine voller Gebetsfahnen hinab auf das Geröllfeld. Gekhos Berg hatte Wunden davongetragen, aber überlebt.

Als Shan sie erreichte, musterten Tan und Zhu den gegenüberliegenden Hang mit Ferngläsern. Eine kleine Gruppe Tibeter zeigte aufgeregt auf einen Schatten jenseits des Gesteinsschutts, gelegen auf halber Höhe der Bergflanke. »Dieser Gekho ist ein gerissener Halunke«, sagte Tan grinsend und gab Shan sein Fernglas. Shan richtete es auf den Punkt, den die Tibeter meinten, und musste ebenfalls grinsen. In der Seite des heiligen Berges hatte sich eine neue Höhle aufgetan.

EPILOG

Ai yi! Rettet mich vor diesem ausländischen Teufel!«, rief Lhamo und warf frustriert die Hände empor. Dabei sah sie Shan und Meng an, die auf der anderen Seite des Innenhofs auf einer Bank saßen. Die alte Tibeterin drehte sich wieder zu Cato Pike um und setzte die lebhafte Diskussion fort, wobei sie dem Amerikaner bei jeder Silbe mit ausgestrecktem Finger in die Brust stach.

Lhamos Mann Trinle und Lokesh verfolgten das Geschehen vom Eingang des kleineren Hauses aus, in dem sie alle wohnten, und jeder der beiden alten Männer warf dabei Shan besorgte Blicke zu. Pike riss nun ebenfalls verärgert die Arme hoch, und Lokesh stöhnte, aber dann beugte der Amerikaner sich zu der alten Tibeterin vor und sprach mit leiserer Stimme weiter, als würde er ihr ein Geheimnis anvertrauen. Lhamo reagierte überrascht, und als Pike dann ein Stück Papier aus der Tasche zog und entfaltete, hörte sie ihm aufmerksam weiter zu und nickte. Sie schüttelte Pike energisch die Hand, kniff ihm mit der anderen Hand in die Wange und gab ihm eine Zigarre, die sie an der Glut des Stummels entzündete, der in ihrem eigenen Mundwinkel klemmte. Der Amerikaner ging weg, und sie verstaute den Zettel in ihrem *gau*.

Pike paffte grinsend seine Zigarre und berichtete Shan. »Was für ein zäher alter Geier«, verkündete er, »aber ich mag sie. Eine scharfsinnige Beobachterin der menschlichen Existenz. Sie hat gesagt, der Wachtmeister sei so ziemlich die dickköpfigste Person, die ihr jemals begegnet sei.«

»Das wussten wir schon«, sagte Meng. »Und?«

»Sie will Shans Stiefel und sein Fernglas. Und einhundert Dollar.«

»Einhundert Dollar?«, rief Shan erschrocken. »Ich habe keine hundert Dollar.«

»Das ist mein Geschenk an Sie. Die alte Frau hatte anscheinend noch nie amerikanisches Geld gesehen. Ich bin mir auch nicht sicher, ob sie den Wert eines Dollars kennt, aber beim Anblick des Scheins haben ihre Augen gefunkelt.« Pike wirkte verlegen. »Es könnte übrigens sein, dass sie Benjamin Franklin ab jetzt für den amerikanischen Dalai Lama hält.« Er zuckte die Achseln. »Ich musste ja irgendwie mit ihr handelseinig werden.« Er schaute zu der alten Frau, die sie erwartungsvoll anstarrte. »Ach, und die Ware muss sofort geliefert werden.«

Shan rief Yaras Sohn zu sich, der mit einer deutlich ruhigeren Kami spielte, und flüsterte ihm etwas ins Ohr. Der Junge nahm Kami bei der Hand, und sie liefen gemeinsam zu dem großen Haus. Gleich darauf kehrten sie zurück und brachten lachend Shans Stiefel und Fernglas. Meng nahm die abgetragenen Stiefel und das verschrammte Fernglas entgegen und legte alles feierlich in einen Korb, der mit rotem Garn geschmückt war. Pike, der behelfsmäßige Vermittler, geleitete die beiden mit ihren Gaben zu Lhamo, die argwöhnisch den Inhalt des Korbes inspizierte. Dann nahm sie mit einem Freudenschrei die Stiefel heraus.

»Ich weiß aber nicht, ob sie Trinle passen werden«, warnte Shan.

»Trinle? Wer hat denn was von meinem Mann gesagt?«, fragte die alte Frau, zog einen ihrer Schuhe aus und streifte den Stiefel über. Dann stampfte sie mit zufriedenem Lächeln auf. »Der Milchpreis wurde entrichtet!«, rief sie so laut, dass alle im Innenhof es hören konnten. Sie hatte nicht bemerkt, dass Ko und ihre Enkelin an einem Fenster im ersten Stock zuhörten, und Shan sah, wie sie sich nun freudig in die Arme fielen.

Lhakpa der Schneemönch hatte vom Stall aus mitgefiebert, wo er auf einem kleinen Fass saß, neben sich seine Ziege und sein Bruder, der Hageljäger, mit dem er nun herzhaft lachte. Shan hatte sich mehr als einmal gefragt, ob es in Wahrheit nicht der Arzt, sondern der alte Hageljäger gewesen war, der seinen Sohn gerettet hatte.

Während sie auf den Hubschrauber mit Dr. Anwei warteten, hatte Shan um Kos Leben gefürchtet. Doch dann hatte Yankay das von Shiva erstellte Horoskop gesehen und aufgeregt auf die unterste Symbolreihe gezeigt, die bis dahin für keinen von ihnen einen Sinn ergeben hatte. »Du musst jetzt leben, Junge«, hatte der Hageljäger ihn ermahnt, was Ko nur ein schwaches Schulterzucken entlockte. »Unbedingt, mein Sohn, denn hier steht, dass du heiraten wirst!«

Und so hatten sie beschlossen, eine Doppelhochzeit zu veranstalten, vorausgesetzt Shan bezahlte Yaras Großmutter den obligatorischen Milchpreis, um ihren Haushalt für den Verlust einer starken jungen Frau zu entschädigen. Shan hatte lieber auf den Einwand verzichtet, dass Lhamo eigentlich kein Verlust entstand, weil sie ja schließlich alle gemeinsam dasselbe Anwesen bewohnen würden.

Nach seiner Rückkehr vom Gelände des Fünf-Klauen-Projekts, wo er mit der Überwachung der Abbauarbeiten betraut gewesen war, hatte Meng noch am selben Tag eingewilligt, Shan zu heiraten. Er hatte sogar schon Nachforschungen darüber angestellt, ob Choden befugt sein würde, eine schlichte amtliche Zeremonie abzuhalten, als Marpa und Shiva in sein Büro gestürmt waren, um auf einer eindrucksvolleren und traditionelleren Feier zu bestehen. Shan hatte die verhaltene Freude in Mengs Blick bemerkt und zugestimmt, sofern ein paar alte chinesische Bräuche den tibetischen Gepflogenheiten hinzugefügt werden dürften. Am nächsten Tag war er mit Meng nach Lhasa gefahren, wo sie traditionelle Kleidung und Schachteln mit kleinen süßen Kuchen gekauft hatten.

Erst nach einer Weile hatte er Meng eröffnet, dass eine tibetische Hochzeit im Wesentlichen aus drei Tagen Essen und Trinken bestand. Meng und Ko waren sich beide der Tatsache bewusst, dass sie schnell handeln mussten, wenngleich keiner die Gründe dafür zur Sprache brachte. Kos Genesungsurlaub würde nur so lange dauern, bis er wieder kräftig genug für die Zwangsarbeit war, und Mengs Gesundheit war unvorhersehbaren Schwankungen unterworfen. Tserung der Mechaniker hatte widerwillig akzeptiert, dass er nicht die Zeit haben würde, das besondere Hochzeitsbier der tibetischen Überlieferungen zu brauen, und Shiva hatte alle anderen Aufträge zurückgestellt, um detaillierte astrologische Diagramme für die Eheschließungen zu erstellen. Zu Shans großer Erleichterung ergab sich für die beiden Paare schon nach nur einer Woche Verlobungszeit ein günstiger Termin.

Die ersten Gäste trafen am frühen Nachmittag ein. Marpa und einige Leute aus der Stadt hatten überall im Hof große Kohlenpfannen für die Kochtöpfe aufgestellt, und neben dem frisch gestrichenen Tor brannten in einem anderen Exemplar duftende Wacholderzweige. Während sie mit der Zubereitung der traditionellen Gerichte anfingen, brachte Tserung eine Wagenladung voller Tische und Stühle. Quer über den Innenhof waren Leinen mit leuchtend bunten Gebetsfahnen gespannt, und am Tor lag ein Vorrat Wacholderzweige gestapelt. Tara die Ziege tollte fröhlich umher, musste aber mehr als einmal von dem Bottich voller Bier weggeführt werden, als Trinle mit dem Ausschank begann.

Shan hatte am Fenster seines neuen Schlafzimmers im ersten Stock gestanden und das geschäftige Treiben im Hof mit ungewohnter Zufriedenheit verfolgt. Seit seiner Kindheit hatte er kein Familienleben mehr gehabt und schon vor langer Zeit jegliche Hoffnung auf ein solches Glück aufgegeben. Lhamo, Trinle und Lokesh spielten für die anderen Bewohner ihres neuen Zuhauses bereits begeistert die Großeltern. Shan war sich nur zu bewusst, dass Ko bald wieder im Straflager sein und Meng ihrer Krankheit erliegen würde, aber die Freude des heutigen Tages würde auf ewig in ihnen allen weiterleben, in diesem Dasein und im nächsten.

Aus dem Nachbarraum, in dem die Frauen sich auf die Zeremonie vorbereiteten, hörte er Mengs kehliges Lachen und dann Yaras Kichern und musste erneut an die Verwandlung denken, die sie alle drei durchlaufen hatten. Als Shan mit dem rasch genesenden Ko endlich zurückgekehrt war, fanden sie das alte Anwesen bereits größtenteils renoviert vor, denn die anderen hatten alles geputzt und frisch gestrichen und sogar zwei große Teppiche organisiert, mit freundlichen Grüßen der Teppichfabrik. Erst später hatte Shan erkannt, dass die Jacke voller Farbflecke, die Meng trug, ihre alte Uniformjacke der Öffentlichen Sicherheit war, nur ohne die Rangabzeichen. Mit Lokeshs Hilfe hatte sie in ihrem Schlafzimmer einen kleinen Altar errichtet und beim Bau eines größeren Exemplars am Haupteingang im Erdgeschoss geholfen. Mit der Unterstützung einiger einheimischer Hirten und zweier Yaks hatten sie sogar die verwitterte, mehrere Jahrhunderte alte Statue eines buddhistischen Heiligen hertransportiert, der halb vergraben im Hang hinter dem Haus gesteckt hatte. Mittlerweile stand er draußen vor dem Tor und beschützte den Haushalt. Kamis aufsässiges Verhalten hatte sich fast vollständig gelegt, und sie war von Anfang an gut mit Tara ausgekommen, die mit dem Mädchen beim Anwesen blieb, wenn Lhakpa mit Tserung und Lokesh der täglichen Arbeit in dem geheimen Archiv nachging.

Draußen im Hof sah Shan nun, dass Lokesh mit Shiva plauderte. Sie standen bei der Reihe von Glückszeichen, die die Astrologin auf die Innenseite der Mauer gemalt hatte. Dann neigte Lokesh lauschend den Kopf. Aus Richtung des Pfades erklang schrilles Gelächter, und als Shan das Tor erreichte, sah er Tink in einem hübschen, wenngleich sehr engen Seidenkleid, die einen Gehstock in der Hand hielt, während neben ihr Cao ging und Natalie Pike auf dem Rücken trug. Cato Pike lief an Shan vorbei.

»Was fällt dir ein?«, rief der Amerikaner seiner Tochter zu. »Du kannst doch unmöglich …«

»Ich kann doch unmöglich dieses großartige Ereignis verpassen«, fiel Natalie ihm ins Wort. Sie sprach immer noch ein wenig undeutlich, aber schon wesentlich besser als bei Shans letztem Besuch im Krankenhaus.

Pike eilte herbei, um seine Tochter zu stützen, sobald Cao sie absetzte. »Der Arzt hat gesagt …«

Die Amerikanerin hob die Hand, was ihren Vater verstummen ließ, nahm dann von Tink den Gehstock entgegen und rückte die Augenklappe aus roter Seide zurecht. »Der Arzt hat gesagt, ich dürfe nach Amerika zurückkehren. Und wenn ich nach Baltimore reisen kann, dann doch wohl auch nach Yangkar«, verkündete sie und humpelte voran.

Schließlich beruhigten sich alle wieder, und Kami erschien im Eingang des Haupthauses. Sie trug ein schlichtes rotes Kleid und hielt einen Strauß aus frischem Heidekraut. Als sie zu Shan hüpfte, rasselten die Perlen aus Koralle und Türkis, die man ihr ins Haar geflochten hatte. Sie nahm die Hand ihres Vaters, und dann betraten die Bräute den Innenhof, was allseits zu aufgeregtem Raunen führte.

Beide Frauen trugen Perlen im Haar. Yaras lange schwarze Locken waren zu den traditionellen einhundertacht hauchdünnen Zöpfen geflochten, an deren Enden Perlen aus Türkis und Bernstein hingen, einige aber auch aus Silber, Leihgaben von Freunden aus Stadt und Umland. Über ihrer prächtig bestickten Bluse hing das silberne *gau* ihres Großvaters und hob sich von einer Halskette aus großen Bernstein- und Achatperlen ab. An ihrem Gürtel hing ein verzierter silberner Haken, ein Symbol für den Haken des Milcheimers, den die Nomadenfrauen traditionell an der Taille trugen. Ihr Kopf wurde von einer Fuchsfellmütze nach Art der *khampa* geschmückt.

Meng hatte das rote Kleid angelegt, das sie in Lhasa gekauft hatten, und Perlen in einem Dutzend kleiner Zöpfe. Um ihren Hals trug sie ein Gebetsamulett aus Silber und Türkis, geliehen von Shiva. Alle Anzeichen der Schmerzen, die sie immer stärker verspürte, wurden von ihrem strahlenden Lächeln überdeckt.

Als die Hochzeitsgesellschaft sich in der Mitte des Innenhofs versammelte, traf Tserung, der eine Stunde zuvor verschwunden war, mit einem Hirten ein. Sie brachten gemeinsam ein Fass mit frischem Wasser und stellten es auf den Pflastersteinen ab. Shan sah zu Shiva und staunte über die Weitsichtigkeit, mit der sie das traditionelle Hochzeitsfass in Kos Horoskop eingetragen hatte. Unter Lhamos behutsamer Anleitung fassten die Paare sich dann bei den Händen und umrundeten dreimal das Fass. Lokesh, dessen Hemd mit Glückszeichen bestickt war, hatte soeben verkündet, alles sei nun bereit für den feierlichen Segen, als aus Richtung Süden plötzlich das verhängnisvolle Knattern eines Hubschraubers ertönte. Die Maschine landete auf der flachen Hügelkuppe oberhalb des Bauernhauses, und alle hörten auf zu lächeln. Oberst Tan stieg aus und reichte Amah Jiejie eine Hand, um ihr behilflich zu sein. Ihre langen Mäntel wehten im Wind des auslaufenden Rotors, und dann sprang auch noch Dr. Anwei heraus.

Als Tan durch das Tor trat, war sämtliche Freude verflogen. Mit ernster Miene musterte er die versammelte Gesellschaft. Shan begriff entsetzt, dass der Arzt offenbar Kos Hafttauglichkeit bescheinigen sollte. Er sah zu seinem Sohn, dessen bedrückte Miene ihm verriet, dass er Bescheid wusste. Yara klammerte sich fest an Kos Arm, als wolle sie verhindern, dass man ihn wegzerren würde.

»Du, du und du«, befahl Tan und zeigte auf Yaras Sohn und zwei halbwüchsige Hirten, deren Familien Lhamo eingeladen hatte. »Geht und helft dem Piloten dabei, die Getränke und den Kuchen herzubringen.« Sein Blick funkelte verschmitzt. »Oder ist das hier etwa keine Hochzeit?« Dann half er Amah Jiejie aus ihrem Mantel. Sie trug ein überraschend elegantes Kleid, und in ihrem Haar steckte ein tibetischer Kamm aus Silber und Türkis. Tan zog seinen eigenen Mantel aus und enthüllte eine Ausgehuniform voller glänzender Orden. Als er die verunsicherten Mienen der Tibeter bemerkte, zögerte er. Amah Jiejie zupfte ihn am Arm und flüsterte ihm etwas ins Ohr. Er überlegte kurz, knöpfte dann seine Jacke auf und hängte sie an das vordere Stallgatter. Darunter trug er ein schmuckloses blaues Anzughemd.

Choden durchbrach die angespannte Stimmung, indem er dem Oberst einen Krug Bier brachte, und die Leute fingen wieder an zu lächeln, umso mehr, als der Pilot und seine Helfer Kartons voller Wodka und Arrak hereintrugen, süße Reiskuchen, säckeweise ungekochten Reis, frisches Obst und eine beachtliche Vielzahl chinesischer Nahrungsmittel.

»Acht Gerichte für die Ehepaare«, verkündete Tan und meinte damit das überlieferte Festmahl bei chinesischen Hochzeiten. Mehrere der Gänge schienen sich noch in Konservendosen zu befinden, aber Shan wusste die Geste zu schätzen. »Die Acht gilt bei Hochzeiten als segensreich«, erklärte Meng den neugierigen Tibetern, »denn das Wort klingt so wie der chinesische Begriff für Glück.« Marpa wagte sich vor, und Amah Jiejie erklärte ihm, wie die Speisen zubereitet werden sollten.

Wortlos verfolgte Shan, wie Dr. Anwei zu Ko ging und ein Ohr an dessen Brust drückte, um die Atmung zu überprüfen. Ko stand wie angewurzelt da, und seine Miene verhärtete sich, als würde er sich bereits dafür wappnen, auf das von Klingendraht umgebene Gelände der 404ten zurückzukehren. Anwei hob Kos Arme, betastete das Fleisch über der Wunde, nickte und murmelte beifällig ein paar Worte. Yara blieb ganz in der Nähe und erinnerte den Doktor daran, dass Ko noch immer sehr schwach sei und viel Ruhe nötig habe. Der Arzt lächelte und nickte geistesabwesend, als nehme er gar nicht wahr, wie viel Sorge seine Anwesenheit auslöste. Dann ging er weg, denn der Hubschrauberpilot lockte ihn mit einem Glas Bier.

Shan hatte schon Jahre zuvor gelernt, dass es bei tibetischen Hochzeiten mehr um die Feier als um die Zeremonie ging. Nachdem der Bierbottich zum ersten Mal nachgefüllt worden war, fing Lhamo schließlich an, die Gäste an den Rand des gepflasterten Innenhofs zu bitten, so dass sie an einem kleinen Tisch vorbeikommen würden, wenn sie zu den Bänken in der Mitte gingen. Auf dem Tisch standen eine alte, etwa dreißig Zentimeter hohe Bronzestatuette der Mutter Beschützerin und eine kleine bronzene Kohlenpfanne, in der Weihrauch brannte. Außerdem lag dort ein Stapel weißer seidener Gebetsschals neben einer Holzschale voller Yakmilch. Lhamo bestand darauf, dass Tan als Erster an den Tisch herantrat, doch der Oberst begriff nicht, was von ihm verlangt wurde, und stand nur verlegen und reglos da. Lhamo lachte, hängte ihm dann einen Gebetsschal um den Hals und zeigte ihm, dass nun jeder die Finger in die Milch tauchen und die Tropfen in die Luft schnippen sollte, als Geschenk für die Götter.

Und am Ende standen die Paare vor Lokesh. Der sanfte alte Tibeter war ganz aufgeregt gewesen, als Shan ihn gebeten hatte, ihnen allen das Ehegelübde abzunehmen, war dann aber zunehmend nervös geworden, was seine Rolle anbetraf. Er behauptete, er wisse nicht, was er sagen oder – zu Shans Überraschung – anziehen solle. Lhamo hatte zunächst vorgeschlagen, dass er ein kastanienbraunes Mönchsgewand tragen würde, doch der alte Mann hatte sich standhaft geweigert und darauf verwiesen, dass er niemals ordentlich geweiht worden sei. Letztlich hatten Shiva und Yara ein altes Kleid zu etwas umgenäht, das der Amtstracht eines hohen tibetischen Beamten ähnelte, und hatten sogar irgendwo eine der viereckigen Mützen aufgetrieben, die solche Beamten zu tragen pflegten. Sie war ausgeblichen und verschlissen, aber der alte Mann schien um einige Zentimeter zu wachsen, als Shiva sie ihm aufsetzte.

Als nun endlich alle schwiegen, streckte Lokesh die Arme aus, und jedes Paar umschloss eine seiner Hände. »Lasst uns Zeugnis ablegen von der Ganzheit unserer Existenz«, verkündete er. »Lasst uns Zeugnis ablegen vom Triumph der Liebe und des Mitgefühls über die Ungewissheit allen Lebens.« Eine Freudenträne lief ihm über die Wange, und einen Moment lang schien es ihm die Sprache zu verschlagen. Dann räusperte er sich. »Es ist getan«, sagte er und nickte den Paaren nacheinander zu. »Ihr seid vereint.«

Lhamo trat vor und brachte den Bräuten Schalen mit frischer Milch, die sie unter dem Jubel der Tibeter austranken. Dann wurden Geschenke angekündigt, beginnend mit dem eleganten astrologischen Diagramm, das Shiva jedem der Paare überreichte. Oben war jeweils ein Paar springender Fische zu sehen, das Symbol einer glücklichen Ehe. Am unteren Rand stand in Schönschrift ein Vers aus einem traditionellen Hochzeitslied: *Der Mann ist wie die Sonne, das Mädchen ist wie der Vollmond. Wenn Sonne und Mond sich treffen, herrscht Glück im Dorf.*

Shan warf Shiva einen dankbaren Blick zu. Sie hatte nicht den vollen Wortlaut gewählt, bei dem von einem jungen Mann und einem jungen

Mädchen die Rede war. Überdies sagte ihr Horoskop schlicht großes Glück für Shan und Meng voraus, nicht aber die überlieferten vielen Jahre voller Glück. Er wusste, dass Meng während der Zeremonie unter schmerzhaften Krämpfen gelitten hatte, doch sie hatte einfach nur fester seine Hand gedrückt und unter großer Anstrengung weitergelächelt.

Amah Jiejie brachte jedem Paar eine Flasche Reiswein, und bevor sie ihnen daraus einschenkte, band sie jedes der Gläserpaare mit einem roten Faden zusammen, eine weitere Tradition des alten China. Tan hatte ebenfalls ein Geschenk für Shan und bestand darauf, dass Choden vortrat. »Sie müssen mir hierbei behilflich sein, Wachtmeister«, sagte der Oberst zu Choden, der nervös vor ihm salutierte. »Ihr Chef hat ja nun geheiratet.«

»Jawohl, Herr Oberst.«

»Und seine Verantwortung ist dadurch noch gewachsen.«

»Jawohl, Herr Oberst«, wiederholte Choden.

»Was bedeutet, dass auch Ihre Verantwortung gewachsen ist.«

»Verzeihung?«

»Wachtmeister Shan hier erhält drei Monate bezahlten Urlaub«, verkündete Tan und wandte sich an Meng. »Vorausgesetzt, Sie ertragen es, ihn so lange um sich zu haben.«

Meng drückte erneut ganz fest Shans Hand. »Ich werde mein Bestes tun, um es mit ihm auszuhalten«, sagte sie und brachte den Oberst dann völlig aus der Fassung, indem sie ihn umarmte.

Die Sonne war längst untergegangen und mehrere Bottiche Bier geleert worden, bevor die Gäste sich allmählich verabschiedeten. Der Pilot kam zu Tan und deutete auf den Mond, der teilweise hinter einer Wolkendecke verschwand. Tan nickte und holte seine Uniformjacke. Amah Jiejie half ihm hinein. Er ging zum Tor, blieb dort stehen und wurde sichtlich ernster. Shan folgte seinem Blick zu Dr. Anwei, der Ko durch die Menge führte. Der Oberst musterte den jungen Mann, während er die letzten Knöpfe seiner Jacke schloss. »Häftling Ko, wie du weißt, hattest du Genesungsurlaub«, sagte er.

»Es ist seine Hochzeitsnacht, Herr Oberst«, warf Shan ein.

Tan ignorierte ihn. »Die Lagerverwaltung ist für deine medizinische Behandlung verantwortlich, bis dein Arzt dich entlässt.«

»Und dann endet mein Freigang«, erwiderte Ko mit zitternder Stimme. Yara trat an seine Seite und klammerte sich verzweifelt an seinen Arm.

Tan sah Anwei an. »Ich entlasse ihn«, bestätigte der Arzt.

Die Worte trafen Shan wie Messerstiche. Tan wollte seinen Sohn zurück ins Lager mitnehmen.

Amah Jiejie reichte dem Oberst eine dicke Akte. Tan wog sie in der Hand. »Alles, was die Behörden über dich wissen, ist hier drin. Für die Bürokraten ist diese Akte realer als der Ko aus Fleisch und Blut.« Er hielt die Akte hoch, betrachtete sie und schüttelte den Kopf. »Ein chronischer Straftäter. Anführer einer Rowdybande. Einmal wurdest du verhaftet, weil du Straßenlaternen zerschlagen hast. Ein sehr schwieriger Sträfling während dieser ersten Jahre. Schlägereien im Speisesaal, Fluchtversuche, tätliche Angriffe auf das Wachpersonal. Es ist alles da. Dies ist eine der alten Akten, die noch nicht in die neuen Computersysteme übertragen wurde. Für die Regierung macht erst dieser Stapel Papier einen richtigen Menschen aus dir, mein Sohn. Nachdem Amah Jiejie einige weitere Unterlagen angepasst hat, ist dies der einzige Beweis für deine Existenz als Strafgefangener. Dies ist dein ganzes Leben, bis heute Abend.« Dann korrigierte Tan sich. »Oder eher bis zu dem Tag, an dem du fast gestorben wärst, als du mir das Leben gerettet hast.« Der Oberst seufzte übertrieben laut. »Wir sind hier in Tibet. Hier muss man erst sterben, um neu leben zu können«, sagte er und ließ die Akte in die Kohlenpfanne fallen.

Ungläubig und wie gelähmt verfolgten Shan und sein Sohn, wie das Papier sich einrollte und Feuer fing.

»Seit heute Nachmittag existiert kein Nachweis mehr, dass du je bei der 404ten gewesen bist. Für die bist du tot. Falls man uns je fragen sollte, werden der Doktor und ich bestätigen, dass du auf diesem Berg tödliche Verletzungen davongetragen hast. Deine Krankenhausakte haben wir vernichtet, bevor wir heute aus Lhadrung aufgebrochen sind.«

Ko hielt sich an Yara fest, als würde er sonst hinfallen. »Sie bringen mich nicht zurück zur 404ten, Herr Oberst?«

»Nie wieder«, entgegnete Tan. »Aber du wirst deinen Wachtmeister davon überzeugen müssen, dir eine Aufenthaltsgenehmigung zu erteilen«, fügte er hinzu. Dann schickte der Oberst sich an, dem Piloten den finsteren Hügel hinauf zu folgen, hielt aber inne und drehte sich noch einmal um. »*Lha gyal lo*«, sagte er und verschwand in der Dunkelheit.

ANMERKUNG DES VERFASSERS

Falls man auf unserem Planeten irgendwo eine Landschaft der Seele verorten könnte, dann in Tibet. Dieses entlegene, zerklüftete Land, das dem Himmel näher ist als jeder andere Ort auf Erden, wurde zur Heimat unzähliger Tausender von Tempeln, Schreinen und Klöstern und entwickelte eine Kultur und Gesellschaftsstruktur, die auf einzigartige Weise spirituelle Ziele verfolgt. Dieser von der Welt lange nicht gebührend gewürdigte Schatz hält auch heute noch Lehren für uns bereit.

Manche dieser Lehren künden vom Respekt für die Natur und den außergewöhnlichen, dauerhaften Anstrengungen der Tibeter, ihr Land mit Bauten der Ehrerbietung zu überziehen. Während Gekhos Zuhause der Phantasie eines Schriftstellers entsprungen ist, war Gekho eine wichtige Erdgottheit, die schon lange vor der Ankunft des Buddhismus in Tibet verehrt wurde, und sein Zuhause ist eine Mischung aus vielen echten Stätten, darunter auch die Felder aus Steinstelen, errichtet von den frommen Vorfahren der modernen Tibeter. Es wurden zahlreiche dieser prähistorischen steinernen Anlagen nachgewiesen, vor allem im Westen Tibets, mit faszinierenden Verbindungen zu den alten kriegerischen Reiterstämmen Zentralasiens, wie John Vincent Bellezza dies in seinem hilfreichen Buch *The Dawn of Tibet* näher ausgeführt hat. Was hatten diese Hochgebirgsregionen an sich, dass so viele Menschen dort verweilen wollten, um dem, was ihnen heilig war, Denkmäler zu errichten? Durch welchen Prozess entwickelte der Glaube wilder Krieger sich zu der komplexen Kosmologie des Mitgefühls, die den tibetischen Buddhismus ausmacht?

Fragen wie diese ließen mich in der vorliegenden Geschichte andeuten, man könne Tibet als eine Art Rosettastein der menschlichen Seele bezeichnen. Falls das so ist, dann ergibt sich daraus womöglich unausweichlich, dass auch die Extreme des menschlichen Daseins vertreten sind. Die Tibeter haben jahrhundertelang ehrfürchtig ihre Tempel errichtet und sowohl technischen Fortschritt als auch ökonomischen Wohlstand gemieden, um sich auf die Geheimnisse des menschlichen Geistes konzentrieren zu können. Die Chinesen haben binnen weniger Jahrzehnte nicht nur diese Bauwerke abgerissen, sondern auch die friedfertige Kultur der Erbauer zerstört, um ihre weltlichere, intolerante politische Agenda durchzusetzen. Mehr als neunzig Prozent von Tibets heiligen Gebäuden, insgesamt viele Zehntausende, wurden während der letzten sechzig Jahre im Zuge einer unbarmherzigen Kampagne der kulturellen Auslöschung dem Erdboden gleichgemacht. Eine weitere Lehre Tibets, die Inspektor Shan im Verlauf seiner Erlebnisse immer wieder reflektiert, besteht darin, dass es die Dunkelheit ist, die das Licht definiert, und erst das Leid dem Mitgefühl Bedeutung verleiht.

Viele Tibeter sind auch heute noch tief in ihrer Geschichte verwurzelt, und von Zeit zu Zeit entstehen bedeutende neue buddhistische Institutionen wie Larung Gar. Ungeachtet des Handlungsstrangs dieses Romans spiegelt der Mikrokosmos dieser real existierenden Lehranstalt den Daseinskampf des ganzen Landes wider. Larung Gar bleibt für die Tibeter ein seltener Hoffnungsschimmer, trotz Pekings herzzerreißender Initiative, seine Größe und Bedeutung für die buddhistische Gemeinschaft zu reduzieren. Wie in diesem Buch ausgeführt wurde, mussten Tausende von Mönchen und Nonnen nicht nur jählings die Schule verlassen, sondern für immer ihre klösterliche Laufbahn aufgeben, auf Anordnung von Funktionären, denen spirituelles Streben als ein Akt politischer Rebellion zu gelten scheint. Larung Gar besteht jedoch weiter und hält die überlieferten Traditionen am Leben.

Eine dieser ehrwürdigen Traditionen, die mich stets fasziniert haben, ist die der Hageljäger. Diese Wetterbeschwörer, die oft eine ebenso rigorose Ausbildung durchlaufen mussten wie die berühmten Ärzte Tibets, zogen viele Jahrhunderte lang im Land umher, um zum Schutz der Bauern und Hirten die Erdgottheiten zu konsultieren und zu beschwichtigen. In den klösterlichen Zentren wurden häufig kunstvolle Feiern abgehalten, die noch auf das vorbuddhistische Tibet zurückgingen und jene Gottheiten ehren sollten, um dadurch hoffentlich die heftigen, bisweilen tödlichen Hagelstürme und Erdbeben abzuwenden. Manche in Tibet behaupten, die Verwüstungen der letzten Jahrzehnte seien die Folge der unterbliebenen Versuche, mit diesen Gottheiten in Eintracht zu leben. Ganze Bergketten wurden ihrer fruchtbaren Wälder beraubt, man baute in riesigen Minen sämtliche Mineralien ab, und die einzigartige Tierwelt des Landes wurde dezimiert. Derzeit werden in hektischer Geschwindigkeit und ohne nennenswerte Umweltgutachten mehrere große Staudämme hochgezogen, um den Strombedarf der chinesischen Städte im Osten zu decken. Manch ein abgeschieden lebender Tibeter musste unversehens Bekanntschaft mit dem einundzwanzigsten Jahrhundert machen, weil plötzlich Holzfäller und Planierraupen auftauchten, um großflächig den Berg zu roden, der seit jeher das Heim seiner Schutzgottheit war.

Während ich mich im Zuge der Arbeit an der Inspektor-Shan-Reihe mit diesen modernen tibetischen Gegebenheiten auseinandergesetzt habe, erschien Tibet mir immer mehr als ein wesentlicher Gradmesser unserer eigenen Menschlichkeit. Der Rest der Welt verschließt zu oft die Augen vor der Unterdrückung, die dort und in der benachbarten Provinz Xinjiang stattfindet, und richtet ihre moralische Empörung lieber auf Themen, die im Vergleich zu den massiven Menschenrechtsverletzungen dieser gepeinigten Region verblassen. Diese Misshandlungen erniedrigen uns alle. Wir können nicht nur an *einem* Ort und in *einem* politischen Zusammenhang Menschenrechte einfordern, wir müssen dies überall tun. Die profundeste Lehre von allen, die die Inspektor-Shan-Romane uns vermitteln können, besteht darin, dass die tibetische Reise auch unsere Reise geworden ist.

Lha gyal lo,

Eliot Pattison

GLOSSAR
DER FREMDSPRACHIGEN BEGRIFFE

Begriffe, die nur einmal auftauchen und deren Bedeutung sich aus der jeweiligen Textstelle erschließt, wurden nicht in dieses Glossar aufgenommen.

Bardo. Tibetisch. Kurzform für die Bardo-Todesriten; bezieht sich speziell auf die Übergangsphase zwischen Tod und Wiedergeburt.

Bayal. Tibetisch. Traditionell ein »verborgenes Land«; ein Ort, an dem Gottheiten und andere heilige Wesen wohnen.

Bharal. Tibetisch. Ein »blaues« Schaf, beheimatet im Hochgebirge Tibets. Mittlerweile nahezu ausgestorben.

Chorten. Tibetisch. Ein Stupa, ein traditioneller buddhistischer Schrein mit Kuppel und Spitze, zumeist als Reliquienschrein genutzt.

Chuba. Tibetisch. Ein schwerer, einem Umhang ähnelnder Mantel aus Schaffell oder dickem Wollstoff.

Dakini. Sanskrit. Weibliche Gottheit mit zahlreichen Erscheinungsformen, wörtlich »Himmelstänzerin«.

Dobdob. Tibetisch. Traditionell ein Mönchspolizist, der in großen Klöstern für die Einhaltung der Disziplin sorgt.

Dropka. Tibetisch. Ein Nomade; wörtlich ein »Bewohner des schwarzen Zeltes«.

Gau. Tibetisch. Ein »tragbarer Schrein«; zumeist ein kleines Medaillon mit Klappdeckel, oft aus Silber gefertigt, das um den Hals oder die Taille getragen wird und in dem ein aufgeschriebenes Gebet oder ein heiliges Objekt verstaut ist.

Gonkang. Tibetisch. Der Schrein einer Schutzgottheit; kommt häufig in Klöstern vor, oft auch in den unteren Ebenen von Tempelgebäuden.

Khampa. Tibetisch. Ein einheimischer Bewohner der Kham-Region, die früher den Ostteil Tibets darstellte.

Kora. Tibetisch. Ein Pilgerpfad, zumeist als Rundweg um eine heilige Stätte.

Lao gai. Chinesisch. Wörtlich »Besserung durch Arbeit«; ein Zwangsarbeitslager.

Lha gyal lo. Tibetisch. Ein traditioneller tibetischer Ausruf der Feststimmung oder Freude; wörtlich »den Göttern der Sieg«.

Mala. Tibetisch. Eine buddhistische Gebetskette, die charakteristischerweise aus 108 Perlen besteht.

Mandala. Sanskrit. Wörtlich »Kreis« (Tibetisch: *kyilkhor*); die runde Abbildung der Welt einer meditativen Gottheit mit dem entsprechenden Wesen im Zentrum der Darstellung, traditionell aus vielfarbigem Sand hergestellt; kommt in manchen Tempeln auch als symmetrische und symbolische dreidimensionale Anordnung vor.

Mani-Stein. Tibetisch. Ein Stein mit einem aufgemalten oder eingeritzten buddhistischen Gebet; häufig das Mantra *Om mani padme hum*.

Mudra. Tibetisch. Eine symbolische Geste, bei der die Hände und Finger vorgeschriebene Haltungen einnehmen, um ein bestimmtes Gebet oder eine Opfergabe auszudrücken.

Peche. Tibetisch. Ein traditionelles tibetisches Buch religiösen Inhalts, das für gewöhnlich aus langen, schmalen losen Seiten besteht, die in Stoff gewickelt und oft zwischen zwei mit Schnitzereien verzierten Holzdeckeln verwahrt werden.

Purba. Tibetisch. Wörtlich »Nagel« oder »Dorn«; ein kleiner Dolch mit dreieckiger Klinge, der bei buddhistischen Zeremonien benutzt wird. Auch die Bezeichnung für einen Angehörigen der geheimen tibetischen Widerstandsbewegung.

Rinpoche. Tibetisch. Die respektvolle Anrede für einen verehrten Lehrmeister; wörtlich »Gesegneter« oder »Juwel«.

Tara. Tibetisch. Eine weibliche meditative Gottheit, die für ihr Mitgefühl verehrt wird und als besondere Beschützerin des tibetischen Volkes gilt. Sie tritt in vielerlei Erscheinungsformen auf, die jeweils eine eigene zeremonielle Verwendung finden, und wird manchmal als Mutter Buddhas bezeichnet.

Thangka. Tibetisch. Ein Stoffgemälde, zumeist religiöser Natur, das häufig als heilig gilt. Es wird traditionell auf eine Rolle aus feinem Baumwollstoff gemalt.

Tsampa. Tibetisch. Geröstetes Gerstenmehl, eine alltägliche tibetische Speise.

Tsa-tsa. Tibetisch. Ein kleines Abbild, das in Ton gestempelt wird, welcher häufig mit heiligen Substanzen vermischt ist; zumeist die Darstellung einer religiösen Figur.

Deon Meyer
Beute
Thriller
Aus dem Afrikaans von Stefanie Schäfer
444 Seiten. Gebunden
ISBN 978-3-352-00941-9
Auch als E-Book und Hörbuch erhältlich

Jäger oder Beute

Bennie Griessel plant zu heiraten – und muss sich dann um einen Fall kümmern, der eigentlich zu den Akten gelegt werden soll. Ein ehemaliger Polizist wurde in einem Luxuszug ermordet, und die geheimen Sicherheitsbehörden Südafrikas tun alles, um es nach einem Selbstmord aussehen zu lassen. Als ein zweiter Todesfall ebenfalls vertuscht werden soll, bekommt Griessel eine Ahnung davon, dass es um viel mehr geht als um Mord. Gewisse Kreise wollen den Präsidenten aus dem Weg räumen. Sie haben dazu jemanden aktiviert, der sich in Bordeaux in Frankreich zur Ruhe gesetzt hat: einen Kämpfer namens Tobela.

Ein brillanter, hochaktueller Spannungsroman vom besten und erfolgreichsten Thrillerautor Südafrikas

Regelmäßige Informationen erhalten Sie über unseren Newsletter. Jetzt anmelden unter: www.aufbau-verlag.de/newsletter

rütten & loening